Brennende Prärie

William Sheridan

Brennende Prärie

Verlagsbuchhandlung
Julius Breitschopf
Wien · München · Zürich

Einband von Ferdinand Kessler
Innenbilder von Rudolf Dirr
Italienische Originalausgabe
erschienen bei Casa Editrice Capitol, Bologna
Übersetzt von Eva Grassinger

ISBN 3 — 7004 — 0005 — 5

Alle Rechte, besonders die des Nachdruckes, der Übersetzung,
der Verfilmung, der Radio- und Fernsehübertragung
sowie der Tonbandwiedergabe, vorbehalten
© 1972 für die deutschsprachige Ausgabe by Verlagsbuchhandlung
Julius Breitschopf, Wien
Printed in Austria
Druck von Waldheim-Eberle, Wien

Vorwort

Eine typische Bauernfamilie ist nach dem Westen aufgebrochen, um das „verheißene Land" zu suchen, und erreicht nach mühevoller Wanderung durch halb Amerika eine grüne Ebene, in der die Adern eines frischen Baches funkeln.

Sie sind am Ziel angelangt. Das lang erträumte Haus wird gebaut, das Viehgehege errichtet, der fruchtbare Boden bebaut – da beginnt eine unerwartete Odyssee: der Kampf gegen die Oglala-Sioux-Indianer, die von Mock-peah-lutuah, der großen Roten Wolke, angeführt werden.

Für die jungen Leser in flüssigem Stil geschrieben, sticht dieses Buch aus der reichen Produktion J. William Sheridans durch bedeutsamen Inhalt und überraschend neue Situationen hervor und stellt ein charakteristisches Werk dar, das Milieu und Geschehen, vom freien Spiel der erzählenden Phantasie bereichert, auf die Ebene emporheben, die die Leser aller Altersstufen interessieren wird.

Im Norden lauert der Tod

Eine neue Heimat

„Schau, George!"

George wandte seinen Blick in die von Francis angezeigte Richtung. Ein wunderbarer Ausblick bot sich ihm dar. Es war wie ein Gemälde.

„Herrlich!" rief er aus und hielt die Pferde an. „Wie ein Traum. Paps, was würdest du sagen, wenn wir hier hielten? Wir könnten uns diese Gegend ansehen. Vielleicht ist der Boden hier besser als hinter den Cañons."

Der alte Smith schüttelte den Kopf. Er war schon seit langer Zeit unterwegs; jetzt stand er nur mehr wenige Meilen vor seinem Ziel und wollte nicht, nur wegen einer grünen Oase, auf seinen Traum verzichten. Wegen einer Oase, die möglicherweise ganz anders war, als sie auf den ersten Blick aussehen mochte.

„Nein, Kinder, es wird besser sein, weiterzureiten", antwortete er. „Wir hatten doch vor, bis jenseits der Cañons zu ziehen, nicht wahr? Also!"

Georges und Francis hörten nicht auf ihn. Sie waren derart von der Aussicht begeistert, die sich ihren erstaunten Blicken bot, daß sie die Pferde schon zur Prärie gelenkt hatten.

Die Familie des alten Smith folgte dem von Pferden ausgetretenen Pfad und war bei den Hängen einer felsigen Wand angelangt, die sich längs des Weges hinzog. Gerade auf dieser Strecke stand Francis plötzlich vor einem Riß in der Felswand, der sich zu seiner Linken wie ein Fenster öffnete und den Ausblick auf eine von einem Bach erfrischte grüne Ebene freigab. Er hatte plötzlich angehalten, weil er seinen Augen nicht trauen konnte. Tagelang war er auf verbranntem, steinigem Boden dahingezogen, nur selten hatte er einen mageren grünen Fleck gesehen – und jetzt hatte er plötzlich ein Stück fruchtbaren Bodens vor sich! Er war davon wie berauscht.

„Papa", bettelte er schließlich. „Halten wir nur ein wenig an, um die Pferde rasten zu lassen. Dann ziehen wir weiter. Ich bitte dich darum."

„Aber gewiß, lästiger alter Esel", mischte sich Frau Jane ein, während sie mit Hilfe eines Stockes vom zweiten Wagen herunterkletterte. „Du, mein Lieber, bist nicht imstande, dich umzusehen. Du könntest auf eine Goldmine stoßen, ohne es zu merken."

Der alte Smith brummte etwas. Die Frau hatte nicht unrecht, wenn die Jungen ausruhen wollten, mußte man doch anhalten; und da sie anhalten wollten, konnte man es auch hier tun, an dieser Stelle, die von den Söhnen so bewundert wurde.

„Ist schon gut", sagte der Vater, „aber nur solange, bis wir uns die Beine vertreten haben und die Tiere rasten müssen, verstanden?"

„Hurra!" schrien Francis und George, der gleich vorne am ersten Wagen saß.

Smith folgte ihnen zu Fuß, zog den Klepper hinter sich her, der nur mit Mühe das zweite Gefährt vorwärtsbrachte. Es war warm, die Sonne brannte wie eine Fackel, als aber Smith den Einschnitt hinter sich gebracht hatte, schien es ihm, als würde er wieder geboren. Die Feuchtigkeit der Grasfläche belebte, der Wassergeruch berauschte ihn, während seine müden Füße im hohen, frischen Grün versanken und Kraft und Agilität wiedergewannen.

„Oh, Gott", rief er mit hocherhobenen Armen aus, „das ist wirklich ein Paradies. Fühlst du das nicht, Jane?"

Die Frau stützte die Hände in die Hüften.

„Sieh einer einmal an!" antwortete sie und neigte den Kopf zur Seite. „Und er wollte nicht anhalten! Los, alter Smith Collins, spanne die Pferde aus und richte das Lager ein. Heute nacht bleiben wir hier."

„Einen Augenblick, ich habe nicht gesagt . . .", wandte Smith ein.

„Was du nicht gesagt hast, ist belanglos", erwiderte seine Frau und begann den Wagen abzuladen. „Wichtig ist, was ich gesagt habe: Spanne die Pferde vom Wagen, heute nacht bleiben wir hier. Höre, lieber Smith, seit Wochen sehen wir nur Sand, Felsen, Berge und Indianer; jetzt bleiben wir hier, jawohl! Wir halten hier an, und bis morgen haben wir genug Zeit, über alles Weitere zu entscheiden."

„Du willst doch damit nicht sagen, daß . . ."

Frau Jane setzte das Abladen fort. Als ihr Mann sie so entschlossen sah, hob er die Schultern und gehorchte. Wenn es sich schließlich nur um eine Nacht handelte, konnte man sie auch hier verbringen.

„Los, Francis", rief er. „Wir lagern unter diesen Bäumen. George, mach Feuer!"

Die beiden Söhne machten sich mit Freude an die Arbeit.

Francis ging auf die Baumgruppe zu, in deren Schatten sich der Boden wie ein kleiner Hügel erhob und einen ausgezeichneten Lagerplatz abgab.

George sammelte trockene Zweige. Bald würde er das Feuer entfachen und seine Mutter darauf die Speisen bereiten, eine gute Mahlzeit, die in der friedlichen Atmosphäre dieses noch unbekannten Winkels der Welt nach den überstandenen Aufregungen und Anstrengungen besser als sonst schmecken würde. Er fühlte sich endlich am Ziel angelangt und begann zu glauben, daß sein Traum, der Traum der ganzen Familie, bald erfüllt wäre.

Nach einer Stunde war alles bereit, und die Familie Collins sammelte sich um den Kopftopf, in dem Mutter Jane ein Stück Bisonfleisch gewärmt hatte.

Sie aßen mit Appetit, als hätten sie seit Tagen nichts mehr im Magen gehabt. Der alte Smith, der um 20 Jahre älter als seine Frau war, kaute langsam und hustete manchmal, um an den zähen Fleischbrocken nicht zu ersticken. Bei dieser Anstrengung schwollen ihm die Augen an. Zwei schwarze, noch lebhafte Augen leuchten in seinem von einem genügsamen und arbeitsreichen Leben gezeichneten Gesicht. Stirn, Wangen und Kinn waren von tiefen Falten durchzogen, sein langes Haar fiel ihm in den Nacken wie bei einer Frau und leuchtete silbern im Sonnenlicht.

Mutter Janes Haar war hingegen schwarz und so kurz, daß sie wie ein Kind ausgesehen hätte, wären nicht die eindrucksvolle Körperfülle und der weite Rock dagewesen, der sie kleidete.

Mutter Jane hatte ein jugendlich, glattes, frisches Antlitz, war 45 Jahre alt und vereinte in ihren Armen, ihren Beinen, in ihrem ganzen Körper den Willen, die Energie und die Kraft von vier Männern – wovon sich jeder überzeugen mußte, der im Laufe der Reise versucht hatte, die kleine Karawane zu belästigen. Sie war also energischen Charakters und doch überaus gütig, und ihre Söhne liebten sie grenzenlos. George und Francis: zwei starke Kerle, die vor Gesundheit strotzten. George war 20, Francis 23 Jahre alt. Francis war so blond wie Kornähren, George schwarz wie ein angekohlter Baumstamm. Jetzt kauten sie mit vollen Backen und betrachteten die Mutter verstohlen. Sie hofften, daß sie ihren Wunsch, in dieser Prärie zu bleiben, die Reise also nicht fortzusetzen, erkannt hätte.

Als das Abendessen beendet war, sagte Mutter Jane:

„Wir werden unser Haus hier aufstellen." Sie zeigte mit dem Finger auf das Bachufer, wo drei dichtbelaubte Bäume einander beinahe umarmten.

Vater Smith blieb der letzte Bissen im Hals stecken. Das Stück wollte weder herauf noch hinunter.

„Mama!" rief George freudestrahlend aus.

Das Stück Bisonfleisch sprang wieder nach oben, und Smith spuckte es geräuschvoll ins Feuer.

„Bei allen Indianern Amerikas", rief er aus, „du willst doch nicht sagen..."

„Glaubst du nicht, daß es dort gut hinpassen würde?" setzte Mutter Jane lächelnd fort. „Es wird die schönste Ranch, wovon du jemals geträumt hast."

Der alte Smith blickte seiner Frau in die Augen. Er kannte sie schon zu lang und zu gut, um an einen Scherz glauben zu können. Wenn sie gesagt hatte, daß sie hier halten und die Ranch hier gebaut würde, bedeutet es, daß jeder Einwand nutzlos wäre.

„Ist gut", seufzte er. Vielleicht ist das ein guter Boden. Hoffen wir bei Gott."

„Kinder, euer Vater sagt, daß wir endgültig hier bleiben", erklärte Mutter Jane, die stets bedacht war, zu zeigen, daß jede Entscheidung von ihrem Mann kam. „Seid ihr zufrieden?"

Die Söhne antworteten einstimmig: „Das wollen wir ja, Mama, Vater, unsere Ranch wird von allen beneidet werden!"

Smith nickte. Er zuckte mit den Achseln und dachte, daß es wahrscheinlich doch nicht der Mühe wert war, die Reise fortzusetzen, wenn sie nunmehr ein Stück Boden entdeckt hatten, das offenkundig gut war. Davon hatte er ja immer geträumt.

Die Indianer kommen!

Seit der Ankunft der kleinen Karawane, deren Mitglieder wir soeben kennengelernt hatten, waren nur vier Monate vergangen, und schon hatte sich das wunderschöne, fruchtbare Tal, in eine richtige Ranch verwandelt.

Besonders in seinem westlich von der Bergkette gelegenen Teil, der von Montana im Norden aus, sich südwärts nach Neumexiko und Texas verliert, bot Wyoming den Kolonisatoren keine allzu rosigen Aussichten. Das Gebirge selbst bildete einen Wall gegen die vom Osten her dringende Zivilisation, und die Absicht, sich hier niederzulassen, und den Kampf mit endlosen Widrigkeiten aufzunehmen, bezeichneten Cowboys und Goldsucher einfach als Wahnsinn.

Der Boden zwar war besser als jener östlich der Bergkette, das Weideland fetter, doch die Berge selbst konnten sich als ein mörderisches Hindernis besonders dann erweisen, wenn man den Rückzug antreten oder die Hilfe des Militärs brauchte, das bisher sein Schutzgebiet nicht über die Osthänge hinaus erstreckte.

Als der alte Smith der Aufforderung seiner Frau folgte, hatte er eben daran gedacht und willig seinen Traum aufgegeben, um seine Familie nicht noch größeren Gefahren auszusetzen. Seit dem Tag, da er mit ihr in diesem paradiesischem Winkel eingetroffen war, hatte er sich mit Eifer und Freude an die Arbeit gemacht. George und Francis hatten ihm mit ihrer ganzen jungen Kraft geholfen – und nun saß er auf einem Baumstamm am Bach und betrachtete mit stolzem Blick das gemeinsame Werk.

Im Osten erhoben sich die Felsen wie ein natürlicher Schutz gegen den Wind, der sich oft dort verfing und pfeifend Sand und Geröll ins Tal blies. Von den Felsen bis zum Wildbach war der Boden flacher Wiesengrund, den Smith als Weide für seine zukünftige Viehherde belassen hatte. Am Bachrand war nach Mutter Janes Vorschlag das Haus errichtet worden, ein kleines Holzhaus, dessen flaches Dach nach Osten abfiel; es war von einem Zaun aus dicken Pfählen umgeben, die sie im nahen Wald geschlagen hatten. Im Süden war der Boden längs des Baches schon bereit, die Saat aufzunehmen, und jenseits der Wasserader stand nordwärts eine Baracke, die als Werkzeugschuppen dienen sollte. Auf der Weide war man daran, das Pferdegehege zu errichten; einstweilen hatte man die neun Tiere, die Collins besaß, in einer kleinen, südlich des Wohnhauses gelegenen Koppel untergebracht.

Die Arbeit war lang und mühevoll gewesen, wenn man sie aber jetzt überblickte, konnte man darauf stolz sein. Papa Smith hatte es sich nicht so schön träumen lassen, und nun war er froh, nicht weitergezogen zu sein.

„Drei Stuten", dachte er, während er so auf dem Baumstamm da saß und an seiner Pfeife zog, „die sind für eine Zucht zuwenig. Und der Klepper ist so alt und müde, daß ich ihn eines Tages freilassen werde, damit er hingehen kann, wohin er will."

„Ruhst du dich aus, Alter?" fragte Frau Jane und trat zu ihm.

Sie setzte sich zu ihrem Mann, und da dieser nicht antwortete, folgte sie seinem Blick, der hin und her schweifte, als wollte er das ganze Panorama liebkosen.

„Smith, du hast recht", sagte leise die Frau. „Es ist wirklich eine schöne Ranch. Erinnerst du dich an die vergangenen Jahre? Wer hätte jemals gedacht, daß wir einmal all dies besitzen würden? Smith, wenn wir einmal nicht mehr sein werden, hinterlassen wir unseren Kindern etwas."

Der Alte nahm die Hand seiner Frau und drückte sie bewegt.

„Ich habe meine Pfeife noch nie so genossen", sagte er. „Jane, nun haben wir es geschafft. Es fehlen nur die Pferde. Wir werden sie aber finden..."

Jane bemerkte, daß eine gewisse Rührung auch sie beschlich, und das durfte sie keinesfalls zeigen. Sie liebte es, sich immer stark zu geben, sie sagte auch oft, daß sie in Hosen hätte geboren werden sollen, nicht in Röcken.

„Smith, die Genugtuung über diese Ranch darf dich nicht weich machen, nicht wahr? Auf, Alter, es gibt noch Arbeit! Wir sind noch nicht fertig."

„Ich weiß, ich weiß", brummte er lachend, denn er kannte den Charakter seiner Frau. „Es fehlt an Pferden, an Gehegen, an..."

„Vielem", unterbrach sie ihn. „Beginnen wir beim Zimmer neben der Küche: Smith, ich möchte dort Betten haben! Ich will nicht mehr auf dem Boden auf holprigen Holzladen schlafen. Ich wünsche mir ein Bett!"

„Gewiß, Jane, gewiß. Ich verspreche dir, daß ich mich morgen daranmachen werde. Ein großes Bett aber, daß dich aushält, ist gar nicht leicht zu bauen."

Jane stieß ihn scherzhaft in den Rücken. Der Alte hustete, daß ihm die Tränen kamen.

„Jane, was habe ich denn Blödes gesagt? Du solltest mir lieber für meine Eile danken!"

„Schöne Eile! Du willst doch nicht sagen, daß ich mehr wiege als alle anderen Frauen, nicht wahr? Zugegeben ein klein wenig mehr, aber nicht viel."

Beide lachten. Seit einigen Tagen genügten harmlose Bemerkungen, um sie zum Lachen zu bringen. Das Ehepaar Collins war eben glücklich, und wenn man glücklich ist, hat man immer Lust zu lachen.

„Schluß damit!" befahl Mutter Jane und krempelte sich die Ärmel hoch. „Die Kinder werden bald zurückkommen, und ich muß noch das Abendessen zubereiten. Smith, weißt du, was du zu tun hast?"

Smith erhob sich seufzend.

„Ich gehorche, Herrin und Gebieterin", sagte er.

Schweigend folgte er seiner Frau.

Während das Abendrot die Berggipfel zu färben begann, war die Familie Collins um den Tisch versammelt. Wie gewöhnlich fehlte es nicht an Appetit, und die beiden Söhne hatten sich schon über dicke Bratenschnitten hergemacht. Der alte Smith sah ihnen zufrieden zu.

„Wenn ihr so weiterarbeitet", sagte er, lustig blinzelnd, „werdet ihr noch die schönste Ranch der ganzen Gegend haben."

„Dazu fehlt nicht viel", antwortete George, „es gibt nur unsere hier."

„Hoffentlich bleibt sie auch die einzige", seufzte der Alte.

Für einen Augenblick schwiegen alle. Die wenigen Worte des Vaters ließen in allen einen Zweifel aufkommen; wie lange würden sie in Frieden leben können?

„Komische Idee", sagte Frau Jane und zuckte mit den Achseln. „Wenn andere Farmer kommen sollten, werden sie uns doch nicht den Boden wegnehmen, nicht wahr?"

„Du kannst dich auf uns verlassen, Mama", sagte George ernst. „Ich und Francis würden uns ganz entschieden dagegen wehren. Niemand wird uns belästigen, du wirst sehen."

„Gewiß", stimmte der Alte bei. „Ich sagte das nur so vor mich hin."

Er brach ab. Die anderen spitzten die Ohren.

„Gar kein Zweifel", sagte Jane schließlich. „Die Pferde sind unruhig. Francis, sieh nach."

„Mama, warum sollen wir uns wegen eines Wieherns aufregen?" meinte Francis und aß weiter.

„Es stimmt", bemerkte der Alte.

Nach einigen Minuten vollkommener Stille wieherten die Pferde wieder. Der alte Smith erhob sich.

„Ich möchte wirklich wissen, was da vorgeht", sagte er. „Vielleicht ist es ein Kojote. Der Teufel soll ihn holen!"

„Warte", hielt ihn Francis an. „Ich gehe."

Beide traten aus dem Haus. Die Sonne war schon untergegangen, über der Prärie stand ein diffuses, schwaches Licht.

„Nichts", meinte Francis.

„Wir sind nervös", sagte der Vater, als er wieder hereinkam. Er setzte sich. „Dürfen unsere Pferde nicht wiehern, wenn sie Lust dazu haben? Vorwärts, Jungen, zu Bett. Morgen müssen wir arbeiten."

Ein wilder Schrei zerriß die Luft. Alle erblaßten. Als erster erholte sich Francis. Er sprang zur Tür, kaum hatte er sie aber aufgerissen, schlug er sie eiligst wieder zu.

„Indianer", schrie er. „Die Gewehre! Vater, nimm die Gewehre!"

Smith nahm die doppelläufige Flinte von der Wand und lief zum Fenster. George ergriff eine Pistole und stellte sich hinter die Tür.

„Wie viele sind es?" fragte er.

„Ich habe ein Dutzend gesehen, vielleicht sind es mehr."

Einen Augenblick lang schwiegen alle, und jeder fragte sich wohl, was nun geschehen werde und was er tun sollte. Vielleicht war es ratsam, sofort das Feuer zu eröffnen, um zu zeigen, daß man keine Angst hatte, damit konnte man die Indianer fernhalten. Vielleicht war es aber besser, ihnen die Initiative zu überlassen.

„Worauf wartet ihr?" fragte Mutter Jane und wischte sich ihre Hände in der Schürze ab. „Daß sie uns die Baracke anzünden? Vorwärts, Kinder, zeigt ihnen, daß ihr schießen könnt!"

Smith brachte sie mit einer Geste zum Schweigen. Die Söhne sahen ihn fragend an.

„Vielleicht haben sie keine bösen Absichten", sagte er, „sonst hätten sie uns angegriffen. George, öffne ein wenig die Tür und sieh nach."

Vorsichtig öffnete der Bursche die Tür. Ungefähr zwanzig berittene Indianer standen vor dem Eingang zum Gehege, allen voran einer, der ihr Häuptling zu sein schien.

„Sie rühren sich nicht vom Fleck", meldete George nach innen. „Besser so."

Der Alte näherte sich der Tür.

„Bleibt in meinem Rücken und deckt mich mit eurem Feuer", sagte er entschlossen. „Wir werden gleich ihre Absichten erkennen."

Frau Jane hielt ihn zurück.

„Smith, bist du wahnsinnig geworden? Sie werden euch alle abknallen!"

Der Alte erwiderte, daß sich ihr Schicksal auch dann nicht viel ändern würde, wenn sie im Haus eingeschlossen blieben, da die Indianer, auch ohne Böses vorzuhaben, in der Überzahl wären.

Die Indianer verharrten regungslos; sie wollten offenbar verhandeln.

„Papa", meinte George, „geh lieber nicht zu weit vor! Mutter bleibt allein."

Der Alte hielt an. Der Indianerhäuptling trennte sich von der Gruppe und kam langsam näher. Er war mit einem Gewehr bewaffnet, das er mit dem Kolben auf dem Widerrist seines Pferdes gestützt hielt.

Wenige Schritte von den Weißen entfernt, hob er einen Arm.

Mörderische Seuche

Der alte Smith flüsterte den Jungen zu, sie mögen sich ruhig verhalten, und ging noch einen Schritt weiter. Er hatte erkannt, daß es sich um Sioux-Indianer handelte, und er wußte aus Erfahrung, daß sie längst angegriffen hätten, wenn es ihre Absicht gewesen wäre.

„Wir kommen von sehr weit her", rief er hinüber, doch der Sioux-Häuptling deutete ihm, daß er schweigen sollte. Dann redete er in der Sprache des weißen Mannes:

„Die Bleichgesichter sind in unser Gebiet eingedrungen. Warum?"

Smith strich über seinen weißen Bart.

„Wir kommen von sehr weit her", wiederholte er, „von einem so schlechten Boden, daß er nicht einmal meine Familie ernähren kann. Viele Tage hindurch sind wir nach dem Westen gezogen, weil wir hofften, einen Ort zu finden, wo wir rasten und unser Haus bauen könnten. Wir haben ihn gefunden. Wir haben unser Haus gebaut und sind vollauf zufrieden. Dieses Stück Boden liegt brach, hier weideten weder eure Pferde noch die Büffel..."

„Es ist indianisches Gebiet", unterbrach ihn der Sioux-Häuptling und wies mit einer weiten Handbewegung auf die umliegende Ebene.

„Wir wissen es", sagte der Alte, und es überkamen ihn Zweifel über die Verständigkeitsbereitschaft dieser Eingeborenen. „Und wenn der große Sioux-Häuptling wünscht, daß wir fortziehen, werden wir wieder zurückgehen. Doch hoffe ich, daß der große Häuptling so klug sein wird, unsere Freundeshand nicht zurückzuweisen."

Der Indianer sah ihn mißtrauisch an. Es war jedoch offenkundig, daß er die weiße Familie nicht von seinem Boden wegjagen wollte, sondern irgendeinen Plan hegte.

„Drei Männer und eine Frau?" fragte er.

„Ich sehe, daß du es weißt", antwortete Smith. „Ja, wir sind vier. Wenn du uns hier läßt, werden wir dich nie belästigen. Im Gegenteil, wenn du uns einige Pferde verschaffst, geben wir dir in jeder Jahreszeit viele Mehlsäcke, und die Frauen deines Dorfes werden nie hungern."

„Die Sioux-Indianer sind allein fähig, für ihre Frauen zu sorgen", antwortete der Indianer stolz. „Wie ist dein Name?"

Smith freute sich. Die Sache wendete sich zu seinem Besten. Die Freundschaft mit diesen Indianern konnte sehr wertvoll für sie sein.

„Ich heiße Smith", antwortete er. „Dies ist meine Frau Jane. Die Burschen heißen George und Francis, sie sind meine Söhne. Wer bist du, großer Häuptling?"

Der Indianer stieg vom Pferd. Hinter ihm her waren die übrigen herangekommen und besahen mit Neugierde die Anlage, die George und Smith errichtet hatten, um das Wasser vom Bach zur Baracke zu leiten.

Der Sioux-Häuptling richtete sich auf und sagte:

„Ich bin Graue Wolke, Häuptling der Ontara-Sioux. Mein Volk ist nicht zahlreich, aber es besteht aus starken, mutigen Kriegern. Mein Lager steht hinter den Hügeln, und meine Weiden liegen jenseits des Cañons."

„Du gehörst also nicht zum Stamm von Roter Wolke?" fragte George.

Der alte Smith hatte ihm gedeutet, still zu sein, doch nun war es schon zu spät. Der Indianer sah ihn mit flammendem Blick an; er spuckte auf den Boden und sagte:

„Mock-peah-lutah gehört zum Stamm der Oglala-Sioux, und die Ontaras sind Feinde der Oglalas. Mock-peah-lutah muß sich von unserem Gebiet fernhalten, denn meine Krieger halten für ihn die Pfeile ihrer Bögen und die Kugeln ihrer Gewehre bereit."

George dachte, daß die Ontaras sicher nicht über viele Kugeln verfügten, weil in der ganzen Gruppe bloß vier oder fünf Gewehre zu sehen waren.

„Mein Sohn ist jung, Graue Wolke", erklärte Smith, „und kennt die Geschichte deines tapferen Volkes nicht. Wir werden eure Freunde sein, wenn ihr uns nicht wegjagt."

„Ihr bleibt", sagte der Indianerhäuptling. „Ihr werdet von den Ontaras Pferde erhalten und die Freunde der Ontaras sein. Doch müßt ihr diese Freundschaft beweisen."

Die Collins sahen einander erstaunt an. Auf welche Art und Weise konnten sie diese Freundschaft beweisen? Doch nur, wenn sie den Sioux einige ihrer Erzeugnisse überließen.

„Wie?" fragte Smith.

„Der weiße Mann kennt eine Zauberkunst, die Kranke heilt."

„Teufel, Teufel", sagte George, „Papa, sie brauchen einen Arzt."

„Ja", murmelte Francis, „wir befinden uns in einer schönen Lage."

Er dachte an die Behandlung, die ihnen von den Ontaras widerführe, falls sie sie nicht zufriedenstellen konnten.

„Höre...", begann Smith, sich über den Bart streichend. „Unter uns..."

Die Stimme seiner Frau unterbrach ihn.

„Smith, warte!" rief sie. Sie lief, ohne lange Höflichkeiten auszutauschen, mitten in die Gruppe und fragte den Indianer:

„Wer ist krank?"

Der Indianer sah sie lange an, bevor er antwortete:

„Seit vielen Sonnenuntergängen sind böse Geister in unser Lager eingedrungen. Jeden Tag sterben einige unserer Frauen. Die Kinder zittern wie zur Zeit des Schnees auf den Bergen. Es ist ihnen kalt, und sie glühen, bis sie sterben. Auch viele Krieger werden von diesen Geistern geplagt. Aus ihrem Mund dringen mit den Speisen sinnlose Worte, sie jagen durch das Lager den Büffel, der nicht da ist, sie verfolgen unsichtbare Feinde, bis sie tot zusammenbrechen."

„Und was tut euer Medizinmann?" fragte Smith.

„Es gelingt ihm nicht, die Geister zu vertreiben", antwortete Graue Wolke, „und meine Leute sterben."

Jane zog ihren Mann beiseite und flüsterte ihm etwas zu.

„Bist du verrückt?" protestierte der Alte. „Wir brauchen einen Arzt, keine Frau!"

„Zum Teufel mit dem Arzt!" schimpfte Jane und kümmerte sich nicht um die überraschten Blicke ihrer Söhne und der Indianer. „Ich habe verstanden, worum es geht. Kälteschauer, Schwindelanfälle, Erbrechen, Fieber, Delirium und Tod ... das ist Typhus. Ich glaube, daß es wirklich Typhus ist, alter Smith. Kannst du dich nicht mehr an Beercord erinnern? Damals sind wir davongekommen, weil einige Frauen Bescheid wußten."

„Ja, Jane, ich erinnere mich. Aber das ist ein riesengroßes Wagnis. Denke nur, wenn du angesteckt wirst. Du kannst das nicht, du darfst nicht!"

Die Frau wandte sich an den Indianer:

„Wenn keiner von uns in dein Lager kommt", fragte sie, „was wird geschehen?"

„Meine Leute werden weiterhin sterben", antwortete Graue Wolke, „und ihr Bleichgesichter werdet wieder nach Osten aufbrechen."

Er hatte ruhig gesprochen, traurig, aber entschlossen. Jeder der Collins sah sich umkehren und denselben Weg einschlagen, den sie mit soviel Hoffnung zurückgelegt hatten.

„Wie weit ist dein Lager von hier entfernt?" fragte Jane.

„Der Ritt ist kurz, aber hart und schwierig."

„Gut, Graue Wolke. Laß uns einen deiner Krieger, damit er uns den Weg zeigen kann, und reite in dein Lager zurück. Morgen werden wir kommen und sehen, was man tun kann. Bereite inzwischen viele Gefäße mit reinem, kochend heißem Wasser und viele Messer vor. Ist in der Nähe des Lagers ein Bach, ein Fluß?"

Der Indianer bejahte.

„Gut, morgen früh sollen alle Kranken am Ufer liegen!"

Der Indianer betrachtete Jane neugierig, sogar bewundernd, doch auch ein wenig mißtrauisch.

„Morgen erwarten wir euch", sagte er.

Bei diesen Worten wendete er das Pferd. Er rief seinen Kriegern einige Worte zu und galoppierte in Richtung auf die Hügel.

Zwei Ontara-Sioux blieben regungslos wie Statuen bei den Bäumen zurück, deren Laubkronen schon in der Dunkelheit des Abends verschwammen.

Mutter Jane als Medizinmann

Vor der Nachtruhe hatten die Collins lange Mutter Janes Entschluß besprochen, ohne sie umstimmen zu können. Die Frau war beharrlich dabei geblieben, daß es wahnsinnig wäre, das schöne Landstück, das sie nach einer so langen Reise und nach Überwindung so vieler Gefahren gefunden hatten, zu verlassen, nur weil man einem Indianerstamm nicht beistehen wollte.

Beistehen, sagte Mutter Jane. Und es handelt sich um Typhus, um eine

ansteckende, gefährliche Krankheit, die Menschenleben wie ein Herbststurm die letzten Blätter der Bäume hinwegfegt. Doch Mutter Jane, die schon einmal in einem von Typhus befallenen Dorf gelebt hatte, erinnerte sich daran, daß einige Frauen im Gefolge eines Arztes das ganze Dorf desinfizierten und sogar sie selbst, Mutter Jane, von der Krankheit heilen konnten.

Und war sie selbst nicht so stark wie ein Mann, vielleicht noch stärker? Hatte sie es nicht schon oft zustande gebracht, gefährliche Menschen in die Schranken zu weisen? Hatte sie nicht bei jeder Gelegenheit die Karre aus dem Dreck gezogen? Warum und wovor fürchteten sich also ihr Mann und ihre Söhne? Bei allen Büffeln der Prärie, sie sollten sie ruhig gehen lassen! Sie würde das halbe Dorf auskochen, alle Indianer zum Baden zwingen, auf diese Weise die Epidemie unterdrücken. Sie erwartete keine Wunder, gewiß nicht, sie war jedoch überzeugt, daß sie sich nützlich erweisen und für die Familie das Recht erwerben konnte, weiter in dieser grünen Oase zwischen den Felsen zu leben.

Mutter Jane bemühte sich lange, Mann und Söhne zu überzeugen, und nachdem sie festgestellt hatte, daß es ihr nicht gelungen war, die drei Waschlappen umzustimmen, blies sie die Laterne aus und sagte kurz:

„Morgen früh gehe ich."

Darauf schlief sie ein.

Sie war die erste, die beim Morgengrauen erwachte. Rasch zog sie sich an und lief in die Küche; sie schnürte ein Bündel, worin sie eine Flasche Öl, Whisky und andere Sachen verstaute. Sie wollte gerade aus dem Haus treten, als sie von hinten am Arm gepackt wurde. Es war George, der sich schon angekleidet zeigte.

„Was zum Teufel tust du?" fragte Jane. „Geh sofort ins Bett!"

„Ssst!" machte George. „Gestern abend haben Francis, Vater und ich beschlossen, dich zu begleiten und dazu beim Morgengrauen aufzustehen. Ich bin aber allein aufgestanden und lasse die anderen schlafen. Es muß doch jemand hier bleiben, man kann ja nie wissen, was hier alles möglich ist."

„Gewiß, und auch du wirst hier bleiben", antwortete Mutter Jane rauh. „Marsch ins Bett zurück!"

„Mutter, wehre dich nicht, ich komme mir dir!"

„Nun gut", seufzte die Mutter. „Sonst weckst du auch die anderen, und zum Schluß bleibt die Ranch unbewacht. Gehen wir, aber mach keinen Lärm!"

So leise, als es der beachtliche Körperumfang Mutter Janes zuließ, schlichen sie aus der Ranch und gingen auf die von Grauer Wolke zurückgelassenen Indianer, die noch dort standen, zu.

„Diese Rotspatzen", murmelte Mutter Jane. „Seit gestern Abend haben sie sich nicht mehr bewegt! Man müßte dich ein wenig bei ihnen zur Schule schicken, damit du gehorchen lernst!"

George lachte. Er sattelte Müden Fuß (so nannte er sein Pferd), saß auf und ritt hinter seiner Mutter her, die ihrerseits den beiden vorausreitenden Indianern folgte.

Die Reise war kurz, doch ziemlich anstrengend. Die Pferde mußten den Wildbach durchwaten und dann bis zu den Hängen der Hügel galoppieren; lange zogen sie längs der Hügelkette, dann mußten sie zwischen rutschigen, lockeren Steinblöcken und Immergrünsträuchern hochklettern. Als sie die Kuppe eines Hügels erreicht hatten, hielten die beiden Indianer an und wandten sich zu den Weißen um. Einen Augenblick lang befürchteten Mutter und Sohn eine unliebsame Überraschung, aber sie beruhigten sich sofort. Einer der Sioux blieb als letzter zurück, der andere zog an der Spitze weiter und ließ die Weißen wissen, daß man noch hintereinander zu ziehen hatte.

George blieb hinter seiner Mutter. Die kleine Gruppe setzte ihren Weg auf dem Hügelkamm fort, und wenn George nach rechts oder links blickte, lief ihm ein leichter Schauer über den Rücken. Auf beiden Seiten fiel der Hang steil zu Tal ab, und die Pferde konnten ihre Hufe nur auf einen kaum ausreichenden Streifen aufsetzen. Die vier ritten wie auf eines Messers Schneide, so schmal war der Weg.

„Aber wohin schleifen sie uns?" rief Mutter Jane aus, als sie sah, daß der Kamm auf einen höheren Hügel führte. „Hier kann man nicht durch!"

George sah sich beunruhigt um. Seine Mutter hatte recht, nach 20 Schritten konnten sie nicht mehr weiter. Ob die Indianer sie hier heraufgebracht hatten, um sie zu ermorden? Doch nein, der Gedanke war dumm!

„Hallo, Sioux", rief George dem hinter ihm reitenden Indianer zu, „wo kommen wir hin? Ach, dieses Rotgesicht versteht mich ja nicht!"

Zu seiner großen Überraschung antwortete aber der Indianer:

„Wir in Dorf von Graue Wolke."

„Aber hier kommen wir nicht durch!"

Ein Stein löste sich, und ein Huf Müden Fußes glitt aus; das Pferd beugte die Knie, doch fand es wieder sein Gleichgewicht. George atmete auf. Er hatte sich schon in den Abgrund rollen sehen

Als sie endlich zur Wand des zweiten Hügels kamen, bog der Führer rechts ab auf den nächsten Abhang. Dann ritt er zwischen zwei riesigen Felsblöcken durch und drang in eine Art natürlicher Galerie ein, die schwarz wie die Nacht war.

„Wer hätte das gedacht!" sagte George und ritt ins Dunkel hinein. „Mutter, hab keine Angst, ich bin da hinter dir."

„Wer sagt dir, daß ich Angst habe?" versetzte Mutter Jane. „Schade, daß Smith und Francis zu Hause geblieben sind, das ist eine wirklich schöne Reise!"

„Hoffentlich", erwiderte George.

Nach einigen Minuten erschien ein Lichtstrahl, dann traten sie ins Freie.

Ein unwahrscheinlicher Ausblick bot sich ihnen.

So weit das Auge reicht, breitete sich eine smaragdgrüne Prärie aus, in der ausgerichtete Reihen von Laubbäumen standen. In ihrem Schatten duckten sich an die hundert pyramidenförmige Zelte. Zelte aus Häuten, aus Rohr, aus Reisig, die in der aufgehenden Sonne weißlich schimmerten. Mitten durch das Lager zog sich wie eine lange Straße zwischen zwei Häuserreihen ein schmales, schier endloses Gehege. In diesem grasbewachsenen Raum tummelten sich frei wunderschöne Pferde mit glänzendem Fell, Tiere kleinen Wuchses, aber flink und wendig, mit jenen glasharten Fesseln, die ein Pferd erst befähigen, nicht nur auf weichem Boden, sondern auch über Stock und Stein dahinzupreschen.

„Das ist das verheißene Land", rief Mutter Jane begeistert aus, „ein unbekanntes, im Gebirge verstecktes Paradies! Wie kann das Gras hier wachsen? Und die Bäume? Hoffentlich entdeckt der weiße Mann dieses Lager nicht, denn das würde das Ende der Ontaras bedeuten."

Sie war ehrlich gerührt, genau wir ihr Sohn, der einfach keine Worte fand. Doch bald war der Zauber vorbei.

Nach den ersten Überraschungen bemerkten sie, was ihnen im ersten Augenblick entgangen war. Im Lager herrschte eine seltsame Stille, gleichsam wie Hoffnungslosigkeit, die den Tod kennt. Je näher sie kamen, desto stärker war der Eindruck der Leere. Man sah und hörte kein Kinderspiel um die Zelte, wie es sonst in den Indianerdörfern immer war.

Da und dort lagen Indianer regungslos wie Tote im Gras. Vor manchem Zelt wanden sich andere unter Felldecken in so seltsamen Bewegungen, als wäre wirklich der Geist des Bösen in sie gefahren. An Mutter Janes und Georges Ohren drang schwaches Jammern, dann ein Stimmengewirr in einer unverständlichen Sprache.

Als sie mitten im Lager angekommen waren, hielt der Führer an und rief etwas. In der Türspalte des Zeltes erschien Graue Wolke. Er ging sofort den Bleichgesichtern entgegen, verhehlte aber seine Überraschung darüber nicht, die Frau in Georges Begleitung zu sehen.

„Du bist der Medizinmann?" fragte er und sah ihr in die Augen.

„Nein", sagte Mutter Jane und dachte an den Schmerz, der in diesem Lager herrschte. „Ich kenne jedoch eine Medizin der Weißen, die euch helfen kann."

„Wirst du mein Volk heilen?" fragte mißtrauisch Graue Wolke.

Mutter Jane kratzte sich unterm Kinn.

„Eine schreckliche Krankheit ist über dein Dorf gekommen", antwortete sie. „Doch ich hoffe, etwas für euch tun zu können. Ich kann den Toten ihr Leben nicht wiedergeben, vielleicht werde ich nicht einmal jene heilen können, die schon krank sind, aber ich werde zumindest verhindern, daß der Geist des Bösen sich aller deiner Leute bemächtigt."

„Ich verlange nicht, was du nicht geben kannst", nickte Graue Wolke. „Meine Leute werden schon glücklich sein, wenn die Gesunden morgen nicht krank sein werden."

„Gut. Also, an die Arbeit! Wo ist der Fluß?"

Der Indianer zeigte auf eine Felsnadel im Westen.

„Von dort oben stürzt ein Wildbach herunter", sagte er.

„Gut, tragt die Kranken an sein Ufer."

„Die Kranken sind schon dorthin gebracht worden", antwortete Graue Wolke.

„Aber nicht alle! Ich sehe noch einige hier. Wer sind diese?" Sie wies auf jene, die unter den Fellen oder im Gras lagen.

„Diese sind nur wenig vom Bösen Geist befallen."

„Ich habe alle gesagt!" Mutter Jane war unerbittlich. „Wenn du willst, daß deine Leute nicht mehr sterben, mußt du alle zum Bachufer bringen. Die Kranken und auch jene, die gesund sind! Dann will ich, daß sich alle, ich wiederhole alle, auskleiden!"

„Das nicht!" erklärte Graue Wolke.

„Ja, sie müssen sich nackt ausziehen!" schrie Mutter Jane, die allmählich ungeduldig wurde. „Und nackt müssen sie ins Wasser steigen, sich waschen, sich von Kopf bis Fuß abschrubben, die Haare schneiden!"

Mutter Jane bestand energisch darauf. Sie betonte, daß die Sioux auf ihre Haare verzichten mußten, andernfalls der Geist des Bösen ihren Körper nicht verlassen würde. Die Haare wüchsen nach, und niemand verlöre seine Würde.

„Sie sollen sich fest waschen, abschrubben. Sie sollen die Kranken waschen und schrubben, ihre Kleider alle in eine Grube werfen! Dann sollen sie ihre Körper mit Büffelfett einschmieren! Auch du, Graue Wolke, oder du kannst morgen schon tot sein!"

Graue Wolke gehorchte widerwillig. Die im Lager verbliebenen Indianer machten sich an die Arbeit.

Inzwischen begab sich Mutter Jane mit zehn Kriegern zum Fluß. Sie mußten sich ausziehen, gründlich waschen und bürsten, dann, nachdem sie ihnen eigenhändig das Haar rasiert hatte, das Fett von Kopf bis Fuß verteilen. Als sie endlich, vor Fett glänzend und niedergeschlagen wie Kinder, die sich einer Untat schämten, vor ihr standen, teilte sie sie zur Arbeit ein.

Unter den großen Wasserkrügen, die von den Sioux schon vorbereitet worden waren, ließ sie Feuer entfachen und kochte darinnen die Kleider der 157 Indianer aus, die bis vor wenigen Tagen den Stamm der Ontara gebildet hatten. Die Kleider wurden dann in der Sonne ausgebreitet, schließlich den Gesunden zugeteilt. Die Kranken wickelte man nackt in ebenfalls durch Kochen desinfizierte und getrocknete Decken ein. Dann kamen die Zelte an die Reihe. Die großen Krüge dampften den ganzen Tag lang, gegen Abend aber wurden die Zelte wieder aufgestellt, nachdem das dürre Gras, auf welchem sie vorher gestanden waren, verbrannt worden war.

Bei Sonnenuntergang war die Arbeit beendet. Jedes Kleidungsstück, jeden Gegenstand, der Bazillenträger sein konnte, hatte man ausgekocht. Die frischgekleideten und rasierten Sioux fühlten sich vom Bad gestärkt, die Kranken ruhten friedlich unter sauberen Decken. In anderen Töpfen brodelte die Suppe, die für mehrere Tage die ausschließliche Nahrung des ganzen Dorfes bilden sollte. Mutter Jane packte überall eigenhändig zu und erteilte dabei fortwährend Befehle, die willig befolgt wurden.

Am Lagerrand lagen die Leichen jener, die von der Krankheit besiegt worden waren, auf einem Holzstoß, den sie selbst angezündet hatte.

„Das Feuer reinigt", hatte sie George gesagt, den dieser Anblick erschütterte. „Von den Toten wird nur die Erinnerung zurückbleiben, sie wird aber für alle jene genügen, die sie beweinen wollen."

Die Nacht war eingefallen. Mutter Jane wischte mit der Hand über die Stirn. Sie hatte die Pferde vergessen! Sie hatte für alles gesorgt, sie hatte jeden Indianer gereinigt, vom Häuptling bis zu den Kindern, von den alten Männern bis zu den Frauen, sie hatte sie wie Suppenhühner rasiert, jeden Gegenstand in kochendem Wasser entkeimt – und jetzt erinnerte sie sich plötzlich an die Pferde. Bei allen Teufeln, auch sie konnten Bazillenträger sein!

„Graue Wolke!" rief sie.

Graue Wolke stand hinter ihr. Er hatte ein wenig von seinem hochmütigen Stolz abgelegt, war aber dennoch eine würdevolle Persönlichkeit geblieben.

„Die Pferde müssen derselben Behandlung unterzogen werden wie deine Krieger", erklärte Mutter Jane.

„Die Pferde?" fragte der Indianer äußerst überrascht.

„Ja, die Pferde. Ihr müßt ihr Zaumzeug auskochen, sie waschen und noch einmal waschen, sie von allen Insekten befreien, dann einfetten."

Man machte sich sofort an diese Arbeit. Nachdem zahlreiche Fackeln angezündet worden waren, die die Finsternis erhellten, führten die Männer alle Pferde aus der weiten Koppel; sie wurden gebürstet, gestriegelt, zum Fluß und ins Wasser hineingetrieben. Dort wuschen sie sie gründlich, führten sie dann ans Ufer zurück, rieben sie trocken und fetteten sie ein. Ein Fremder, der im flackernden Fackelschein das Sioux-Lager gesehen hätte, wäre um das ungewohnte Treiben mehr als erstaunt gewesen.

Als die Arbeit beendet war, fingen die Indianer an zu glauben, daß diese dicke Frau mit dem weißen Gesicht wahrhaftig eine Hexenmeisterin war.

Miles und sein Whisky

„Du hättest dort sein sollen, Francis", sagte George, der mit dem Vertilgen eines Mehlkuchens beschäftigt war. „Mutter war unglaublich, einfach unglaublich! Erzähle das niemandem, denn man wird es dir nicht glauben. Einen ganzen Tag und eine Nacht lang war sie der große Häuptling der Ontara-Sioux."

Francis zuckte mit den Achseln.

„Ich weiß, du hast es mir schon erzählt, das schließt aber nicht aus, daß du ein Schuft warst. Du hättest uns wecken sollen, wir sollten doch mitkommen!"

„Wie klug! So wäre die Ranch unbewacht geblieben."

„Schluß, Kinder, an die Arbeit!" rief Mutter Jane. „Vater ist schon auf dem Feld. Schämt euch! George, jetzt ist es genug, wir haben alles erzählt und brauchen daraus kein Heldengedicht zu machen. Wir haben den Indianern geholfen, weil wir hoffen, daß sie uns in Frieden lassen und uns helfen werden."

„Auf welche Weise?" fragte Francis und erhob sich. „Vielleicht dadurch, daß sie uns pflegen, wenn wir krank sind?"

„Wie geistreich!" höhnte George. „Mutter meint doch die Pferde. Graue Wolke sagte, daß er sie uns geben würde, nicht wahr?"

„Wenn ihr darauf wartet, daß er sie euch bringt", erwiderte Francis, „könnt ihr lange warten. Graue Wolke und seine Leute sind bestimmt wütend darüber, daß sie sich vor euch schwach gezeigt haben. Und ich glaube nicht, daß sie euch dankbar sind."

„Das kann man nicht so ohne weiteres behaupten, Kinder. Hinaus! Hinaus, an die Arbeit, oder ich jage euch mit dem Besen!"

Mutter Jane griff wirklich nach dem Besen, und ihre Söhne schossen aus dem Haus.

„Schau, George!" rief Francis, der als erster draußen stand.

Auf der Prärie ritten einige Indianer heran, die ungefähr zwanzig Pferde mit sich führten.

„Vater, Mutter!"

Die Indianer hielten bei den Bäumen an. Einer von ihnen sagte:

„Man nennt mich Adlerauge, und ich bringe den bleichgesichtigen Freunden ein Geschenk der Ontara-Indianer. Graue Wolke, der große Häuptling, sagt den Bleichgesichtern, daß sie wieder den Weg zum Sioux-Lager nehmen können, wann immer sie wollen."

Nach diesen kurzen Worten wendete er sein Pferd, und seine Begleitung folgte ihm im Galopp. Vor den glücklich-erstaunten Blicken der Collins stand das Gottesgeschenk.

„Zwanzig Pferde!" rief der alte Smith aus und sprang wie ein Kind auf dem Rasen. „Zwanzig Pferde! Und welche Pferde! Schau, was für eine Pracht, Alte!"

„Nenne mich nicht Alte, alter Smith!" brummte Mutter Jane, die Hände in die Hüften stützend. „Wir sprechen von Pferden. Ja, sie sind schön, da gibt es keinen Zweifel!"

„Keinen!" meinte George. „Es gibt Stuten und Hengste. Jetzt können wir züchten. Papa, in einigen Jahren werden wir die Herde nach Osten führen."

„Wenn Graue Wolke sie sich nicht früher oder später zurücknimmt", bemerkte Francis.

„Hör auf, den Unglücksvogel zu spielen!" fluchte Smith. „Jetzt haben wir sie und behalten sie. Auf, Kinder, treiben wir alle in die Koppel! Heute beginnt unser Leben. Wir haben die Ranch und haben Pferde. Was wollen wir noch?"

Die Collins trieben die Tiere ins Gehege. Nur Francis blieb mit niedergeschlagenem Blick zurück. Dann sah er nach dem Hügel, der Felskette im Osten und nach den Hügeln im Westen hin. Er war unzufrieden und wußte nicht, warum.

„Komm, Francis!" rief George.

Der Bruder folgte.

In dieser Nacht konnte keiner die Augen schließen, denn die letzten Ereignisse hatte sie zu sehr erregt. Ihr Leben gestaltete sich aber in den folgenden Wochen wieder ruhig und still und verlief wie der friedliche Strom des Baches, der die Prärie in zwei Teile teilte.

Die Ranch wurde immer schöner und wohnlicher. Die Möbel waren vervollständigt, die Pferdekoppeln erweitert, die Saat ausgestreut worden.

Nun warteten sie auf den Winter. Er kündigte sich schon mit starken Gewittern an, denen Tage strenger Kälte folgten; sie räumte ihren Platz wiederum eisigen Nordwinden ein, die graue Wolken, das Vorzeichen für Schnee, über das Gebirge trieben.

Und der Schnee kam und bedeckte alles. Es war an einem Tag voll Schnee und eisige Kälte, als die Collins, die gerade bei Tisch mit einer nahrhaften Suppe vor sich saßen, zuerst ein Klagen, dann vom Schnee gedämpftes Hufgeklapper vernahmen.

„O Gott, wer mag das sein?" fragte Mutter Jane, den Löffel hinlegend.

„Ich habe nichts gehört", bemerkte George und aß weiter.

Jetzt klopfte jemand an die Tür. Da waren sie jeden Zweifels enthoben.

Smith öffnete eilig. Von einem eisigen Windstoß und einem Schneeschauer getrieben, trat ein Mann ein.

Er war groß und hager; trug eine Pelzjacke und kniehohe Stiefel, da ihm der breitkrempige Hut vom Kopf gefallen war, sah man sein schwarzes, langes Haar.

„Ich heiße Miles", murmelte er, dann fiel er zu Boden.

Die Collins waren von dieser unerwarteten Erscheinung so überrascht, daß sie den Mann zu ihren Füßen anstarrten, ohne ihm zu helfen. Wie gewöhnlich, erholte sich Mutter Jane als erste von dem Schrecken.

„Nun", sagte sie, „ihr laßt ihn hier liegen? Auf, schnell, legt ihn auf die Bank! Smith, gib mir eine heiße Suppe."

Die drei Männer folgten. Als der Fremde auf die Bank gebettet war, rüttelte ihn Smith so kräftig, daß er die Augen öffnete und die ihm eingeflößte warme Flüssigkeit zu schlürfen begann. Er hatte einen müden, abwesenden Blick. Er richtete sich langsam auf und sah um sich. Mutter Jane versuchte, ihm noch eine Tasse Suppe zu geben, er wies sie jedoch ab.

„Wer sind Sie?" fragte er. „Was tun Sie hier?"

„Das ist lustig", antwortete George. „Dieselbe Frage wollen wir Ihnen stellen. Wer sind Sie? Was tun Sie hier? Sind Sie allein?"

Der Mann wischte sich über die Stirn.

„Verflucht", rief er aus. „Kalte Gegend hier! Wenn ich nicht diese Hütte gefunden hätte, wäre ich verhungert und erfroren. Haben Sie nichts zu beißen?"

Mutter Jane reichte ihm wieder die zweite Tasse Suppe, er zeigte aber auf das Fleisch auf dem Tisch.

„Nehmen Sie nur, Herr ... Herr ..."

„Ich heiße Miles", wiederholte der Mann. Und er biß in ein großes Stück Fleisch, das bald in seinem Schlund verschwand.

„Können Sie uns erklären, wieso Sie in diesem verlassenen Erdenwinkel auftauchen?" fragte Smith und setzte sich neben ihn.

„Der Alte ist neugierig", grinste Miles. „Im Grunde genommen haben Sie aber nicht unrecht. Nur der Teufel kann mich in diese Hölle gehetzt haben. Immerhin, was ich tue, geht Sie nichts an."

Die Collins sahen einander unangenehm berührt an. Dieser Mangel an Höflichkeit seitens dessen, den sie freundlich beherbergten, war ihnen unerklärlich.

„Meinetwegen können Sie auch schweigen wie ein leeres Grab und sofort verschwinden", meinte recht trocken Francis.

„Diese Antwort gefällt mir", erwiderte Miles. „Und ich habe wirklich keinen Grund, unhöflich zu sein, wenn ich auf so freundliche Leute wie Sie treffe. Ich heiße Miles ..."

„Das haben Sie schon dreimal gesagt, mein Herr, und wir haben es verstanden", sagte Smith.

„Ja und? Ah, Sie wollen wissen, was ich tue? Hier sei Ihnen gedient. Ich betreibe Handel. Ich verkaufe."

„Das ist gut für Sie, Herr Miles", antwortete Jane, der dieser Mann gar nicht gefiel. „Doch womit handeln Sie in dieser Gegend? Es gibt keine Dörfer, keine Goldsucher, keine Farmer. Und ich glaube nicht, daß Sie so weit gereist sind, um uns etwas zu verkaufen."

„O nein. Ich bin sicher, daß Sie keinen Whisky benötigen, und ich verkaufe nur diesen Artikel. Ich habe einige Fässer davon."

„Wo?" frage Smith, der vom Fenster aus nur ein unbeladenes Pferd gesehen hatte.

„Auf einem Wagen, den ich einige Meilen weit von hier zurücklassen mußte. Ein Rad ist gebrochen, und ich war zu müde, um es zu reparieren."

„Gut, mein Herr, es geht also um Whisky", sagte Jane. „An wen verkaufen Sie ihn aber? Wir sind allein, das habe ich Ihnen schon gesagt."

In Miles Augen zuckte ein Blitz.

„Er wird ihn den Sioux verkaufen wollen", sagte Francis. „Das ist klar."

Miles sprang auf.

„Sioux hast du gesagt, Bursche? Gibt es hier Sioux?"

Die Collins wußten nicht, was sie antworten sollten. Miles war unerklärlicherweise sehr daran interessiert zu erfahren, ob in dieser Gegend Sioux lebten oder nicht. Suchte er vielleicht gerade sie, um den Alkohol zu verkaufen?

„Nicht hier in der Nähe", griff Smith Collins rasch ein, der es für angebracht hielt, das Lager der Sioux nicht zu verraten. „Man muß weit reisen."

„Aha", meinte Miles. „Soviel ich weiß, leben die Ontara-Sioux jenseits der Cañons, leider meilenweit von hier entfernt."

„Mit wem wollen Sie also Ihre Geschäfte abwickeln?" fragte Frau Collins.

Miles sah eine Weile schweigend seinen Zuhörern in die Augen. Dann sagte er in der Überzeugung, ihnen eine Überraschung zu bieten:

„Mit Roter Wolke."

„Unmöglich!" erklärte Smith.

„Aber hier gibt es keine Sioux von Roter Wolke", sagte Francis. „Um sie anzutreffen, müssen Sie weit nach Norden reisen. Genauer gesagt, nach Nordosten."

Miles lächelte seltsam.

Rote Wolke auf dem Kriegspfad

Am folgenden Morgen fanden sich alle wieder bei Tisch ein. Miles hatte auf der Bank geschlafen und schien jetzt bei Tageslicht ausgeruht und frisch zu sein.

Man konnte ihn nicht als einen häßlichen Mann bezeichnen, in seinem Blick lag aber etwas Dunkles, das Mißtrauen erwecken mußte.

Während er aß, betrachtete ihn Frau Collins mit prüfenden Augen. Er hatte sich seit Tagen nicht rasiert, sein schwarzes Haar fiel ihm gekräuselt in die niedrige, zerfurchte Stirn; die scharf geschnittene, gekrümmte Nase ragte über einen fast lippenlosen Mund.

„Gestern haben Sie gesagt, daß Rote Wolke hier in der Gegend ist, Herr Miles. Scherzten Sie?"

Miles lächelte Mutter Jane an.

„Mitnichten, liebe Frau, Sie brauchen aber keine Angst zu haben. Rote Wolke ist nicht schlechter als viele weiße Menschen. Außerdem genügt es, ihm nicht über den Weg zu kommen, und man kann friedlich leben."

„Das mag wahr sein, Herr Miles", meinte der alte Smith, und legte die Bibel weg, in der er seit einigen Minuten las. „Die Anwesenheit Roter Wolke kann jedoch das Vorzeichen für schlechte Tage sein. Soviel ich weiß, hat er das Kriegsbeil gegen die Weißen ausgegraben. Was sucht er hier?"

„Hören Sie! Da Sie ihn früher oder später sehen werden, kann ich es Ihnen ja sagen, doch muß es unter uns bleiben. Rote Wolke kommt, um die Ontara auszurotten."

Die Collins sahen einander entsetzt an. Diese Nachricht bedeutete das Ende ihres Friedens.

„Sind Sie dessen, was Sie da sagen, sicher, Herr Miles?" fragte George.

Miles grinste.

„Ich bin der einzige, der diese Nachricht als sicher bezeichnen kann", antwortete er stolz. „Ich sage Ihnen noch mehr: Ehe drei Tage um sind, werden Sie die Oglala-Sioux in dieses Tal eindringen sehen."

„O Gott!" klagte der alte Smith, sich die Bibel an die Brust drückend. „Wenn das wahr ist, müssen wir vor ihrem Auftauchen aufbrechen!"

„Aber, Herr Collins", lachte Miles, „Sie brauchen wahrhaftig keine Angst zu haben! Rote Wolke hat nicht im geringsten die Absicht, Farmer und ausgerechnet Sie umzubringen. Für jetzt wird er sich mit der Niedermetzelung der Ontaras begnügen. Es handelt sich um eine Lehre, die er ihnen und anderen erteilen will."

„Eine Lehre?" fragte Smith neugierig.

„Genau das. Rote Wolke versammelt alle Stämme des Nordens, um sich den Forderungen des Militärs zu widersetzen. Er hat schon viele dafür gewonnen, Graue Wolke aber weigert sich, in dieser Sache mitzumachen. Wie Sie sich ja vorstellen können, wird er deshalb als Verräter betrachtet, und Rote Wolke ist entschlossen, allen ungehorsamen Stämmen eine Lektion zu erteilen."

„Er will also Graue Wolke vernichten?"

„Ja, das will er, Frau Collins", stimmte Miles zu.

„Ich verstehe aber nicht, was dabei Ihr Whisky zu tun hat", sagte der alte Smith.

„In Ihrem Alter sollten Sie das wissen, Großväterchen!" erwiderte Miles.

Frau Collins wurde grün. Ihre große Brust schwoll an, als sie die Luft einsog und die Hände in die Hüften stemmte:

„Ich gestatte Ihnen nicht, meinen Mann so zu nennen!" schrie sie mit blitzenden Augen.

„Oh, wie angerührt Sie sind!" höhnte Miles und sah sie schief an. „Wie Sie wollen, wie Sie wollen. Nun ja, jetzt räume ich das Feld."

Alle erhoben sich. George fragte ihn:

„Wo werden Sie sie treffen?"

„Dort im Nordosten. Sie werden über das Gebirge kommen. Ich glaube, daß sie vorhaben, sich endgültig jenseits des großen Flusses niederzulassen, wenn sie die Ontaras vernichtet haben. Sie werden sicher enttäuscht sein, in der Prärie Ihre Ranch und nicht das Lager der Grauen Wolke vorzufinden."

„Wie?" fragte Smith. „Wollen Sie damit sagen, daß Graue Wolke ihr Lager hier hatte?"

„Wußten Sie das nicht? Genau hier, wo jetzt Ihre Ranch steht, mein Alter.

Oh, verzeihen Sie, Herr Collins. Vielleicht wird Rote Wolke über diese Änderung schon informiert sein. Immerhin, können Sie mir nicht sagen, wo diese verfluchten Ontara hausen?"

„Hm!" hustete der Alte, um Francis, der antworten wollte, den Mund zu schließen. „Nein, wir haben keine Ahnung. Doch wenn ich mich genau besinne, leben sie jenseits der Cañons, im Norden, weit im Norden, jenseits des Gebirges. Werden wir Sie wiedersehen, Herr Miles?"

„Wer weiß", antwortete der Whiskyhändler schon bei der Tür. „Wenn die Geschäfte gut gehen, kann es sein, daß wir einander wiedertreffen. Wenn auch Rote Wolke nicht gefährlich ist, rate ich Ihnen, auf der Hut zu sein. Auf Wiedersehen, Frau Collins, vielen Dank für alles."

Mit diesen Worten ging er fort. Die Collins standen beim Fenster und sahen ihm nach, als er auf den Taleingang zuritt, den die Kinder „das Fenster" genannt hatten. Als sie ihn jedoch bei einem Wagen und einigen Pferden anhalten sahen, wurden sie nachdenklich.

„Was zum Teufel tut er?" fragte George.

„Er hat gesagt, daß er nur ein Pferd am Wagen hatte, statt dessen hat er zwei. Außerdem scheint es mir, daß er gar kein Rad reparieren muß. Seht, er fährt schon los!"

In der Tat, der Wagen hatte sich in Bewegung gesetzt.

„Offensichtlich wollte Herr Miles nicht, daß wir die Ladung seines Wagens kennen", urteilte Mutter Jane. „Aber warum?"

Sie hatte den Satz noch nicht beendet, als Francis zur Tür stürzte. Kurz darauf ritt er auf Müdem Fuß, Georges Pferd, davon, hinter Miles her.

„Diese Rotznase bringt sich in Schwierigkeiten", sagte Smith und nahm das Gewehr von der Wand. „Ich gehe ihm nach."

Mutter Jane und George blieben allein zurück. Jeder machte sich seine Gedanken über die Worte des seltsamen Vogels, den sie beherbergt hatten.

Mutter Janes Meinung nach war alles, was er gesagt hatte, besorgniserregend und mußte gut bedacht werden. Sie konnten nicht riskieren, daß die ganze Familie niedergemacht würde. Sie mußten Vorkehrungen treffen, weggehen, Hilfe holen. Aber wo, bei wem?

George dachte hingegen, daß Miles Nachrichten eine neue Note in das alltägliche Leben brachten. Vielleicht würde es in der Nähe eine Schlacht geben, und er sah sich schon gegen viele Indianer kämpfen. Aber bald begriff auch er, daß es eine Sache war, romantisch über Gefahren zu träumen, eine andere aber, ihnen wirklich ins Gesicht sehen zu müssen.

Smith und Francis kamen bald zurück. Der Alte hatte seinen Sohn gerade noch rechtzeitig eingeholt, um ihn zurückzurufen, bevor er mit Miles sprechen und ihn womöglich mit seiner Neugierde verärgern konnte.

Wohin flüchten?

Frau Jane hielt den großen Rat noch am selben Tag ab. Sie nannte so jene gemeinsamen Besprechungen, bei denen man über wichtige Dinge entscheiden mußte.

„Ihr habt gehört, was uns dieser Miles gesagt hat", begann sie. „Nun glaube ich, daß . . ."

„. . . daß man sofort Graue Wolke warnen muß", unterbrach George.

„Wozu denn Graue Wolke", bemerkte Francis. „Was geht er uns an?"

Frau Jane sah ihren ältesten Sohn mit strengem und zugleich enttäuschtem Blick an.

„Seit wir Freunde Grauer Wolke sind, ist es unsere Pflicht, ihn auf Gefahren aufmerksam zu machen. Er hat uns sehr geholfen."

„Wie wir ihm geholfen haben. Wir sind quitt", gab Francis zurück.

Smith schüttelte den Kopf.

„Freundschaft bedeutet nicht, einander gleich große Gefälligkeiten zu erweisen, sondern jedesmal zu helfen, sooft sich die Gelegenheit dazu bietet."

„Gut, macht also, was ihr wollt!" erklärte Francis. „Ich verstehe aber nicht, welchen Vorteil wir daraus ziehen werden."

Frau Jane spürte einen Stich im Herzen. Seit einiger Zeit war sie um Francis besorgt. Er war still geworden, sein Charakter verriet oft herbe Züge, und oft zeigte er so schlechte Gefühle, wie sie sie bei ihm nie vermutet hätte.

„Genug, Francis, die Sache ist beschlossen. Graue Wolke wird gewarnt. Wir müssen aber beschließen, was wir tun sollen. Wenn sich Miles nicht irrte, befinden wir uns geradewegs auf dem Weg, den Rote Wolke mit seinen Kriegern nehmen wird. Wir sind zu wenig, um uns gegen einen eventuellen Angriff verteidigen zu können. Großer Gott, wer hätte auch jemals gedacht, daß sie hierher kommen?"

„Du vergißt das Heer, Mutter", sagte George. „Sobald Rote Wolke aus seinem Gebiet weggeht, wird er es auf seinen Fersen haben."

„Und was ist damit getan? Wer wird ihn daran hindern, uns alle umzubringen? Nein, ich sage, daß wir etwas unternehmen müssen," beharrte Francis.

„Ziehen wir in das Lager der Ontara", schlug der alte Smith vor.

„Welcher Einfall!" lachte Francis. „Genau in die Falle!"

George sprach, wie immer, ruhig und gelassen:

„Mutter, dieser Einfall ist nicht schlecht. Das Lager der Ontara liegt so versteckt und unwegsam, daß Rote Wolke es niemals finden wird. Um so weniger, als er vielleicht glaubt, daß es jenseits der Cañons liegt."

Sie sprachen noch lange über das Problem, und schließlich siegte Smiths Plan. Am frühen Nachmittag verließ die ganze Familie die Ranch. Jeder brach traurigen Herzens auf und fragte sich, ob sie bei ihrer Rückkehr alles so wie früher oder alles zerstört vorfinden würden.

„Vielleicht war es ein Fehler von uns, die Tiere auf den Koppeln zu lassen", sagte Mutter Jane und sah sich um.

„Morgen werden die Kinder sie holen kommen", antwortete Smith. „In der Ranch gibt es auch andere Sachen, die man besser nicht zurücklassen sollte."

Sie ritten langsam. Diesmal wollte niemand schnell ans Ziel gelangen.

„Wenn sich Miles aber geirrt oder uns zum Narren gehalten hat?" bemerkte, von plötzlichen Zweifeln gepackt, Francis.

„Warum? Was hätte er davon?" fragte Mutter Jane.

„Wer weiß", meinte er.

Smith, der voran ritt, hielt plötzlich an. Mitten auf dem Weg stand Miles.

„Bei allen Büffeln dieser Erde!" rief er ihm von weitem zu. „Was machen Sie hier?"

Ein langes Lachen rollte so laut, daß die Felsen mit dem Echo antworteten.

„Herr Miles, machen Sie sich über uns lustig?" fragte ihn Mutter Jane und ritt neben ihren Mann vor.

„Nein, Verehrteste", antwortete Miles, ohne sich von der Wegmitte wegzurühren. „Dieselbe Frage kann ich aber Ihnen stellen. Wohin gehen Sie mit Sack und Pack? Sie haben gesagt, daß Sie das Lager der Ontara nicht kennen, wie mir aber scheint, haben Sie gelogen."

„Überhaupt nicht, Herr Miles", antwortete George, dem diese Neugierde auffiel. „Wir kennen das Indianerlager nicht, da Sie uns aber gesagt haben, daß bald Rote Wolke in das Tal kommen wird, bringen wir uns so rasch wie möglich in Sicherheit. Ich glaube, daß diese Hügel einen besseren Schutz bieten können als die Ranch. Wieso sind Sie hier? Ihr Benehmen kommt mir nicht sehr aufrichtig vor."

„Oh, was für große Worte für einen Knaben", grinste der andere. „Ich glaube, daß ich es Ihnen gesagt habe. Ich möchte mich mit gleich welchen Indianern treffen."

„Ja, wir sehen es. Doch hier gibt es keine. Wenn Sie aber mit uns in diesen Felsen lagern wollen, können Sie es ruhig tun."

Bei diesen Worten gab Smith dem Pferd die Sporen, die anderen folgten ihm langsam. Als George an Miles vorbei ritt, erkannte er, daß der Mann keinem ihrer Worte Glauben schenkte.

Als sie an den Hügelhängen angekommen waren, betrachtete Mutter Jane mit aller Aufmerksamkeit die Gegend, hielt schließlich ihr Pferd an und schlug vor, hier zu lagern.

„Diese Felsen werden uns im Falle eines Angriffs Schutz bieten", erklärte sie.

Miles war wieder verschwunden. Vielleicht hatte er sich endlich aus dem Staub gemacht, vielleicht aber spionierte er hinter den kleinen Bodenerhebungen weiter.

„Dieser Krämer beginnt mir auf die Nerven zu gehen", sagte Francis beim Absitzen. „Ich möchte mich ein wenig umsehen."

„Ich komme mit, Francis", erklärte George.

Während die Eltern vorgaben, das Lager bereiten zu wollen, gingen die Jungen den Weg zurück.

Rundum schienen die Prärie und die Felsen ruhig zu sein. Von Miles war nicht einmal ein Schatten zu sehen.

„Als wäre er ein Gespenst", fluchte Francis, das leicht balancierende Gewehr im Arm. „Zum Teufel, er muß doch hier in der Nähe sein."

„Es ist vergebliche Mühe, ihn zu suchen", meinte der Bruder.

„Warte, George, ich habe eine Idee. Ich folge zu Pferd dem Rand der Prärie, wo der Boden feucht ist und die Hufe kein Geräusch verursachen. Du deckst mir den Rücken. Ich muß wissen, wer Miles ist und was er in diesem Wagen mitführt. Wenn du zwei Gewehrschüsse hörst, kommst du schnell zu mir, sonst bleibst du ruhig. Ich werde dasselbe tun. Verstanden?"

Francis ließ George am Rande der Prärie und entfernte sich behutsam. Auf dem Boden waren noch die frischen Spuren von Miles Pferd, aber sie führten auf die Hügel zu und nicht zurück. Francis gewann gleich die Überzeugung, daß sich der Mann in den Felsen versteckt hielt. „Um so besser", dachte er.

Nach ungefähr zehn Minuten entdeckte er Miles Pferde und Wagen unter einer Baumgruppe. Er hob die Plache, die den Wagen zudeckte.

Miles hatte nicht gelogen. Da lagen sechs Whiskyfässer... doch im Gegensatz zu vielen Feldflaschen breiteten sie keinen Alkoholgeruch aus.

Francis wollte den Grund dafür entdecken. Mit dem Messer, das er im Gürtel stecken hatte, zog er aus einem Faß den dicken Korken heraus. Nichteinmal jetzt spürte er den Geruch. Er steckte vorsichtig einen Finger in die Öffnung und fühlte etwas, das glatt und hart war. Er drückte noch einen Finger hinein – und zog an das Tageslicht: eine Patrone.

Die Fässer waren angefüllt mit Gewehrkugeln! Diese Entdeckung erschütterte ihn. Warum hatte Miles gelogen! Wem waren diese Kugeln bestimmt?

Er suchte im Wagen weiter. Als er die Untersuchung beenden wollte, entdeckte er, daß die Fässer auf einem doppelten Boden standen. Ein Wagen mit Doppelboden! Was sollte das bedeuten? Mit klopfendem Herzen hob er eine der Bohlen hoch und zog aus dem darunter liegenden Zwischenraum einen Sack. Er betastete ihn; er schien mit Fetzen angefüllt zu sein, vielleicht mit Fellen. So band er ihn auf und griff hinein. Mit einem kaum unterdrückten Schrei fuhr er zurück.

In der Hand hielt er einen Skalp, einen Indianerskalp.

Francis schüttelte sich vor Ekel. Miles versorgte also die Indianer mit Munition, er handelte aber auch mit Skalpen! Offenbar folgte er Roter Wolkes Kriegszügen, teilte mit ihm die Kriegsbeute und sammelte die Skalpe der gefallenen Feinde. Was tat er aber mit diesen schaurigen Trophäen?

Francis fiel jetzt ein, was ihm sein Vater einmal gesagt hatte: daß die Militärkommandos viel Geld für Indianerskalpe zahlten.

Er legte rasch alles an seinen Platz zurück und wollte noch schneller umkehren, als er Hufgeklapper vernahm.

Im letzten Augenblick konnte er sich hinter einigen Felsblöcken verstecken. Miles erschien in der Lichtung.

Zum Kampf gerüstet

Die Abendschatten sanken schon herab, als Francis noch immer hinter den Felsen versteckt lag. Er konnte Miles neben dem Wagen sitzen und still seine Pfeife rauchen sehen. Aber er durfte nicht mehr warten! Vor dem Einbruch der Nacht würden sein Bruder und seine Eltern, über seine lange Abwesenheit besorgt, sich auf die Suche nach ihm machen. Er mußte unbedingt fort von hier, ohne sich Miles zu zeigen, der den Zweck seiner Anwesenheit erraten würde.

Da... der Augenblick schien günstig. Miles schlief. Er drehte ihm den Rücken zu.

Vorsichtig schlich der Junge durch den Schatten und zog sein Pferd hinter sich her. Miles drehte sich um. Francis fuhr zusammen und hielt still. Dann schlich er weiter. Bei den Bäumen angelangt, konnte er erleichtert aufatmen, denn es war ihm gelungen, unbemerkt an Miles vorbeizukommen. Nun brauchte er nur einige Sekunden weiterzukriechen, bis er an der Wegbiegung angelangt war...

Dort stieg er in den Sattel und galoppierte davon. Als er George sah, machte er ihm, ohne ein Wort über seinen Kundschafterritt, Zeichen, ihm zu folgen, und gemeinsam kamen sie zu den Eltern zurück, die sich schon besorgt gefragt hatten, in welche Schwierigkeiten ihre Söhne wohl geraten sein mochten.

Francis erzählte alles, von den Patronen und den Skalps und von Miles, der offenbar dieses Gebiet nicht verlassen wollte, was sicher besagt, daß er mit dem Auftauchen von Roter Wolke rechnete.

Mutter Jane wollte keine weitere Zeit verlieren. Die kleine Karawane machte sich in Richtung auf das Ontara-Lager auf den Weg. George ritt voran, da er sich gut an die schon einmal zurückgelegte Strecke erinnerte, Francis ritt mit dem Gewehr in der Hand als letzter. So legten sie den Weg zwischen den Felsen zurück, überwanden die „Messerschneide", wie George den sandigen Hügelkamm genannt hatte, kamen durch die Galerie im Herzen des Gebirges. Die Ontara-Wachen sahen ihnen neugierig entgegen. Schließlich gelangten sie müde und besorgt in das Lager Grauer Wolke.

Graue Wolke empfing sie mit größter Freundlichkeit. Mutter Jane übernahm die Aufgabe, ihn vom bevorstehenden Einfall Roter Wolke in Kenntnis zu setzen. Sie erzählte jede Einzelheit. Sie sprach von Miles und von seinem, mit Munition beladenen Wagen. Als sie schließlich die Skalpe erwähnte, leuchtete in den Augen von Grauer Wolke ein Blitz auf.

„Die weißen Freunde haben gut getan, in unserem Lager Zuflucht zu suchen, das ihnen das Leben jedes einzelnen Kriegers schuldet. Die weißen Freunde werden in den besten Zelten wohnen, ihre Pferde werden auf unseren Wiesen weiden ... aber ich sehe die Herde nicht."

Mutter Jane erklärte, daß die Herde am folgenden Tag gebracht werden sollte. Sie dankte für die Gastfreundschaft und fragte den Häuptling über seine Pläne.

„Graue Wolke wußte, daß Rote Wolke in sein Gebiet einfallen wird, doch glaubte er, daß vor diesem Marsch noch viele Monde vergehen würden. Graue Wolke wird dem Feind entgegentreten. Graue Wolke weiß jetzt nicht mehr, da er erst die Meinung der Alten einholen muß."

Graue Wolke deutete vor jedem Weißen eine Verbeugung an und gab einige Befehle, dann ging er ins Ratszelt.

Am folgenden Tag herrschte im Lager große Geschäftigkeit. Die Männer reinigten ihre Waffen, die Frauen erzeugten Pfeile und Fußfallen, die Jungen übten sich in Scheinkämpfen, ritten vorgetäuschte Ziele an, die sie mit Lanzen und Gewehrschüssen zu treffen suchten.

Mutter Jane und die Ihren, die gemeinsam in einem großen Zelt hatten schlafen wollen, sahen besorgt diesen Vorbereitungen zu. Der alte Smith betete und betete und warf sich in seinem Innersten vor, seine Familie nicht daran gehindert zu haben, hier im Tal anzuhalten, statt bis jenseits der Cañons zu ziehen. Doch nunmehr war es geschehen, und alle Verzweiflung darüber brachte jetzt keinen Nutzen. Das wußte er.

„Francis", sagte George plötzlich, „du hast einen Fehler begangen!"

„Welchen, mein gnädiger Herr?"

„Du hast dich des Wagens und seiner Ladung nicht bemächtigt. Wenn die Indianer uns angreifen, werden wir nicht einmal dazu kommen, unsere Gewehre heiß werden zu lassen."

„Teufel!" fluchte der Bruder. „Du hast recht. Und der Wagen war unbewacht! Vielleicht haben wir noch Zeit dazu. Wenn wir ins Tal hinabsteigen, um die Herde zu holen, könnte einer von uns ... Gehen wir, George, wir dürfen keine Zeit verlieren."

Sie sagten ihren Eltern, daß sie nun zur Ranch zurückreiten wollten, um die Pferdeherde zu holen, und brachen auf. Als Adlerauge sie wegreiten sah, fragte er Mutter Jane um den Grund, und als er ihn erfahren hatte, rief er drei Krieger herbei, denen er einen Befehl erteilte, den die Mutter nicht verstehen konnte.

Im Tal lag die Ranch still und friedlich im Morgenlicht da. Als George und Francis aus dem Kamin keinen Rauch aufsteigen und Fenster und Türen verrammelt sahen, zog sich ihnen das Herz zusammen.

„Glaubst du, daß wir hier zurückkehren werden?" fragte George, um das Schweigen zu brechen.

„Sicher, wenn Rote Wolke nicht alles zerstört."

„Aber er wird gewiß alles zerstören, wenn er mit seinen Kriegern in das Tal eindringt."

„Es gibt kein Mittel, ihn daran zu hindern", kommentierte Francis traurig. „Die ganze Nacht habe ich darüber nachgedacht."

George schüttelte den Kopf. Er stellte sich schon Mutters und Vaters Schmerz vor, falls sie später einmal ihre Ranch als Trümmerhaufen, ihre Ernte zerstört vorfinden sollten.

„Glaubst du, daß es noch schneien wird?" fragte Francis unterwegs zum Pferdegehege.

George blickte zum Himmel empor. Wolken waren da und dort wie vereinzelte Schafherden zusammengeballt.

„Nein, ich glaube nicht. Der Winter wird bald zu Ende sein", antwortete er. „Hast du den Lagerrand gesehen? Wo der Schnee schon geschmolzen ist, sprießt schon das Gras."

George öffnete das Zauntor und schloß es wieder.

„Was tust du, zum Teufel?" fragte Francis.

„Ich habe einen Einfall, Francis."

„Laß hören."

George blickte um sich.

„Miles wird wahrscheinlich noch dort sein, wo du ihn gestern gesehen hast", sagte er. „Wir müssen uns nicht beeilen, wir haben viel Zeit dazu, es vorzubereiten."

„Aber was denn, bei allen Büffeln?" fragte Francis ungeduldig.

George wollte antworten, als sie den schnellen Dreitakt eines galoppierenden Pferdes hörten.

„Schnell, nieder!" gebot Francis und warf sich zu Boden.

In der Ferne sahen sie Miles, der in voller Karriere auf die Hügel zusauste.

„Er ist entschlossen, das Lager der Ontaras ausfindig zu machen", murmelte Francis. „Er wird diese Information an Rote Wolke verkaufen wollen."

„Nützen wir diese Gelegenheit aus, ihm den Wagen wegzuschnappen", schlug George vor. „Gehen wir!"

Die beiden Jungen saßen wieder auf und ritten ostwärts. Als sie beim Wagen angelangt waren, stiegen sie aus dem Sattel. Sie spannten ihre eigenen Pferde ein und wollten gerade losfahren, als George sagte:

„Ich hab's! Wir werden es anders machen, ja, so machen wir es!"

Francis hielt seinen Bruder für übergeschnappt.

„Was willst du denn tun? Geh doch, verlieren wir keine Zeit, wir müssen schnell verschwinden!"

„Nein, wir verstecken die ganze Ladung unter dem Fußboden der Baracke."

„Du scherzst!"

„Höre, Francis, ich werde es dir später erklären. Hilf mir jetzt und schnell. Wir tragen alles in die Baracke. Munition und Skalpe verstecken wir in der Grube, dann kehren wir ins Ontara-Lager mit dem Wagen und der Herde zurück. Miles wird nie vermuten, daß wir ihm die Ladung gestohlen haben, um sie in der Baracke zu verstecken, da sie ja doch dazu bestimmt ist, in die Hände der Roten Wolke zu fallen."

„Ich verstehe überhaupt nichts", erwiderte Francis.

„Das macht nichts, ich erkläre es dir später. Vielleicht ist das die einzige Möglichkeit, unsere Ranch zu retten, und du mußt mir dabei helfen."

George sprach lebhaft, mit Begeisterung. Obwohl Francis seinen Plan nicht verstand, gab er nach:

„Nun ja, machen wir, was du willst. Wir werden immer Zeit finden, die Ladung zu holen."

Sie führten den Wagen vor die Ranch, rollten die sechs schweren Fässer in die Baracke, wo sie sie unter dem Küchenboden versteckten, in derselben tiefen, kellerartigen Grube, in der Mutter Jane die Vorräte aufbewahrte.

„Auch die Skalpe?" fragte Francis mit einem gewissen Ekel.

„Die auch, sie können immer von Nutzen sein, wer weiß! Es ist das erste Mal, daß ich stehle, doch glaube ich, es zu einem guten Zweck zu tun. Dieser Miles ist ein ausgewachsener Schuft."

„Suchen wir das Weite, bevor er zurückkommt", mahnte Francis.

Die beiden Brüder rissen den Koppelzaun auf, trieben die Pferde hinter dem Wagen zusammen. George stieg auf den Kutschbock und schlug die schnellste Gangart ein. Francis spornte die Herde an, die das Gehege nur ungern verlassen hatte, um in den nunmehr schmelzenden Schnee hinauszutreten.

Zwei kluge Jungen

Als sie die Hügel hinaufritten, strengten sich die Pferde mit mehr Lust an, denn sie hatten den klebrigen, tiefen Schneematsch zurückgelassen. Auf den Hängen war der Schnee in der Sonne schon fast vollkommen weggeschmolzen.

Im Indianerlager wurden die beiden Burschen mit offensichtlicher Kälte empfangen. Mutter Jane und Smith bemerkten sofort, daß irgend etwas nicht in Ordnung war. Was war denn geschehen? Was konnte sich in einer Nacht, in nur wenigen Stunden geändert haben?

Sie umarmten ihre Söhne, um die sie sehr gebangt hatten; sie überzeugten sich, daß kein Pferd fehlte, dann ließen sie die kleine Herde in ein Gehege treiben, das Graue Wolke dafür bestimmt hatte.

„Und die Fässer?" fragte Mutter Jane, als sie sah, daß der Wagen leer war. Francis zeigte auf George.

„Ich dachte, es sei besser, sie in der Baracke zu verstecken."

„Bist du wahnsinnig geworden? Sie werden in die Hände Roter Wolke fallen! Was für einen verrückten Einfall hast du da gehabt?"

„Mutter, ich hatte eine Idee..." begann George. Doch er konnte nicht fortfahren; einige indianische Krieger hatten ihn umzingelt. Mutter Jane und Smith trauten ihren Augen nicht. Hatte ihnen Graue Wolke plötzlich die Freundschaft gekündigt?

„Graue Wolke will mit den beiden Bleichgesichtern sprechen", erklärte einer der Sioux und wies dabei auf George und Francis. Recht unfreundlich stieß er jetzt die beiden Jünglinge zum Zelt des Häuptlings.

„Die Lage wird kompliziert", kommentierte Francis. „Ich habe ja gesagt, daß es besser gewesen wäre, wegzuziehen oder im Tal zu bleiben, statt in diese Falle zu laufen."

„Ssst", sagte sein Bruder, als er im Inneren des Zeltes Graue Wolke und den Rat der Alten sah.

Graue Wolke gab ihnen ein Zeichen, und die beiden Jungen setzten sich. Dann hob er einen Arm, und Adlerauge erklärte:

„Die beiden Bleichgesichter haben den Wagen des Mannes genommen, der die Oglala-Sioux erwartet. Sie haben die Ladung an sich genommen und in ihrem Holzzelt in der Prärie versteckt."

Die Brüder sahen einander überrascht an. Graue Wolke hatte sie also beobachten lassen.

„Die Ontara-Krieger sind eure Freunde", sagte Graue Wolke ernst. „Warum habt ihr ihre Freundschaft verraten?"

Francis hatte großes Verlangen, ihm zuzuschreien, daß sie reif für die Zwangsjacke wären, daß sie niemanden verraten hätten, daß dieses Mißtrauen eine Beleidigung für den bedeutet, der sich um das Heil des ganzen Dorfes bemüht hatte. Doch er beherrschte sich, es war besser, seinen Bruder alles erklären zu lassen, denn nur er war ja imstande, die Indianer über seinen Plan aufzuklären. Er stieß also George mit dem Ellbogen an, und dieser erklärte ruhig wie immer:

„Wir sind weiterhin eure Freunde, großer Häuptling, und euer Mißtrauen verletzt uns. Die Fässer des Bleichgesichtes waren mit Gewehrkugeln angefüllt."

„Wir hätten sie wohl hierher bringen können, doch wozu hätte euch das genützt?"

„Das junge Bleichgesicht spricht sinnloses Zeug", urteilte Graue Wolke. „Die Ontaras haben wenige Gewehre und noch weniger Munition. Wenn der Krieg in diese Berge kommt, wird jede Kugel wertvoller sein als das Flußwasser."

„Ja, wir wissen es", sagte George geduldig. „Was könnt ihr aber gegen den Stamm Roter Wolke ausrichten, der stärker und besser bewaffnet ist? Mein Vater sagt, daß Rote Wolke sich nie mit weniger als zweihundert oder dreihundert Kriegern auf den Weg macht. Nach der Krankheit, die in deinem Lager gewütet hat, wirst du nicht mehr als siebzig, vielleicht achtzig Krieger an deiner Seite haben."

Graue Wolke senkte das Haupt. Er sah dann wieder auf, und seine Augen leuchteten im Schein des Feuers, das im Mittelpunkt des großen Rates brannte.

„Wenn dein Alter so hoch wäre, wie deine Weisheit", sagte er, „wärst du sehr alt. Fahre fort, Bleichgesicht."

George nahm die Erzählung wieder auf:

„Wir sind daran interessiert, unsere Ranch auf der Prärie zu retten. Sie bedeutet für uns das Leben. Wir sind von so weit hergekommen, um sie uns zu erobern, deswegen wollen wir sie nicht verlieren. Du, Graue Wolke, willst deine Leute vor dem Zorn und der Rache der Oglalas bewahren und das Lager retten. Wenn wir uns aber Roter Wolke mit unseren wenigen Waffen stellen, werden wir alle miteinander massakriert werden."

Im Zelt trat eine lange, gedrückte Stille ein. Die Ältesten des Stammes hatten bei diesen Worten des jungen Mannes den Kopf gesenkt. Jeder von ihnen hatte, wenn er es noch nicht ahnte, nun verstanden, daß der Einfall Roter Wolke vom Norden her das Ende aller bedeutet.

„Ich habe einen Plan, der uns vielleicht alle retten wird."

Graue Wolke, der in die Flammen gestarrt hatte, hob den Blick.

„Höre, Graue Wolke", sagte George, während Francis immer mehr staunte, da er in ihm Fähigkeiten entdeckte, die er ihm bisher nicht zugetraut hätte.

„Höre, Graue Wolke: Wir können uns nur retten, wenn nicht alle Oglalas in die Prärie kommen, oder wenn sie dein Lager nicht entdecken. Glaubst du aber, daß sie es nicht finden werden?"

„Vielleicht", antwortete Adlerauge an Stelle des Häuptlings.

„Nein, sie werden es finden. Bevor Rote Wolke zu den Cañons weiterzieht, wird er vielleicht an die hundert Krieger auf diese Hügel schicken, um das Gelände abzustreifen, und sie werden uns entdecken. Wir müssen ihnen weit vom Lager entfernt begegnen."

„Wir sind wenige", antwortete Graue Wolke traurig. „Die Krankheit und der Winter haben meine Leute hinweggemäht."

„Der Winter ist nunmehr zu Ende. Deine Krieger können auch weit weg von deinem Lager leben."

„George", flüsterte Francis, „wenn du dich nicht beeilst, deine Erklärung zu beenden, wird diese Sitzung bis morgen dauern."

George nickte.

„Der einzige Übergang, über den man in die Prärie und auf die Hügel gelangt, ist das ‚Fenster', die Öffnung in der großen Felswand im Osten. Man kann auch von Westen dorthin gelangen, doch müßte man einen Umweg von einigen Wochen machen und dabei durch Gebiete auch feindlich gesinnter Stämme ziehen. Der einzige gefährliche Zugang ist also das ‚Fenster'. Mit der Munition, die wir Miles gestohlen haben, können wir die Felsen sprengen und dadurch das ‚Fenster' schließen. Die Prärie bleibt dann isoliert, ein vor aller Augen verstecktes Paradies. Der einzig mögliche Zugang bleibt dann der Fluß, doch ihn können immer nur wenige hinaufsteigen."

Dieser Einfall war einfach, fast kindisch, und doch hatte ihn bisher niemand gehabt. Graue Wolke schöpfte neuen Mut, seine Ratgeber murmelten beifällig.

„Wenige Krieger werden genügen, um die Flußufer zu bewachen", meinte jetzt George, „und jedes Kanu kann mühelos versenkt werden. Auf diese Art und Weise, und nur so, können wir zumindest für kürzere Zeit den Einfall von Roter Wolke ins Lager verhindern."

Die Indianer besprachen sich untereinander. Dann erklärte Graue Wolke: „Junger weißer Freund, du bist weise. Dein Rat wird befolgt werden, und du selbst kannst den großen Mund der Prärie verschließen. Wie viele Krieger benötigst du dazu?"

George überlegte einen Augenblick lang.

„20 werden mir genügen. Alle sollen bewaffnet und morgen früh zum Aufbruch gerüstet sein. Meine Familie kann mit mir ins Tal zurückkehren."

„Wie du willst, mein Freund. Wenn sie noch hier bleiben wollen, werden sie Gäste der Ontaras sein, und die Ontaras bleiben ihre Freunde."

„Danke, wir gehen aber alle ins Tal zurück."

Die Beratung war zu Ende. Graue Wolke besprach sich mit Adlerauge, dem er das Kommando über die 20 Krieger anvertraute, die dem jungen Bleichgesicht bis zum großen Mund der Prärie folgen sollten.

Den ganzen Tag wiederholte Francis seiner Mutter und seinem Vater immer wieder die Vorschläge, die George den Indianern unterbreitet hatte, und zeigte sich überaus stolz darüber, einen solchen Bruder zu haben.

„Dieser Einfall ist sicher nicht außergewöhnlich", sagte er oft, „jetzt aber sehr nützlich. Bravo, George."

Im Morgengrauen des folgenden Tages setzte sich Collins' Karawane in Bewegung. Sie zog wieder in die Prärie zurück, mit der kleinen Pferdeherde, die für sie von unschätzbarem Wert war. Die 20 Krieger kamen zuletzt. Unter der Führung Adlerauges hatten sie den Auftrag, über die Sicherheit der neuen Freunde Grauer Wolke zu wachen.

Im Tal war am Vortag der weiße Schneemantel fast völlig geschmolzen, so daß das erste Gras sich saftstrotzend zeigen konnte. Da und dort lagen nur noch weißgraue Schneeflecke, die ebenfalls dazu bestimmt waren, in wenigen Tagen von den warmen Sonnenstrahlen aufgesaugt zu werden.

Die Ranch kam bald in Sicht, und Mutter Jane fühlte, obwohl sie sie erst kurz vorher verlassen hatte, bei ihrem Anblick eine glückselige Wärme im Herzen.

„Seht", rief sie aus, „seht! Alles ist wie früher! Smith, lieber Smith, wer hätte gedacht, daß wir so bald zurückkommen würden?"

Der Alte hob den Blick zum Himmel.

„Der Herr schütze uns in seiner grenzenlosen Güte", sagte er. Und als er die Tür geöffnet hatte, betrat er voll Freude das mit seinen eigenen Händen für sich und seine Familie erbaute Haus.

Mit dem Teufel im Nacken

„George, mach Licht!"

Der Junge ging zum Fenster und schob mit seiner ganzen Kraft den Pfosten, der die Läden verrammelt hatte, hinauf.

Eine Lichtwelle überflutete die Hütte.

„Hände hoch!" donnerte eine Stimme. „Keine Bewegung!"

Die Collins erbleichten. Sie blickten nach der Stelle, woher die Stimme gekommen war. Auf der Stiege zum Estrich stand ein Mann. Es war Miles, eine Pistole in jeder Hand. Er lächelte sarkastisch.

„Alter, die Hände hoch!" befahl er wieder. „Und ihr, Kinder, nehmt eure Gürtel ab und werft sie zu Boden. Los, beeilt euch! Ihnen, Madame, muß ich sagen, daß es mir leid tut, sie so zu behandeln. Ihr hättet mir dies eben nicht antun sollen."

Als sich der alte Smith von der Überraschung erholt hatte, machte er einen Schritt nach vorne.

„Wir wissen nicht, wovon Sie sprechen, Herr Miles!" sagte er.

Der andere lachte laut.

„Wirklich? Welche Unschuld! Sie können mir also nicht sagen, was unter dem Fußboden liegt?"

Die Collins dachten, daß sie nunmehr überführt worden waren. Wie unvorsichtig hatten sie doch gehandelt, als sie sich dieser Munition bemächtigten!

„Hier liegen Fässer voll Munition", antwortete Francis für alle, „und ich glaube, daß sie das nichts angeht."

„Wirklich, du Rotznase? Ich wette, du bist der Meinung, ich müsse das Maul halten, wenn ich so frech bestohlen werde."

„Das gehört aber nicht ihnen", versetzte Francis verächtlich. „Sie hatten bloß eine Ladung Whisky, die Munition geht sie also nichts an!"

„Nur kein Geschwätz, meine Herrschaften! Sie haben sich da eine schöne Suppe eingekocht, werdet aber verstehen, daß ich mich nicht zum Narren halten lasse."

Smith dachte an die Indianer, die noch ruhig und ahnungslos vor dem Haus standen. Ein Schrei hätte genügt, sie zu Hilfe zu rufen, doch Miles wäre zweifellos imstande gewesen, schon beim ersten Atemzug die ganze Familie abzuknallen. Es war besser, abzuwarten und jeden Schritt zu überlegen.

„Ich kann mir vorstellen, was ihr denkt, liebe Leute", fuhr Miles fort. „Jeder denkt in diesem Augenblick an die Indianer, die vor der Tür stehen. Niemand hat aber den Mut, sie zu rufen, nicht wahr? Sehr vernünftig. Bevor auch nur einer von den Rothäuten hereinstürzen kann, durchlöchere ich euch natürlich die Eingeweide. Also, um von vorne zu beginnen: Ihr habt gesagt, daß ihr das Lager der Ontaras nicht kennt. Das war glatt gelogen. Und ich gehe mit Lügnern nicht sehr sanft um, wißt ihr? Besonders mit solchen, die meine Pläne durchkreuzen. Da habe ich nämlich einen kleinen Plan, ein Plänchen, das mir großen Vorteil bringen muß. Jetzt kann ich es euch ja verraten: Ich habe den Auftrag, das Ontara-Lager zu entdecken und die Krieger Roter Wolke hinzuführen. Ihnen habe ich natürlich auch die Munition abzuliefern, die ihr mir gestohlen habt. Nun, ich schlage euch kurz und bündig ein Geschäft vor: Ihr sagt mir, wo das Ontara-Lager steht und ich lasse euch in Frieden."

Die Collins schwiegen.

Der andere hob kaum merklich die Pistolen.

Die Collins schwiegen.

„Was ist, wollt ihr die Helden spielen? Also, jetzt gebe ich euch allen eine Beschäftigung. Du, Knäblein, gehst vom Fenster weg und stellst dich bei der Tür auf. Wir werden gemeinsam hinausgehen. Mach aber, bei Gott, keine Scherze! Ich halte eine meiner Pistolen auf dich gerichtet, und wenn du nur die geringste Bewegung machst oder auch nur einen Ton sagst, schieße ich dich wie einen räudigen Hund über den Haufen. Ihr bleibt da drinnen und rührt euch nicht, solange wir nicht weit weg sind. Verstanden oder nicht?"

Frau Jane fürchtete, ohnmächtig zu werden.

„Nein", sagte sie, „nicht ihn. Nehmen Sie mich mit, nicht mein Kind, ich bitte sie darum!"

„Ah", lachte Miles, „Madame hat den Mut verloren. Aber was kann ich denn mit Ihnen anfangen? Ich bin überzeugt, daß ich aus Ihrer Elefantenhaut nichts herauskriege. Das Knäblein da ist eine andere Sache. Der Kleine wird singen, soviel ich will, und mich, brav, brav, zu den Ontaras führen. Bleib stehen!"

Francis hielt mitten in der Bewegung an. Er hatte sich bücken wollen, um schnell seine Pistole aufzuheben.

„Auf, George! Ich glaube, daß du so heißt, nicht wahr! Gehen wir also hinaus. Und drinnen darf sich zehn Minuten lang niemand rühren. Verstanden!"

„Wo bringen Sie ihn hin?" schluchzte Mutter Jane los.

„Machen Sie sich seinetwegen keine Sorgen. Wir werden ein paar Wörtchen untereinander reden, und nachher schicke ich ihn heil und gesund wieder an Ihren warmen Busen zurück."

Bei diesen Worten schob er George hinaus. In der weiten Tasche seiner Lederjacke hielt er die Pistole im Anschlag.

Die Indianer sahen überrascht nach den beiden, die sich auf demselben Pferd entfernten, rührten sich jedoch nicht. Auch die Collins verfolgten durch das Fenster die Szene – doch kaum waren Miles und George verschwunden, als sie hinausstürzten.

Die Lage war verzweifelt. Miles zu verfolgen, konnte den Tod für George bedeuten; hier untätig zu bleiben, konnte ebenfalls dem Jungen ein trauriges Ende bringen. Man mußte etwas unternehmen, man mußte – aber was?

Mutter Jane schien sich als erste zusammenzunehmen. Der alte Smith murmelte Bibelverse vor sich hin. Francis kaute an den Nägeln und überlegte, was er tun konnte.

„Es ist klar", sagte er, „daß wir diesem Teufel von einem Miles nicht trauen können. Ich bin sicher, daß George nicht lange leben wird, auch wenn er spricht, Mutter, ich gehe."

Mutter Jane sah ihn vertrauensvoll und dankbar an.

„Ich würde mitkommen", sagte sie, „aber das könnte die Lage verschlimmern. Ich bin nicht so springlebendig wie du."

„Nein, es ist besser, wenn ich allein gehe. So falle ich weniger auf. Miles darf nicht bemerken, daß er verfolgt wird. Es kann sogar sein, daß er in irgendeinem Versteck auf der Lauer liegt. Lieber keine Zeit verlieren, schicke die Indianer an die Arbeit. Sie sollen alle Patronen öffnen und das Pulver, recht trocken, zum Fenster in den Felsen bringen."

„Mach dir um diesen Jungen keine Sorgen", sagte Smith Collins. „Wenn es notwendig ist, können auch ruhig alte Männer wie ich mit einer Pistole umgehen. Geh, Junge, versuche, deinen Bruder zu retten! Gott stehe dir bei. Ich werde über deine Mutter wachen."

Francis ging zu seinem Pferd, indessen die Indianer ihm nachsahen, ohne zu begreifen, was überhaupt vor sich ging. Er stieg in den Sattel und ritt auf die Hügel zu. Dabei versuchte er, soweit es möglich war, sich unter den Bäumen versteckt zu halten.

Miles Pferd hatte auf dem von der Schneeschmelze feuchten Boden deutliche Spuren hinterlassen. Francis folgte ihnen eine lange Strecke, dann sah er sie den felsigen Hang hinaufsteigen. Aber in der dem Ontara-Lager entgegengesetzten Richtung.

Er saß ab. Zu Fuß würde er schneller vorwärtskommen, leichter von einem Stein zum anderen springen und sich unbemerkt Miles nähern können.

Er sah ihn tatsächlich sehr bald mit George zu einem Felsübergang hinaufklettern. George ging voraus, die Hände auf den Rücken gebunden. Dahinter kam Miles mit der Pistole in der einen Hand; in der anderen hielt er die Zügel des Pferdes, das auf der steilen Geröllhalde nur mühsam vorwärtskam.

Leise folgte ihnen Francis. Endlich hielten die beiden an. Von seinem Standort aus hätte Francis nicht mit der Gewißheit zielen können, Miles richtig zu treffen, und ein Schuß daneben hätte den Mann nur gewarnt. Nein, es war besser, damit zu warten, bis dort oben etwas geschah.

Nach einigen Minuten ließ Miles den Jungen mit dem Rücken vor sich niedersetzen. Er zog das Messer aus dem Gürtel und setzte es an seiner Schulter an.

„Beginnen wir hier, Knabe", sagte er grinsend. „Willst du mir also endlich sagen, wo das Ontara-Lager liegt?"

„Ich weiß es nicht", antwortete George und begann kalt zu schwitzen.

„Wirklich? Laß sehen, ob ich dir das Erinnerungsvermögen auffrischen kann."

Bei diesem Wort ritzte er ihm leicht die Schulter auf.

Blutströpfchen röteten das Hemd Georges, der die Zähne zusammenbiß.

„Also, fangen wir wieder von neuem an: Wo liegt das Ontara-Lager?"

„Wieso interessiert dich das sosehr?" fragte George.

„Dummkopf, das habe ich dir schon gesagt! Wo liegt es?"

George schwieg. Miles fuhr mit der Messerspitze über seine zweite Schulter. Neue Blutstropfen flossen auf Georges Hemd mit den ersten zusammen.

„Ich sehe, daß ich zu zart mit dir umgehe, du Säugling", meinte Miles wütend. „Ich werde mich also beeilen, du zwingst mich ja dazu."

Er packte den Jungen mit beiden Händen, riß ihn brutal herum und setzte ihm das Messer an die Fingerspitzen.

„Nein", schrie George und versuchte, die gefährdeten Finger schützend zur Faust zu ballen. „Genug, ich werde sprechen! Ich werde sprechen!"

„Endlich! Ich sagte dir ja, daß es keinen Sinn hat, bei mir den Helden zu spielen. Schließlich handelt es sich nur um Indianer, und ich glaube nicht, daß sie dich wirklich interessieren. Wo ist also dieses Lager?"

George log:

„Jenseits der Cañons im Westen, viele Meilen von hier."

„Dummkopf!" schimpfte Miles. „Was habt ihr also auf den Hügeln getan? Und euer indianisches Gefolge habt ihr woanders aufgegabelt? Vielleicht beim Blumenpflücken zwischen den Felsen?"

George hatte nicht viel Blut verloren, dennoch war sein Kopf müde und schwach geworden.

„Genug, du mißbrauchst meine Geduld. Siehst du diese Klinge?" Miles hielt das Messer an Georges linkes Auge. „Wenn du nicht antwortest, ist dieses Auge hin, und dann verlierst du auch das zweite. Und ich lasse dich hier oben blind zugrunde gehen."

George spürte kalten Schweiß über den Rücken rinnen. Er sah sich im Geiste einen Augenblick lang als Blinder und glaubte, vor Angst wahnsinnig zu werden.

„Sag mir, wo das Ontara-Lager ist! Wie viele Krieger hat Graue Wolke auf seiner Seite, und weiß er, daß Rote Wolke auf dem Marsch hierher ist? Ich gebe dir zwei Minuten Zeit zum Überlegen, und wenn du nicht singst, wirst du blind! Blind!"

Der Bruder für den Bruder

Mit einem Sprung warf sich Francis auf Miles und rollte, ihn mit aller Kraft umklammernd, mit ihm zu Boden. Da stieß Francis gegen einen scharfen Gesteinsblock, ließ einen Augenblick los und schlug auf seinen Gegner mit den Fäusten ein. Miles schlug hart zurück und warf den Jungen von sich weg.

Francis aber sprang schnell auf, und bevor Miles nach der Pistole greifen konnte, war er wieder über ihm. Er traf ihn in den Magen, dann zielte er nach dem Gesicht. Miles war aber schneller und trat ihn in den Bauch. Francis fiel zu Boden.

Miles bückte sich nach der Pistole, doch Francis, der die Besinnung nicht verloren hatte, nahm ihn an den Fesseln und zog ihm die Beine unter dem Leib weg. Miles schlug der Länge nach hin, beide rollten nun wieder auf dem Boden, und schlugen und traten gegeneinander, während George verzweifelt und doch vergeblich versuchte, sich aus den engen Fesseln zu befreien, um dem Bruder zu helfen.

„Hundesohn, jetzt wirst du sehen!" brüllte Miles und traf den Jungen so wuchtig im Gesicht, daß Francis, anscheinend ohnmächtig, liegenblieb.

„Gib acht, Francis!" schrie George, als er den Händler nach der Pistole springen sah. „Achtung!"

Francis hob den Kopf. Alles um ihn herum drehte sich. Als er Miles über die Pistole gebeugt sah, riß er sich zusammen und kam gerade recht dazu, ihn nochmals an den Füßen zu packen und umzuwerfen. Miles gelang es nicht, die Pistole zu ergreifen, kam aber neben dem Messer zu liegen, ergriff es und stieß wuchtig nach seinem Gegner.

Francis wich wieselartig dem Stich aus und ergriff blitzschnell die bewaffnete Hand am Gelenk. Miles lag schwer auf ihm. Francis sah die Klinge über sich funkeln. Seine Kraft durfte nicht nachlassen, sonst würde die Klinge ihm in den Hals dringen.

„Du Aas, jetzt mache ich dich hin!" schrie Miles, dem die zornentbrannten Augen aus dem Kopf zu treten drohten.

Francis hielt das Handgelenk fest. Sein Arm zitterte bei der übermäßigen Anstrengung, Miles am Zustechen zu hindern. Die Klinge sank aber, wenn auch langsam, herab, denn der Arm des Jungen bog sich. Miles, ein erwachsener Mann, war zweifellos der Stärkere.

Nur mehr wenige Finger breit war die Klingenspitze vom Hals entfernt. Francis dachte an seine Mutter, an seinen Vater, an die beiden Alten, die nun ohne ihre Kinder würden leben müssen... Da wuchs in seinen Nerven, Sehnen, Muskeln explosionsartig eine übermenschliche Kraft. Er drückte den drohenden Arm hoch, hob mit den Knien das ganze Gewicht des Mannes weg und trat mit aller Wucht zu.

Von beiden Füßen in den Unterleib getroffen, rollte Miles den Hang hinunter. Francis hatte den Kampf gewonnen.

Er war müde, verschwitzt, außer Atem, doch das Messer lag wenige Schritte von ihm entfernt, während Miles einige Meter weiter unten stöhnte.

„George", rief Francis und lief zu seinem Bruder, „jetzt bin ich bei dir."

„Lasse ihn nicht entkommen!" antwortete George außer sich.

Es war aber zu spät. Miles hatte sich aufgerafft und war hinter den Felsen talab verschwunden.

„Jetzt kann er uns nicht mehr schaden", sagte Francis, erleichtert aufatmend, „wir sind zu zweit."

Er zerschnitt die Fesseln seines Bruders, dann nahm er die Waffen an sich.

„Das war mehr als arg", sagte er, „ich hatte mich schon mausetot gesehen."

„Mir sagst du das", antwortete George, der an seinen verletzten Fingerspitzen sog. „Blind. Kannst du dir das vorstellen? Dieser Wahnsinnige hätte mich hier blind umherirren lassen."

„Sprechen wir nicht davon, schon bei dem Gedanken daran wird mir übel. Ich muß deine Hand verbinden."

Francis riß einen Streifen von seinem Hemd ab und verband seinem Bruder die Finger. Dann reinigte er die Kratzer an seinen Schultern.

„Wie fühlst du dich jetzt?"

„Gut, sehr gut, ich habe mich noch nie so wohl gefühlt, Francis. Wenn du nicht gekommen wärst... Francis, du hast mir das Leben gerettet."

„Ah", seufzte Francis und sog die Luft ein. „Wie müde ich bin! Dieser Schuft ist stark wie ein Stier."

„Hoffentlich taucht er nicht wieder auf", sagte George.

„Wer weiß. Auf jeden Fall wird er Rote Wolke abwarten. Und er wird ihm gleich sagen, daß seine Munition in unserer Ranch versteckt liegt."

„Wir müssen aufbrechen", erklärte George, der sich plötzlich an seine Aufgabe erinnert hatte. „Hast du das Pferd, Francis?"

„Ja, ich habe Müden Fuß genommen."

George ließ zwei modulierte Pfiffe gellen. Kurz darauf kam Müder Fuß heran, langsam und vorsichtig, aber er erreichte seinen Herrn. Müder Fuß hatte es niemals eilig, deswegen trug er ja seinen Namen. Er hatte aber zwei gute Eigenschaften: Er erkannte seinen Herrn und dessen Pfiff, dem er unbedingt gehorchte, wenn er auch zufällig von jemand anderem geritten wurde; außerdem zeigte er sich äußerst gängig, wenn es nur George war, der ihn ritt und ihn, ohne den geringsten Sporenstich, mit einem einzigen Streicheln über die muskulöse Halsseite in Galopp werfen konnte.

Die Brüder stiegen in den Sattel und ritten langsam talwärts. Bei der Ranch angelangt, fanden sie Mutter Jane, die, ein Gewehr in der Hand, wütend in der Hütte auf und ab marschierte. Vater Smith stand auf der Türschwelle und hinderte mit der Bibel in der Hand seine Frau daran, ins Freie zu treten.

Als die beiden ihre Söhne erblickten, weinten und lachten sie vor Freude.

„Meine Kinder", schrie Mutter Jane, „meine Kinder!" Und sie drückte sie fest an sich. Da sie diese nicht loslassen wollte, mußte sich Vater Smith die Erlaubnis erbitten, sie ebenfalls zu umarmen. Frau Collins überließ ihm daraufhin lachend die Söhne, die sich nun in seine Arme warfen.

„Seine Wunden müssen desinfiziert werden", sagte auf einmal Francis.

„Wunden?" Mutter Jane riß erschrocken die Augen auf. „Wo ist er verletzt? Wer hat es getan?"

„Ah, was redest du von Wunden, es sind nur Kratzer", tröstete sie George. Francis erzählte in allen Einzelheiten, was dem Bruder widerfahren war, und hob sein tapferes Verhalten hervor.

„Dieser Kerl", rief empört Mutter Jane, „dieser Verbrecher! So hat er sich für die Gastfreundschaft bedankt, die wir ihm in jener Nacht gewährten? Ich hoffe, ihn wieder zu treffen. Jawohl, ich hoffe es, und dann wird er mit mir zu tun haben! Mit mir!"

Alle lachten. Wenn Mutter Jane wütend wurde, wirkte sie wirklich furchterregend.

„Ich möchte nicht an Miles Stelle sein", meinte George schmunzelnd.

Mutter Jane verband ihren Sohn und verlangte, daß die beiden Söhne sich gründlich ausruhen, bevor sie sich auf den Weg zu den Indianern machten, die schon beim „Fenster der Prärie", wie sie die Felsöffnung nannten, standen.

George aber äußerte die Überzeugung, daß keine Zeit zu verlieren wäre und jede Minute Verspätung gefährlich werden könnte, und bestand darauf, sofort aufzubrechen. Er verzehrte schnell einige gebratene Büffelfleischscheiben mit Brot und zog dann, während der Vater jagen ging, mit Francis zum „Fenster" los.

Das „Fenster", das hier schon beschrieben worden ist, war jener natürliche Spalt im Gebirge, durch den man in die Prärie gelangen konnte.

Als die beiden Brüder dort ankamen, saßen die Indianer um ein Feuer, auf dem sie Fleisch brieten.

Das Patronenpulver war in ein Metallgefäß geschüttet worden. Adlerauge stand beim „Fenster" Wache und beobachtete die gegenüberliegende Seite.

„Adlerauge", fragte ihn George nachdenklich, „können wir sicher sein, daß es keinen anderen Zugang zur Ebene gibt?"

Adlerauge zeigte nach einem weitentfernten Punkt in der entgegengesetzten Richtung und beschrieb mit der Hand einen Halbkreis.

„Um hieherzukommen, müßte Rote Wolke oder wer immer es sei, einen langen Umweg von Osten nach Westen und von Norden nach Westen machen.

Einen Umweg, der viele Monde dauern würde, durch ein Gebiet, wo es wenig Wild gibt, und er müßte dabei auch das Land der Urkaruks durchqueren. Die Urkaruks sind zahlreicher als die Ameisen und große Feinde Roter Wolke und aller Sioux. Rote Wolke wird niemals diesen Weg nehmen."

„Gut", meinte Francis. „Machen wir uns also ans Werk."

Unter der Leitung der beiden Jungen, die einige Erfahrung bei der Arbeit in der Mine gesammelt hatten, brachten die Indianer die Mine am oberen Ende des „Fensters" an. Dann legte George Feuer an die lange, selbst zusammengebastelte Zündschnur, alles brachte sich schleunigst in Sicherheit, und mit einem dumpfen Grollen fiel ein Teil der Felswand zusammen und verrammelte den Durchgang.

„Jetzt sind wir unsere eigenen Gefangenen", meinte George, nachdem die riesige Staubwolke der Explosion sich verzogen hatte.

„Wir haben noch den Fluß", bemerkte Francis.

„Ja, aber der Fluß ist etwas anderes. Das Wasser ist tief, wir können nie die Herde durchtreiben, wenn sie zum Verkauf bereit ist."

„Es wird uns schon gelingen, George, mache dir jetzt doch keine Gedanken darüber. Wenn wir eines Tages Vieh nach Osten transportieren müssen, werden wir große Flöße bauen und damit gut und sicher über den Fluß kommen."

George wurde heiterer.

„Du hast recht, wir können diesem Hindernis über den Fluß ausweichen."

Francis betrachtete die Gebirgskette, die das Tal abschloß.

„Woran denkst du?" fragte ihn George.

„Wer garantiert uns, daß Rote Wolke nicht über die Berge kommt?"

George kratze sich den Kopf.

„Das ist unmöglich. Weder Menschen noch Pferde können sie erklimmen."

Um dessen sicher zu sein, befragte er aber Adlerauge.

„Kein Oglala-Sioux würde sich von seinem Pferd trennen, um über dieses Gebirge zu klettern", antwortete er. „Die Stärke der Oglalas liegt ja in ihren Pferden. Kein Indianer wäre fähig, auf die große Mauer zu steigen. Nicht einmal ein Ontara."

George strich sich zufrieden über die verbundene Hand.

Die Oglalas kommen!

Die Dämmerung kündete das Nahen der Nacht an.

An den Flußufern leuchteten schon die rötlichen Flammen mehrerer Lagerfeuer. Die Rothäute hatten sich dies- und jenseits der Wasserader verteilt und hielten in der nächtlichen Ruhe Wacht.

Francis und George schliefen, in Decken eingehüllt, in der Nähe der Stelle, an welcher der Fluß die Felsen durchbrach und brausend durch die Schlucht ostwärts schoß.

Ab und zu durchbrach das Gebell eines Kojoten das Schweigen, und George drehte sich im Schlaf um, als wollte er eine lästige Gefahr verscheuchen.

Plötzlich stieß eine Wache einen Alarmruf aus. Das gesamte Lager war sofort hellwach und kampfbereit.

George und Francis sprangen auf und griffen nach ihren Waffen. Der rote Schein der Flammen hatte einige Boote verraten, die geräuschlos heranglitten.

„Die Oglalas!" schrie Francis.

Schüsse hallten durch die Nacht. Manche Kugel klatschte zwar ins Wasser, viele aber trafen die Boote, die trotzdem weiterfuhren.

Es waren etwa zehn, vielleicht fünfzehn Boote. Einige fanden Schutz im Schatten der Felswände, andere mußten im Licht des Lagerfeuers bleiben und boten deshalb ein gutes und leichtes Ziel.

Adlerauge und seine Krieger waren ausgezeichnete Schützen. Fast bei jedem Schuß sackte ein Gegner in seinem Boot zusammen oder fiel ins Wasser. Recht bald trieben einige Boote führungslos auf dem Wasser, dessen Strömung sie zurücktrieb.

„Au!" schrien die Indianer bei jedem Treffer. „Au!"

Das Feuer dauerte nur wenige Minuten an, dann zogen sich die überlebenden Oglalas zurück.

„Hurra!" rief George begeistert. „Hier werden sie nie durchkommen. Adlerauge, deine Krieger waren wunderbar!"

Adlerauge nickte, zeigte sich aber nicht allzu erfreut über das Vorgefallene. Wie er später George sagte, schien die Verteidigung dieses Durchganges gar nicht so leicht, wie er es sich vorgestellt hatte. In diesem Augenblick hatten sie keine Verluste zu beklagen, doch zwanzig Krieger allein reichten nicht dazu aus, Rote Wolke an der Durchfahrt zu hindern. Er würde es am folgenden Tag wieder versuchen, diesmal mit mehr Kämpfern und mehr Booten.

„Was sollen wir also tun?" fragte Francis enttäuscht.

Adlerauge überlegte einen Augenblick.

„Wir müssen von Grauer Wolke mehr Krieger verlangen."

Francis und George besprachen sich untereinander. Ersterer teilte Adlerauges Meinung, George hingegen meinte, daß es nutzlos wäre, Verstärkung zu fordern, zumindest in diesem Augenblick.

„Warten wir noch", antwortete er schließlich dem Indianer. „Vielleicht ziehen sich die Oglalas morgen zurück."

Doch am folgenden Tag zogen sich die Oglalas nicht zurück. Das Morgengrauen hatte den Himmel im Osten kaum erhellt, als ihre Boote wieder erschienen, diesmal in bedeutend größerer Zahl. Es waren an die fünfzig oder mehr. Die darin sitzenden Indianer waren alle mit Gewehren bewaffnet und eröffneten schlagartig ein lebhaftes Feuer, als besäßen sie Munition zum Verschwenden. Der Handstreich in der vorangegangenen Nacht war ihnen kläglich mißlungen, nun wollten sie sich offenbar rächen und sich den Durchgang im direkten, offenen Angriff erkämpfen.

Die Ontaras und die beiden Jungen beantworteten, hinter Felsen und im Uferdickicht versteckt, das Feuer. Nicht einmal George, der sich stets optimistisch zeigte, hatte damit gerechnet, daß die Oglalas über eine so große Anzahl von Booten verfügten. Nach jedem von der Strömung abgetriebenen Boot erschienen neue hinter den Felsen, und alle waren stark besetzt.

„Verflucht", murrte Francis, „schau!"

Einigen Booten war es gelungen, die Sperre zu durchbrechen, und diese zogen nun stromaufwärts weiter. Ein paar Oglalas waren schon ans Ufer gesprungen und begannen einen Kampf Mann gegen Mann mit den Ontaras.

„Wir müssen sie aufhalten", schrie Francis, „oder wir sind alle verloren!"

„Adlerauge", rief George. „Du bleibst mit zehn deiner Männer hier und beschießt die Boote. Mein Bruder, ich und die restlichen Krieger werden versuchen, die Feinde aufzuhalten, die an Land steigen."

Bei diesen Worten sprang George aus seinem Versteck, und sein Bruder folgte ihm im Laufschritt dorthin, wo der Kampf Mann gegen Mann tobte.

Es dauerte lange, alle setzten sich mit ihrer ganzen Kraft ein, da sie sich dessen bewußt waren, daß es in diesem Gefecht keine Gefangenen geben konnte.

George erkannte bei sich selbst Fähigkeiten, die er nie vermutet hatte. Er sprang von einer Seite zur anderen und kämpfte mit der Schlauheit und der Intelligenz, die notwendig waren, um die körperliche Kraft seiner Gegner wettmachen zu können.

Er schoß aus nächster Nähe, wenn er sicher war, zu treffen, und auch sein Messer blieb nicht untätig, wenn sich ein Oglala auf ihn stürzte. Mehreremal rollte er im feuchten Gras, er war auch nahe daran zu unterliegen, doch im entscheidenden Augenblick sprang immer ein Ontara herbei. Sie hatten doch den Auftrag erhalten, die beiden jungen Bleichgesichter zu beschützen.

Plötzlich hörten wie durch Verzauberung die Schüsse auf. Jene Krieger Roter Wolke, die schon festen Fuß gefaßt hatten, warfen sich ins Wasser und ließen sich von der Strömung in Sicherheit bringen. Die Boote kehrten um. Eine unerwartete, schier unglaubliche Stille breitete sich über dem Fluß aus.

„George", rief Francis, als er seinen Bruder am Ufer stehen sah. „Was ist denn los?"

Die Indianer Adlerauges blickten erstaunt über den Fluß. War es überhaupt möglich, daß Rote Wolke den Angriff abgeblasen hatte?

„Francis, sie sind fort!"

Die Umgebung wurde abgesucht. Verwundete Gegner erhielten den Gnadenschuß, wurden skalpiert und dann in den Fluß geworfen. Adlerauge war vom Sieg erregt, obwohl er selbst sich klar darüber war, daß die Oglalas früher oder später wiederkommen würden.

49

„Ich glaube nicht, daß sie schon heute nacht kommen werden", sagte George, sich den Schweiß auf der Stirn trocknend.

„Aber beim Morgengrauen", antwortete Adlerauge. „Der Zorn Roter Wolke ist so groß, daß unser kleiner Stamm ihm nicht entkommen wird."

George sah ihn überrascht an. Adlerauge, der tapfere Krieger, der mit Zähnen und Klauen gekämpft hatte, gab sich jetzt der Hoffnungslosigkeit hin?

„Was sagst du, Adlerauge?" sagte er. „Sie sind geflohen, wir haben gewonnen!"

„Aber morgen werden sie in noch größerer Zahl erscheinen. Wenn sie heute fünfzig Boote hatten, werden sie morgen hundert, zweihundert haben."

„Wir müssen sofort Graue Wolke und die anderen rufen", riet Francis sorgenvoll. „Adlerauge hat recht."

„Jetzt ist das zwecklos", erklärte Adlerauge, den ernsten Blick auf das Wasser gerichtet. „Wenn wir sie rufen, beschleunigen wir das Ende der Ontaras. Die große Graue Wolke wird sich der großen Roten Wolke auf der Prärie entgegenstellen. Graue Wolke kann das nicht abschlagen, wenn Rote Wolke es von ihm verlangt."

George glaubte zu verstehen. Vielleicht war Graue Wolke bereit, in seinem Lager zu bleiben, bis er sich nicht Roter Wolke gegenüber sah. Doch einmal vor seinem Angesicht, würde er sich verpflichtet fühlen, ihn mit seinen eigenen Mitteln und seinen eigenen Waffen anzugreifen, also ins Wasser zu steigen, ihn auf dem Fluß herauszufordern oder abzuwarten, daß der ganze Oglala-Stamm auf der Prärie gelangte. „Das muß verhindert werden", dachte George. „Die Oglalas müssen endgültig besiegt werden, oder man mußte zumindest zeigen, daß es unmöglich ist, flußaufwärts die Prärie zu erreichen."

„Francis", sagte er zu seinem Bruder, „wenn wir Graue Wolke rufen, bedeutet das auch unser Ende. Für Mutter, Vater und für unsere Ranch."

„Was sollen wir also tun?" fragte Francis zweifelnd. „Müssen wir warten, bis sie von neuem ans Ufer kommen und uns in Stücke reißen?"

„Nein, ich habe einen Einfall. Vor Morgen müssen wir unsere Vorbereitungen beendet haben."

Francis trat zu seinem Bruder, und Adlerauge spitzte die Ohren.

Ranch in Flammen

„Hört", sagte George. „Die Sonne geht dort auf."

„Genau", bestätigte Francis.

„Also, morgen früh bleiben wir alle auf diesem Ufer."

„Und?" fragte Francis.

„Begreifst du denn nicht? Sie werden gegen die Sonne schauen müssen und deswegen nicht zielen können. Wir hingegen brauchen nur gut zielen."

„George, dieser Einfall ist gut, doch glaube ich nicht, daß das genügt. Hast du Adlerauge gehört? Sie können zu Hunderten kommen!"

„Das ist aber nicht alles. Denk an den Gipfel dieses Berges, der sich steil über der Schlucht erhebt."

„Und?"

„Ich habe bemerkt, daß auf halber Höhe viele Gesteinsblöcke liegen, die ziemlich locker sind."

„Und?"

„Du kletterst mit einigen Indianern hinauf. Wenn die Oglalas bemerken, daß sie von der Sonne geblendet werden, suchen sie bestimmt beim Berg Schutz. Dann..."

Francis hatte begriffen. Der Plan schien ihm ausgezeichnet. Ohne eine Minute zu verlieren, machte er sich mit sieben Kriegern zum Berg auf. Zum Glück war nur einer der zwanzig Krieger gefallen, und sieben weniger würden nicht über den Kampf am Flußufer entscheiden.

Es kam, wie Adlerauge es vorhergesehen hatte. Die Oglalas versuchten einen neuerlichen Angriff im Licht der ersten Morgenstunden.

Boote kamen wieder stromaufwärts. Sie rückten geschlossen vor. Rote Wolke hatte offenbar einen Generalangriff befohlen.

Das Feuer der Gewehre Georges und seiner rothäutigen Freunde empfing sie unerwarteterweise nur aus einer Richtung. Wenn sie dorthin schauten, würden sie von der Sonne geblendet werden. Die Oglalas erkannten sofort, daß sie ein leichtes Ziel boten und das Feuer nicht gut erwidern konnten.

Ihre Verluste mehrten sich, ohne daß wenigstens einer ihrer Schüsse das Ziel erreichte. Da kam vom ersten Boot aus, auf dem man die hohe, eindrucksvolle Gestalt Roter Wolke erkannte, ein lauter Befehl, und alle Boote schwenkten auf das rechte Ufer zu.

Der Zweck war erreicht: Eine Steinlawine prasselte auf die Boote nieder, die nun wie auf stürmischer See tanzten.

Manche, von schweren Gesteinsbrocken getroffen, zerbrachen, andere kenterten, wieder andere trieben, von ihren Insassen verlassen, mit der Strömung ab.

Ein furchterregender Schrei gellte durch die Schlucht.

„Rote Wolke befiehlt, weiterzukämpfen", übersetzte Adlerauge.

Die Männer Roter Wolke bemühten sich, ihm zu gehorchen, ihre Scharen aber waren arg gelichtet. Gut dreißig von den rund hundert Booten waren vom Steinregen, der nicht enden wollte, zerstört worden, viele andere trieben kieloben ab und strandeten, nur die restlichen versuchten, vorzurücken.

Der Steinregen wollte offenbar nicht aufhören. Die ersten von Francis und den Indianern in Bewegung gesetzten Blöcke hatten andere aus ihrem Gleichgewicht gestoßen, die ihrerseits wie ein fortwährendes Trommelfeuer über die Felswand stürzten.

„Schnell, befiel deinen Kriegern, aufzusitzen und zur Ranch zurückzureiten!" schrie George, als er sah, daß Rote Wolke mit einem Kriegerhaufen aus den Booten an Land stieg. „Ohne Pferde können sie uns nicht einholen."

Adlerauge dachte dasselbe und handelte danach. George gab seinem Pferd die Sporen und galoppierte hinter ihm her.

Als sie bei der Ranch ankamen, stand die Sonne schon hoch über der Prärie. Frau Collins trat aus der Hütte.

„Wo ist Francis?" schrie sie. „Wo ist mein Francis?"

„Jetzt haben wir keine Zeit, Mutter", antwortete George. „Die Oglalas kommen. Francis ist in Sicherheit auf dem Berg. Vater, laß die Indianer herein, verrammelt Türen und Fenster. Sie werden bald hier sein. Adlerauge, schick einen deiner Männer zu Grauer Wolke und laß ihm sagen, daß er mit allen seinen Kriegern kommen soll. Wenn er sich beeilt, kann er uns retten. Rote Wolke wird nur noch an die hundert Kämpfer haben, nicht mehr. Die er in seinem Lager zurückgelassen hat, können ihn nicht erreichen, wenn sie keine Boote mehr haben, glaube ich."

Adlerauge wollte schon gehen, und George rief ihm noch zu:

„Nimm unsere Pferde mit, sie dürfen nicht in die Hände Roter Wolke fallen!"

Adlerauge verschwand mit den Pferden, und George nahm im Türrahmen Stellung, von wo aus er die Prärie in Richtung auf die Felsberge beobachtete.

Die Sioux stellten sich am Flußufer auf. Auch aus der großen Entfernung war die starke Schar deutlich zu sehen.

„Wir hätten dort oben bleiben sollen", meinte der alte Smith, während er sein Gewehr lud. „Hier werden wir wie Mäuse sterben."

„Das muß nicht sein, Vater", antwortete George. „Wenn Graue Wolke rechtzeitig kommt..."

„Aber Francis, wo ist Francis?"

„Er ist in Sicherheit, Mutter, beunruhige dich nicht."

Francis war wirklich in Sicherheit. Sicherer konnte er überhaupt nicht sein. Als Rote Wolke die Ontaras fliehen sah, wußte er, daß sie sich in der Hütte verbarrikadieren würden, und dachte nicht im geringsten daran, daß noch welche auf dem Berg geblieben waren. Er hatte sich vorgenommen, den Ontara-Stamm anzugreifen, und nun ließ alles darauf schließen, daß ihm dies gelingen würde.

Er begann tatsächlich bald den Marsch über die Prärie, doch wie groß war seine Überraschung, als er das Ontara-Lager nicht sehen konnte. Er hatte ja immer geglaubt, daß Graue Wolke gleich hinter der großen Bergmauer wohnte. Nun, er würde also die in der Ranch verschanzten Feinde herausheben und sie zum Sprechen bringen.

Bald war der Kampf neuerlich entbrannt, noch stärker als beim Fluß. Vom Blockhaus aus schossen die Belagerten durch alle Fenster, alle Ritzen. Und von der Prärie her antworteten die Oglalas mit einer Verbissenheit, die der Zorn über die vorhin erlittenen Verluste noch verstärkte.

Die Krieger Roter Wolke waren durch das Fehlen der Pferde in ihrer Beweglichkeit behindert; sie boten ein leichtes Ziel, da sie im Gras und hinter Büschen versteckt liegen mußten.

Plötzlich gab Rote Wolke ein Zeichen, und das Feuer verstummte. Auch im Inneren der Hütte trat Stille ein.

„Was tun sie?" fragte George, der den Grund zu der unerwarteten Feuereinstellung nicht begreifen konnte.

„Was ich eben fürchtete, mein Sohn", antwortete der Vater. „Sie bereiten Brandpfeile vor. Das ist unser Ende."

Mutter Jane schauderte. Die Aussicht, geröstet zu sterben, gefiel ihr nicht.

„Verdammt!" fluchte sie. „Bevor wir auf diese Art zugrunde gehen, laufen wir doch hinaus und stellen uns ihnen im Freien entgegen!"

Bei diesen Worten griff sie nach dem Pfosten, der die Tür verrammelte, doch zwei Indianer hielten sie rechtzeitig zurück.

„Mutter, verlier nicht den Kopf!" rief George ihr zu. „Es muß noch nicht unser Ende bedeuten. Beschleunige es jedenfalls nicht! Graue Wolke wird rechtzeitig kommen, du wirst sehen."

Ein Pfeil pfiff durch die Luft und blieb im Dach stecken, das sofort Feuer fing. Ein zweiter Pfeil bohrte sich in die rechte Wand.

„Wir werden verbrennen", schrie Mutter Jane. „Laßt mich hinaus! Und Francis? Mein armer Francis!"

Smith nahm seine Frau in die Arme. Er hatte sie noch nie so verzweifelt gesehen, und obwohl es in dieser Lage unangebracht war, empfand er es schön, seine Frau so schwach und schutzbedürftig zu wissen.

„George, schießt wieder!" rief Smith und ließ seine Frau wieder los. „Ich werde versuchen, die Flammen zu löschen."

Er griff nach einem Stock und begann auf die brennende Wand zu schlagen, um die Flammen zu ersticken. Doch für jede, die er dämpfen konnte, loderte eine neue an einer anderen Stelle auf.

In der Hütte konnte man nun kaum mehr atmen. Der Rauch hüllte alles ein, es herrschte darin ein höllische Hitze.

George fühlte die Kräfte schwinden. Nicht aus Angst, nicht seinetwegen, sondern bei dem Gedanken, daß er die Ursache dieses Unglückes war. Wenn er die Familie nicht in die Ranch zurückgeführt hätte, würden sie jetzt nicht dastehen, zwei Schritte vom Tod.

„Francis, George!" schluchzte Frau Jane.

Plötzlich aber fand sie auf unerklärliche Weise ihr kaltes Blut wieder. Sie ergriff ein Gewehr und schoß auf die Indianer, die sich langsam näherten und nun das Haus wie in einem eisernen Ring hielten.

Der alte Smith hustete so, als wäre er nahe daran zu ersticken; die Ontaras konnten nur mit Mühe atmen und mußten alle Energie aufwenden, um nicht die Tür zu öffnen und hinauszulaufen.

„Achtung!" rief George und schoß.

Einem Indianer war es gelungen, aufs Dach zu klettern, und zwei Bohlen aufzureißen. Er war gerade dabei, sich durch die entstandene Öffnung hineinzuzwängen, als der schnelle Schuß ihn traf. Er schlug dumpf auf.

Andere Indianer aber trommelten mit wuchtigen Beilschlägen gegen die Tür, die gleich Risse zeigte und bedenklich zu schwanken begann. Es konnte nicht mehr lange dauern, bald mußte sie nachgeben.

In der Tat: Splitternd und krachend flog sie auf, aber sofort stürzten brüllend zwei Ontaras mit erhobener Axt auf die Oglalas los, die hereinstürmen wollten.

„Mutter, hebe den letzten Schuß für dich auf!" schrie George verzweifelt.

Im selben Augenblick erhob sich draußen vielstimmiges wildes Geschrei, und die Oglalas, die soeben durch die gesprengte Tür in die Hütte stürzen wollten, drehten sich überrascht um.

„Was geht draußen vor?" fragte Smith, der sich schützend vor seine Frau gestellt hatte.

„Graue Wolke kommt", schrie George, vor Aufregung weinend, „Graue Wolke!"

Von etwa siebzig Kriegern gefolgt, sprengte Graue Wolke in vollem Galopp über die Prärie heran. Rote Wolke hatte den sofortigen Rückzug durch die Prärie angeordnet.

Die Oglala-Krieger zogen sich, ab und zu noch immer schießend, weit zurück. Ihre zahlenmäßige Übermacht war jetzt wertlos, da die Ontaras beritten anrückten und, von einer Seite zur anderen springend, sehr unsichere Ziele boten.

„George", rief Mutter Jane, „wir sind gerettet, gerettet!"

George traute seinen Augen nicht. Er hatte sich schon verloren gesehen und konnte nur mit Mühe diese Wendung erfassen, die viel zu glücklich war.

Die Oglalas zogen sich bis zum Fuß der Felswand zurück, wo sie hinter den Gesteinsblöcken Stellung nahmen, von wo aus sie sich besser verteidigen konnten. Rote Wolke kochte vor Wut. In seinem Innersten verfluchte er den Augenblick, in dem er beschlossen hatte, zum Fluß hinabzusteigen und deshalb die Pferde auf der anderen Seite des Gebirges zurückließ. Es war zwecklos, Verstärkung zu erhoffen, die, ohne Boote, keinesfalls herüber und in den Kampf eingreifen konnten.

Graue Wolke kämpfte wie ein Löwe allen Ontaras voran. Der unbeständige Wille, die große Rote Wolke, den Halbgott der Sioux, zu besiegen, vervielfachte seine Kräfte.

Die blendend berittenen Ontaras vollführten vor der Felswand rasende Evolutionen. Sie galoppierten einer hinter dem anderen vorbei und schossen.

Hartnäckig antworteten die Oglalas, die mit der Verzweiflung von Menschen kämpften, die erkannt hatten, in eine Falle gegangen zu sein.

Plötzlich fiel Graue Wolke, in die Schulter getroffen, aus dem Sattel. Ein Siegesschrei erhob sich auf der Seite der Oglalas, die nun hinter den Felsen hervorsprangen und sich vor die Pferde der Gegner warfen.

Ihrer Führung und ihres Beispiels beraubt, schienen die Ontaras jäh allen Kampfgeist verloren zu haben. Die geordnete Angriffslinie brach auseinander, jeder stritt jetzt für sich allein, und im Nu fanden sich alle von der feindlichen Horde umringt.

In diesem Augenblick erhob sich Graue Wolke wieder. Ein Freudenschrei seiner Stammesbrüder erfüllte die Luft.

Rote Wolke und Graue Wolke standen jetzt einander gegenüber, jeder mit dem Tomahawk in der Faust.

Der große Zweikampf

Rote Wolke, die unbesiegbare Rote Wolke, der große Häuptling aller Oglala-Sioux, schwang das Kriegsbeil wie eine Steinschleuder über seinem Haupt. Er hatte einem der Gegner das Pferd abgenommen, das nun unter seiner Führung fast kerzengerade stieg, um dann nach rechts, gleich darauf nach links zu springen. Der Häuptling griff von vorne, von der Seite, von hinten an.

Graue Wolke stand ihm nicht nach. Seine Krieger blickten, obwohl selbst noch kämpfend, immer wieder nach ihm, und er wußte es: Besiegt zu werden, unter den Schlägen des großen Mock-peah-lutah zu sterben, bedeutete eine doppelte Niederlage: seine als Führer der Ontaras, aber auch die seines Volkes, das nach dem jähen Erlöschen des Mythus Grauer Wolke, des großen und unabhängigen Häuptlings der Ontaras, gezwungen sein würde, das Haupt zu beugen, sich dem Willen Roter Wolke zu unterwerfen.

Es war ein erbarmungsloser Kampf. Oglala-Sioux und Ontara-Sioux setzten das Ringen fort, doch jeder von ihnen wandte trotzdem seine Blicke hin und sah es: Graue Wolke war verwundet, dennoch zeigte er sich seinem Gegner gewachsen. Mit Mühe konnte dieser seinen Beilhieben ausweichen.

Der Zweikampf schien nicht enden zu wollen. Die beiden Gegner zeigten sich einander ebenbürtig, so daß jeder der übrigen Indianer versucht war, seinem Häuptling zu Hilfe zu eilen.

Viele Krieger waren gefallen, und allmählich verloren die Ontaras, obwohl sie zu Pferde kämpften, an Boden. Deutlich war festzustellen, daß die zu Fuß streitenden Oglala-Sioux im Begriff waren, sie einzukreisen.

Die Kräfte von Grauer Wolke schienen zu erlahmen. Viel Blut floß ihm aus der Schulterwunde, sein Pferd hatte einen gräßlichen Schnitt am Hals erhalten und war nahe daran, zusammenzusacken.

Urplötzlich, völlig unerwartet, prasselte im Rücken der Oglalas Gewehrfeuer. Sie stoben auseinander. Wer von ihnen ein Pferd erbeuten konnte, wendete es, um bald darauf getroffen von seinem Rücken zu stürzen. Rote Wolke nahm von seinem Gegner Abstand und sah zur Felswand hinüber, woher die Schüsse kamen.

Es gab keinen Zweifel: Viele feindliche Indianer lagen verschanzt in den Felsen. Ihre Köpfe waren kaum auszumachen, die Gewehre hielten sie auf die Steinblöcke gestützt.

Eine Kugel pfiff dem großen Sioux-Häuptling der Oglalas knapp am Kopf vorbei. Nun rollten wieder große Steine vom Berghang auf die am Ufer befestigten Boote.

Rote Wolke verharrte einen Augenblick unentschlossen. Unter seinen Kriegern war ängstliche Unruhe ausgebrochen. Sie wußten nicht mehr, wohin sie sich wenden sollten.

Die Ontaras bemerkten es, schöpften wieder Mut, stießen ein wildes Geschrei aus und gingen von neuem zum Angriff über.

Rote Wolke erteilte einen Befehl, worauf die Oglalas kämpfend in Richtung auf die Boote auswichen. Sie bestiegen sie hastig und stießen vom Ufer ab.

Andere Stammesbrüder, die in den wenigen Booten keinen Platz mehr fanden, sprangen ins Wasser. Rote Wolke stieg auf das Boot, das als letztes das Ufer verließ.

Graue Wolke sah den eiligen Rückzug der Gegner, ohne zu begreifen. Die Wunde schmerzte ihn, und plötzlich wurde er von Schwindel befallen. Er beugte sich vornüber, bis er mit der Stirn den Mähnenkamm seines Pferdes berührte, und glitt ins feuchte Gras, wo er bäuchlings liegenblieb.

Einige seiner Krieger liefen herbei, während die anderen noch den Fliehenden nachschossen.

Adlerauge, der bisher am Kampf teilgenommen hatte, eilte nun ebenfalls seinem Häuptling zu Hilfe. Er ließ ihn wieder auf sein Pferd heben und befahl, ihn zur Ranch der Collins zu bringen.

Inzwischen ebbte das Feuer ab. Nur noch wenige Schüsse hallten über dem Fluß. Es waren die letzten dieses langsamen, wütenden Gefechtes, das auf der Prärie und am Strom an die hundert tote Oglalas und Ontaras zurückließ.

Graue Wolke öffnete die Augen. Er fragte Adlerauge, wer ihnen vom Berg aus zu Hilfe gekommen sei. Adlerauge antwortete ihm wahrheitsgemäß, er wisse es nicht. Der Häuptling befahl ihm, es unbedingt herauszufinden.

Nun setzten sich die Krieger, die Graue Wolke zur Ranch zu führen hatten, in Bewegung, Adlerauge aber galoppierte auf die Felswand zu. Eine Kugel flog wenige Zentimeter an seinem Hals vorbei. Er hielt unsicher an, ritt dann langsamer weiter und schwang sein Gewehr.

In den Felsen schrie jemand:

„Nicht schießen, es ist Adlerauge!"

Wenige Minuten später erreichte er die Felsblöcke, hinter denen die unbekannten Indianer, in weiten Abständen voneinander schießend, zu Hilfe gekommen waren. Dort blieb er vor Überraschung wie angewurzelt stehen.

Hinter den großen Felstrümmern standen bloß die wenigen Indianer, die in der Ranch bei der Familie Collins zurückgeblieben waren. Vor ihnen aber lagen auf den Blöcken in fast regelmäßigen Abständen waagrechte, dürre Äste und neben einem jeden von ihnen je ein Indianerskalp. Von weitem gesehen, mußten die langen dicken Äste für in Anschlag gebrachte Gewehre, die Skalpe für die Scheitel der Schützen gehalten werden.

Adlerauge war blaß geworden. Er ging von einer Scharte zur anderen, von einem Block zum anderen und zählte. Neben siebzig Gewehrattrappen lagen siebzig Skalpe.

„Adlerauge!" rief George strahlend.

„Indianersohn!" donnerte Mutter Jane und schwenkte ihr Gewehr. „Hast du vielleicht geglaubt, daß wir euch allein lassen würden?"

Die Familie Collins war vollständig da. Sie war es, die mit Hilfe der bei ihnen zurückgebliebenen Ontaras den von George entworfenen Plan durchgeführt hatte.

Als sie sahen, daß die Oglalas im Begriff waren, das Übergewicht zu bekommen, erinnerte sich George plötzlich an die Skalpe, die in der Grube unter der Hütte versteckt lagen. Sofort kam ihm ein Einfall.

Er ließ die Indianer dürre, mehr oder weniger gerade Äste sammeln, und brach mit allen, zum Rand der Prärie im Süden abschwenkend, zur Felswand auf.

Mutter Jane und der Vater waren ihm gefolgt. Mutter Jane hatte sich von dem vergangenen Schrecken erholt und wollte nun ihrem Francis zu Hilfe eilen. Bei den Felsen angekommen, benahm sie sich wie die übrigen, half den Indianern, Äste und Skalpe zurechtzulegen und dann zu schießen, lief dabei von einer Seite zur anderen, um die Anwesenheit einer großen Menge Schützen vorzutäuschen.

Alles übrige war dann von selbst gekommen. Adlerauge war nun im Bild.

George, der kleine Häuptling

Am folgenden Tag lagerten die Ontaras um die halb zerstörte Ranch. Es herrschte unter ihnen Totenstille. Graue Wolke hatte die Augen nicht wieder geöffnet, und vergebens beugten sich die Medizinmänner und Mutter Jane über ihn, alle außerstande, ihm das verlorene Blut zurückzugeben. Mutter Jane hatte die Wunde verbunden, mehr konnte sie nicht leisten. Jetzt lag es ausschließlich an Grauer Wolke, die Krise zu überwinden, die Kräfte wiederzugewinnen.

Für die Ontaras und die Familie Collins war dies ein trauriger Tag.

„Glaubst du, daß man nichts mehr für ihn tun kann?" fragte George seinen Vater.

Der alte Smith schloß die Bibel.

„Es liegt in der Hand Gottes, mein Sohn", antwortete er.

Mutter Jane deutete ihnen zu schweigen. Die Medizinmänner begannen einen Beschwörungstanz.

„Ich glaube, daß er sich bewegt hat", bemerkte unerwartet Francis.

Alle beugten sich über den großen Häuptling. Mutter Jane erbleichte.

Die Medizinmänner liefen schreiend aus der halbverkohlten Hütte. Gleich darauf hub im Lager düsteres Klagen an.

„Zum Teufel, was tun sie denn?" schrie Mutter Jane. „Er ist ja nicht tot, das Herz schlägt. Es ist sehr schwach, aber es schlägt!"

Adlerauge murmelte.

„Sein Geist ist schon weit. Er hat einen noch zuckenden Körper hinterlassen, er aber reitet auf die ewigen Jagdgründe zu."

„Sag keine Dummheiten", antwortete ihm trocken Mutter Jane. „Sein Geist ist hier drinnen und wird hier bleiben, solange sein Herz schlägt. Sage deinen Leuten draußen, daß sie aufhören sollen!"

Adlerauge regte sich nicht. Mutter Jane trat an jene Stelle der Hütte, wo vor dem Angriff die Tür eingelassen war.

Die Eingeborenen hatten ein eigenartiges Ritual begonnen. Sie tanzten scheinbar ohne Ordnung, riefen rhythmische, unverständliche Worte, warfen die Arme in die Luft, schwangen Tomahawks und Lanzen, beugten sich immer wieder zu Boden wie vor einem Gott.

Mutter Jane dachte, daß es nutzlos wäre, ihnen zuzurufen, daß es noch zu früh für die Totenfeier war, denn jetzt konnte niemand mehr sie aufhalten.

Plötzlich, ohne daß Mutter Jane begriff, was vor sich ging, hielten die Indianer erstaunt an und sahen zu ihr herüber; sie ließen ihre Waffen fallen, beugten sich zu Boden und begannen vor Freude zu schreien.

Mutter Jane wußte vorerst nicht, ob die Rothäute in Trauer geraten waren oder ob das alles zum Totenzeremoniell gehörte; als sie sich umdrehte, sah sie überrascht Graue Wolke, der, von Adlerauge gestützt, hinter ihr aufrecht stand.

„Mutter, es geht ihm offenbar besser", flüsterte ihr Francis zu.

Die Indianer hatten ihren Häuptling noch am Leben gesehen, und nun begannen sie wieder zu tanzen, aber auf eine andere Art und Weise. Sie taten es in einem Rhythmus, der ihrer Meinung nach die Genesung des großen Häuptlings begünstigen mußte.

Tatsächlich hatte sich Graue Wolke nach einigen Tagen ganz erholt, doch es erwartete ihn eine unangenehme Nachricht. Die von Adlerauge zum Flußufer ausgesandten Kundschafter waren von jenseits der Felswand zurückgekehrt.

Sie hatten die Krieger Roter Wolke, die auf nicht mehr als zweihundert zusammengeschmolzen waren, beim Bau riesiger Flöße gesehen.

„Verdammt", fluchte Francis, „sie haben noch nicht genug!"

„Dies werden sie gewinnen!" urteilte der alte Smith. „Vielleicht wäre es besser gewesen, das ‚Fenster' nicht zu schließen."

„Was sagst du da, Vater?" fragte George entsetzt. „Es war unser Glück, daß es geschlossen war."

„Ja, vielleicht hast du recht, aber den Fluß können wir nicht absperren, mein Junge", warf Mutter Jane ein. „Wir sind noch immer in einer unangenehmen Situation."

George blickte finster drein.

„Die Krieger Grauer Wolke sind auf ein Minimum dezimiert worden; die Bewaffnung ist mangelhaft", sagte Francis. „Wir können auf keine Hilfe hoffen. Wir haben uns freiwillig in dieses Tal eingeschlossen und werden gezwungen sein, wie Mäuse in der Falle zu sterben, wenn . . ."

„Wenn?"

„Wenn wir nicht nach Westen aufbrechen."

Mutter Jane schien zu überlegen. Des alten Smith Augen blitzen auf.

„Nach dem Westen", wiederholte er, „jenseits der Cañons!"

Er wollte ja von Anfang an weiterziehen, und da er nun sah, daß diese Möglichkeit wieder in Betracht gezogen wurde, freute er sich.

„Nach dem Westen!" wiederholte er. „Im Westen werden wir fruchtbaren Boden finden . . ."

„Aber Vater", bemerkte George. „Vater, ist nicht auch unser Boden fruchtbar? Er ist wunderbar, sieh ihn nur an." George wies mit der Hand auf das Tal. „Er ist an allen Seiten geschützt; Wind kann hier nicht heulen, Regenwolken kommen gerade, wenn man sie braucht, und der Winter ist mild. Schau, der Schnee ist schon geschmolzen, es scheint Frühling zu sein."

„Ja, mein Sohn", antwortete Mutter Jane, „aber du verstehst hoffentlich auch, daß wir uns nicht dort niederlassen können, wo immer Schlachten geschlagen werden."

George zuckte mit den Achseln.

„Rote Wolke wird eines Tages wegziehen", sagte er.

„Der weiße Junge hat recht", murmelte Graue Wolke hinter ihnen.

Alle sahen ihn erstaunt an.

Graue Wolke deutete ihnen, näher zu treten. Er war noch sehr müde und konnte nicht laut sprechen.

Als die Collins zu ihm traten, sagte er:

„Dieser Boden ist so schön, daß ihr nirgends einen ähnlichen finden werdet. Der Ontara-Krieger war im Westen und im Norden, im Süden und im Osten, er war dort, woher der Wind bläst, und dort, woher der Schnee kommt, er hat jedoch nirgends einen so schönen, fetten und fruchtbaren Boden entdeckt."

Mutter Jane nickte zustimmend.

„Aber Rote Wolke wird wiederkommen", sagte Francis.

„Rote Wolke wird noch einmal zurückkommen", antwortete Graue Wolke, „vielleicht zweimal. Aber er wird zurückgeworfen werden und dann nicht mehr kommen. Rote Wolke muß in sein Gebiet zurückkehren. Rote Wolke ist der Häuptling jener Sioux, die den Krieg mit dem weißen Mann wünschen, deshalb muß er ihn im Westen suchen."

„Das ist seine Meinung", murmelte Smith.

„Das ist die Wahrheit", sagte Graue Wolke. „Meine weißen Freunde können hinziehen, wohin sie wollen, wenn sie aber wirklich aufbrechen, ist es besser, sie gehen ost- oder südwärts. Wenn die weißen Freunde bleiben, werden die weißen Freunde Freunde der Ontaras sein; die Ontaras werden Freunde der weißen Männer sein, und alle werden glücklich leben."

Graue Wolke schlug die Augen nieder. Er war müde. Alle traten aus der Hütte und ließen ihn allein.

Es vergingen noch zwei Tage. Graue Wolke hatte sich nunmehr vollends erholt. George und Francis diskutierten unaufhörlich über die Vorteile des Aufbruchs oder des Bleibens. Schließlich siegte Georges Meinung. Sie hatten sich hier schon niedergelassen und hatten die Pflicht, die getane Arbeit, ihr Haus, ihre Felder zu verteidigen. Im Westen müßten sie von neuem beginnen, und es war gar nicht sicher, daß sie nicht auch dort sich früher oder später allerlei Gefahren ausgesetzt sehen würden.

„Francis", sagte George, sich an die Stirn greifend, „erinnerst du dich daran, was der Großvater von seinen Abenteuern mit den Indianern erzählte?"

Francis konnte sich nicht mehr entsinnen, die Kindheitserinnerungen lagen schon weit zurück.

„Höre zu. Einmal befand er sich allein auf einer kleinen Insel mitten in einem Fluß. Stromaufwärts kamen Indianer in Kanus auf ihn zu. Sie wollten ihn sicher töten."

„Ich glaube, mich entsinnen zu können..."

„Also, weißt du, was Großvater tat?"

„Nun?"

„Ich sage es dir auf jeden Fall: Die Insel war mit Büschen bewachsen. Er sammelte schnell dürre Zweige, band sie noch schneller zu Faschinen zusammen, übergoß sie mit Petroleum, das er für die Laterne immer bei sich hatte, zündete sie an und ... ließ sie auf die Boote zuschwimmen. So rettete er sich."

„George, du hast recht, das müssen auch wir tun!"

Von diesem Tag an mußten die Ontaras mithelfen. George war für sie nunmehr ein kleiner weißer Häuptling geworden, und sie gehorchten ihm, wie sie Grauer Wolke gehorchten.

Man baute siebzig Flöße geringen Ausmaßes, doch stark genug, um den Zusammenprall mit den Booten der Oglalas auszuhalten.

George schickte Adlerauge ins Lager seines Stammes, um allen verfügbaren Skarts zu holen. Skarts war eine Flüssigkeit, die die Indianer aus gewissen Tierfetten gewannen, die sie aber dann mit anderen, brennbaren Substanzen versetzten. Alles wurde mit etwas Petroleum, welches die Collins besaßen, vermengt und in einige kleine Fässer gefüllt, die auf dem Flußufer gelagert wurden. Dann wurden drei Beobachter mit dem Auftrag in die Felsen gesandt, bei einem etwaigen Auftauchen der Boote von Roter Wolke Alarm zu schlagen.

Die Ontaras und ihre weißen Freunde waren bereit, den großen Häuptling Rote Wolke zu empfangen.

Der Fluß brennt

Die Nacht war so dunkel, daß sie sich vorwärtstasten mußten. George nahm seinen Vater am Arm, um zu verhindern, daß er stolperte und hinfiel.

Kurz zuvor hatten die auf dem Felsen postierten Indianer das Kojotengebell ausgestoßen und damit das Erscheinen der Kanus von Roter Wolke angekündigt.

„Graue Wolke sagt, daß sie nicht mehr wiederkommen werden, wenn wir sie auch diesmal zurückschlagen können."

Francis seufzte:

„Hoffentlich!"

„Er ist dessen sicher", wiederholte George, sich weitertastend. „Rote Wolke wird seine Leute nicht in einem Krieg niedermachen lassen wollen, der ihn eigentlich nicht sehr interessiert. Wenn er erkennt, daß er sich nutzlos anstrengt, weil dieses Gebiet schwer oder gar nicht zu erobern ist, wird er wieder seinen Kriegszug gegen die Soldaten aufnehmen, die aus dem Osten kommen."

„George, du bist ein Optimist", urteilte Francis stehenbleibend.

Sie waren bereits in der Nähe der Flöße. Die Ontaras hatten sich auf beiden Flußufern aufgestellt; außer dem Rauschen des Wassers und dem Quaken der Frösche war kein Geräusch zu hören.

Das Warten wirkte zermürbend. Den beiden Jungen und ihrem Vater klopfte das Herz fast vernehmlich. Es ging ja um ihr Haus, um ihre Zukunft, um ihr Leben.

„Aber was, zum Teufel, tun sie denn?" fragte ungeduldig Francis. „Wenn die Wachen sich nicht irrten, müßten sie schon hier sein."

„Ssst", antwortete George. „Wir sind übereingekommen, ein zweites Zeichen abzuwarten."

„Ich bin dafür, daß wir die Flöße anzünden und loslassen", erklärte Francis.

„Wie klug! Wenn die Oglalas noch unterhalb der Enge sind, können sie rechtzeitig bei den Uferfelsen Schutz suchen und dann ungestört weiterfahren."

Sie schwiegen noch einige Minuten lang und horchten auf jedes Geräusch. Auch George hatte das Empfinden, es läge etwas Seltsames in der Luft. Es war ja unverständlich, daß die Beobachter die Kanus gesehen haben konnten und diese trotzdem noch nicht erschienen.

Die Ontaras wurden allmählich unruhig. Adlerauge glitt durch das Rohrdickicht zu Grauer Wolke, der im Dunkeln neben den Collins stand.

Sie wechselten einige Worte miteinander, dann befahl Graue Wolke seinen Leuten, die Flöße anzuzünden und sie loszulassen.

Nach wenigen Sekunden loderten auf dem Fluß viele Feuerzungen auf. Gleichzeitig konnten alle Kanus in unabschätzbarer Zahl sehen, die still stromaufwärts heranfuhren.

„Verdammt!" fluchte Francis.

Die Schreie der Indianer überdeckten seinen Ausruf. Eine wütende Schießerei begann. Die Flöße wurden losgebunden, und die Strömung trieb sie den Booten Roter Wolke entgegen.

Dieses Schauspiel war phantastisch schön und schrecklich zugleich. Das Wasser des Flusses spiegelte tausendfach die Flammen wider. Die brennenden Flöße glitten schnell den Oglala-Kanus entgegen und stießen bald mit ihnen zusammen. Das Feuer griff im Nu auf die Boote über. Die verderbenbringenden Flöße setzten ihre Reise fort, stießen noch gegen rückwärtige Kanus und bildeten eine unbezwingbare, lodernde Sperre.

Die Augen Grauer Wolke glitzerten zufrieden.

„Gerade noch im richtigen Moment", sagte George beim Laden seines Gewehres. „Vater sei vorsichtig, die schießen noch immer!"

In der Tat. Es regnete Kugeln. Die Oglalas schossen rasend gegen beide Ufer, während ihre Ruderer versuchten, den brennenden Flößen auszuweichen. Vergebens. Es war so, als hätte der ganze Fluß selbst Feuer gefangen.

„Achtung!" rief Francis und zeigte auf ein Kanu, dem es gelungen war, die Feuersperre zu durchbrechen.

Sein Alarmruf war überflüssig. Eines der letzten Flöße stieß frontal mit ihm zusammen und ergoß sein Feuer auf die darin sitzende Mannschaft. Die Oglalas warfen sich ins Wasser und versuchten, ans Ufer zu schwimmen. Die Krieger Grauer Wolke brauchten nur mehr auf sie zu schießen.

Der Sieg war nunmehr sicher. Die Feuerflöße hatten nicht nur die Kanus Roter Wolke in Brand gesteckt, sie hatten den Fluß, auf dem die Feinde kämpften, fast taghell erleuchtet, während die an den Ufern in Stellung gegangenen Ontaras im Dunkel der Nacht blieben und schießen konnten, ohne selbst gesehen zu werden.

Da und dort brannten noch einige Flöße, die an Felsvorsprüngen oder an Uferstäuchern hängengeblieben waren. In ihrem Licht konnte Graue Wolke sehen, daß die überlebenden Angreifer flohen und sich dabei auf die Strömung und auf die Kraft der Ruderer verließen.

„Gott sei gelobt!" rief der alte Smith aus und warf sein Gewehr ins Gras. „Auch diese Nacht haben wir überlebt."

„Für immer, Vater", meinte George begeistert. „Sie werden nicht mehr wiederkommen."

Vater Smith antwortete nicht. Sein Sohn zeigte sich zu optimistisch, dachte er, und denselben Fehler beging auch Graue Wolke, der Georges Ansicht teilte.

Immerhin war diese böse Nacht zu Ende, und er war überzeugt, daß zumindest für einige Zeit Rote Wolke weder den Mut noch die Mittel haben werde, die große Gebirgsmauer zu übersteigen, die das Tal vor den Ostwinden abschirmte.

Graue Wolke versammelte seine Krieger von neuem und sandte einige aus, um die Wachen zu suchen, die noch nicht zu ihnen gestoßen waren, und befahl anderen Männern, bis zum folgenden Tag bei der Enge zu bleiben.

Die Collins waren mit der Reparatur ihrer teilweise abgebrannten Hütte beschäftigt, als Graue Wolke auf seinem schwarzen Pferd ankam. Vier Indianer folgten ihm.

„Die weißgesichtigen Freunde sollen morgen bei Sonnenuntergang ins Ontara-Lager kommen", sagte er.

Die Collins legten ihr Werkzeug nieder. Was war nun geschehen?

„Wie", meinte Frau Collins, „ihr zieht wieder ins Gebirge?"

Sie fürchtete offenbar, daß Rote Wolke wiederkäme.

„Die Ontara-Krieger haben im Tal nichts mehr zu tun", antwortete der Indianerhäuptling. „Das junge Weißgesicht hat sie gelehrt, eine Waffe zu benützen, die es jedem unmöglich macht, ins Tal einzudringen."

„Nun ja", meinte Francis wenig überzeugt. „Wir haben euch geholfen, die Karre aus dem Dreck zu ziehen, und jetzt laßt ihr uns im Stich. Schöne Freundschaft!"

George stieß ihn mit dem Ellbogen, wodurch er ihm riet, lieber zu schweigen.

„Der Bruder unseres Freundes hat kein Vertrauen zu den Ontara-Kriegern", kommentierte ungerührt Graue Wolke.

„Das will er damit nicht sagen", mischte sich George ein. „Er glaubt nur nicht, daß Rote Wolke schon aufgegeben hat."

„Rote Wolke ist nicht mehr jenseits des Gebirges", sagte der Häuptling.

„Ist er auch Wahrsager?" brummte Francis, der ungeduldig mit einem Zweig gegen die Stiefel klopfte.

„Der Bruder des weißen Freundes kann es mit seinen eigenen Augen sehen."

Francis horchte auf.

„Wie denn?" fragte er.

„Er braucht bloß mit mir hinüberzureiten."

„Ich gehe hin", erklärte Francis sofort.

„Du wirst hierbleiben", sagte die Mutter. „Unsere Schwierigkeiten scheinen zu Ende zu sein, und du bist so unvernünftig, dich unnötigerweise neuen Gefahren auszusetzen."

„Mutter, laß ihn gehen", bat George. „Danach werden wir, wenn das stimmt, alle miteinander keine Zweifel mehr haben."

Smith fragte Graue Wolke:

„Wie habt ihr das herausbekommen?"

Der Häuptling zeigte auf das Gebirge.

„Die Krieger haben es mir gesagt, die ich auf die Suche nach den Wachen geschickt hatte."

„Richtig, die Wachen", sagte George nachdenklich. „Wieso haben sie nicht das zweite Signal gegeben, das vereinbart worden war?"

„Die Wachen waren alle tot."

„Tot?" staunten die Collins. „Wer hat sie getötet?"

„Meine Krieger haben ein Bleichgesicht auf den Gipfel fliehen sehen."

„Miles", schrie George. „Verflucht, er ist noch hier!"

„Ich glaubte, er sei schon geflohen", sagte der alte Smith. „Statt dessen war er dort oben. O Gott, in welcher Gefahr waren wir alle!"

„Er wollte verhindern, daß sie uns warnen", sagte George. „Da wäre Roter Wolke der Durchbruch gelungen. Außer dem Auftrag, ihm die Munition zu liefern, hatte ihm Rote Wolke wahrscheinlich auch den gegeben, das Ontara-Lager nicht nur zu finden, sondern auch zu besuchen, um ihm dessen Stärke bekanntgeben zu können."

„Wir müssen ihn fangen", erklärte Francis.

„Meine Krieger haben schon diese Aufgabe übernommen", teilte Graue Wolke mit. „Sieben von ihnen durchkämmen das Gebirge so weit, als der Mann gelangen kann."

George kaute an seinen Fingernägeln, wie er es immer tat, wenn er über irgend etwas nachdachte. Dann fragte er den Bruder:

„Bist du entschlossen, mit Grauer Wolke jenseits des Gebirges zu gehen?"

Francis nickte:

„Das wäre ein Vorteil für alle. Wenn Rote Wolke wirklich fortgezogen ist, können wir in Frieden leben. Trotzdem glaube ich aber, daß es gut sein wird, sich gegen neue Überraschungen zu schützen."

„Graue Wolke hat schon dafür gesorgt", sagte der Indianerhäuptling und lächelte kaum erkennbar. „Seine Krieger bauen für den Fluß einen langen Holzstreifen."

„Sie haben einiges gelernt", meinte Mutter Jane.

„Einen langen Streifen, dreimal so breit wie dieses Holzzelt", und er zeigte auf die Hütte. „Drei meiner Krieger werden immer im Tal als Freunde des weißen Freundes bleiben", er zeigte auf George, „und werden der Familie des weißen Freundes helfen, ein neues Holzzelt zu erbauen, und sie werden auch am Fluß Wache halten. Wenn unsere Feinde wieder den Fluß heraufkommen wollen, werden meine Krieger den langen Holzstreifen anzünden, und das Feuer wird die Feinde wieder verjagen."

„Zum Teufel", staunte George. „Du hast diese Lektion wirklich gelernt! Gut, wir danken dir für die drei Krieger, die du hierlassen wirst. Hoffentlich spannt sie Mutter nicht allzusehr bei der Arbeit ein. Jetzt laßt uns gehen."

„Wohin?" fragte Mutter Jane sorgenvoll.

„Wir werden gemeinsam aufbrechen, um einen Blick auf die andere Seite des Gebirges zu werfen."

Die weißen Eroberer sind stärker

Graue Wolke, Francis, George und Adlerauge stiegen in ein leichtes Kanu und ließen sich von der schnellen Strömung flußabwärts treiben.

Je weiter das Boot zwischen den steilen Felswänden hinunterschwamm, um so zahlreicher waren die gefallenen Oglala-Krieger, die an überhängenden Zweigen oder vorspringenden Felsen hingen.

Mitten in dem Cañon, wo eine lange Kette von Blöcken eine schäumende Stromschnelle bildete, brauste das Wasser immer schneller dahin. Zu beiden Seiten erhoben sich unbegehbare Felswände, sie stiegen senkrecht an, als wären sie dem Wasser entstiegen und wollten den Himmel erreichen.

Sie waren furchterregend; dieser enge, wilde Teil des Flusses drückte auf das Gemüt. George sah sich lange um und dachte, welch trauriges Schicksal es sein mußte, ausgerechnet hier von einer Gewehrkugel oder einem Pfeil getroffen zu werden und sterben zu müssen, hier, wo ein Strauch einen bis zur Verwesung festhalten konnte, ohne daß eine liebevolle Hand ein Grab schaufelte.

„Woran denkst du?" fragte Francis.

„An nichts", antwortete George. „Diese Strecke ist länger, als ich glaubte."

„Ssst!" mahnte Adlerauge und duckte sich im Boot. Dabei wies er mit der Hand nach vorne.

Der Cañon war beinahe zu Ende. Adlerauge, der steuerte, bog nach rechts und führte das Kanu aus der reißenden Strömung.

Nach einigen gut angebrachten Ruderschlägen hielten sie hinter einem Fels.

„Im Wasser weitergehen!" befahl Adlerauge.

Alle stiegen ins eiskalte Flußwasser. Schweigsam schwammen sie unter dem Felsen durch, der an dieser Stelle überhing. Plötzlich hielt Graue Wolke, der vorausschwamm, an. Die anderen kamen zu ihm und hielten sich an den Uferfelsen fest, um über dem Wasserspiegel Ausschau halten zu können.

Eine sandige Wüste glänzte in der Sonne. Der Fluß teilte sie in zwei Teile, wie er im ersten Stück seines Laufes die Prärie durchschnitt.

„Hier ist niemand", murmelte George.

„Warten", befahl Graue Wolke. Dann flüsterte er Adlerauge etwas zu, der daraufhin unter Wasser weiterschwamm.

Einige Minuten vergingen, zu hören war nur das Glucksen des Wassers, das in der Sandwüste verstummte.

„Was tut er?" fragte sich Francis nervös.

Die Zeit verging, Adlerauge kam nicht zurück. Die Stirn Grauer Wolke verriet eine gewisse Sorge. Da vernahm man einen Kojotenschrei, der regelmäßig viermal wiederholt wurde.

Graue Wolke glitt ins Wasser, und die beiden Brüder folgten ihm. Und bald konnten sie sehen, wo Rote Wolke sein Lager aufgeschlagen hatte.

Die von den Pferden hinterlassenen Spuren, die Löcher der Zeltpfähle, die Feuerstellen, die einige Nächte hindurch gebrannt hatten – das alles war auf dem Boden deutlich zu sehen.

Adlerauge beugte sich über diese Reste.

„Sie sind schon vor einiger Zeit aufgebrochen", sagte er. „Die Ontaras werden nicht mehr im Tal bleiben müssen."

George und Francis atmeten erleichtert auf. Der Abzug Roter Wolke bestätigte seinen Mißerfolg. Es war eine Niederlage ohne richtige Sieger und Besiegte, aber immerhin eine Niederlage. Der große, unvergleichbare Häuptling der Oglala-Sioux, Rote Wolke, hatte von seinem Vorhaben, eine Strafexpedition durchzuführen, Abstand genommen. Für die Familie Collins und für die Ontara-Krieger konnte jetzt eine Zeit des Friedens anheben.

„Du hast gesiegt", sagte George zu Grauer Wolke.

Graue Wolke starrte in die Ferne. Dann sagte er:

„Graue Wolke hat gesiegt. Seine Freunde, die jungen weißen Freunde und die Ontara-Krieger, haben gesiegt. Doch der Krieg dauert, weit weg von hier, noch an. Rote Wolke und alle Sioux ziehen gegen die weißen Einwanderer, gegen die Soldaten mit den blauen Jacken. Die Ontara-Krieger ziehen nicht mit."

War Graue Wolke darüber traurig, daß er die Aufforderung Roter Wolke, an den kommenden Kämpfen gegen die fremden Eindringlinge teilzunehmen, abgelehnt hatte?

„Ihr Krieg ist sinnlos", sagte George, der die Tragödie in des Indianers Herzen begriffen hatte. „Ihr Krieg wird die Zerstörung der Sioux nach sich ziehen. Wenn die Möglichkeit bestanden hätte, daß sie siegen, würdest du bestimmt an ihrer Seite in den Kampf ziehen. Doch die Weißen sind sehr zahlreich und stark, sie haben riesige Feuergewehre auf Rudern, ‚Kanonen', wovon eine allein furchtbarer ist als tausend von euren Gewehren. Der weiße Mann kann nicht verlieren. Du bist weise gewesen, Graue Wolke, denn du hast deinen Leuten einen nutzlosen Tod erspart. Wenn du weiterhin in deinem Gebiet lebst, ohne Bleichgesichter zu töten, werden dich die Weißen in Frieden lassen."

„Graue Wolke dankt dem weißgesichtigen Freund für seine Worte. Der weiße Freund ist noch jung, aber schon sehr weise. Doch Graue Wolke weiß, daß seine Leute in wenigen Jahren gezwungen sein werden, ihr Land zu verlassen. Die fremden Soldaten dringen überall vor, besetzen alles Land und überlassen den Indianern nur kleine Flächen, auf denen man nicht leben kann. Graue Wolke weiß das alles, alle Krieger und alle Frauen wissen es, und wir haben dennoch beschlossen, uns in dieses Schicksal zu finden. Der Tod wird uns eines Tages unsere endlosen Weiden wiedergeben."

George war erschüttert. Der Mann vor ihm war nur ein Eingeborener, ein wilder Indianer, aber in seinem Herzen hegte er dieselben Gefühle wie der weiße Mann, dieselben Hoffnungen, er besaß seine Weisheit.

„Du verlängerst das Leben deiner Leute", sagte George. „Denken wir jetzt nicht daran. Kehren wir zurück."

Francis lächelte innerlich. Sein Bruder war ein seltsamer Kerl, er verstand sich mit den Indianern besser als mit den Weißen.

Die Rückfahrt dauerte länger und war anstrengender als der Vorstoß zu Roter Wolke verlassenem Lager. Die Strömung drückte das kleine Kanu zurück, und nur die Kraft Adlerauges war fähig, ihr Trotz zu bieten.

Sie waren schon am Ende der Prärie angelangt, als ein Pistolenschuß durch die Luft peitschte. Ein Geschoß traf die Bordwand. Folgende Schüsse klatschten in das Wasser, das hoch aufspritzte.

„Es ist nur ein Schütze", sagte Francis und suchte auf dem Boden des Kanus Schutz. „Von dort oben."

Alle vier antworteten mit ihren Gewehren, doch von der Höhe kam nur das Echo ihrer Schüsse zurück.

„Das ist bestimmt Miles", sagte George. „Wir haben ihm das Geschäft verdorben, und jetzt rächt er sich."

„Meine Krieger werden ihn schon fangen", sagte Graue Wolke in ruhigem Ton.

Bis zur Ankunft in der Ranch sagte er kein Wort mehr.

In der Hand der Ontaras

„Wer hätte vermutet", sagte Vater Smith bei Tisch, „daß wir indianische Hausangestellte haben werden?"

George blickte nach den beiden auf der Türstufe der Hütte sitzenden Eingeborenen. Der dritte stand beim Fluß Wache.

„Siehst du", meinte Mutter Jane, „daß ich recht hatte, hier siedeln zu wollen? Wir haben allerhand mitgemacht, doch wenn jetzt alles so weitergeht, wie es sollte, wird es uns gut gehen."

„Jaja, meine Liebe, aber ich hätte nicht einmal im Traum daran gedacht, daß wir Indianer im Dienst haben würden. Erinnert ihr euch, Kinder, wie dies im Osten war? Was für ein Unterschied!"

Die Kinder konnten sich nicht daran erinnern; viele Jahre waren inzwischen vergangen.

„Hier wird nicht mehr geschehen, was sich dort abspielte", sagte Mutter Jane, „auch wenn die Soldaten kommen."

„Da kannst du sicher sein", meinte Francis. „Früher oder später werden sie kommen, und auch noch andere Farmer, Goldsucher, Viehzüchter..."

„Das aber wird immer unser Boden bleiben", erklärte Smith. „Die anderen werden weiterziehen. Wir sind als erste hierhergekommen, und wir werden auch bleiben."

„Ach, die Indianer waren schon vor uns da", meinte George nachdenklich, „und sie sind trotzdem nicht geblieben."

„Sind sie vielleicht nicht hier?" fragte Mutter Jane.

„Immerhin haben sie das Tal verlassen. Und wer weiß, ob sie nicht morgen auch das kleine Paradies verlassen müssen, das sie im Gebirge entdeckt haben."

„George, du machst dir unnütze Gedanken."

„Ich mache sie mir nicht, Mutter, ich denke nur darüber nach."

Smith seufzte:

„Man kann nichts dagegen tun, mein Kind, so ist das Leben. Die Stärkeren gewinnen immer die Oberhand, die Schwachen zahlen darauf. Ich weiß, daß früher oder später auch andere Pioniere, die Soldaten und die Regierung herkommen werden, und die Indianer wird man Stück um Stück zurückdrängen, bis sie gezwungen sein werden, in einem Reservat zu leben. Genau wie im Osten."

„Es wäre schön, wenn sie den Ontaras als Reservat den Boden zuteilten, den sie schon besitzen. Er ist nicht sehr groß."

„Wer weiß es? Die Zukunft liegt in den Händen des Herrn."

„Sag mir, Vater", fragte George und sah zu Boden, „glaubst du wirklich, daß die Indianer im Jenseits ein Paradies haben, wie sie es sich vorstellen?"

Mutter Jane lächelte:

„Und wie stellen sie sich diesen Himmel vor?"

„Mit endlosen, reichen Prärien voll Büffeln, wo sie jagen und glücklich leben, ohne Kriege, ohne fremde Eroberer..."

„Gewiß", antwortete der alte Smith nach einigen Augenblicken. „Ich glaube, daß das Paradies solcherart ist, daß es jede schöne Hoffnung erfüllt. Jedes Menschenwesen wird dort glücklich sein."

Francis klopfte mit dem Messer auf den Tisch.

„Genug von diesem traurigen Thema! Jetzt sind wir auf dieser Erde und denken an die Wirklichkeit! George, hast du vergessen, daß wir heute abend ins Ontara-Lager gehen müssen?"

„Was werden sie uns zeigen wollen? Vielleicht ein Fest?" fragte Frau Jane.

„Offen gesagt, nach all dem, was wir erlebt haben, würde ich es vorziehen, ein wenig in Ruhe zu leben. Wir haben hier ohnedies viel zu tun."

Als sie die Mahlzeit beendet hatten, sattelte George die Pferde, dann ritt die ganze Familie westwärts.

Die Reise dauerte nicht lang, doch nach den vergangenen schlaflosen Nächten waren die Collins ziemlich ermüdet. Nur die Neugierde hielt sie wach. Noch keiner von ihnen hatte jemals einem Indianerfest beigewohnt. Es berührte sie eigenartig, als Ehrengast eingeladen zu sein, während andernorts der Krieg zwischen Weißen und Eingeborenen tobte.

Als sie die Galerie hinter sich gebracht hatten, fanden sie alle Ontara-Männer beritten und in voller Kriegsausrüstung vor. Im dunkelroten Schein vieler großer Feuer, die beiderseits der Lagergasse knisternd loderten, machten die federgeschmückten, braunen Reiter einen schauderhaften Eindruck.

Adlerauge trat den Collins entgegen und begleitete sie ins Zentrum des Lagers. Als sie vor Grauer Wolke standen, zuckten sie zusammen.

Mitten auf dem Platz, auf welchem die Sioux-Würdenträger mit dem Häuptling in der Mitte im Halbkreis saßen, brannte eine Glutpfanne. Darüber mit den Füßen an einem langen, galgenartigen Pfahl angebunden, hing mit dem Kopf nach unten und sich in Schmerzen windend Miles, der im Dienst Roter Wolke stehende weiße Mann.

Mutter Jane konnte ihren Aufschrei nicht unterdrücken. Der alte Smith legte die rechte Hand auf die Bibel, die er immer unter dem Hemd trug. George und Francis waren vor Schreck erstarrt.

Als wäre die schauerliche Szene eine völlig bedeutungslose Erscheinung, erhob sich Graue Wolke und vollführte die indianischen Begrüßungsgesten.

„Willkommen im Lager der Ontara-Sioux", sagte er mit tiefer, fester Stimme.

Der alte Smith hatte sich als erster zusammengenommen und forderte, ohne den Gruß zu erwidern:

„Nehmt ihn von dort herunter! Das ist eine Grausamkeit!"

Durch die Reihen der um die Glutpfanne versammelten Krieger ging ein Raunen.

„Hast du uns in dein Lager eingeladen, um uns dieses Schauspiel zu bieten?" fragte George angeekelt.

Grauer Wolke Augen blitzten.

„Der Ton deiner Stimme gleicht dem eines Feindes. Ist das junge Bleichgesicht nicht mehr der Freund der Ontaras?"

George bedeckte sich die Augen mit den Händen. Miles war noch nicht tot. Er versuchte, durch verzweifelte Bewegungen der von der Glutmasse unter seinem Kopf aufsteigenden Hitze zu entgehen.

„Wieso haben wir nicht erfahren, daß du ihn gefangengenommen hast?" fragte Francis und näherte sich dem Unglücklichen.

„Meine Krieger haben ihn gefangen, als der Mond schon die Prärie erhellte", antwortete Graue Wolke. „Dieser Mensch hier hat den weißen Mann verraten; er hat die große Rote Wolke verraten; er hat die Ontara-Krieger, die ihn einmal aus dem Fluß retteten, verraten..."

„Er verriet Rote Wolke?" fiel George erstaunt ein. „Aber Rote Wolke ist doch dein Feind! Was kümmert es dich, ob er ihn verriet oder nicht?"

Adlerauge antwortete für Graue Wolke:

„Graue Wolke ist ein großer Sioux-Krieger. Die Ontaras sind Sioux. Die Brüder Oglalas kämpfen gegen den weißen Mann, die Brüder Ontaras kämpfen nicht, weil sie schwach an Zahl und zu schwach bewaffnet sind, doch Oglala- und Ontara-Sioux sind und bleiben immer Blutsbrüder."

Die Collins trauten ihren Ohren nicht. Diese Denkungsart, die die Rassenbrüderlichkeit trotz aller Stammesgegensätze betonte, war ihnen unerklärlich.

„Wir rächen Rote Wolke", fuhr Adlerauge fort, „und alle rothäutigen Krieger, die dieses Bleichgesicht skalpiert hat."

Francis trat zu George:

„Hast du verstanden?" flüsterte er ihm zu. „Sie sind immer noch Feinde Roter Wolke, doch sie lassen nicht zu, daß ein Weißer seine Krieger skalpiert. Und deswegen töten sie Miles. Er verkauft den Indianern Munition, und wenn sich die Gelegenheit bot, skalpierte er alle, die er tot auf seiner Reise auffand. Glaub mir, es ist besser, sich da nicht einzumischen!"

George war nicht dieser Meinung. Wenn auch Miles sich mit Schuld beladen hatte, die unmenschliche Todesart, die sie ihm zugedacht hatten, setzte auch die Richter auf sein Niveau herab.

„Graue Wolke!" sagte er – und Mutter und Vater fürchteten gleich, er werde sich in Schwierigkeiten stürzen – „Graue Wolke, als der Geist des Todes im Lager deine Krieger tötete, haben meine Mutter und ich gegen ihn gekämpft. Viele deiner Krieger wären heute tot, wenn wir ihnen nicht geholfen, wenn wir sie nicht geheilt hätten..."

„Graue Wolke weiß das alles", unterbrach ihn Adlerauge, „und er hat seine weißen Freunde hierhergerufen, um ihre Freundschaft zu feiern und ihnen große Geschenke zu überreichen. Fünfzig Pferde, fünfzig Felle..."

George machte eine ablehnende Handbewegung.

„Graue Wolke", erklärte er, an den Häuptling gewandt, „wir wollen keine Geschenke, weder Felle noch Pferde. Wir wünschen, daß du sofort diesen Mann freiläßt!"

Rund um sie erhob sich ein unwilliges Gemurmel. Einige Krieger gingen in drohender Haltung auf George zu, doch Graue Wolke hielt sie mit einer energischen Handbewegung an. Er schien zu überlegen. In der Stille waren jetzt nur Miles' Klagen und das Knistern der Glut zu vernehmen, auf welche sich bald der Kopf des Mannes durch Lockerung des Seils herabsenken würde.

Da sagte Graue Wolke zu Adlerauge:

„Der weißgesichtige Freund hat recht. Der weißgesichtige Freund hat das

Leben unserer Krieger gerettet, er kann also verlangen, was er will. Der Gefangene wird freigelassen."

Mutter Jane stützte sich auf den Arm ihres Mannes. Sie dachte, daß soeben ein Wunder geschah, und atmete erleichtert auf.

„Gebt ihm ein Kanu, damit er fortfahren kann", schlug George vor.

Die Krieger hörten schweigend zu. Vielleicht begriffen sie, daß dieser kleine weiße Freund wirklich das Recht hatte, zu verlangen, wonach er begehrte, als Gegenleistung für das, was er und seine Familie für sie Gutes getan hatten.

Zwei Eingeborene zogen den über der Glut Hängenden so weit weg, daß das Seil von einem dritten ohne Gefahr gelockert und aufgeknüpft werden konnte. Der Unglückliche sank stöhnend und erschöpft zu Boden, dann kroch er aber auf den Knien zu George und murmelte Dankesworte.

George spürte den widerlichen Geruch seiner verbrannten Haare und seiner angesengten Kopfhaut.

„Dieses Mal bist du noch davongekommen, Miles", sagte George in eisigem Ton, „ich weiß aber nicht, wie es dir das nächstemal ergehen wird. Vielleicht wäre es besser gewesen, ich hätte dich braten lassen. Aber wer weiß, vielleicht wird dir diese Lehre nützen. Jetzt geh, geh zum Fluß und fliehe so weit weg wie möglich von diesem Land. Besser wäre noch, du würdest diese Gegend vergessen, denn wenn du jemals wieder Lust verspüren solltest, hierher zurückzukommen, würde ich als erster deine Bestrafung verlangen."

Miles legte sich das leichte Kanu, das ihm ein Indianer gebracht hatte, auf die schmerzende Schulter und wankte talwärts davon.

„George, du warst großartig", strahlte Mutter Jane. „Ich habe diesen Unglücksvogel schon tot gesehen. Smith, muß man nicht auf einen solchen Sohn stolz sein?"

„Graue Wolke sagt, daß jetzt der Tanz zu Ehren der weißen Freunde beginnt", teilte Adlerauge den Collins mit.

Die Collins ließen sich an der Seite Grauer Wolke nieder. Vor ihnen zogen zwanzig Indianer in seltsamem Schmuck auf. Große, scharfe Steine hingen am Riemen rund um ihren Leib, so, als wären sie wertvolle Amulette.

Andere Indianer begannen zu musizieren. Sie spielten einen dämonischen Rhythmus. Mit aller Kraft schlugen sie auf ihre Trommeln. Die Tänzer setzten sich in Bewegung und begleiteten ihre abgehackten Schritte mit harten Gesten der Arme. Immer schneller wurden ihre Schritte.

Die Tänzer sprangen von einer Stelle zur anderen, immer aber nach dem strengen, rasenden Rhythmus der Trommeln, die Steine schlugen dabei an ihre Rippen, an ihre Hüftknochen. Und es schien so, als versuchten die Männer, trotz des Rhythmuszwanges die scharfkantigen Brocken so wuchtig wie möglich gegen ihre Leiber schlagen zu lassen.

„Das ist ein Wahnsinn", flüsterte Mutter Jane Smith zu. „Sie spüren doch Schmerzen, nicht wahr?"

„Ssst!" mahnte Francis, der den Tanz mit größtem Interesse verfolgte.
Die Feuer prasselten, der Mond leuchtete am klaren Himmel.
„Schau", murmelte George.
Einige Tänzer waren offensichtlich nahe daran, zu Boden zu sinken. Sie bluteten an verschiedenen Stellen, mußten Schmerzen empfinden, aber trotzdem fuhren sie, wenn auch müde, in ihren quälenden Bewegungen fort.
George hielt es nicht mehr aus. Er wollte erfahren, welche Bedeutung wohl dieser Tanz haben mochte. Denn irgendeine Bedeutung mußte er ja haben.
„Vater, wußtest du, daß sie so tanzen, und weißt du, was sie damit ausdrücken wollen?" fragte er.
Der alte Smith antwortete leise:
„Jetzt erinnere ich mich, irgendwann einmal gehört zu haben, daß gewisse Stämme einen bestimmten Tanz aufführen, wenn der Häuptling einen Kompromiß geschlossen hat."
„Verstehe ich nicht", sagte George.
„Hm, dann, wenn ein Beschluß gefaßt wurde, der nicht dem gewünschten entspricht, aber der einzig mögliche für den Stamm ist."
George glaubte jetzt, verstanden zu haben.
„Betrifft das die Befreiung dieses Miles?"
„Nein", antwortete ihm Adlerauge, der, neben dem Vater sitzend, die Frage verstanden hatte. „Die Ontara-Krieger sind froh, Rote Wolke zurückgeschlagen zu haben, und deshalb tanzen sie; sie sind aber darüber traurig, daß sie sich nicht mit Roter Wolke vereinigen, also am Krieg nicht teilnehmen können, da sie meinen, daß der Krieg mehr Schlechtes als Gutes bringt. Deswegen schlagen sie sich mit Steinen."
Diese Erklärung leuchtete ihnen ein. Im Gegensatz zu dem Wunsch, gegen die weißen Soldaten ins Feld zu ziehen, hatte Graue Wolke zum Wohle des Stammes beschlossen, auf den Krieg zu verzichten, weil er nur Elend gebracht hätte.
Als George erfahren hatte, was er wissen wollte, sprach er nichts mehr. Er sah weiter dem unfaßbaren und kindlichen Tanz zu, womit die Ontaras einerseits ihren Sieg feierten, zugleich aber ihren Schmerz darüber ausdrückten, daß sie nicht an Roter Wolkes Seite kämpfen konnten.
Als auch der letzte Tänzer blutend und erschöpft zu Boden sank und fast augenblicklich einschlief, graute schon der Morgen. Die Collins bestiegen ihre Pferde und kehrten zu ihrer Ranch zurück.

Die Erscheinung in der Schlucht

Die beiden Brüder waren damit beschäftigt, die Koppeltür, die während des Kampfes um die Ranch niedergerissen worden war, zu reparieren.

Die Luft war klar. Mutter Jane saß mit ihrem Mann unter den drei Bäumen, neben denen die Hütte stand. Die Pferde weideten frei auf der Prärie, und Müder Fuß, der in der Luft den Geruch seines Herrn eingesogen hatte, trabte tänzelnd auf George zu.

„Die Ernte ist vielversprechend", sagte Mutter Jane zu ihrem Mann. „Der kleine Teil, den wir Grauer Wolke für seine Pferde abliefern müssen, wird uns nicht abgehen."

„Ich würde sagen..."

„Was?" fragte Mutter Jane, als sie sah, daß ihr Mann nicht fortfuhr.

„Ich würde sagen, daß wir ihm das Doppelte der versprochenen Menge geben sollten", meinte Smith in einem Atemzug.

„Warum denn, Alter?"

„O Gott, weil uns diese Leute geholfen haben", antwortete er, mit den Schultern zuckend, „und weil es gut ist, sie uns freundlich gesinnt zu erhalten."

„Hör dir das an!" brummte Mutter Jane, während sie einen spitzen Stein entfernte, auf dem sie zu sitzen gekommen war. „Wir sind es, die ihnen geholfen hatten! Kannst du dich nicht mehr an die Epidemie erinnern? Ha, mein Alter, hast du das Gedächtnis verloren?"

Diesmal gab Smith nicht so schnell auf.

„Ich betone, daß wir ihnen das Doppelte der festgesetzten Menge geben werden", sagte er entschlossen. „Und ich bitte dich, dich nicht dagegen zu wehren."

Mutter Jane traten die Augen aus den Höhlen. Sie stemmte die Ellbogen in die Hüften und wollte schon mit der alten bekannten Energie antworten. Als wäre ihr Geist plötzlich erleuchtet worden, beruhigte sie sich aber schnell.

„Du hast recht, mein Alter", gab sie zu.

Der Alte traute seinen Ohren nicht. In den vielen Jahren ihres gemeinsamen Lebens hatte er noch nie gehört, daß seine Frau ihm recht gab. Vielleicht hatte er sich geirrt, vielleicht hatte er nicht richtig verstanden.

„Wie hast du gesagt?" fragte er ängstlich.

„Daß du recht hast, Smith Collins. Soll ich es dir in die Ohren schreien?"

Mutter Jane lächelte. Sie hatte noch nie bemerkt, daß man Befriedigung auch dann empfinden konnte, wenn man erkennt, daß der Einfall eines Mitmenschen gut und weise war.

„Jane...", murmelte der alte Smith. „Es ist das erstemal, daß..."

„Ja, ich weiß es, aber nütze diese Gelegenheit nicht aus, mein Alter", antwortete Mutter Jane. Dabei sah sie, daß einer der drei Wachindianer mit George und Francis sprach, und rief ihnen zu:

„George! Francis! Was ist denn los?"

Francis kam zu ihr.

„Nichts, Mutter, nur daß..."

„Was, zum Teufel, bist du stumm geworden? Was geht vor?"

Francis zögerte.

„Der Indianer sagt, daß jemand den Fluß heraufkommt."

„Die Oglalas", vermutete Mutter Jane.

„Rote Wolke", ergänzte Smith.

„Das kann man noch nicht sagen, Mutter. Der Indianer hat sein Ohr auf den Felsen gelegt und hat, wie er sagt, Stimmen gehört, die ihm unverständlich waren und von jemand herrührten, der den Fluß heraufkommt. Es kann sein, daß es sich um jemand anderen handelt..."

„Zum Teufel, um wen?"

In diesem Augenblick rief George laut:

„Francis, gehen wir!"

Francis ließ seine Eltern unter den Bäumen, nahm sein Pferd und ritt mit dem Indianer und George zum Fluß, wo sie auf die anderen zwei Indianer stießen.

Da sie mit dem Auftauchen irgendwelcher Boote rechneten, nahmen sie alle hinter einigen Felsblöcken Stellung und verharrten dort regungslos.

„Vielleicht wäre es angebracht, Graue Wolke zu warnen", riet Francis.

„Warten wir", antwortete George. „Zu fünft sind wir mehr als ausreichend, um die Flöße in Brand zu stecken... Hörst du?"

„Ja, jemand spricht."

„Meiner Meinung nach schreien sie. Und es sind Indianerstimmen!"

George horchte gespannt hin.

„Sie rufen nur ein Wort... alle dasselbe... Francis, was sagst du dazu?"

Francis fragte die drei Indianer, ob sie die Bedeutung des Stimmengewirrs verstünden, das von der Flußbiegung herkam. Die Indianer schüttelten verneinend den Kopf. Plötzlich verrieten alle drei eine unerklärliche Erregung.

„Legt Feuer!" befahl Francis erschreckt, auf die mit dürren Zweigenhaufen beladenen Flöße weisend. „George, gieß das Petroleum darüber!"

George wollte sofort dieser Aufforderung folgen, als einer der Ontaras seinen Arm festhielt.

„Bist du verrückt?" protestierte George. „Es muß Rote Wolke sein!"

„Rote Wolke", antwortete einer der drei. Sein Gesicht zeigte plötzlich einen eigenartigen Ausdruck.

„Zündet die Flöße an", schrie Francis erregt, „oder es wird zu spät sein!" Er hatte jedoch den Befehl kaum ausgesprochen, als ein Gewehrlauf auf ihn gerichtet wurde. Einer der Ontaras zielte auf ihn.

George glaubte einen Augenblick lang an Verrat.

„Ich befehle euch zu gehorchen", schrie er. „Sonst zünde ich sie allein an!"

Diesen Entschluß konnte er aber nicht ausführen, denn ein zweiter Indianer setzte ihm sein Messer an die Rippen.

George und Francis waren niedergeschmettert. Die unerwartete Haltung der bisherigen Freunde, die Stimmen, dieser Gesang, der ein einziges, unverständliches Wort aussprach und sich rasch näherte, das alles zusammen nahm ihnen fast die Besinnung.

Da erschien auf der Flußbiegung ein von drei kleineren Booten gefolgtes Kanu.

Darinnen stand, hoch aufgerichtet, mit seiner bunten Federkrone würdig wie ein König, Rote Wolke.

„Wir sind verloren", flüsterte Francis mit zugeschnürter Kehle.

„Ich verstehe nicht", murmelte George. „Irgend etwas ist hier seltsam. Es sind nur drei Kanus..."

Die Ontaras hielten sie weiterhin mit ihren Waffen im Schach.

Sie zogen in den Tod

„Und dann?" fragte der Knabe, der neben dem alten Smith Collins saß. „Was geschah dann?"

Smith strich sich müde über den langen, weißen Bart.

„Siehst du diese Häuser hier ringsum?"

„Ja", antwortete der Junge.

„Damals gab es hier noch keine Häuser, nur meine Ranch und die Prärie, die sich bis zu den Felswänden dort unten hinstreckte. Also, George und Francis glaubten sich schon verloren, da kamen sie darauf, daß Rote Wolke nicht in feindlicher Absicht gekommen war. Er wollte vielmehr mit ihnen verhandeln."

Der Kleine riß die Augen auf.

„Wirklich?" staunte er.

„Zuerst trauten sie ihren Ohren nicht, doch bald waren sie davon überzeugt. Die Ontaras begleiteten Rote Wolke und meine Söhne ins Lager Grauer Wolke. Dort angelangt, ehrte Rote Wolke die Tapferkeit und Schlauheit des Ontara-Häuptlings. Dann erklärte er, daß so mutige Krieger sich vom Kampf zwischen Indianern und Bleichgesichtern nicht fernhalten durften. Er bat und mahnte so lange, bis Graue Wolke davon überzeugt wurde, daß er sich am Kampf gegen das aus Osten heranrückende Heer beteiligen mußte. Am folgenden Morgen zog der ganze Stamm der Ontara-Sioux durch die Prärie. Sie stiegen in ihre Kanus und zogen in den Krieg. Vielleicht starb Graue Wolke mit der Überzeugung, daß er richtig und ehrenvoll gehandelt hatte, als er seine Berge verließ, vielleicht bedauerte er im Tode, nicht den Frieden vorgezogen zu haben. Aber auf jeden Fall werden die wenigen Indianer seines Stammes, die die langen und blutigen Schlachten mit den weißen Soldaten überlebten und dann in ein weit von hier gelegenes Reservat eingeschlossen wurden, niemals die Familie der vier Bleichgesichter vergessen, die ihnen geholfen hatte, ohne auf die Verschiedenheit der Hautfarbe und der Rasse zu achten."

Der Abend sank langsam herab. Ein letzter, schräg einfallender Sonnenstrahl beleuchtete die Straße, die das Dorf Silver City in zwei Teile trennte. Der Knabe hatte den Alten verlassen und lief nun zu seinen Spielkameraden, um ihnen die Geschichte ihres kleinen Ortes zu erzählen.

„Vater", fragte George, der gerade die Ranch betrat, „was hast du dem Kleinen erzählt?"

Der alte Smith sah seinen Sohn an. Gott, auch er war in nur zwölf Jahren gealtert!

„Ich erzählte ihm von jenem Tag", antwortete er mit dem Blick auf die Felswände, die in der untergehenden Sonne erglühten, „an dem Rote Wolke in die Prärie kam und eine große Schlacht ohne einen einzigen Gewehrschuß gewann."

„Das sind alte Erinnerungen", murmelte George und trat ins Haus.

Aber im Türrahmen blieb er stehen und drehte sich um. Im Geiste sah er Rote Wolke wieder, hochmütig und ehrgebietend wie immer aus dem Kanu steigen und auf das Ontara-Lager zuschreiten.

Das goldene Grab

Der Sheriff hat schwere Sorgen

„Mister Baxter!" rief Harry, in das Büro der Firma Baxter & Smilz hereinstürmend, „Mister Baxter!"

Mister Baxter hatte soeben den Safe in der Mauer hinter seinem Schreibtisch geöffnet und wandte sich sofort wütend um.

„Wie oft habe ich gesagt, daß man vor dem Eintreten klopfen soll?" schrie er und rückte sich die Brille zurecht.

„Mister Baxter, eine schreckliche Nachricht", fuhr Harry fort und setzte sich. „Ich wäre nicht so hereingekommen, wenn ich nicht in Eile wäre."

„Ich sehe es. Sie haben schon viele unnütze Worte verschwendet, und ich weiß noch immer nicht..."

„Mister Baxter, Ihr Bruder... ist getötet worden! Man hat ihn in seinem Bett mit einem Messer in der Brust aufgefunden."

Der Direktor der Handelsgesellschaft ließ sich in den Lehnstuhl fallen.

„Gott im Himmel, ist das möglich!" jammerte er. „Sind Sie dessen sicher? Nein, das kann nicht wahr sein!" Er sprang auf, stürzte aus dem Büro und lief zum Hause seines Bruders. Unterwegs stieß er alle beiseite, die ihn aufhalten und auf den schrecklichen Anblick vorbereiten wollten.

Harry blieb gedankenvoll auf seinem Stuhl sitzen. Dann streckte er die Beine auf den Tisch und hätte gern eine der Zigarren genommen, die Baxter in einer Holzkiste auf dem Schreibtisch aufbewahrte, wenn nicht in diesem Augenblick die blonde Peggie eingetreten wäre.

Ihr Gesicht war verstört; man konnte sehen, daß sie geweint hatte. Jetzt versuchte sie aber mit der ganzen Kraft ihres Willens den Schmerz über den Tod ihres Verlobten zu unterdrücken.

„Mister Harry", sagte sie, als sie den Sheriff sah, „man sagt, daß er wach war, als er ermordet wurde." Harry nickte zustimmend.

„Eine häßliche Sache, Miß. Es scheint, daß der Mörder ihn weckte, um ihm Schrecken einzujagen... um ihm klarzumachen, daß er sterben mußte..."

„Heißt das", unterbrach ihn das Mädchen mit aufgerissenen Augen, „daß es ein Racheakt war?"

„Offenbar. Nichts ist aus seinem Haus verschwunden, alles ist in bester Ordnung. Man könnte sagen, daß der Mörder barfuß ins Haus geschlichen ist, mit einem einzigen Vorhaben – zu töten."

„Aber wer konnte ihn hassen?" fragte das Mädchen, während seine Augen sich wieder mit Tränen füllten. „Wer? Er hat keinem Menschen etwas angetan, alle schätzten ihn!"

Harry senkte den Kopf und sagte:

„Manchmal, Miß Peggie, ist das Leben eines Mannes nicht so ... klar, so unkompliziert, wie es zu sein scheint. Die Tatsache, daß man ihn ermordet hat, bedeutet, daß er Feinde hatte. Niemand tötet nur um des Tötens willen."

„Das ist schrecklich, schrecklich!" schluchzte das Mädchen. „Sie müssen aber etwas unternehmen, Sie müssen den Schuldigen finden! Sind Sie nicht der Sheriff? Warum sitzen Sie hier, während mein Verlobter auf seinem Bett mit einem Messer in der Brust liegt?"

„Peggie, beruhigen Sie sich", sagte Harry in vertraulichem Ton und trat näher zu ihr heran. „Wir werden alles Erdenkliche unternehmen, aber das wird einige Zeit dauern. Sagen Sie mir, haben Sie keinen Verdacht?"

„Welchen? Er hatte doch keine Feinde, er war gut, er hätte keiner Fliege etwas zuleide getan."

„Kennen Sie ihn schon seit langem? Soviel ich weiß, kamen Sie mit ihm zusammen, noch bevor Sie hieher übersiedelten ..."

„Ja. Wir haben einander in New Orleans kennengelernt, er war bei meinem Vater angestellt."

„Womit beschäftigte sich Ihr Vater?"

„Mit Bergwerken. Dann starb er, und ich kam mit Joe hierher, um eine Farm aufzubauen. Das ist alles. Sein Leben war klar und durchsichtig wie Wasser, er belästigte niemanden."

Obwohl Harry den Verstorbenen sehr schätzte, sah er nicht allzu klar in dessen Leben. Die Brüder Baxter waren erst vor wenigen Jahren ins Kanabtal gekommen und hatten auffallend schnell eine beachtliche wirtschaftliche Position erobert, obwohl die Geschäfte der Handelsgesellschaft keine allzu großen Gewinne abwerfen konnten.

Peggie trocknete sich die Tränen.

„Woran denken Sie?" fragte sie.

„Oh, nichts. Ich werde alles unternehmen, was in meiner Macht steht, das verspreche ich Ihnen. Jetzt gehen Sie aber nach Hause. Man darf sich von einem Unglück nicht unterkriegen lassen."

Als Peggie hinausgegangen war, wollte auch Harry das Büro verlassen, als sein Blick auf den Safe fiel, dessen Tür offengeblieben war.

„Da sieh einer an", sagte er zu sich, „das ist Gold!"

In dem Safe lagen tatsächlich einige mit je einem Stück Karton bezeichnete Goldklumpen.

Harry trat näher hin und versuchte zu lesen, was auf den Blättern geschrieben stand.

Auf einem hatte eine an das Schreiben offenkundig ungewohnte Hand folgende Worte gekritzelt: „Muster auf der Bergseite gefunden." Auf einem anderen stand hingegen: „Muster aus der Südseite." Und auf dem dritten: „Beim ersten Hieb mit der Spitzhacke unter dem Grabe zu Tage getreten."

Vor allem der Inhalt des letzten Kartonblattes wunderte den Sheriff. Wessen Grab konnte das sein? Wem gehörte es? Woher kam dieses Gold? Es war ihm nicht bekannt, daß die Baxter-&-Smilz-Gesellschaft sich mit Gold beschäftigte, und er hatte auch niemals von Minen oder Lagerstätten des wertvollen Materials in dieser Gegend gehört. Trotzdem waren diese Kartons offensichtlich erst vor kurzer Zeit beschriftet worden.

„Sheriff", sagte in diesem Augenblick die Stimme des Direktors hinter seinem Rücken. „Statt neugierig herumzuschnüffeln, sollten Sie sich auf die Suche nach dem Mörder machen!" Baxter trat zum Safe, schloß wütend das Türchen und warf sich in den Lehnstuhl.

Harry ging wortlos hinaus. Auf der Straße herrschte große Aufregung. Vor dem Eingang zum „Lazo", dem einzigen Kaufladen in Kanab, dem Dorf im gleichnamigen Tal und drei Reittage von New Orleans entfernt, diskutierten einige Männer über Joe Baxters Tod. Andere suchten die Siedlung in allen Richtungen nach einer Spur, nach einem Zeichen ab, das das Geheimnis lüften konnte.

Als einige den Sheriff sahen, umringten sie ihn.

„Harry, seit zwei Jahren ist kein solcher Fall mehr eingetreten", sagte einer. „Wer konnte an Joes Tod interessiert sein?"

„Wenn ich's wüßte, säße er schon hinter Gittern", antwortete Harry. „Wir werden ja sehen. Und wenn mir jemand helfen kann, wenn jemand einen Verdacht hegt oder irgend etwas Seltsames bemerkt hat, das sich heute nacht bei Joes Haus zutrug, möge er in mein Büro kommen."

Aber niemand ging hin. Alle Männer des Dorfes nahmen an Joes Begräbnis teil, das bei Sonnenuntergang stattfand. Die in Trauer gekleidete Peggie sprach dabei kein Wort, sie weinte andauernd.

Die folgende Nacht war ruhig wie immer. Die Männer spielten und tranken, lärmten und sangen im „Lazo", dann schlief das Dorf ein und fiel in eine absolute Stille, die nur ab und zu vom Geheul streunender Kojoten unterbrochen wurde.

Beim Morgengrauen drangen aus den Fenstern des Hauses, in dem der junge Angestellte von Baxter & Smilz wohnte, Schreckensschreie auf die Straße.

„Sie haben Roy ermordet! Sie haben Roy ermordet!"

Nach wenigen Minuten war das Haus von allen Männern des Dorfes umgeben. Die Frauen standen vor ihren Häusern und besprachen aufgeregt das Vorgefallene. Der Sheriff stand lange Zeit am Bett des Getöteten, dann trat er mit ernster Miene aus dem Haus.

„Wer war es?"

„Das ist der zweite in zwei Tagen!"

„Sheriff, jetzt müssen Sie etwas unternehmen! Oder wollen Sie ruhig zusehen, wie wir alle um die Ecke gebracht werden? Wir müssen den Täter entdecken."

„Harry, es ist Zeit, daß du etwas unternimmst!"

„Wir bezahlen dich, damit du uns beschützt, und nicht, damit du bei Begräbnissen Gebete herunterleierst."

Harry entfernte sich mit gesenktem Haupt von den Männern und ging auf sein Büro zu.

Die Lage war bedenklich: Zwei Morde in zwei Nächten, zwei getötete Männer, Männer, deren Leben klar und tadellos zu sein schien, ruhig und ohne Feinde. Und man mußte die Absicht eines Diebstahles ausschließen, denn nichts war gestohlen, nichts angerührt worden. Und wie in Joes Fall war auch Roy geweckt worden, bevor er den Tod fand. Sein verzogenes Gesicht, die aufgerissenen Augen, die ins Bettzeug eingekrallten Finger zeigten das Entsetzen, das er empfunden haben mußte, bevor ihm die Klinge in die Brust drang.

Diese Klinge, die der Sheriff neben der ersten vor sich auf dem Tisch liegen hatte. Es waren zwei identische Klingen, zwei lange indianische Dolche.

Zwei indianische Dolche

Smilz, Baxters alter Gesellschafter, saß mit dem Arzt und anderen Männern – Cowboys, Farmern, Viehzüchtern und Händlern – im „Lazo". Alle standen unter dem Eindruck der beiden Morde, die sich in den vergangenen Nächten ereignet hatten, und verlangten gebieterisch Harrys Absetzung und die Ernennung eines anderen Sheriffs.

„Wir brauchen einen Mann mit Energie und Mut", sagte der alte Smilz, sich über den weißen Bart streichend. „Harry ist ein Angsthase, ein Nichtsnutz. Was hat er in diesen beiden Tagen getan? Er sitzt in seinem Büro und denkt nach. Er denkt nach, der arme Kerl, während die anderen sterben. Hat man nicht zwei indianische Dolche gefunden? Es ist also klar, daß die Mörder Indianer sind. Man muß alle Rothäute, die hier leben, verhören, man muß sie zum Sprechen bringen, auch wenn man sie scharf anpacken muß."

„Jawohl, das wäre der richtige Weg", antwortete Charles. „Und wenn es nötig ist, ein paar von ihnen aufhängen, damit die anderen es mit der Angst zu tun kriegen."

„Gib mir was zu trinken", verlangte Smilz vom Chef des Hauses. „Ich würde vorschlagen, daß heute nacht zehn Männer über das Dorf wachen. Wir müssen diese Schufte schnappen!"

„Mister Smith", fragte in diesem Augenblick Harry, der hinter seinem Rücken hereingekommen war, „was bringt Sie auf den Gedanken, daß die Indianer,

die Joe und Roy getötet haben sollen, versuchen werden, noch andere zu ermorden?"

Smilz drehte sich wie von einer Schlange gebissen um.

„Wieso ich daran denke?" schrie er, rot im Gesicht. „Ausgerechnet Sie fragen mich darum, der Sie der Sheriff sind? Ich könnte Ihnen eine andere Frage stellen, lieber Harry. Warum glauben Sie, daß die Indianer niemanden mehr unter uns erwürgen werden? Was antworten Sie darauf?"

Diese Überlegung war logisch, doch Harry verlor seine Ruhe nicht.

„Ich glaube", sagte er und setzte sich, „daß die beiden Toten durch irgend etwas verbunden waren, vielleicht durch irgendwelche Geschäfte..."

„Der eine war doch bei dem anderen angestellt", warf Smilz ein. „Was konnte einen einfachen Angestellten meiner Gesellschaft mit dem Bruder des Präsidenten verbinden?"

„Vielleicht aus ihrer Vergangenheit", sagte Harry und schlürfte seinen Whisky.

„Angenommen, daß irgend etwas sie untereinander verband", sagte einer der Männer, „irgendein besonderes Interesse, so verstehe ich trotzdem nicht, wem ihr Tod von Nutzen sein konnte."

„Gar nichts verband sie!" erklärte Smilz mit einer Entschiedenheit, die alle Anwesenden in Staunen versetzte.

„Warum", dachte jeder von ihnen, „wollte Smilz sie unbedingt davon überzeugen, daß zwischen seinem Gesellschafter und dem Angestellten Roy keine wie immer geartete Verbindung bestand?"

„Harry", sagte jetzt Smilz, der versuchte, sich wieder zu beruhigen, „Harry, Sie müssen diesen Morden ein Ende setzen, wenn Sie auf Ihrem Posten bleiben wollen. Wenn Sie nicht wollen, daß wir Sie durch einen anderen ersetzen, müssen Sie die Schuldigen fangen und auf den höchsten Baum aufknüpfen, der im Kanabtal zu finden ist. Und wie ich schon sagte: Heute nacht sollten zehn Männer über den Schlaf aller Bürger wachen. Das ist das mindeste, was man tun kann."

„Das ist richtig", meinte ein Farmer.

„Ich bin dabei", erklärte ein Cowboy.

Harry erhob sich.

„Einverstanden, zehn Mann sollen bei Sonnenuntergang in mein Büro kommen. Wir werden eine Patrouille aufstellen. Macht euch aber keine Illusionen, wir haben es mit einem schlauen Feind zu tun."

„Pah", ergänzte wegwerfend der alte Smilz, der schon bei der Tür stand. „Nennen Sie die Indianer schlau?"

„Es muß sich nicht um Indianer handeln, Mister Smilz", antwortete Harry und sah ihn aufmerksam an.

„Und die Dolche? Gehören sie vielleicht mir?" fragte der Alte zornig.

„Es sind indianische Dolche", antwortete sehr ruhig der Sheriff, „wenn man aber den Grund nicht findet, der die Indianer dazu gebracht haben könnte, unsere beiden Freunde abzustechen, so kann man auch einen Weißen in Verdacht ziehen."

Alle schwiegen. Niemand wollte an diese Möglichkeit denken. Seit einigen Jahren war Kanab vollkommen ruhig, denn die wenigen Abenteurer, die einst durch Überfälle die ganze Gegend unsicher gemacht hatten, waren allesamt hoppgenommen, hingerichtet, eingesperrt, jedenfalls unschädlich gemacht worden.

„Hegen Sie einen bestimmten Verdacht?" fragte Smilz und öffnete die Tür.

„Nein", antwortete Harry.

„Arbeiten Sie also mehr! Wir bezahlen Sie nicht nur, damit Sie in Ihrem bequemen Lehnstuhl faulenzen."

Nach diesem Ausfall trat der alte Gesellschafter von Baxter & Smilz ins Freie und schlug die Tür hinter sich zu.

Der Sheriff hatte tatsächlich noch keinen richtigen Verdacht. Die beiden Dolche waren indianischer Herkunft, darüber gab es keinen Zweifel. Doch welches Interesse konnten die unter ihnen im Dorf lebenden Eingeborenen am Tode der beiden weißen Männer haben?

Der Gedanke, daß Joe und Roy auf Befehl des großen Häuptlings der Navajos, Weiße Feder, ermordet worden wären, schien noch absurder. Seit die Navajos die alten Freundschaftspakte mit Colonel Juan abgeschlossen hatten, war völlige Ruhe eingetreten, und nichts ließ vermuten, daß jetzt auf einmal irgendwelche Zwischenfälle den Frieden stören würden. Weiße Feder und seine Rothäute lebten abgeschieden und still auf dem Kanabhochplateau diesseits des Colorado, sie kamen manchmal ins Dorf, um hier Felle zu verkaufen und Einkäufe zu tätigen, doch meistens verblieben sie in ihrem Territorium und zeigten sich monatelang nicht.

Die beiden Dolche waren aber indianischer Herkunft, und die Schlauheit, die Schnelligkeit und die Stille, die beide Verbrechen auszeichneten, verrieten die Gewohnheiten der Navajos: zuzuschlagen, ohne sich zu verraten; dem Todgeweihten den Tod zu zeigen . . .

„Miß Peggie", rief Harry, als er die Straße zu seinem Büro überquerte.

Das Mädchen blieb stehen und wartete, bis der Sheriff sie erreichte.

„Gibt es Neuigkeiten?" fragte er.

„Haben Sie es schon erfahren?"

„Es ist schrecklich, Miß Peggie, ich weiß. Aber jetzt ist es noch zu früh, um Vermutungen anzustellen. Ich möchte Sie eher etwas fragen; Ihre Antwort darauf könnte das Tor zur Wahrheit öffnen."

Das Mädchen sah ihn fragend an.

„Wissen Sie, ob Joe Baxter ein Freund Roys war?"

Der Sheriff sah ihr in die Augen.

Peggies Blick schweifte ab.

„Nein, gar nicht. Roy war einer seiner Untergebenen, sonst nichts. Was hätte das aber mit dem Unglück zu tun! Beide sind tot..."

„Gerade deswegen. Man könnte nämlich glauben, daß beide irgend jemandem im Wege standen, vielleicht, daß sie gemeinsame Feinde hatten."

„Sheriff, wie oft habe ich Ihnen gesagt, daß Sie nicht befreundet waren, daß Joe keine Feinde hatte, daß er der beste und ehrlichste Mensch war, den ich jemals kennengelernt habe?"

„Nun gut, wir werden schon sehen. Immerhin, Miß Peggie, möchte ich Ihnen raten, nicht allein aus dem Dorf zu gehen. Wenn Sie Ihre Farm verlassen, lassen Sie sich begleiten."

„Glauben Sie, daß sie auch gegen mich etwas haben?"

„Wer weiß! Nichts ist gewiß. Wenn sie aufs Geratewohl zuschlagen, könnte auch Ihnen etwas zustoßen. Und das täte mir wirklich leid, Miß Peggie."

Harrys Stimme klang sanft. Sein Blick lag auf dem Mädchen und schien sich nicht mehr trennen zu können.

„Harry, kümmern Sie sich um Ihre Angelegenheiten und um Ihre Arbeit. Ich brauche keine Ratschläge."

Nach diesen Worten setzte Peggie erbost ihren Weg fort. Sie fühlte sich beleidigt. Sie hatte in Harrys Worten und Blicken mehr als eine freundliche und aufrichtige Aufmerksamkeit gesehen, sie hatte eher den Eindruck gewonnen, daß er seine Bereitschaft zeigen wollte, in ihrem Herzen den Platz des Toten einzunehmen.

In seinem Büro dachte der Sheriff an das Mädchen. Seit Peggie in Kanab eingetroffen war, hatte er lebhafte Sympathie für sie empfunden. Doch Joe, dieser hochgewachsene und elegante junge Mann, war schneller gewesen und hatte sich mit ihr verlobt. Joe war nun tot, und er wollte keinesfalls die entstandene Lage ausnützen, es gelang ihm jedoch nicht mehr, seine alte Sympathie zu verbergen. Er hatte sich tatsächlich eben verraten – und ein sehr entmutigendes Ergebnis erzielt.

„Die Wunde ist noch zu frisch", murmelte er. „Ich werde warten müssen, bis sie ihn vergessen hat. Kann man aber eine Liebe vergessen?"

Harry war bisher noch nie verliebt gewesen, und nur mit den spärlichen Erfahrungen seines Junggesellenlebens konnte er sich fragen, ob Peggie in Zukunft Joe vergessen würde.

Er saß in seinem Büro und hatte, wie es seine Gewohnheit war, die Beine auf den Tisch gestreckt, um seinen Gedanken freien Lauf zu lassen.

„Siehe da, wirklich ausgezeichnet! Das ganze Dorf ist in Aufruhr, und du schläfst!" schrie kurz darauf Smith, sein Adjutant, nachdem er die Tür aufgerissen hatte.

„Was soll ich denn tun?" fragte Harry und rührte sich nicht von der Stelle. „Soll ich ins Gebirge gehen und die Navajos fragen, ob sie mit dieser Angelegenheit etwas zu tun haben? Oder soll ich aufs Geratewohl zwei Männer aus dem Dorf verhaften? Nein, mein Lieber, wir sind noch zu weit von der Wahrheit entfernt, um in Aktion treten zu können."

„Mir scheint", sagte Smith kopfschüttelnd, „daß wir gerade deshalb etwas unternehmen müssen. Weißt du, daß sie uns absetzen wollen?"

„Sie sollen es nur tun."

„So! Und dann? Sollen wir uns der Landwirtschaft widmen? Oder eine Zucht gründen, mit dem Elend, das uns in der Tasche gähnt? Nein, mein Lieber, wenn du uns nicht verhungern lassen willst, mußt du gefälligst etwas unternehmen."

„Smith, beruhige dich", sagte Harry lachend. „Du bist viel zu ängstlich. Man wird uns weder fortjagen, noch werden Joes und Roys Mörder ohne Strafe davonkommen. Wir brauchen dazu nur ein wenig Zeit, das ist alles."

„Zeit! Zeit!" schrie Smith nervös. „Wozu nützt dir die Zeit, wenn du keinen Schritt machst?"

„Ich darf mich nicht rühren, mein Freund, zumindest jetzt nicht. Die Mörder sind es, die etwas machen müssen. Sie müssen einen falschen Schritt machen, und das wird uns auf den richtigen Weg bringen."

Der hagere und rotgesichtige Smith, der im Büro des Sheriffs auf und ab gegangen war, blieb jetzt stehen.

„Ja, du hast recht", sagte er. „Du bist ein schlauer Fuchs. Glaubst du aber wirklich, daß sie sich verraten werden?"

„Ich hoffe es. Aber jetzt laß mich in Ruhe, ich muß nachdenken."

Smith ging dem Ausgang zu. Er öffnete die Tür, machte einen Schritt hinaus, dann drehte er sich um.

„Harry, laß dieses Mädchen in Ruhe. Sie paßt nicht zu dir. Hast du dich niemals im Spiegel gesehen?"

Als er allein blieb, blickte der Sheriff in den Spiegel. Was hatte ihm der dumme Smith denn sagen wollen?

Harry sah sein Gesicht. Es war von einem drei Tage alten, schwarzen, stacheligen Bart eingerahmt; sein Haar war zerrauft, sein Hemd schmutzig und verschossen. Da kam ihm der arme Joe in Erinnerung, der so elegant war, daß man auf den ersten Blick seine Herkunft aus einer Großstadt erkennen konnte.

Während der Sheriff von Kanab mit seinem Aussehen beschäftigt war und absurde Gedanken wälzte, verging die Zeit sehr schnell. Die Sonne näherte sich dem Horizont, und die ersten Schatten krochen schon zwischen die Häuser des Dorfes.

Der Sheriff sah aus dem Fenster. Dann schnallte er seinen Gürtel mit den beiden Pistolen um, setzte sich den Hut auf und trat auf die Straße.

Die zehn zum Schutz der Bürger bestimmten Männer hatten sich mit ihren Pferden schon vor dem Büro eingefunden.

Die ganze Nacht streiften sie um das Dorf, durch die menschenleeren Gassen unter den Bäumen, die im Norden am Fluß standen, und zwischen den Pferdegehegen im Süden. Doch nichts Auffallendes, nichts Außergewöhnliches wurde bemerkt, außer einem Indianer, einem von jenen, die für Baxter & Smilz arbeiteten und der jetzt unter einem Wagen schlief.

Als die Männer in später Nacht müde und schläfrig wurden, verteilte sie der Sheriff auf die für eine Überwachung günstigsten Punkte des Dorfes und stand dann selbst vor dem Gebäude der Handelsgesellschaft Wache.

Im Morgengrauen kehrten alle in ihr Heim zurück.

Doch bald darauf lief ein Junge zum Büro des Sheriffs und schrie laut:

„Mister Smilz ist tot! Sie haben Mister Smilz ermordet!"

Harry stand auf und stürzte hinaus. Er traute seinen Ohren nicht. In Windeseile war das ganze Dorf in Aufruhr. Die Menschen traten ins Freie, ungläubig, überrascht, entsetzt und schließlich alle schwer besorgt um die Untätigkeit ihres Sheriffs.

„Hast du gehört?" fragten die Frauen einander. „Wer wird das nächste Mal an die Reihe kommen?"

„Worauf wartet der Sheriff?" fragte die andere.

„Alle Männer müßten sich bewaffnen und den Indianern eine schöne Lektion erteilen. Sie sind es gewesen!" erklärte in vollster Überzeugung eine kleine, dicke Frau mit einem Kind im Arm.

„Von heute nacht an werden wir bei uns zu Hause abwechselnd Wache halten. Sie wollen uns alle nacheinander ins Grab bringen, diese Hunde!"

„Zuerst Joe Baxter, dann Roy, jetzt Smilz. Wer wird der nächste sein?"

Das Dorf bebte vor Angst. Jeder fürchtete, das nächste Opfer dieser Reihe von unverständlichen Verbrechen zu werden.

Wohin ritten sie in der Nacht?

„Smith, sattle die Pferde und nimm die Pistolen."

Der Vizesheriff riß die Augen auf

„Harry, ist das dein Ernst?" fragte er freudestrahlend. „Wollen wir den Indianern eine kleine Lehre erteilen?"

Der Sheriff betrachtete seinen Adjutanten mit mitleidigen Blicken. Er mochte Smith gut leiden, trotzdem konnte er nicht umhin, ihn als einen Dummkopf anzusehen. Er war ein guter, lieber Kerl voll Arbeitslust und Diensteifer, manchmal mit Feuer und Mut bei der Sache, zuweilen aber unglaublich ängstlich.

„Smith, sag keine Dummheiten! Tu, was ich dir gesagt habe, und überlasse das Denken mir."

Smith ging hinaus, um die Pferde zu satteln. Bald darauf saßen er und der Sheriff auf.

„Zu Peggies Haus", sagte Harry.

„Zu Peggie?" fragte Smith überrascht. „Was, zum Teufel, sollen wir dort tun? Bist du so glühend verliebt? Das ist ein vornehmes Mädchen, mein Lieber, mach dir keine Illusionen. Und sie ist nur auf Geld aus."

„Du bist nicht sehr taktvoll", antwortete der Sheriff nachdenklich. „Vielleicht hast du aber nicht unrecht. Wir werden ja sehen."

Bei Peggie wusch die Haushälterin, eine Negerin, die Fußböden. Als sie den Sheriff kommen sah, verschwand sie hinter einer Tür und rief ihre Herrin, die sofort erschien.

„Miß Peggie", sagte Harry, „ich bitte Sie, mir einige Auskünfte zu geben."

„Noch einmal?" fragte das Mädchen ungeduldig. „Wie oft muß ich Ihnen wiederholen, daß ..."

„Beruhigen Sie sich, dieses Mal komme ich gerade auf den Kern der Sache zu sprechen", antwortete Harry, der höflich den Hut abgenommen hatte.

„Nun gut, nehmen Sie Platz."

Harry und Smith setzten sich auf einen großen Diwan mit Blumenmuster.

„Miß Peggie, ich hoffe, daß Sie gegenüber drei Morden nichts unversucht lassen werden und uns bei der Suche nach dem Mörder, der im Dorf umgeht, unterstützen werden. Besonders, wenn man in Betracht zieht, daß jede neue ... hm, jede neue Lüge Sie für eventuell noch mögliche Verbrechen verantwortlich machen könnte."

Peggie war aufmerksam geworden. Wo wollte der Sheriff hinaus? Sie wußte nichts, überhaupt nichts, wonach er forschte.

„Hören Sie", fuhr der Sheriff fort und senkte seine Stimme. „Innerhalb weniger Tage sind drei Männer getötet worden. Welcher Beweggrund führte die mörderische Hand? Der Zufall? Ein mitleidloser und unsinniger Haß gegen die Weißen? Der Wille, das Dorf von jemandem zu befreien, der einem Unternehmen hinderlich war? Jeder dieser Beweggründe könnte gelten, aber es ist logischer, letzteren in Betracht zu ziehen."

Peggie sah ihn aufmerksam an. Schließlich waren die Überlegungen des Sheriffs richtig.

Smith kratzte sich am Kinn, wie immer, wenn er die Worte seines Chefs nicht verstand.

„Also?" fragte Peggie.

„In letzterem Fall", fuhr der Sheriff fort, „könnte man zu einer Vermutung gelangen: Joe Baxter, Roy und Herr Smilz waren durch geschäftliche Interessen, kurzum, durch etwas miteinander verbunden, wovon alle anderen, so glaube ich zumindest, keine Ahnung hatten."

„Das ist lächerlich", murmelte Peggie. „Es ist unmöglich."

„Und doch, Miß Peggie, kann man nicht anders denken, wenn man feststellt, daß alle Getöteten, ich sage alle, derselben Gesellschaft angehörten, wenn auch mit verschiedenen Aufträgen und anderen Positionen. Smilz war nach Joe Baxter einer der einflußreichsten Gesellschafter, und Roy war ein Angestellter. Warum hat der Mörder nicht eine der Baxter & Smilz fremde Person getötet? Warum?"

„Aber die Messer sind indianischer Herkunft", rief Peggie erregt. „Ein Weißer hätte eine Pistole oder andere Mittel vorgezogen."

„Ohne Zweifel. Man könnte auch an einen Weißen denken, an jemanden aus dem Dorf, der indianische Messer verwendete, um den Verdacht auf die Eingeborenen zu lenken. In Anbetracht der Vollkommenheit der Verbrechen, des absoluten Erfolges, des Rachedurstes, der die Hand des Mörders lenkte, könnte man auch vermuten, daß es sich wirklich um Indianer handelt."

„Was suchen Sie also bei mir? Warum zögern Sie, in ihr Lager zu gehen oder alle Eingeborenen des Dorfes ins Gefängnis zu werfen?"

Harry lächelte.

„Auf Grund welcher Beweise? Nein, Miß Peggie, die Zeit, in der jeder ohne Beweise und Prozesse sich selbst zum Richter über den anderen machte, ist vorbei."

„Harry, seien Sie nicht so zimperlich, sonst wird man Sie im Dorf aus dem Sattel heben. Sie sagen schon, daß sie einen Sheriff mit mehr Mut brauchen, mit mehr..."

„Peggie, ich erlaube mir, Ihnen mitzuteilen, daß seit dem Augenblick, in dem diese Verbrechen geschahen, niemand den Sheriff ohne Zustimmung des Bezirkes absetzen kann. Es wäre nämlich allzu bequem, wenn man einen Sheriff auch während einer Untersuchung loswerden könnte. Glauben Sie nicht?"

Peggie sah ihn interessiert an. Sie dachte, daß er vielleicht doch nicht so unfähig war, wie sie bisher geglaubt hatte. Im Gegenteil, er besaß offenbar eine gewisse Intelligenz.

„Wo wollen Sie also beginnen?" fragte sie.

„Bei Ihnen, Miß Peggie", antwortete Harry mit einem Lächeln, das den bisher amtlich steifen Tonfall in einen freundschaftlichen überleiten sollte.

„Bei mir?"

„Genau. Und beginnen wir sofort. Versuchen Sie, bitte, Ihr Gedächtnis ein wenig anzustrengen. Ihr Verlobter und Smilz... kamen sie oft auch privat zusammen?"

Peggie überlegte einige Sekunden und antwortete dann:

„Manchmal ja, im Hause von Mister Smilz."

„Wissen Sie nicht, worüber sie sprachen?"

„Mister Harry, ich bin keine Wahrsagerin."

„Ja, aber waren Sie oder waren Sie nicht Joes Verlobte? Wenn Sie es waren, so wird er Ihnen doch auch sein Vertrauen geschenkt haben, nicht wahr?"

„Harry, seine Privatangelegenheiten gingen mich nichts an."

„Gut. Eine andere Frage: Waren Roy und Joe Freunde?"

„Freunde?" höhnte ein wenig das Mädchen. „Joe war doch ein Gesellschafter der Baxter & Smilz und Roy nur ein Angestellter."

„Ja, ich verstehe...", meinte Harry nachdenklich. „Ein Gesellschafter der Baxter konnte nie mit einer bescheidenen Schreibkraft befreundet sein."

„Das wollte ich nicht sagen..."

„Das ist nicht wichtig", schnitt Harry ihr das Wort ab. „Und sagen Sie mir: Da sie keine Freunde waren, trafen sie einander auch nie privat, stimmt das?"

„Nie... oder ja, manchmal. Es geschah, daß Joe jemanden zum Schreiben brauchte und Roy rief. Ja, jetzt erinnere ich mich, daß Roy vor zwei Monaten oft in das Büro Joes und auch zu ihm ins Haus ging. Einmal... nein, zweimal, scheint mir, daß..."

Peggie hatte innegehalten, als könnte sie sich nur schwer erinnern.

Der Sheriff drang in sie:

„Einmal, haben Sie gesagt?"

„Manchmal sind Joe und Roy abends gemeinsam ausgeritten."

Harry beugte sich vor:

„Abends? Und wohin ritten Sie?"

„Ich weiß es nicht", antwortete das Mädchen. „Aber jedenfalls aus dem Dorf hinaus. Sie waren bewaffnet und ließen sich von Cowboys begleiten."

„Und Sie Peggie, fragten ihn nie, wohin er ritt?"

„Ja, einmal."

„Und was antwortete er?"

Peggies Augen verfinsterten sich; man konnte erkennen, daß sie sich nicht erinnern, nichts mehr sagen wollte.

„Miß Peggie, es liegt im Interesse des Andenkens an Joe, vielleicht im Interesse des ganzen Dorfes. Was Sie mir sagen, ist von besonderer Wichtigkeit. Es beweist, daß zwischen den Getöteten doch eine Beziehung bestand."

„O Gott, wo wollen Sie hinaus?" seufzte das Mädchen unsicher.

„Dorthin, wo mich das ganze Dorf sehen will. Was antwortete Ihnen Joe Baxter?"

„Er sagte..., daß, wenn alles gut gehen sollte, er bald sehr reich wäre und daß wir gemeinsam Kanab verlassen würden, um uns in einer großen Stadt niederzulassen; er sagte auch, daß ich das Leben einer großen Dame führen werde, mit Dienstmädchen und Pferden, in einer großen Villa mit einem wunderbaren Park... Aber warum lassen Sie sich alles erzählen, Harry?"

„Und nach diesen nächtlichen Ausritten sind Sie nie mehr auf dieses Thema zurückgekommen? Sagte er Ihnen nichts mehr? Sie stellten keine Fragen?"

„Ich... ich nicht. Er machte mir ein Geschenk und versicherte mir, daß wir innerhalb weniger Monate abreisen könnten."

„Peggie, was schenkte er Ihnen?"

„Er gab mir... einen großen Goldklumpen."

„Gold?" fragte Smith mit leuchtenden Augen. „Wo konnte er dieses Gold herhaben? Hier fände man keines, nicht einmal, wenn man das ganze Gebiet umgrübe!"

„So war also das Gold der Grund für seine nächtlichen Ausflüge mit Roy", warf Harry ein.

„Ich weiß es nicht. Ich weiß es nicht. Was soll ich denn sagen? All diese Fragen werfen mich um. Lassen Sie mich in Frieden, ich bitte Sie!"

Peggie hatte zu bitten begonnen. Von Joe zu sprechen, stimmte sie traurig und füllte ihr Herz mit Unruhe und seltsamen Ängsten.

„Könnte ich dieses Gold sehen?" fragte der Sheriff aufstehend.

„Ich habe es nicht mehr, Harry. Nach einigen Tagen verlangte er es von mir zurück; er sagte mir, daß er es Smilz zeigen wollte. Dann kam er nicht mehr. Aber jetzt gehen Sie, Harry, ich bin so müde."

Harry trat, von Smith gefolgt, auf die Straße hinaus. Er biß sich auf die Lippen und wäre beinahe über ein Kind gestolpert, das auf dem Boden saß.

„Gold", überlegte Smith. „Ob hinter all dem Vorgefallenen Gold steckt?"

„Smith, halte gefälligst den Mund! Wenn du mit jemandem darüber sprichst, schneide ich dir die Zunge ab, hast du mich verstanden?"

„Ja, Harry, aber sei nicht böse. Ich spreche nie über unsere Arbeit, glaube mir!"

Smith war gekränkt, deshalb schlug im Harry freundlich auf die Schulter.

„Vielleicht haben wir eine Spur entdeckt", sagte er nachdenklich. „Im Safe des Herrn Baxter liegen drei Goldklumpen."

„Und?" fragte Smith.

„Das bedeutet, daß dieses Etwas, was Joe, Smilz und Roy verband und sie alle miteinander in den Tod führte, das Gold war. Jetzt müssen wir sehen, bis zu welchem Punkt Joes Bruder an der Angelegenheit interessiert war. Gehen wir zu ihm hin!"

Goldklumpen im Safe

„Nur herein, Harry", sagte Mister Baxter und bot dem Sheriff und seinem Adjutanten zwei Lehnstühle an. „Ich kann mir den Grund Ihres Besuches vorstellen: Sie wollen Ihre Demission erreichen."

Smith und Harry sahen einander an.

„Mister Baxter, davon ist mir nichts bekannt", antwortete der Sheriff. „Ich sehe keinen Grund dafür."

„Und doch...", meinte Baxter, sich verlegen über den Bart streichend, „und doch glaube ich, daß es für Sie günstig wäre, selber zu demissionieren, anstatt entlassen zu werden. Sie selbst haben die Leute hier gesehen. Alle sind gegen Sie, alle verlangen Ihre Entlassung. Sie haben Angst und wollen beschützt werden. Ich würde Ihnen raten, den Leuten Gehör zu schenken. Gehen Sie, und übergeben Sie Ihr Amt an Luston."

„Luston? Sie wollen Luston als Sheriff? Der ist doch eine Kanaille, Mister Baxter, ein Bandit!"

„Und ich kann trotzdem nichts tun."

„Aber ich schon, Mister Baxter! Nach dem Gesetz können Sie mich während einer Untersuchung nicht entlassen, außer mit der Zustimmung des Bezirkes!"

„Ah, Harry. Sie kennen also die Bestimmungen. Gut, sehr gut, aber sehen Sie, ich habe nichts gegen Sie, im Gegenteil, und ich muß mich dennoch nach dem Willen der Bürger richten, nicht wahr? Und da ich die höchste Autorität in diesem Dorf darstelle..."

„Ich bitte Sie!" unterbrach ihn Harry und erhob sich. „Sie mögen zwar eine Persönlichkeit auf geschäftlichem Gebiet sein, was aber die Autorität betrifft, kenne ich ausschließlich die des Gesetzes. Deshalb verlasse ich meinen Posten nicht ohne Befehl der Bezirksbehörden."

„Bravo!" rief Smith.

Harry war sehr entschlossen aufgetreten. Baxter hatte sich nicht so viel Energie erwartet.

„Gut, gut... machen Sie, was Sie wollen. Geben Sie aber acht, vielleicht wird jemand die Zustimmung des Bezirkes verlangen. Dann..."

„Dann wird man mich, wenn sie erteilt wird, entlassen, doch jetzt bin ich hier, und hier bleibe ich. Mister Baxter, ich hätte einige Fragen an Sie zu stellen. Und ich bitte Sie, genau zu antworten."

„Wollen Sie als Sheriff Fragen stellen?" staunte Baxter. Ein seltsames Licht glänzte in seinen Augen.

„Als Sheriff."

„Zu Ihren Diensten", sagte Baxter lächelnd. „Fragen Sie nur."

„Ich habe erfahren, daß Smilz, Ihr Bruder und Roy durch gemeinsame Interessen verbunden waren."

„Wirklich?" Baxter schien überrascht. „Und was läßt Sie dies vermuten?"

„Die Beziehungen, die unter ihnen bestanden, Mister Baxter, und ein Geschenk, das Joe Miß Peggie machte."

Baxter wandte den Blick ab.

„Ah, wirklich?" sagte er, während er eine Zigarre aus der Holzkassette nahm und sie anzündete. „Und wissen Sie, worum es sich handelt?"

„Um einen Goldklumpen, ein ziemlich großes Stück."

Baxter beugte sich vor.

„Harry, haben Sie diesen Goldklumpen gesehen?"

„Ich? Ich glaube nicht, Mister Baxter."

„Dann messen Sie dieser Tatsache keine zu große Bedeutung bei. Welcher Mann macht nicht seiner Verlobten Geschenke? Joe wird den Einfall gehabt haben, Geld in ein Nugget großen Kalibers zu investieren, um es dem Mädchen zu schenken, das er heiraten wollte. Zwischen diesem Umstand und dem Mord an den drei Männern sehe ich beim besten Willen keinen Zusammenhang."

Harry saß bequem im Lehnstuhl und lehnte den Kopf zurück.

„Es scheint, Mister Baxter, daß dieses Goldnugget nichts anderes als ein Muster und eine Art Voraussetzung auf ein Vermögen war, auf etwas, das Joe sehr reich machen und wahrscheinlich auch den Angestellten Roy und Mister Smilz bereichern sollte."

„Aber, aber!" bemerkte Baxter mit einem ironischen Lächeln im Gesicht. „Sie wollen mich doch nicht glauben machen, daß ..."

Er unterbrach sich. Anscheinend wußte nicht einmal er, was ihn der Sheriff glaubhaft machen wollte. Harry verlor seine Ruhe nicht.

„Mister Baxter, ich möchte Sie davon überzeugen, daß zwischen Ihrem Bruder, Mister Smilz und dem armen Roy sich eine Art... Gesellschaft oder etwas Ähnliches gebildet hatte."

„Eine Gesellschaft? Eine Gesellschaft im Herzen meines Unternehmens? Das ist doch absurd, Harry! Das ist außerdem eine Beleidigung, die dem guten Ruf meines Bruders, dem Ruf Mister Smilz' und auch dem des anständigen Angestellten Roy schaden kann."

„Das Bestehen dieser Gesellschaft wird die moralische Stellung der drei Ermordeten überhaupt nicht schädigen, Mister Baxter, wenn natürlich ihre Geschäfte sauber waren."

Smith nickte zustimmend, Harry blieb nachdenklich.

„Nun", sagte endlich Mister Baxter, „nehmen wir an, daß diese Gesellschaft, wie Sie sie nennen, wirklich bestand. Und? Welche Bedeutung hat sie für die Entdeckung der Mörder?"

„Oh, eine sehr große Bedeutung", antwortete der Sheriff. „Besonders dann, wenn die drei Verstorbenen eine Goldader gefunden haben sollten."

„Eine Goldader im Kanabtal? Das ist doch absurd, Harry! Schon der Gedanke daran ist kindisch! Im Kanab gibt es kein Gold! Über hundert Jahre lang haben viele Menschen danach gesucht, ohne es je gefunden zu haben. Und Sie wollen mir sagen..."

„Ich sagte nichts, Mister Baxter. Es sind nur Vermutungen, Schlüsse! Smilz, Joe und Roy mußten eine Mine entdeckt haben, ein Lager, eine Ader oder etwas Ähnliches. Immerhin stimmt es, Mister Baxter, daß..."

„Daß?" fragte Baxter, ohne eine gewisse Spannung verbergen zu können.

„Daß Joe, so wiederhole ich Ihnen, Peggie ein großes Goldnugget geschenkt und ihr dabei ausdrücklich gesagt hatte, daß dies nur ein ganz kleiner Teil dessen war, was er in wenigen Monaten besitzen werde."

Baxter atmete erleichtert auf. Fürchtete er vielleicht, daß Harry mehr darüber wußte oder daß sein Bruder sich in ein unsauberes Abenteuer eingelassen hätte?

„Und das ist nicht alles", fuhr der Sheriff fort. „Sie, Mister Baxter, wußten über Ihre Gesellschaft Bescheid, und auch über die Goldader, die Sie entdeckt hatten!"

„Ich?" schrie Baxter. Er verlor seine Ruhe und schlug mit der Faust auf den Tisch. „Ich? Sie sind wohl verrückt! Sie beleidigen mich! Das wird Sie teuer zu stehen kommen, Harry! Wenn ich darüber wüßte, warum sollte ich es Ihnen nicht sagen? Ich habe mehr Interesse als Sie, den Mörder oder die Mörder meines Bruders zu finden. Ich..."

Er schwieg plötzlich. Er strich sich über den Bart und zeigte sich wieder ruhig.

„Das ist doch zum Lachen", sagte er. „Wenn das alles ist, was Sie mir sagen wollten, können Sie auch gehen."

„Das ist nicht alles, Mister Baxter. Ich muß Ihnen noch weitere Fragen stellen", erwiderte Harry und sah ihm fest in die Augen. „Ich werde Ihnen sogar gleich jetzt eine stellen. Sagen Sie, Mister Baxter, der Goldklumpen, den Joe Peggie geschenkt hatte, liegt zufällig nicht in Ihrem Safe?"

Baxter erbleichte. Er zog nervös den Rauch ein. Seine Nerven entspannten sich wieder.

„Harry, ich stelle fest, daß Sie gute Augen haben. Tatsächlich, ich habe dieses Goldstück. Der Ausdruck ist nicht ganz genau, ich meine, dieses Nugget. Ich wollte es Ihnen nicht sagen, um die kleinen Geheimnisse, die zwischen meinem Bruder und Miß Peggie bestanden, nicht zu verraten. Da aber Ihre Neugierde keine Grenzen kennt, habe ich es Ihnen gesagt."

Baxter erhob sich. Er öffnete den Safe und reichte dem Sheriff den Goldklumpen.

„Ein wirklich schönes Stück als Geschenk", urteilte Harry, während Smith einen immer längeren Hals bekam und die Hand ausstreckte, um das Goldstück anzugreifen. „Smith, laß die Finger davon, es gehört nicht dir!"

Smith ließ enttäuscht die Hand fallen.

„Ich wollte es nur berühren", stotterte er, „es liebkosen... Es ist so schön!"

„Sei ruhig, Smith, sonst schicke ich dich hinaus", befahl ihm Harry. „Mister Baxter, an dieses Stück war ein Kärtchen angebunden. Haben Sie es entfernt?"

„Kärtchen? Harry, ich verstehe nicht, was Sie sagen wollen", antwortete Baxter schlagfertig und streckte seine Hände in den Safe. „Vielleicht das da?" Und er reichte ihm ein Blättchen Karton.

Der Sheriff nahm es und las: „Erste Auswahl."

„Harry, das sind die Kartons, die wir an die Samensäcke binden."

„Und Sie bewahren sie im Safe auf?"

„Ich weiß nicht, wie sie da hineingekommen sind", antwortete Baxter zufrieden. „Aber wieso interessieren Sie sich so sehr dafür?"

„Weil", antwortete Harry ausweichend, „weil auf jenen, die ich schon an drei Goldklumpen befestigt sah, Sätze zu lesen waren, die man für gewöhnlich nur in den Minen verwendet."

„Sie haben sich geirrt, Harry. Aber das kann jedem von uns passieren."

„Wirklich?"

„Wollen Sie den Safe durchsuchen?"

„Oh, das wäre jetzt sinnlos", antwortete der Sheriff, der dachte, daß Baxter Zeit genug gehabt hatte, die Schriften auf den Kartonblättchen zu ändern.

„Also? Sind Sie jetzt zufrieden?"

„Teilweise. Ich danke Ihnen, Mister Baxter."

Der Sheriff erhob sich. Er ging zur Tür, von seinem treuen Smith gefolgt, der sich noch immer nach dem schönen glänzenden Goldstück umdrehte.

Im Türrahmen hielt Harry an.

„Mister Baxter, wenn hinter dieser Angelegenheit wirklich die Indianer stecken, nehmen Sie sich in acht. Als nächster könnten Sie drankommen."

Ohne weitere Worte zu verlieren, ging er hinaus.

Abends tranken die Männer im „Lazo", um die Ereignisse zu vergessen. Einige unter ihnen, denen die Angst noch im Nacken saß, hatten sich aber vorgenommen, die ganze Nacht hindurch die Augen offenzuhalten.

Als der Sheriff das Lokal betrat, umringten sie ihn alle.

„Wer wird dieses Mal an der Reihe sein?" fragte ein Viehzüchter.

„Sheriff, hast du etwas entdeckt?" fragte ein anderer.

„Wenn sie heute nacht wieder jemanden umbringen, knalle ich persönlich alle hiesigen Indianer ab, so wahr ich Mogens heiße!"

„Bravo!" sagte jemand.

„Jawohl, das werden wir tun", schrie ein anderer. „Es ist höchste Zeit, daß etwas geschieht."

„Ihr werdet überhaupt nichts tun", rief Harry mit einer Stimme, die allen Lärm übertönte. „Der erste von euch, der es wagt, einen Indianer anzutasten, wandert schnurstracks ins Gefängnis. Und was meine Entlassung betrifft: Nehmt zur Kenntnis, daß mich niemand ohne die Zustimmung der Bezirksbehörde meines Amtes entheben kann. Merkt euch das!"

Der Sheriff verließ den „Lazo" und ging nach Hause. Fast die ganze Nacht verbrachte er an seinem Arbeitstisch, auf dem drei indianische Messer lagen.

Smith schlief auf seiner Bettstelle unter dem Fenster. Für Harry war Schlaf eine Gnade, die er nur kurz genoß.

„Uha! Uha!" machte Smith und drehte sich in seinem Bett. Dann öffnete er die Augen.

„Du schläfst nicht, Harry? Wann wirst du endlich aufhören, diese Messer anzuglotzen?"

Harry antwortete nicht. Er dachte an Peggie, an die drei Toten, an die Goldnuggets.

„He, Harry!"

„Ja?"

„Schläfst du nicht?"

„Ich werde schlafen, wenn ich Lust dazu habe. Steck den Kopf unter die Decke und störe mich nicht."

Smith schlief wieder ein. Der Sheriff stützte den Kopf in die Hände. Er seufzte. Die Lider fielen ihm über die Augen. Er öffnete sie wieder, streckte seine Hand aus und löschte die Lampe.

Draußen war es dunkel. Es war still, doch in einigen Häusern wachte gewiß so mancher Ängstliche.

Die Bürotüre quietschte leise. Der Sheriff achtete nicht darauf.

Die Tür quietschte von neuem.

Dann knarrte eine Bohle des Fußbodens. Es war ein leichtes, kaum vernehmliches, doch für die feinen Ohren des Sheriffs ausreichend lautes Knarren.

„Wer kann das sein?" fragte er sich. Er blieb still sitzen. „Vielleicht jemand, der auch mich abschlachten will? Bin jetzt ich an der Reihe? Achtung, Harry, laß dich nicht umbringen! Aber nein, Harry, du bist ein Dummkopf! Hier ist niemand. Hast du nicht schon oft bemerkt, daß in der Nacht die Tür und ab und zu ein Fußbodenbrett knarren? Vielleicht sind es Mäuse. Vielleicht sind es die Bohlen selbst, die auf Temperaturschwankungen reagieren. Harry, du bist ein Idiot! Sie wollen dich umbringen, und du bleibst still sitzen! Willst du nicht einmal versuchen, dich zu verteidigen?"

Der Sheriff öffnete die Augen und hob ein wenig den Kopf. Völlige Dunkelheit umgab ihn. Er konnte Smiths schwere Atemzüge hören. Sonst nichts.

Er wollte den Kopf wieder auf die Hände legen, als er glaubte, daß links von ihm, zwischen Tisch und Wand, sich etwas bewege.

Er rührte sich nicht. Er hatte begriffen, daß jemand im Zimmer war, der langsam die Wand entlang schlich, um hinter seinen Rücken zu gelangen.

„Harry, beruhige dich. Rühre dich nicht, du mußt ihn lebend fangen! Warte, bis er auf Armlänge herangekommen ist, dann spring wie ein Raubtier los, überrasche ihn."

„Uha! Uha!" machte in diesem Augenblick Smith, der sich auf seinem Lager umdrehte. Plötzlich sprang er auf und schrie wie ein Besessener:

„Hilfe, Harry, Hilfe!"

In der Dunkelheit hatte er jemanden in seiner Nähe gespürt und sogar geglaubt, eine Messerklinge über sich zu sehen. Schnell wie ein Jaguar hatte er sich sofort auf das Gespenst geworfen und war mit ihm auf den Fußboden gerollt.

Im selben Augenblick stürzte sich Harry auf den Mann, der unsichtbar auf den Schreibtisch zuschlich, konnte ihn aber nur berühren, nicht fassen. Mit unerwarteter Schnelligkeit sprang der Unbekannte beiseite, erreichte die Tür und verschwand.

„Smith, nicht nachlassen!" schrie nun Harry durch das Dunkel.

„Harry, Harry, hilf mir!"

Smith war es gelungen, das rechte Handgelenk des anderen zu erfassen, er drehte es so, daß etwas Hartes, hörbar ein Messer, auf den Boden fiel, und Smith glaubte, den unsichtbaren Mann schon kampfunfähig gemacht zu haben...

Da riß sich der Gegner überraschend los, versetzte Smith einen Faustschlag in den Magen, und während der Adjutant des Sheriffs, sich vor Schmerz windend, zu Boden sank, sprang er auf die Tür zu.

Harry hörte es mehr, als er es sehen konnte, und packte den Fliehenden von hinten. Beide fielen um und rollten keuchend und schlagend auf den Boden umher – bis der Sheriff einen wahrscheinlich mit dem Ellbogen versetzten wuchtigen Schlag auf den Hals unter dem rechten Ohr spürte, der ihm den Atem nahm und die Besinnung raubte.

Der Sheriff sank in den tiefen Abgrund der Ohnmacht und wäre seinem Feind unterlegen, wenn Smith sich nicht erhoben hätte und ihm, in der Finsternis des Raumes buchstäblich blind, entschlossen zu Hilfe geeilt wäre.

Wieder angegangen, schoß auch der zweite Angreifer durch die offene Tür ins Freie und tauchte in der Nacht unter.

„Harry, Harry!" rief Smith, bei seinem Freund niederkniend. „Was hat er dir getan? Sag mir doch, daß du noch lebst! Harry!"

Bei diesen Worten schüttelte er ihn wie einen Sack.

„Oh, war das ein Schlag", klagte der Sheriff, sobald er wieder zu sich kam, „ein mörderischer Schlag!" Und er rieb sich den schmerzenden Hals. „Smith..."

„Ja, Harry. Sag mir, daß alles in Ordnung ist."

„Dummkopf", schrie Harry, jetzt ganz erwacht, und sprang auf. „Du hast sie abhauen lassen, ohne sie zu verfolgen? Laufen wir!"

Der Sheriff und sein Adjutant stürmten bewaffnet auf die Straße. Sie war leer, still und finster. Jede Ecke suchten sie ab, nach allen Richtungen liefen sie, von den Angreifern aber fanden sie keine Spur.

Vier tote Indianer

„Mister Harry", schrie Baxter, mit vier seiner Männer in das Sheriffbüro polternd, „schauen Sie! Heute nacht hat man versucht, auch mich zu erstechen!" Und er warf auf den Tisch einen indianischen Dolch. „Ich verlange, daß diese Verbrecherbrut, die das Dorf in Angst versetzt, endlich ausgerottet wird. Sie haben auch mir nach dem Leben getrachtet, verstehen Sie?"

„Sehr gut", sagte der Sheriff, während Smith mit einem ganz besonders dummen Ausdruck abwechselnd den alten Baxter und seinen Chef ansah.

„Gut, sagen Sie? Sie haben auch noch die Stirn, über einen Mordversuch zu lachen? Sie sind, Sie sind ein..."

„Langsam, Mister Baxter", unterbrach ihn Harry aufstehend. „Wenn Sie nicht hinausgeschmissen werden wollen, benehmen Sie sich anständig! Vorwärts, erzählen Sie mir, wie das gewesen ist."

„Ich schlief, als ich die Zimmertür knarren hörte. So nahm ich die Pistole, die ich stets unter dem Kopfkissen habe, und schoß auf die Tür..."

„Ohne dessen gewiß zu sein, daß ein Anschlag auf Sie beabsichtigt war?" fragte der Sheriff.

„Sollte ich vielleicht warten, bis man mich umbringt, Sheriff?"

„Und was war dann?"

„Sie sind kopfüber geflüchtet. Ich mußte das Licht anzünden, etwas anziehen, und dann war es schon zu spät. Sie waren inzwischen im Dunkel verschwunden. Ich habe nur dieses Messer auf der Türschwelle meines Zimmers gefunden. Offenbar haben sie es auf der Flucht verloren."

Harry nahm den Dolch und betrachtete ihn in aller Ruhe; mit der gleichen Ruhe entnahm er dann einer Kassette ein genau gleiches Exemplar.

„Und dieser sieht genauso aus", sagte er. „Nur mit dem Unterschied, Mister Baxter, daß er mir zugedacht war!"

„Ihnen?" staunte einer von Baxters Männern. „Sie haben versucht, auch Sie zu erledigen?"

„Genau das", antwortete Smith vortretend und begierig, das Abenteuer zu beschreiben. „Sie waren zu zweit, vielleicht zu viert. Wir haben im Dunkel wie Jaguare gekämpft, dann wurde der Sheriff am Hals getroffen und blieb halbtot liegen. Ich habe gerade noch rechtzeitig einen dieser Indianer gepackt, ich habe allein mit ihm und anderen gekämpft und sie schließlich in die Flucht geschlagen. Sie hätten dabeisein sollen, es war furchtbar."

Smith genoß im Dorf kein großes Ansehen. Meistens war er betrunken, man konnte also seinen Worten keinen allzu großen Glauben schenken. Auch jetzt war deutlich zu erkennen, daß etwas Alkohol sein Gehirn vernebelte, dennoch erweckte sein Bericht Interesse.

„Ist das wahr, Sheriff?" fragten alle Männer.

„Ja, genauso oder fast."

„Und es waren Indianer, haben Sie gesagt?"

„Ja, Indianer."

„Wenn es aber finster war, wie konnten Sie sie erkennen?" fragte einer der Männer.

„Du bist nicht sehr intelligent", antwortete der Sheriff. „Wir haben ihre nackten Füße, ihre Arme, ihr Haar gespürt."

„Das ist ein Grund mehr, sich für ein summarisches Urteil über die fünf im Dorf lebenden Indianer zu entschließen", stellte Baxter fest.

„Gewiß!" bestätigte ein Mann seiner Begleitung. „Wir müssen einfach alle fünf umbringen, unter ihnen werden dann auch die zwei oder vier Banditen sein. So geht es nicht weiter. Sheriff, was haben Sie also vor?"

„Vor allem will ich euch bitten, nach Hause zu gehen. Ich habe den Eindruck, daß sich die Lage bessert. Heute nacht ist ihnen die Sache nicht gelungen, ein Zeichen dafür, daß sie die Nerven verlieren. Vor dem Abend werde ich etwas beschlossen haben."

„Harry, wir können nicht mehr länger warten", sagte Baxter. „Höre, wir müssen dir ein Ultimatum stellen: Entweder du entschließt dich, diese Indianer noch vor heute abend zu verhaften, oder ich werde von morgen an eine bewaffnete Patrouille aufstellen, zehn oder fünfzehn Mann, die Licht in diese Angelegenheit bringen werden. Harry, wir haben nichts gegen dich, doch scheint es uns, daß du bisher sehr wenig unternommen hast. Meinst du nicht auch?"

Baxter ging hinaus, die anderen folgten ihm. Smith kratzte sich am Kopf.

„Wir sitzen schön in der Tinte, Harry", sagte er und legte sich auf seinem Feldbett zurecht. „Was sollen wir tun?"

Harry sah zum Fenster hinaus.

„Zuerst stirbt Joe, dann wird Roy ermordet, sie bringen Smilz um, und von der Baxter & Smilz bleibt seltsamerweise bloß Joes Bruder übrig. Der einzige Erbe..."

„Einer Gesellschaft, die nicht sehr fett ist, wie man sagt. Du willst mir doch nicht einreden wollen, daß der alte Baxter alle diese Leute, sogar seinen eigenen Bruder, getötet hat, um alleiniger Herr der Gesellschaft zu werden! Nein, das stimmt nicht, Harry. Meiner Meinung nach bist du auf dem Holzweg."

„Dann", fuhr der Sheriff fort, als hätte er Smiths Kommentar überhaupt nicht gehört, „als ich mich für diesen Goldklumpen interessierte, versuchte man, auch mich umzubringen."

„Und mich", unterbrach ihn Smith. „Und auch Mister Baxter."

„Was Baxter betrifft... hm, da bin ich nicht ganz überzeugt."

„Du meinst, was den Überfall auf ihn betrifft?"

„Vielleicht. Baxter ist nicht sehr gelenkig, er ist nicht der Mann, der fähig wäre, jemandem, der ihn ermorden will und schon in sein Zimmer eingedrungen ist, zu entkommen. Wenn du willst, könnte es auch wahr sein, dann kann ich mir aber seine hartnäckige Zurückhaltung in Zusammenhang mit der geheimen Gesellschaft der anderen und den Goldmustern nicht erklären."

Der Sheriff begann im Zimmer auf und ab zu gehen.

„Nun ja", brummte Smith. Dann sah er zum Fenster hinaus.

„Harry, das verspricht nichts Gutes! Schau!"

Der Sheriff blickte mit ihm hinaus. An die fünfzig Männer kamen auf das Büro zu.

„Was haben sie vor, Harry?"

„Ich weiß es nicht. Halte auf jeden Fall die Pistolen bereit."

Als die Männer vor dem Büro des Sheriffs standen, rief einer von ihnen: „Harry, Nichtsnutz, zeige dich, wir wollen mit dir sprechen!"

Der Sheriff erschien, von Smith gefolgt, in der Tür.

„Harry, du taugst vielleicht zum Mistführen, aber nicht zum Sheriff! Wenn du zu Baxters Haus gehst, findest du diejenigen, die du suchen solltest. Ein Weib hätte es spielend geschafft, aber du nicht, du bewegst dich zu langsam, als wären deine Füße aus Blei. Und läßt uns inzwischen wie Hunde zugrunde gehen."

„Was meinst du, Jack? Erkläre dich besser", rief der Sheriff dem Mann zu.

„Ich meine, daß Baxter und Erik vier Indianer im Büro der Gesellschaft überrascht haben, vier hiesige, weißt du!"

„Und?"

„Baxter und Erik hatten keine Lust, auf dein langsames Eingreifen zu warten, noch weniger Lust, sich abschlachten zu lassen, und haben die Kerle umgelegt. Hast du verstanden? Sie haben sie umgelegt, sie haben sie hingerichtet. Jetzt, Sheriff, kannst du ruhig weiterschlafen!"

Die Menge schien ins Delirium geraten zu sein. In aller Augen leuchtete das glückhafte Empfinden, endlich von einer furchtbaren Gefahr befreit worden zu sein.

„Und sie haben sie getötet", schrie Harry. „So, ohne Beweise für ihre Schuld? Vielleicht wollten sie nur mit Baxter sprechen und waren deswegen in sein Büro gekommen!"

„Nein, mein Lieber, sie waren ins Büro eingedrungen, um den Safe auszurauben. Sie hatten ihn auch schon geöffnet und die Hände an die Beute gelegt. Außerdem wollten sie Baxter umlegen. Wenn du willst, kannst du sie sehen. Lauf! Ah, was für ein Witz von einem Sheriff!"

Harry lief zum Büro Baxters. Die Horde von Männern folgte ihm höhnend.

Vor Baxters Haus fand der Sheriff vier Indianer vor. Sie lagen mit dem Gesicht im Staub. Blut hatte um sie dunkle Flecken gebildet.

„O Gott, welch ein Massaker!" sagte Harry und kniete bei ihnen nieder.

„Warum nicht drinnen liegen lassen? Warum haben Sie sie herausgetragen und in den Staub geworfen?"

„Ich fürchte, daß diese Kadaver Mister Baxters Büro verpesten könnten", antwortete Erik arrogant. Er war die rechte Hand des Handelsdirektors.

„Hilf mir!" befahl Harry Smith.

Zu zweit drehten sie die blutenden Leiber um, so daß ihr Gesicht der Sonne zugekehrt wurde.

„Er ist tot", sagte Harry, nachdem er das erste Opfer geprüft hatte. Er berührte den zweiten Indianer.

„Auch dieser", murmelte Smith.

„Sie haben alle genau getroffen. Dieser hier hat sogar mehrere Einschüsse. Habt Ihr euch vor ihnen gefürchtet, auch nachdem sie schwer verletzt waren?"

„Die Indianer fühlen sich nur in liegender Stellung wohl", antwortete Erik. „Beruhigen Sie sich, sie leiden nicht mehr. Sie sind schon in ihrer Hölle."

„Dieser aber nicht", murmelte Smith, nachdem er das Gesicht des vierten Indianers zwischen die Hände genommen hatte.

Der Sheriff beugte sich über ihn.

„Er lebt! Schnell, ruft den Arzt."

Niemand rührte sich.

„Ich habe befohlen, den Arzt zu rufen!" schrie er. „Er kann Komplicen haben, wir müssen ihn zum Sprechen bringen, bevor er stirbt!"

Irgend jemand setzte sich endlich in Bewegung.

„Laßt ihn in Frieden krepieren", sagte Erik.

„Du bist aber mitleidig geworden, Erik", knurrte der Sheriff ihn an und warf einen verächtlichen Blick auf den Mann. Dann beugte er sich wieder über den Indianer, der die Augen geöffnet hatte. In den Pupillen brannten Schmerz und verzweifelte Angst.

Der Sheriff fragte laut:

„Warum wolltest du Mister Baxter töten? Warum habt ihr alle anderen getötet? Ich erkenne dich wieder, heute nacht haben wir miteinander gekämpft. Ich erinnere mich an die Kette an deinem Hals."

Der Indianer röchelte. Er mußte fürchterliche Schmerzen leiden.

„Sprich! Für wen arbeitest du? Wer hat dir befohlen, uns zu ermorden?"

Der Indianer riß die Augen auf. Blut vermischte sich an seinen Zähnen mit Speichel, sein Atem ging schwerer.

„Warum habt ihr Joe und Smilz erstochen? Und Roy? Sprich!"

„Ko-na-kab...", buchstabierte der Indianer. „Ko-na-kab..." Er schnappte kurz nach Luft – und atmete nicht mehr.

„Er ist tot", sagte Harry und erhob sich. Er wandte sich um:

„Mister Baxter, Sie müssen mir erzählen, wie sich das alles zugetragen hat."

„Ich stehe Ihnen zur Verfügung, Sheriff", antwortete Baxter bereitwillig. „Jedenfalls: Was ich getan hatte, hätten sie lange vor mir tun sollen!"

„Was wollte er damit sagen?" fragte Smith Harry auf dem Weg ins Büro.

„Ich weiß es nicht. Ich habe dieses Wort noch nie gehört. Konakab... Das sagt mir gar nichts. Es wird ein indianisches Wort sein, ein Gebetwort an ihre Götter. Sieh, da kommt Miß Peggie. Geh ins Büro, ich komme dir bald nach."

Harry ging auf das Mädchen zu, das schnell die Straße überquerte, um offenbar zu Baxter & Smilz zu gehen.

„Guten Tag, Miß Peggie. Wollen Sie das traurige Schauspiel genießen?"

„Ersparen Sie sich diese Ironie, Harry", antwortete Peggie. „Es ist nicht Neugierde, die mich hinführt."

„Und was ist es also? Nächstenliebe?"

„Sie haben den Arzt gerufen, aber der Arzt ist nicht hier. Ich verstehe ein wenig von Medizin."

„Oh, das ist aber neu, ich wußte das gar nicht. Ich werde versuchen, mich daran zu erinnern. Sagen Sie, Peggie, wissen Sie, daß Mister Baxter diesen famosen Goldklumpen hat?"

„Haben Sie noch nicht begriffen, daß Sie auf dem Holzweg sind? Die Mörder sind schon hingerichtet worden, und Sie verfolgen noch immer diese absurden Gedanken! Was kümmert mich schon dieses Goldstück! Wer immer es besitzt, meinetwegen kann er es sich behalten. Glauben Sie, daß ich so sehr daran interessiert bin?"

„Daß diese vier Indianer abgeknallt worden sind, beweist mir noch nicht, daß sie die Mörder Joes und der anderen waren."

„Wieso!" staunte Peggie, den Kopf hochwerfend. „Sie glauben, daß . . ."

„Ich glaube gar nichts, ich brauche aber Beweise. Ich werde beweisen müssen, daß sie wirklich schuldig waren, meinen Sie nicht?"

„Warum geben Sie es nicht auf, Harry?" fragte das Mädchen in freundschaftlichem Ton. „Wollen Sie sich wirklich ruinieren? Wissen Sie, daß man im Bezirk Ihre Absetzung verlangt hat?"

„Bin ich Ihnen denn so wichtig?"

„Nein, Sie sind mir absolut gleichgültig, ich bin aber nicht fähig, Freude an fremdem Unglück zu haben."

„Das ist sehr schön von Ihnen, Sie sind besser, als man von Ihnen spricht. Doch sagen Sie, könnten Sie mir zufällig die Bedeutung des Wortes Konakab erklären?"

Peggie setzte langsam ihren Weg auf das Büro der Handelsgesellschaft zu.

„Konakab . . . Konakab . . . Ich kann die Sprache der Navajos, doch dieses Wort scheint mir keine Bedeutung zu haben."

„Schade."

„Einen Augenblick. Ja, jetzt erinnere ich mich . . . Wer war es? Meine schwarze Zofe? Nein, vielleicht war es Joe . . . Ja, er war es. Er erzählte mir eine seltsame indianische Legende, und ich glaube, daß er dabei auch dieses Wort aussprach. Ich glaube, daß nach dieser Legende Konakab ein großer Navajos-Häuptling war, der vor vielen Jahren gestorben ist. Ich bin aber nicht ganz sicher, und ich möchte es nicht mit einem anderen Wort verwechseln."

„Danke, Miß Peggie, Sie haben mir viel geholfen. Jetzt können Sie ruhig nach Hause zurückgehen, die vier sind tot."

„Tot, alle vier?"

„Alle. Und Tote sind kein schöner Anblick."

„Dann gehe ich wieder zurück. Wenn Sie mich brauchen, Harry, kommen Sie nur, aber ich glaube, daß diese Geschichte nun zu Ende ist. Nur Indianer konnten Joe und die anderen so sehr mörderisch hassen."

„Warum?" fragte Harry interessiert.

„Ich meine, daß Weiße unfähig gewesen wären, ihn zu töten. Er war ein so guter Mensch."

„Peggie, versuchen Sie, ihn zu vergessen. Aber sagen Sie mir: Wären Sie fähig gewesen, diejenigen zu betreuen und vielleicht zu heilen, die Ihren Verlobten ermordet haben?"

Peggie sah den Sheriff mit einem Blick an, der tiefe Traurigkeit verriet.

„Ich habe noch niemanden getötet, Sheriff. Und wenn ich ein Leben retten kann, so tue ich es."

„Aber diese sind vielleicht Joes Mörder!"

„Sie sind es, ohne dieses ,Vielleicht'. Immerhin hätten sie sich vor einem Gericht verantworten müssen."

„Das ehrt Sie, Peggie."

„Danke Sheriff."

„Vielleicht werde ich Sie einmal in Anspruch nehmen, Peggie. Ich brauche keine Hilfe mehr, sondern nur wenige Auskünfte, reine Daten, die mir zum Abschluß der Untersuchungen dienen werden. Wenn man sie abschließen kann."

„Fürchten Sie, daß diese Reihe von Verbrechen noch nicht zu Ende ist?"

„Ich weiß es nicht. Es ist nur seltsam, daß diese Indianer so viele Leute umgebracht haben, um Baxters Safe auszurauben. Finden Sie nicht?"

„Das stimmt", gab Peggie zu. „Aber vielleicht neigten sie dazu, Weiße umzubringen, und hätten noch andere Opfer gesucht, wenn ... das Geld sie nicht angezogen und davon abgelenkt hätte. Jetzt bin ich zu Hause angelangt, Sheriff."

„Auf Wiedersehen, Miß Peggie. Ich werde Ihnen an einem der kommenden Tage einen Besuch abstatten."

Peggies Überlegung in bezug auf die Indianer überzeugte ihn keineswegs. Es schien ihm absurd, daß sich vier Indianer vorgenommen hätten, alle Weißen von Kanab zu töten, nur um sich für das von den Pionieren ihrer Väter zugefügte Unrecht zu rächen. Und noch unwahrscheinlicher war es, daß sie damit ausgerechnet und ausschließlich bei den Mitgliedern der Baxter-Gesellschaft angefangen haben sollten. Nein, es gab da zu viele unlogische, zu viele gegensätzliche Elemente, zu viele Unwahrscheinlichkeiten, die bei Harry nicht ins Gewicht fallen konnten. War überhaupt zu glauben, daß die vier Männer sich bei hellem Tageslicht in Baxters Büro massakrieren ließen? Und doch hatte er in einem der Indianer zweifellos einen jener Verbrecher erkannt, die während der vorangegangenen Nacht versucht hatten, ihn selbst aus dem Weg zu räumen. Wenn sie aber wirklich blutrünstige, dem Verbrechen ergebene Wahnsinnige waren, so war die Spur, auf die das Goldnugget führte, zweifellos falsch. Mister Baxters Verhalten zeigte sich nicht klar, nicht überzeugend. Das Bestehen einer geheimen Abmachung irgendwelcher Art unter den drei ermordeten Weißen, war kaum anzuzweifeln, und sicher war es, daß Baxter davon wußte, auch wenn er es nicht zugeben wollte. Kurzum, es gab viele einander widersprechende Punkte; es gab Hinweise, die auf verschiedene

Wege führten; und es gab vier regungslose Körper auf der Straße vor dem Büro der Baxter & Smilz, die alle Zweifel nur vertieften.

„Hallo, Harry, hast du noch keinen Hunger?" fragte Smith, der vor der Tür des Sheriffbüros stand.

„Ich komme schon", antwortete der Sheriff mit müder Stimme.

„Weißt du schon, was Konakab ist?" fragte ihn erregt Smith.

„Beinahe", antwortete Harry. „Anscheinend hieß so ein Indianerhäuptling."

„Oh, du weißt es schon! Schade!" klagte Smith enttäuscht. „Es ist mir vor ein paar Minuten eingefallen. In einem Grab, das die Indianer das Grab Konakabs nennen, liegt einer ihrer großen Häuptlinge, aber kein Weißer hat eine Ahnung davon, wo es sein soll. Kein Mensch denkt auch daran, es zu suchen."

Im Lager der Navajos

Der Tag und die Nacht, die auf den letzten tragischen Vorfall folgten, verliefen ruhig. Jeder war, wie von einem Alpdruck befreit, an seine Arbeit zurückgekehrt, und außer den Bemerkungen, die man noch über das Vorgefallene machte, und den verschiedenartigsten Fragen, die man im „Lazo" und anderswo besprach, erinnerte nichts mehr daran, daß vier Menschenleben vernichtet worden waren.

Während Baxter mit Erik in seinem Büro saß, verließen der Sheriff und sein Adjutant Peggies Haus.

„Kein Wort bekommt man aus ihr heraus", stellte Harry beim Aufsitzen fest. „Ich weiß nicht, was ich davon halten soll. Lügt sie, oder weiß sie über Joes Geschäfte wirklich nicht Bescheid?"

„Harry, du bist ein Dickkopf", sagte Smith. „Alles ist doch geklärt. Wieso willst du den Grund für den Tod dieser Männer erfahren? Wichtig ist, daß die Gerechtigkeit ihren Lauf genommen hat."

„Bist du sicher, daß das, was geschehen ist, Gerechtigkeit genannt werden kann?" fragte Harry kopfschüttelnd. „Diese Goldnuggets! Wieso hat Baxter sie versteckt, dann geleugnet, sie zu besitzen, schließlich die Kartonblätter ausgetauscht? Wozu kamen Joe, Baxter, Smilz und Roy manchmal allein und des Nachts zusammen? Wohin ritten sie, wenn sie nachts aufbrachen? Es ist vielleicht ein absurder Einfall, aber ich will eine Karte ausspielen."

„Welche?"

„Konakab!"

Smith zuckte mit den Achseln.

„Das ist eine unsichtbare Karte. Wohin kann sie dich führen?"

„Heute früh hast du nicht getrunken, nicht wahr?" bemerkte Harry, der sich über den ungewohnten Ernst seines Adjutanten wunderte. „Du kannst sogar dein Gehirn gebrauchen. Aber ich bitte dich, versuche es zu benützen, um mir zu helfen, und nicht, um mich zu entmutigen. Überlege einen Augenblick: Warum sollte ein sterbender Indianer auf meine Frage mit diesem Wort antworten?"

„Ach", seufzte Smith, „wahrscheinlich hat er im Sterben einen seiner alten Häuptlinge wie einen Gott anrufen wollen."

„Soviel ich weiß, rufen die Indianer kurz vor ihrem Tod keine Häuptlinge an, sie wenden sich an ihre Götter, die keine Häuptlingsnamen tragen."

„Und? Was meinst du damit?"

„Bist du unbewaffnet?"

„Gewiß."

„Gut. Dann ziehen wir ins Gebirge."

„Willst du ... zu den Indianern gehen?"

„Genau das", antwortete Harry, sein Pferd aus dem Dorf lenkend. „Ich möchte mit den Navajos sprechen, um herauszufinden, wer Konakab war und wo dieses Grab liegt. Es ist eine absurde Idee, aber vielleicht kann sie uns einen Lichtstrahl bringen. Wenn ich keinen Erfolg habe, wenn Weiße Feder mir nichts Wissenswertes sagt, werde ich mich überzeugen, daß Smilz, Joe und Roy von den vier Indianern getötet wurden."

„Verdächtigst du Baxter?"

„Vielleicht. Nehmen wir an, er habe sich von Joe, Smilz und Roy befreien wollen, um sich in den Besitz einer von ihnen entdeckten Goldmine zu setzen, und er habe sich dazu der vier Indianer bedient ..."

„Ist das denn möglich?" meinte Smith.

„Es ist nur eine Vermutung. Aber glaubst du, daß ein Mann, der fähig ist, seinen eigenen Bruder umzubringen, zögern würde, seinen Komplicen eine Falle zu stellen und sie aus dem Weg zu räumen und sich aller ihn belastenden Zeugen zu entledigen? Gehen wir, ich möchte bald zurück sein."

Die beiden Reiter durchquerten das Tal und erreichten den Fluß des Kanabgebirges, das die Ebene beherrschte. Sie lenkten ihre Pferde durch Waldstriche und zwischen Felsblöcken hindurch und kamen zum Lager der Navajos-Indianer.

Die Navajos waren in dieser Gegend nicht sehr zahlreich, doch übertrafen sie an Zahl die Weißen des Dorfes und der überall verstreuten Farmen. Weiße Feder war ihr Häuptling. Er war ein nicht sehr alter Mann, der, dem Verlangen der Weißen nachgebend, einen Friedensvertrag unterzeichnet und seinen Indianern befohlen hatte, die Waffen niederzulegen.

Der Sheriff und Smith wurden vor ihn geführt.

„Harry", flüsterte Smith in das Ohr seines Chefs, „ich fühle mich nicht sehr wohl. Die Indianer bringen mich, ich weiß nicht warum, in Verlegenheit ... Es wird gut sein, die Augen offen zu halten."

„Man darf ihnen nicht zeigen, daß man Angst hat, Smith", antwortete Harry.

„Halte deine Hände von den Pistolen weg und laß mich sprechen. Dieser hier ist der Häuptling."

Weiße Feder, Häuptling der Navajos, trat aus einem Zelt.

Er war von großem Wuchs und dunklerer Hautfarbe als seine Leute; das lange Haar floß ihm in den Nacken, ein reicher Federnschmuck fiel ihm vom Kopf über den Rücken und bildete einen langen, bunten Kamm.

„Was wollen weiße Männer?" fragte er, seinen verschleierten Blick in Harrys Augen richtend.

„Großer Häuptling", sagte Harry sich leicht verbeugend, „in unserem Dorf sind seltsame Dinge geschehen, die mich veranlassen, dich um Hilfe zu bitten."

Harry schwieg jetzt, um Weißer Feder Reaktion zu studieren. Doch der Indianer forderte ihn mit einem Zeichen auf, fortzufahren.

„Es wurden drei weiße Männer ermordet, ohne daß wir wüßten, von wem. Und vier Indianer wurden von einem unserer Leute getötet, weil sie anscheinend stehlen wollten."

„Gelbe Indianer?" fragte Weiße Feder, ohne zu verstehen zu geben, ob er eine Frage stellte oder den Diebstahlsversuch zugab.

„Ja, gelbe Indianer", antwortete Harry.

Der große Häuptling der Navajos schien erleichtert zu sein. Gelbe Indianer wurden jene genannt, die ihre Stämme verlassen und sich der fremden Zivilisation genähert hatten, mit den Eindringlingen verkehrten und von dessen Gewohnheiten lebten. Für diese Indianer hegten weder die Navajos noch die anderen Stämme irgendwelche Freundschaftsgefühle, im Gegenteil, sie verachteten sie, und in ihrem Innersten schämten sie sich ihrer.

„Diese Ereignisse", erklärte Weiße Feder, „die Navajos nicht betreffen."

„Du hast recht, großer Häuptling, aber wir sind nicht gekommen, um dich zu überreden, uns bei der Aufklärung dieser Geheimnisse zu helfen, sondern nur, um dir eine Frage zu stellen, von deren Beantwortung meine ganze Arbeit abhängt, die, wie du ja wissen wirst, darin besteht, die Bösen zu bestrafen und die Guten zu schützen."

Smiths anfängliche Angst war verschwunden, und nun amüsierte er sich. Er hatte seinen Chef noch nie auf diese Art und Weise sprechen gehört, und obwohl er begriff, daß Harry sich dieser Worte bediente, um sich der Mentalität der Eingeborenen anzupassen, gelang es ihm nicht, ein verschmitztes Lächeln zu unterdrücken.

„Sprich", befahl Weiße Feder.

„Also", sagte Harry mit gesenkter Stimme, „ich möchte wissen, was das Wort Konakab bedeutet."

„Konakab?" wiederholte Weiße Feder überrascht.

„Konakab", murmelten die umstehenden Indianer überrascht und erschreckt.

Weiße Feder hob einen Arm, und alle verstummten.

„Konakab? Weiße Männer wagen es, Namen eines großen Häuptlings der Navajos auszusprechen!" rief er aus, während man in seinem Blick offenkundige Erregung lesen konnte. „Wo haben gehört weiße Männer diesen Namen?"

„Einer der getöteten Indianer", antwortete Harry, „sagte mir diesen Namen, bevor er starb."

„Konakab war großer Krieger. Konakab besiegte viele andere Stämme. Konakab zu großer Name für weißen Mund!"

Harry blickte nach Smith. Der hatte große Lust, nach der Pistole zu greifen, denn es schien ihm, daß die Indianer eine drohende Haltung einnahmen.

„Was wollen Bleichgesicht noch wissen?" fragte Weiße Feder.

„Nichts mehr, großer Häuptling", antwortete Harry und senkte den Kopf. Dann spielte er seine letzte Karte aus:

„Anscheinend ist mit diesem Namen ein Ort verbunden, an dem sich Gold befindet. Man sagt, ein großer Schatz, und ich denke, daß diese Leute gerade deswegen getötet worden sind."

Weiße Feder hob einen Arm. Harry schwieg.

„Ich nichts wissen", antwortete der Häuptling mit aller Entschlossenheit.

„Könntest du mir sagen", fragte Harry, „wo sich das Grab eures großen Kanakab befindet?"

Jetzt fühlte sich Smith sehr unbehaglich, er empfand beinahe Furcht. Denn die Indianer hatten eine noch drohendere Haltung angenommen; in den Augen des großen Häuptlings der Navajos blitzten Empörung und Zorn auf.

„Weiße Männer weggehen", befahl Weiße Feder. „Navajos fragen nicht Weiße, wo liegen ihre Toten. Ich habe gesprochen!"

Mehrere Rothäute zeigten den Weißen vielsagend ihre Pferde. Harry verbeugte sich, schaute sich um und stieg in den Sattel, Smith beeilte sich, ihm zu folgen.

„Chef, machen wir uns davon!" murmelte er. „Die Lage gefällt mir nicht, sie ist nicht rosig."

„Reite langsam, wir dürfen sie nicht noch mißtrauischer machen", riet Harry.

Die beiden Reiter zogen schweigend die Hänge des Kanab hinab.

Smith schwieg und spitzte die Ohren nach etwa nachfolgendem Hufgeklapper.

Der Sheriff war in seine Überlegungen vertieft.

„Harry", sagte auf einmal Smith, „glaubst du nicht, daß die Navajos dicht hinter uns herreiten?"

„Ja", antwortete der Sheriff, seinen Ritt verlangsamend. „Und dem Geklapper der Hufe nach zu schließen, dürften es viele sein."

„Es ist, glaube ich, ratsam, sich zu beeilen. Man weiß ja nie, was sie vorhaben. Hast du nicht gesehen, wie sie uns ansahen, als wir wegritten?"

Harry hielt sein Pferd an. Das Hufgeklapper entfernte sich in einer anderen Richtung.

Es ging auf Mittag zu. Die Sonne brannte, kein Blatt bewegte sich im Wald, durch den sie ritten.

„Smith, was würdest du sagen, wenn wir ihnen folgten?"

Smith riß die Augen auf.

„Ich würde sagen, daß das ein Wahnsinn wäre. Ein kompletter Wahnsinn. Willst du wirklich die Haut riskieren? Und wozu soll das nützen?"

Harry blickte in Richtung auf das Indianerlager zurück, das nunmehr hinter Hängen und Sträuchern verborgen lag.

„Ich weiß nicht, doch wenn ich an die Aufregung denke, die der Name dieses Indianerhäuptlings hervorgerufen hat, und jetzt höre, daß die Navajos sofort aufgebrochen sind, möchte ich fast glauben, daß sie geradewegs dorthin reiten."

„Wohin?"

„Zum Grab Konakabs."

„Zum Grab? Wer sagt dir das?"

„Niemand, ich vermute es nur."

„Das Grab Konakabs", wiederholte Smith, und seine Miene verfinsterte sich.

„Du möchtest dorthin reiten? Nein, Harry, halten wir uns davon fern, es bringt Unglück! Man sagt, daß . . ."

Smith schwieg mitten im Satz, als hätte er bemerkt, daß er zuviel sprach.

„Was sagt man?" fragte Harry, ihn streng anblickend.

„Oh, nichts, Harry. Es wäre aber bestimmt vernünftiger . . ."

„Smith, du weißt mehr! Du wolltest etwas erzählen und hast plötzlich aufgehört. Warum? Hast du etwas zu verbergen? Sprich, Smith!"

„Also, ich . . . eigentlich . . ."

„Soll ich dir den Arm verdrehen?" fragte Harry böse.

Offenbar hatte es schon einmal etwas mit dem Arm gegeben, denn Smith gab sofort nach.

„Also, dieser Indianer bezog sich wirklich auf das Grab Konakabs."

„Kennst du's?" fragte Harry, erstaunt darüber, daß Smith bis nun geschwiegen hatte.

„Nein, ich habe es nie gesehen. Die Indianer aber sagen, daß es jedem weißen Mann den Tod bringt, der es wagt, den Schlaf des Konakab zu stören. Gehen wir, Harry! Die Schuldigen sind getötet, warum lassen wir also die Nachforschungen nicht ruhen?"

„Warum hast du mir das nicht früher gesagt?"

„Weil ich Angst hatte, Harry. Ich kenne dich seit langem und weiß, daß du nicht gezögert hättest, dorthin zu reiten."

„Glaubst du dieser Legende?"

„Ob ich daran glaube? So sicher, daß ich nie dorthin gehen werde!"

„Smith..."
„Ja?"
„Gehen wir!"

Ohne Smiths Zustimmung abzuwarten, trieb Harry sein Pferd an und lenkte es auf die Spur der Indianer.

Smith zögerte... aber wie hätte er sich dem Befehl seines Chefs widersetzen können?

Er empfahl sein Leben allen guten Göttern und holte den Sheriff bald ein.

Die beiden Männer fanden die Spuren der Indianerpferde und ritten ihnen nach und kamen zu einer Felswand, bei der sich die Spuren verloren. Sie fanden sie zwischen zwei großen Felsblöcken wieder.

„Sst", warnte Harry. „Sie müssen in der Nähe sein. Hörst du Pferde stampfen?"

Vorsichtig gingen sie zwischen den beiden hohen Felsblöcken weiter. Nachdem sie die Enge hinter sich gebracht hatten, sahen sie zehn Pferde. Sie waren ohne Reiter und schnupperten friedlich nach Gras. Gras, gab es auf dem steinigen Boden nicht.

„Sie sind hier abgesessen", stellte Smith fest und hielt an.

„Offenbar kann man nur mehr zu Fuß weiter. Nun, auch wir werden zu Fuß weiter gehen. Binde die Pferde an", und Harry zeigte auf eine Felsnadel, um die man die Zügel legen konnte.

Smith gehorchte. Die Angst schwächte ihm die Beine.

„Los, gehen wir!" befahl Harry.

Das Grab in der Höhle

Die beiden kletterten vorsichtig die Felsen hinauf und sahen bald knapp vor sich eine Gruppe Indianer vor dem Eingang einer Höhle stehen.

„Ob dies das Grab ist?" murmelte Smith.

„Vielleicht. Wir müssen vorsichtig sein. Warten wir, bis sie verschwunden sind. Wenn das Gerede stimmt, von dem du mir erzählt hast, könnten sie böse werden, wenn sie bemerken, daß wir das Grab entdeckt haben."

„Aber sie werden unsere Pferde sehen, Harry."

„Du hast recht", sagte der Sheriff. „Wenn sie sie sehen, sind wir entdeckt. Gehe zurück und führe sie weit vom Weg ab."

„Und dann?"

„Wenn du keinen Schuß hörst, warte. Ich werde schon zu dir kommen."

Smith führte den Auftrag mit großer Freude aus. Je weniger er den Indianern nahe kam, um so sicherer fühlte er sich. Er kletterte die Felsen wieder hinab, kam zu den Pferden und führte sie weit weg von dem Pfad, den die Indianer auf der Rückkehr zu ihrem Lager einschlagen mußten.

Die Navajos standen regungslos vor der Kaverne. Nur Weiße Feder und zwei andere Würdenträger hatten die Höhle betreten, in der ihr großer, vor etwa hundert Jahren verstorbener Häuptling lag.

Gespannte Neugierde bemächtigte sich Harrys. Wie gerne wäre er sofort Weißer Feder gefolgt, wenn er nicht gewußt hätte, welch ernste Gefahr dies nach sich brächte. Er blieb also in seinem Versteck hinter einer hohen Felsnadel, die den Höhleneingang beherrschte.

Endlich traten Weiße Feder und seine Begleiter aus der Kaverne. Seine Augen blitzten, seine Gesten verrieten heftigen Zorn. Er sprach zu den Navajos, die ihm schweigend zuhörten, dann aber in wildes Geschrei ausbrachen.

Weiße Feder sprang mehr als er kletterte, die Felsen hinab. Seine Eile ließ erkennen, daß er so rasch wie möglich in sein Lager zurückkehren wollte. Etwas Ernstes mußte in der Grotte geschehen sein; Harry hatte den großen Indianerhäuptling noch nie so erregt gesehen.

Als die Navajos auf dem Talboden seinen Blicken entschwunden und sicher schon unterwegs in ihr Lager waren, schlüpfte Harry hinter seinem Versteck hervor, stieg zum Höhleneingang hinab, zog die Pistole und drang in den dunklen Schlund ein.

Finsternis umgab ihn. Sie wurde immer dichter, je weiter er vordrang. Harry streckte die Arme aus, um nicht irgendwo anzustoßen, und machte einige unsichere Schritte nach vorne. Er trat dabei auf unsichtbare, trockene Zweige, bückte sich, scharrte einige zusammen und zündete sie an.

Als die Flamme hochzüngelte, sah er im Licht dickere Zweige. Er nahm sie auf und entzündete sie am schwachen Feuer, das am Boden brannte. Jetzt hatte er eine Fackel.

Die Höhle war noch so, wie sie vor Jahrtausenden gewesen sein mochte. Ihre seltsamerweise trockenen Wände zeigten sich so glatt poliert, daß das nur das Werk eines Wasserlaufs sein konnte, der einmal hier hindurchbrauste. Der Boden jedoch war so sandig, daß der Sheriff fast den Eindruck hatte, jemand habe irgendwann den Sand hereingebracht, um das Gehen weniger mühsam zu gestalten, vielleicht aber auch, um das Echo auszulöschen, das Stimmen oder Schritte in der Totenstille der Kaverne hervorrufen mußten.

„Nur Mut", sagte Harry zu sich selbst, und ging langsam weiter.

Nach einer Biegung gewann er den Eindruck, daß das Licht der Fackel schwächer wurde. Das stimmte auch, aber deshalb, weil an dieser Stelle die Höhle sich weiterte, so daß der Widerschein der brennenden Zweige sich nach allen Seiten in einer unbekannten Tiefe verlor.

Doch als der Sheriff sich nach den ersten Augenblicken an das schwächere Licht gewöhnt hatte, sah er im Halbdunkel rund um sich hundert Blitze aufleuchten, tausend kleine Strahlen, die wie das Glänzen von Klingen zitterten.

Harry hielt den Atem an. Er fühlte eine seltsame Beklemmung in der Brust. Wo stand er?

Er lenkte seine Schritte auf eine Wand zu. Der Widerschein verstärkte sich und verriet winzig kleine Lichtquellen.

Harry näherte die Fackel der Wand – und erstarrte.

Vor ihm funkelten, mit überraschender Geschicklichkeit in den Felsen eingelassen, Tausende Goldnuggets, Tausende verschiedenartige Stücke, deren Glanz ihn blendete. Ein wahrer Schatz, ein auf den ersten Blick unschätzbarer Schatz, ein großes Goldlager, das ohne Zweifel reicher sein mußte als manche vielversprechende Mine.

„Welch ein Reichtum", murmelte Harry sich umblickend.

„Hundert... tausend... Abertausende Goldklumpen..."

Es gab darunter welche, die so groß wie ein Hühnerei, andere wie ein Haferkorn waren, riesengroße, runde, eckige, scheibenförmige oder dreieckige, eine Unmenge verschiedenförmiger, unschätzbarer Goldklumpen, die auch deshalb besonders wertvoll waren, weil sie an der Oberfläche lagen, und also leicht, gleichsam ohne Arbeit abgenommen werden konnten.

Der Sheriff unterdrückte die Überraschung, die ihn gelähmt hatte, und ging weiter. Nach wenigen Schritten sah er eine rauhe Felswand, die die Kaverne abschloß. Davor erhob sich ein Holzpfahl, der auf der Spitze zwei Büffelhörner trug. Darunter lagen wie Trophäen oder Gaben an einen Geist menschliche Skelette, die so zusammengelegt waren, als lägen sie um den Pfahl gebeugt, um eine schreckliche Gottheit anzubeten. Der Sheriff zählte entsetzt die Toten. Es waren fünfzehn.

Er kniete nieder und beleuchtete diese kümmerlichen Reste. Er war kein Anatom, kein Fachmann, dennoch glaubte er erkennen zu müssen, daß diese Reste die Skelette weißer Menschen waren, die Reste von Leuten, die wahrscheinlich versucht hatten, den Schatz an sich zu reißen, und deshalb von den Indianern getötet und in diese Höhle als Tribut für ihren großen Häuptling Konakab, vielleicht auch als Mahnung an kommende Grabschänder, gebracht worden waren.

Der Sheriff ahnte, daß unter dem in die Erde gerammten Pfahl der Häuptling Konakab lag, dem vielleicht die auffallend großen Büffelhörner gehört hatten.

„Ein wahrer Schatz", murmelte wieder der Sheriff, um sich abzulenken und den Schauer zu unterdrücken, den ihm die Skelette über den Rücken gejagt hatten. „Ein wirklich großer Schatz. Wie jener, von dem Joe Baxter mit Peggie sprach. Vielleicht ist es derselbe."

Der Sheriff richtete sich auf und suchte beide Wände der Grotte ab. Er streckte die Hand mit der Fackel in die Höhe und beleuchtete auch die Wölbung. Sie war ebenfalls mit glänzenden Goldnuggets ausgelegt. Bloß die Felsblöcke der Wand hinter dem Grab standen unbearbeitet da. Nochmals betrachtete der Sheriff die Einlegearbeit, die er bewundern mußte – da fielen ihm in der regelmäßigen Goldverkleidung drei Stellen auf, die keine Nuggets trugen.

Da waren drei Löcher. Aus ihnen hatte jemand das Gold herausgerissen. Harry sah genau hin und entdeckte deutliche Kratzspuren, die von einem Messer oder einem anderen metallenen Werkzeug herrühren mußten.

„Baxters Goldstücke", sagte sich Harry. „Jetzt gibt es keinen Zweifel mehr."

Noch einmal schaute er um sich, aber die Fackel war schon am Erlöschen, und er beeilte sich hinaus. Das Tageslicht blendete ihn, sobald er sich aber daran gewöhnt hatte, machte er sich hastig talwärts. Als er die Stelle erreichte, an der die Navajos die Pferde gelassen hatten, pfiff er.

Von weitem antwortete Smith. Harry schlug die Richtung dorthin ein, und bald sah er seinen Adjutanten zwischen hohen Felsnadeln hervortauchen.

„Also?" fragte Smith, der große Lust verspürte, die ihm unheimlich scheinende Gegend so schnell wie möglich zu verlassen.

Der Sheriff setzte sich müde auf einen Stein.

„Weißt du, was dort oben liegt?" fragte er.

„Ich kann es mir vorstellen: das Grab."

„Ja... und ringsum, in den Felsen eingelassen, Tausende Goldnuggets!"

„Gold?" rief Smith, dem der Atem stockte. „Gold? Gehen wir sofort zurück, ich möchte es sehen!"

Smith wollte aufbrechen, doch Harry hielt ihn zurück.

„Smith, ich rate dir davon ab, außer dem Gold liegen dort fünfzehn Skelette."

„O Gott!" erschrak Smith.

„Skelette, die einmal das Fleisch weißer Männer trugen. Willst du noch immer hingehen?"

Smith setzte sich schnell nieder. Gold übte eine große Anziehung auf ihn aus, doch die Angst, um des Goldes willen in die Hände der Navajos zu fallen, lähmte ihn.

„Ist es eine Mine?" fragte er.

„Hier gibt es keine Minen", antwortete Harry, der begonnen hatte, mit einem Holzstück im Sand zu zeichnen.

„Man kann nicht ausschließen, daß die Navajos irgendwo eine Goldader entdeckten, woraus sie jenes Gold schürften, mit welchem sie das Grab ihres alten Häuptlings Konakab schmückten. Vielleicht hat diese ganze Arbeit hundert Jahre gedauert. Gold messen sie keinen großen Wert bei, sie dürften aber bemerkt haben, daß es im Dunkeln glänzt, wenn irgendein Licht darauf fällt. So werden sie wohl den Einfall gehabt haben, das Grab besonders schön zu schmücken. Immerhin ist es sicher, daß Joe Baxter es entdeckt hatte und es ausrauben wollte."

„Harry, meinst du das ernst?" fragte Smith nachdenklich.

„In der Grotte fehlen drei Nuggets, gerade jene, die im Safe Mister Baxters lagen. Einen davon hatte Joe Peggie geschenkt, dann von ihr zurückbekommen und möglicherweise seinem Bruder weitergegeben."

„Und dann?" fragte Smith gespannt.

„Smith, es ist noch zu früh, um ein Urteil abzugeben", antwortete Harry. „Wir wissen nur, daß zwischen den drei Verstorbenen und vielleicht auch dem Bruder Joes eine geheime Abmachung bestand, die die Ausplünderung dieser Kaverne betraf. Gemeinsam mit Roy."

„Dann hat also Baxter recht", meinte Smith besorgt. „Joe, Smilz und Roy sind von Indianern auf Befehl von Weiße Feder getötet worden!"

„Ja, es gibt jedoch etwas, was mich nicht überzeugt. Warum ist Weiße Feder sofort hierher geeilt, als wir aufbrachen? Das läßt mich vermuten, daß er keine Ahnung von der Grabschändung hatte. So wäre auch die Erregung zu erklären, die er verriet, als er aus der Höhle herauskam. Hätte er von der Plünderung schon gewußt, wäre er sicher nicht so furchtbar zornig geworden."

„Da magst du recht haben."

„Wer also hat die vier gelben Indianer dazu überredet, Smilz, Joe und Roy und auch uns und Baxter zu ermorden?"

„Vielleicht war es Weiße Feder."

„Du hast aber soeben zugegeben, daß Weiße Feder von nichts weiß."

„Ach ja, also?"

„Also, wir müssen herausbekommen, für wen die vier gelben Indianer arbeiteten, Smith."

„Sie sind tot."

„Leider. Leicht wird es jetzt nicht sein. Baxter hätte besser daran getan, sie lebend zu fangen."

„Es ist nicht leicht, gleich vier Männer zu schnappen."

„Aber ebenso schwer, vier auf einmal abzuschlachten", fuhr Harry nachdenklich fort. „Besonders dann, wenn es Baxter getan haben soll. Smith, wäre es dir gelungen?"

„Mir? Ich glaube nicht. Und dir, Harry?"

Harry erhob sich. Er stieg in den Sattel und wartete auf Smith.

„Mir? Nicht einmal mir, glaube ich, lieber Smith. Um so weniger, als es sich um vier bewaffnete Indianer handelte."

Eine bewaffnete Bande vor Baxters Haus

Harry und Smith erreichten das Dorf gegen Abend. Es war ein langer Ritt gewesen, aber in langsamem Tempo, so daß die Pferde sich nicht sehr ermüdet zeigten.

„Niemand wird ahnen, wo wir gewesen sind", sagte der Sheriff, als sie vor dem Büro absaßen. „Und du hältst deinen Mund, verstanden? Niemand darf etwas vom Vorhandensein dieses Schatzes erfahren, sonst würde der Teufel losgehen."

Im Dorf war alles ruhig. Im Büro der Baxter & Smilz, dessen Fenster vom Sitz des Sheriffs aus zu sehen waren, schien der Chef mit seiner Arbeit beschäftigt.

Harry schnallte den Gürtel mit den Pistolen ab und wollte gerade über die Schwelle treten, als er ungefähr zehn Männer bemerkte, die hinter dem Büro der „Baxter" beisammen standen. Sie waren bewaffnet, und wenige Schritte von ihnen standen ihre gesattelten Pferde. Es sah so aus, als würden sie von einem Augenblick zum anderen aufbrechen.

„Smith, hast du gesehen?" fragte Harry und blieb stehen.

„Ja, ich sehe."

„Und das sagt dir gar nichts?"

„Nichts."

„Geh hinein."

Im Büro stellte sich Harry zum Fenster und beobachtete das Verhalten der zehn Männer beim Büro der Baxter & Smilz.

„Was vermutest du?" fragte Smith und warf sich in einen Stuhl.

„Ich weiß nicht, was ich denken soll. Gewiß ist nur, daß sie sich dort in Baxters Auftrag versammelt haben. Und sie sind zum Aufbruch bereit."

„Wohin?"

„Das möchte ich selber gerne wissen, Smith."

Smith seufzte.

„Um dich in Schwierigkeiten zu bringen, nicht wahr?" sagte er. „Zwei Jahre lang ist es uns gut gegangen, ohne den geringsten Zwischenfall, und jetzt suchst du überall Komplikationen. Laß sie in Frieden, laß Baxter tun, was er will, solange er nicht stiehlt oder mordet!"

„Weißt du", fragte Harry mit ernstem Gesichtsausdruck, „ob er nicht mordet und nicht stiehlt? Wir haben jetzt allzu viele Tote gehabt, und das in wenigen Tagen. Wer sagt uns, daß Baxter nicht mehr darüber weiß, als er uns glauben machen will?"

Smith warf auf seinen Chef einen ziemlich ironischen Blick.

„Du verdächtigst ihn noch immer? Ich nicht. Aber schau, da ist Miß Peggie. Was hat sie bei Baxter zu suchen?"

Die blonde Peggie überquerte gerade die Straße in der Richtung auf Baxters Büro zu. Sie trug Lederhosen und eine bunte Bluse, ihr Haar floß locker über den Nacken und leuchtete im sanften Wind, der sich erhoben hatte.

„Nein", antwortete Smith auf seine eigene Frage, „daran ist nichts Ungewöhnliches. Jetzt, da Joe tot ist, wird sie viele Angelegenheiten mit Baxter zu regeln haben. Joe war Mitbesitzer, nicht wahr? Man sagt, daß er sie testamentarisch zu seiner Erbin bestimmt hat."

„Ich möchte nicht in ihrer Haut stecken", murmelte Harry so, als spräche er mit sich selbst. „Baxter wird versuchen, ihr weniger zu geben, als ihr gehört."

„Oh, Harry, mach dir keine Sorgen", meinte Smith. „Peggie ist schlau und liebt das Geld viel zu sehr, um sich betrügen zu lassen. Ich bedaure, aufrichtig gesagt, eher Mister Baxter."

Harry ging zur Tür.

„Bleib hier", sagte er. „Ich werde mich ein wenig umsehen."

Während sich Smith die Stiefel auszog, ging Harry auf Baxters Büro zu. Er holte Peggie ein und hielt sie an.

„Guten Abend, Miß Peggie", sagte er. „Gehen Sie zu Baxter?"

„Ja", antwortete das Mädchen. „Wir müssen Joes Angelegenheiten ordnen. Sie können mir aber glauben, daß ich diese unangenehme Aufgabe gerne hinausschieben möchte."

„Wirklich?" staunte der Sheriff. „Warum schieben Sie es also nicht hinaus! Wer hindert sie daran? Ich verstehe sehr gut, daß es besser wäre, zu vergessen oder zumindest den Schmerz verebben zu lassen, bevor man wieder über Joe und seine Geschäfte spricht."

„Ja, bestimmt, aber Mister Baxter hat es eilig."

„Wie?" fragte Harry überrascht. „Er hat Sie gerufen?"

„Ja. Er will, daß ich sofort alles liquidiere. Er meint, es sei besser so. Er sagt, daß auch er dieses Gespräch lieber verschieben möchte, er hält aber eine beschleunigte Erledigung für angebracht, weil viele Kredite Joes nicht vorgemerkt wurden und er mit der Zeit darauf vergessen könnte. Oh, ich ahne, was sie jetzt denken, Harry, aber ich garantiere Ihnen, daß ich darüber nicht froh bin. Im Gegensatz zu dem, was manche Leute über mich sagen, hat Geld keine große Bedeutung für mich. Als mir Joe erzählte, daß er ein Testament zu meinen Gunsten aufgesetzt hatte, tat es mir leid. Ich liebe das Geld, das stimmt, aber nur wegen des Wohlstandes, den es bringt, ich will es jedoch nicht als Ersatz für einen lieben, toten Menschen."

Sie schien aufrichtig, und Harry war darüber froh. Er empfand für Peggie warme Zuneigung und jetzt, da sie so gute, man könnte sagen, edle Gefühle zeigte, wurde seine Sympathie fast Bewunderung.

„Peggie, Sie sind eine sehr gute Seele, und eben deswegen möchte ich Sie glücklich sehen. Sie müssen vergessen, von hier fortziehen ... Oh, ich sage es gegen mein Interesse ... zu Ihrem Wohl. Ich möchte nicht, daß Sie leiden. Sie müssen vergessen."

„Gegen Ihr Interesse?" buchstabierte Peggie, den Blick in seine Augen gerichtet. „Was wollen Sie damit sagen?"

Harry sah verlegen zu Boden und begann mit der Stiefelspitze unklare Bilder in den Staub zu kratzen.

„Warum? Ich weiß es nicht. Vielleicht weil ... weil Sie mir sympathisch sind, weil ich Sie gerne hier in unserem Dorf sehe ... und es mir leid täte, wenn Sie abreisten."

Peggie ging unentschlossen einige Schritte weiter. Sie hatte begriffen, daß Harry nahe daran war, sich in sie zu verlieben, und sie fühlte sich dessen beinahe schuldig, als könnte die Tatsache, daß sie dieser zaghaften Liebeserklärung zugehört hatte, eine Verletzung des Andenkens an Joe darstellen.

„Ich bitte Sie, lassen Sie mich allein", sagte sie leise. „Ich glaube, daß es besser wäre. Auf Wiedersehen, Mister Harry."

Jetzt beschleunigte sie ihre Schritte und verschwand in Baxters Büro.

Einige Augenblicke lang stand Harry betroffen da, dann erinnerte er sich daran, daß er der Sheriff von Kanab war. Er näherte sich den Männern, die beim Baxter-Haus plauderten, und grüßte.

„Guten Tag" sagte er, und bemerkte sofort, daß es sich fast durchwegs um Cowboys von Baxters Farm handelte.

Die Männer grinsten ihm spöttisch entgegen.

„Guten Tag, Sheriff", antwortete einer von ihnen. „Sie sind jetzt arbeitslos, warum verlassen Sie Ihren Platz nicht und arbeiten auf einer Farm? Vielleicht würden Sie dabei viel verdienen."

„Vielleicht werde ich es eines Tages tun", antwortete Harry überrascht über diesen Empfang. „Was habt ihr aber vor? Wollt ihr aufbrechen?"

„Warum? Auch Sie haben das Pferd auf der Straße", antwortete ein zweiter Mann, mit dem Kinn auf den an einen Pfahl gebundenen Hengst deutend, „und es sieht nicht so aus, als wollten Sie losreiten."

„Nun ja ... ich glaube ...", sagte Harry und kehrte um.

Smith empfing ihn lachend.

„Also, Chef, dieses blonde Mägdelein hat dir wirklich den Kopf verdreht! Willst du es heiraten?"

„Was sagst du, Dummkopf! Ich heiraten? Bah!" Und Harry warf sich auf sein Bett, das gegenüber Smiths Lager stand.

„Wenn es so ist, dann laß sie lieber in Ruhe."

„Höre, Smith", schnitt ihm Harry das Wort ab. „Wohin können diese Cowboys dort draußen gehen?"

„Wie soll ich das wissen?"

„Sie sind fast alle von Baxters Farm und lauter zweifelhafte Gestalten. Ich erinnere mich noch, daß sie einmal einer Diebsbande angehörten, die sich auf Vieh spezialisiert hatte. Baxter nahm sie in seine Farm auf ..."

„Was ist daran so seltsam, Harry? Auch ich habe einmal Pferde gestohlen und jetzt bin ich Vizesheriff! Ha, ha!"

„Aber du warst aus Dummheit bei der Bande! Von Natur aus wärst du nie fähig gewesen, auch nur einen Stein auf der Straße zu stehlen."

Smith war gekränkt. Obwohl er kein Geisteskind war, liebte er es nicht, von seinen Mitmenschen geringschätzig behandelt zu werden.

„Ich bin deshalb nicht fähig zu stehlen, weil ich nicht stehlen will. Ich bin ein ehrlicher Mann. Ich bin aber fähig, Diebe zu erwischen. Habe ich dir bisher nicht gut gedient?"

„Oh, gewiß", lachte Harry. „Weil das Dorf bisher ruhig war. Von jetzt an werden wir sehen . . . wenn die Lage immer verzwickter wird."

„Glaubst du wirklich, daß es noch schlimmer wird?" fragte Smith besorgt.

Draußen dunkelte es immer mehr. Baxters Männer hatten seinem Haus den Rücken gekehrt und waren ins „Lazo" gegangen. Peggie saß noch bei Baxter. Der einzige im Dorf verbliebene gelbe Indianer schlief auf einem Brett vor dem „Lazo". Einige Frauen tratschten auf der Schwelle eines Hauses, mitten auf der Straße spielten drei Kinder.

Harry und Smith hatten zu essen begonnen. Die Mahlzeiten brachte ihnen Mrs. Ral, eine Frau mit hundert Zungen und hundert Ohren, kurzum eine Frau, die mehr tratschte als ein ganzer Männerhaufen, und neugieriger war sie als eine Affenfamilie.

„Ich muß dir sagen, lieber Sheriff", erklärte sie, bevor sie aus dem Büro ging, „daß sie dich sehr bald liquidieren werden. Es geht das Gerücht um, daß Mister Baxter beim Distrikt deine Absetzung wegen Unfähigkeit und mangelhafter Leistung verlangt hat."

„Ah, ich danke Ihnen dafür, daß Sie es mir gesagt haben, Mrs. Ral", antwortete Harry mit dem Löffel in der Luft. „Das ist eine Nachricht, die meinen Appetit vergrößern wird."

Mrs. Ral ging hinaus, und Harry schleuderte seinen Teller gegen die Wand. Er zerbrach in hundert Scherben. Smith aß ruhig weiter.

„Hast du gehört, Smith?" schrie der Sheriff, im Zimmer auf und ab gehend. „Sie wollen mich fortjagen!"

„Ja, und? Bist du nicht zufrieden? Ich glaube, daß du selber es so haben wolltest. Wenn du endlich aufhörtest, dich in Angelegenheiten hineinzumischen, die dich nichts angehen, würde wahrscheinlich kein Hund im ganzen Dorf sich einfallen lassen, deine Absetzung zu fordern."

„Ah, ich werde es ihnen schon zeigen", erklärte Harry, der sich nun bemühte, seine übliche Ruhe wiederzugewinnen. „Smith, wir müssen dieses Geheimnis lüften, bevor Baxters Brief im Bezirk eintrifft."

„Welches Geheimnis, Chef?" fragte Smith.

„Dummkopf, du weißt es doch!"

„Ich weiß nur, daß Roys, Joes und Smilz' Mörder von Mister Baxter hingerichtet worden sind, der sie dabei ertappte, als sie ihn bestehlen und wahrscheinlich auch abstechen wollten. Darüber bin ich sehr froh, weißt du, weil jene Indianer versucht hatten, auch uns um die Ecke zu bringen. Das ist was ich genau weiß, Harry!"

Smith war ungeduldig geworden. Seiner Ansicht nach war dies der wirkliche Tatbestand, und er hielt es für hirnrissig und nutzlos, andere Mörder zu suchen, die es nicht gab.

Doch Harry, der Sheriff von Kanab, war nicht dieser Meinung.

Der Mörder ist ein anderer

Es war fast Mitternacht, als Peggie Baxters Büro verließ.

„Hier ist sie", flüsterte Smith, der am Fenster gelauert hatte. „Was mag sie bis jetzt getan haben?"

„Wir werden es bald erfahren", antwortete Harry und ging auf die Tür zu.

Peggie schritt schnell aus. Im Licht, das aus den Fenstern der Häuser auf die Straße fiel, schien sie verstört und mißmutig zu sein. Sie hatte lange Zeit mit Baxter gesprochen, und obwohl sich der Geschäftsmann nach außen hin so freundlich erwiesen hatte, daß er ihr sogar das Abendessen im Büro servieren ließ, war sie erniedrigt und betrogen worden.

„Miß Peggie", sagte der Sheriff, als sie vorbeikam, „Miß Peggie, es ist sehr spät geworden. Ich habe den ganzen Abend auf Sie gewartet, weil ich mit Ihnen sprechen möchte. Nun weiß ich nicht, ob ich diese Gelegenheit benützen soll..."

„Ah, Sie sind es, Harry? Machen Sie sich keine Sorgen! Begleiten Sie mich nach Hause, dort können Sie mit mir sprechen."

Harry begleitete sie, Smith ging, leise vor sich hinpfeifend, hinter ihnen her.

Peggies Haus war eines der schönsten im Dorf. Es war nach der letzten Mode eingerichtet worden, die Möbel waren aus New Orleans nach Kanab gekommen. Dort gab es Diwane und Lehnstühle mit Blumenmustern, glänzend polierte Schränke und sogar eine Vitrine für Kristallgeschirr, die in Kanab einen wahren Luxus darstellte. Peggie ließ es an nichts fehlen, sie hatte sich sogar eine primitive Dusche einbauen lassen, eine ungewohnte Errungenschaft, die die schwarze Dienerin skandalisierte und vor allem erschreckte, weil sie bei der regelmäßigen Reinigung unweigerlich den tückischen Wasserhahn aufmachte, der ihr prompt einen Guß kalten Wassers auf den Kopf plätschern ließ.

„Nehmen Sie Platz, Mister Harry", bat Peggy, auf einen Lehnstuhl beim Fenster hinzeigend. „Auch Sie, Smith. Ein wenig Whisky, Sheriff?"

„Ja, gerne", antwortete Smith mit leuchtenden Augen.

Harry warf ihm einen wütenden Blick zu.

Als die Gläser gefüllt waren, begann Smith zu trinken und vergaß schnell alle Sorgen seines Chefs.

„Darf ich Sie fragen", sagte Harry zu Peggie. „wie die Unterredung mit Mister Baxter verlief?"

„Schlecht", seufzte Peggie. „Vielleicht ist es besser so. Ich werde tun, wie Sie mir geraten haben, ich werde abreisen."

„Wie? Haben Sie verkauft?"

„Ja. Er hat mich dazu gezwungen."

„Und Sie ließen sich überreden?"

Peggie lächelte melancholisch.

„Joe erzählte mir sehr wenig von seinen Geschäften, so mußte ich alles glauben, was mir Baxter erzählte."

„Was hat er Ihnen erzählt?"

„Daß es der Firma schlecht geht. Sie hat einen geringen Absatz, die Farmen leisten noch weniger. Er hat mir gesagt, ich könne es ablehnen, Joes Anteil zu verkaufen, wenn ich unbedingt gegen den Verkauf sei, er müsse mir aber davon abraten, diesen Anteil zu behalten. Er rechnete mir verschiedenes vor, um mir zu beweisen, daß ich bei einem sofortigen Verkauf wesentlich mehr herausschlagen könnte, als wenn ich darauf bestünde, weiterhin in der Gesellschaft zu bleiben und den Ertrag, der sehr mager sei, mit den anderen teile."

„Wie ist denn das möglich?" rief Harry. „Warum sollten Sie besser daran sein, wenn Sie sofort ihren Anteil liquidieren?"

„Weil ein gewisser Babigton, zumindest nach Baxters Behauptungen, nach Kanab kommen soll, um in die Firma einzusteigen und die anderen Gesellschafter zu liquidieren. Darüber zeigt Baxter sich sehr zufrieden."

„So wird also auch Baxter . . ."

„Ja, so wird auch Baxter verkaufen. Ich glaube sogar, daß er schon alles verkauft hat: Firma, Farmen, alles, auch Joes Anteil. Ich glaube, daß ich mit meiner Unterschrift nur den schon erfolgten Verkauf bestätigt habe. Das tut mir leid, Sheriff. Ich wäre gern hier geblieben, um in der Gesellschaft zu arbeiten, bei der auch Joe tätig war. Wenn sich aber die Dinge so verhalten, wie Baxter sie mir dargelegt hat, habe ich mit diesem Verkauf vielleicht doch gewonnen."

„Es ist seltsam", meinte Harry nachdenklich. „Baxter verkauft alles! So hat also auch er die Absicht, von hier fortzuziehen."

„Ja, er hat es mir schon gesagt. In wenigen Tagen, wenn dieser Kerl aus New Orleans mit dem Geld kommt, reist er ab."

„Warum hat er bisher nicht davon erzählt?"

„Weil er nicht will, daß schon jetzt alle es erfahren. Er sagt, daß die Cowboys, die für ihn arbeiten, ihm Schwierigkeiten bereiten könnten."

„Hm . . . Das sieht nach Vorwand aus."

„Und doch hat er mich gebeten, mit niemandem darüber zu sprechen", sagte das Mädchen, die Gläser nachfüllend. „Deswegen bitte ich Sie, Harry . . ."

„Oh, Miß Peggie, Sie können ganz beruhigt sein. Aber stillen Sie, bitte, meine Neugierde: Haben Sie von Baxter das Goldnugget Joes verlangt?"

„Ja", antwortete das Mädchen, „aber Mister Baxter hat mir gesagt, daß er es verkauft hat, so daß er Joes Wunsch dadurch erfüllt haben soll. Immerhin hat er mir eine große Summe dafür gezahlt."

„Ah, er hat es also behalten und Ihnen eine große Summe gegeben. Das ist seltsam. Ich sehe keinen Grund dafür."

Harry dachte, daß Baxter vielleicht fürchtete, es könnte sich das Gerücht über das Bestehen einer Goldmine verbreiten oder man würde sogar das

Grab Konakabs entdecken, wenn er den Goldklumpen Peggie zurückgegeben hätte.

„Miß Peggie", sagte Harry, ihr scharf in die Augen schauend, „gestatten Sie mir, aufrichtig zu sein? Ich muß Ihnen etwas sagen."

„Sprechen Sie nur, Harry", antwortete das Mädchen freundlich. „Ich hoffe nur, daß Sie nicht wieder von der Sache reden, die Sie heute angedeutet haben."

„Nein, es handelt sich um etwas anderes."

Smith hatte inzwischen schon vergessen, daß er sich als Gast in einem fremden Haus befand, und goß, ohne eine Aufforderung abzuwarten, weiter Whisky in sein Glas.

„O Gott, worum handelt es sich?"

„Um Joe Baxter, Miß Peggie, um Smilz, um Roy und um noch etwas anderes."

„Glauben Sie am Ende nicht, daß sie von diesen vier Indianern umgebracht worden sind?" fragte das Mädchen bitter.

„Oh, vielleicht waren die vier Rothäute die Instrumente des Verbrechens, sie hatten jedoch einen Auftraggeber. Ich werde mich kurz fassen: Ich glaube, daß Mister Baxter der Mörder Ihres Verlobten, Roys und Smilz' ist und Sie deshalb dazu gebracht hat, Ihren Anteil abzutreten, weil er die ganze Firma verkaufen und sich dann schleunigst aus dem Staub machen will."

Peggie riß die Augen auf.

„Aber warum soll er das, mein Gott? Sind Sie dessen sicher, Harry?"

„Die Sicherheit fehlt mir noch, Miß Peggie, aber ich bin davon überzeugt."

„Und der Beweggrund? Er muß doch einen Grund dafür gehabt haben, nicht wahr? Ein Mann tötet nicht ohne Ziel, am wenigsten den Bruder. Nein, ich weigere mich zu glauben, daß er fähig gewesen sein soll, seinen Bruder zu ermorden."

„Ich weiß, daß der Gedanke allein schrecklich ist, Peggie, aber auf dieser Welt gibt es Menschen, deren Schlechtigkeit uns unverständlich ist. Skrupellose Wesen, die imstande sind, für eine Unze Gold auch die eigene Mutter zu erwürgen."

„Aber warum denn, warum? O Gott!"

„Weil Joe einen Schatz entdeckt hatte. Das Grab Konakabs, des großen Häuptlings der Navajos! Ein Grab, das ganz mit Gold ausgelegt ist, einen so großen Schatz, der es hundert Menschen ermöglichen würde, ihr ganzes Leben in Luxus zu verbringen."

„Ist das möglich?" rief Peggie. „Jetzt erinnere ich mich . . . Joe sagte, daß . . ."

„Ja", unterbrach sie Harry, „er sagte, sie hätten abreisen und in irgendeiner Großstadt auf großem Fuß leben können, gleich, wo immer sie wollten. Nun gut, als er so mit Ihnen sprach, meinte er das Grab des Indianerhäuptlings."

„Aber Roy und Smilz... Was hatten sie damit zu tun?"

„Sie waren seine Gesellschafter, Miß Peggie. Obwohl ich es nur vermuten kann, glaube ich, eines begriffen zu haben: Joe fand den Schatz und sprach darüber mit den Gesellschaftern der Firma, Smilz und seinem Bruder. Da sie jemanden benötigten, der ihnen bei ihrem Vorhaben behilflich sein sollte, sprachen sie auch mit Roy darüber. Vielleicht auch noch mit jemand anderem, den wir nicht kennen. Um seine Gesellschafter zu überzeugen, zeigte Joe drei aus dem Grab herausgebrochene Goldklumpen, die drei Proben, die ich in Baxters Safe sah. Dann schenkte er eines jener Goldnuggets, das größte, Ihnen, Peggie."

„Und dann?" fragte das Mädchen, sich verwirrt über die Stirn streichend.

„Jetzt wird es schwer, sich den Rest vorzustellen. Warum soll Baxter die anderen getötet haben? Vielleicht, um der alleinige Besitzer des Goldes zu werden, und das scheint mir am wahrscheinlichsten. Baxter liebt den Reichtum, und es war immer sein Traum, seine Mitmenschen zu beherrschen, sich über alle zu erheben. Es ist nicht ausgeschlossen, daß er seinem Bruder Joe vorschlug, sich der anderen Gesellschafter zu entledigen. Joe wird sich geweigert und gedroht haben, die anderen vor ihm zu warnen, und er, Mister Baxter, wird ihn daraufhin aus dem Weg geräumt haben, um ihn mundtot zu machen."

„Das ist gräßlich", murmelte Peggie, „schrecklich!"

„Da er sich nunmehr mit Blut befleckt hatte, war es für Baxters Gewissen leicht, alle Bedenken über Bord zu werfen und auch Smilz und Roy ermorden zu lassen."

„O Gott, Harry, das ist fürchterlich. Joe..."

„Peggie, nehmen Sie sich zusammen."

„Und diese vier Indianer?" fragte das Mädchen nach einer Pause.

„Sie waren Baxters gedungene Mörder. Ich habe dies begriffen, als er mir sagte, daß er alle vier erschossen hatte, weil sie ihn bestehlen wollten. Verstehen Sie? Er befreite sich von allen Mitwissern, räumte alle Zeugen aus dem Weg. Er bedient sich ihrer, um nicht seine eigenen Hände gebrauchen zu müssen, und um den Verdacht auf die Navajos zu lenken. Dann... dann machte er sie nieder. Vorher versuchte er aber, auch mich durch sie aus dem Weg räumen zu lassen, da er fürchtete, ich hätte etwas entdeckt. Da dieser Versuch mißlang, erfand er schnell die Geschichte des Anschlages auf ihn. Damit wollte er jeden Verdacht von sich ablenken."

„Das ist ein teuflischer Plan", sagte Peggie.

„Ein Plan, der es bei Gelingen dazu gebracht hätte, daß er der einzige Weiße gewesen wäre, der von der Lage und dem Schatz des Grabes Konakabs wußte. Dazu hatte er ja von Joe den dritten Goldklumpen verlangt, den Sie besaßen. Wenn das Nugget in Ihren Händen geblieben wäre, hätten Sie es sicher einmal jemandem gezeigt und damit gefährliche Neugierde erweckt."

Peggie hatte das Gesicht mit den Händen bedeckt und schluchzte.

Smith hatte keine besondere Vorliebe für Gefühlsausbrüche und fühlte sich gar nicht wohl. Er nahm die Whiskyflasche und schlich wortlos zur Tür hinaus. Harry beachtete ihn nicht, stand auf und setzte sich neben das Mädchen.

„Peggie, beruhigen Sie sich. Sie dürfen nicht mehr an Joe denken. Er lebt jetzt in einer Welt, in der weder Haß noch menschliche Waffen ihm etwas anhaben können. Er steht nun über diesen irdischen Niedrigkeiten. Peggie, ich möchte Sie so gerne glücklich sehen. Vergiß doch die Vergangenheit. Wozu willst du über etwas Unabwendbares weinen und verzweifeln? Jetzt mußt du vergessen, nur vergessen und ein neues Leben beginnen. Du mußt an die Zukunft denken."

„Ach", weinte das Mädchen, „wie soll ich Joe vergessen können?"

„Du mußt vergessen, Peggie. Wir alle haben früher oder später Schmerzen zu tragen, doch mit der Zeit heilen unsere Wunden, sie vernarben. Joe geht es jetzt besser als uns, mir, dir. Glaube es. Und ich bin sicher, daß es ihm leid tut, dich weinen zu sehen. Peggie, sei stark, mutig. Versuche doch zu lächeln, ein einziges Mal."

Peggie hatte den Kopf erhoben und versuchte nun die Tränen zurückzudrängen. Sie hatte das Empfinden, daß Harry ein guter Mensch war, da er sie trösten wollte, und bemühte sich, aus Dankbarkeit dafür zu lächeln, wie er es verlangt hatte.

„Peggie, so ist es gut. Wir sind also von jetzt an Freunde, nicht wahr? Versprichst du mir es?"

„Ja", murmelte Peggie. „Aber was wirst du mit Baxter tun?"

„Einstweilen werde ich mich so verhalten, als wüßte ich nichts, und dabei sein weiteres Tun beobachten. Wir warten, daß er sich irgendwie selbst verrät. Trockne deine Tränen! So, brav."

Harry war glücklich. Ohne es sich vorgenommen zu haben, hatte er Peggies Sympathie erobert.

„Auch du, Peggie, weißt natürlich nichts von alldem. Wenn du darüber sprichst, bringst du dein Leben in Gefahr. Jetzt gehe ich. Morgen werde ich dich besuchen. Darf ich?"

„Ja, Harry. Du bist so gütig. In diesem Dorf denken alle schlecht von mir, besonders die Frauen. Du bist der einzige, der fähig war, mir Mut zu geben, mir Worte zu sagen, die mir wohltun. Gute Nacht, Harry, gute Nacht, Smith..."

Peggie sah sich um und bemerkte erst jetzt, daß Smith verschwunden war.

„Smith!" rief Harry besorgt. Als ihm aber auffiel, daß auch die Flasche verschwunden war, sagte er lachend:

„Peggie, der Sheriffstellvertreter hat dir den Whisky gestohlen. Jetzt wird er voll wie ein Schwamm sein. Gute Nacht, Peggie."

Und er lachte wieder gutgelaunt.

Auf der Schwelle verabschiedete das Mädchen den Sheriff und gewann die Überzeugung, daß sein Händedruck etwas mehr als nur einen Gruß bedeutete. Es war ein stummes Zeichen der Zuneigung und ein Schutzversprechen.

„Ich habe gesprochen"

Die Straße lag im Dunkeln. Smith war verschwunden. Davon überzeugt, ihn im Büro vorzufinden, machte sich der Sheriff, glücklich über die Freundschaft mit der schönen Peggie, beschwingt auf den Heimweg.

Er stieg die Stufen hinauf, stieß die Holztüre auf und trat ein. Im finsteren Büro war nur Smiths gurgelndes Schnarchen zu hören.

Harry suchte tastend nach der Lampe, zündete sie an – und erstarrte.

Mit dem Rücken zur Wand standen regungslos und mit flammenden Augen die bewaffneten Indianer: der Häuptling Weiße Feder und zwei seiner Krieger.

„Aber...", stotterte Harry, als er sich von seinem Staunen erholt hatte. „Was... macht ihr hier?"

Die Indianer schwiegen und starrten ihn an. Der große Häuptling trug auf dem Kopf die langen Kriegsfedern, seine Stirn einen horizontalen weißen Strich, der bei den Navajos die Bereitschaft zum Kampf bedeutete. Der halbnackte Mann rührte sich nicht, er schien aus Stein zu sein.

„Ich bin der Sheriff, Weiße Feder, erkennst du mich nicht mehr? Ich bin dein Freund wie alle weißen Männer. Warum bist du hiergekommen? Was willst du?"

Harry suchte sich gleichgültig zu geben, er wußte sich aber in Gefahr und wünschte sich sehr, dieser Trunkenbold von einem Smith möge sofort erwachen. Doch Smith hatte die Whiskyflasche leergetrunken und war in einen so tiefen Schlaf verfallen, daß ihn nicht einmal ein Pistolenschuß geweckt hätte. Schließlich sprach der große Häuptling Weiße Feder.

„Große Geister sehr böse", sagte er ernst. „Große Geister wollen Krieg!"

Bei diesen Worten warf er seinen Tomahawk dem Sheriff vor die Füße.

Harry bückte sich, hob ihn auf und sagte:

„Der große Häuptling Weiße Feder spricht Unerklärliches. Die weißen Männer wünschen den Frieden. Sie haben dir nichts getan!" Dabei blickte er unverwandt nach Smith, der immer noch schnarchte.

Der große Indianerhäuptling folgte seinen Augen und sagte:

„Dein Diener schlechter Diener. Ich haben ihn auf Kopf geschlagen, um zu wecken, er noch schlafen. Ich gekommen, um dir, Freund der Navajos, zu sagen, daß wir werden vor zweitem Morgengrauen alle Männer und alle Frauen in Kanab töten und Häuser anzünden. Ich habe gesprochen!"

Harry rann der kalte Schweiß über den Rücken. Zwei Jahre hindurch, solange er also Sheriff von Kanab war, hatte nichts die Freundschaft zwischen Navajos und Weißen gestört. Jetzt kündigte Weiße Feder plötzlich den Massaker des ganzen Dorfes an. Nein, das war unmöglich, da mußte ein schreckliches Mißverständnis vorliegen.

„Großer Häuptling Weiße Feder bleiben noch Freund des Mannes von Regierung, aber er vernichten alle anderen Weißen!"

„Warum?" schrie Harry ungeduldig. „Was haben sie dir getan?"

„Weiße Männer die Ruhe des großen Häuptlings Konakab gestört! Weiße Männer heiliges Grab verletzt, drei glänzende Steine weggenommen!"

„Das also ist es", meinte Harry und griff sich an die Stirn. „Dieser verfluchte Baxter!" Dann hob er zum Zeichen der Freundschaft beide Arme und sagte:

„Höre, großer Häuptling! Ich weiß, wer diese Steine geraubt hat; es ist ein böser Mann, ein Mann, den auch ich bestrafen will, weil er drei weiße Männer und vier gelbe indianische Brüder getötet hat. Ich möchte ihn richten. Ich bin der Sheriff, und nur mir steht die Bestrafung zu. Du mußt unsere Gesetze achten! Du bestrafst deine Indianer, die weißen Männer müssen von weißen Männern bestraft werden. Ich verspreche dir, daß ich ihn bestrafen werde. Glaube mir ..."

„Ich möchte bösen Mann haben", sagte der große Häuptling. „Böser Mann hat bei Navajos gestohlen, Navajos bestrafen bösen Mann. Wenn du bösen Mann nicht mir geben, ich alle weißen Männer töten!"

Harry war unentschlossen. Er kannte die Beharrlichkeit der Navajos und auch ihre zahlenmäßige Übermacht. Ein Konflikt mit ihnen bedeutete den sicheren Tod aller Weißen von Kanab, ein wahres Massaker. Man mußte Zeit gewinnen und Wiedergutmachung versprechen.

„Höre, großer Häuptling", sagte er. „Ich verspreche dir, daß in drei Tagen die glänzenden Steine wieder an ihrem Platz glitzern werden. Doch du mußt einverstanden sein, daß ich den bösen Mann bestrafen werde. Sonst kommen die Soldaten, so viele Soldaten, daß sie den Krieg in dein Gebiet tragen und alle eure Frauen und eure Krieger töten werden. Du, großer Häuptling, willst den Frieden, nicht wahr? Also gib mir drei Tage Zeit. Innerhalb dieser drei Tage wird das gestohlene Gold in das heilige Grab zurückgebracht werden."

Nach einiger Überlegung antwortete Weiße Feder:

„Ich warten drei Tage. Du bringen drei Steine in mein Lager. Wenn du Steine nicht bringen in mein Lager, ich zerstöre Kanab. Ich habe gesprochen!"

Nun gab Weiße Feder ein Zeichen, und einer seiner beiden Krieger nahm dem Sheriff das Kriegsbeil aus der Hand.

„Geh in dein Lager zurück, Weiße Feder. Ich bin dein Freund und will nicht, daß Blut zwischen uns fließt."

Hoch aufgerichtet, stolz, trat Weiße Feder zwischen seinen Begleitern ins Dunkel hinaus.

„Smith! Smith!" rief Harry, seinen Adjutanten schüttelnd. „Sohn eines Schakals, willst du aufwachen oder nicht?"

Smith öffnete nicht einmal die Augen. Er schlief weiter. Harry füllte einen Eimer mit Wasser und leerte ihn Smith über den Kopf.

Smith bewegte sich und öffnete die Augen. Er stotterte etwas Unverständliches und fiel, naß wie er war, wieder in die Finsternis seines Rausches hinab.

Harry löschte das Licht aus und warf sich auf sein Lager. Er konnte lange den Schlummer nicht finden, doch schließlich gelang es ihm, einzuschlafen.

In der Morgendämmerung eilten der Sheriff und sein Adjutant zu Mister Baxters Haus. Dieser lag noch zu Bett, und die zehn Männer, die vor seinem Haus geschlafen hatten, wollten verhindern, daß er gestört würde.

„Sheriff, mach dich aus dem Staub!" schrie einer von ihnen. „Oder es wird dir leid tun! Mister Baxter will nicht gestört werden."

Der vorsichtige Smith wollte sich schon entfernen, doch Harry stieß den Mann, der vor der Tür stand, beiseite, und stürzte hinein.

Niemand riß ihn jetzt zurück. Vielleicht dachten die Männer, daß ihr Chef keine Schwierigkeiten mit dem Sheriff haben wollte.

Harry ging geradewegs auf die Tür zu Baxters Schlafzimmer zu und öffnete sie, ohne zu klopfen.

„Aufstehen", rief er laut und riß das Fenster auf, „aufstehen, Mister Baxter! Heute beginnt für Sie ein unangenehmer Tag!"

Baxter richtete sich auf, rieb sich die Augen.

„Was, zum Teufel, tun Sie hier, Sheriff?" schrie er wütend. „Wieso hat man Sie durchgelassen?"

„Kein Geschwätz, Baxter, wir haben keine Zeit zu verlieren", antwortete Harry und warf ihm sein Hemd zu. „Kleiden Sie sich schnell an und kommen Sie in Ihr Büro. Sie müssen mir sofort die drei Nuggets ausliefern, die aus dem Grab Konakabs gestohlen wurden."

„Harry, sind Sie verrückt!" schrie Baxter, der seinen Zorn kaum beherrschen konnte. „Ich weiß nicht, wovon Sie sprechen!"

„Kleiden Sie sich an, und Sie werden es sofort wissen", sagte der Sheriff und legte die Hand auf den Pistolengriff.

„Wessen beschuldigen Sie mich? Sie können nicht..."

„Ich beschuldige Sie nur, sich in den Besitz dreier Goldnuggets gesetzt zu haben, die den Navajos gehören. Geben Sie sie mir schnellstens zurück, und Sie werden keine Schwierigkeiten haben! Tun Sie es nicht, wird Kanab von den Indianern zerstört, und wir alle werden abgeschlachtet. Auch Sie, Herr Baxter, denn Sie werden nicht rechtzeitig fliehen können. Die Indianer kontrollieren schon alle Straßen, die aus dem Dorf hinausführen. Gehorchen Sie, dann werden Sie sich bestimmt wohler und sicherer fühlen, Baxter!"

Die Stimme des Sheriffs klang entschlossen. Sein strenger Blick, seine gebieterische Haltung ließen den Ernst der Lage erkennen.

Baxter kleidete sich schweigend an. Und er dachte, daß, wenn die Dinge sich wirklich so verhielten, wie sie der Sheriff darstellte, es ratsam wäre, die drei Goldklumpen zurückzugeben.

„Ah", sagte er, als erinnerte er sich plötzlich an etwas. „Ah, vielleicht meinen Sie jene drei Goldsteine, die mir Joe gab, damit ich sie ihm aufbewahre!"

„Ich weiß nicht, wie sie in ihre Hände gekommen sind, Baxter", antwortete Harry, „ich weiß nur, daß sie den Navajos gehören und sie zurückgegeben werden müssen. Beeilen Sie sich!"

„Ah, das hatte ich wirklich vergessen. Aber gewiß, ich kann sie Ihnen leicht geben, sie gehören mir ja nicht, sie gehören dem armen Joe. Gehen wir, Sheriff."

Baxter machte gute Miene zum bösen Spiel und führte den Sheriff in sein Büro. Dort öffnete er einen Schrank und legte Harry die drei Goldnuggets in die Hand.

„Hier sind sie, Harry, nehmen Sie sie", lachte er so, als wäre er gutgelaunt. „Machen Sie damit, was Sie wollen. Seien Sie aber mit den Navajos vorsichtig, es sind Wilde."

„Es gibt auch unter den weißen Menschen Wilde, Mister Baxter. Auf Wiedersehen!"

Der Sheriff verabschiedete sich mit einem herausfordernden Blick.

Auf der Straße nahm der überraschte Smith die Nuggets entgegen und legte sie in seinen Reisesack.

Sie stiegen zu Pferd und brachen sofort zum Indianerlager auf. Beide dachten in diesem Augenblick nur daran, die drei Goldklumpen Weißer Feder zurückzugeben, so bemerkten sie nicht, daß ihnen in einer gewissen Entfernung Baxter und die zehn bewaffneten Männer folgten.

Geheimnisvolle Flucht

Die Abenddämmerung sank wie eine dunkle Flüssigkeit auf Berge und Wälder herab. Harry und Smith befanden sich auf dem Heimritt, froh über den Erfolg ihres Unternehmens. Weiße Feder hatte die drei Goldklumpen wie ein Freundschaftspfand der weißen Männer entgegengenommen und Harry und Smith, die nunmehr über die Lage des Grabes Bescheid wußten, eingeladen, dem Ritus der Wiedergutmachung am großen toten Häuptling Konakab beizuwohnen.

Verschiedene Zeremonien und allerlei Tänze hatten so lange gedauert, daß es schon auf den Abend zuging, als die beiden weißen Gäste sich auf den Heimritt machen konnten. Sie wollten sobald wie möglich nach Kanab, Smith, weil er sich ausruhen und ein Tröpfchen Whisky trinken wollte, und Harry, um die blonde Peggie wiederzusehen und sich zu vergewissern, daß ihr keine Gefahr drohte.

Das Dorf war von der Nacht eingehüllt, als sie vor dem „Lazo" eintrafen.

„Oh", sagte Harry, als er zu Baxters Haus hinsah. „Seine Wache ist verschwunden."

„Besser so, Chef. Sie werden uns nicht mehr auf die Nerven gehen."

„Hoffen wir es."

Im Laden saßen, wie immer, trinkend, spielend und singend viele Männer. Einige Frauen scherzten mit den Cowboys; einige Kinder saßen auf dem Holzboden und warfen einander kleine Bälle zu. Jeder wollte den Abend bis zum Letzten auskosten, weil er wußte, daß der Morgen einen Feiertag brachte, an dem sie sich ausruhen konnten.

Harry setzte sich an einen Tisch und bestellte das Essen. Er sah sich um und dachte an das Ende, das allen diesen Leuten bereitet worden wäre, wenn er es nicht zustande gebracht hätte, Weiße Feder die drei Goldklumpen zurückzugeben.

Smith hingegen machte sich keine Gedanken. Er goß sich lieber Whisky hinter die Binde.

„Es ist gut gegangen, Chef", sagte er nach dem zweiten Glas. „Jetzt wirst du dich hoffentlich in kein neues Wespennest setzen wollen."

„Ich weiß nicht", antwortete Harry ausweichend. „Könntest du mir sagen, aus welchem Grund einer der vier von Baxter getroffenen Indianer sterbend, von meinen Fragen bedrängt, Konakab nannte? Kommt dir das nicht seltsam vor?"

„Keineswegs."

„Aber ein sterbender Indianer empfiehlt sich doch seinen Göttern, nicht einem verstorbenen Häuptling! Ich glaube, daß er mir etwas verraten, daß er mich auf eine Spur bringen wollte! Und gerade deswegen glaube ich weiterhin an Baxters Schuld."

„Bis jetzt hat er aber noch nicht bewiesen, das zu sein, wofür du ihn hältst", antwortete Smith, der das dritte Glas füllte. „Er hat dir sogar die Steine gegeben, die du wolltest, und dadurch das ganze Dorf vor der Zerstörung gerettet."

„Vielleicht hat er es nur getan, um Zeit zu gewinnen. In diesem Fall wird er sich schon verraten. Nun ja, ich habe gegessen, bin satt und gehe."

Er zahlte und ging nach Hause. Smith blieb bei seinem Whisky sitzen.

Am folgenden Morgen war der Sheriff damit beschäftigt, die Daten der laufenden Untersuchung aufzuschreiben, als Peggie das Büro betrat.

„Harry", sagte sie schon auf der Schwelle, „hast du schon gesehen?"

„Was?" fragte der Sheriff, glücklich über den unerwarteten Besuch.

„Baxters Büro ist von außen verrammelt. Sie haben Bretter vor Türen und Fenster genagelt. Er ist mit allen seinen Männern verschwunden."

„Wie?" fragte Harry aufspringend und lief auf die Straße.

Peggie folgte ihm, kurz darauf erschien auch Smith. Vor dem Büro von Baxter & Smilz standen Gruppen von Menschen, die die Neuigkeit besprachen.

„Wohin kann er denn gegangen sein?" fragte eine Frau.

„Und so in Eile", kommentierte eine andere. „Man könnte meinen, daß er geflohen ist. Gestern abend sagte er keinem Menschen etwas."

„Habt ihr den Stall gesehen?" fragte ein Mann, sich durch die Leute drängend. „Kein einziges Pferd steht mehr dort."

„Heute nacht", sagte eine kleine Frau, „habe ich im Halbschlaf Pferde auf der Straße galoppieren gehört und auch das Knirschen eines Wagens. Ich war neugierig und wollte zum Fenster gehen, aber ich hatte keine Lust aufzustehen. Er muß es gewesen sein, Mister Baxter mit seinen Männern. Aber wohin ist er gegangen?"

Harry war sprachlos. Das unerwartete Verschwinden Baxters füllte ihn mit Zweifeln und Ängsten. War er für immer verschwunden? Handelte es sich um eine kurze Reise, von der er wieder zurückkehren würde? Aber warum machte er sich nachts mit allen seinen Männern und . . . und einem Wagen davon?"

„Der Wagen", murmelte Harry in sich hinein, während ihm ein furchtbarer Zweifel hochkam. „Schnell, drückt die Tür ein", schrie er. „Ich will sehen, was er zurückgelassen hat, ich möchte wissen, was er auf dem Wagen hatte!"

„Aber das können wir nicht tun, Harry", wandte jemand ein.

„Ich befehle es euch! Ich bin der Sheriff! Vorwärts, Smith!"

Das Haus war in völliger Unordnung zurückgelassen worden. Möbel und sonstige Einrichtungsgegenstände waren stehengeblieben, überall lagen Berge von Papieren auf Tischen und auf dem Boden verstreut. Der Safe war offen und leer, das persönliche Fach in Baxters Schreibtisch ebenfalls. Baxters Schlafzimmer im Obergeschoß zeigte sich unaufgeräumt; die Waffen, die sonst an der Wand hingen, waren verschwunden, weg waren auch die Dokumente, die auf einem Regal gelegen hatten.

Der Sheriff sah sich nun um, und sein Blick fiel auf einen offenen Brief, der auf dem Tisch lag. Er war an Peggie adressiert.

Harry nahm ihn und las:

„Liebe Peggie, wie Sie schon wußten, verlasse ich Kanab, nachdem ich die ganze Firma verkauft habe. Ich mußte so plötzlich abreisen, weil mich dringende Geschäfte rufen. Wenn es Sie nicht stört, kümmern Sie sich, bitte, um die Übergabe der Firma und der Farm an den Käufer, der in wenigen Tagen in Kanab eintreffen wird. Er hat noch die Summe zu entrichten, die Ihnen zusteht. Dadurch, daß Sie diesen Betrag direkt von ihm erhalten, befreien Sie sich von allen Sorgen, die Ihnen Joe hinterließ. Adieu, liebe Peggie, und grüßen Sie mir den Sheriff."

Harry glaubte, vor Zorn zu explodieren.

„Ich habe ihn entwischen lassen", schrie er. „Er war es! Jetzt bin ich dessen sicher! Smith, lauf, hol Peggie herbei! Sie soll sofort heraufkommen! Dann schau dir die Wagenspuren an und sage mir, ob er leer oder beladen war! Schnell!"

Kurz darauf stürzte Peggie mit Smith ins Zimmer. Während das Mädchen den Brief las, sagte Smith zu Harry:

„Der Wagen war leer, Chef, oder fast. Und er fuhr nach Westen."

„Westen", wiederholte Harry. „So ist er zum Grab aufgebrochen, um keine Zeit zu verlieren. Schnell, Smith, aufs Pferd! Jagen wir ihm nach, vielleicht kommen wir noch rechtzeitig hin!"

Unter dem Staunen und der Neugierde der Leute von Kanab saßen Harry und Smith eilig auf und brachen zum Lager der Navajos auf.

Peggie kehrte nach Hause zurück. Unterwegs dachte sie, daß Baxter doch ziemlich anständig war. Vor seinem Verschwinden hatte er ihr doch geschrieben, um ihr zu versichern, daß sie den ihr zustehenden Teil des Verkaufspreises der Firma erhalten werde.

Und sie vermutete auch, daß sich der Sheriff täuschte, wenn er alles glaubte, was er ihr erzählt hatte. Vielleicht entsprach das von ihm entworfene Bild Baxters nicht der Wirklichkeit, und die wahren Mörder Joes, Smilz' und Roys waren die gelben Indianer.

„Aber die Goldstücke?" fragte sie sich. „Ach, sie konnten schließlich von Joe irgendwo gefunden worden sein..."

Als sie ihr Haus erreichte, war sie beinahe davon überzeugt, daß der gute Harry in dem Eifer, seine Sheriffpflicht voll und ganz zu erfüllen, beträchtlich übers Ziel hinausschoß.

Das geplünderte Heiligtum

Was der Sheriff so sehr befürchtet hatte, war während der Nacht tatsächlich geschehen.

Als der Sheriff und sein Adjutant das Grab Konakabs erreichten, sahen sie sogleich die Spuren, die Baxters Besuch zurückgelassen hatte.

Zwei Indianer lagen auf dem Boden hingestreckt, zwei erstochene Navajos. An ihrem Zustand war zu erkennen, daß sie verzweifelt versucht hatten, sich der über sie unerwartet hergefallenen Angreifer zu erwehren. Rücken, Brust und Arme wiesen viele Wunden und Schrammen auf.

„Und wer hat diese hier abgeschlachtet?" fragte Harry mit düsterer Ironie. „Waren es vielleicht wieder die vier gelben Indianer?"

Smith schwieg. Harry drang in die dunkle Grotte ein. Einige Schritte weit waren noch die Spuren zweier Pferde und eines Wagens zu erkennen, dann wurde die Höhle finsterer.

Smith zündete einen trockenen Zweig an. Im flackernden Licht dieser Fackel drangen sie langsam bis zum Grab vor. Hier erstarrte Harry vor Entsetzen.

Aus allen Wänden war das Gold herausgebrochen worden. Starke, eilige Hände hatten die von den Navajos mit so viel Geduld in den Felsen eingesetzten Nuggets losgehackt, und über der letzten Ruhestätte des Häuptlings Konakab hatten Spitzhauen die vom Sand zugedeckten Steinplatten weggeschoben, den Boden aufgerissen.

„Smith, das ist eine Katastrophe! Sobald die Indianer diese Schändung entdecken, kann sie niemand mehr zurückhalten. Sie werden sich wie Raubtiere auf das Dorf stürzen, an jedes Haus und jeden Schuppen Feuer legen, alle niedermetzeln, alle Frauen, alle Kinder. Smith, wir müssen Baxter und seine Räuberbande erwischen, bevor sie weit fliehen können!"

„Chef, das wird kein Spiel sein", antwortete Smith, indem er sehr besorgt den Kopf schüttelte. „Sie sind uns um viele Stunden voraus."

Harry setzte sich auf den Felsvorsprung.

„Wie spät mag es gewesen sein, als diese Frau die Reiter und den Wagen durch das Dorf ziehen hörte?"

„Ich glaube, sie hat gesagt, daß es tiefe Nacht war."

„Also: Nehmen wir an, daß es knapp nach Mitternacht war. Baxter und seine Männer mußten viel zu tun gehabt haben, um dieses Grab auszurauben. Vielleicht zwei, auch drei Stunden . . ."

„Sie waren zu zehnt, Chef, dazu Baxter und sein oberster Spießgeselle", präzisierte Smith.

„Mindestens", seufzte der Sheriff und senkte voller Sorgen das Haupt.

„Ha . . . das sind Baxters Fußspuren", rief er. „Nur er trägt solche Schuhe. Smith, hast du jetzt noch Zweifel?"

Nein, Smith hegte keine Zweifel mehr. Er verspürte vielmehr nun eine große Lust, den Verbrecher zu fangen und ihm den Mord an so vielen Menschen heimzuzahlen.

„Gehen wir, Chef", sagte er. „Sonst holen wir sie nie ein."

„Nein, warte. Heute reist Baxter nicht, davon bin ich überzeugt. Er wird sich vorstellen, daß jetzt der Raub schon entdeckt wurde, und wird sich vorläufig irgendwo versteckt haben. Wir haben also Zeit."

„Bist du davon überzeugt, Harry?"

„Glaubst du, daß er so dumm ist, heute in offener Landschaft dahinzugondeln, wenn er denkt, daß Indianer und Weiße hinter ihm her sind?"

„Bis jetzt habe ich nicht den Eindruck, daß jemand ihn verfolgt", warf Smith nicht überzeugt ein.

„Nein, aber versetze dich an seine Stelle: Was würdest du in diesem Fall tun?"

„Oh, ich würde mich Hals über Kopf aus dem Staub machen. Bei Tageslicht aber zöge ich vor, mich wie ein Maulwurf zu verstecken. Zehn oder zwölf Männer mit einem schwerbeladenen Wagen können nicht unbemerkt reisen."

„Siehst du, genau das wird er tun. Jetzt ist er überzeugt, daß ich ihm nachjage. Ich werde jedoch warten. Auch weil wir ins Lager der Navajos reiten müssen."

„Wie?" fragte Smith, der glaubte, schlecht gehört zu haben.

„Gewiß, wir müssen ins Indianerlager. Sie werden bald den Diebstahl entdecken und wie ein Wolfsrudel über das Dorf herfallen."

„Was willst du tun, Chef? Uns vorzeitig massakrieren lassen?" fragte Smith, der jetzt Harry für verrückt hielt.

„Nein, ich will Kanab vor dem Unheil retten. Komm, los!"

Smith folgte ihm sehr widerwillig. Dieses Unternehmen jagte ihm Schrecken ein. Er war überzeugt, daß die Navajos ihnen nicht einmal Zeit ließen, den Mund aufzumachen, sie würden sie sofort abschlachten.

Harry war nicht dieser Meinung.

„Harry, überleg es dir doch", bat Smith und kletterte so in den Sattel, als wäre dieser das Schafott.

„Reiten wir!"

Sie galoppierten zwischen den Felsblöcken dahin, dann über den Weg, der durch den Wald führte. Nachdem sie um den Bergsporn geritten waren, der jäh in den Fluß stürzte, erreichten sie das Indianerlager.

„Gott schütze uns", jammerte Smith. „Hätte ich doch eine Whiskyflasche bei mir ... sie gäbe mir Mut!"

Zwei Indianer kamen ihnen entgegen. Ihr freundlicher Empfang ließ darauf schließen, daß noch niemand über den Raub und den Mord an den beiden Wachen vor dem Grab Konakabs Bescheid wußte.

„Führt mich zu Weißer Feder", bat Harry.

Weiße Feder begrüßte sie in seinem Zelt, in dem er gerade mit den Würdenträgern Rat hielt.

„Weißer Mann sein mein Bruder", sagte Weiße Feder in freundschaftlichem Ton. „Weißer Mann spricht, wir hören."

Smith war außerhalb des Zeltes geblieben, er stand aber so nahe beim Eingang, daß er alles hören konnte. Und als er verstand, daß nicht einmal Weiße Feder noch über das Vorgefallene unterrichtet war, wünschte er sich, Harry möge doch so klug sein, nicht selbst den Krieg heraufzubeschören. Auf jeden Fall hielt sich Smith fluchtbereit. Die Pferde warteten in der Nähe, Smith hielt seine Hand am Griff der Pistole, bereit, den Rückzug des Sheriffs zu decken.

Harry hatte sich gegenüber dem Indianerhäuptling niedergesetzt.

„Großer Häuptling Weiße Feder", machte sich Harry Mut, „ich bringe dir eine schlechte Nachricht ..."

Weiße Feder und die anderen Navajos zuckten zusammen.

„Heute Morgen habe ich zwei deiner Navajos tot aufgefunden."

In den Augen von Weißer Feder zuckte ein Blitz auf. Die anderen Navajos murmelten erregt in ihrer Sprache.

„Mein weißer Bruder irren", sagte Weiße Feder, sich vorbeugend.

„Nein, dein weißer Bruder hat richtig gesehen. Die beiden getöteten Indianer sind die Wachen des Grabes Konakabs."

„Konakab!" donnerte Weiße Feder.

„Konakab", wiederholten die übrigen Häuptlinge in aufgeregtem Ton.

„Ja", bestätigte mühsam Harry. „Sie sind ermordet worden, und die Angreifer haben..."

Er hatte nicht den Mut, fortzufahren. Wie würden die Indianer reagieren? Ihre Blicke versprachen nichts Gutes. Vielleicht würden sie gleich nach dem Bericht über den Raubmord ihre Rache sofort damit einleiten, daß sie ihn und Smith töteten. Doch die Wahrheit mußte ans Licht gebracht werden.

„Und sie haben alles Gold aus der Grabkammer gestohlen", schloß er.

In diesem Augenblick raubte der Zorn der Navajos dem Sheriff jede Hoffnung.

Der große Häuptling Weiße Feder bedeckte sein Gesicht mit den Händen, was seine Empörung und seine Entschlossenheit erkennen ließ, Konakabs beleidigten Geist mit Blut zu rächen.

Die anderen Würdenträger schlugen mit den Fäusten auf den Boden, schleuderten einander wütende Blicke zu und schrien unverständliche Worte, die der Sheriff nur als düstere Todesdrohungen auffassen konnte.

Harry verstand nur wenige Sätze, doch sie reichten dazu aus, ihm begreiflich zu machen, daß der Rat der Navajos sich fürchterlich rächen wollte, daß er allen Weißen den Krieg erklären, alle Bleichgesichter ausrotten wollte.

„Weißer Mann haben Kriegsflamme gebracht", erklärte Weiße Feder, der sich bemühte, seine gewohnte Ruhe wiederzugewinnen.

„Nein, Bruder", erwiderte Harry. „Ich bin gekommen, um euch mitzuteilen, was geschehen ist, und um euch zu helfen, das Gold wiederzufinden. Die Räuber sind Männer, die unsere Regierung auch wegen anderer Verbrechen verfolgen wird. Ich komme, um..."

Die Stimme eines der Stammesältesten unterbrach ihn. Er sagte, daß das Bleichgesicht und sein Freund, der draußen stand, sofort getötet und skalpiert werden sollten.

Smith verstand. Seine Beine zitterten, als bewegte sich die Erde unter seinen Füßen.

„Weiße Feder, großer Häuptling der Navajo-Indianer, du weißt, wie sehr ich dein Freund bin. Ich wünsche nur, daß deine Indianer und meine Leute in Eintracht leben, ohne Krieg. Darum bin ich gekommen. Ich habe euch die schreckliche Nachricht gebracht, jetzt möchte ich, daß wir gemeinsam handeln, um..."

Einer von den Alten unterbrach den Sheriff von neuem, doch diesmal machte Weiße Feder ein gebieterisches Zeichen, so daß er verstummte. Dann befahl er dem ganzen Rat, das Zelt zu verlassen.

Als Weiße Feder und der Sheriff allein blieben, sagte der Häuptling:

„Weißer Bruder ist gekommen helfen oder bösen Bleichgesicht zu verteidigen?"

„Ich bin gekommen, um euch zu helfen, mein Freund, und um auch eure Hilfe zu erbitten", antwortete Harry mutiger. „Ich weiß, wer euch bestohlen hat, und weiß ungefähr auch, wo die Räuber jetzt sein können."

Die Augen von Weißer Feder glänzten.

„Wahrscheinlich sind sie nach Süden aufgebrochen, das ist die einzige Richtung, in der sie heil aus dieser Gegend fliehen können. Wenn deine Männer mit mir kommen, kann ich die Banditen einholen und ihnen Konakabs Schatz abjagen."

Weiße Feder schüttelte das Haupt.

„Meine Männer", sagte er mit einer gewissen Traurigkeit, „kommen nicht mit weißem Mann. Navajos werden glauben, sie werden in Hinterhalt geführt. Navajos Kanab angreifen, um großen Geist von Konakab rächen. Weißer Bruder, ich können nicht befehlen, dir zu folgen. Ich raten dir und deinem Freund, fliehen. Bevor Sonne versinkt hinter Gebirge, alle Bleichgesichter tot. Ich habe gesprochen."

„Das wäre ein Verbrechen! Ihr könnt nicht Unschuldige töten! Weiße Feder, du mußt..."

Weiße Feder hob die Hand.

„Weiße Feder kann nicht, wie du willst. Weiße Feder spricht mit Navajos. Weiße Feder wird ihnen viel sagen. Warte!"

Der Häuptling der Navajos trat aus dem Zelt. Kurz darauf wurde Smith in das Zelt hereingeworfen.

„Hast du gesehen?" Sein Blick war geradezu irr. „Hast du gesehen, was wir da angestellt haben? Bald werden sie uns umbringen. Ich habe die Leute draußen gesehen, wie sie einen Pfahl einsetzen. Der ist für uns, Harry!"

„Schweig", schrie Harry.

„Er ist für uns! Sie werden uns wie Schweine umbringen, Harry. Versuchen wir zu fliehen, sofort, wenn wir noch Zeit dazu haben!" Bei diesen Worten zog Smith die Pistole und wollte schon aus dem Zelt stürzen, Harry riß ihn jedoch energisch zurück.

„Stecke die Waffe ein, Dummkopf! Wenn du dich so zeigst, werden sie erst recht mißtrauisch! Du bringst uns beide ins Unglück. Warte, Weiße Feder spricht jetzt mit seinen Männern. Alles wird gut gehen, sie werden uns sogar helfen, Baxter und seine Kumpane zu fangen."

Smith beruhigte sich. Vielleicht hatten die Worte des Sheriffs gewirkt, jedenfalls aber die Hände, die ihn eisern umklammert hielten. Jetzt verhielt er sich still.

„So ist's gut. Setz dich und sei ruhig. Wir müssen uns gleichgültig geben. Die Indianer verachten Angsthasen."

Das Warten war zermürbend, sowohl für Smith als auch für Harry. Der Sheriff fragte sich, ob es wirklich richtig gewesen war, Baxter nicht sofort zu verfolgen. Der ehemalige Besitzer der Handelsgesellschaft konnte tatsächlich den Versuch gewagt haben, auch tagsüber zu marschieren, um sich so schnell wie möglich von Kanab zu entfernen.

Schlagartig erhob sich im Lager der Navajos ein furchterregender Lärm, ein gellendes Schreien, das nur Unheil verkünden konnte.

Harry erbleichte. Smith biß an seinen Nägeln, wie er immer tat, wenn er trinken wollte und nichts zum Trinken hatte.

Das Zelt öffnete sich. Weiße Feder trat ein. Er blieb vor den beiden Weißen stehen und sagte:

„Navajos wollen Krieg!"

Smith und Harry erstarrten.

„Ich gesagt, daß wir können gemeinsam mit Weißen gelbe Steine von Konakab zurückhaben. Sie sagen nein, Krieg. Großer Rat sagt, daß er will Krieg. Ich habe drei Tage Zeit gesagt. Ihr müßt bis dritter Sonne gelbe Steine bringen und böse Bleichgesichter fangen. Nicht, so alle Bleichgesichter von Kanab sterben. Auch du, weißer Bruder. Kanab wird Feuer fangen, alle Häuser, alles, ganzes Lager von Weißen. Kein Bleichgesicht kann durch Gebiet von Navajos reisen. Wenn kommt, tot. Ich das gesagt, großer Rat sagt ja."

Es fehlte wenig, daß Smith den großen Häuptling Weiße Feder umarmte. Harry fühlte sich um zehn Jahre verjüngt.

„Du bist mein großer Freund", rief er glückstrahlend. „Ich werde dir die gelben Steine zurückbringen, ich werde die Diebe ins Gefängnis werfen. Ich schwöre es dir!"

Weiße Feder streckte Harry seine Hand entgegen. Der Sheriff drückte sie warm.

„Du gehen", sagte der Indianer. „Du sagen den Weißen von Kanab nichts."

„Warum?" fragte mißtrauisch Harry.

„Du mit ihnen sprechen, fliehen alle oder töten Indianer. Du schweigen, bringen gelbe Steine zurück, Lager von Bleichgesichter gerettet."

„Gut, Weiße Feder", stimmte Harry zu. „Du hast recht. Wenn ich Kanab die Wahrheit enthüllte, würden alle fliehen oder sich bewaffnen, um mit euch zu kämpfen. Und die Navajos, die gewiß das Dorf überwachen, könnten die Vorbereitungen der Weißen als Herausforderung oder Falle auslegen. Dies würde das Ende bedeuten. Besonders dann, wenn alle Weißen versuchten, das Dorf innerhalb der drei Tage zu verlassen. Smith, hast du verstanden? Niemand darf etwas davon erfahren! Es handelt sich um das Leben aller, auch um deines, Smith!"

„Schnell, weißer Bruder, du mußt gehen!"

Harry und Smith ließen sich das nicht zweimal sagen. Sie grüßten den großen Häuptling und versprachen ihm, innerhalb von drei Tagen zurückzukehren. Sie stiegen aufs Pferd und galoppierten davon. Drohendes Geheul brauste ihnen nach.

Zwei Männer allein

Der Sheriff und Smith kehrten nach Kanab zurück und eilten zu Mister Mambler, einem der größten Farmer des Dorfes. Sie trafen ihn bei Verhandlungen über Zuchtpferde an.

„Mister Mambler", sagte ihm Harry, ohne aus dem Sattel zu steigen, „ich und Smith werden das Dorf für einige Tage verlassen."

„Handelt es sich um Baxter? Sagen Sie, Sheriff, ist es wahr, daß . . ."

„Ich habe jetzt keine Zeit, Mister Mambler, ich bitte Sie. Ich wollte Ihnen nur die Aufgabe überlassen, sich während meiner Abwesenheit zu vergewissern, daß alles bestens verläuft."

„Oh, nachdem Baxter fortgegangen ist, wird wieder Ruhe einkehren", antwortete Mambler optimistisch und setzte sich auf den Zaun vor seinem Haus. „Es ist aber sehr seltsam, daß Sie abreisen. Ich weiß nicht, was die anderen davon halten werden."

„Sie sollen sich denken; was sie wollen, wenn nur alles ruhig bleibt", antwortete Harry und fragte sich dabei, ob es ratsam wäre, ihm die Wahrheit anzuvertrauen. „Ich gehe also, Mister Mambler."

„Gute Jagd, Harry! Nehmen Sie sonst niemanden mit?"

„Nein, danke!"

Harry ritt zu seinem Büro, nahm ein Gewehr, das er am Sattel befestigte, und einen Patronengürtel. Smith bewaffnete sich wie sein Chef, nahm aber dazu auch einen tüchtigen Vorrat Whisky mit.

„Warte, Smith, ich komme sofort zurück."

Smith wandte sich rechtzeitig um, um den Sheriff noch aus dem Büro verschwinden zu sehen.

„Wenn du auch dorthin gehst, werden wir von Baxter nicht einmal den Schatten einer Spur finden."

Harry ging zu Peggie. Das Mädchen saß vor der Tür seines Hauses. Als es ihn sah, lächelte es.

„Harry, wo warst du den ganzen Tag?"

Harry sprang vom Pferd und stieg die Treppe zur Veranda empor.

„Peggie, ich muß dir ein Geheimnis anvertrauen", sagte er im glückhaften Bewußtsein, ihre Freundschaft gewonnen zu haben.

„Aha", lachte Peggie. „Was hast du schon wieder entdeckt? Vielleicht, daß ich eine Komplicin Baxters bin?"

„Peggie, nur keine Scherze! Außerdem habe ich es eilig. Ich habe festgestellt, daß Baxter das ganze Gold gestohlen hat, womit die Navajos das Grab ihres Häuptlings Konakab geschmückt hatten. Jetzt flieht er nach Süden."

„Ist das möglich?" fragte Peggie und hörte auf zu schaukeln. „Bist du dessen sicher, Harry?"

„Außerdem hat er zwei Indianer umgebracht! Und noch etwas: Wenn ich ihn innerhalb von drei Tagen nicht erwische und das Gold nicht Weißer Feder zurückbringe, werden die Navajos das ganze Dorf niederbrennen."

„Oh, Gott", rief Peggie aus, „das soll wohl ein Witz sein!"

„Keineswegs, Peggie. Ich will es niemandem sagen, dir aber kann ich es nicht verschweigen."

Peggie sah Harry an. In seinen Augen leuchtete zuneigungsvolle Sorge.

Peggie wandte verlegen den Blick ab.

„Danke Harry, aber du solltest doch alle warnen. So könnten sie sich wenigstens auf die Verteidigung vorbereiten."

„Es gibt keine Verteidigung, Peggie. Die Indianer zählen nach Tausenden, wir sind nicht einmal über hundert. Nein, wir müssen das Geheimnis für uns behalten, im Interesse aller. Kannst du dir vorstellen, was geschähe, wenn ich spräche? Sie würden sich bewaffnen, zur Verteidigung rüsten und damit die Navajos erst recht wütend machen und veranlassen, uns sofort, ohne Verzug, anzugreifen. Das wäre die Vernichtung, der Tod für alle, auch für die Kinder. Peggie, ich habe es dir gesagt, weil ich nicht anders konnte, weil ich dich um einen Gefallen bitten will."

„Sprich, Harry."

„Wenn ... wenn ich am Nachmittag des dritten Tages nicht zurückkehre, verständige alle. Sie sollen das Unmögliche versuchen."

„Harry", flüsterte erschreckt das Mädchen, „besteht denn auch diese Möglichkeit?"

„Wer weiß!" antwortete der Sheriff ausweichend. „Denke auf jeden Fall daran!"

„Kann ich so etwas vergessen?"

„Aber nicht vor dem dritten Tag, dem dritten Nachmittag von morgen an. Und du darfst an diesem Tag nicht aus dem Haus gehen. Sperr alles ab und öffne niemandem. Besitzt du Waffen?"

„Ich habe hier ein ganzes Arsenal von Joe."

„Adieu, Peggie, und sollte ich nicht zurückkehren ..."

Harry war wieder zu Pferd gestiegen und Peggie sah ihn fragend an.

„Wenn ich nicht zurückkehren sollte", wiederholte der Sheriff, „so wisse, daß ich im letzten Augenblick nur um dich trauern werde."

Bevor das Mädchen seine Verlegenheit überwinden konnte, war Harry schon zu Smith geritten, der in der Nähe gewartet hatte. Beide verschwanden bald hinter den letzten Häusern von Kanab.

Für Baxter und seine Bande gab es nur einen Weg, um mit der wertvollen Goldladung so weit wie möglich vom Dorf wegzukommen und überhaupt aus dem Gebiet zu verschwinden: den nach Süden.

Deshalb mußten sie die Ebene überqueren, zu wilden Felswänden gelangen, sie umgehen, teilweise einem Fluß folgen und dann durch ein ständig wechselndes Gebiet reiten, wo Giftschlangen und Pumas hausten, Indianerstämme noch gegen die Weißen kämpften, und kaum Wasser zu finden war. Um all diesen Hindernissen auszuweichen, konnte Baxter nur versuchen, den Fluß zu befahren, was zwar ein schnelleres Vorwärtskommen ermöglichte, aber auch gewisse Schwierigkeiten mit sich brachte: Wasserfälle und Klippen.

„Wir müssen sie einholen, bevor sie zu den Felsen im Süden gelangen", sagte Smith in der Meinung, daß auch Harry dasselbe dachte.

„Ja", antwortete der Sheriff und gab seinem Pferd die Sporen. „Wenn wir sie nicht vorher einholen, verlieren wir sie. Ich glaube aber nicht, daß sie es mit der schweren Ladung wagen, den Fluß zu benützen."

Sie ritten langsam, suchten ständig den Boden nach Spuren ab und fragten sich dabei oft, ob sie nicht die falsche Richtung eingeschlagen hatten.

Smith, der etwas abseits von Harry dahinzog, schrie plötzlich:

„Harry, da sind sie!"

Harry ritt zu ihm. Auf dem Boden waren die von einem schweren Wagen und den beschlagenen Hufen von zehn bis fünfzehn Pferden zurückgelassenen Spuren deutlich zu erkennen.

„Bravo, Smith", sagte der Sheriff. Er sprang ab, beugte sich über die Spuren, untersuchte sie mit dem Finger nach ihrer Frische. „Sie sind vor gut zehn Stunden hier vorbeigekommen. Aber mit dieser Ladung können sie nicht schnell fahren. Wenn wir uns beeilen, erreichen wir die Felsen vor dem Abend. Smith, wir müssen rechtzeitig dorthin kommen, sonst sind wir verloren. Sie sind den ganzen Tag geritten, nachtsüber werden sie anhalten."

„Hoffentlich", seufzte der Vizesheriff.

Nach fast einer Reitstunde fragte Harry:

„Hast du nichts gehört?"

„Ich? Nein. Was?"

„Oh, nichts. Vielleicht, ich glaubte hinter uns ein galoppierendes Pferd gehört zu haben."

„Wollte Gott", seufzte Smith. „Leider haben wir sie aber vor und nicht hinter uns."

Zwei Stunden lang sprachen sie kein Wort mehr. Der Nachmittag war schon weit vorgeschritten, die Nacht mußte bald einfallen. Die Felswände waren am Horizont schon deutlich zu erkennen, und trotzdem hatten die beiden Reiter den Eindruck, daß sie sich in dem Maße entfernten, in dem sie ihnen näher kamen.

Als der Abend kam, hatten sie schon eine lange Wegstrecke zurückgelegt, und nach den Spuren zu schließen, konnten die Flüchtlinge nicht weit sein. Als sie endlich die mit Sträuchern und Bäumen bewachsenen Felsen erreichten, befahl Harry anzuhalten.

„Hier werden wir lagern, Smith", sagte er. „Löse die Decken vom Sattel und bereite etwas zu essen."

„Sollen wir nicht lieber trachten weiterzureiten?" erwiderte der andere.
„Nein, wir könnten in ihre Hände fallen. Es ist besser, zu warten. Wir werden essen, ein wenig rasten und ... Weißt du, daß es nachts hier sehr kalt ist? Die Nähe des Flusses kühlt so sehr ab, daß man ein Feuer anzünden muß, um sich zu erwärmen."
„Soooo", sagte Smith, der verstanden hatte, worauf Harry hinaus wollte.
„Und wenn Sie eines anmachen, lieber Smith, verraten Sie uns ihre Lage."
„Wenn sie es aber nicht tun?" warf der Viezsheriff ein.
„In diesem Fall werden wir die ganze Gegend absuchen, um uns selbst zu erwärmen."
„Ssst", warnte Smith. „Hörst du?"
Harry spitzte die Ohren.
„Ja ... ein Pferd", antwortete er und versuchte, mit den Blick die ersten Schatten der Nacht zu durchdringen. Smith legte ein Ohr an den Boden.
„Ein einziges Pferd und ohne Eisen!"
„Ein Navajo? Es ist unmöglich, daß einer von ihnen hierherkommt. Jenseits der Hügel sind die Dakota. Es muß ein Dakota sein. Er wird aus ihrem Gebiet herausgeritten sein und kehrt jetzt zurück. Vielleicht ein Jäger. Also, essen wir?"
Smith breitete die beiden Decken auf den Boden aus. Er band einen Sack auf und reichte Harry Brot und Speck. Für sich selbst hatte er außerdem die Whiskyflasche.

Nur drei Tage Frist

Die Biwakflammen warfen rötliche Blitze auf die Bäume und zeichneten auf den Felsen seltsame, schlängelnde Bilder.
Harry und Smith rasteten nach dem Essen. Ohne zu schlafen, hatten sie sich auf die Decken gelegt und warteten, daß die Nacht dunkler würde und Feuchtigkeit und Kälte ihren Höhepunkt erreichten.
Bald war es soweit.
Zuerst langsam, dann immer rascher stieg die Kälte vom nahen Fluß herauf, kroch zwischen die Bäume, leckte an den Felsen und ließ die beiden müden Männer erschauern.
„Harry", sagte Smith, „war es nicht falsch, dieses Feuer anzuzünden? Sie werden uns bemerken."
„Gerade das will ich", antwortete der Sheriff. „So werden sie gezwungen sein, sich von ihrem Versteck zu entfernen, außer sie halten uns für Indianer. In diesem Fall werden sie sich weiterhin versteckt halten oder die Flucht wiederaufnehmen. Jetzt ist es schon spät, Smith. Lege die Sachen zusammen."
„Jetzt schon?" brummte der Adjutant des Sheriffs wenig begeistert.

„Während du die Pferde sattelst", fuhr Harry fort, „steige ich auf diese Felsnadel und sehe mich um."

Smith blieb zurück, während Harry auf den Felsenkopf kletterte und das Dunkel absuchte. Nichts. Alles schien ruhig. Finsternis überall. Doch als er sich noch angestrengt umsah, entdeckte er nicht weit enfernt hinter Bäumen und Felsen ein schwaches Licht, kaum wahrnehmbar, das sich in der tiefen Dunkelheit verlor.

Der Sheriff kehrte überstürzt zu Smith zurück.

„Schnell, gehen wir", befahl er. „Sie müssen es sein."

Sie brachen auf. Die Pferde rückten unter den Bäumen vor. Ihre Hufe klapperten auf dem Geröll mit klingenden, schleifenden Lauten. Harry hielt an und befahl Smith, ihnen die Hufe einzuwickeln. Bald darauf nahmen sie den Ritt wieder auf, der nun fast geräuschlos war.

Hinter ihnen her folgte langsam und vorsichtig ein Schatten, ein Schatten zu Pferd. Ein Pferd ohne Hufeisen, das leicht wie eine Feder ging.

„Harry, es folgt uns jemand dicht auf den Fersen", murmelte auf einmal Smith.

„Du irrst dich, mein Freund, es ist die Angst, nur Einbildung. Ich höre nichts."

Sie ritten noch ungefähr eine halbe Stunde lang, dann hielten sie am Ende der bewachsenen Geröllhalde an.

„Lassen wir die Pferde hier", sagte der Sheriff. „Jetzt müssen wir die Augen offenhalten, Smith. Wir sind nur zu zweit, sie sind zumindest zwölf Mann."

Smith war über dieses Abenteuer wenig begeistert. Wie konnten sie zu zweit zwölf oder mehr bewaffnete Männer gefangen nehmen?

Harry erriet seine Gedanken und sagte:

„Wir müssen das Unmögliche versuchen, Smith. Wir hätten uns von Leuten aus Kanab begleiten lassen können – aber dann? Wir hätten das Dorf in Unruhe versetzt, einige Leute wären auf und davon gegangen und die Navajos mißtrauisch gemacht. Die wären dann vor den drei Fristtagen über das Dorf hergefallen."

„Und wenn wir allein handeln, glaubst du, daß wir den Angriff der Indianer verhindern können?"

„Wir müssen!" In Harrys Stimme lag eine Entschlossenheit, die Smith ein wenig Hoffnung gab.

„Wie denn?"

Harry antwortete nicht. Er band sein Pferd an einen Baum, warf sich das Gewehr auf die Schulter und zog die Pistole aus dem Halfter.

„Gehen wir", sagte er.

Vorsichtig krochen die beiden auf die Stelle zu, von der das schwache Licht herüberschimmerte. Als sie einen Felskopf erklettert hatten, sahen sie unter sich Baxter und seine Männer lagern. Im Mittelpunkt des Biwaks brannte ein

Feuer, rechts davon stand der mit dem Gold beladene Wagen, links schlummerten die Pferde.

„Smith", flüsterte der Sheriff. „Höre, wir müssen schlau vorgehen. Wenn wir sie angreifen, ziehen wir bestimmt den kürzeren. Was wäre, wenn ich versuchte, bis zum Wagen zu gelangen? Es kann nicht schwer sein. Außer dem Mann dort unten, der Wache steht, schlafen die anderen gewiß. Wenn ich einmal beim Wagen angekommen bin, könnte ich die beiden Pferde anspannen und die Flucht versuchen. Du müßtest mir inzwischen von hier aus den Rückzug dadurch decken, daß du unaufhörlich schießt."

„Harry, du bist wahnsinnig", meinte Smith. „Das schaffst du doch nicht, auch abgesehen davon, daß du in wenigen Minuten eingeholt würdest, wenn es dir gelingen sollte, mit dem Wagen auf und davon zu preschen."

„Wer soll mich einholen, wenn du mir mit deinem Schnellfeuer den Rücken deckst?"

„Du fragst noch? Von Baxter und seinen Männern zu Pferd", antwortete Smith, der wieder begann, an der Vernunft seines Chefs zu zweifeln.

„Smith, hältst du mich wirklich für dumm?" fragte Harry. „Bevor ich zum Wagen gehe, löse ich die Pferde, die dann beim ersten Gewehrschuß aufspringen und den beiden Kameraden folgen werden, die den Wagen ziehen."

„Harry, das ist zu riskant!"

„Wir können nichts anderes tun. Wir sind nur zu zweit. Gehen wir! Nimm hier Stellung, und beginne erst dann zu schießen, wenn jemand dort unten den ersten Schuß abfeuert."

„Und dann? Was muß ich dann tun?"

„Wenn alles so gelingt, wie ich glaube", antwortete Harry, „wenn ich weit genug bin und Baxters Pferde nachgaloppieren, springst du in den Sattel und kommst mir nach. Die Sache wird schon gelingen, wirst sehen – wenn die Pferde sich so verhalten, wie ich denke."

Smith empfahl seine Seele Gott. Bevor er mit dem Gewehr in der Hand Stellung bezog, machte er einen Zug aus der Whiskyflasche, der so lange war, als handelte es sich um den letzten seines Lebens.

Harry begann, den Felskopf hinabzusteigen. Bei jedem Schritt trat er einen Stein los, und er fürchtete schon, das Poltern könnte unten auffallen.

Endlich erreichte er flachen Boden. Auf allen vieren kroch er durch das Gras, das ihn gut deckte, und es gelang ihm, schnell an Baxters Lager heranzukommen.

Die Wache, ein großer, hagerer Mann, saß bei den Pferden. Offenbar kämpfte er mit dem Schlaf, soweit man es nach der brüsken Art urteilen konnte, auf die er den immer wieder sinkenden Kopf hochriß.

Harry gelangte ihm hinter den Rücken; er nahm sein Gewehr von der Schulter, nahm die Pistole beim Lauf, erhob sich langsam aus dem hohen Gras und sprang auf die Wache zu.

Ohne einen Laut fiel der Mann zu Boden; Harry hatte ihn in den Nacken getroffen.

Der Sheriff atmete erleichtert auf. Er näherte sich den Pferden, langsam, ohne das geringste Geräusch zu verursachen, löste er die Zügel von den Bäumen, an denen sie angebunden waren, wählte zwei kräftige Tiere aus und führte sie Schritt um Schritt zum Wagen.

Von seinem hohen Versteck aus folgte Smith entsetzt und ängstlich den Bewegungen seines Chefs. „Würde Harry Erfolg haben?" fragte er sich.

Harry spannte eines der Pferde ein, dann führte er das zweite neben seinen Kameraden. Er war nahezu fertig, als ein mächtiger Schlag ihn zu Boden streckte.

Einer von Baxters Männern war kurz zuvor erwacht, hatte den Sheriff entdeckt und mit überraschender Geschwindigkeit einen großen Stein nach ihm geschleudert.

Smith sah alles und konnte doch nichts tun. Nach dem ihm erteilten Befehl durfte er ja nicht als erster schießen; und wenn er es auch getan hätte, von Nutzen für seinen Chef wäre es bestimmt nicht gewesen.

Baxters Lager war durch das Geschrei des Mannes aufgeschreckt worden, der den Sheriff getroffen hatte, und Harry lag jetzt da, von der ganzen Bande umringt.

Ein Pfeil saust durch das Dunkel

Der Sheriff war nun, wenige Schritte vom Erfolg getrennt, geschlagen worden. Jetzt saß Baxter von seinen Männern umringt, mit satanischem Lächeln beim Lagerfeuer und wartete, daß sich sein Gefangener endlich bewegen möge.

„Harry, aufwachen!" schrie einer der Männer und trat mit dem Fuß nach dem Sheriff. „Wo ist dein Mut? Hast du Angst, die Augen wieder zu öffnen?" Und ein zweiter Fußtritt traf Harry auf die Brust.

Harry öffnete die Augen. Ein scharfer Schmerz marterte ihn den Kopf, und er hatte das Empfinden, ein ganzes Gebirge drückte auf seine Brust.

„Ah", jammerte er, sich umdrehend. „Ah!" Er wollte aufstehen, doch ein dritter Fußtritt warf ihn wieder nieder.

„Endlich ist das Herrchen erwacht", schrie Erik, Baxters Vertrauensmann. „Los, Harry, mache keine Geschichten! Sag, mit wem du hierhergekommen bist! Es wird gut sein, daß du sprichst."

Harry setzte sich auf, strich sich mit der Hand über den schmerzenden Nacken. Inzwischen versuchte er, sich über die Lage klarzuwerden.

Vor sich hatte er Baxter, der sicher hinter seinen winzigen Brillen triumphierend grinste. Neben ihm stand Erik, darum herum alle Männer, die mit ihnen geflohen waren. Doch einige fehlten, und Harry begriff, daß sie ausgesandt worden waren, die Gegend zu durchsuchen.

„Also?" meinte Baxter näherkommend.

„Ich bin allein gekommen", stöhnte Harry.

Ein entsetzlicher Faustschlag gegen das Kinn warf ihn wieder zu Boden. Erik hatte ihn mit äußerster Kraft geschlagen und sah ihn jetzt mit einem grausamen, ironischen Lächeln an.

„Willst du noch einen? Ich kenne eine unfehlbare Methode, Leute wie dich zum Sprechen zu bringen."

„Ich habe gesagt, daß ich allein gekommen bin", wiederholte Harry.

„Wirklich?" fragte gedehnt Baxter, mit der Hand nach zwei an einen Baum gebundene Pferde zeigend. „Und wieso hast du zwei Tiere mit?"

Harry bemerkte jetzt erst die beiden von Baxter gemeinten Pferde und zitterte bei dem Gedanken, daß auch Smith, der einzige, der seine Rettung versuchen konnte, entdeckt worden sei.

„Ich ... bin mit zwei Pferden gekommen. Was ist denn daran so seltsam? Sie sollten mir beim Rücktransport des Goldes dienen. Baxter, Sie sind dabei, einen nicht wieder gutzumachenden Fehler zu begehen, Sie müssen diese Steine den Indianern zurückgeben!"

„Ha", lachte Baxter, und seine Männer lachten mit. „Ausgerechnet jetzt, wo ich doch in Sicherheit bin und so viel Gold besitze, daß ich ohne Sorgen in Reichtum leben kann, jetzt soll ich darauf verzichten? Du bist dumm, Sheriff, und sehr sogar! Willst du uns nicht lieber sagen, wer mit dir gekommen ist?"

Harry wollte neuerlich leugnen, in Begleitung gewesen zu sein, als einige Stimmen sich von der Seite her hören ließen, wo die Bäume dichter wuchsen.

„Ha", lachte Erik, „unser Sheriff ist uns allein nachgeschlichen!"

Harry blickte hinüber und sah, daß zwei von Baxters Männern Smith herbeiführten.

„So, alles in Ordnung, jetzt sind wir beisammen", sagte Baxter. „Fesselt ihn und legt ihn neben seinen Chef. Also, Harry, wie du siehst, hast du keine Hoffnung mehr, dich aus dem Sumpf zu retten. Du bist mit ihm gekommen, nicht wahr? Meine Männer haben die ganze Gegend abgesucht und niemanden mehr gefunden. Smith, was hattest du vor?"

„Ins Dorf zurückzukehren und Verstärkung holen", antwortete Smith. „Leute wie euch sieht man gern an Bäumen hängen."

„Halte die Klappe, Idiot!" fuhr ihn Baxter an.

„Doch. Und mit euch könnte ich mir ein schönes Gärtlein anpflanzen! Mister Baxter, stellen Sie sich vor, wie schön Sie am Baum vor dem Sheriffbüro wären!"

Ein Mann schlug Smith auf den Hals. Der Gehilfe des Sheriffs schwieg.

„Jetzt, lieber Harry, wollen wir von Geschäften reden", sagte Baxter. „Du wirst verstehen, daß ich dich nicht laufen lassen kann, zumindest bis ich in Sicherheit sein werde. Deshalb mußt du mir sagen, was du in Kanab abgemacht hast, wenn du nicht willst, daß ich dir den Bauch aufschlitze und dich mit Steinen fülle. Sind die Indianer schon daraufgekommen, daß das Gold gestohlen ist?"

Harry lachte wider Willen.

„Bei den zwei ermordeten Unglücksraben am Eingang der Grotte sollen sie es nicht bemerkt haben?"

„Nun, und was haben sie vor?"

„In wenigen Minuten werden sie hier sein, um dich wie einen räudigen Hund abzuknallen, lieber Baxter!"

„Nein, mein Freund, lüge nicht. Wenn sie das vorhätten, wären sie schon hier. Sie wären mit dir gekommen. Sag die Wahrheit, es ist besser für dich!"

Harry dachte sich jetzt, daß es tatsächlich besser war, die Wahrheit zu sagen. Vielleicht würde Baxter auf die Flucht verzichten, wenn er erführe, welche Gefahr das ganze Dorf Kanab bedrohte. Deshalb entschloß er sich zu sagen:

„Baxter, wenn ich Weißer Feder das Gold nicht zurückbringe, wird das ganze Dorf und alle Einwohner abgeschlachtet. Du mußt umkehren, Baxter! Du hast schon zu viele Verbrechen begangen, um dein Gewissen auch noch mit dem Massaker von Kanab zu belasten."

„Ah", versetzte Baxter. „Im Grund genommen tun mir diese armen Leute leid, du wirst aber doch nicht verlangen, daß ich auf diesen Reichtum verzichte, nicht wahr? Deswegen..."

Harry unterbrach ihn:

„Der durch das Blut anderer erraffte Reichtum schafft mehr Schaden als Freude, Baxter. Denk daran, es ist nicht zu spät für dich!"

„Aufhören", fiel ihm Erik ins Wort. „Legen wir beide um, und ziehen wir weiter. Diese Plauderei ist langweilig und dauert mir schon zu lange."

„Einen Moment", verlangte Baxter. „Wieviel Zeit hat dir der Häuptling der Navajos gegeben? Wann wird er das Dorf angreifen, wenn du nicht mit dem Gold zurückkehrst?"

Harry hielt es für angebracht, den ihm zugestandenen Zeitpunkt zu verringern, um Baxter nicht allzusehr in Sicherheit zu wiegen.

„Bis morgen", antwortete er. „Wenn wir bis morgen das Gold nicht zurückbringen, werden sie in der Nacht über Kanab herfallen."

„Gut, so haben wir noch einen Tag Zeit zum Weiterziehen."

„Wenn es euch gelingt", sagte Harry.

„Glaubst du, daß wir Angsthasen sind wie du, Harry?" sagte Baxter. „Wir werden den Fluß entlangreiten, Tag und Nacht."

„Und der Wagen?" meinte Harry. „Er wird im Schlamm steckenbleiben."

„Hört euch das an!" warf Erik ein. „Wir haben ein Gehirn!"

Einige Männer hatten begonnen, dicke Pfähle so herzurichten, daß sie im Schlamm die Räder ersetzen sollten, um wie Schlittenkufen zu gleiten.

„Ihr werdet die Pferde umbringen."

„Wir wollen weiterkommen, lieber Harry, uns genügt es, wenn die Pferde nicht krepieren, bevor wir die Grenze erreicht haben."

Harry sah die einzige Hoffnung auf Rettung in der Zeit. Es mußte ihm gelingen, zumindest bis zum Morgengrauen am Leben zu bleiben. Wenn Baxter und die anderen weiterschliefen, könnte ihm vielleicht die Flucht mit Smith gelingen.

„Harry", sagte Baxter, „du spielst sicher mit dem Gedanken, dich aus dem Staub zu machen. Das ist aber zwecklos, weißt du? Bevor wir von hier losziehen, wirst du gemeinsam mit deinem Freund in der Hölle braten."

„Mister Baxter", warf Smith ein, „könnten wir Ihnen nicht helfen, das Gold zu transportieren?"

„Glaubst du wirklich, daß ich so dumm bin?" lachte Baxter. „Smith, euch wird das Zeitliche segnen, wenn wir aufbrechen."

„Es wäre besser, sofort weiterzufahren, Chef", sagte Erik. „Dieser Boden brennt mir unter den Füßen."

„Sei nicht ungeduldig", antwortete Baxter, die Brille zurechtschiebend. „Wir haben hier nichts zu fürchten. Die Navajos werden bis morgen abend nichts unternehmen, und der ganze morgige Tag wird uns genügen, aus diesem Gebiet herauszukommen. Erik, binde diese beiden Kerle an einen Baum und laß mich schlafen. Ich bin müde. Beim ersten Morgengrauen ziehen wir weiter."

Kurz danach ruhten fast alle. Harry und Smith waren an einen Baum gebunden worden, ein Mann ging auf und ab und behielt sie im Auge. Andere bewachten den Schlaf ihrer Kameraden. Sie standen am Rande des Biwaks, einer gegen den Wald zu, ein anderer am Fuße der Felsen, ein dritter hinter dem Wagen.

„Smith", flüsterte Harry seinem Kameraden zu. „Wenn es uns nicht gelingt, abzuhauen, bringen sie uns morgen um. Wir müssen diese Seile lösen."

„Was willst du tun, Harry? Bleiben wir lieber ruhig, vielleicht überlegen sie es sich, vielleicht bringen sie uns nicht um. Wenn Baxter diese Absicht hat – wieso hat er sie nicht gleich ausgeführt?"

„Weil er sich sicher fühlt, solange wir noch am Leben sind. Wir können ihm im Notfall als Geiseln dienen. Verstehst du?"

„Um so besser", sagte Smith. „Ist es nicht so gegangen, wie ich sagte? Statt uns umzubringen, werden sie uns mitschleppen."

„Nein, von morgen früh an werden sie uns nicht mehr brauchen. Unsere Anwesenheit nützt ihnen nur noch heute nacht ... gegen einen eventuellen Angriff."

„Angriff? Von wem?" fragte Smith.

„Vielleicht ist Baxter doch nicht ganz überzeugt, daß wir allein hergeritten sind. Für heute nacht wird er sich gegen jeden sicher fühlen, der mit uns gekommen sein könnte, weil wir in seinen Händen sind. Wenn er aber morgen früh keine böse Überraschung erlebt, wird er wissen, daß wir ganz allein sind, und er wird uns getrost abknallen können. Dann wird er beruhigt die Reise mit seinen Männern fortsetzen. Smith, ich sage dir, entweder wir fliehen jetzt, oder wir können uns als mausetot betrachten."

„Glaubst du, daß er wirklich den Mut aufbringt, uns zu ermorden?" fragte der Adjutant des Sheriffs besorgt.

„Der fehlt ihm nicht, Smith! Und das Massaker von Kanab wird ihm auch große Freude bereiten, weil dabei alle sterben werden, die ihn einmal der Morde an seinem Bruder, an Smilz, an Roy, an uns allen und des Golddiebstahles anklagen könnten."

Der Gedanke an den unmittelbar drohenden Tod erfüllte Smith mit einer ungewöhnlichen Kraft. Er hielt sich plötzlich für fähig, die Stricke zu zerreißen, die ganze Baxter-Bande umzulegen, sich allein zu befreien, zu fliehen ... Davon überzeugt, flüsterte er Harry zu:

„Du, ich habe noch das Messer im Gürtel. Sie haben es nicht bemerkt, diese Idioten. Versuche, dich mit dem Rücken mehr umzudrehen. Vielleicht kann ich dann deine Fesseln durchschneiden."

Harry fühlte wieder Hoffnung in sich aufsteigen.

„Schnell", antwortete er. „Jetzt ..."

Langsam und mühsam kehrte er seinem Adjutanten den Rücken zu. Smith gelang es, mit den gebundenen Händen das Messer aus dem Gürtel zu ziehen, und nun begann er, die Seile, die den Sheriff banden, zu durchschneiden.

In diesen wenigen Sekunden zitterten die beiden Männer vor Erregung und Ungeduld. Endlich war Harry frei. Er nahm das Messer und setzte es an Smiths Stricke an. In diesem Augenblick warf der Mann, der die Gefangenen bewachte, einen Blick nach ihnen. Er blieb stehen und sah schärfer hin.

„Der Sheriff flieht!" schrie er. „Helft mir!"

Das ganze Lager sprang auf. In wenigen Minuten waren die beiden Gefangenen wieder angebunden, und Harry, der kühn versucht hatte, sich dem Griff der Meute zu entwinden, blutete von einigen Faustschlägen aus Nase und Mund.

Baxter, der blitzschnell wie die anderen seine Decke abgeworfen hatte, stand jetzt vor den Gefangenen.

„Ihr habt es so gewollt", zischte er. „Erik, laß eine Grube graben! Wir bringen sie sofort um und werfen sie hinein, daß keine Spur mehr von ihnen übrigbleibt. Schnell! Dann brechen wir auf. Vorwärts, Sheriff, empfiehl dich deinem Gott! Jetzt ist es aus mit dir."

Die Männer begannen den Aufbruch vorzubereiten. Einige sattelten die Pferde, andere unter ihnen schickten sich an, eine Grube auszuheben, die Baxter für den Sheriff und für Smith bestimmt hatte.

Eine halbe Stunde später, in deren Verlauf Smith Zeit gehabt hatte, seiner in der Satteltasche verbliebenen Whiskyflasche nachzuweinen und Harry sich Vorwürfe zu machen, den tollkühnen Ritt ohne ausreichende Begleitung unternommen zu haben, war die Grube fertig ausgehoben, alle Tiere waren gesattelt. Nur die Pferde, die den Wagen ziehen sollten, standen noch an dem Baum angebunden.

„Mister Baxter, alles ist bereit", rief Erik und näherte sich den beiden Gefangenen.

„Gut. Vorwärts, Erik, nimm das Messer!"

„Soll ich ihnen nicht lieber eine Kugel in den Kopf jagen?" fragte Erik.

„Nein, die Schüsse könnten jemanden alarmieren. In dieser Gegend streifen die Dakotas umher. Also, nur keinen Lärm! Bist du bereit?"

„Ja", antwortete Erik, der sich schon daran weidete, „ich bin bereit. Und ihr beide? Seid ihr bereit, diese liebliche Klinge in die Brust zu empfangen, die ein kleines Loch in euer Herz bohren wird?"

Smith erstarrte.

„O Gott", murmelte er. „Harry, es ist aus. Ich habe dir schon vor langem gesagt, du solltest Mister Baxter aus dem Weg gehen!"

„Smith, schließ die Augen", antwortete ihm Harry mit zusammengebissenen Zähnen. „Du wirst nichts spüren. Es handelt sich nur um einen Augenblick. Und sei überzeugt, daß jemand uns rächen wird."

„Davon haben wir nichts", stotterte Smith. „Es wäre besser, wenn dieser Jemand uns retten würde."

Baxter stellte sich hinter Erik, der mit der Klinge in der Hand vor den Gefangenen stand.

Auch die anderen Männer waren näher herangetreten und bildeten um den Baum einen Kreis. Sie hielten den Atem an. Sie haßten den Sheriff, und trotzdem erfüllte der Doppelmord, der nun vor ihren Augen begangen werden sollte, alle mit einem würgenden Unbehagen. Die Flammen des Biwakfeuers warfen flatternde Schatten, die die Nacht außerhalb des gelben Lichtes noch dunkler erscheinen ließen.

„Harry", sagte Baxter grinsend, „einmal hatte ich dir geraten, deinen Posten an Luston abzutreten. Wenn du auf mich gehört hättest, wärest du jetzt nicht hier. Du hast es so gewollt. Vorwärts, Erik!"

Erik trat einen Schritt vor und hob den Arm. Die lange Klinge des indianischen Dolches glitzerte im Licht des flackernden Lagerfeuers.

Harry schloß die Augen. In sein Schicksal ergeben, tat Smith dasselbe. Erik trat ein wenig zur Seite, um den Sheriff als ersten zu treffen.

„Du bist bedient, Harry!" schrie er.

Ein Schmerzensschrei zerriß die Stille.

Weiße Feder

Diesen Schrei hatte nicht Harry, sondern Erik ausgestoßen. Während er zum Stoß gegen Harrys Brust ausholen wollte, war er von einem Pfeil in den Rücken getroffen worden. Er sank zu Boden. Das aufgerichtete Ende des langen, dünnen Pfeils zitterte.

Totenstille war dem Schrei gefolgt. Vor Schreck wie gelähmt, starrten Baxters Männer nach Erik, der bäuchlings liegend im Todeskampf zuckte.

Der Sheriff und Smith hatten die Augen aufgerissen und begriffen nicht sofort, was vor sich ging. Baxter, dem die Brille von der Nase gerutscht war, blickte, schwer atmend, erschreckt um sich. Endlich rief jemand:

„Die Dakotas! Die Dakotas! Wir sind umzingelt!"

Baxters Leute griffen nach den Waffen, um sich dem unsichtbaren Feind zu stellen.

Die Dakotas, deren Territorium eigentlich erst nach der Flußbiegung begann, waren mit Recht gefürchtet. Sie hatten sich noch keinem Regierungsgesetz unterworfen, ihren ganzen Unabhängigkeitssinn und ihre Wildheit bewahrt. Schon mehrmals waren Goldsucher und Pioniere, Cowboys und Soldaten ohne triftigen Grund von ihnen angegriffen, niedergemetzelt und skalpiert worden; andere Male hingegen hatten Militärabteilungen oder Farmerkolonnen ohne die geringste Schwierigkeit ihr Gebiet durchquert. Die Dakotas waren einfach unberechenbar und gerade deshalb außerordentlich gefährlich.

„Halt", schrie Baxter, nachdem er die auf den Boden gefallene Brille aufgehoben hatte, „halt! Es sind nicht die Dakotas. Dieser Pfeil gehört den Navajos!"

„Den Navajos?" fragten Baxters Männer. „So sind wir bestimmt alle verloren! Die werden uns schneller als die Dakotas umbringen, sie sind noch ärger!"

Baxter sah sich um. Alles rundherum schien leer und friedlich zu sein. Warum, so fragte er sich, griffen die Navajos nicht an? Was sollte dieser einzige gegen sie abgeschossene Pfeil bedeuten? Eine Warnung? Eine Mahnung?

Und zu welchem Zweck?

Kein Blatt bewegte sich; kein Geräusch, kein Hufschlag störte die Stille, und das wirkte auf Baxters Leute noch unerträglicher.

„Mister Baxter", sagte jetzt Harry. „Es ist sinnlos, sich verteidigen zu wollen. Es wäre klüger, sich zu ergeben. Die Navajos haben euch eingekreist!"

„Und wenn schon? Wir nehmen den Kampf auf!" schrie Baxter zurück und knallte mit seiner Pistole blindlings auf die Bäume und gegen die Felsen im Dunkeln.

Das Echo der Schüsse verlor sich in der Ferne.

„Was kann das bedeuten, Mister Baxter?" fragte einer seiner Leute.

Baxter antwortete nicht, da auch er nicht wußte, welche Bedeutung diese

Stille haben mochte. Wenn es sich wirklich um Navajos handelt, wieso griffen sie nicht an? Sie hatten doch einen guten Grund dazu. Und wenn es Dakotas waren, sie hätten sich schon gezeigt.

„Da steckt etwas dahinter", sagte Baxter. „Vielleicht ist Harry nur von einigen Indianern begleitet worden, und jetzt hat einer von ihnen den Pfeil abgeschossen, bevor er sich aus dem Staub macht. Zum Teufel, warum glotzt ihr mich so an? Wovor habt ihr Angst? Vorwärts, Feiglinge, macht doch die beiden Kerle hier fertig. Dann steigen wir in den Sattel und ziehen los. Luston, schieß!"

Luston zog hastig die schwere Pistole. Unfehlbar abgeschossen, schlug ihm aus dem Dunkel ein Pfeil in die Hüfte.

„Verflucht!" murmelte Baxter, dann schrie er verzweifelt: „Warum zeigen sie sich denn nicht? Warum greifen sie nicht an?"

„Baxter, beruhige dich!" sagte Harry. „Früher oder später werden sie sich schon zeigen. Und dann werdet ihr alle miteinander etwas erleben. Deshalb rate ich dir, uns nicht zu ermorden. Zwei lebende Männer mehr werden dir gegen die Indianer nützlicher sein als zwei tote. Besonders deshalb, weil es sich doch um Dakotas und nicht um Navajos handelt!"

„Dakotas?" fragte Baxter und sah die beiden Pfeile wieder an. „Nein, sie gehören den Navajos! Du willst mich in eine Falle locken, verfluchter Kerl. Jetzt habe ich verstanden. Um uns halten sich Indianer versteckt, die mit dir gekommen sind. Warum haben sie sich erst jetzt entschlossen, einzugreifen, und gegen jeden, der dich erledigen soll? Es sind deine Freunde, Harry, und in geringerer Anzahl als wir. Sonst hätten sie schon eingegriffen!"

Harry begriff, daß Baxters Überlegungen richtig waren. Worum konnte es sich aber handeln? Die Navajos hielten sicherlich ihr Versprechen, keiner hatte ihr Lager verlassen. Wer war also jener, der gegen seine Mörder Pfeile abschoß?

„Harry", flüsterte Smith. „Erinnerst du dich, daß wir hinter uns die Tritte eines Pferdes gehört hatten?"

„Ja, genau", antwortete Harry. „Wer mag das sein?"

„Was habt ihr zu sagen", schrie Baxter sie an. „Wenn ihr noch ein Wort wechselt, so schwöre ich, daß ich euch mit meinen eigenen Händen abknalle. Und ihr, Burschen, habt keine Angst, hier gibt es weder Dakotas noch Navajos!"

„Wer soll dann diese Pfeile abgeschossen haben?" fragte einer der Männer. „Sie kamen aus zwei verschiedenen Richtungen, es müssen also zumindest zwei Indianer sein!"

„Vielleicht sind es eben wirklich nur zwei", antwortete Baxter nachdenklich. „Und gut zwischen Felsen und Sträuchern versteckt."

„Auf, suchen wir sie, und bringen wir sie um! Wir wollen nicht wie Erik und Luston enden!" schrie einer.

„Nein, wir brechen lieber sofort auf. Sie werden es nicht wagen, uns zu verfolgen, wir sind stärker an Zahl. Vorwärts, Jack, liquidiere diese Kerle hier, dann gehen wir!"

Jack rührte sich nicht. Die anderen Männer sahen ihn an und teilten seine Angst.

„Vorwärts, oder willst du wie sie enden?" schrie Baxter, nach der Pistole greifend.

„Ich... Warum tun Sie es nicht selber, Baxter? Schließlich ist es Ihre Angelegenheit. Meinetwegen kann der Sheriff auch weiterleben. Warum ziehen wir nicht fort und lassen ihn hier, an den Baum angebunden? Wenn die Indianer nur zu zweit sind, ergeben zwei und zwei vier. Wir sind mehr, und wenn wir einmal aus diesem Loch herausgekommen sind, können wir uns, besonders bei Tag, leicht verteidigen."

„Tu, was ich dir sage, Jack!" donnerte Baxter wütend.

„Ich schieße nicht!" erwiderte Jack.

„So werde also ich schießen", schrie Baxter. Er hob die Pistole. Im selben Augenblick sauste zischend ein dritter Pfeil durch die Luft.

Baxter riß seine Augen auf. Er atmete schwer. Seine Knie gaben langsam nach. Einige Sekunden lang kniete er auf dem Boden, dann fiel er rücklings hin.

Er war tot.

„Harry", schrie Smith freudestrahlend, „wir werden nicht so leicht hin. Hallo, Burschen, bindet uns los, oder ihr werdet dasselbe Ende erleben!"

Baxters Leute blickten nach ihrem toten Chef hin. Sie waren schreckgelähmt und wie betäubt, unfähig, zu denken und zu handeln. Wer schoß aus dem Dunkel die Pfeile ab? Warum wollten die Indianer, falls es sich um Indianer handelt, daß Harry und Smith am Leben blieben? Warum griffen sie nicht endlich an?

Foster, einer von Baxters Männern, war gemein und besonders gewalttätig, ungeheuer mutig und unternehmungslustig, er befahl gern und hätte sich gern mit allen Mitteln bereichert. Er benützte sofort die Gelegenheit, die sich ihm bot. Er trat vor und wandte sich an seine Kameraden:

„Burschen, Baxter ist tot. Es ist klar, daß die Indianer, die hinter den Bäumen versteckt liegen, nicht zahlreich sein können. Sie wollen, daß der Sheriff und Smith am Leben bleiben. Von jetzt an befehle ich! Also, machen wir uns so schnell wie möglich davon, Harry und Smith lassen wir hier. Wenn wir einmal in Sicherheit sind, teilen wir das Gold. Vorwärts! Du und du, ihr spannt die Pferde vor den Wagen. Wir machen uns sofort auf die Socken. Inzwischen schießt nach allen Richtungen, aber nicht auf Harry! Wenn sie ihn haben wollen, sollen sie ihn nur haben. Er interessiert uns nicht. Und Augen offenhalten."

Einige Männer eröffneten, ohne irgendein Ziel zu sehen, das Feuer auf Bäume und Felsen. Andere spannten inzwischen die Pferde vor den Wagen.

„Wir sind bereit", schrie endlich jemand.

„Vorwärts", befahl Foster.

Alle sprangen in den Sattel.

Der Wagen fuhr los. Die Reiter folgten ihm. Einer der Nachhut aber parierte sein Pferd und legte auf Harry an.

Genau wie die anderen gezielt, warf ihn ein vierter Pfeil vom Pferd.

„Harry, wer mag das sein?" fragte Smith, der zu träumen glaubte.

„Wir werden es bald erfahren, Smith. Hoffentlich kommen wir nicht vom Regen in die Traufe."

Das Hufgeklapper der Flüchtenden und das Kreischen der Wagenräder über den steinigen Boden verloren sich bald hinter den Bäumen und Felsen.

Da begann endlich das erste Morgengrauen, die Nacht zu erhellen.

„Weiße Feder!" rief Harry plötzlich aus, als er den Häuptling der Navajos, behend wie ein Jaguar, von einem dichtbelaubten Baum herunterklettern sah.

„Weiße Feder! Bist du allein? Wie bist du hierhergekommen?"

Weiße Feder sprang leicht vom letzten Ast zu Boden, lief zu den beiden gefesselten Weißen und durchschnitt ihre Seile mit seinem Tomahawk.

„Wenn du Gold nicht bekommen, mein Stamm wird töten alle Menschen in Kanab. Ich gefolgt meinem weißen Bruder, um ihm helfen. Ich nicht wollen, daß mein Stamm ausgraben Kriegsbeil."

„So bist du uns also seit unserem Abzug aus Kanab gefolgt?"

„Ich gefolgt seit Kanab", antwortete Weiße Feder. „Weiße Feder haben keine Ohren."

„Danke Freund", sagte Harry, der nun endlich befreit war. „Wenn du nicht gewesen wärst, hätte uns schon das Zeitliche gesegnet. Doch wie können wir jetzt das Gold wiederbekommen? Jetzt wissen sie, daß sie verfolgt werden, und wir können nicht mehr damit rechnen, sie zu überraschen."

„Reiten wir nach Kanab zurück", schlug Smith strahlend vor. „Holen wir Verstärkung!"

„Und inzwischen flüchten diese Banditen aus dem Territorium! Nein, wir müssen ihnen sofort nachjagen und sie ergreifen, bevor sie das Gebiet der Dakotas erreichen.

„Ich sagen", ergriff Weiße Feder das Wort, „ihr sollt gehorchen mir."

Harry und Smith sahen einander überrascht an. Weiße Feder wollte die Verfolgung leiten? Und die Pferde? Harry bemerkte jetzt erst, daß Baxters Leute mit allen Pferden geflohen waren.

„Bruder, wir haben keine Pferde mehr", sagte er.

„Du und weißer Freund zu Fuß zum Fluß", antwortete der große Häuptling der Navajos. „Zum Felsvorsprung und warten. Ich gehe."

„Wohin?" fragte Harry.

„Weiße Feder wissen", antwortete der Indianer selbstsicher. „Weiße Feder haben große Freunde. Adio!"

Bei diesen Worten verschwand Weiße Feder hinter den Bäumen. Kurz darauf hörten der Sheriff und sein Freund den Galopp eines unbeschlagenen Pferdes sich in die Richtung entfernen, die Baxters Leute eingeschlagen hatten.

„Ich fürchte, daß wir jede Spur des Wagens verlieren werden", meinte Harry. „Tun wir auf jeden Fall, was uns der große Häuptling geraten hat. Wer weiß, vielleicht hat er einen guten Einfall."

„Harry, wenn wir umkehrten?" schlug Smith vor.

„Zu Fuß?"

„Besser als in die Hände der Dakotas zu fallen oder hier zugrunde zu gehen."

Smith und Harry brachen in die von Weißer Feder angeratene Richtung auf. Um zu dem Felsvorsprung zu gelangen, zu dessen Füßen die Flußufer einen engen Durchgang bildeten, mußten sie zwischen dem Wasser und den Hügeln eine gute Stunde marschieren.

Weiße Feder ritt inzwischen auf den Spuren von Baxters Leuten. Er hatte begriffen, daß Foster alles versuchen würde, um die Grenze zwischen dem Gebiet von Kanab und der der Dakotas zu überschreiten, bevor er eingeholt würde, so daß er, auf dem Gebiet dieses Stammes angelangt, sich der Kanus bemächtigen konnte, die die Indianer an den ruhigen Stellen des Flusses unbewacht liegen ließen, um sich dann der schnellen Strömung anzuvertrauen.

Während der erste Teil des Flusses große Hindernisse in Form von Stromschnellen und Klippen in den Weg stellte, schoß das Wasser in jenem Teil, der am Rand des Dakota-Gebietes floß, ohne Fälle dahin und gestattete ein fast sicheres Befahren.

Deshalb mußte Weiße Feder die flüchtenden Räuber einholen, bevor sie die Kanus bestiegen, was leicht war, den Erfolg seines Unternehmens jedoch noch lange nicht gewährleistete.

Er galoppierte längs des Flusses und dachte dabei, durch welche List er wohl die weißen Männer einfangen könnte. Leider konnte er nicht mit Harrys und Smiths Hilfe zählen. Sie waren ja weit weg, ohne Pferde und ohne Waffen. Er mußte also allein handeln, seine ganze Schlauheit einsetzen. Es wäre gefährlich gewesen, das Spiel der einzeln aus dem Dunkeln kommenden Pfeile fortzusetzen, das er kurz vorher getrieben hatte, denn Baxters Leute hätten ihn auch mit ihrer blinden Schießerei erreichen oder die Stelle finden können, von der er die Pfeile abschoß.

An einer Stelle bemerkte er, daß die Wagenräder über feuchten Sand und Schlamm am Flußufer gerollt waren. Da führte er sein Pferd auf den Berghang. Das Pferd stieg nur mühsam hoch. Geröll löste sich bei jedem Tritt von der Flanke und rollte bergab, und oft schien es, als würde das Tier ausgleiten und mit dem Reiter hinunterkollern.

Der Indianer spornte sein Pferd mit den Fersen an, und das Tier, das wahre Wunder an Gleichgewichtssinn vollbrachte, stieg um Felsvorsprünge, über rutschige Erde und windverblasene Sandbänke hinauf.

Schließlich erreichte das Pferd die Kuppe. Von dort aus sah Weiße Feder Fosters Leute. Sie waren schon an der Grenze von Kanab angelangt, hatten die Pferde am Berghang zurückgelassen und suchten im Röhricht und zwischen den Felsblöcken am Flußufer offenbar die indianischen Kanus.

Foster war nervös und schrie wie besessen. Die anderen suchten, liefen von einer Seite zur anderen, bogen Schilf zur Seite, riefen einander unverständliche Worte zu, doch von Kanus gab es keine Spur. Endlich schrie einer der Männer, die weiter in das Gebiet der Dakotas vorgedrungen waren, von weitem:

„Foster! Kommen Sie her! Hier sind fünf! Laufen Sie!"

Von seinem Aussichtsplatz aus hatte Weiße Feder diese Stimme gehört, und nun sah er, daß die Männer zu ihren Pferden zurückkehrten und sich darauf vorbereiteten, weiterzureiten. Da hatte er einen Einfall.

Er riß sein Pferd herum und ritt auf dem Felskamm südwärts. Nach etwa 300 Meter sah er am Ufer fünf Kanus liegen, die mit Lederriemen an Wasserpflanzen angebunden waren.

Er nahm sein Pferd und stieg vorsichtig hinunter, so weit es ging. Endlich saß er ab, machte noch einige Schritte auf den Fluß zu und kniete, gut geschützt, nieder. Jetzt schaukelten die fünf Kanus der Dakotas wenige Meter unter ihm.

Er nahm fünf Pfeile aus seinem Köcher, legte vier davon neben seine Füße nieder und spannte den fünften in den Bogen, den er in der linken Hand hielt. Er zielte... Mit einem leisen Zischen flog der Pfeil ab und zerriß den Lederriemen, der eines der Kanus am Ufer hielt. Das Kanu drehte sich langsam, dann immer schneller um die senkrechte Achse, schließlich riß die Strömung es mit sich fort.

Fosters Leute waren noch in einiger Entfernung. Weiße Feder sah sie von seinem Versteck aus, ohne selbst gesehen zu werden. Doch einer der Männer brauchte nur den Blick zu heben, um Alarm zu schlagen.

Weiße Feder zielte wieder. Ein zweites Kanu schwamm auf dem Fluß davon. Dann ein drittes und ein viertes, die von der raschen Strömung flußabwärts getragen wurden.

Weiße Feder spannte den Bogen, um den letzten Pfeil abzuschießen, als einer von Fosters Männern schrie:

„Seht! Die Kanus schwimmen davon!"

Alle starrten ängstlich und überrascht den vier davonschwimmenden Booten nach.

Weiße Feder konnte sich noch rechtzeitig mit seinem Pferd hinter einem Felsen verstecken, denn Foster sah in seine Richtung, nach Norden, zu den Felsen empor und zum gegenüberliegenden Ufer.

„Verdammt", fluchte er, „das hätte nicht geschehen dürfen!"

„Wer kann das gewesen sein?" fragte irgend jemand.

„Der Dummkopf hätte sich zuerst vergewissern sollen, ob sie gut angehängt waren. Sobald er sie gesehen hat, wird er sie wahrscheinlich angegriffen, sie bewegt haben, und die wahrscheinlich schlecht gebundenen Knoten sind aufgegangen. Aber eines ist übriggeblieben."

„Was willst du mit einem einzigen tun?" fragte einer der Männer mißtrauisch. „Wir können nicht alle darin Platz finden. Es wäre besser, zu Pferd weiterzuziehen."

„Dummkopf", schrie Foster. „Wir sind schon auf dem Gebiet der Dakotas! Wenn sie uns sehen, sind wir verloren. Nein, zwei von euch steigen in das Kanu und suchen die Ufer nach den anderen ab. Beeilt euch!"

„Höre, Lange", sagte Foster zu einem Mann, der am engsten mit ihm befreundet war. „Wenn es keine Kanus mehr gibt, müssen wir uns eines bauen."

„Bist du verrückt, Foster?" versetzte sein Freund. „Wir haben keine Zeit dazu. Es ist besser, zu Pferd weiterzureisen. Der Sheriff wird uns auf den Fersen folgen."

„Hör auf mich: Zu Pferd weiterzureisen würde den sicheren Tod bedeuten. Und mit dem Schatz, den wir mitführen... Es wäre doch schade, nicht wahr! Der Sheriff hat kein Pferd, und wenn ihm auch seine indianischen Freunde helfen, wird er nicht den Mut haben, bis hierher vorzudringen. Siehst du diese Baumstämme dort oben?"

Lange schaute in die von Foster gezeigte Richtung und sah Baumstämme, die vom Hochwasser in einiger Entfernung ans Ufer geschwemmt worden waren.

„Also, wir werden diese verwenden. Die Indianer haben sie anscheinend aufgestapelt. Sie sind fast alle gleich lang. Sammle so viele Seile, wie du finden kannst, Lederriemen, auch jene vom Wagengeschirr. Das wird vollkommen ausreichen. Wir werden ein Floß bauen, so können wir rasch weiterziehen. Die Strömung fließt schnell, und es gibt keine Hindernisse. Ein Floß wird übrigens weniger leicht umkippen als ein Kanu, nicht wahr? Dort finden wir alle Platz. Auch das Gold. Das ist, glaube ich, der beste, vielleicht der einzige Weg, den wir einschlagen können."

„Bravo, das ist eine ausgezeichnete Idee", erklärte Lange.

Alle Männer machten sich an die Arbeit, sie dauerte jedoch länger, als sie vorher angenommen hatten. Die vorhandenen Seile und Riemen genügten nicht, man mußte in der Umgebung auch biegsame Äste als Ergänzung dazu suchen. Die beiden Männer, die flußabwärts gefahren waren, kehrten zurück, ohne andere Kanus gefunden zu haben.

Als das Floß endlich fertiggestellt war, versammelte Foster seine Männer. „Schnell", befahl er, „bringt das Gold aufs Floß. Ladet die Waffen auf und nehmt die Vorräte mit; nehmt den Pferden Sattel- und Zaumzeug ab, und bringt es ebenfalls aufs Floß."

„Was willst du mit Sätteln und Trensen ohne Pferde anfangen?" fragte Lange dumm.

„Wenn wir wieder ans Land gehen, werden wir in der Nähe von Fort Gembier sein. Dort ist es leichter, Pferde zu finden als Sättel."

Das Floß war in kurzer Zeit beladen. Fosters Leute bestiegen es, mit langen Pfählen ausgerüstet, deren Enden abgeflacht worden waren, so daß sie primitive Ruder bildeten.

Foster stieg als letzter auf das Floß. Er war gerade dabei, das Seil, womit das Floß am Ufer befestigt war, einzuziehen, als er sich flach niederwarf und flüsterte:

„Alle auf den Bauch! Die Dakotas!"

Lange griff nach dem Gewehr, doch Foster hielt ihn an.

„Nein, das wäre für uns alle der Tod. Schnell an Land zurück, und verstecken wir uns in der Bucht! Bedeckt das Floß mit Zweigen, wir werden die Nacht abwarten."

„Aber Chef", warf Lange ein, „wir sind bewaffnet! Auf dem Strom können wir rasch wegkommen. Und wenn sie nicht mehr ihre Kanus haben, werden sie uns nicht einholen können."

„Tu, was ich dir sage, Dummkopf! Der Indianer, den ich gesehen habe, war bis zum Gürtel im Wasser. Sicher sammelt er die Kanus, die irgendwo gestrandet sind, ein. Und er kann nicht allein sein. Und warum sollen wir riskieren, wie Enten abgeschossen zu werden, wenn wir nachts unter weniger Gefahren reisen können?"

Alle stimmten ihm bei. Das Floß wurde ans Ufer in der Bucht zurückgezogen und schnell mit laubreichen Zweigen zugedeckt.

„Und nun?" fragte Lange.

Foster sah zum Himmel empor. Mittag war schon lange vorbei, der Nachmittag ging zu Ende.

„Wir werden hier lagern. Wir sind genügend geschützt. Du, Lange, wirst auf dieser Felsnase Wache halten", und er zeigte mit der Hand auf eine bestimmte Stelle. „Wir werden inzwischen ausruhen und etwas essen. Wir werden nachts aufbrechen."

„Und die Pferde, Chef?" fragte Lange. „Sie könnten wiehern und die Aufmerksamkeit der Dakotas auf sich lenken oder Harry auf unsere Spur bringen, wenn er uns folgt."

„Führ sie ein wenig weiter weg und laß sie los", antwortete Foster. „Jetzt brauchen wir sie ja nicht mehr."

„Und wenn die Dakotas sie finden?"

Ungesattelte Pferde rufen kein Mißtrauen hervor, Lange. Tu, wie ich dir sage. Vorwärts, Burschen, sammelt euch beim Felsen und nützt diesen Aufenthalt gut aus. Auf dem Floß werden wir länger als einen Tag und eine Nacht bleiben müssen."

Das verschwundene Floß

Der Indianer, den Foster in einiger Entfernung gesehen hatte, war niemand anderer als Weiße Feder.

Als der Navajo sah, daß sein einfacher Plan, die Flucht der Weißen durch Entzug der Kanus zu verlangsamen oder gar unmöglich zu machen, mißlungen war, weil Foster den Einfall gehabt hatte, als Ersatz für die davongeschwommenen Boote ein Floß zu bauen und nun im Begriff war, mit dem Schatz zu entwischen, war er auf eine andere List verfallen.

Hinter Bäumen versteckt, nahm er seinen Federschmuck ab, entfernte jedes Zeichen, das ihn von gewöhnlichen Kriegern unterscheiden mochte, und bemalte sich mit Schlamm das Gesicht so, wie es die Dakotas zu tun pflegten. In seinem Nacken trug er jetzt eine lange abwärtsgerichtete Feder und quer über die Brust eine Art Liane, wie es den Dakotas zum Tragen von Streitaxt und Pfeilen diente. Auf diese Art als Dakota verkleidet, der etwas aus dem Wasser holen wollte, hatte er so gehandelt, daß ihn die Weißen bemerken und dabei glauben mußten, er sähe sie nicht.

Es war ihm gelungen, Foster von der Anwesenheit der Dakotas an dieser Stelle zu überzeugen. Jetzt war er wieder hinter die Bäume zurückgekehrt, da er gewiß war, daß sich die Weißen bis zum Abend nicht mehr vom Fleck rühren würden. Erst im Dunkeln hätten Foster und seine Leute wieder den Mut, die Reise fortzusetzen.

Um die Banditen immer mehr von der Anwesenheit der Rothäute in ihrer Nähe zu überzeugen, stieß Weiße Feder hie und da leise Rufe aus. Er ahmte das Bellen der Kojoten, einmal das Wiehern eines Pferdes, manchmal einen Indianerruf nach.

Während er im Begriff war, auf einen Baum zu klettern, um die in der Bucht versteckten Weißen zu beobachten, sah er einen von Fosters Männern die losgebundenen und abgezäumten Pferde verjagen.

Rasch und vorsichtig verbarg er sich in einem Busch. Er wartete, bis der Mann zu seinen Leuten zurückgegangen war, und trat dann aus einem Versteck hervor. Ohne das geringste Geräusch zu verursachen, gelang es ihm, einen Hengst an der Mähne zu packen. Er hielt ihn dann an den Nüstern fest, legte ihm als Zügel einen Riemen an, den ein Indianer stets bei sich trägt, und band ihn an einen Baum.

Fünfmal wiederholte er dieses Kunststück und versicherte sich dadurch der fünf Pferde, die er brauchte. Dann jagte er die restlichen Pferde fort, die freiheitstrunken gemeinsam davonstoben.

Als der Abend endlich herabsank, kroch der Indianer wieder vor, versteckte sich in einem Busch und wartete.

Foster schlief, in eine Decke eingewickelt. Lange stand ahnungslos, wenige Meter von Weißer Feder entfernt, Wache. Die anderen Männer ruhten, in ihre

Decke gehüllt. Vom Fluß stieg eine Feuchtigkeit auf, die in die Knochen drang. Niemand hatte es riskiert, ein Feuer zu entfachen. Dies zu tun, hätte nur Harry oder die Dakotas herbeigerufen.

Die Nacht wurde immer dunkler. Der Himmel war klar, und im Mondlicht glitzerte der Fluß wie Silber.

„Lange, hörst du nichts?" flüsterte auf einmal Foster.

„Nichts", antwortete Lange. Er dachte dabei, daß er bald reich sein würde, wenn alles gut ginge. Und sicherlich hatten die übrigen Kameraden, wenn sie nicht schliefen, in diesem Augenblick denselben Gedanken. Der Schatz, den sie mit sich führten, war unbeschreiblich wertvoll, doch jeder von ihnen hätte ihn am liebsten für sich allein besessen. Jeder fragte sich in seinem Innersten, ob es nicht günstig wäre, sich des einen oder anderen zu entledigen. Nach dem Tod Baxters, Lustons, Eriks und des letzten Mannes, den der geheimnisvolle Pfeil aus der Dunkelheit wie die anderen niedergestreckt hatte, waren sie nur mehr acht. Es war schade, die Beute in acht Teile teilen zu müssen, wenn man sie unter weniger Personen verteilen könnte, falls zwei oder drei Kumpane stürben.

Zahlte sich ein Mord aus? fragten sich die Männer, die im Mondlicht auf dem Boden lagen. Zahlte es sich aus, zwei oder drei Männer zu beseitigen?

„Lange", rief Foster, „hörst du nichts? Halte Augen und Ohren offen!"

Lange verließ sein Vesteck und näherte sich seinem Chef.

„Was willst du?" fragte Foster.

„Sst!" warnte Lange leise. „Foster, ich habe eine Idee...", begann er. „Schließlich und endlich, wer hat denn, nach Baxter, in diesem Unternehmen das meiste aufs Spiel gesetzt? Ich und du. Erscheint es dir richtig, die Beute zu gleichen Teilen unter den Kameraden zu verteilen?"

In Langes Augen leuchtete ein seltsames Licht. Die Gier nach dem Gold ließ ihn die Gefahr vergessen, die sie noch nicht überwunden hatten.

„Du bist verrückt", antwortete Foster. „Wir brauchen alle Leute, um hier herauszukommen."

„Sst! Sprich leise. Glaubst du nicht, daß auch die anderen dasselbe denken? Heute hörte ich, wie zwei darüber sprachen."

„Und... was möchtest du tun?" fragte Foster, den Blick in seine Augen gerichtet.

Die beiden sprachen leise weiter.

Weiße Feder streckte den Kopf aus dem Busch. Foster und Lange kehrten ihm in einiger Entfernung den Rücken zu. Die anderen Männer lagen am Fuß der Felsen. Das Floß lag kaum zwei Schritte von ihm entfernt. Es war fast ganz mit Zweigen bedeckt und mit einem Seil an einem Busch festgemacht.

Weiße Feder sah noch lange um sich. Da dunkle Schatten, dort vom Mond erhellte Stellen. Das Floß lag fast im Dunkeln, nur die Zweige, die die Goldsäcke bedeckten, und die Sättel waren deutlich erkennbar.

Der Indianer zögerte nicht mehr. Er hängte sich Bogen und Gewehr um, zog das Messer aus dem Gürtel und kroch unhörbar wie eine Schlange zum Floß.

„Sst!" Es war wieder Foster. „Ich glaube, da ist jemand."

„Du träumst, hier ist niemand", antwortete Lange, der unbedingt seinen Kameraden überreden wollte, einige von den Männern aus dem Weg zu räumen.

Inzwischen setzte Weiße Feder das Messer an das Seil an. Als er fühlte, daß es sich an der Schnittstelle zerfranste, glitt er auf das Floß und blieb einen Augenblick regungslos im Schatten der Laubäste liegen.

Da rissen die letzten Seilfransen. Mit einem kaum vernehmbaren Säuseln bewegte sich das Floß. Die Strömung führte es langsam am Ufer entlang und zerrte es bald in die Mitte des Flußbettes, wo es schnell davonschwamm.

„Ich sage dir, daß sich irgend etwas bewegt", beharrte Foster, diesmal mit lauter Stimme. „Sehen wir nach!"

Lange folgte ihm widerwillig; er wollte doch den Kameraden überreden, gegen die übrigen Kumpane vorzugehen. Es würde genügen, nur einige von ihnen zu beseitigen ...

„Siehst du, Foster, nichts. Vielleicht war es der Wind oder eine Schlange. Entschließe dich also! Wenn du kein Risiko eingehen willst, können wir uns darauf beschränken, mit dem Floß durchzubrennen. Die anderen werden uns nie einholen können. Sie haben nicht einmal Pferde. Also, bist du endlich einverstanden? Wenn du willst, teilen wir auch alles in zwei gleiche Teile. Verstehst du, was ich damit meine?"

„Das Floß ...", flüsterte Foster und ging ans Wasser. „Das Floß!" schrie er jetzt laut. „Es ist nicht mehr da! Ha, steht auf!"

Wo sie das Floß gelassen hatten, lag nur mehr ein zerschlissenes Seil.

„Verflucht", schrie Lange, „das Seil hat nicht gehalten!"

Foster fühlte, wie ein mächtiger Zorn seine Nerven packte. Sie hatten gekämpft, allerlei Gefahren die Stirn geboten, getötet für einen Schatz, den jetzt die Strömung davontrug.

Lange fühlte sich verloren. Er kannte Foster zu gut und wußte, daß er sich nicht sehr bald beruhigen würde.

„Wißt ihr?" schrie tatsächlich Foster seinen Kameraden zu. „Wißt ihr, was er mir vorschlug, während das Floß sich vom Ufer losriß? Er wollte mich überreden, euch alle umzubringen! Euch alle umzubringen, damit er das ganze Gold nur mit mir zu teilen brauchte! Habt ihr verstanden? Genau das schlug er mir vor, als das Gold zum Teufel schwamm!"

„Schuft!" schrie einer der Männer.

„Verräter, das wirst du büßen!" fluchte ein anderer.

„Bringen wir ihn um!"

„Ja, bringen wir ihn um, dieses Schwein!" brüllte irgendwer, das Messer zückend.

Lange schlotterten die Knie. Er hatte nicht einmal mehr die Kraft, die Pistole aus dem Gürtel zu ziehen.

„Nein! Ich bitte euch, hört mich an! Das ist nicht wahr! Er, nur er wollte euch ermorden! Glaubt mir, es war Foster! Ah!"

Foster hatte ihm ein Messer in den Bauch gerannt. Die anderen warfen sich auf den Verletzten und entluden ihren ganzen Zorn und ihre bittere Enttäuschung.

„Genug!" befahl Forster plötzlich. „Wir haben zuviel Zeit verloren. Wir müssen die Pferde wiederfinden und dem Flußlauf folgen. Das Floß wird an einer Klippe oder im Schilf des Ufers gestrandet sein. Vorwärts, sucht die Pferde, wir müssen sie finden!"

Die Männer liefen fort und suchten unter den Bäumen im Dunkeln ihre Pferde. Alle waren nur mit Pistolen und Messer bewaffnet, da sie ihre Gewehre mit dem Gold und dem Sattelzeug auf das Floß geladen hatten.

Sie suchten lange. Mit der Beharrlichkeit der Verzweiflung suchten sie das ganze umliegende Gebiet ab, doch von den Pferden fanden sie kein einziges mehr. Auch die fünf Tiere nicht, die Weiße Feder an einen Baum gebunden hatte.

Sie hatten beim Mord an Lange wirklich zuviel Zeit verloren.

Der rächende Sturm der Dakotas

Als Baxters Männer in dem Glauben, die Dakotas wären in ihrer Nähe, sich auf das Ufer zurückzogen und dort das Floß verstauten, wußte Weiße Feder, daß er sie ausreichend erschreckt und zum Entschluß gezwungen hatte, den Aufbruch mit dem Floß in die späte Nacht zu verschieben. So kehrte er in den Wald zurück, um die fünf angebundenen Pferde zu holen, und führte sie weiter nach Süden, wo Foster sie sicher nie gesucht hätte. Dann war es ihm gelungen, das Floß zu entführen, und er hatte sich von der Strömung bis zu einer Stelle treiben lassen, wo der Fluß zwischen den Felsen eine große Biegung machte. Dort angelangt, war er mit Hilfe der von den Weißen angefertigten langen Ruder aufs Ufer aufgefahren und hatte das Floß im Schilf vertäut. Während nun Foster und Lange einander der Mordabsicht an den Kameraden beschuldigten, war er um die Pferde zurückgelaufen.

Nun durchquerte er, auf einem der Tiere reitend und mit den anderen vier, die in natürlichem Herdentrieb folgten, den Wald, weil er vorhatte, den felsigen Hügel zu umgehen, um dem Sheriff entgegenzureiten. Plötzlich hörte er das Gebell der Kojoten.

Weiße Feder kannte den Ruf dieser Tiere sehr genau, und es war ihm nicht schwer zu erkennen, daß es sich nicht um einen wirklichen Kojoten handelte, sondern um einen Dakota, der auf diese Art eine Botschaft oder ein Signal weitergab. Ein neuer Einfall ließ ihn seine Absicht ändern. Er hielt die Pferde unter einem der höchsten Bäume an, erkletterte den Stamm und spähte um sich. Nur einen Gewehrschuß weit entdeckte er ein Lager, das nach seiner Schätzung etwa 50 Dakota-Jägern diente. Er nahm das Gewehr von der Schulter und schoß einige Male in die Luft. Die Dakotas stürzten aus ihren Zelten und liefen mit ihren Waffen in der Faust zwischen den Feuern umher.

Weiße Feder gab noch einige Schüsse ab, und als er sah, daß die Indianer auf ihre Pferde sprangen und in seine Richtung aufbrachen, kletterte er schnell von Ast zu Ast auf die Erde herunter. Er saß auf, und von den vier anderen Pferden gefolgt, galoppierte er auf die Bucht zu, in der Foster mit seinen Leuten lagerte. Als er auf vielleicht hundert Meter an die Stelle herangekommen war, an der er das Floß losgebunden hatte, sah er, daß die Weißen noch dort standen. Da schoß er wieder und warf den Hengst in vollem Tempo das Ufer entlang.

Fosters Leute, von den Schüssen aufgeschreckt, hatten sich ratlos an die Felswand gedrückt, als sie die Schüsse hörten. „Wer konnte das sein?" fragten sie sich. Bereit, sich unter allen Umständen und gegen jeden Feind zu verteidigen, zogen sie alle ihre Pistolen.

„In Deckung!" schrie Foster, der dachte, daß sie durch das Gebiet der Dakotas fliehen könnten, hätten sie noch die Pferde. „Schießt!"

Foster verstummte. Von vier Pferden gefolgt galoppierte ein Indianer so schnell wie ein Blitz auf dem vom Mond kaum beschienenen Ufer dahin.

„Halt", befahl er seinen Männern. „Keinen Schuß mehr. Vielleicht hat er uns nicht gesehen."

Doch er irrte sich. Weiße Feder, noch als Dakota verkleidet, hielt an, nachdem er das Lager der Weißen hinter sich hatte. Er schoß, sich umdrehend, noch einige Male und galoppierte weiter, als die anderen sein Feuer erwiderten.

Foster und seine Leute schossen, obwohl sie ihn nicht mehr sehen konnten, immer noch in die Richtung, in der der Indianer verschwunden war. Und das war ein unheilbringender Fehler.

Mit wildem Geschrei, Gewehre, Bogen, Lanzen und Tomahawks schwingend, brachen die von den Schüssen angelockten Dakotas wie ein Sturmwind in die Bucht ein.

Foster und seine Leute verteidigten sich mit dem Mut der Verzweiflung. Sie schossen ihre Pistolen leer, verfluchten den Augenblick, in dem sie ihre Gewehre auf das Floß geladen hatten, und zogen ihre Messer. Sie versuchten verzweifelt, sich der Dakotas zu erwehren, doch sie unterlagen ihnen nach wenigen grauenvollen Sekunden.

Entwaffnet und gefesselt, wurden Foster und fünf andere Überlebende an Bäume gebunden. Die Indianer entzündeten ein großes Feuer, umwickelten die Spitzen ihrer Pfeile mit Binsenfasern und stellten sich dann vor den Bäumen auf.

Fosters Augen quollen aus den Höhlen. Der Tod am Marterpfahl jagte ihm unsagbaren Schrecken ein, ließ ihn wahnsinnig werden. Er sah die angezündeten Pfeilspitzen auf sein Gesicht gerichtet, auf seine Augen, auf die Brust, und wäre gern gestorben, bevor er sich von den Pfeilen durchbohrt spürte.

Alle anderen Männer schrien verzweifelt, doch ihr Geschrei vermischte sich mit dem wilden Geheul der Dakotas.

„Bringt uns nicht um!" schrie Foster, als er sah, daß die Indianer ihre Bogen spannten. „Bringt mich nicht um, wartet! Ich bin gekommen, um euch einen großen Schatz zu bringen!"

Seine letzten Worte erstarben in einem schrecklichen Aufschrei, dem das Jammern seiner fünf von den brennenden Pfeilen getroffenen Schicksalsgefährten folgte.

Von weitem sah Weiße Feder triumphierend zu. Endlich war sein großer Häuptling Konakab gerächt worden, der Schatz des Grabes in Sicherheit.

Er blieb lange dort stehen und betrachtete den entfesselten Tanz der Dakotas, sah das Skalpieren der sechs weißen Männer. Erst als er die Dakotas auf ihre Pferde springen und bald darauf in die Richtung ihres Lagers fortziehen sah, wo sie bei verschiedenen Riten den Rest der Nacht zubringen würden, ritt er zurück.

Fosters und seiner Leute gemarterte Leiber betrachtete er kaum. Seine Feinde waren eben tot und interessierten ihn nicht mehr. Ihre Waffen waren zur Beute der Dakotas geworden, ihre Decken verschwunden. Der Wagen war fast intakt, bloß ein Rad war zerschlagen worden.

Weiße Feder spitzte die Ohren. Alles war still, nur einige noch glosende Zweige knisterten.

Er sah einen der Pfähle, die schon Baxter dazu bestimmt hatte, als Kufen auf dem schlammigen Flußufer die Wagenräder zu ersetzen, aber nicht verwendet worden waren, da keine Zeit dazu übriggeblieben war. Er montierte ihn an den Wagen. Es war eine lange und mühevolle Arbeit, die der Häuptling langsam verrichtete. Als er sie schließlich beendet hatte, spannte er zwei der fünf Pferde vor den Wagen, wozu er sich der Lianen bediente, die vom Floßbau übriggeblieben waren. Langsam, jedes Geräusch möglichst vermeidend, führte er nun den Wagen bis zu der Stelle, an der er das Floß festgemacht hatte. Im Mondlicht trug er die schweren Goldsäcke und die Waffen vom Floß auf den Wagen und vergaß dabei nicht, auch zwei Sättel, einen für den Sheriff und einen für Smith, mitzunehmen. Als die Ladung vollständig war, zog er langsam stromaufwärts los. Die losen Pferde folgten den beiden, die vor den schweren Wagen vorgespannt waren.

„Es wäre besser, umzukehren", meinte Smith, sich auf den Boden setzend. „Hast du nicht diese Schüsse gehört? Sie haben Weiße Feder umgebracht. Sie werden auch uns umbringen."

„Los, Smith, gehen wir weiter! Sie können nicht sehr weit sein. Du wirst sehen, daß wir sie spätestens in einigen Stunden einholen. Es ist nicht gesagt worden, daß Weiße Feder tot sein muß."

„Auf wen sollen sie denn sonst geschossen haben? Auf Nattern? Nein, ich gehe keinen Schritt mehr weiter, ich bin müde und will nicht zugrunde gehen. Warten wir hier. Wenn Weiße Feder irgend etwas zustande bringt, wirst du sehen, daß er uns davon benachrichtigt. Nicht wahr?"

Sie waren lange marschiert, die ganze Nacht. Der Tag kündigte sich schon lange an, der Wald war schon ein wenig heller geworden, der Fluß strahlte eine dumpfe Farbe aus. Harry war unbewaffnet, Smith besaß nur das Messer.

„Nun gut, halten wir kurze Zeit, aber dann gehen wir weiter", gab Harry nach und ließ sich müde auf dem Flußufer nieder.

„Was nützt es, wenn wir weitergehen, Harry! Ich weiß es wirklich nicht", sagte Smith kopfschüttelnd. „Wenn wir auch annehmen wollen, daß Weiße Feder noch auf dieser verfluchten Erde wandelt, können wir nichts unternehmen. Sie sind uns an Zahl so überlegen! Wir werden wie Mäuse in der Falle sterben, lieber Harry. Wenn wir die Flußbiegung hinter uns gebracht haben, haben wir die ganze Bande vor uns, du wirst es sehen. Ahnst du das Gelächter von Foster? Und diesmal wird er uns ohne Bedenken ins Jenseits befördern, glaube mir das."

„Sei still, Smith! Hörst du nichts?"

Smith horchte und vernahm das noch schwache Geräusch eines Wagens und mehrerer beschlagener Pferde.

Das Tageslicht breitete sich aus.

„Verdammt", fluchte Smith aufspringend. „Sie sind es, sie kommen zurück! Sie werden den Dakotas begegnet sein, Harry, verstecken wir uns, sonst bringen sie uns um!"

Diesmal folgte Harry dem Rat seines Adjutanten, und beide versteckten sich im hohen Gras, das um die Bäume auf dem linken Flußufer wucherte.

„Harry...", flüsterte Smith, der das Messer in der Hand hielt, „wenn uns Baxters Leute nicht sehen, finden uns sicher die Dakotas, die sie verfolgen!"

„Hoffentlich nicht, mein Freund. Wenn es aber geschehen sollte, werden wir im Bewußtsein sterben, daß wir wenigstens versucht haben, unsere Pflicht zu erfüllen."

„Verdammte Pflicht, Harry!" sagte Smith zwischen den Zähnen. „Es wäre mir lieber, ich hätte sie nie so ernst genommen. Da müßte ich jetzt nicht hier sein und um mein Leben zittern."

„Hörst du?"

„Sie kommen."

In der Biegung erschien ein Indianer zu Pferd, hinter ihm kamen andere Pferde und ein Wagen. Sie zogen sehr langsam das schlammige Ufer herauf und verursachten dabei nur ein schwaches Geräusch.

„Die anderen werden nachkommen", flüsterte Harry in das Ohr von Smith. Der Wagen erreichte das Versteck der beiden Männer – da schrie Harry: „Das ist ja Weiße Feder, es ist Weiße Feder!" und er sprang hoch.

„Weiße Feder, wir sind es, kennst du den Sheriff nicht?"

Weiße Feder hielt die Pferde an. Die beiden Männer hätten ihn beinahe vom Pferd heruntergerissen, um ihn zu umarmen, und beschmutzten sich mit dem Schlamm, den er benützt hatte, um sich als Dakota zu verkleiden.

„Harry, ich möchte zehntausend Enkelkinder haben, um ihnen diese Geschichte zu erzählen", sagte schließlich Smith, als er sich beruhigt hatte. „Siehst du? Ich zwicke mich, um mich zu vergewissern, daß ich nicht träume."

„Mein Lieber, du bist wach, wir sind wirklich gerettet, und das Gold haben wir auch! Weiße Feder, wie hast du das gemacht?" fragte Harry, der seine Begeisterung kaum zähmen konnte. „Und die anderen? Wo sind Foster und die anderen Männer Baxters?"

Weiße Feder wies zuerst auf den Boden unter seinen Füßen, dann zeichnete er sich mit dem Finger einen Kreis rund um den Kopf.

„Getötet und skalpiert", verstand Harry.

„Hast du das getan, Weiße Feder?" fragte Smith. „Du bist unglaublich. Ich glaube beinahe nicht daran."

„Dakotas getan", sagte Weiße Feder langsam, stieg wieder zu Pferd und sie auf die beiden Sättel, die er ihnen mitgebracht hatte. „Ich geführt Dakotas zu bösen weißen Männern."

„Und das Gold?" fragte Smith. „Wie hast du das Gold wiedergefunden? Haben die Indianer dich es wieder nehmen lassen?"

„Weiße Feder genommen Floß. Auf Floß sein Gold, jetzt Gold sein auf Wagen. Wir gehen. Sofort nach Kanab."

Harry und Smith ließen sich diese Aufforderung nicht wiederholen. Sie sattelten die Pferde, die Baxters Leuten gehört hatten, und brachen auf. Die unwahrscheinliche Tat, die der Häuptling der Navajos vollbracht hatte, erweckte in ihnen eine unbeschreibliche Begeisterung.

Unterwegs bombardierten sie den Navajo mit tausend Fragen, und Weiße Feder mußte all seine bescheidenen Sprachkenntnisse aufwenden, um jede Einzelheit zu beschreiben, von dem Augenblick an, in dem er sein Dorf verlassen hatte, bis zu dem Moment, da er mit dem Wagen und den fünf Pferden vor ihnen erschienen war.

„Als du aber deine Pfeile auf Baxter, Luston und Erik abgeschossen hast", fragte Smith, „warum brachtest du nicht auch den Rest der Bande um?"

„Viele Pfeile abschießen", antwortete gelassen Weiße Feder, „weiße Männer schon meinen Platz, Häuptling der Navajos stirbt."

Sie galoppierten lange und zogen in auch sonst schnellerer Gangart dahin, bis sie das Dorf Kanab vor sich liegen sahen. Hier hielt Weiße Feder an.

„Sehen", sagte er und zeigte mit der Hand auf das Dorf.

„Aber ...", flüsterte Smith. „Das Dorf wird belagert."

„Meine Indianer", bestätigte der Häuptling der Navajos.

„Sie belagern Kanab", sagte Harry. „O Gott, wir sind gerade noch rechtzeitig gekommen. Sie hätten aber drei Tage lang warten sollen!"

„Sie warten", antwortete Weiße Feder, „aber bei Dorf. Wenn Gold nicht zurück, sie zerstören Dorf. Adieu, weiße Brüder!"

Der Sheriff und sein Adjutant sahen einander erstaunt an.

„Du kommst nicht mit uns?" fragten sie.

„Nein. Weiße Feder will mit Wagen und gelben Steinen zu Lager vom Stamm und rufen seine Indianer. Weiße Brüder in Dorf zurück und sagen allen, Weiße Feder, großer Häuptling der Navajos-Krieger, seine Brüder, ermordet von schlechten Weißen, haben gerächt und bringen gelbe Steine Konakab zurück. Weiße Feder hat gesprochen."

Der Indianer enfernte die Feder, die in seinem Nacken mit abwärts gerichteter Spitze hing, und setzte sie wieder so auf, daß sie in die Höhe zeigte. Dann reinigte er das strenge Antlitz.

„Adieu, weißer Bruder", sagte er zu Harry.

„Adieu, indianischer Sheriff!" rief ihm Smith nach. Dann sagte er leise: „Er hätte uns einige Nuggets zur Erinnerung zurücklassen können."

„Smith, wirst du dich nie ändern?" rügte ihn Harry, sein Pferd auf Kanab zu treibend. „Genügt es dir nicht, am Leben geblieben zu sein?"

„Gewiß, doch mit ein wenig Gold ginge es mir besser."

„Warum gehst du denn nicht unter die Goldsucher! Halte dich aber vom Grab Konakabs fern und besuche auch sonst kein fremdes!"

„Das ist eine gute Idee, Sheriff", antwortete Smith, „eine wirklich gute Idee. Ich werde von Kanab wegziehen. In den Westen. Man sagt, daß es genügt, am Boden zu kratzen, um sich die Fingernägel an so dicken Goldstücken zu zerkratzen." Und er zeichnete eine Form in die Luft. „Ja, jetzt kann ich gehen. Was habe ich noch in Kanab zu schaffen? Ich möchte niemandem im Weg stehen."

„Aber Smith, niemand schickt dich fort", lachte der Sheriff. „Wenn du willst, kannst du weiterhin bei mir bleiben."

„Bei dir?" staunte Smith mit aufgerissenen Augen. „Oh, nein, mein Lieber, jetzt reicht es mir! Solange du allein warst, konnte ich bei dir bleiben, doch wenn du jetzt diese blonde Schönheit heiratest, will ich nichts mit ihr zu tun haben."

„Peggie?" sagte Harry. „Smith, du scherzest!"

Smith begann leise zu singen. Harry sah zum Dorf. Weiße Feder hatte die Rothäute schon zurückgerufen, sie waren schon dabei, das Tal zu verlassen. Die Häuser waren immer deutlicher erkennbar, wurden immer größer. In einem wartete vielleicht ein blondes Mädchen ungeduldig auf die Rückkehr des Sheriffs.

„Du glaubst...", begann Harry und verstummte verlegen.

„Als wir aufbrachen", antwortete Smith kichernd, „hat sie dir mit solchen Blicken nachgeschaut, die auch mich zur Rückkehr gezwungen hätten. Harry, du brauchst ein wenig Zeit; sie muß nur Joe Baxter vergessen, am Ende wird sie doch verstehen, daß sie sich in dich verliebt hat. Du bist doch hundertmal mehr wert als Joe."

„Wenn die Dinge wirklich so stehen", sagte Harry hoffnungsvoll, „schenke ich dir... was du willst."

„Gut, hundert Flaschen Whisky", antwortete Smith.

Der Sheriff wollte ihm antworten, daß er sie ihm gern geben werde, als er bemerkte, daß ihm eine kleine Menschenmenge aus dem Dorf entgegenkam. Allen voran schritt, glücklich lächelnd, Peggie. Ihr Haar glänzte heller als Gold.

Schwarze Prärie

Ungemütliches Wiedersehen

Er konnte das Dorf schon sehen. Noch eine halbe Wegstunde, und endlich würde er in einem Bett ruhen können.

Er war sehr schläfrig. Seit drei Tagen und drei Nächten hatte er kein Auge geschlossen, sich ohne eigentlichen Grund, ohne einen genauen Zweck wachgehalten.

Niemand lief ihm nach, niemand erwartete ihn. In Hays City gab es keinen einzigen Menschen, der sich für seine Knochen interessierte, und wenn er unterwegs gestorben wäre, hätte ihn niemand beweint. So dachte er zumindest. Darüber war er allerdings in seinem Innersten froh, denn dieser völlige Mangel an Bindungen ließ ihn vollkommen frei.

Tatsächlich hing er von niemandem ab, er konnte auf alles und auf alle pfeifen und ohne jegliche Verpflichtung heute dahin, morgen dorthin ziehen, ohne irgend jemandem darüber Rechenschaft ablegen zu müssen, nicht einmal jenem Menschen, der ihn früher einmal zu einem x-beliebigen Mann machen wollte, der womöglich sein Leben hinter einem Ladentisch verbringen sollte.

Seit seiner Geburt hatte Bill Cody immer so gelebt, er hatte die Prärie zwischen Osten und Westen hin und her durchstreift, ohne genau zu wissen, wo er sich am folgenden Tag befinden und womit er seinen Hunger stillen würde.

Cody dachte, gemütlich dahinreitend, Buffalo Bill oder Büffel-Bill, sieh einer an, wie mich die Farmer im Westen umgetauft haben! Und er ritt weiter auf das Dorf zu, recht zufrieden mit diesem Spitznamen, den ihm die Pioniere des Westens wegen seiner besonderen Gaben als Büffeljäger gegeben hatten.

Hays City lag nun schon ganz nahe. Cody erkannte die ersten Baracken, das Dach des Saloons, das kleine Fort, den Silberstreifen des Flusses.

Dann ruhte sein Blick auf den Arbeiterhütten, die sich im Westen des Dorfes erhoben. Sie hatten sich erschreckend vermehrt.

Als er Hays City verlassen hatte, gab es ungefähr zwanzig Baracken, jetzt standen dort zumindest hundert davon. Sie waren alle eng beieinander, längs der ersten, im Bau befindlichen Schienenstrecke aus dem Boden geschossen.

Cody beschleunigte die Gangart seines Pferdes. Er wollte sich vergewissern, daß sein Stückchen Grund und Boden, wie er seine Baracke zu nennen pflegte, noch unberührt dalag.

Eigentlich machte ihm dies nicht viel aus. Er hatte nicht vor, sich noch in diesem verfluchten Nest aufzuhalten. Absolut nicht!

Er war gerade dabei, sich es selbst zu sagen, als eine Stimme ihn aufforderte, die Hände möglichst hoch zu heben, wenn er kein Sieb werden wollte.

Cody gehorchte, mehr aus Neugierde, den Angreifern ins Gesicht zu sehen, als aus einem anderen Grund.

Schließlich wollte er keine Gegner abknallen, ohne vorher ihre Bekanntschaft gemacht zu haben.

„Bei allen Flußkröten, die es gibt!" rief er und senkte die Arme. „Du bist es, Ross?"

Ja, es war der alte Ross, ein pockennarbiger Gewalttäter, und zwei Cowboys, die er noch nie gesehen hatte.

„Cody, nimm die Hände wieder in die Höhe", befahl Ross, näher kommend. „Ich vertrage keine Scherze, das weißt du. Und ich möchte dich nicht vorzeitig zum Schöpfer schicken."

Cody gehorchte. Was, zum Teufel, wollte dieser Schuft von ihm?

„Nur Mut, sage mir, was du willst!"

„Nichts Besonderes, Cody. Ich habe nicht die Absicht, deine Taschen zu leeren..."

„Du wärst enttäuscht", lachte Buffalo Bill. „Nicht einmal der Schatten eines Dollars ist da. Du kannst mich umdrehen, und ich lasse es dich ruhig tun. Du würdest mir helfen, die Läuse abzuschütteln, die ich mir bei den Indianern geholt habe."

„Cody, deine Dollars will ich nicht."

„Wirklich? Und was willst du also?"

„Höre: Im Dorf wird dir ein gewisser William Hunter einen Vorschlag machen."

„Welcher Art?"

„Als sein Angestellter Büffel zu jagen."

Cody senkte enttäuscht die Arme nieder.

„Und um mir das zu sagen, empfängst du mich gleich mit zwei Spießgesellen und vorgehaltenen Pistolen? Ah, armer Ross, du bist wirklich alt geworden! Was, zum Teufel, glaubst du, daß mir dieser Hunter, seine Büffel und seine Anstellung ausmachen?"

„Er wird dich bitten, für ihn gegen gutes Geld zu arbeiten."

„Er könnte mir das ganze Gold Kaliforniens anbieten, und ich würde nicht annehmen. Ross, du kennst mich zuwenig. Hunter und ich waren niemals Freunde."

Ross war davon wenig überzeugt: „Gib acht, Cody, wenn du mich hereinlegen willst, wirst du ein kurzes Leben haben."

„Deine Drohungen regen mich gar nicht auf. Bei allen Flußkröten, das sind aber komische Geschichten!"

„Und du wirst nicht einmal dann annehmen, wenn er dir dreihundert Dollar im Monat anbietet?" fragte Ross zweifelnd.

„Nicht einmal dann, das schwöre ich dir auch auf indianisch! Ich arbeite nur auf eigene Rechnung. Und ich weiß nicht einmal, ob ich hier bleibe."

Bill gähnte.

„Kann ich jetzt weiterreiten?"

„Ich habe es dir noch nicht erlaubt", erklärte Ross.

Er zögerte. Er hatte sich von Cody eine ganz andere Reaktion erwartet. Dieses Nachgeben kam ihm verdächtig vor, es überraschte ihn, denn es war sonst nie leicht gewesen, sich mit Cody schnell zu verständigen.

„Ich weiß, was du denkst", sagte Bill, da er seine Gedanken las, „aber das ist die Wahrheit: Ich schwöre dir, daß ich für Hunter keinen Finger rühren werde, was immer er mir anbieten mag. Und jetzt laßt mich weiterreiten. Ich habe es nicht eilig, das ist aber doch kein Grund, erst in der Nacht im Dorf einzutreffen."

Das Pferd setzte sich in Bewegung. Die beiden Cowboys sahen Ross fragend an, der schüttelte jedoch verneinend den Kopf.

„Du läßt ihn gehen?" staunte einer der Spießgesellen.

„Vielleicht lügt er nicht. Immerhin haben wir ihn gewarnt. Morgen werden wir sehen, ob er uns foppen wollte. In diesem Fall wißt ihr, was ihr zu tun habt, nicht wahr?"

Während Cody im langsamen Schritt auf Hays City zuritt, fragte er sich um die wirklichen Gründe zu dieser Herausforderung.

Ross war nicht der Typ, der sich wegen dreihundert Dollar umgarnen ließ, wenn auch dreihundert Dollar im Monat eine beachtliche Summe darstellten. Hinter dieser Angelegenheit mußte etwas Faules stecken. Oder eine Prestigefrage. Ross liebte es, für den besten Jäger des Westens gehalten zu werden.

Das war Buffalo Bill allerdings vollkommen gleichgültig. Um dreihundert Dollar hätte er, Cody, nicht einmal eine Stecknadel vom Boden aufgehoben, wenn er dabei gezwungen gewesen wäre, in Hunters Dienste zu treten.

Beim Gedanken an Hunter, William Hunter und seine Bande, drehte sich ihm der Magen um.

„Der Teufel soll sie holen", flüsterte er, als er das Dorf erreichte. „Ich möchte nicht einmal ihren Namen hören."

Es geht um viele Dollars

Buffalo Bill war gerade beim Rasieren, als er ein Knarren hörte.

Ohne den Blick von dem an der Wand hängenden Spiegelscherben zu wenden, zog er den großen Trommelrevolver aus dem Gürtel und legte ihn auf die Seifenschüssel.

Diese Vorsichtsmaßnahme war überflüssig. Er bemerkte es, als die Türe aufging und der Neger Tom mit dem Hut in der Hand auf der Schwelle erschien. Die Augen des Negers waren neugierig aufgerissen.

„Da sieh einer an", rief Bill, „suchst du mich?"

Der Neger sah sich gespannt um. Bill ergriff die Pistole, drehte sich plötzlich um und schoß gut gelaunt einigemal knapp an Toms Kopf vorbei.

Der Neger stotterte mit erhobenen Armen: „Haben Mitleid, Massa Bill, das nicht mehr dun! Welche Angst, mein Godd, ich weiß, daß Sie gud schießen können, aber was isd, wenn Sie rechts vorbeischießen, und ich statt nach lings nach rechts ausweiche oder wenn ich nach lings ausweiche, während Sie lings vorbeischießen an mir, weil glauben, daß ich ausweichen nach rechts ..."

„Bitte, Tom, das genügt! Ich werde nicht mehr auf dich schießen, ich verspreche es dir, und wäre es nur aus dem Grund, um nicht mehr eine solche Rede über mich ergehen lassen zu müssen."

„Danke, Massa Bill."

„Also, wer schickt dich?"

„Massa McCarty."

Tom erklärte, daß McCarty, Leiter der Gesellschaft, welche die Eisenbahnlinie Kansas-Pacific baute, etwas von Buffalo Bill brauche und ihn bitten lasse, sobald es ihm möglich wäre, in sein Büro zu kommen.

„Weißt du, worum es sich handelt?"

„Nein, Massa Bill, aber isd sicher, daß mein Herr Ihnen viel Geld, viele Dollars anbieden will."

Cody wurde nachdenklich. Zuerst stellte sich ihm ein Hungerleider mit schußbereiter Pistole und einer Leibwache in den Weg, um ihm auszureden, eine Arbeit anzunehmen, und jetzt sollte ihm der Präsident der Kansas-Pacific-Eisenbahn viel Geld anbieten? Und viele Dollars, laut Tom.

„In Ordnung. Sage Mister Carty, daß ich bald komme."

„Sehr gud, Massa Bill."

Der Neger konnte sich nicht entschließen zu gehen. Bill beobachtete den zögernden Neger im Spiegel, vor dem er seine Rasur fortsetzte.

„Also? Was willst du noch?" fragte er.

„Also", sagte der Neger verlegen und von den eigenen Worten in Erregung versetzt, „isd es wahr, daß Sie, Massa Bill, haben viele Indianer skalbierd?"

Bill hielt mit dem Rasiermesser in der Luft an.

„Und isd es wahr", fuhr der Neger fort, „isd es wahr, daß Sie haben einmal einem Cheyennen geöffned Bauch und mid Sdeinen vollgemachd?"

Des Negers Augen glänzten vor Entsetzen und Bewunderung zugleich. Solche Taten mußten seine Phantasie erregen und Buffalo Bill als gewaltigen rächenden Gott hinstellen.

„Das ist nichts", antwortete Bill, „im Vergleich zu dem, was ich einem gewissen Neger antun werde, den ich kenne. Ich werde ihm den Bauch öffnen, die Eingeweide herausnehmen und damit ein Röhrensystem anlegen, welches das Flußwasser in mein Waschbecken leiten wird."

Damit wandte er sich mit dem Rasiermesser in der Hand um, bereit, auf Tom loszugehen.

Der Neger riß die großen Augen auf, schnappte nach Luft und lief, wie aus der Pistole geschossen, davon.

Cody gelang es, seine Rasur ohne neue Unterbrechungen zu beenden. Er säuberte seine Stiefel und ging dann Tom nach, nicht ohne sich vorher vergewissert zu haben, daß seine beiden großen Trommelrevolver am Gürtel hingen.

Auf der Straße, die das Dorf der Länge nach in zwei Sektionen teilte, gab es das übliche Kommen und Gehen von Cowboys, Pferden und Whiskyhändlern. Die Arbeiter der Eisenbahngesellschaft waren auf der Baustelle, doch der Geruch ihres Schweißes lag auch hier in der Luft.

Den ganzen Tag schufteten sie ja, um wenige Dollars, mit nacktem Oberkörper in der brennenden Sonne.

Cody hätte sich nie der mörderischen Arbeit unterworfen, welche die Arbeiter der Gesellschaft zu verrichten gezwungen waren.

Es waren Leute aller Schichten und von verschiedener Herkunft, wie Pioniere, enttäuschte oder ausgeraubte Goldsucher, Leute, die sich dem Gesetz irgendeines Landes entzogen hatten, Farmer, die es müde geworden waren, auf den dollarbringenden Ertrag ihres Bodens zu warten.

Die Arbeiter der Eisenbahngesellschaft waren größtenteils solche Gestalten. Jeder von ihnen trug in der Tasche seine Pistole und war bereit, damit jeden über den Haufen zu schießen, der ihm auf den Fuß zu treten oder ihm einen Dollar zu stehlen gewagt hätte.

Und unter ihnen gab es auch viele andere, noch weniger empfehlenswerte Gestalten, denen die Arbeit beim Eisenbahnbau nur dazu diente, ihre nächtlichen Ausflüge in die umliegenden Ranches, Viehzuchtstationen und Wohnungen des Dorfes zu vertuschen.

In ihrem Gefolge und in dem Maße, in dem der Bau fortschritt, stellten sich in stets größer werdender Zahl Whiskyhändler, Hasardspieler und Spekulanten ein, die ihre Aufgabe darin erblickten, die Arbeiter um ihr sauer erschuftetes Geld zu erleichtern, sie dazu zu verführen, an einem einzigen Abend all das zu verspielen und zu vertrinken, was sie in einer Woche verdient hatten.

Cody sah viele neue Gesichter. Einige davon bemerkten ihrerseits ihn, der, erst knapp über zwanzig Jahre, mit seinem spitzen und sonnverbrannten Gesicht wie ein vorzeitig gealterter Junge wirkte.

Er öffnete die Tür der Kansas-Pacific-Company.

Hinter einem Holztisch saß ein fein aussehender junger Mann, der erst vor kurzem hier eingetroffen sein mußte, geradewegs aus einer guten Familie aus St. Louis oder Baltimore. Er trug Stadtkleidung und eine große, schwarze Masche am Kragen.

Als Cody ihn sah, erinnerte er sich an eine Reise, die er kurz vorher unter Stadtleuten in schmucken, faltenlosen Stadtkleidern auf einem weißen Missourischiff unternommen hatte.

„Was wünschen Sie?" fragte die Stadtblüte mit leicht verächtlichem Ton und einem Blick, der offene Abscheu vor den abgetragenen Kleidern des soeben eingetretenen Unbekannten verriet.

„Wenn es sich um Arbeit handelt, müssen Sie auf den Bauplatz gehen."

„Sage deinem Herrn, daß Cody da ist", schnitt ihm Buffalo Bill das Wort ab.

„Wie?"

„Cody", wiederholte Buffalo. „Buffalo Bill Cody."

Der Jüngling erbleichte und stotterte: „Sie sind ... Sie sind es wirklich?"

Seine Überraschung war echt. Eine Überraschung, die aus Bewunderung, Neugier und ein wenig Angst bestand.

„Was ist los, Bursche?" fragte Bill. „Ist dir schlecht?"

„Nein, Mister Cody, nur ..."

„Was?"

„Nur ... ich weiß nicht. Es freut mich sehr, Ihre Bekanntschaft zu machen. In St. Louis und Baltimore spricht man viel von Ihnen."

Cody war überrascht.

„Wirklich?" fragte er.

Daß sein Name so weit bekannt war, schien ihm unwahrscheinlich.

In der Umgebung kannte man ihn auf Grund verschiedener Leistungen, die er vollbracht hatte, wegen seiner Schußgenauigkeit und auch deshalb, weil er als tüchtiger Indianerjäger galt – doch er hätte nie vermutet, daß man auch in St. Louis und Baltimore von ihm sprach.

Diese Neuigkeit ließ in ihm eine seltsame Empfindung aufkommen und jagte ihm einen angenehmen Schauer über den Rücken.

„Sogar die Zeitungen schreiben über Sie, Mister Cody."

„Wirklich? Was schreiben sie denn?"

„Daß Sie ein einmaliger Jäger sind, ein unbesiegbarer Feind der Indianer und ..."

Eine Tür ging auf, und ein kahler Kopf zeigte sich in dem Türspalt.

„Jim, wer ist dieser Mann? Ah, Sie sind es, Cody. Herein, kommen Sie nur, wir müssen ein wenig miteinander plaudern. Entschuldigen Sie bitte, wenn Jim, mein neuer Angestellter, Sie aufgehalten hat. Kommen Sie, kommen Sie!"

Cody trat in McCartys Büro ein. Dort standen ein geräumiger Schreibtisch, worauf viele Mappen lagen, einige große bestickte Lehnstühle aus Leder und zwei Wandschränke im englischen Stil. In einer Ecke stand der Safe.

„Nehmen Sie Platz, Cody. Ich dachte an Sie, da ich einen guten Jäger brauche."

„Wollen Sie eine Expedition ins Landinnere unternehmen, McCarty? Sie könnte wie die des Vorjahres enden. Sie wissen ja, es kam ein Engländer ..."

„Ich weiß. Es handelt sich nicht darum, Cody. Eine Zigarre gefällig?"

Cody lehnte ab.

„Also?"

„Es handelt sich um Dollars, viele Dollars für Sie, Mister Cody."

William Hunter wollte, wenigstens nach Ross' Erklärungen, ihm einen Vertrag anbieten, und nun bot ihm McCarty viele Dollars an. Kurzum, alle wollten ihm etwas anbieten! Es war zum Kichern.

„Sprechen Sie nur, Mister McCarty. Aber nur, wenn es sich wirklich um viele, viele Dollars handelt!"

Bill betonte die „vielen Dollars".

Zwölf Büffel im Tag

„Lieber Cody, Sie müssen nämlich wissen", begann der alte Glatzkopf, „daß die Eisenbahnstrecke nur langsam vorwärtskommt und der Gesellschaft mehr Geld kostet, als vorauszusehen war."

„Das glaube ich."

„Also, was ist aber der Hauptgrund zu dieser Verzögerung der Arbeiten? Wie Sie bemerkt haben werden, gingen die Arbeiten zu Beginn ziemlich rasch voran, dann ... sehen Sie ..."

McCarty zeigte auf einer der Karten, die auf dem Schreibtisch lagen, ein viereckiges Gebiet, das mit Zahlen und Zeichen besät war.

„Je weiter wir uns von Hays City entfernten, um so mehr verlangsamte sich der Arbeitsrhythmus. Wissen Sie warum?"

„Nein, ich weiß es nicht."

„Ich werde es Ihnen verraten: Weil wir zu weit von den Wohngebieten entfernt sind, so daß wir den Arbeitern nicht gestatten können, zum Essen und zum Schlafen nach Hause zu gehen. Wir müssen für ihre Versorgung am Arbeitsplatz verschiedene transportable Küchen verwenden, wie wir es ja schließlich auch auf dem vorhergehenden Bauabschnitt gemacht haben. Und ohne uns von den anderen Stationen die nötigen Nahrungsmittel nachsenden lassen zu müssen."

„Ja, und?" fragte Cody, der nicht verstand, worauf McCarty hinauswollte.

Er brachte die Geduld nur deswegen auf, weil ihm Dollars versprochen worden waren, und bevor er dieses Gerede satt hatte, wollte er sehen, ob er viele Dollars ohne Mühe haben konnte.

„Es ist gar nicht leicht, für die Versorgung aufzukommen. Die hiesigen Viehlieferanten sind nicht sehr leistungsfähig und außerdem sehr teuer."

„Das stimmt, hier gibt es nicht genügend Rinder."

„Genau das. Wir müssen zwischen zwei Möglichkeiten wählen."

Cody betrachtete das große Furunkel, das sich auf McCartys Nase bei jeder Silbe hob und senkte.

„Welche sind es?"

„Uns an die Märkte im Osten zu wenden, damit sie uns die Nahrung mit der Eisenbahn liefern, was eine sehr kostspielige Lösung darstellt, auch ohne in Betracht zu ziehen, daß die Linie für den Materialtransport frei bleiben müßte."

„Und die andere Möglichkeit?"

„Hier treten Sie in Szene, lieber Cody. Sie sind ein erfahrener und hochqualifizierter Junge."

„Danke."

Cody fühlte sich absolut nicht verpflichtet, bescheiden zu sein. Schließlich sagte ihm sein Gesprächspartner nichts anderes als die Wahrheit.

Und die Wahrheit darf nicht verletzen.

„Also?"

„Hier treten Sie mit Ihrem Gewehr, mit Ihrer Erfahrung, Ihrer Kenntnis der Prärie, der Büffelherden, der Indianer auf . . ."

„Ich begreife nicht."

„Sie werden schon begreifen, mein Freund, nur ein wenig Geduld. Ich habe erfahren" – und der Glatzkopf entnahm einer Schublade die Zeitung aus Baltimore –, „ich habe erfahren, daß Sie fähig sind, an einem Tag hundert Büffel zu erlegen. Hier, sehen Sie! Das schreibt auch die Zeitung aus Baltimore."

Cody nahm die Zeitung in die Hand. Bei allen Flußkröten, die Zeitung schrieb wirklich über ihn. Hier stand sein Name, William Cody, und sein Spitzname, Buffalo Bill. Dieser verdammte Journalist sagte, daß ein gewisser Buffalo Bill, der bekannteste Büffeljäger des Westens, der grausamste und schlaueste Indianerjäger, trotz seiner Jugend im Begriff stand, mit seinen legendären Abenteuern den ganzen Westen zu erobern.

Der Reporter übertrieb. In der Umgebung sprach man noch wenig von Cody. Ein wenig – ja, doch nicht so großsprecherisch. Der Journalist hatte zu dick aufgetragen, und das mußte Cody erkennen.

„Das sind Übertreibungen, Mister McCarty", sagte Cody, „ich verstehe nicht, wie diese Leute meinen Namen erfahren und ihn bis dorthin verbreitet haben."

Immerhin war sein Stolz auf eine unverhoffte Weise befriedigt. Er hätte ein Kapital für diese Zeitung gegeben. Ein einziges Exemplar, ein einziges zum Aufbewahren, um es eines Tages irgendeiner bestimmten Person zeigen zu können.

Wie konnte er aber darum bitten?

In seinen Augen brannte das Verlangen. McCarty bemerkte es.

„Behalten Sie die Zeitung. Davon werden Tausende Exemplare gedruckt. Mindestens fünfhundert sind vor einigen Tagen hier eingelangt. Sie gingen weg wie die heißen Semmeln, wie es immer geschieht, wenn ein bedrucktes Blatt ankommt."

Alle hatten also seinen Namen gelesen und das, was man über ihn in Baltimore sagte.

„Mister Cody, dieser Zeitung und Ihrem Ruf als Jäger verdanken Sie es, daß ich Ihnen jetzt das beste Geschäft anbiete, das man Ihnen jemals vorgeschlagen hat."

Cody dachte an die Abenteuer, zu deren Helden ihn die Zeitung stempelte. Nicht alle entsprachen der Wahrheit.

„Er erzählt dumme Märchen", sagte Cody, mit den Fingern auf einen fettgedruckten Absatz weisend. „Ich habe niemals einem Indianer die Gedärme herausgenommen, um ihm den Bauch mit Steinen zu füllen. Ich hasse die Weißen, die Indianer skalpieren, und wenn ich manchmal so grausam bin, geschieht es nur im Zorn, der mir die Beherrschung raubt. Ich werde von den Eingeborenen gefürchtet, mit einigen von ihnen bin ich aber befreundet."

McCarty lächelte.

„Wenn Ruhm und Popularität einen Menschen zu begleiten beginnen, ist jede Erfindung erlaubt. Die Leser dieser Zeitung lieben diese Heldenfigur des Westens – und prompt ist der Journalist da, der die schrecklichsten und unwahrscheinlichsten Geschichten für sie erfindet."

„Aber nicht alle sind erfunden", wehrte Cody ab.

„Das wollte ich nicht sagen. Ich wollte nur die möglichen Ungenauigkeiten rechtfertigen, die dem Reporter unterlaufen sein mögen. Der Mann übrigens, der für diese Zeitung schreibt, gehört zu den besten Journalisten und genießt allgemeines Vertrauen. Denken Sie nur, daß Sie, ohne es zu wissen, ihn als Reisegefährten hatten, der Ihre Abenteuer geteilt hat!"

Cody fiel aus den Wolken.

Reisegefährte und Kamerad in seinen Abenteuern?

„Auf der zweiten Seite lesen Sie, daß der Korrespondent an Ihrer Seite war,

als Sie vor wenigen Monaten als Führer General Custer nach Fort Larned begleiteten."

„Und wir wurden von den Ceroks angegriffen! Es war Smith, jetzt erinnere ich mich. Der Zeitungsreporter. Er machte sich die ganze Zeit Notizen, alles vor meiner Nase."

„Genau. Und er hat Ihnen einen großen Dienst erwiesen, Mister Cody. Im Namen der Kansas-Pacific-Company bitte ich Sie, bei uns als Jäger in den Dienst zu treten."

Alles hätte sich Cody im Leben vorgestellt, nur nicht, daß er als Jäger im Dienste anderer arbeiten sollte.

„Die Zeitung schreibt, daß Sie fähig sind, hundert Büffel an einem Tag zu erlegen."

„Die Zeitung übertreibt mächtig, Mister McCarty."

„Das gebe ich zu. Und wir brauchen auch gar nicht so viele Büffel. Ich nehme an, daß die Zeitung Ihre Fähigkeiten mindestens verdoppelt hat. Außerdem glaube ich nicht, daß sich die Büffel alle Tage hier hinstellen, um abgeschossen zu werden. Deshalb bittet Sie unsere Gesellschaft, uns einen Durchschnitt von zwölf Büffel pro Tag zu liefern."

„Pro Tag?" fragte Buffalo Bill. „Das heißt vierundachtzig in der Woche, mindestens dreihundertsechzig im Monat!"

„Genau so viele braucht meine Gesellschaft für die Versorgung der Arbeiter, die beim Bau der Eisenbahnstrecke beschäftigt sind."

„Das ist eine Übertreibung", erwiderte Bill.

Dann fiel sein Blick wieder auf die Zeitung. Diese schrieb, daß er fähig sei, hundert Büffel an einem Tag zu erbeuten. Hundert Büffel! Eine schöne Zahl, bei allen Flußkröten! Und nun verlangte dieser kleine Glatzkopf täglich zwölf. Und er verlangte sie mit einem Lächeln um die Lippen, als wollte er sich dafür entschuldigen, daß er nur so wenige verlangte.

„Natürlich", sagte der Alte, „wird die Bezahlung entsprechend sein."

„Wieviel?"

„Hm, wenn wir in Betracht ziehen, daß Büffel auf dem Markt nicht teuer sind..."

„Ganz im Gegenteil, McCarty, sonst würden Sie die Büffel doch auf dem Markt kaufen."

Man mußte auf diesen McCarty aufpassen, er wollte offensichtlich recht billig davonkommen.

„Hören wir Ihr Angebot", verlangte Bill.

„Hm, dreihundert Dollar. Eine schöne Summe, Mister Cody, eine Gegenleistung, welche wir nur Ihnen anbieten können."

Cody stand auf.

„Danke für die Zeitung, Mister McCarty" – und er ging auf die Tür zu.

Der Alte lief ihm nach, wobei sein Glatzkopf glänzte, als er in den Sonnenstrahl trat, der durch das Fenster drang.

„Einen Augenblick, einen kleinen Augenblick. Sprechen wir darüber", sagte er.

„Auf dieser Grundlage spreche ich nicht."

„Nun, wenn wir Ihre Tüchtigkeit und Ihre Gewissenhaftigkeit in Betracht ziehen, daß Sie nicht immer wieder Hilfe von uns verlangen ... und daß Sie allein arbeiten werden, ohne weitere Gehilfen ..."

„Muß ich alles allein besorgen?"

„Das wäre uns angenehm, Mister Cody. Schauen Sie, wir hatten schon ein Angebot."

Cody spitzte die Ohren.

„Mister William Hunter ist bereit, sich um diese Angelegenheit zu kümmern. Wir brauchen ihm nur tausend Dollar pro Monat zu zahlen."

„Tausend?" Und Bill dachte, daß man ihn hereinlegen wollte.

„Ja, doch möchte er mit Gehilfen arbeiten. Er würde sich darauf beschränken, die Jagd zu organisieren, Waffen, Gehilfen, Wagen, alles selbst herbeizuschaffen."

„Und warum haben Sie nicht angenommen?"

„Offen gesagt, ich habe kein Vertrauen zu diesem Hunter. Mit ihm werden wir auch bestimmt Unannehmlichkeiten haben."

„Deshalb wollen Sie mir weniger geben?"

„Keineswegs. Mein letztes Angebot lautet vierhundert."

„Weniger als die Hälfte der Summe, die Sie Hunter zu zahlen hätten. Nein, Mister McCarty."

„Sie haben uns doch nur zwölf Tiere pro Tag zu liefern."

„Und ich werde sie Ihnen liefern! Dies ist der springende Punkt. Bei mir können Sie sicher sein, daß nie welche fehlen werden. Sie werden sie pünktlich dort erhalten, wo Sie wollen."

Außerdem, dachte Bill, wenn man ihm sechshundert Dollar gebe, würde man immer noch vierhundert einsparen im Vergleich zu dem Angebot von Hunter und seiner Organisation.

„Hören Sie, McCarty, für sechshundert Dollar im Monat schlage ich ein."

McCarty hob die Schultern.

„Wollen Sie die Gesellschaft zugrunde richten?"

„Nein, Mister McCarty. Um sechshundert Dollar werden Sie das nötige Fleisch erhalten, kein Gramm mehr, aber auch kein Gramm weniger. Und was wichtig ist: keine wie immer gearteten Belästigungen."

McCarty nickte. Er wußte, daß er Hunter nicht vertrauen konnte. Der Vertrag mit Bill wäre wohl die sechshundert Dollar wert.

„Sechshundert", sagte er.

Cody streckte die Hand aus. McCarty verriet mit seinem kräftigen Druck die Sympathie, die er für den jungen Mann empfand.

„Apropos", fragte Bill, bevor er das Büro verließ. „Wissen Sie, wen Hunter angestellt hätte, wenn der Vertrag mit Ihnen zustande gekommen wäre?"

Die Äuglein des Alten glitzerten boshaft.

„Sie, glaube ich, oder einen gewissen Ross, der seine großen Fähigkeiten als Büffeljäger preist."

Deshalb also hatte ihn dieser Esel von einem Ross dazubringen wollen, ein eventuelles Angebot Hunters auszuschlagen.

Ross war also darauf aus gewesen, von Hunter an Stelle von Cody aufgenommen zu werden, und nun hatte dieses alte Männchen von einem McCarty alle recht schön gefoppt – dadurch, daß er den Vertrag direkt mit Bill abschloß.

Cody durchschritt nachdenklich das Vorzimmer. Er bemerkte nicht einmal das bewundernde Lächeln, mit dem ihm der junge Jim folgte. Er war besorgt.

Um ein paar Dollar hatte er seine Freiheit aufgegeben.

Ein großer Jäger ist beleidigt

Der Saloon war wie an Markttagen vollgestopft.

Cody trat zum Schanktisch und bestellte zu trinken. Er war wie ein Staubkorn im Wind den ganzen Tag umhergegangen und hatte sich dabei einen Jagdplan zurechtgelegt. Jetzt war er durstig und müde.

„Hallo, Buffalo Bill!" kreischte der Barmann. „He, Jungens, seht einmal her, unser Held ist da!"

Cody verstand nicht, ob dieses Klatschmaul mit Ironie oder Bewunderung sprach.

„Du bist ein Held geworden!" schrie ein anderer. „Und zu Zeitungsehren gekommen. Habt ihr gelesen?"

„Ja, aber für verrückte Großtuereien! Hundert Büffel am Tag! Haha, Bill hat sie nicht einmal in seinem ganzen Leben gesehen. Bei allen Büffeln der Prärie, dieser Grünschnabel ist noch sehr jung!"

Cody knabberte am Glasrand. Es hatte keinen Wert zu antworten. Schließlich hatten sie nicht unrecht. Die Zeitung hatte wahrhaftig übertrieben, und das mochte wohl manchen Leuten nicht gefallen.

„Noch einen", sagte er, sein leeres Glas auf den Tisch stellend.

Die Tür ging auf, und der Luftzug blies den dichten Rauch auseinander, der im Raum tausend Arabesken zeichnete.

Ross war eingetreten. Mit seinen beiden Schutzengeln. Als er Bill sah, kam er sofort auf ihn zu.

Er spuckte auf den Fußboden, dann rief er laut:

„Wieder ein Judas! Du müßtest mir dafür danken, daß ich dich unlängst am Abend nicht wie ein Sieb durchlöchert habe."

Cody verharrte reglos mit dem Glas in der Hand und schätzte dabei den Standort von Ross und seiner Leibwache.

„Ich verstehe dich nicht."

„Das Knäblein versteht nicht", fauchte Ross wütend, „das Knäblein versteht nicht. Soll ich dein Gedächtnis auffrischen?"

„Einen Augenblick, Ross, wenn Sie streiten wollen, gehen Sie hinaus", mahnte der Barmann.

„Du hältst den Mund, wenn du nicht willst, daß ich dich dieses Faß Alkohol schlucken lasse. Cody, wie waren wir übereingekommen?"

„Daß ich kein Angebot William Hunters annehmen werde."

„Also?" fragte Ross zornig.

„So habe ich kein Angebot von Hunter angenommen. Ich habe ihn nicht einmal gesehen.

„Aber du hast dich mit McCarty abgesprochen!"

„Von ihm hast du kein Wort gesagt, Ross. Deine Spießgesellen können es bezeugen. Nicht wahr, Burschen?"

Die beiden Cowboys mußten, wenn auch widerwillig, bejahend nicken.

„Das war aber mit eingerechnet, Hundesohn!" knurrte Ross.

„Nichts war mit eingerechnet. McCarty hat mir ein Angebot gemacht, und ich habe es angenommen. Das ist alles. Wenn ich eines von Hunter angenommen hätte, wärst du zu dieser Schimpferei berechtigt, aber er hat mit der Sache nichts zu tun, ich habe ihn nicht einmal gesehen."

Ross war unentschlossen. Er hatte kurz zuvor Hunter gesehen, der ihm zugerufen hatte: „Aus der Sache wird nichts mehr. Ich nehme niemanden auf." Und er hatte angenommen, Hunter hätte schon einen Jäger gefunden.

„So ist es also", brummte er.

Cody nickte.

„Es tut mir leid, Ross. Wenn du unbedingt willst, kannst du mir mit deinem Wagen helfen. Ich werde einen brauchen."

Ross ballte die Fäuste.

„Diese Sache ist noch nicht zu Ende. In der ganzen Gegend gibt es keinen besseren Jäger als mich. Nicht einmal Bill Comstok, nicht einmal Buffalo Bill Cody. Mit deiner Wahl haben sie mich beleidigt, ja, beleidigt."

Es waren die Jahre, in denen jeder, der einen guten Ruf als Jäger genoß, ihn mit Zähnen und Klauen verteidigte.

Vielleicht war es für Ross nur eine Prestigefrage, vielleicht ärgerte er sich darüber, daß er ein Geschäft von dreihundert Dollar im Monat verloren hatte.

Wie dem auch immer war, Cody hatte sich einen Feind geschaffen. Ohne es zu wollen, aber jedenfalls einen Feind.

Die Jagd begann bald, wie es der Vertrag mit der Gesellschaft verlangte.

Cody kaufte einen jener Wagen, die eine große, wasserdichte Plache wie ein Gewölbe zudeckt. Er kaufte vier kräftige Zugpferde.

Beim Chinesen versorgte er sich mit Munition und Gewehren, mit einigen Messern zum Abhäuten der Büffel, verschiedenen Nahrungsmitteln, einigen Dynamitrollen. Dann suchte er jemanden, der bereit war, ihm als Kutscher zu folgen.

Nach langem Suchen entschloß er sich für den verteufelten Dorfalten.

Es war ein altes Männchen, dünn wie ein Rohrhalm und leicht wie eine Feder, von verblüffender Hagerkeit und mit schriller Fistelstimme.

„Burke", sagte Cody, ihm ein schönes, funkelnagelneues Gewehr unter die Nase haltend, „willst du mit mir nach . . ."

„Ich weiß, ich weiß", krächzte der Alte. „Du willst mir das Gewehr geben und mich ausnützen, während die Gesellschaft dir die Taschen mit Dollars füllt."

„Genau das, alter Uhu! Außer dem Gewehr werde ich dir ab und zu ein paar schöne, klingende Dollars geben. Entschließe dich. Wagen und Vorräte habe ich schon gekauft."

„Hast du es so eilig, skalpiert zu werden, Bill?" fragte der Alte, Tabak kauend. „In diesem Fall gehe schön allein, du weißt, daß ich . . ."

Der alte Burke war ein seltsamer Kauz, komisch und doch sympathisch. Er fluchte, um zu segnen, beleidigte, um ein Kompliment zu machen, schlug einem mit der Faust auf den Rücken oder auf das Kinn, um seine Zuneigung zu äußern.

„Also, abgemacht, du altes Klatschmaul! Ich richte den Wagen her. Wenn du fertig bist, pfeife. Da hast du das Gewehr. Das schönste, das beim Chinesen zu finden war."

„Dieser Schießprügel ist wirklich schön. Aber sage mir, Bill, ist es wahr, daß wir zwölf Büffel pro Tag jagen müssen?"

Gegenüber den hundert, von denen die Zeitung von Baltimore gefaselt hatte, kamen jetzt Bill die zwölf für die Gesellschaft wie ein Kinderspiel vor.

Nacht in der Prärie

Buffalo Bill Cody rief den alten Burke und trug ihm auf, die Pferde anzuspannen.

Als der Wagen bereit war, zogen sie los und schlugen den Weg ein, der in die Prärie führt.

Die große Jagd oder die Reise in das Gelände, auf dem die Büffelherden grasten, hatte begonnen.

Burke saß auf dem Kutschbock. Der Wagen erinnerte an die alten Fahrzeuge, mit denen die Pioniere vor mindestens zwanzig Jahren meistens von Baltimore und S. Louis aus ins Landesinnere vordrangen.

Er trug die Spuren langer Reisen: Das Holz war glatt und ausgewaschen, an einigen Stellen hatten indianische Pfeile Löcher oder Schrammen hinterlassen.

„Einen schlechteren konntest du nicht finden", meinte Burke, als der Wagen über einen Stein holperte und daher beängstigend knarrte, als wollte er auseinanderfallen.

„Ich habe zumindest die Hälfte der Summe erspart, die er wert ist", antwortete Cody achselzuckend.

„Wenn er aus dem Leim geht, möchte ich wissen, womit wir die Büffel transportieren sollen."

„Er wird nicht zusammenbrechen, mein Alter, sei ruhig!"

Burke brummte noch eine halbe Stunde lang, dann kaute er wieder seinen Tabak und schwieg.

Die Ebenen des Kansas, des Colorado und des ganzen Westens wimmelten noch vor einigen Jahrzehnten von Büffeln. Doch nun verringerten sich die Herden zusehends, sie wurden immer seltener, und wenn man bei einigen noch bis tausend Stück zählen konnte, so waren sie sehr schwer zu finden. Die Jagden, die Indianer, Soldaten und Kolonisten fortwährend veranstalteten, hatten die Tiere mißtrauisch und listig gemacht.

„Ich erinnere mich", sagte plötzlich der Alte, der das Schweigen brechen wollte, „daß General Sheridan vor einigen Jahren auf eine so große Büffelherde stieß, daß er über drei Tage reiten mußte, um sie zu überholen."

Cody nickte.

„Hoffentlich haben wir dasselbe Glück."

Sie hatten die befahrene Straße verlassen und drangen rasch ins Herz der Prärie vor. Die Sonne brannte auf sie herab, und jetzt, da sie über nicht ausgetretenes Gelände zogen, kamen die Pferde nur mühsam vorwärts.

„Und zu denken, daß diese dummen Tiere so viele Dollars im Monat einbringen können", meinte der Alte kopfschüttelnd.

„Dumm bis zu einem gewissen Grad", erwiderte Cody, der ständig den Horizont absuchte. „Sie sind stark und widerstandsfähig, sie haben keinen Selbsterhaltungstrieb, sie sind jedoch nicht so blöd, wie du glaubst, alter Brummbär. Laß mich es dir sagen, der ich . . ."

„Jeden Tag hundert abknallte. Haha!"

Der Alte lachte vergnügt.

Cody hatte keine Freude an der Anspielung auf die Zeitungslüge, trotzdem hielt er an seinem Standpunkt fest.

„Sie sehen schlecht, deshalb glaubt man, sie seien dumm. Sie erkennen dich nicht, bis du nicht auf zehn Schritte herangekommen bist, sie haben jedoch einen guten Geruchssinn, mit dem sie dich schon von weitem wahrnehmen. Das ist ihre Verteidigung. Sie riechen dich, sie hören dich, und sie können dir entwischen, wenn du nicht gewisse Tricks anwendest."

„Die möchte ich gerne kennenlernen."

„Du wirst sie schon kennenlernen, du Teufelskerl!"

„Hoffentlich. Sonst wird aus der Anerkennung, die du mir in Aussicht gestellt hast, nichts werden. Apropos, Cody, hättest du nicht . . . einen Tropfen?"

Cody reichte ihm die Feldflasche.

Burke trank gurgelnd. Er hätte ein ganzes Fäßchen leeren können, ohne sich einen Rausch zu holen.

„Genug", sagte Cody, ihm die Feldflasche aus der Hand nehmend, „sonst beginnst du zu singen und jagst mir alle Büffel davon."

Sie fuhren weiter, bis die Sonne am Horizont verschwand.

Sie waren nunmehr weit weg von Hays City und ins Herz der Prärie eingedrungen. Sie hatten die Bahnstrecke der Kansas-Pacific hinter sich gelassen, eine lange Spur den Fluß entlang gezogen, ihn im Süden überquert und nach dem langen Marsch am Nachmittag den Fuß des Gebirges erreicht.

Sie waren todmüde.

„Auch die Pferde können nicht mehr", stellte Burke fest.

„Halten wir dort unten an." Bill wies auf ein Birkenwäldchen.

„Wir stehen auf dem Gebiet der Ceroks."

„Ja, und?"

„Wir könnten morgen mit einem Haarwuchs weniger aufwachen."

„Du würdest wenig dabei verlieren."

„Und du gar nichts, auch wenn sie dir den Kopf abhackten", erwiderte der Alte. „Was du drinnen hast..."

Cody knurrte: „Ich würde die Gesellschaft eines Kojoten besser vertragen als deine. Ich weiß nicht, warum ich dich engagiert habe."

„Weil du ohne mich niemals zwölf Büffel täglich der Gesellschaft liefern könntest!"

„Hoffentlich kannst du wenigstens gerade schießen..."

So zankten sie sich, bis sie die Birken erreichten.

Unter zwei majestätischen Bäumen schlugen sie ihr Lager auf. Der Alte spannte die Pferde los und band sie in der Nähe an.

„Die erste Wache wirst du halten", sagte Cody.

„Mir wäre das Gegenteil lieber."

„Warum? Bist du schläfrig?"

„Keineswegs, doch da wir uns heute nacht von den Indianern die Gurgel durchschneiden lassen sollen, möchte ich, daß mir das im Schlaf widerfährt."

Nach Burkes Meinung war die Gegend sehr gefährlich.

„Ich habe es dir gesagt", wiederholte er. „Sie werden zumindest zu fünfzig über uns herfallen, und dann..."

Der Alte hatte nicht unrecht. Warum bestand aber auch Cody darauf, gerade hier zu lagern? Er mußte einen Grund dafür haben.

„Die Prärie ist so groß, daß sie alle Dummköpfe wie dich beherbergen könnte", fuhr der Alte fort, „und ausgerechnet hier mußt du anhalten!"

Schließlich, dachte Cody, konnte er es ihm auch sagen. Er hatte wirklich einen bestimmten Grund, dort zu biwakieren.

„Großvater", begann er, während er den Pelzschlafsack auf dem Boden ausbreitete, „willst du wissen, warum wir hier übernachten?"

„Hast du verstanden, mein Sohn? Gott sei Dank!"

„Also, weil ich die Ceroks erwarte."

Hätte er gesagt, daß er hundert Büffel erwarte, die sich freiwillig aufstellen wollten, um sich in Kolonne nach Hays City treiben zu lassen, wäre Bills Erfolg nicht größer gewesen.

Der Alte reckte den Hals und betrachtete entsetzt das Gesicht seines Kameraden, das in dem schon starken Abendschatten keinen besonderen Ausdruck zeigte.

„Meinst du das ernst?"

„Wirklich. Ich habe Rotgesicht wissen lassen, daß ich mit ihm sprechen will. Nach alldem, was ich ihnen zu sagen habe, werden sie uns kein Haar krümmen."

Der Alte teilte diese Überzeugung nicht.

„Höre, Knabe. In diesem Gebiet habe ich schon mindestens hundertmal das Fell riskiert. Meine Gegner waren immer die Indianer, und ich kann Leute, die mit ihnen handeln oder ihnen gar Waffen liefern, nicht ertragen. Wenn du . . ."

„Großvater", unterbrach ihn Bill, „du hast mich mißverstanden. Ich gehöre nicht zu dieser Kategorie von Geschäftemachern. Gib mir einige Stunden Zeit, und du wirst selbst sehen. Ich habe mir Ruhe für die Jagdperiode ausbedungen, das ist alles."

„Um welchen Preis?" fragte der Alte angeekelt.

„Nicht sehr hoch."

„Ich hoffe es, zumindest für dich."

„Eine Auskunft."

„Eine Auskunft?"

„Ja. Das ist alles."

„Welche Auskunft? Die Stärke der Truppe der Garnison von Fort Hays? Oder vielleicht die Zusammensetzung der ersten Karawane, die durch Kansas nach Westen ziehen wird?"

Der Alte war dickköpfig. Wenn er nicht so alt gewesen wäre, hätte ihn Bill mit einigen Fausthieben aufgeklärt.

„Höre, Großväterchen: Ich habe dich als Kutscher aufgenommen, und das ist alles. Wenn du etwas siehst, womit du nicht einverstanden bist, nimm dein Gewehr und verschwinde! Solange du aber bleibst, mußt du mir vertrauen."

Der Alte entfernte sich, als wollte er die Pferde versorgen. Er brummte wie ein altes Weib, das mit der Nachbarin gezankt hat.

Die Nacht sank allmählich auf die Bäume, auf die Prärie, auf das Gebirge.

Alles schwieg, außer den tausend schwachen Geräuschen, die ein Teil der Präriestille sind. Insekten, im Gras versteckte kleine Insekten; Schlangen, die durch die Sträucher krochen; Kojoten, die schnell und doch vorsichtig im Gras jagten.

Ab und zu zerriß ihre Stimme die Stille. In der Ferne antworteten andere Tiere.

Die Pferde, von der langen Reise ermüdet, schliefen. Sie hatten viele Meilen zurückgelegt, und wenn der Wagen auch nicht beladen war, die Fahrt war anstrengend gewesen.

Cody lag rücklings auf dem Pelzsack und sah nach dem Mond. Es war ein schöner Mond, rund wie ein Dollar, der im heiteren Himmel leuchtete. Wie hätte es Bill gefallen, wieder in den Sattel zu steigen und langsam über die Prärie zu schlendern.

Im Grunde genommen, das wußte Bill selber, war er ein Romantiker. Die Büffel, die Gewehre, die Indianer bedeuteten ihm wenig. Das wichtigste war die Prärie, der Wilde Westen mit seinen wundervollen Geheimnissen, seinem immer wechselnden Angesicht.

Cody war ein Träumer, und niemand wollte es verstehen. Die Leute glaubten, daß er hochmütig, ein fanatischer Jäger, ein geschworener Feind der Indianer wäre – und sie irrten alle.

William Cody, genannt Buffalo Bill, war für alle Menschen des Westens nur ein Büffel- und Indianerjäger, in Wirklichkeit war er jedoch auch ein Dichter. Ein Dichter der Kühnheit, der Natur, der Freiheit.

Wenn er in den langen Nächten des Westens allein war, bewunderte er stundenlang den Mond, die Steineichen, die sich im schwachen Nordwind wiegenden Bäume. Und dann bemächtigte sich seiner ein eigenartiges Gefühl.

Er fühlte sich wirklich glücklich.

Es hätte ihm gefallen, einsam, unabhängig zu sein, mitten in der Prärie, von der Jagd und der Natur zu leben, für immer.

Ein unmöglicher Traum. Immer wieder erlag er dem gemeinen, irdischen

Bedarf nach Munition, Kleidern und Waffen. Und dann kehrte er ins Dorf zurück. Er trat wieder in Kontakt mit den Mitmenschen, und während dieser Kontakte riß ihn die Wirklichkeit auf den festen Boden herunter.

Und da war er in den Augen der anderen wieder Buffalo Bill, der Bill von den Büffeln.

Und dann war es um ihn immer geschehen. Die Bewunderung seitens seiner Mitmenschen verführte ihn, wieder verfiel er dem Trug der Menschen. Er ließ sich anhimmeln, erobern, kaufen. Wie jetzt von McCarty, um wenige Dollars.

Wenige Dollars, die er dringend brauchte. Einen großen Teil davon mußte er jener Frau schicken, die weit weg in einem Haus wohnte und das Stadtleben seiner Gesellschaft im Westen vorzog.

Eine schöne Frau, die ihn eines Tages den Fluß hinabfahren ließ, den Missouri, bis nach Hays City, da er glaubte, sie für das Leben im Westen gewinnen zu können.

Doch die Frau war für ein solches Leben nicht geeignet. Sie war an ein anderes Dasein gewöhnt und wollte Bill nicht auf seinen Abenteuern folgen. Und Bill wollte sie nicht Gefahren aussetzen. So blieb sie in ihrem weit entfernten Haus zurück, wo sie glücklich war.

„Weit ... weit weg ...", dachte Cody, bis der Schlaf seine Gedanken verschleierte.

Indianer in der Finsternis

Wie er erwartet hatte, umzingelten die Ceroks in der Nacht das kleine Lager.

Es waren zehn bis an die Zähne bewaffnete Krieger, die Nachtvogel, der Sohn Rotgesichts, anführte.

„Ich möchte mit eurem Häuptling sprechen", sagte Bill.

Nachtvogel zeigte sich nicht sehr verständig. Er hatte genaue Aufträge für das Bleichgesicht, den befreundeten Jäger, erhalten, deshalb war es nicht nötig, das große Rotgesicht zu belästigen.

„Nun sprich also", sagte Bill, während der alte Burke nicht wußte, ob er im Dunkel der Nacht die Flucht versuchen oder gottergeben die Ereignisse abwarten sollte.

Die Krieger sahen ihn drohend an. Die flackernden Feuerzungen des Lagerfeuers zeichneten auf die halbnackten Körper der Indianer phantastische Figuren.

„Mein Vater sagt, daß Buffalo Bill ungestört jagen und durch die große Prärie fahren kann. Er sagt auch, daß der Weg über den Todesfelsen für ihn immer offensteht."

„Siehst du, du alter Dummkopf!" rief Bill, zu Burke gewandt.

„Was habe ich dir gesagt? Ein einfacher Austausch von Höflichkeiten."

Burke fragte sich, welchen Preis Bill bezahlen mußte, als Nachtvogel selbst Bill fragte.

„Mein Vater, Rotgesicht, wartet."

„Sag ihm, daß die Eisenbahn zum großen Fluß, weitab von seinem Gebiet, geleitet wird."

„Bist du sicher?"

„Ich irre mich nicht. Ihr werdet bald sehen, daß die Arbeiten beim großen Fluß beginnen werden. Das Gebiet der Ceroks wird nicht verletzt. Ein Krieg wäre sinnlos. Ihr könnt ruhig hierbleiben. Als Entschädigung für diese Auskunft laßt ihr mich also über den Todesfelsen fahren und auf der Prärie jagen. Hast du jetzt verstanden", wandte er sich an Burke, „worum es sich handelte?"

Der Alte nickte.

Nachtvogel hob als Zeichen der Begrüßung seinen Arm. Er ging zu den Pferden. Seine Krieger folgten ihm. Nur einer, der letzte, blieb beim alten Burke stehen. Er streckte die Hand aus, nahm ihm das große Stück Tabak, an dem er kaute, aus dem Mund, betrachtete es eingehend, drehte es hin und her, drückte darauf, daß der Saft nur so heraustropfte, legte es sich zwischen die Lippen, lutschte daran und ließ es schließlich zwischen die Zähne gleiten. Stolz ging er dann seinen Stammesgenossen nach.

Der Rest der Nacht verging ungestört.

Beim Morgengrauen ließ Cody Burke als Wache im Lager zurück und brach allein auf. Er ließ sich ein langes Stück vom Pferd tragen, dann bog er nach Süden ab und folgte Spuren, die er auf dem Boden wahrgenommen hatte.

Sie waren unverkennbar. Hier mußte eine große Büffelherde vorbeigekommen sein. Die Losung und die Klauenabdrücke waren deutlich.

Cody stieg aus dem Sattel und ging vorsichtig weiter. Jedes Geräusch konnte die Tiere mißtrauisch machen. Brighams Wiehern hätte genügt, sie davonzujagen.

Kurz darauf stieg er auf eine Bodenwelle. Da sah er vor sich eine große Büffelkuh friedlich grasen. Sie war majestätisch. Sie hatte einen hohen haarigen Buckel und einen gewaltigen Kopf.

Es zahlte sich nicht aus, auf sie zu schießen. In der Nähe stand bestimmt ihre Herde. Es war ratsam, Geduld zu üben, bis sie sich mit ihrer Sippe vereinte.

Cody wartete geduldig. Endlich prüfte das Tier die Luft und trottete gemächlich in die entgegengesetzte Richtung.

Cody folgte ihr und fand, was er suchte.

Mindestens dreihundert Büffel grasten, in Gruppen zusammengeballt oder weit auseinander verstreut, in aller Ruhe. Ihre haarigen, dunklen Buckel ragten aus dem hohen Gras wie eine Hügellandschaft hervor.

Eine wunderbare Gelegenheit! Hätte er den kauzigen Alten mitgenommen, so wäre ihnen allerhand Beute vor die Läufe geraten. Immerhin war die Tagesration auch so sicher.

Cody hielt nach einigen Schritten an. Er stellte sich zwischen zwei großen Felsblöcken auf, die aus dem Grasmeer herausragten, zielte sorgfältig und schoß.

Ein großes Tier sackte zusammen. Dann noch eines. Von Panik ergriffen, stob die Herde auseinander.

Die Schüsse knallten in regelmäßigen Abständen, und jedesmal fiel ein Tier ins Gras.

Das Echo der Schüsse verlor sich in der weiten Prärie, das Getrampel der aufgeregten Herde übertönte aber den trockenen Klang.

Da wandte sich die Büffelherde in eine einzige Richtung und galoppierte davon, rasend wie ein Strom, der den Damm durchbrochen hat und auf seinem Weg ins Tal donnernd alles mit sich reißt.

Cody fuhr fort zu schießen, Schuß folgte auf Schuß, bis die letzten Büffel sich der Reichweite seines Gewehrs entzogen hatten.

Auf dem Gras blieben vierundzwanzig mächtige Büffel zurück. Bei der Landung des weißen Mannes in Nordamerika gab es von ihnen angeblich einige hundert Millionen.

Der Überfall

„Es sind zu viele, zu viele", brummte fortwährend der alte Burke, der nunmehr den Großteil der Tiere abgehäutet hatte. „Ich verstehe nicht, wieso du so viele abgeschossen hast, wenn wir nur zwölf am Tag brauchen."

Cody schüttelte den Kopf.

„Mein Alter, du kannst nicht rechnen. Vierundzwanzig Tiere genügen der Gesellschaft für mindestens zwei Tage. Verstehst du? Wir haben Fleisch schon für zwei Tage. Jetzt brauchen wir sie nur aufladen und zurückkehren."

„Mit vierundzwanzig Büffeln?"

„Mit den besten Teilen von vierundzwanzig Büffeln. Hast du sie abgehäutet? Nun, jetzt schneide die Teile weg, die nicht gegessen werden können. Nimm die Innereien heraus . . . und lade den Rest auf."

„Ein Kinderspiel, sozusagen!"

Buffalo Bill ergriff das Messer und machte sich selbst an die Arbeit. Am späten Nachmittag waren sie fertig.

Auf dem Boden lagen wie auf einem Schlachtfeld Hörner, Hufe, Gedärme, alles, was nicht verwendet werden kann. Die besten Teile waren aufgeladen worden. Der Wagen war voll. Eine etwas stärkere Erschütterung hätte genügt, die Räder zu zerbrechen, womit alles verloren gewesen wäre.

Dieses Fleisch mußte spätestens am folgenden Tag am Bestimmungsort eintreffen. Zeitverlust konnte die ganze Ladung verderben.

Die Sonne hatte kein Mitleid.

„Fertig?"

„Fertig", antwortete Burke. „Bei meinem Wort, Derartiges habe ich noch nie gesehen. Vierundzwanzig Büffel auf einem Wagen! Wenn ich das in Hays City erzähle, glaubt mir kein Mensch. Vierundzwanzig Büffel!"

„Einige Teile fehlen."

„Es sind aber immer vierundzwanzig, mein Sohn. Und ich verstehe nicht, warum sie nicht als ganze Tiere Platz gehabt hätten, wenn sie, ausgenommen und geviertteilt, hier sind."

Cody warf einen Blick auf die blutige Ladung. Es grauste ihm ein wenig. Die Plache deckte die Ladung nur knapp zu, und ein scharfer Geruch stieg auf.

„Heute nacht werden uns die Kojoten wie Wanzen belagern."

„Wir werden sie fernhalten", antwortete Cody.

Sie legten denselben Weg zurück, den sie auf der Herreise genommen hatten. Gemäß den Abmachungen mußten ihnen einige Cowboys entgegenreiten, um die Ladung zu übernehmen. Sie sollten beim Baum der Gehenkten auf sie warten, beim dicken Baum, einige Meilen vor dem Dorf, an dem einige Cowboys, die man beim Pferdediebstahl ertappt hatte, gehängt worden waren.

„Vorwärts", feuerte der Alte die Pferde an. „Vorwärts, meine Freunde! Bald werden wir anhalten und gut schlafen! Nur Mut!"

Burke war nur zu Pferden freundlich, als wären sie seine Brüder oder Kinder. Er aß nie, bevor er sie nicht versorgt hatte.

Auch an diesem Abend dachte er zuerst an die Pferde, dann erst an seinen Magen. Er gab ihnen frisches Gras und Wasser, dann entschloß er sich, zwei riesige Büffelsteaks abzubraten.

Sie waren ausgezeichnet. Cody leckte sich wortwörtlich den Schnurrbart. Dann briet er noch eines, während Burke schon das erste mit langen Zügen aus der Whiskyflasche begoß.

Die Nacht senkte sich friedlich herab und brachte wohlverdiente Ruhe.

Beim Morgengrauen brachen sie wieder auf, da sie den Baum der Gehenkten schon vormittags erreichen wollten.

Sie waren gerade dabei, einen Wasserlauf zu überqueren, als etwa zwanzig Indianer, die unbemerkt herangekommen waren, schreiend auf sie zugaloppierten.

„Halte nicht an", rief Cody dem Alten zu, „peitsche die Pferde weiter!"

„Wir werden nicht durchkommen!"

„Ich decke dir den Rücken!"

Die schwere Ladung hinderte die Pferde, die Gangart zu beschleunigen. Es schien, als würden die Räder von einem Augenblick zum anderen zusammenbrechen. Die Tiere bogen in der Anstrengung den Rücken, Schaum stand ihnen vor dem Maul. Mit langen Sätzen beantworteten sie Burkes Peitschenhiebe, aber sie verloren an Boden, und die Indianer kamen schnell näher.

Cody sprang von einer Seite des Wagens zur anderen und gab Schnellfeuer ab. Seine Schüsse waren zwar gezielt, doch infolge des Schwankens des dahinpreschenden Wagens trafen sie nicht immer.

Von den Indianern waren drei durch Codys Schüsse vom Rücken ihrer Pferde geworfen worden, aber es blieben noch immer siebzehn.

„Vorwärts! Die Peitsche!"

Der Alte hieb auf die Pferde ein.

Er schwang die Peitsche auch, nachdem ein langer Pfeil sich in seinen Rücken gebohrt hatte. Er fuhr damit fort, bis er auf dem Kutschbock zusammenfiel.

„Burke! Burke!" rief Cody. Vergebens.

Er ritt vor den Wagen und hielt die Pferde an. Die Indianer kamen nicht ganz heran. Sie blieben etwas weiter weg unentschlossen stehen.

Cody stieg von Brigham ab und sprang auf den Wagen. Mit einigen genauen Messerschnitten trennte er die Seile und hob die Plache ab. Dann grub er sich binnen wenigen Sekunden in die blutroten Fleischstücke ein.

Die Indianer ritten um den Wagen. Ohne näher zu kommen, betrachteten sie erstaunt die Szene. Erst als Cody aus dieser seltsamen Lage Feuer gab, nahmen sie den Kampf wieder auf.

Pfeile pfiffen durch die Luft umher, Gewehrschüsse antworteten.

Cody hatte aber einen Vorteil für sich. Aus seinem festen Versteck, im Schutz der dicken Fleischmauern, konnte er genau zielen und genau treffen. Bei jedem Schuß fiel ein Indianer vom Pferd.

Er ergab sich nicht, er gab nicht nach.

Die Indianer versuchten wütend, heranzukommen, er aber hielt sie sich mit der fächerförmigen Verteilung seiner Schüsse vom Leib.

Die Fleischmauer schützte ihn besser als ein Schild. Die Pfeile blieben auch in seiner unmittelbaren Nähe im Büffelfleisch stecken, ohne ihn zu erreichen. Sie drangen klatschend in einen Schenkel, in eine Schulter, in ein Bruststück ein, ohne ihn zu verletzen.

Die Indianer fielen. Sieben waren übriggeblieben. Sieben beharrliche Rothäute, die wie Gazellen umherflitzten.

Codys Kopf hob und senkte sich zwischen den Tierteilen. Er hob sich, senkte sich, schoß, verschwand, kam wieder, schoß. Die Indianer waren auf fünf zusammengeschmolzen.

Vielleicht hatten sie nicht bemerkt, daß sie auf eine so kleine Zahl zusammengeschrumpft waren, denn sie kämpften und verengten den Kreis mit unbegreiflicher Gleichgültigkeit.

Cody feuerte weiter. An Munition fehlte es ihm nicht.

Noch ein Indianer fiel vom Pferd. Vier waren noch am Leben. Endlich bemerkte einer von ihnen, wie wenige sie nur noch waren, und stieß einen Warnruf aus.

Cody sah, daß seine Gegner zögerten. Sie wechselten einige Rufe, kehrten dem Wagen den Rücken und galoppierten eiligst den Hügeln zu.

Die Gefangene des Schwarzen Wolfes

Er hielt den Wagen im Schutz eines Felsvorsprungs an, halb verdeckt in wildem Gestrüpp.

Burke war tot. Bill hatte ihm den Puls gefühlt, das Herz abgehorcht. Es war nichts mehr zu tun gewesen.

Er hatte einen Freund verloren. Sein Tod ging ihm nahe.

Burke war einer jener Menschen, die man nicht leicht vergißt. Er wäre ihm ein guter Kamerad gewesen, sie wären Gesellschafter geworden. Armer, lieber Burke!

Er grub ihm ein Grab. Als es geschlossen war, setzte er ein Kreuz darauf und nahm seinen Hut ab.

„Ruhe in Frieden", flüsterte er.

Die Sonne brannte. Das Fleisch auf dem Wagen roch.

Er mußte so bald wie möglich zum Baum der Gehenkten kommen, sonst würde die Ladung verderben.

Er brach auf. Er hatte sein treues Pferd hinter den Wagen gebunden und war auf den Kutschbock gestiegen.

Er war durstig, erbärmlich durstig. Und er hätte gerne getrunken, auch, um den lieben Alten zu vergessen.

Die Jagd hatte schlecht, um einen hohen Preis, begonnen. Wenn es möglich gewesen wäre, hätte er sie nun allein fortgesetzt. Er benötigte jedoch unbedingt einen Mann zum Abhäuten der Tiere.

Nachdem er eine Anhöhe hinter sich gebracht hatte, näherte er sich dem Fluß. Er wollte den Weg abkürzen. Er schickte sich an, den Fluß zu durchwaten, als er Schüsse hörte.

Mit schnellen Zügelhilfen leitete er die Pferde in ein dichtes Wäldchen und hielt dort an. Er sprang vom Kutschbock und lief zum Waldesrand.

Zwei von vier Pferden gezogene Wagen rasten in atemberaubender Geschwindigkeit den Hügeln zu. Ihr Führer schien die Gegend überhaupt nicht zu kennen, sonst hätte er im Wald Schutz gesucht und wäre nicht dem Feind in den Rachen gefallen.

Sie wurden von einer Horde von mindestens fünfzig Indianern verfolgt. Bill schätzte die Entfernung ab, die ihn von ihnen trennte. Ein Eingreifen wäre nutzlos gewesen. Seine Schüsse wären ins Leere abgefeuert worden.

Die Indianer erreichten den hinteren Wagen. Einige von ihnen sprangen darauf, Menschen kämpften miteinander.

Die Kolonisten verteidigten sich wie Löwen, doch die Indianer waren stärker als sie, und der Wagen war bald in ihrer Hand.

Vom ersten Wagen kamen noch einige Gewehrschüsse, dann schwiegen auch diese, und der Wagen blieb stehen. Die Indianer stürzten sich darauf.

Bill sah von weitem das Gemetzel. Sechs oder vielleicht auch zehn Kolonisten waren die Opfer. Dann . . .

Cody schaute genauer hin.

Die Indianer hatten einen Gefangenen. Er stand zwischen zwei von ihnen und machte plötzlich einen Fluchtversuch, der mißlingen mußte.

Es war eine Frau. Verflucht, ausgerechnet eine Frau!

Die Komanchen banden sie fest und legten sie auf ein Pferd.

Bill Cody kämpfte zwischen dem inneren Zwang, ihr zu Hilfe zu kommen, und der logischen Überlegung, die ihm sagte, daß es nutzlos wäre. Die Indianer waren ja in der Überzahl.

Sie raubten die beiden Wagen aus, nahmen die Pferde an sich, legten an den Rest Feuer und entfernten sich in einer langen Reihe hinter den Hügeln.

Komanchen aus dem Stamm des Schwarzen Wolfes, dachte Bill. Er stand mit ihnen in keinen guten Beziehungen.

Diese arme Frau... Es war wirklich barbarisch.

Doch was war nicht barbarisch in dieser Welt? Sich in die Prärie zu wagen war ein Unternehmen, das nur Gefahren in sich barg. Und wer sich ihnen aussetzte, mußte auf alles gefaßt sein.

Trotz dieser Überlegungen gelang es Bill Cody nicht, sein Gewissen zu beruhigen.

Er fühlte sich schuldig. Er hätte etwas unternehmen sollen... sein Leben aufs Spiel setzen, um zu versuchen, diese Unglückliche zu befreien.

Ja, alles wäre vergebens gewesen, doch keine Gewissensbisse hätten ihn dann gequält.

Gewissensbisse? Welche Gewissensbisse hätte er überhaupt verspürt, da er ohnedies selbst erschlagen worden wäre?

Er lenkte den Wagen jenseits des Flusses langsam weiter und dachte an seine Ladung frischen Fleisches, das faulen würde, käme es nicht rechtzeitig an seinen Bestimmungsort.

Ja, frisches Fleisch, dachte er. Er sah ins Wasser. Dann fiel sein Blick auf eine Gruppe von Laubbäumen, die auf einer kleinen Insel dort wuchs, wo der Fluß einen Bogen beschrieb. Das war eine Oase der Frische und des Schattens.

Er führte die Pferde dorthin und stieg vom Kutschbock. Es war ihm so, als wäre er aus einem heißen Sommer in den Winter gewandert. Die Ladung konnte den ganzen Tag dort bleiben, ohne daß er fürchten mußte, sie würde verderben. Aber die widerlichen Kojoten, die überall umherstrolchten? Sie könnten die ganze Ladung verschlingen und nur einen schönen Knochenhaufen übriglassen.

Was sollte er tun?

Buffalo Bill sah sein Pferd an. Er erinnerte sich, daß es außerordentliche

Fähigkeiten besaß und Dinge verstehen konnte, die für andere Tiere keine Bedeutung hatten.

Er nahm Brigham Zügel und Sattel ab und führte ihn rund um den Wagen und die Zugpferde herum.

Er wiederholte diesen Gang mehrere Male und machte seltsame Gesten, als wollte er irgendwelche Gegner abwehren.

Das Pferd wieherte erfreut. Bill brachte es mit einem Pfiff zum Schweigen.

Das Pferd hielt an und sah ihn starr an. Dann stampfte es auf.

Bill blieb nach einigen Schritten stehen, nahm einen belaubten Zweig und begann, mit gestrecktem Arm nach dem Wagen zu schlagen. Das Pferd sah ihn lange an, schließlich trat es nach dem Zeig, um Bill daran zu hindern, den Wagen zu berühren.

Es hatte verstanden.

Der Tote unter dem Baum

Die Ladung Büffelfleisch im schattigen Wäldchen zurücklassend, ritt Buffalo Bill auf einem der Zugpferde auf die Hügel zu.

Obwohl ihm sein Verstand von diesem Abenteuer abriet, ließ ihm der Gedanke an die Frau, die sich in der Gewalt der Indianer befand, keine Ruhe.

Er mußte sie sehen und erfahren, welches Schicksal ihr zugedacht war – ihr auch lieber mit seinen Händen den Tod geben, bevor die Indianer sie folterten. Oder, was die absurdeste aller Möglichkeiten wäre, sie retten.

Wer war denn diese Frau?

Vielleicht die Frau eines alten Pioniers, vielleicht eine arme Frau, die mit ihrem Mann dem Elend der Großstadt entflohen war, um im Westen ein wenig Glück zu suchen.

Wie viele Menschen hatten Chikago, Baltimore, St. Louis mit der Hoffnung auf Gold oder fruchtbares Land verlassen und waren dann nach schrecklichen Leiden unter den Händen der Indianer gestorben!

Gewiß gehörten die Komanchen nicht zu den humansten Stämmen. Im Gegenteil, die Indianer des Schwarzen Wolfs waren davon überzeugt, sich große Verdienste dadurch zu erwerben, daß sie ihre Opfer langen Foltern unterwarfen, bevor sie diese töteten.

Bei Frauen wandten sie verschiedene Methoden an, wovon der Schlußakt, der in der Enthauptung bestand, nicht der barbarischste war. Es kam aber auch vor, daß sie eine junge Frau oder ein Mädchen gefangennahmen, das irgend jemandem von ihnen gefiel. In einem solchen Fall zeigten die Rothäute die andere Seite ihre Wesens: Sie behandelten die Gefangene mit aller Aufmerksamkeit und nahmen sie schließlich zur Frau. Flüchten konnte sie nicht mehr, sie mußte das Leben ihres Stammes teilen, bis sie sich im Laufe der Zeit in eine wirkliche Indianern verwandelte.

Es ist ja die Umwelt, die den Menschen formt. Und wenn die Frau nicht starb, war sie früher oder später auch gegen ihren Willen dazu verurteilt, dem neuen Milieu zu erliegen.

Gewohnheiten, Bräuche, Speisen, Kleidung, Waffen, die Gesellschaft, die Sprache – alles drang allmählich in ihre Mentalität ein. Und am Ende gewöhnte sie sich daran und betrachtete die eigene Umwandlung als Schicksal, im Unterbewußtsein froh, einem schlechteren ausgewichen zu sein.

Cody fragte sich, welchem Schicksal diese Gefangene entgegengehen mochte. Aus der Ferne war es ihm nicht gelungen festzustellen, ob sie jung oder alt, schön oder häßlich war.

Doch bald würde er alles wissen, wenn er dazu auch sein Leben aufs Spiel setzte.

Er betastete seinen Gürtel. Ja, die beiden Pistolen waren da. Die von den indianischen Pferden hinterlassenen Spuren verloren sich in der Hügellandschaft. Er folgte ihnen eine Zeitlang, dann stieg er aus dem Sattel und ließ das Pferd stehen.

Er schlich vorsichtig und schmiegsam wie eine Katze über das Gelände.

Ah, jetzt stürzte er sich in ein schönes Wespennest, und alles wegen einer Frau, als hätte ihm jene andere nicht Schwierigkeiten genug bereitet, die sich dann weigerte, das Leben mit ihm zu teilen!

Der Boden änderte sich allmählich. Zuerst war er felsig, dann brüchig, schließlich erdig und mit Gras und Gestrüpp bewachsen.

Endlich entdeckte er das Indianerlager.

Die Komantschen bauten ihre Zelte aus Büffelleder. Den Büffeln entnahmen sie überhaupt alles, was sie zum Leben brauchten.

Bill legte sich flach auf den Boden und hielt den Atem an. Wenige Schritte von ihm entfernt hielt ein Krieger Wache.

Was sollte er jetzt unternehmen?

Zum Umkehren war es zu spät. Riskant war aber auch weiterzukriechen.

Das kleinste Geräusch hätte seine Anwesenheit verraten, der Indianer Alarm geschlagen.

Man mußte ihn aus dem Weg räumen. Aber wie, ohne entdeckt zu werden?

Er verfluchte den Augenblick, an dem er den Einfall gehabt hatte, sich in diese Sache einzulassen. Nun steckte aber die Karre im Schlamm, und es blieb nichts anderes übrig, als sie so bald wie möglich herauszuziehen.

Das Büffelfleisch erwartete ihn. Es erwarteten ihn die schönen Dollars der Kansas-Pacific-Company. Es erwartete ihn der Saloon mit seinem Whisky, mit dem Kartenspiel. Die Prärie, sein Pferd.

Es mußte ihm gelingen, und er mußte weiterleben. Es wäre dumm gewesen, sich jetzt umbringen zu lassen.

Er schätzte schnell die Entfernung zum Indianer. Aus dem Gürtel zog er das scharfe Messer, das er zum Abhäuten der Büffel verwendete.

Als er noch ein Kind war, hatte ihn jemand gelehrt, es zu werfen – aber er hatte es nur selten getan. Jetzt mußte es ihm gelingen.

Wenn der Indianer lautlos fiel, war er gerettet. Gelang es ihm nicht, war es mit ihm aus.

Adieu, Bill – adieu, Ruhm in Baltimores Zeitungen – adieu, schöne Dollars aus der Kasse McCartys!

Damit der Indianer fiel, mußte das Meser ein lebenswichtiges Organ treffen.

Bill hob den Ellbogen. Der Indianer kehrte ihm den Rücken zu.

Das Messer schoß durch die Luft. Der Mann sank lautlos zu Boden.

Bill war schnell über ihm. Er zog die Waffe heraus, packte den Toten bei den Füßen und schleifte ihn in ein Gebüsch, das den Stamm eines Baumes überwucherte.

Er wollte sich schon entfernen, als er einen Einfall hatte.

Oft waren es die seltsamsten Einfälle gewesen, die ihn retteten.

Er hob den toten Indianer und band ihn stehend an den Baum – so, daß der Rücken den Stamm berührte. Von hinten gesehen, hätte man glauben können, der Mann halte nach wie vor Wache.

Man sah von ihm nur den Kopf, der nach einer Schulter geneigt war, und die lange Feder. Dies genügte, um ferne Beobachter zu täuschen.

Das Lager war nicht groß. Es bestand aus ungefähr fünfzig Zelten. Nur wenige Pferde standen da, und alles machte den Eindruck großer Unordnung. Es war einer jener Stämme, die das Vordringen der Eisenbahn zu Nomaden machte.

Die Frau war an einen Pfahl gebunden. Einige Krieger saßen auf dem Boden und reparierten Waffen. Da befreiten zwei Indianer die Gefangene von ihren Fesseln und stießen sie in ein Zelt, das den Ornamenten nach jenes der Squaw des Häuptlings war.

Nach der weißen Frau traten einige Indianerfrauen ein. Die beiden Krieger kamen wieder heraus und blieben unweit vom Zelt stehen.

Bill schlich um das Lager. Durch das Gras kriechend, gelang es ihm, bis hinter das Zelt zu gelangen. Das Glück half ihm. In diesem Augenblick traten die Frauen heraus.

Cody verlor keine Zeit. Er war impulsiv, und das half ihm oft, die seltenen Glücksmomente auszunützen.

Er kroch noch weiter vor, nahm das Messer aus dem Gürtel und schnitt so geräuschlos wie möglich die Rückwand des Zeltes auf.

„Ssst", mahnte er, den Kopf durch die Öffnung steckend. „Schreien Sie nicht, ich will sie retten!"

Die Frau, die mit dem Rücken zu ihm zusammengekauert beim Eingang saß, drehte sich blitzartig um und wollte schon schreien. Sie sah aber einen weißen Mann und drückte sich mit der Hand den Mund zu.

Es war ein wunderschönes Mädchen, vielleicht zwanzig Jahre alt, kaum mehr.

„Schnell, folgen Sie mir! Aber leise, oder wir sind verloren!"

Sie erwies sich als vollkommene Herrin ihrer Nerven und verlor keinen Augenblick. Sie legte sich zu Boden, kroch durch den von Bill geschnittenen Spalt und trat ins Freie, in das dichte, an dieser Stelle sehr hoch gewachsene Gras.

Sie sah nur Bills Stiefelsohlen und folgte ihnen, den Atem anhaltend.

Bills Stiefel krochen einen Augenblick nicht weiter. Das Mädchen blieb stehen und wagte kaum einen Atemzug. Dann bewegten sich die Stiefel wieder und das Mädchen folgte ihnen wieder.

Jetzt wurde das bisher hohe, dichte Gras niedriger und schütterer. Das Mädchen sah den an den Baum gelehnten Indianer und ergriff Bill bei einem Fuß. Sie wollte ihn warnen.

Bill stockte das Blut in den Adern. Er drehte sich um. Das Mädchen zeigte mit dem Finger auf den Indianer.

„Er ist tot", flüsterte ihr Bill Cody zu. „Ein Toter, der nicht horizontal liegen will."

Das Mädchen verstand ihn nicht, erst als sie weiterkrochen, begriff sie, was Bill gesagt hatte.

„Jetzt müssen Sie bereit sein, auf die Beine zu springen", sagte Cody, sich einen Augenblick umdrehend. „Sehen Sie die Felsen dort?"

„Ja."

„Nun, wenn wir dort sind, nehmen Sie die Beine auf die Schulter und laufen hinter mir her. Hoffentlich ist mein Pferd noch dort. Wenn mich die Indianer umbringen, versuchen Sie, auf irgendeine Weise zum Fluß zu gelangen. Dort werden Sie genau unter den Felsen ein Wäldchen sehen. Dort steht mein Pferd. Sitzen Sie auf und folgen Sie dem Flußufer stromabwärts."

„Wir müssen es beide schaffen", sagte das Mädchen.

„Hoffentlich", antwortete Bill.

Ein Zeichen, sie sprangen auf und liefen den Hügel hinunter.

Das Zugpferd stand noch dort, wo Bill es zurückgelassen hatte. Es hob den Kopf aus dem Gras und blickte mit seinen großen Augen den beiden heranlaufenden Menschen entgegen. Noch erstaunter war es, als die beiden ihm auf den Rücken sprangen. Es fühlte das doppelte Gewicht und rührte sich nicht vom Fleck.

Bill machte nicht viele Umstände. Mit der Messerspitze stachelte er dem Pferd in den Rücken. Das Tier schüttelte sich und galoppierte dann auf den Fluß zu.

„Sind wir in Sicherheit?"

„Vielleicht", antwortete Cody.

Er fühlte das Haar des Mädchens im Gesicht, auf der Stirn, vor den Augen, auf den Lippen.

„Dummkopf!"

„Was sagen Sie?"

„Nichts", brummte Bill.

Er nannte sich selbst Dummkopf, weil es nicht der rechte Augenblick war, sich über diese Empfindung zu freuen. Das Haar dieses Mädchens war schließlich nur Haar, die Indianer aber Indianer. Und das war etwas anderes.

Er spornte das Pferd noch einmal an, ohne weiterzusprechen. Erst als sie beim Wäldchen ankamen, sagte er:

„Jetzt müssen auch Sie etwas tun."

„Und zwar?"

„Können Sie reiten?"

„Eine überflüssige Frage", antwortete sie etwas gekränkt.

„Also, steigen Sie in den Sattel."

„Wir dürfen keine Zeit verlieren."

Bill half dem Mädchen auf das Pferd, das während seiner Abwesenheit die Ladung vor den Kojoten geschützt hatte.

„Halten Sie sich an der Mähne fest, und lassen Sie ihm volle Freiheit, es ist intelligenter als ein Reiter."

„Das bezweifle ich nicht."

Bill stieg auf den Kutschbock und schwang die Peitsche. Das Mädchen ritt neben dem Wagen her. Sie setzten sich in Bewegung. Die Räder quietschten, als die Pferde den schweren Wagen auf den Weg hinaufzogen, der den Fluß entlangführte.

„Vorwärts, jetzt werfen Sie das Pferd in Galopp, ohne es zurückzuhalten. Es wird Sie schnurstracks nach Hays City bringen."

„Und Sie?"

„Ich werde auch hinkommen, muß aber langsamer fahren."

„Da bleibe ich an Ihrer Seite, die Indianer könnten uns verfolgen. Sie brauchen meine Hilfe."

„Vorwärts, großmäuliges Kind, reiten Sie los!"

Bill pfiff schrill. Das Pferd, das das Mädchen trug, spitzte die Ohren und schoß wie ein Blitz in Richtung auf Hays City davon.

Bill irrt sich einmal

Als Bill Cody erwachte, lag er bequem in einem Zimmer des Dorfgasthofes ausgestreckt.

Er riß die Augen auf. Wie war er hierher gelangt?

Langsam erinnerte er sich der letzten Ereignisse. Die Indianer ... der arme Burke ...

Ja, er würde Burkes Witwe ein wenig Geld bringen, dieser armen, liebenswürdigen Greisin, die in der miserablen und traurigen Baracke am Rand des Dorfes ständig strickte. Dann die Ladung ... Ja, er hatte sie vertragsgemäß McCartys Beauftragten ausgehändigt, gerade noch rechtzeitig, um die Vertragsklauseln zu befolgen, die ihm gewisse Fristen auferlegten.

Jetzt wollte er McCarty aufsuchen, um sich die ersten drei Arbeitstage auszahlen zu lassen. Danach würde er trinken.

Bill fiel die Trinkbude ein. Jetzt erinnerte er sich ganz genau an alles. Er war schon im Saloon gewesen, am ersten Abend hatte er sich einen mächtigen Rausch angetrunken. Einen wirklich ordentlich gepfefferten Rausch.

Bei allen Flußkröten, warum hatte er denn so viel getrunken? Um den armen Burke zu vergessen. Aber es gab noch einen anderen Grund dafür. Das Mädchen. Ja, wo zum Teufel war das Mädchen?

Er sprang aus dem Bett und wollte schon aus dem Zimmer stürzen. Da bemerkte er aber, daß er noch nicht angekleidet war.

Ein schöner Buffalo Bill Cody, der in Unterhosen den Saloon von Hays City betritt!

Er lachte gut gelaunt, kleidete sich rasch an und stieg in den rauchigen Saloon.

McCarty saß mit Clyde und zwei anderen Männern an einem Tisch. Sie spielten Poker.

Bill setzte sich neben den Präsidenten der Eisenbahngesellschaft.

„Ich habe erfahren, daß es Ihnen geglückt ist, Bill", sagte letzterer.

„Sie haben schon die Ration für zwei Tage abgeliefert. Kommen Sie morgen in mein Büro. Sehen Sie, es hat Sie gar nicht so viel Mühe gekostet!"

„Nur das Leben dieses armen Alten", höhnte Ross, näherkommend, mit lauter Stimme.

„Was meinst du damit?" fragte Bill gereizt.

„Nichts. Wenn aber McCarty einen Auftrag, den nur Erwachsene ausführen können, nicht dir gegeben hätte, lebte Burke noch. Nicht wahr, Freunde?"

Die beiden Spießgesellen, die ihm nicht von der Seite wichen, nickten. Bill wollte aufstehen, doch McCarty legte ihm die Hand auf den Arm.

„Ruhig, mein Sohn. Ross hat das Recht, seine Meinung zu äußern. Schließlich wissen wir, daß es nicht wahr ist. Du hast Pech gehabt, nichts weiter."

„Nennen wir es ruhig Pech", versetzte Ross, als spräche er zu seinen Leibwachen. „Er läßt den Alten massakrieren und macht sich auf und davon. Ich an seiner Stelle..."

„Was hätten Sie an seiner Stelle getan, Mister Ross?" fragte McCarty mit dem Blick auf die vier Asse, die ihm einen vollen Teller einbringen sollten. „Ich weiß, daß Bill nicht der Typ ist, der vor Indianern zittert. Ich bin überzeugt, daß er alles versucht hat. Im übrigen, jede Diskussion ist zwecklos. Die Arbeit ist ihm anvertraut worden. Er ist der beste Büffeljäger dieser Gegend."

„Puh", machte angeekelt Ross.

Diese Erklärung konnte er nicht verdauen. Jahre hindurch war er als König der Jäger betrachtet worden, und jetzt schmälerte dieser Grünschnabel seinen guten Ruf...

„Ein für allemal, Bill!" rief er mit erhobener Stimme aus, während sich die

Anwesenden neugierig um ihn scharen. „Ein für allemal, wollen wir uns schlagen?"

Bill Cody riß die Augen auf. Er war todmüde. Er wußte nicht einmal, ob er eine ganze Nacht und einen Tag oder nur wenige Stunden geschlafen hatte. Burkes Tod hatte ihn erschüttert, seine Gedanken waren verwirrt – und dieser Dummkopf wollte sich mit ihm schlagen?

„Jetzt?"

„Gleich", verlangte Ross.

„Einverstanden!"

Unwillig seufzend, zog Bill die Pistole aus dem Gürtel. McCarty hielt ihn an.

„Meine Herren, seid doch vernünftig!"

Der Präsident gehörte zu den geschätztesten und gefürchtetsten Personen des Dorfes. Er war eine Autorität, und ihm brachten auch jene Menschen Gehorsam und Achtung entgegen, die nicht einmal wußten, wo die gute Erziehung zu Hause war.

„Meine Herren", wiederholte McCarty, „wenn wir den Grund zu eurem Streit suchen wollen, finden wir ihn in der Prestigefrage rund um eure Fähigkeiten als Büffeljäger. So schlage ich vor, daß sich die Herausforderung auf dem Boden abwickeln soll, der die Ursache eures Gegensatzes ist."

Die Rede war ein wenig unklar und McCarty mußte sie wiederholen und erläutern.

„Also, meine Herren, wenn ihr damit einverstanden seid, werde ich morgen in aller Früh jedem von euch ein Gewehr und eine Schachtel Munition aushändigen. Ihr werdet mit zwei Wagen aufbrechen. Wer vor Abend mit der größeren Anzahl von Büffeln heimkehrt, wird zum Sieger erklärt und den Titel „großer Büffeljäger" erhalten. Außerdem verpflichte ich mich, von euch beiden die Tiere abzukaufen, die ihr bringen werdet. Die Buffaloes werden in die Zahl eingerechnet, zu der er verpflichtet ist, die von Ross werden nach dem Marktpreis bezahlt. Einverstanden?"

Ross nahm als erster an. Die Möglichkeit, sich wieder als bester Jäger der Gegend zu beweisen, begeisterte ihn.

„Ich bin auch einverstanden", erklärte Bill. „Morgen früh werden wir einander beim Baum der Gehenkten treffen und von dort aufbrechen. Mister McCarty, wenn Ross siegt, werde ich auf den Auftrag zu seinen Gunsten verzichten."

Ein Gemurmel begleitete seine Worte.

Ross' Augen leuchteten.

„Gute Nacht", sagte Bill Cody zu McCarty. Und ohne weitere Worte zu verlieren, ging er hinaus.

Es war eine wunderbare Nacht. Die Luft roch nach Harz. Bill ging auf die letzten Häuser des Dorfes zu und stieß auf einen Jungen, der ihm den Weg verstellte.

„Mister Cody ..."

„Was willst du? Wer bist du?"

„Also, Mister Bill, ich ... ich möchte mit Ihnen sprechen."

Buffalo Bill betrachtete im Mondlicht das jugendliche Gesicht. Es kam ihm schon irgendwie bekannt vor, er konnte sich jedoch nicht erinnern, wo er es gesehen haben mochte.

„Wer bist du?" wiederholte er.

„Mister Cody, ich heiße Jim."

„Nenne mich nicht Mister. Ich komme mir dabei älter vor, als ich bin. Was willst du also?"

„Ich habe erfahren, daß Sie jemanden suchen ..."

„Ja, ich suche die junge Dame, die ich heute ins Dorf gebracht habe."

Offenbar hatte der Junge nicht das Mädchen gemeint, doch er wollte Bill nicht enttäuschen.

„Die junge Dame, die Sie gestern gebracht haben?"

„Gestern?"

„Ja, Sie sind gestern angekommen, Mister Cody."

Bill strich sich mit der Hand über die Stirn. Zum Teufel, er hatte wirklich so lange geschlafen? Es war also keine Phantasterei!

„Ja, genau sie. Ich erinnere mich nicht, wo sie sich niederließ."

„Die Familie Flyve dort an der Ecke hat sie bei sich aufgenommen. Soll ich Sie dorthin führen?"

„Nein, danke", antwortete Bill. Und er ging weiter. Der Junge blieb enttäuscht zurück.

Flyves Haus war das letzte der Straße.

Bill sah in einem Fenster Licht. Trotz der späten Stunde rief er laut:

„Hallo! Hallo!"

Niemand antwortete. Er nahm ein Steinchen und warf es vorsichtig gegen das Fenster, daß es leise klirrte.

„Hallo!"

„Ich bin es, erkennen Sie mich nicht wieder?"

„Wer sind Sie?"

„Aber ich, bei allen Teufeln! Sie erinnern sich nicht mehr an mich?" rief Bill, ohne sich um den Lärm zu kümmern, den er verursachte. „Heute, nein, gestern, habe ich Sie in den Armen auf dem Pferd gehalten. Haben Sie schon alles vergessen?"

Der Schatten verschwand und erschien einige Augenblicke später.

„Wenn Sie betrunken sind, will ich Ihnen einen klaren Kopf schaffen!" Bei diesen Worten leerte der Schatten ein volles Wasserbecken über Bill Codys Scheitel.

Das Fenster knallte wieder zu.

Bill hatte sich offenbar im Haus oder in der Person geirrt.

In Nachtvogels Fängen

Bei Morgengrauen kamen die beiden Wettkämpfer pünktlich beim Baum der Gehenkten zusammen.

Die Arbeiter der Eisenbahngesellschaft hatten schon zwei gute Wagen, zwei Gewehre und zwei Packungen Munition vorbereitet.

Bill ließ Ross den Wagen und die Waffe wählen, der diese Gelegenheit trotz der deutlichen Mißbilligung der Anwesenden gehörig ausnützte.

„Hierher, meine Herren", erklärte McCarty. „Jetzt vertraue ich eurer Jägerehrlichkeit. Ihr könnt aufbrechen. Ihr müßt jagen, ohne eure Bahnen zu kreuzen, ohne euch einander die Beute zu stehlen. Vergleicht die Uhren. Abends um fünf müßt ihr hier beim Baum sein."

Der Wettkampf begann.

Der absurde Wettkampf, den Ross provoziert hatte, weil er auf den aufgehenden Stern der Jagd eifersüchtig war, mit dem sich sogar die Zeitungen beschäftigten. Es war ein Wettkampf, der sich später mit einem gewissen Comstok vor einer dichten Zuschauergruppe wiederholen und mit Codys Sieg enden sollte.

Der Tag war schön. Staubwolken aufwirbelnd, galoppierten die Pferde über die Prärie los.

Bill Cody schlug die Richtung nach Südosten ein, weil es seine Gewohnheit war, im Gebiet seiner Freunde, der Ceroks, zu jagen. Ohne sich allzu weit zu entfernen, konnte er mit ein wenig Glück auf eine gute Herde stoßen. Ross bog hingegen sogleich nach Norden ab.

Welch dummer Einfall, dachte Cody. Ja, er war zwar auf seinen guten Ruf stolz, diesen Wettkampf fand er aber dumm. Schließlich wußte er nicht einmal, warum er den Auftrag der Eisenbahngesellschaft angenommen, sich also für einige Monate verpflichtet und somit seine gewohnte Freiheit aufgegeben hatte. Er war wirklich dumm gewesen.

Nach einer Wegstunde entdeckte Bill eine Büffelfamilie, die aus einem blauen Teich trank. Die Gelegenheit war günstig.

Er stieg aus dem Sattel, pirschte sich heran und begann zu feuern.

Einige Schüsse trafen, dann galoppierte die Herde schnaubend davon und verschwand hinter den Felsen.

Bill stieg wieder in den Sattel, ritt zu den vier getöteten Büffeln, nahm ihnen die dicken Hörner ab und lud sie auf den Wagen. Dann machte er sich auf die Verfolgung der Herde.

Die Büffel rannten mit steigender Geschwindigkeit weiter. Bill schnitt ihnen dadurch den Weg ab, daß er das Pferd in unvorsichtiger Waghalsigkeit bis zum Rand eines an die hundert Meter tiefen Cañons lenkte, den Abgrund umritt und einen Bogen über die Ebene zog, worauf er wieder die Herde erblickte, die auf ihn zugaloppierte.

Um Ross zu besiegen, mußte er eine List erfinden. Wenn er einfach anhielt und wie auf Scheiben schoß, würde er keinen größeren Erfolg als sein Gegner erzielen.

Er mußte, wenn auch waghalsig, schlau zu Werke gehen.

Er versteckte sich hinter den Bäumen, und als die Büffel an ihm vorbeidonnerten, warf er sich an ihre Seite und ließ sein Pferd in derselben Geschwindigkeit galoppieren.

Es war ein gefährliches Spiel. Die Büffel konnten das Pferd angehen und auf die Hörner nehmen. Er mußte scharf aufpassen und zwischen sich und den gejagten Tieren eine sichere Distanz beibehalten, um sich notfalls in Sicherheit bringen zu können.

Er tat es und konnte nun auf die fetten und dunklen Buckel schießen.

Die großen Körper fielen ins Gras, während die übrigen darüber hinwegsprangen.

Der Boden erzitterte und dröhnte wie bei einem Erdbeben. Bill war wie taub. Das Pferd überaus erregt.

Einige Hörnerstöße hatten Brigham an den Beinen verletzt.

Bill schoß, die Büffel beschrieben einen weiten Halbkreis durch die Prärie und warfen sich krachend in einen dichten Wald.

Bill parierte das Pferd zum Schritt.

Längs der zurückgelegten Strecke lagen auf dem Boden leblose oder keuchende Büffel.

Cody traute seinen Augen nicht. Die Menge der niedergestreckten Tiere war so groß, daß er glauben mußte, noch nie eine solche Beute eingebracht zu haben.

Jetzt mußte er als Beweis für die Zahl der erlegten Büffel ihre Schwänze einsammeln. Dazu wären die dicken Hörner zuviel des Guten gewesen.

Cody stieg aus dem Sattel und beugte sich über das nächste Tier. Er wollte gerade das Messer ansetzen, als er das Trommeln galoppierender Pferde hörte.

Eine Gruppe von Ceroks brauste auf ihn zu. Er begann ruhig seine Arbeit.

Bald standen die Ceroks bei ihm. Es waren etwa zwanzig Mann. Sie sprangen von ihren Pferden und warfen sich wortlos auf ihn.

„Seid ihr verrückt geworden?" schrie Buffalo erstaunt. „Erkennt ihr mich denn nicht?"

Die Indianer fesselten ihn, ohne ein Wort zu verlieren.

„Ich bin doch Cody! Buffalo Bill Cody, der Freund eures Häuptlings Rotgesicht!"

„Das Bleichgesicht hat eine gespaltene Zunge", versetzte gleichgültig Nachtvogel, den Bill in der Schnelligkeit, in der sich alles abspielte, nicht einmal bemerkt hatte.

Jetzt, da er den Sohn seines Ceroks-Freundes sah, atmete er erleichtert auf.

„Nachtvogel, laß mich frei! Sage deinen Kriegern, daß ich euer Freund bin."

„Du bist nicht unser Freund", antwortete der Indianer. „Du hast uns verraten."

Bill fiel aus den Wolken.

„Ich verstehe dich nicht. Mein Freund irrt sich."

„Nachtvogel irrt sich nicht."

„So erkläre dich doch! Gestern waren wir noch Freunde."

„Heute nicht mehr."

„Erkläre mir den Grund dafür! Was habe ich euch getan?"

Bill verfluchte in seinem Innersten diese Rotgesichter. Durch sie verlor er seine Zeit, und noch dazu behandelten sie ihn plötzlich wie einen Feind. Was, zum Teufel, war geschehen, daß sie ihr Abkommen brachen?

„Ich bitte dich, mich zu deinem Vater zu führen", verlangte Cody von Nachtvogel.

„Der große Häuptling der Ceroks will den weißen Freund, der ihn betrogen hat, nicht sehen. Du hast gesagt, daß der schwarze, rauchende Wagen nicht in das Gebiet der Ceroks hineinfahren würde!"

„Das ist die Wahrheit."

„Du lügst!"

„Ich schwöre dir, Nachtvogel, ich habe kein Interesse zu lügen!"

Dieser dumme Nachtvogel war härter als ein Stein. Warum wollte er ihm nicht glauben?

„Der schwarze, rauchende Wagen wird in unser Gebiet kommen. Du hast mein Volk belogen."

„Das ist nicht wahr!"

„Mein Volk will deinen Skalp haben."

Nachtvogel gab ein Zeichen. Zwei Krieger packten Bill und banden ihn an einen Baum. Nachtvogel zog das Messer aus dem Gürtel.

„Das Bleichgesicht darf die Ceroks-Krieger nicht belügen. Die Ceroks-Krieger waren seine Freunde, und das Bleichgesicht hat sie verraten. Die Ceroks-Krieger wollen seinen Tod."

Die Indianer begannen, schreiend um den Gefangenen zu tanzen.

Ihre Gesichter waren mit den Kriegsfarben bemalt. Das bedeutete, daß etwas Außerordentliches geschehen war. Aber was? Wer konnte sie verleitet haben, diese Lüge zu glauben?

Die Bahn würde nie durch ihr Gebiet geführt werden, da es zu weit im Süden lag und unwegsam war.

„Laß mich mit deinem Vater sprechen", schrie Bill Cody, der dachte, wie schrecklich es wäre, durch eine Lüge oder ein Mißverständnis auf diese Art sterben zu müssen.

Der Indianer beachtete seine Worte jedoch nicht. Er hob den Arm, wodurch er Ruhe gebot, und als der letzte Schrei verstummt war, trat er mit dem Messer in der Hand näher.

Der Retter auf dem Mustang

Ein lauter Ruf zerriß die Stille. Ein Ruf, der, von den Hügeln herabkommend, Nachtvogel und seine Krieger erstarren ließ.

Auf dem Rücken eines großen Felsblockes war, von seinen Kriegern umgeben, die eindrucksvolle Gestalt Rotgesichtes erschienen.

Bill, dem schon der kalte Schweiß von der Stirn rann, atmete auf. Ob das die Rettung war?

Er irrte sich nicht.

Rotgesicht galoppierte auf seinem wunderbaren Mustang mitten in die Gruppe hinein.

„Sei gegrüßt, Freund meines Stammes", sagte er zu Bill, während seine Krieger sich beeilten, den Gefangenen zu befreien.

„Ich wünsche dir ein tausendjähriges Leben", seufzte Bill, sich die Handgelenke reibend, in welche die Riemen tiefe Spuren eingeschnitten hatten.

„Dein Sohn muß von jemandem belogen worden sein. Er glaubt, daß ich . . ."

„Ruhe!" befahl Rotgesicht.

Nachtvogel blickte zu Boden.

„Mein Sohn Nachtvogel ist von zwei Bleichgesichtern belogen worden, die heute nacht Feuerwasser und falsche Auskünfte brachten."

Bill spitzte die Ohren.

„Zwei Bleichgesichter haben ihm gesagt, daß Bill Cody gelogen hat und daß seine Freunde, die vom rauchenden Wagen, doch unser Gebiet besetzen werden."

„Das stimmt", bestätigte Nachtvogel.

„Die Bleichgesichter haben gelogen. Meine Krieger haben sie gefangengenommen, angebunden und zum Sprechen gebracht. Sie haben gestanden, daß sie von einem anderen Bleichgesicht, der Büffeljäger ist, bezahlt wurden, damit meine Krieger Buffalo Bill töten."

„Verdammt!" fluchte Bill Cody. „Das war dieser verfluchte Ross. Er wird seine beiden Spießgesellen ausgesandt haben, um mich bei den Ceroks zu verleumden, da er ahnte, daß ich hier jagen würde."

„Die Bleichgesichter wurden skalpiert und den Tieren vorgeworfen. Ah, und mein Sohn Nachtvogel wollte unseren großen weißen Freund töten!"

Nachtvogel senkte beschämt wieder den Kopf.

Cody dachte sofort, daß es nicht angebracht wäre, einen erniedrigten Krieger im Rücken zu haben, und reichte ihm die Hand.

Nachtvogel drückte sie. Rotgesicht nickte zustimmend.

Buffalo Bill war um ein Haar dem Tod entronnen.

Als er wieder allein war, beeilte er sich, die Beweisstücke seiner glücklichen Jagd zu sammeln und zum Baum der Gehenkten zurückzukommen.

Freudenschreie begrüßten ihn, Schreie, die noch lauter wurden, als jemand die Trophäen in seinem Wagen gezählt hatte.

„Neunzehn Büffel!" kreischte eine Frau.

„Neunzehn?" fragte ungläubig McCarty.

„Neunzehn oder vielleicht auch mehr", antwortete Bill. „Jetzt können Sie Leute losschicken, die sie einholen sollen. Keine Nachricht von Ross?"

Ross traf eine halbe Stunde später mit zwölf Trophäen ein.

„Du hast mich übertroffen", schrie er, als er hörte, wie viele Büffel Bill erlegt hatte. „Auch dieses Mal!"

Als Antwort versetzte ihm Bill mit der Rechten einen Kinnhaken und mit der Linken einen Schlag in die Magengegend.

Ross wollte zurückschlagen, Bill aber traf ihn mit der Handkante auf den Hals.

Und Ross sackte ohnmächtig zusammen.

„Halt, Buffalo Bill, was ist mit Ihnen los?"

„Mister McCarty, wir sollten ihn aufknüpfen!"

„Bill, scherzen Sie? Was hat er denn Ihnen getan? Der Wettkampf hat sich doch nach den vereinbarten Bestimmungen abgewickelt, nicht wahr?"

Die Anwesenden umringten die debattierenden Männer. Viele sahen Bill drohend an.

Ross erwachte langsam aus der Bewußtlosigkeit.

„Ich werde dich umbringen, Hund!" stöhnte er, nicht leise genug, um nicht gehört zu werden.

„Dieser Galeerensträfling", erklärte Bill, als er den allgemeinen Widerwillen um sich spürte, „dieser Galeerensträfling hat in der Prärie versucht, mich umzubringen."

Ein allgemeines Gemurmel verriet, daß man es ihm nicht glaubte.

„Um derartiges behaupten zu können, brauchen Sie Beweise", meinte in aller Ruhe McCarty.

„Die Beweise sind da. Sie können auf die Hügel gehen, und dort werden Sie die Reste seiner beiden Spießgesellen Caldwell und Suy entdecken, die skalpiert und den Tieren zum Fraß vorgeworfen wurden."

„Ist das möglich?"

„Was bedeutet das alles?"

„William Cody, Sie müssen deutlicher werden", meinte der Präsident.

„Gerne. Also, dieses Aas, Ross, hat seine beiden Gehilfen zu den Ceroks-

Indianern geschickt, damit sie ihnen vormachen, ich hätte sie im Zusammenhang mit der Eisenbahnstrecke falsch informiert, ich hätte sie also belogen. Und daß sie mich heute morgens in ihrem Gebiet auf Büffeljagd antreffen würden, falls sie sich an mir rächen wollten."

„Wirklich?"

„Heute ist eine ganze wütende Meute über mich hergefallen. Sie wollten mich gerade skalpieren, als plötzlich Rotgesicht auftauchte. Er hat mich um ein Haar gerettet. Ohne ihn wäre ich wenige Minuten später tot gewesen."

„Das ist unmöglich!" meinte jemand.

Die Diskussion belebte sich. Einige glaubten Bill, andere hielten zu Ross. McCarty selbst zeigte sich überrascht, er konnte es nicht glauben.

„Ross, so weit haben Sie sich erniedrigt?" fragte er den Mann, der aufgestanden war. „Nur, um den Ruf eines großen Jägers aufrechtzuerhalten?"

Ross antwortete nicht. Sein Gesicht war finster wie eine Gewitterwolke.

Sein Pferd stand noch gesattelt in der Nähe. Das Gewehr steckte im Futteral.

Ross drehte sich jäh um und sprang in den Sattel.

„Das stimmt", brüllte er. „Und es tut mir nur leid, daß Buffalo Bill davongekommen ist!"

Bei diesen Worten galoppierte er davon, und bevor jemand sich von der Überraschung erholt hatte, war er hinter den Bäumen verschwunden.

Die Jagd hatte also ein tragisches Ende genommen. Zwei Männer waren von den Indianern massakriert und getötet worden. Ross war der Gerechtigkeit entflohen und schickte sich nun an, außerhalb der Gemeinschaft zu leben.

McCarty schüttelte betrübt das Haupt. Er rief seinen Sekretär und trug ihm auf, einige Männer um die erlegten Büffel zu schicken.

Buffalo Bill war wie alle anderen niedergeschlagen. Er dachte jedoch, daß er viele Ruhetage gewonnen hatte. Die Gesellschaft besaß jetzt einen ausreichenden Vorrat. Solange die Eisenbahnarbeiter in der Nähe blieben, hatten sie Fleisch in Mengen.

„Sie können Ihr Geld in meinem Büro abholen", sagte McCarty zu Cody und schlug ihm freundschaftlich auf die Schulter.

„Danke, ich werde kommen."

Doch Cody hatte es nicht sehr eilig. Dieses Geld hatte für ihn beträchtlich an Wert verloren, denn es war mit Blut befleckt.

Seltsam, auch ein Mann wie er, der trotz seiner Jugend an Kampf und Blutvergießen gewöhnt war, empfand die letzten Ereignisse wie einen Alpdruck.

Ross mußte verrückt sein, wenn er, nur um seinen Vorrang als Jäger zu behaupten, bereit gewesen war, seine Kameraden und sogar ihn selbst ermorden zu lassen.

Ein Herz zittert

Bill setzte mehrere Monate lang die Jagd fort und gönnte sich nur zwischen den Jagdzügen einige Ruhetage.

Jetzt träumte er schon von den Büffeln. Es geschah, daß er sie auch am hellichten Tag im Saloon sah, während er Poker spielte oder Whisky trank.

Die Jagd steckte ihm tief im Blut. Das Donnern der Hufe der stürmisch dahinpreschenden Herden klang ihm fortwährend in den Ohren nach. Wenn er die Augen schloß, sah er nur riesige Herden die Prärie queren, wie eine Schiffsflotte das Meer.

Und da hatte er das Gewehr gepackt und an die Wange gedrückt. Schießen, immer wieder schießen . . .

„Schießen", sagte er zu Alice, und fuhr sich mit der Hand über die Stirn. „Das geschieht mir oft."

Sie saßen nebeneinander bei einem Brunnen am Dorfrand.

Seit einiger Zeit kam er mit dem aus dem Indianerlager geretteten Mädchen zusammen und suchte in seiner Gesellschaft ein wenig Zerstreuung.

Alice saß ihrerseits gern mit ihm, obwohl sie wußte, daß in einer weit entfernten Stadt Louise lebte, die Frau, die Cody eines Tages für sich gewählt hatte.

„Bill, ich glaube, daß Sie sich ausruhen sollten", riet sie nachdenklich. „Die Jagd ermüdet Sie zu stark. Ich habe gehört, daß Sie der Eisenbahngesellschaft mehr Fleisch liefern, als sie benötigt. Bill, Sie müssen ausruhen."

„Vielleicht haben Sie recht."

„Warum bleiben Sie nicht ein wenig hier in Hays City?"

Der Vorschlag war verlockend, Bill aber konnte ihn nicht annehmen.

Hier zu bleiben, würde bedeuten, sich dem geruhsamen, gewöhnlichen Leben aller Bürger zu fügen. Er würde dann nicht mehr von hier fortziehen.

„Sehen Sie, Alice, ich bin nicht wie die anderen. Hier, in diesem Nest, ginge ich zugrunde."

„Was wollen Sie also unternehmen?"

„Es handelt sich weder um Hierbleiben noch um Ausruhen."

„Worum denn?"

„In eine andere Gegend sollte ich, Alice. Seit Monaten ziehe ich hier kreuz und quer, ich habe Hunderte Büffel erlegt, alle Indianer der Hügellandschaft und der Prärie kennengelernt. Ich muß in eine andere Gegend ziehen!"

„Von Kansas weg?"

„Ja, nach dem Westen! Ich weiß noch nicht, was ich dort tun werde, Alice, aber ich werde von hier wegziehen."

Das Mädchen senkte gedankenerfüllt das Haupt.

„Werden Sie vorher Louise besuchen?" fragte es mit zitternder Stimme.

„Ja, ich breche dieser Tage auf. Ich werde zum Fluß hinabreiten, dann mit dem Missourischiff weiterreisen."

„Schade", flüsterte das Mädchen.

„Worum schade?" fragte Buffalo Bill.

„Daß Sie schon verheiratet sind!"

Alice sprang auf und flüchtete heimwärts. Bill folgte ihr nicht.

Was hätte es genützt? Es war ratsam, aus ihrem Leben zu verschwinden, sie nicht zu beunruhigen, nur so konnte sie ihn vergessen und einen anderen jungen Mann kennenlernen, der frei war und fähig, sie zu lieben und ihr Lebensgefährte zu werden.

Bill Cody kehrte um. Er würde am folgenden Tag auf irgendeine Weise irgendwohin aufbrechen.

Er hatte sich dazu entschlossen.

Die Bahnstrecke war schon weit westwärts vorgedrungen und hatte Sheridan erreicht. Seine Arbeit im Dienst der Kansas-Pacific war schon überflüssig geworden.

Er hatte fast zwei Jahre für McCarty gearbeitet.

„Als ich Sie aufnahm", sagte McCarty zu Bill, „waren Sie beinahe noch ein Knabe, jetzt sind Sie ein Mann. Zwei Jahre haben Sie sehr verändert."

„Ah, lassen Sie das, Mister McCarty!"

„Keinesfalls. Ich möchte es Ihnen sagen: Ihr Name ist bekannt, ja berühmt im ganzen Westen. In der Büffeljagd haben Sie Männer getroffen, die anfangs als besser angesehen wurden als Sie. Sie haben große Indianerhäuptlinge geschlagen, die Freundschaft einiger einflußreicher Persönlichkeiten aus der Welt der Sioux und der Cheyennen gewonnen. Ich glaube aufrichtig, daß man keinen erfahreneren Führer als Sie finden kann. Da Sie jetzt die Gesellschaft verlassen, nehmen Sie dies als Zeichen der Dankbarkeit und Freundschaft an."

McCarty, den die Jahre immer älter und glatzköpfiger gemacht hatten, öffnete den Safe.

„Nehmen Sie!"

Er reichte Bill zwei Trommelrevolver, deren Griff mit feiner Elfenbeinarbeit verziert waren.

„Sie sind wundervoll", sagte Bill.

„Und sind wertvoll. Behalten Sie sie als Andenken an mich."

Dann reichte McCarty Bill auch einige Säcke mit klingenden Dollars.

Genau wie immer, zählte Bill Dollar um Dollar.

„Entschuldigen Sie", sagte er, als er damit fertig war, „aber Ihr Buchhalter hätte sich irren können."

McCarty lächelte.

„Wohin werden Sie jetzt gehen?" fragte er.

„Ich weiß es noch nicht, Mister McCarty."

„Soll ich Ihnen einen Vorschlag machen?"

„Was schlagen Sie mir vor?"

„Einen Platz in der Gesellschaft als Linienwärter."

Bill lächelte.

„Nein, Mister McCarty. Aber ich danke Ihnen."

So endeten die Beziehungen zwischen Buffalo Bill und der Kansas-Pacific-Gesellschaft.

Cody verließ Kansas und setzte sein abenteuerliches Leben fort, einmal als Führer einer Kavallerieschwadron, dann einer Pionierkarawane, auch einiger Trupps von Goldsuchern.

In dieser Zeit wurde Bill als Jäger und Führer immer berühmter. Und eines Tages, während er ein verfluchtes Vieh, das die Stelle seines wunderbaren Brigham eingenommen hatte, tränkte, hörte er, wie er auf folgende Weise angesprochen wurde:

„Bei allen Eingeweiden des Westens, du bist Buffalo Bill!"

Er drehte sich blitzartig um und hatte schon die Pistole in der Faust. Ein großer, starker, eindrucksvoller alter Mann stand vor ihm.

„Wer sind Sie?" fragte Bill.

„Gib diese Waffe weg, mein Sohn. Erkennst du mich nicht mehr?"

Buffalo konnte sich an ihn nicht erinnern.

„Ich bin Salton, bei allen Rabenvögeln der Prärie! Und du bist dieser verdammte Knabe, der wie ein Verrückter für den Pony-Expreß ritt."

Bill dachte an die Zeit vor vielen Jahren zurück, da er, noch ein Kind, für den Pony-Expreß ritt. Er hatte Hunderte Meilen mit dem Postsack zurückgelegt und dabei Indianer und Gefahren jeder Art herausgefordert.

Damals hatte sein Ruhm zu blühen begonnen.

„Erinnerst du dich an den Tag, an dem die Indianer dich bis zum Paß verfolgten?" fragte Salton. „Und du, Kanaille eines Dämonen, bist, ohne bei der Station anzuhalten, weitergeritten. Welch ein Ritt, mein Sohn! Sogar die Zeitungen von San Franzisko berichteten darüber."

Als zögen sie schnell an ihm vorbei, erinnerte sich Bill an die vielen Abenteuer und Erlebnisse, die er während seiner Dienstjahre beim Pony-Expreß durchgemacht hatte, als Indianer oder Verbrecher immer wieder versuchten, sich seiner Post zu bemächtigen. Ja, bei Gott! Er hatte der Pony-Expreß-Gesellschaft gute Dienste geleistet, so wie später der pazifischen Eisenbahn.

Salton setzte sich zu ihm. Sie sprachen von den vergangenen Zeiten, von Tagen, an welchen er, Salton, eine Ranch leitete, dieselbe, die der Postgesellschaft die Dienstpferde lieferte.

„Und was tust du jetzt, zum Teufel, hier in Colorado?"

Bill erzählte, daß er sogar in Kalifornien gewesen war. Er hatte als Führer, als Jäger gearbeitet, alles mögliche gemacht. Er hatte hundertemal sein Leben aufs Spiel gesetzt. Er hatte Schwarzem Falken das Leben gerettet und sich dadurch die Freundschaft seines Stammes erworben. Andere Indianerhäuptlinge hatte er zum Teufel gejagt und sich solcherart den Haß ihrer Krieger zugezogen. Jetzt wollte er von Colorado nach Oklahoma ziehen. Am Red River hatte er Freunde.

Salton schüttelte das Haupt.

„Junge, ich bin schon alt, und es tut mir gut, wenn ich mich der Fischerei widme. Aber du, in deinem Alter ... Du kannst dir etwas Besseres wählen. Es gibt Leute, die dich brauchen."

Bill sah ihn erstaunt an. Wen meinte er?

„Bist du schon seit langem nicht mehr in Hays City gewesen?"

„Lange. Ich kann mich nicht mehr an die Gesichter der Leute erinnern, auch nicht an den Saloon."

„Wenn du willst, kannst du dorthin zurückkehren."

„Keineswegs."

„Es zahlt sich aus. Du kannst viel Geld verdienen, und es gibt dort jemanden, der dich braucht."

Der weiße Barbar

„Ich spreche so zu dir", fuhr der alte Salton fort, „weil ich deinen Vater kannte und dich ein wenig wie meinen eigenen Sohn betrachte. Ich weiß, daß du Quecksilber in den Adern hast, ich finde aber, daß es nicht vernünftig ist, es beim Vagabundieren auf der Prärie zu verschwenden, besonders dann, wenn du das Leben für nichts und wieder nichts riskierst."

„Worauf wollen Sie hinaus?" fragte Bill nervös.

„In Kansas, Missouri, Colorado, Nebraska, kurzum, überall gibt es häßliche Dinge. Das wirst du bemerkt haben. Das Indian Bureau..."

„Wie, bitte?" fragte Bill.

„Das Indian Bureau ist das Amt, das von der Regierung gegründet wurde, damit es sich um alle Probleme rund um die Indianer kümmere und sie friedlich löse."

„Gelingt ihm dies?" fragte Bill skeptisch.

„In der Theorie schon; in der Praxis erbost es nur die Gemüter, weil es bei seiner Arbeit skrupellose Leute einsetzt. Dieses Büro müßte sich also um die Indianer kümmern und ihnen alles liefern, was sie als Entschädigung für die Freigabe ihrer Gebiete und ihren Rückzug in Zonen verlangen, die Reservate genannt werden und wo sie leben müßten."

„Davon habe ich gehört. Aber die Indianer?"

„Einige Stämme nehmen an, geben einen Teil ihres Gebietes ab, ziehen sich ins Gebirge zurück, warten auf das, was das Indian Bureau als Entschädigung angeboten hat, Nahrung, Mehl, Rinder... und warten vergebens. Die Spekulanten treten in Aktion. Sie lenken die Lieferungen von ihrem Kurs ab, und die Indianer, die vertrauensvoll die mit allen Gütern Gottes beladenen Wagen erwarten, erleben nichts als Hinterhalte und Massaker. Dies alles hat natürlich und mit Recht die Gemüter der armen Menschen erregt. Die Folge davon ist, daß, im Gegensatz zu früher, da die Karawanen der Farmer ungeschoren durch die Gebiete der Cheyennen oder der Sioux ziehen konnten, jetzt niemand mehr sicher ist."

„Ja und?"

„Die Mißstimmung wächst, lieber Bill. Die Indianer widersetzen sich jetzt hartnäckig dem Fortschreiten des Baues der Eisenbahn, der Öffnung neuer Wege, der Durchreise der Farmer, der Gründung neuer Dörfer. Deshalb erhielt General Sheridan den Auftrag, sein Hauptquartier in Fort Hays aufzuschlagen und einen Feldzug gegen die Rothäute zu unternehmen."

Bill verfluchte in seinem Innersten die Pioniere, die Eisenbahn, den General und alle die Spekulanten, die „sein" Land verletzten.

„Ich verstehe nicht, was ich mit dieser Sache zu tun habe", sagte er.

„Der General braucht Führer, die das Land kennen. Und Führer und Pfadfinder deines Niveaus gibt es nicht. Junge, du bist doch eine lebende Landkarte, du bist soviel Gold wert, wie du wiegst. Weißt du, wer diese beiden Sätze ausgesprochen hat?"

„Nein."

„Der General persönlich. Er hat dich in Leavenworth suchen lassen, aber nur deine Familie ausfindig gemacht. So läßt er überall herumreden: Er will dich in seiner Garnison haben."

Cody spürte, wie ihn ein Schauer des Stolzes von Kopf bis zu den Zehen überlief. General Sheridan benötigte ihn!

„Du kennst dieses Gebiet wie deine Westentasche. Und, was noch wichtiger ist, du kennst verschiedene indianische Dialekte. Du kannst als Dolmetscher arbeiten, ihm Ratschläge erteilen, ihm gefährliche Absichten ausreden. William Cody, überlege!"

William Cody überlegte, und am folgenden Tag brach er nach Fort Larney auf, wo sich, nach Saltons Bericht, der General aufhalten mußte.

Auf seinem Ritt traf er mehreremal auf Komanchen, die vom Norden nach Oklahoma zogen, um den Durchzug der Truppen zu stören und womöglich zu verhindern, daß diese Truppen, die vom Osten her kamen, alle Indianer nach Norden verdrängten.

Um sich mit Nahrung zu versorgen, schoß er ab und zu einen Büffel. Und mehreremal widerfuhr es ihm, daß sich ihm Sioux, Cheyennen, Corven und Ceroks näherten, ihm Freundschaft erwiesen oder offene Feindseligkeiten zeigten.

Doch auch der geringe Ruhm als Freund der Indianer, den sich Bill in manchen Gegenden erworben hatte, sollte jetzt seinen Zauber verlieren.

Von dem Augenblick an, da der weiße Mann auf der Prärie vordrang und sich alle Rechte anmaßte, ohne bereit zu sein, auch nur irgend jemandem etwas zu geben und geringste Zugeständnisse zu machen, von diesem Augenblick an entstand gegenseitiges Mißtrauen.

Erbost griffen die Indianer auch ohne unmittelbaren Grund Farmer, Karawanen, Frauen, alle Menschen an, die ihre Gebiete betraten. Sie massakrierten sie ohne Mitleid. Und Cody war zu seiner eigenen Sicherheit oft gezwungen, sich seiner Pistole oder seines Gewehrs zu bedienen.

Wie diesmal.

Er war fast beim Fort angekommen, als er auf einer kleinen Lichtung einen wunderbaren Büffel mit klarem Fell, hohen und kräftigen Schultern und sehr schönem Gehörn entdeckte.

Ohne zu zögern, schoß er das Tier nieder. Gleich nach dem Knall warfen sich zwei Indianer auf ihn.

Er wehrte sich mit aller Kraft, wurde aber schließlich überwältigt. Die beiden Komanchen banden ihn wie ein Paket und trafen Anstalten, ihn zu skalpieren – da bemerkte Bill, daß seine Handfesseln locker waren. Er schob schnell die eine Hand unter die Jacke, drehte die Pistole heraus und schoß zweimal. Die Komanchen, die sich von einem gefesselten Mann keine so verblüffende Reaktion erwartet hatten, waren derart überrascht, daß sie nicht einmal Zeit fanden, zu erschrecken. Sie sackten unter den beiden Schüssen ohne einen Schrei zusammen.

In Fort Larney wurde Buffalo Bill von Hauptmann Dangerfield Parker freundlich empfangen. Der General war schon abgereist.

Cody erhielt den Auftrag, den Offizier, dem Führer und Stafetten unterstanden, über die von den Indianern weniger begangenen Wege, über den Standort der Eingeborenenlager und die Namen der hervorragendsten Krieger des Gebietes zu informieren.

Bill kam seiner Arbeit auf hervorragende Weise nach, und bald schätzten ihn Soldaten und Offiziere so hoch, daß sie um seine Freundschaft warben. Das Leben im Fort wurde aber mit der Zeit sehr langweilig, und Bill trug sich schon mit der Absicht, es aufzugeben, als eines Morgens die Wachen Alarm schlugen. Die Indianer hatten das Fort eingekreist, womit sie seine Belagerung einleiteten.

Parker rief Cody.

„Können Sie herausbekommen, wie viele es sind, von welchem Stamm und wer ihr Häuptling ist?" fragte er.

Das war nicht leicht, doch Cody verlor seine gewohnte Zuversicht nicht. Hocherhobenen Hauptes, die Pistolen im Gürtel, ging er aus dem Haupttor hinaus und auf die indianischen Würdenträger zu, die schon aus der Entfernung an ihrem Kopfschmuck zu erkennen waren.

Je näher er ihnen kam, desto kälter spürte er den Schweiß, der ihm auf der Stirne stand.

Bis jetzt war ihm alles gut gelungen, doch diesmal? Er wußte nicht einmal, wem er begegnen würde.

Endlich erkannte er die Art der Federn, mit denen die Indianer geschmückt waren, und die Farben, mit welchen sie sich bemalt hatten.

Es waren Kiowas. Ihr Häuptling war Satanta!

Zwei Pfeile klatschten zwischen Bills Beinen in den Boden, er ging jedoch kaltblütig weiter, während die Soldaten vom Fort aus ihn mit dem Fernrohr verfolgten.

„Höre mich, großer Häuptling", rief er, als er schließlich nahe genug war, „ich bin Buffalo Bill. Ich habe große Freunde unter deinen indianischen Brüdern, und ich komme, um den Frieden, nicht den Krieg zu bringen!"

Buffalo Bills Name hatte einen solchen Klang, daß er auch jetzt unter den Kiowas ein verwundertes Murmeln hervorrief.

Dieses junge Bleichgesicht mit dem fast weibisch langen Haar, das angesichts der indianischen Waffen so ruhig näherkam, gewann sofort Satantas Sympathie. Der Häuptling befahl, kein Feuer zu geben.

„Satanta, der Kommandant der Soldaten schickt mich her, um dich zu fragen, warum du den Waffenstillstand nicht einhältst."

„Die Bleichgesichter hatten drei Wagen mit Vorräten, mit Nahrung versprochen. Meine Leute verhungern auf den Hügeln. Sie frieren. Die Bleichgesichter haben ihr Versprechen nicht eingehalten. Vor dem Morgengrauen werde ich das Fort zerstören, wenn der weiße Kommandant nicht liefert, was er uns zugesagt hat."

„Die Wagen werden eintreffen, Satanta, sie sind schon unterwegs", log Bill. „Ich gebe dir mein Wort darauf."

„Wir haben euch schon zuviel Zeit gegeben."

„Gib uns einige Tage Zeit."

„Wir haben euch schon zuviel Zeit gegeben."

„Die Wagen werden kommen."

„Ich hoffe, daß sie vor Morgengrauen da sind, sonst werden alle deine weißen Brüder sterben und leider auch viele meiner Krieger. Ich habe gesprochen."

Satanta hob den Arm. Das Gespräch war beendet.

Satanta belagert das Fort

„Hauptmann Parker!"

„Herein!"

Bill trat ins Zimmer. Einige Offiziere standen vor ihm. Sie erwarteten ihn ungeduldig.

„Also?"

„Hauptmann, mindestens dreihundert Kiowas stehen um das Fort. Sie sind mit Gewehren und Pfeil und Bogen bewaffnet."

„Wer führt sie an?"

„Satanta, ein tapferer Häuptling."

„Puh", meinte ein junger, geschniegelter Offizier, die Nase rümpfend. „Ich verstehe nicht, wie man einen dreckigen Indianer als tapfer bezeichnen kann."

„Wenn Sie mir eine Antwort gestatten", versetzte Bill sofort, „erkläre ich es Ihnen."

„Sprechen Sie", sagte herablassend der Offizier.

„Man nennt einen Krieger groß und tapfer, der für sein Volk kämpft. Tapfer, wenn er in der Schlacht sich unter den übrigen auszeichnet."

„Und Sie sagen, daß Satanta..."

„Ich sage und bestätige es, werter Herr!"

„Mir scheint, daß sie zu mir nicht mit dem nötigen Respekt sprechen!" sagte der Offizier gereizt.

„Meine Herren!" griff Parker ein. „Ist das der richtige Augenblick?"

„Nein, Hauptmann", antwortete der Offizier, „aber ich glaube, feststellen zu dürfen, daß dieser Führer mich nicht mit dem nötigen Respekt behandelt. Er wollte doch sagen, ich sei weniger tapfer als dieser dreckige Satanta."

„Und ich beweise es Ihnen", versetzte Bill ungeduldig. „Und wissen Sie, wie?"

„Genug, Buffalo Bill!" donnerte Parker.

„Mit ihrer Erlaubnis, Hauptmann, fahre ich fort. Ich bin, Gott sei Dank, kein Soldat. Sehen Sie, junger Mann, wenn Ihr Mut demjenigen Satantas gleich oder überlegen ist – warum gehen Sie nicht aus dem Fort und fordern ihn zum Duell heraus? Natürlich auf Pistole oder Messer. Ich bin sicher, daß Satanta bereit ist, um das Fort mit Ihnen zu kämpfen. Aber Sie? Sind Sie bereit, auf diese Weise das Fort zu retten?"

Der Offizier biß sich auf die Lippen. Parker wechselte das Gesprächsthema und half so seinem Offizier aus der Verlegenheit.

„Meine Herren, ich bitte Sie. Kehren wir zu unserem Hauptthema zurück. Dreihundert Indianer belagern uns. Wir verfügen über fünfzig Soldaten, die, um die Wahrheit zu sagen, spärlich bewaffnet sind. Wir haben auch zuwenig

Munition. Der Pfahlzaun ist noch nicht verstärkt worden. General Hazen ist ziemlich weit weg auf einer Inspektionsreise, Sheridan ist ebenfalls viele Meilen von hier entfernt. Wir müssen uns aus dieser Lage befreien, dazu stehen uns aber ausschließlich unsere Kräfte zur Verfügung."

„Was meinen Sie damit?" fragte Bill.

„Daß wir uns darauf beschränken müssen, die Belagerung zu ertragen."

„Vor morgen Abend wären wir vernichtet."

„Es gibt keinen anderen Ausweg, meine Herren, wir können nur in der Defensive bleiben", antwortete Parker.

„Hauptmann, wieviel Nahrungsvorräte gibt es im Fort?"

„Viele, aber nicht mehr, als Satanta verlangt."

„Geben wir sie ihm."

„Unmöglich. Wir haben keinen Auftrag dazu!"

„Die Proviantvorräte dürfen auf keinen Fall angerührt werden", erklärte der eitle Offizier.

„Hier geht es nicht um Erlaubnis und Vorschriften, Hauptmann", erwiderte Buffalo Bill. „Es geht darum, das Fort mit seiner Besatzung zu verlieren oder zu retten."

„Und wenn wir ihnen unsere Nahrungsvorräte abtreten, sie aber dann die Belagerung nicht aufheben – welche Garantien haben wir?"

„Nur eine, Hauptmann", antwortete Bill energisch.

„Welche?"

„Satantas Wort!"

Nach langer Diskussion erhielt Bill die Erlaubnis, nochmals zum Indianerhäuptling zu gehen.

Er stieg auf den Hügel, von welchem aus Satanta die Lage übersah.

„Hauptmann Parker ist bereit, auf seine Nahrungsmittelvorräte zu verzichten", sagte ihm Bill, „doch du und deine Krieger müßt wieder in euer Lager zurückkehren."

„Das habe ich gesagt."

„Ihr müßt zuerst dorthin zurückkehren."

Die Augen des Indianers schleuderten Blitze.

„Die Kiowas haben keine gespaltene Zunge!" erklärte er beleidigt.

„Ich weiß es, Satanta. Aber die Bleichgesichter im Fort kennen dich nicht. Ich habe ihnen gesagt, daß sie dir vertrauen müssen, doch sie kennen dich nicht. So haben sie verlangt, daß du in dein Lager zurückkehrst, dann werde ich dir mit zwei Soldaten drei Wagen mit Nahrungsmitteln bringen."

Satanta besprach sich mit seinen Ratgebern. Schließlich stimmte er zu.

„Wenn dahinter ein Betrug der Bleichgesichter steckt, so sollen die Bleichgesichter zittern, denn Satanta wird ihnen den grausamsten aller Tode bereiten. Satanta hat gesprochen."

Buffalo Bill kehrte rasch in das Fort zurück. Die Kiowas hoben die Belagerung von Fort Larney auf.

Überfall auf einen Transport

Die Wagen wurden mit Nahrungsmitteln, Decken, Fellen und anderen Waren beladen, die den Indianern dienen konnten, den kommenden Winter zu überstehen, der sich schon mit eisigen Nordstürmen ankündigte.

„Cody, lassen Sie sich nicht hinters Licht führen", empfahl ihm Parker.

„Ich werde mein Möglichstes tun, Hauptmann!"

Cody vergewisserte sich, daß die beiden Soldaten jeder auf den Kutschbock gestiegen waren.

„Wollen Sie wirklich keine Eskorte?" fragte Parker von neuem.

„Wenn sie Soldaten sehen, werden sie mißtrauisch, Hauptmann. Und wenn sie ihr Wort doch nicht einhalten sollten, so hätten Sie mehr Männer hier."

Die Wagen fuhren unter den Glückwünschen aller, die in dem guten Gelingen dieser Reise ihre Rettung sahen, aus dem Fort.

Hays City, dachte Cody unterwegs. Wer weiß, wann er dieses sympathische und schmutzige Dorf wiedersehen würde, das er vor so langer Zeit hinter sich gelassen hatte! Und Alice, von der er sich traurig getrennt hatte.

Und Louise, mit ihrem wenig angenehmen Charakter?

Sie brummte oft, war eifersüchtig, kapriziös, nie bereit, ein Opfer auf sich zu nehmen, auf etwas zu verzichten.

Er hatte davon geträumt, sie überallhin mitzunehmen, vielleicht sogar auf demselben Pferd.

Er wollte, das Glück suchend, mit ihr alle Wege des Westens gehen, mit ihr das Glück suchen, wie so viele Frauen es taten, die aus allen Teilen der Welt hierhergekommen waren.

Sie hingegen wollte von diesem harten Leben nichts wissen und zog es vor, allein, aber bequem, weit weg zu leben, als unbequem mit ihrem Mann in der Prärie zu hausen.

Komisch, welchen Gedanken hing er nach, während er ins Lager der Kiowas unterwegs war!

Die Kiowas! Würden sie ihr Wort halten?

„He, ihr! Halt!" rief eine Stimme.

Bevor Bill sich noch über die Lage klarwerden konnte, war er von einigen Individuen mit wenig vertrauenerweckenden Gesichtern umringt.

Sie trugen Militärkleidung, doch hielten sie ihre Gewehre nach Banditenart drohend in Anschlag.

„Was wollt ihr, zum Teufel?!" schrie Bill. „Seht ihr nicht, daß wir einen Militärtransport fahren?"

„Das sehen wir wohl, wir haben aber den Auftrag, jeden Transport zu blockieren. Was habt ihr auf den Wagen?"

„Nahrungsmittel, lauter Sachen, die wir den Indianern bringen müssen."

„Den Indianern?" fragte einer mit den Streifen eines Sergeanten und dem Gesicht eines entflohenen Sträflings.

„Jawohl, zu Satanta. Laßt uns keine Zeit verlieren!"

Der Sträfling und seine Kameraden winkten mit den Läufen ihrer Gewehre.

„Springt herunter und werft die Waffen auf die Wagen! Rasch!" befahl der Sergeant.

Bill hatte verstanden. Er hätte geschworen, daß es sich um Verbrecher handelte. Sie mußten irgendwo Uniformen gestohlen haben und raubten nun durchziehende Wagen aus.

Er konnte nichts anderes tun, als gehorchen. Die Bande bestand aus ungefähr zehn Mann, die alle schußbereit vor ihnen standen.

„Werft die Waffen weg", befahl er den beiden Soldaten.

Sie gehorchten. Die Räuber stiegen auf die Kutschböcke der drei Wagen und verschwanden im Galopp hinter den Bäumen.

Bill und seine Kameraden sahen einander ratlos an. Dann hörten sie Hufgeklapper. Entweder kehrten die Räuber wieder um oder es kamen andere Soldaten.

„Versteckt euch!" rief Bill.

Er warf sich ins Gestrüpp. Die beiden anderen blieben wie angewurzelt auf dem Weg stehen.

Drei Mann aus der Gruppe, die sich ihrer Wagen bemächtigt hatte, kamen zurück und schossen auf sie, ohne vom Pferd zu steigen.

Die Soldaten fielen vornüber zu Boden. Die Mörder suchten eine kurze Weile nach Buffalo Bill, dann verloren sie die Geduld und verschwanden.

Cody trat aus seinem Versteck. Er war unbewaffnet. Allein, in der Gesellschaft der beiden Soldaten, die so unerwartet das Leben verloren hatten. Dieses Leben war wirklich ekelhaft, wenn es Leuten geschenkt wurde wie jenen, die soeben verschwunden waren.

Was sollte er nun tun?

Ins Fort zurückkehren? Mit welchem Mut, nachdem er es aller Vorräte beraubt hatte, das einzige Mittel, dem Feind Widerstand zu leisten?

Zu Satanta gehen?

Bill hätte zum erstenmal in seinem Leben am liebsten geweint.

Allein, ohne Waffen, während das Leben einer ganzen Besatzung, die Existenz eines ganzen Forts abhingen. Ein Blutbad ... O Gott, ein Pferd, zumindest ein Pferd!

Manchmal geschehen so seltsame, unverständliche Dinge, daß man beinahe gar nicht darüber sprechen möchte, um nicht als Lügner betrachtet zu werden. Wie dem auch sei, Bill Cody sah in diesem Augenblick einen wunderbaren Mustang in geringer Entfernung an sich vorbeiflitzen.

Das Pferd trabte mit dem Schweif wie eine Fahne hinter sich übermütig umher, stieg, machte einige Bocksprünge, schließlich näherte es sich mit tänzelnden Schritten den beiden Toten, die im Staub lagen.

Bill Cody ging langsam und leise zischend auf den Mustang zu und packte ihn rasch am Schweif. Das Tier stieg wieder, Cody aber verstand von Pferden beinahe mehr als von Büffeln, und er brachte es zustande, ihm auf den Rücken zu springen. Dann jagte er es auf die Spuren der verschwundenen Wagen.

Das Pferd lief wie der Wind.

Bill schlug das Herz im Hals. Er mußte sie auf jeden Fall einholen! Auf jeden Fall ...

Die Wagen standen nebeneinander im Halbkreis. Die Räuber ließen es sich gut gehen. Sie waren überzeugt, weit genug vom Fort entfernt und durch ihre Militäruniformen ausreichend geschützt zu sein.

Sie täuschten sich. Sie kannten Bill nicht, der nicht nur der Bill der Büffel, sondern auch jener der Banditen war.

Er hielt den Mustang in sicherer Entfernung an. Er erblickte den Gürtel, den einer der Räuber an die vorspringende Achse eines Wagens gehängt hatte. Das Gras ringsum stand hoch.

Wie ein Raubtier machte er sich heran. Das derbe Lachen der Verbrecher deckte das Rascheln seines Körpers im Gras. O Gott, noch einige Meter, und er hätte es geschafft!

Er streckte die Hand aus. Wie angenehm war doch der Kontakt mit dem Pistolengriff. Sogleich war er getröstet.

Liebe, schöne, wunderbare Pistolen. Mit ihrer Hilfe würde er seine eigenen wiedergewinnen.

„Hände hoch!" schrie er plötzlich vom Dach eines Wagens.

Von dort aus beherrschte er das ganze Lager.

Einer der Banditen ergriff seinen Revolver. Bill feuerte mit beiden Pistolen, nach ihm und einem anderen, der ebenfalls seine Waffe gezogen hatte. Beide rührten sich nicht mehr.

„Nicht aufmucksen! Alle miteinander Gürtel abschnallen! So, du beginnst!"

Sie legten nacheinander ihre Gürtel ab. Noch einer versuchte dabei, den Schlauen zu spielen, doch Bill streckte ihn sofort zu Boden.

Er mußte die Augen offenhalten, wenn er vermeiden wollte, daß die Zeitungen von Baltimore und Chicago über Bill schrieben: „Er war..."

„Und jetzt in Reih und Glied vor diesen Baum."

Während die Banditen regungslos unter dem Baum standen und jenes dumme Gesicht machten, das jeder zeigt, der sich gerade mitten im schönsten Triumph unerwartet gefoppt sieht, sammelte Bill die Waffen und warf sie auf den nächsten Wagen. Dort lagen auch seine Pistolen.

Er hielt viel auf seine beiden Pistolen mit der Einlegearbeit aus Elfenbein.

Er band die Pferde los, die schon an die Wagen gespannt waren. Die Zügel der Pferde vom letzten band er hinten an den mittleren, die der Pferde vom mittleren an den ersten. Nun bildeten die miteinander gekoppelten Gefährte eine Kette, als wären sie ein Eisenbahnzug.

Bill stieg auf den Kutschbock, nachdem er an den letzten Wagen die Pferde der Räuber gebunden hatte.

„Lebt wohl, brave Leute", rief er. „Ich habe leider keine Zeit, euch zu skalpieren, das werden die Indianer mit größtem Vergnügen besorgen."

Er schwang die Peitsche.

Die Tiere bogen den Rücken, zogen an, die Wagen setzten sich in Bewegung und fuhren in gleichmäßiger Geschwindigkeit los.

Es war ein unwahrscheinliches Ereignis, eines jener, die, wie wir schon gesagt haben, kaum erwähnt werden können, ohne auf Ungläubigkeit zu stoßen und als Märchenerzähler aus dem Orient bezeichnet zu werden.

Jetzt hatte er es geschafft.

Zehn Indianer versperrten ihm plötzlich den Weg, aber sie schwangen die Gewehre zum Zeichen der Freundschaft.

Es waren Komanchen. Er mußte anhalten. Die Komanchen Einsamen Wolfes waren Freunde der Kiowas.

Bill parierte die Pferde mit den Zügeln und einem „Uuuup!"

Die Tiere blieben schnaufend stehen. Die Komanchen näherten sich und baten Bill, vom Wagen herunterzuspringen.

„Hört", sagte er, als er neben dem Kutschbock stand, „ihr müßt mir helfen, diese Wagen zu Satanta zu bringen."

Ein Schlag mit dem Griff eines Tomahawk traf sein Hinterhaupt. Er schwankte, verlor das Bewußtsein und fiel um.

Als er erwachte, waren die Indianer, aber auch seine drei Wagen, verschwunden.

Adieu, Fort Larney!

Räuber am Marterpfahl

Alles war wie zuvor. Und es war Nacht. Eine helle Nacht, so daß man bequem die Bibel hätte lesen können. Und wäre sie dagewesen, in einer seiner Taschen, so hätte sie Cody in dieser Nacht und in diesem Augenblick wirklich gelesen.

Denn wenn man im Begriff ist zu sterben, ist die Bibel das einzige Buch auf der Welt, das Trost spenden kann und spendet, Mut gibt, fast Begeisterung über den endgültigen Abschied von dieser Welt.

Die Bibel ist etwas Wunderbares, und Codys Vater wußte es, denn er hatte aus ihr gelernt, seinen Nächsten wirklich zu lieben, ohne sich um dessen Hautfarbe zu kümmern. Deshalb hatte er die Neger gegen die Sklaverei, gegen die Reichen der Südstaaten verteidigt, gegen die gierigen, gewissenlosen Großgrundbesitzer, die diesen unmenschlichen Zustand verteidigten, weil sie von ihren Kettensklaven alles verlangen durften, auch daß sie wie Tiere arbeiteten, bis sie tot umfielen.

Es war wegen seiner Bibeltreue, wegen seines Einstehens für die Brüderlichkeit zwischen allen Menschen, die ihm die Bibel eingeflößt hatte, daß Isaac Cody, Buffalo Bills Vater, auf barbarische Weise von den Verteidigern der Sklaverei umgebracht worden war.

Bill war schon nahe daran, sich mit dem Gedanken abzufinden, daß er in dieser Nacht seinen toten Vater wiedersehen würde, als er zwischen den spärlichen Bäumen ein Licht schimmern sah.

Dort brannte ein Feuer. Er mußte nachsehen. Indianer? Soldaten?

Bill Cody ging langsam durch den schütteren Steineichenwald. Ein schauerliches Schauspiel erwartete ihn.

Die Indianer, die ihm die Wagen gestohlen hatten, waren an Pfähle im Mittelpunkt einer von einem Feuer erhellten Lichtung gebunden. Um sie herum bildeten die Kiowa-Krieger einen undurchdringlichen Kreis.

Satanta sah der Folterung zu, nein, er leitete sie.

Buffalo Bill war zum Erbrechen schlecht. Trotzdem hielt er sich unbewegt in seinem Versteck, und erst als auch der letzte Komanche, genau wie die anderen, ohne einen einzigen Klagelaut von sich zu geben, gestorben und von seinem Pfahl losgebunden worden war, trat er, zur Überraschung aller, aus dem Dunkel hervor.

„Wie du siehst, Satanta", sagte er zum Häuptling, „hat Hauptmann Parker sein Versprechen gehalten. Diese Komanchen hatten mir die Wagen gestohlen, hier sehe ich aber, daß du sie gefangengenommen und bestraft hast. Bist du unser Freund?"

„Satanta hält sein Wort. Die Komanchen, die Satanta verrieten, haben den Tod gefunden. Mein treuer Luchsauge hat dich ständig vom Fort bis hierher beobachtet."

„Verdammt", dachte Bill, „und er hatte kein einziges Mal eingegriffen, um mir zu helfen! Ein schöner Freund!"

„Du bist ein tapferer Krieger", meinte Satanta. „Buffalo Bill ist Satantas Freund. Satanta ist Häuptling der Kiowas. Die Kiowas sind Freunde Buffalo Bills."

Dann wies der Indianer mit der Hand auf das Medaillon, das Bill auf der Brust trug. Sein Hemd war offen, und man konnte es an einem Kettchen hängen sehen.

Bill zeigte es im Flammenlicht.

„Es ist ein vom Flußwasser geglätteter Stein. Ein Büffel ist darauf eingeritzt. Es ist ein Geschenk des Schwarzen Falken."

„Meine Leute werden während des Winters zu essen haben, ohne daß auch nur einer beim Angriff auf das Fort hatte sterben müssen. Du bist ein Freund meiner Leute. Nimm!"

Satanta reichte Bill einen Talisman: ein Messer, dessen Griff aus einem sehr seltenen und wertvollen Holz mit seltsamen Schnitzereien bestand.

„Zeige es allen Kiowa-Kriegern, und sie werden deine Freunde sein", sagte Satanta. Dann ließ er ein Pferd herführen und schenkte es Bill.

Das war der Abschied.

Buffalo Bill bestieg den Mustang. Er grüßte den Häuptling der Kiowa-Krieger und galoppierte davon.

Im Fort wurde er festlich empfangen. Parker umarmte ihn sogar. Einige Frauen tanzten mit ihm, und eine Witwe, die allerdings häßlich wie eine blinde Eule war, bot sich ihm als Frau an.

Diese Nacht prägte sich als unvergeßliches Erlebnis ins Gedächtnis aller Soldaten vom Fort Larney ein. Und die Morgenröte, eine wunderbare, farbenfrohe Morgenröte, fand freudvolle Herzen und nicht die Leichen, die, ohne Buffalo Bills Eingreifen, Satantas schreckliche Rache bezeugt hätten.

Es war aber Codys Schicksal, nie untätig zu sein. Am selben Nachmittag rief ihn der Hauptmann zu sich.

Das Fort besaß keinen Proviant mehr. Es gab Lebensmittel für einen Tag, höchstens für zwei Tage, sonst nichts mehr.

Parker hatte einen Kurier zum Fort Zarah geschickt, um Verstärkung, aber auch Proviant zu verlangen. In der Zwischenzeit mußte Vorrat aus eigener Kraft herbeigeschafft werden.

Am Morgen war in den Bergen der erste Schnee gefallen. Ein Schneesturm konnte das Fort blockieren und jegliche Verbindung mit den anderen Forts bis zum Frühjahr abschneiden. Man mußte sich also für einige Zeit eine unabhängige wirtschaftliche Basis schaffen. Aber wie?

Parker wußte, daß Buffalo Bill die Kansas Pacific Company mit Fleisch versorgt hatte. Warum sollte er es nicht auch für das Heer tun? Man würde ihn dafür entschädigen.

Natürlich konnte er ihm nur wenige Männer mitgeben, um das Fort nicht zu schwächen.

Buffalo Bill verlangte nur einen Mann, und der Kommandant teilte ihm Jimmy Tott zu, der die Aufgabe hatte, den Wagen zu lenken.

Der Ausgang des Unternehmens war als schwierig vorauszusehen. Man mußte die Büffel im Süden, außerhalb des Gebietes der Kiowas und Komanchen, aufstöbern, in einem Gebiet also, wo jede Begegnung möglich war. Dort mußte man wohl die Augen offenhalten, wollte man unangenehmen Erlebnissen ausweichen.

Am folgenden Morgen brachen sie früh auf. Der Himmel war von grauen Wolken bedeckt, als hinge hoch oben eine riesengroße Militärdecke ausgebreitet.

„Wird es uns gelingen?" fragte der junge Soldat Bill.

Bill wußte es selbst nicht. Da er aber den Eindruck hatte, daß Jimmy voller Angst war, bemühte er sich, ihm ein wenig Mut zu machen.

„Gewiß, Jimmy, du wirst schon sehen."

Sie verließen den Weg zwischen den Hügeln und zogen in die große Ebene hinab. Einige Stunden hindurch fuhren sie umher, ohne den Schatten eines Büffels zu sehen.

„Diese Gegend verspricht nicht viel", sagte Jimmy enttäuscht.

„Der Winter steht vor der Tür. Ich würde mich nicht wundern, wenn schon morgen Schnee fiele."

„Woran erkennen Sie das, Mister Cody?"

Der Soldat hing an Bills Lippen. Für ihn war er ein Held, eine jener Persönlichkeiten, denen man Denkmäler setzt.

„An dem Verhalten der Indianer, die sich so rasch wie möglich mit Nahrung versorgen wollen. Und an der Abwesenheit der Büffel. Diese Tiere sind nicht dumm. Sie riechen den Schnee. Willst du wetten, daß wir sie hinter diesen Felsen versteckt finden? Sie haben in der Schlucht vor dem ersten Schneesturm Schutz gesucht, und warten dort, bis er vorbei sein wird, um sich dann schnellstens südwärts aus dem Staub zu machen."

Bill hatte sich nicht geirrt, und Jimmy sah zu ihm empor wie zu einem Propheten.

Mindestens fünfhundert Büffel bevölkerten die Schlucht. Sie standen dicht aneinandergedrängt, in Zehnergruppen geteilt, vielleicht in Familien; es gab Tiere aller Altersstufen, wahre Kolosse und kleine, Bullen und Kühe.

„Beginnen wir?" fragte Jimmy und machte sein Gewehr schußbereit.

„Bist du verrückt? Wenn wir da hineinschießen, wird die Herde wild und flieht ins Freie, wo wir sie nicht mehr einholen. Es ist besser, sie bleibt hier."

„Was machen wir also?"

„Sieh mir zu. Du stellst dich hinter jenen Blöcken auf und lehnst dein Gewehr auf den Boden, damit dir die Hand nicht zittert."

„Ich kann schießen, Mister Cody."

„Das bezweifle ich nicht. Dann wartest du ... Wenn du die Büffel an dir vorbeilaufen siehst, zielst du und gibst Feuer. Du schießt ruhig einen nach dem anderen nieder. Es spielt keine Rolle, wenn dir dabei einige entkommen. Verstanden?"

Der junge Mann nickte.

Bill stellte sich am Schluchteingang auf, wenige Meter von den ersten

Büffeln entfernt. Er hielt die Hände vor den Mund und stieß jenes Brummen aus, das für den Herdenführer charakteristisch ist, der Futter gefunden hat.

Zwei Büffel streckten das Maul vor, machten eine schnelle Wendung und liefen aus der Schlucht heraus.

Draußen erwartete sie Jimmy. Mit zwei gut gezielten Schüssen aus geringer Entfernung warf er sie um.

Bill wiederholte den Ruf. Diesmal liefen drei Tiere heraus. Jimmy ließ sich einen entgehen, die beiden anderen blieben liegen.

Dieses Spiel dauerte lange an. Manchmal schoß Jimmy am Ziel vorbei und der Büffel verschwand in der entgegengesetzten Richtung, dem Winter entgegen, der aus dem Norden herabkam, in den Tod also.

Ritt im Schneesturm

Der Winter! Der kalte Winter der Prärie, der alles unter seiner weißen Decke versteckt, einhüllt, begräbt. Der Winter, der die Biber, die Büffel, die Hirsche nicht schont, der Winter, der mit seinen eisigen Waffen die nackten Körper der von den Bleichgesichtern in das Gebirge gedrängten Indianer tötet, wo es an Nahrung, an Brennholz, an Büffelfleisch und Büffelfellen fehlt.

Der Winter des Westens, der auch die Karawanen der Pioniere begräbt, die nach Kalifornien ziehen, um das verheißene Land, das Land des Goldes, zu suchen.

Der Winter war vom Gebirge herabgestiegen.

„Jetzt bleiben Sie bis zum Frühjahr bei uns", sagte Parker, während er Bill Whisky in ein Glas goß.

„Ich werde morgen abreisen."

„Sie sind verrückt."

„Das macht nichts."

„Ich werde Sie am Verlassen des Forts hindern."

Bill lächelte. Bill Cody kannte keine Hindernisse.

„Hauptmann, morgen früh werde ich Fort Larney verlassen. Ich weiß noch nicht, ob ich nach Hays City zurückkehren oder zum Sonnental aufbrechen werde, wo ich im Frühjahr eintreffen könnte. Dort fehlt es nicht an Büffeln. Ich habe einen guten indianischen Freund, Schwarzer Falke."

„Cody, Sie lügen."

„Wie, bitte?" fragte Bill und leerte sein Glas.

„Sie lügen. Vielleicht haben Sie zwar Lust, ins Sonnental zu reisen, ich bin aber überzeugt, daß Sie zuerst zu General Sheridan wollen. Sie wissen ja, daß er ungeduldig auf Sie wartet. Er braucht Sie, um die Karte dieser Gegend aufzuzeichnen und um mit den Indianern zu verhandeln. Bill, Sie wollen doch nicht ausgerechnet jetzt verschwinden, nicht wahr?"

„Sie haben recht. Ich werde zuerst zu Sheridan reiten, obwohl mir dieser Mann nicht übermäßig sympathisch ist. Was meinen Sie dazu?"

„Mister Cody, ich kann mich nicht äußern. Es ist gewiß nicht leicht, unter den obersten Befehlsherren sympathische Leute zu finden. Das Soldatenleben macht hart."

„Nun ja", seufzte Bill. „Ich werde die Reise ins Sonnental auf einen späteren Zeitpunkt verschieben. Es ist schließlich vernünftiger, den Winter vorbeigehen zu lassen."

„Ausgezeichnet. Ich war dessen sicher. So kann ich Ihnen einige eilige Depeschen anvertrauen, die nur Sheridan vorbehalten sind. Sie werden ihn in Fort Hays antreffen."

Bill sprang hoch. Sooft er den Namen Hays hörte, verspürte er einen Stich im Herzen.

Warum? Weil Burke dort gestorben war? Weil Alice dort lebte? Warum wollte Louise nie dort leben?

„Bei diesem Wetter wird es Ihnen aber nicht gelingen, dorthin zu gelangen", meinte Hauptmann Nolan, der zum Fenster hinausschaute.

Es schneite heftig. Es war bitter kalt.

„Sie werden unterwegs erfrieren", meinte ein anderer Offizier.

„In diesem Fall wird es gut sein, wenn Sie bei den ersten Frühjahrsrunde nicht vergessen, mich aufzutauen."

Sie lachten alle dröhnend.

Am folgenden Morgen war Bill zum Aufbruch bereit. Man hatte ihm ein großes, widerstandsfähiges Pferd zur Verfügung gestellt, das einzige Tier, das vielleicht fähig war, einen Schneesturm zu überleben.

Cody war mit seiner üblichen Jacke aus Damwildleder gekleidet. Parker zwang ihn jedoch, seinen pelzgefütterten Wintermantel anzunehmen.

In dieser Kleidung sah Cody wie ein anderer Mensch aus, er hatte den Kragen hochgestellt, den Pelzmantel übergeworfen, den dicken Wollschal umgewickelt, sein Gewehr umgehängt.

Zwei Soldaten banden ihm Nahrungsvorräte, Wasser- und Whiskyflasche auf den Hinterzwiesel des Sattels.

Parker verabschiedete sich von ihm.

„Gute Reise, Buffalo Bill!"

Alle wünschten ihm aufs freundschaftlichste dasselbe. Auch der eitle Offizier, der ihn beleidigt hatte, reichte ihm die Hand.

Bill ritt in den Schnee hinaus. Das große Tor des Forts schloß sich hinter ihm. Er war allein.

Vollkommen allein im endlosen Westen, der unter der weißen Schneedecke begraben lag. Allein in der winterlichen Stille, wo sich sogar das Hufgeklapper des Pferdes wie der Schritt eines Gespenstes anhörte.

Nachdem er lange geritten war, fühlte er sich plötzlich traurig. Er hätte gern diese bedrückende Totenstille auf irgendeine Weise unterbrochen. Aber womit, mit wem?

Er sprach mit sich selbst. Seine Stimme klang ihm tief, fast tonlos. Sie war ihm unbekannt.

Das Pferd versank im Schnee. Mehrmals mußte er es wenden, um nicht in einen Graben zu stürzen.

Der Schnee ist schön. Er ist still. Der Schnee versteckt alles. Der Schnee ist verräterisch.

Das bemerkte er jetzt, da er unter ihn schauen mußte, um zu entdecken, welchen Boden, welche Pflanzen, welche Wege er verdeckte.

Es war bitter kalt. Aus Nase und Mund drang ihm der Atem wie Dampf.

Hays City. Würde er es erreichen?

Er blieb stehen, nahm die Pfeife aus der Tasche, stopfte sie, zündete sie an und setzte sich rauchend wieder in Bewegung. Plötzlich stutzte das Pferd.

Stille lag ringsum. Leise fiel der Schnee.

Bill sah nichts Außergewöhnliches, doch das Tier wollte nicht mehr weiter.

Endlich entdeckte Bill vor sich einen Fleck, der durch die Schneedecke dunkel schimmerte.

Es sah wie ein Stein aus, doch vor einem Steinblock wäre das Pferd nicht gescheut.

Bill stieg aus dem Sattel. Mit dem Gewehrkolben kratzte er den Schnee weg. Darunter tauchte ein Körper auf. Ein kleiner menschlicher Körper.

Er berührte ihn mit dem Gewehrkolben. Der Körper war leblos, vielleicht tot.

„Vielleicht ist es tot?" dachte Bill, sich niederbückend.

Es war ein Kind, ein vielleicht sieben- oder achtjähriges Indianerkind.

Buffalo Bill begann, den Kleinen zu reiben, sein Gesicht anzuhauchen, seine

Arme zu bewegen. Dann goß er ihm einen Tropfen Whisky zwischen die Zähne.

Das Kind bewegte sich. Das kleine Herz schlug. Das Blut begann wieder unter die dunkle Haut zu fließen. Langsam öffnete der Junge die Augen.

Er wollte gleich schreien, dazu war er aber zu erschöpft.

„Ruhig, mein Kind", sagte Bill in der Komanchensprache.

Das Kind verstand ihn nicht.

So sprach er zu ihm wie die Kiowas.

Das Kind verstand ihn nicht.

So sprach Bill einige Worte in der Cheyennen-Sprache — und das Kind lächelte.

„Ich bin dein Freund. Ich heiße Buffalo Bill. Trink, es brennt sehr stark, es tut dir aber wohl."

Das Kind trank. Es hustete, aber gerade die heftige Bewegung erwärmte es.

„Woher kommst du?"

Der Junge zeigte auf die Berge und sagte, er sei aus seinem Dorf gelaufen, weil er ein kleines, ihm unbekanntes Tier einfangen wollte. Er habe es bis hierher verfolgt, dann sei ihm aber furchtbar kalt geworden. Das drollige Tier sei verschwunden.

„Wir werden es später gemeinsam suchen", sagte Buffalo Bill. „Jetzt mußt du essen."

Er wickelte den Jungen in die Decke ein, öffnete den Proviantsack und gab ihm zu essen, bis sein Magen voll war.

Das Kind, das ihn zuerst mißtrauisch beobachtet hatte, zeigte sich jetzt vertrauensvoll.

Kinder können ja alle Menschen lieben, auch wenn sie einer anderen Rasse angehören und eine andere Hautfarbe haben — wenn es ihnen nicht verboten ist.

„Wie heißt du?"

„Kiù."

„Was bedeutet das?"

„Ich weiß es nicht."

„Nun, jetzt mußt du mir sagen, wo dein Lager liegt. Ich werde dich nach Hause bringen."

Er setzte das Kind auf den Widerrist des Pferdes und saß auf. Er öffnete den Pelzmantel und wickelte den Kleinen darin ein.

Wie sah Buffalo Bill jetzt aus! Man hätte glauben können, er säße allein auf dem Tier, aber mit einem dicken Bauch oder höchstens mit einem Sack unter dem Mantel. Niemals hätte man vermuten können, daß er ein Kind vor sich hielt.

Dieses Kind, Kiù, mußte sich sehr wohl fühlen, denn es drückte sich geradezu in die Wärme, die ihm sein Retter und der Pelzmantel schenkten. Vielleicht träumte es von dem lustigen Tierchen, das ihm entschlüpft war.

Das Pferd kletterte den Berghang hoch. Bill hätte gern über den Zeitverlust geflucht, den ihm dieser Zwischenfall verursachte, er war aber dazu nicht fähig. Kiù schlief an seiner Brust.

Mit dem Ellbogen drückte er ihn in die Magengegend, aber er ertrug es schweigend, um ihn nicht aufwecken zu müssen.

Als der Nebel sich höher oben lichtete, blies ihm ein Windstoß eine prikkelnde Schneewolke ins Gesicht, die ihm alle Sicht raubte. Als er die Augen wieder öffnen konnte, sah er vor sich zwei Indianer.

Sie waren in die bunten Decken der Cheyennen eingehüllt und hielten ihm die Gewehre vor.

Cody öffnete sofort den Mantel. Die beiden Indianer sahen einander erstaunt an. Dann nahm einer von ihnen das Reittier am Zügel und führte es ins Lager.

Das Lager hockte wie ein Adlernest auf dem Berggipfel.

„Warum denn hier heroben?" fragte sich Bill. Dann erinnerte er sich, daß die weißen Eindringlinge dabei waren, alle Stämme aus der Ebene wegzujagen.

Krieger versammelten sich um ihn, und auch Frauen, alle mit drohender Miene.

Manche übereifrigen Männer zogen schon ihre scharfen Messer.

Sie glaubten offenbar, er sei von ihren beiden Stammesgenossen gefangengenommen worden, und warteten ungeduldig auf den Befehl des Häuptlings, zur Folter zu schreiten.

Der Häuptling trat jetzt aus seinem Zelt und hob die Arme. Eine der Wachen flüsterte ihm etwas zu. Cody knüpfte den dicken Pelzmantel auf – und die Menge erbleichte.

Der kleine Indianer schlief tief an der Brust des Bleichgesichts, als läge er im Schoß seiner Mutter.

„Er lag weit weg von hier im Schnee. Er hat mir gesagt, daß er zu euch gehört. Ich habe ihn euch wiedergebracht."

Eine Frau stürzte herbei und nahm das Kind zärtlich in die Arme.

Cody schloß seinen Mantel und wollte wieder wegreiten. Der Häuptling hielt ihn an.

„Es ist kalt, und bald wird die Nacht hereinbrechen. Du kannst in unserem Lager bleiben, wer immer du sein magst."

„Ich bin Buffalo Bill Cody. Ich nehme gern eure Gastfreundschaft an. Ich möchte ein Zelt, ein wenig Wasser und schlafen."

Er erhielt alles, wonach er verlangte. Kiù war der Sohn Silbermonds, der Tochter des alten Stammeshäuptlings.

In der Nacht wurde er jedoch plötzlich geweckt. Jemand war in sein Zelt geglitten.

„Wer ist da?" fragte Buffalo, nach der Pistole greifend.

„Sst", mahnte eine Stimme. „Ich bin Silbermond, Kiùs Mutter. Schreie nicht."

Diese Indianerin, Kiùs Mutter, sprach in ihrem Dialekt, den Buffalo ausreichend beherrschte.

„Was tust du hier?"

„Du hast meinem Sohn geholfen, der ein Indianer ist. Ich möchte dem Bleichgesicht helfen."

„Wie? Ich brauche doch keine Hilfe."

„Wohin willst du reisen?"

Bill zögerte.

„Vielleicht an das Flußufer?"

„Ja."

„Du wirst nie dorthin kommen, wenn du auf diesem Weg weiterreitest", sagte die im Schatten der Nacht versteckte Frau.

War das eine Falle, oder sagte sie die Wahrheit? Vielleicht meinte sie es ehrlich und wollte sich für die ihrem Sohn geleistete Hilfe erkenntlich zeigen.

„Sag mir, welchen Weg muß ich also einschlagen?"

„Wenn du wieder im Tal bist, verlaß den Weg, den man begeht, wenn es keinen Schnee gibt. Wenn du drei aneinandergelehnte Felsblöcke siehst, reite um sie und nimm den Weg in die Schlucht. Nach einem langen Ritt wirst du das Flußufer erreichen."

„Das Ufer des Arkansas?" fragte Bill.

Die Frau nickte.

Bill jubelte. Die Indianerin hatte ihm einen äußerst wichtigen Durchgang verraten.

„Du ersparst dir den Übergang über die Berge und den langen Weg über die Prärie", sagte die Frau. „Die Reise tötet im Winter alle Bleichgesichter."

„Danke."

„Diese Strecke ist viel kürzer als die andere, der weiße Mann darf sie aber nicht entdecken. Geh nur so, wie ich dir erklärt habe, und mit offenen Augen. Wenn der Schnee schmilzt, schließen unsere Krieger den Übergang, und die Bleichgesichter reiten wie immer über die Prärie, quer durch die Hügelkette, durch die Wälder."

„Danke, Silbermond", wiederholte Bill.

Allmählich konnte er im Licht des Schnees ihr Gesicht erkennen.

„Du bist schön", sagte er leise. „Wie ein Kind."

Die Frau lächelte. Sie grüßte stumm und schlich aus dem Zelt.

Am folgenden Tag verließ Bill Cody das Lager der Cheyennen. Er ritt zur Ebene hinab, folgte dem Weg dorthin, wo die drei dicken, hohen Felsblöcke eine Art Pyramide bildeten.

Dann verließ er den Weg, den bisher Soldaten und Farmer, Kiowas und auch alle Führer benützten.

Er folgte Silbermonds Anweisungen genau. Er ritt in die Felsschlucht hinein.

Das Pferd versank im Schnee, der hier über ein Meter hoch lag.

Es wurde immer schwieriger, und Bill wollte schon umkehren, weil er glaubte, die Frau hätte ihn irregeführt, als er eine Art natürlicher Galerie vor sich sah.

Er trieb das Pferd an und ritt weiter. Es war eine Felswand, die auf eine lange Strecke hin stark überhängend war und somit fast wie ein Dach den Weg schützte.

Auf dem Boden lag nur etwas vom Wind hergewehter Schnee, weil der Großteil davon vom Überhang aufgefangen wurde. Dort oben lag er als hohe Masse, die stets bereit war, als Lawine abzugehen.

Bill ritt eine halbe Stunde lang unter der schützenden Felswand, bis er wieder auf Schnee traf.

Mit viel Mühe zwang er das Pferd, sich mit den starken Beinen und der breiten Brust einen Weg zu bahnen, dann ritt er den ganzen Tag ohne besondere Hindernisse auf ebenem Gelände weiter.

Schließlich sah er den vereisten Streifen des Arkansasflusses vor sich.

Dank dem geheimen Durchgang hatte Buffalo Bill einen endlos langen Weg beträchtlich abgekürzt, der zu dieser Jahreszeit als unbegehbar betrachtet wurde.

Diese Entdeckung war sehr wichtig. Das Militär würde klingendes Geld dafür hergeben.

Durch diese Abkürzung konnte man in kurzer Zeit Fort Hays erreichen und von Fort Hays in gleich kurzer Zeit nach Fort Larney reisen.

Dieses letzte Fort war also nicht mehr unerreichbar. Wenn General Sheridan davon erfuhr, würde er vor Freude auf den Stuhl springen.

Zu einer Zeit, da die Truppen den Auftrag erhalten hatten, den Westen zu besetzen und alle Indianerstämme unschädlich zu machen, mußte dem neuentdeckten Durchgang dieselbe strategische Bedeutung zukommen wie dem Nordwestdurchgang nach Kanada und den anderen Gebieten im hohen Norden.

Hays City lag unter Schnee begraben. Absolute Stille herrschte in den Straßen.

Buffalo Bill kam zu Alices Haus. Er wollte anhalten, trieb aber das Pferd vorbei.

Er ritt weiter. Die Zukunft würde ihn sicher in andere Länder bringen, ihm neue Abenteuer bereiten. Wozu diente es also, sich in Hays City aufzuhalten?

Er hielt nicht an. Weder um den alten McCarty, noch um andere Leute zu begrüßen.

Sie alle waren eine Seite der Vergangenheit. Er würde zu dem nicht weit entfernten Fort Hays reiten, als Führer in Sheridans Dienste treten, solange er ihn benötigte; später erwartete ihn im Westen wieder das alte nomadische Jägerleben.

Als er das friedlich daliegende Dorf hinter sich gebracht hatte, wandte er sich um.

Hays City lag unter der Schneedecke. Vielleicht schliefen seine Einwohner oder aßen und tranken und diskutierten in der Wärme ihrer Häuser. Und er, der Zeitungsheld, der schon legendäre Held, stand hier in der Winterkälte.

Pfeile und Schüsse

Schwarzer Falke im Sonnental

Der Mann stieg aus dem Sattel und trocknete sich den Schweiß von der Stirn.

Ein kleiner Spitzbart zierte sein Kinn, und ein breiter Schnurrbart wuchs über seinen durstigen Lippen. Seine schwarzen Augen leuchteten wie glühende Kohlenstücke.

Sein Pferd war müde, seine Kleidung mit Staub bedeckt. Er mußte weit herkommen.

Er sah sich nach ein wenig Schatten um. Die weite Ebene lag einsam im Sonnenlicht. Nur nordwärts, wo sich eine Gebirgskette wie ein leuchtender Kamm am Horizont hinstreckte, lugte ein sattgrünes Wäldchen herüber.

Als der Reiter sich den ersten Bäumen näherte, drehte er sich plötzlich um. An die dreißig Indianer waren hinter den Felsen aufgetaucht und ritten, Gewehre und Bogen schwingend, heran.

Der Reiter, der in seiner Jacke aus Damwildleder mit Fransen wie der schon traditionell gewordene Cowboy aussah, verlor die Ruhe nicht. Einige Sekunden lang betrachtete er die heranpreschende Horde, dann zog er die Pfeife aus der Tasche und stopfte sie mit dunklem, duftendem Tabak.

Als die Indianer bemerkten, daß ihr Auftauchen ihn nicht aufregte und er überhaupt keinerlei Anstalten zur Verteidigung traf, hielten sie erstaunt an, doch bald klärte ihr Häuptling das unverständliche Benehmen des Fremden auf. Er hob die Hand, wodurch er allen befahl, sich nicht zu rühren, und ritt einige Schritte vor. Sein Haupt war von einem majestätischen, bunten Federnkranz geschmückt. Er sprang dann vom Pferd, während der Weiße sich die Pfeife zwischen die Zähne drückte und die Arme zum üblichen indianischen Gruß hob.

„Der große Büffeljäger ist von seinem Weg abgekommen", erklärte der

Indianerhäuptling, nachdem er den Gruß beantwortet hatte. „Meine Krieger hätten ihn sicher getötet, wenn ich nicht bei ihnen gewesen wäre."

„Sei gegrüßt, tapferer Sohn der Prärie", antwortete Buffalo Bill, ohne sich im mindesten zu erregen. „Seit wann betritt Schwarzer Falke den Staub des Sonnentals?"

„Mein Freund Buffalo Bill ist neugierig wie der Mond. Und auch unvorsichtig. Der Stamm des Blauen Raben hat seinen Boden im Norden aufgegeben und ist in dieses Gebiet eingedrungen. Schwarzer Falke und seine Krieger haben sich auf die Höhen zurückgezogen, jenseits des Cañons."

„In diesem Augenblick bist du aber hier", antwortete Buffalo lachend. „Ist Schwarzer Falke vielleicht gekommen, um mit Blauem Raben Friedensverhandlungen aufzunehmen?"

Schwarzer Falke spuckte auf den Boden. Er schlug Buffalo mit der Hand auf die Schulter und sagte: „Nur ein Freund kann mit Schwarzem Falken spielen, wie manchmal auch die Büffel spielen. Wenn jemand anderer diese Worte auszusprechen gewagt hätte, wäre er schon tot."

Bill lachte.

„Unsere Freundschaft ist stärker als Haß und Rache", antwortete er. „Ich weiß, daß Schwarzer Falke vor niemandem Angst hat. Daher schätze ich ihn und erlaube mir, mit ihm zu scherzen."

„Der weiße Freund ist weise. Jetzt sehe ich aber, daß sein Mund trocken ist."

Nach diesen Worten ließ ihm der Indianerhäuptling einen Fellschlauch voll Wasser reichen.

Bill bot dafür seinem indianischen Freund ein langes, glänzendes Messer, das er aus seinem Gürtel gezogen hatte.

„Ich hoffe", sagte er, „daß diese Klinge niemals einen meiner Brüder töten wird."

„Das hoffe auch ich", erwiderte der Indianer. „Meine Krieger erwarten eher den Tag, an dem sie in Frieden mit den Bleichgesichtern jagen können."

„Ohne sie zu töten", warf Buffalo Bill ein.

„Mein Stamm tötet keine Freunde."

„Hoffentlich", seufzte Bill und zündete wieder die Pfeife an, die ausgegangen war. Dann wechselte er das Gesprächsthema: „Ich suche eine Büffelherde, die mich seit einem Monat meilenweit hinter sich herzieht, ohne sich jemals sehen zu lassen. Ja, es hat keinen Sinn, daß mich Schwarzer Falke so ansieht: Ich habe die Soldaten verlassen und widme mich wieder der Jagd.

Siehst du dort unten mitten auf der Prärie jene Baumstämme? Dort habe ich fünfundzwanzig Felle hinterlassen, wunderschöne Felle, lieber Freund."

Die Augen des Indianers leuchteten. Buffalo bemerkte es und hob abwehrend die Hände.

„He, diese Sachen dürfen nicht berührt werden!"

„Schwarzer Falke ist kein Kojote! Wenn der weiße Freund die Herde einholen will, die gestern den Fluß überschritten hat, wird er gut tun, das Morgengrauen abzuwarten und sie auf der Weide zu überraschen, die jenseits der Hügel liegt. Nimm dich aber vor dem Raben in acht!"

„Ich werde bestimmt achtgeben."

Sie sprachen noch lange miteinander wie zwei alte Freunde. Und sie waren wirklich Freunde, seit Buffalo Bill Schwarzen Falken vor dem Erschießen gerettet hatte. Major Stanley, der das fünfte Kavallerieregiment befehligte, hatte ihn in der Nähe von Fort Samuel gefangengenommen, und nur Buffalo Bill war es zu verdanken, daß er nicht erschossen wurde. Seither waren Jahre vergangen, so viele, daß sich nicht einmal Buffalo Bill erinnern konnte, wann es gewesen war, aber für Schwarzen Falken und seinen Stamm war Bill heilig und unverletzbar. Wie er übrigens heilig und unverletzbar für andere indianische Stämme dieses Gebietes geworden war, die in ihm den guten Freund sahen, der immer bereit war, sein Wort einzulegen, um grausame Konflikte mit dem Heer und den Farmern zu verhindern.

Sein Name war so populär, daß er es oft vorzog, inkognito zu bleiben, um der Neugierde seiner Mitmenschen und der erdrückenden Bewunderung seitens mancher Leute auszuweichen. Man erzählte sich seltsame Geschichten, so phantastische Legenden über ihn, daß er beinahe zur Fabelgestalt geworden war. Zwei Dinge, eine sportliche Fähigkeit und ein moralisches Ziel, machten ihn besonders unter Cowboys, Soldaten und auch unter den Indianern populär und bewunderungswürdig: seine Unfehlbarkeit als Pistolenschütze und sein brennender Wunsch, Indianer und Weiße miteinander zu versöhnen, um ihnen solcherart das endlose Blutvergießen zu ersparen.

Es dämmerte schon, als die beiden Freunde endlich voneinander schieden. Schwarzer Falke brach wieder mit seinen Kriegern auf, und Buffalo Bill, der legendäre Held des Westens, bereitete sein Nachtlager.

Er breitete das zu einem Schlafsack zusammengenähte Büffelfell unter einem dicken Laubbaum aus, er ließ das Pferd frei, das hinter hohen Sträuchern Schutz suchte, legte das Gewehr zu seiner Rechten, kroch dann in den

Pelzsack, drehte sich auf die linke Seite, legte die Pistole neben die Hand – und in weniger als einem Augenblick schnarchte er laut.

Skalpe am Gürtel

Es war ein wunderbarer Tag. Bill machte sich bald wieder auf die Reise. Die Herde, deren Spuren er gesehen und deren Gedröhn er einige Tage vorher gehört hatte, konnte sich nicht weiter als bis zu den von Schwarzem Falken erwähnten Weiden entfernt haben.

Er wußte, daß die Büffel wohl lange Reisen unternehmen, doch nie, ohne sie durch lange Pausen, womöglich an einem Flußufer, zu unterbrechen. Er nahm an, daß der Fluß nicht weit sein konnte und daß die Büffel mindestens drei Rasten gemacht hatten, so daß sie erst einen Tag vorher die großen Weiden erreicht haben mochten. Und sie mußten so erschöpft sein, daß sie für einige Zeit dort verbleiben würden.

„Die ideale Lage für einen Jäger", dachte also Bill, während sein Pferd pausenlos über die sonnenbeschienene und staubige Prärie lief.

Als der Abend hereinbrach, hatte er die Hügel überschritten und die Weiden gesichtet, die sich wie riesengroße, grüne Tücher unter einem klaren, blauen Himmel erstreckten.

Bei einer Felsnase, die das Tal beherrschte, stieg Buffalo Bill vom Pferd. Von hier aus konnte er am nächsten Tag den Büffeln den Krieg erklären, ohne sich um einen einzigen Zentimeter weiterbewegen zu müssen. Mit ein wenig Glück und seinem unfehlbaren Gewehr würde die Jagd sogar zu leicht sein. Allzuleicht.

Das Pferd steckte gierig das Maul in das Gras, das der schon herannahende Abend erfrischt hatte. Der Pelzsack lag schon ausgebreitet da, und Buffalo Bill bereitete über den Flammen eines Feuers, das er mit einigen trockenen Zweigen und einer großen Baumwurzel entfacht hatte, sein Abendessen.

Er war weit genug von der Herde entfernt, so daß er nicht fürchten mußte, sie mit dem Feuer mißtrauisch zu machen oder gar zu erschrecken. Wenn es sich ums Essen handelte, hatte übrigens Buffalo weder Skrupel noch die Absicht, viel Rücksicht auf seine Umwelt zu nehmen. Er pflegte zu sagen, daß es immer besser sei, mit vollem als mit leerem Bauch zu sterben. Und auch an diesem Abend setzte er seine Theorie in die Praxis um.

Aus dem Proviantsack hatte er den Schenkel eines fuchsähnlichen Tieres

genommen, das im Wald lebt und dessen Fleisch etwas scharf, aber trotzdem nicht schlecht schmeckt und sättigt, was nach dem anstrengenden Ritt nicht unwichtig war.

Buffalo briet es über den Flammen. An manchen Stellen war das Fleisch am Ende ein wenig verbrannt, aber er aß es dennoch mit großem Appetit, und bald blieb nur noch der abgenagte, ein wenig blutige Knochen zurück. Auf das Fleisch trank er seine halbe Whiskyflasche leer, und zum Abschluß knabberte er an einer seltenen Wurzel, die die Eigenschaft hatte, selbst Steine verdauen zu lassen. Dann kroch er, der einsame Jäger des Wilden Westens, in den Pelzsack, legte wie üblich das Gewehr auf eine Seite und die Pistole auf die andere und versank in einen erholsamen Schlaf.

Doch die Nacht hatte für ihn eine unangenehme Überraschung auf Lager. Um ihn erschienen wie durch Zauberei einige Schatten, die einen undurchdringlichen Kreis bildeten.

Es waren die Schatten im Mondlicht glänzender, halbnackter Körper, deren Gesichter mit langen, bunten Zeichen verziert waren, von denen weiße Streifen unheimlich abstachen.

Buffalo riß die Augen auf.

Verflucht, das waren keine befreundeten Indianer! Und was noch schlimmer war, es gelang ihm nicht einmal festzustellen, welchem Stamm sie angehörten. Vielleicht waren es Apachen, doch dieses V-förmige, weiße Zeichen auf der Stirn war ihm trotz seiner Kenntnis der Indianer ganz neu.

Es war nunmehr zwecklos, nach den Waffen zu greifen, um sich zu verteidigen. In wenigen Sekunden hätten sie ihn niedergemacht. Es war besser, es mit List zu versuchen, wie er es schon tausendmal mit Erfolg getan hatte.

Die Indianer betrachteten ihn schweigend und regungslos. Einige hielten ihm ihre Lanzen und Gewehre entgegen. Der Krieger, den Bill auf Grund der drei Federn für den Häuptling halten mußte, verharrte wie wartend abseits.

Als er sich über die Lage klargeworden war, erhob sich Buffalo Bill langsam und bemüht, größte Natürlichkeit zu zeigen. Die Rothäute drängten sich angriffsbereit um ihn, er machte aber mit einer Hand eine weite Geste, die die Indianer verwunderte, da sie sich eine wesentlich andersartige Reaktion erwartet hatten.

Dann sagte er im Dialekt des Rabenstammes.

„Seid gegrüßt, tapfere Krieger." Und ohne ihnen Zeit zur Antwort zu geben, fuhr er fort: „Ich bin die Stafette einer Karawane von hundert Kolonisten, die auf der großen Weide im Tal lagern wollen."

Ein Murmeln entstand unter den Indianern. Offenbar interessierte sie diese Auskunft. Keiner von ihnen rührte sich. Sie hielten weiterhin ihre Gewehre und ihre Lanzen auf Bill gerichtet, zeigten aber deutlich, daß sie ihm noch zuhören wollten.

Cody stellte sie zufrieden und atmete erleichtert auf, als er feststellte, daß es ihm auch diesmal durch List gelungen war, wenigstens vorläufig sein Leben zu retten. Er war keineswegs die Stafette einer Pionierkarawane, gelang es ihm aber, diese Lüge den Indianern glaubhaft zu machen, hatte er neunzig zu hundert Möglichkeiten, davonzukommen.

„Sie haben mich vorausgeschickt", fuhr er fort, „um festzustellen, ob diese Gegend ruhig ist und ob die tapferen Krieger der Umgebung bereit sind, sie durchziehen zu lassen. Als Entschädigung werden sie Mehl und Schießpulver geben. Sollte es aber nicht möglich sein, werden sie die Route ändern und weiter im Norden durchziehen."

Der Häuptling zog sich mit einigen Kriegern beiseite und beriet sich lange mit ihnen. Gewiß erachteten sie es als vorteilhafter, den Fremdling freizulassen, wodurch sie später hundert Bleichgesichter in die Hand bekämen, statt sich mit ihrem Führer allein zu begnügen und die ganze Karawane zu verlieren. Sie gingen tatsächlich in die Falle.

„Der große Häuptling Donnernder Pfeil", verkündete einer von ihnen, der wahrscheinlich der Medizinmann des Stammes war, „ist ein Freund der weißen Männer. Er wünscht einen Friedenspakt mit den Brüdern des bleichen Führers zu schließen und wird ihnen gestatten, auf der großen Prärie zu lagern, wo das Gras grün und gut für Vieh ist. Wann werden die Bleichgesichter eintreffen?"

Buffalo Bill konnte nicht umhin, selbstgefällig zu lächeln, was jedoch die nächtliche Dunkelheit zum Glück versteckte.

„Sie lagern noch zwei Tagesreisen von hier. Sie werden weiterreisen, sobald ich zu ihnen zurückgekehrt sein und ihnen von deiner Freundschaft berichtet haben werde. Ihre Rinderherden sind aber durch den langen Marsch müde."

Die Augen der Indianer leuchteten im Halbdunkel der mondhellen Nacht.

Bill fuhr fort: „Sie werden bald hier sein, wenn ich morgen zeitig aufbreche."

„Hundert Männer, hast du gesagt?"

„Ungefähr hundert, Frauen und Männer. Viele Kinder und viele Rinder. Sie werden die ganze Ebene zwischen dem Fluß, den Bergen und dem Wald beanspruchen."

„Die Ebene gehört ihnen", antwortete der Häuptling. „Unser Lager liegt auf den Höhen, und wir brauchen das Tal nicht. Unsere Herden weiden jenseits des Flusses. Die Bleichgesichter werden Herren dieses Landes sein. Wir hoffen jedoch, daß sie uns Pulver für die Jagd geben werden."

„Gewiß", antwortete Bill, „ihr werdet es haben."

„Wann wirst du aufbrechen?"

„Beim Morgengrauen", antwortete Buffalo Bill. „Nachdem ich die Büffel gejagt haben werde, um meinen Leuten zu zeigen, wie reich dieses Land hier ist."

Der Häuptling gab ein Zeichen. Die Krieger zogen sich langsam zurück.

„Auch diesmal bin ich davongekommen", seufzte befriedigt Buffalo Bill. „Und für morgen früh habe ich mir sogar eine ruhige Jagd ausbedungen. Wenn ich das erzähle, wird mir niemand glauben. Doch bei allen Büffeln des Westens..."

Während die Indianer fortzogen, sah er, daß jeder an seinem Gürtel einen Skalp hängen hatte, eine Jagdtrophäe aus dunklem, glattem, blondem oder schwarzem Haar.

Da ging Bill ein Licht auf. Die Skalpe... Das war der überaus grausame Stamm Donnernden Pfeils, der Terror der Farmer, der erbitterte Feind der Soldaten, der Stamm, der es als oberste Pflicht ansah, seine Feinde zu skalpieren, ihre Körper zu verstümmeln, jegliches Freundschaftsband und Zusammenleben mit den Bleichgesichtern abzulehnen.

Gott sei Dank! Die List war ihm gelungen. Am folgenden Tag würde er den blutrünstigen Häuptling dadurch an der Nase herumführen, daß er unter seinem höchsteigenen Schutz Büffel jagte und dann schleunigst verschwinden würde.

Buffalo Bill lächelte zufrieden und schlief wieder ein.

Die hinter den Felsen versteckten Indianer, die ihn im Auge behalten sollten, hörten die ganze Nacht hindurch sein lautes Schnarchen.

Schuß um Schuß

Die Sonnenstrahlen glichen goldenen Fäden, die sich vom Himmel zur Erde spannten. Die glänzende Scheibe stieg über die Gebirgskette empor, die sich am Horizont erhob. Die langen Schatten der Kakteen streckten sich über den Sand hin, während das Grün der Weide in lebhafter Tönung leuchtete.

Buffalo Bill schüttelte den letzten Rest von Müdigkeit ab, die der Schlaf nicht vollkommen weggefegt hatte. Er gähnte hörbar und dehnte die Glieder. Dabei stellte er fest, daß er beobachtet wurde.

Neben einem dicken, stämmigen Kaktus zeichnete sich ein Schatten ab, hinter den Felsen säuselte es wie rieselnde Erde, und über einem Felsblock lugte die Spitze einer Feder hervor.

Er brauchte jedoch nichts zu fürchten. Die Gier Donnernden Pfeils würde ihn beschützen, wenigstens für diesen Tag. Deshalb konnte er die Jagd beginnen und beenden und dann wieder aufbrechen, ohne Verdacht zu erregen.

Das grasbewachsene Tal lag noch verlassen da, doch bald würde das frische Flußwasser die ahnungslosen Büffel herbeilocken. Bill wußte es. Er ließ sein Pferd dort, wo er geschlafen hatte, stieg zwischen den Felsblöcken hinab und stellte sich in der günstigsten Entfernung vom Fluß auf.

Er zündete die Pfeife an. Langsam verloren sich Rauchwölkchen in einem hellblauen Streifen.

Endlich ereignete sich etwas, das ihn ganz in Anspruch nahm.

Mit dem Donnern eines Erdrutsches, dem Galoppgetrommel eines attackierenden Kavallerieregiments erschien eine große Büffelherde im Tal.

Es waren Hunderte; kleine und große, alte und junge Büffel, Bullen und Kühe. Sie galoppierten in rasendem Tempo und breiteten sich wie ein großer, schwarzer Ölfleck über die Weide aus.

In die Bahn eines solchen Stromes zu geraten, hieße, sofort zu Tode getrampelt werden. Keine Hindernisse, kein Soldatenregiment, kein Indianerstamm könnte sie aufhalten.

Wenn eine Büffelherde auf irgendein Ziel zustürmt, bildet sie eine Kraft, die keine Grenzen kennt und beachtet. Sie zerstört alles, was sich ihr in den Weg stellt, sie wirft es nieder, zertritt es erbarmungslos.

Bill wußte es und sah begeistert zu. Diese Herde war wirklich ungewöhnlich groß. Hunderte und Hunderte Büffel mit den verschiedensten Fellarten, spitzen Hörnern, harten und kräftigen Hufen.

Die Skalpjäger Donnernden Pfeils sahen aus ihren Verstecken ebenfalls auf die Büffel und gaben sich wie das Bleichgesicht diesem gewaltigen Schauspiel an Kraft hin. Dann...

Buffalo Bill begann zu schießen. Genaue, regelmäßige Schüsse. Mit ruhiger Verteilung feuerte er auf die Büffel, die am Ende der Herde kamen, so daß die ersten, vor ihnen galoppierenden Tiere nicht sehen konnten, daß die anderen zusammenbrachen. Sie liefen weiter auf den Fluß zu, einander ausweichend, einander drängend. Hatten die ersten ihren Durst gestillt, drückten sich die nächsten vor und schoben die anderen mit ihren fetten Flanken beiseite.

Ein Schuß, noch ein Schuß... Diese regelmäßig fallenden Schüsse vermengten sich mit dem Trommeln der Hufe. Und wenn einige Tiere den Kopf hoben und dem fremden, trockenen Ton lauschten, drängten sie die nachfolgenden Tiere weiter und entfernten sie also von der Witterung.

Noch ein Schuß, dann noch einer, und alle mit erstaunlicher Genauigkeit, einmal auf dieses, dann auf jenes der unzähligen Ziele, die in ständiger Bewegung über das Tal ausschwärmten.

Doch die größere Kunst Buffalo Bills, die auch die versteckten Indianer entdeckten und bewundern mußten, bestand darin, daß er Büffel um Büffel erlegte, ohne Panik in die Herde zu bringen, ohne sie in die Flucht zu schlagen oder irgendwie zu erregen.

Es war eine wohlerprobte Technik, die diesen ruhig und beherrscht zwischen den Felsen hockenden Mann zu einem wirklichen König der Jagd stempelte.

Eine Hand legte sich auf seine Schulter. Der Jäger wandte gereizt das Haupt.

„Du bist ein großer Jäger", sagte Donnernder Pfeil. „Du mußt aber abreisen, um zu deinen Leuten zu gelangen. Wir erwarten ihr Mehl und ihr Schießpulver."

„Ihr werdet alles bekommen", antwortete Bill, „vorher muß ich aber einige Büffel abhäuten."

„Das kannst du bei deiner Rückkehr tun", erwiderte der Indianer. „Oder wir besorgen es inzwischen für dich. Du hast zu viele Tiere getötet, und allein würdest du viele Sonnen benötigen, um sie abzuhäuten."

„Ich werde nur einige Felle nehmen", antwortete Bill, „nur die besten, um meine Brüder davon zu überzeugen, daß es hier wirklich diese reichen Herden gibt."

In seinem Innersten weinte Buffalo Bill darüber, daß er diese Gottesgabe liegenlassen mußte, er war aber doch gezwungen, sich mit nur wenigen Fellen zu begnügen, natürlich mit den schönsten. Darunter gab es zwei mit so schöner Farbe und einem derart weichen Haar, daß sie Donnernden Pfeils Begehren erregten.

Die Krieger halfen Bill, einige Tiere abzuhäuten, wuschen die Felle und spannten sie, schlugen sie mit langen Holzknüppeln und bestreuten sie mit einem Pulver, das die Eigenschaft besaß, die Felle zu trocknen und ohne unangenehmen Geruch zu konservieren.

Als Bills Pferd so beladen war, daß es auch keine Feldflasche mehr hätte tragen können, grüßte Donnernder Pfeil den Jäger und bat ihn, so bald wie möglich zu den friedlichen Indianern auf den Hügeln zurückzukehren.

„Meine Krieger werden deine weißen Brüder vor den Indianern schützen, die nicht in Frieden leben wollen. Geh, Bleichgesicht!"

„Ich werde bald zurückkehren, sei überzeugt", antwortete Buffalo Bill, der ein ironisches Lächeln kaum verbergen konnte.

Das Pferd setzte sich in Bewegung. Obwohl es ein großes, starkes Tier war, trug es nach den Anstrengungen der langen Reise der vorhergegangenen Tage das Gewicht der Felle schwer. Bill mußte ihm mehreremal die Sporen geben. Schließlich ging Sitter in gleichmäßiger Gangart.

Eine Karawane zieht ins Verderben

Zufrieden darüber, daß er dem Apachenstamm Donnernden Pfeils ein Schnippchen geschlagen hatte, pfiff Buffalo Bill lustig eine alte Melodie vor sich hin, während sein Pferd auf felsiges Gelände kam.

Die Felle, die er mitschleppte, besaßen keinen außergewöhnlichen Wert, doch das, was Bill wichtig war, bestand nicht aus einem guten Verdienst, sondern aus seiner Lebensweise.

Er konnte das monotone Dorfleben nicht ertragen, hätte sich nie an das Dasein eines Farmers oder Geschäftsmannes gewöhnen können. Bewegung, Gefahr, die Notwendigkeit, von seinem Gewehr Gebrauch zu machen — dies waren die Dinge, die er wie Atemluft benötigte. Gerade dieser Lebensweise verdankte er den Ruf, den er schon auf dem ganzen Kontinent genoß.

„Langsam, Sitter", sagte er, das Pferd etwas zurückhaltend, „diese Eile ist jetzt fehl am Platz!"

Unten, auf der sonnenbeschienenen Prärie, kam eine Karawane mühsam auf den felsigen Hügel zugekrochen. Sie bestand aus fünf Wagen, die von je zwei Pferden gezogen wurden. Vor der Kolonne lief rufend und gestikulierend ein Cowboy auf und ab, den Buffalo Bill für den Führer oder den Leiter der Karawane hielt.

Kämen diese Leute auf die Hügel, würde sie Donnernder Pfeil für die Karawane halten, die er ihm angekündigt hatte, und sie angreifen. Verdammt — er mußte sie anhalten. Nur wenn sie sich mehr nordwärts hielten statt nach Westen, konnten sie dem Stamm Donnernden Pfeils ausweichen.

„Vorwärts, Sitter!" befahl Bill. „Zeig mir, ob du noch galoppieren kannst!"

Unter den Sporenhieben seines Herrn warf sich Sitter den steilen Hang hinunter. Das Geröll rutschte unter seinen Hufen weg, und er mußte seine Vorderfüße fest aufsetzen, um nicht auszugleiten und mit seiner Last hinabzukollern.

Als Buffalo Bill den Talboden, wo der Sand sich unter den Sonnenstrahlen schon erwärmte, erreicht hatte, sah er, daß die Karawane stehengeblieben war und daß ihm einige bewaffnete Männer entgegenkamen.

Kurz darauf waren sie auf halbe Schußweite herangekommen.

„Wer sind Sie?" fragte einer der Männer.

„Ein Führer", antwortete Buffalo Bill. „Ich muß mit dem Leiter der Karawane sprechen."

Einen Augenblick zögerten sie. Dann rief eine Stimme: „Kommen Sie näher!"

Bill stand gleich darauf vor fünf schußbereiten Männern. Einer von ihnen, welcher der Leiter zu sein schien, hielt eine Pistole in der Hand und trug ein schwarzes Tuch um den Hals.

„Was wollen Sie?" fragte er.

„Wenn Sie nach Westen reiten wollen", antwortete Buffalo Bill, „rate ich Ihnen, lieber nach Süden oder nach Norden abzubiegen. Ein Indianerstamm wartet auf Sie."

Die Männer sahen einander erstaunt an.

„Was erzählen Sie uns?" antwortete der Anführer der Gruppe. „Wie können die Indianer überhaupt wissen, daß wir hier sind?"

„Das ist eine etwas lange Geschichte", sagte Buffalo Bill, der bei sich dachte, daß sein Bericht auf Mißtrauen stoßen könnte. „Auf alle Fälle wiederhole ich, daß jenseits dieses Gebirges Indianer stehen, die Krieger Donnernden Pfeils, ein Stamm von Skalpjägern!"

„Stuart, es wird klug sein, auf ihn zu hören", riet ein Cowboy dem Karawanenchef.

„Keineswegs, Mann", erwiderte der ungefähr vierzigjährige Stuart.

„Dieser Reiter hier kann mich nicht überzeugen. Was tut er hier ganz allein? Wollt ihr wetten, daß er daran interessiert ist, uns von unserer Route abzulenken?"

Bill schüttelte den Kopf. „Meine Herren, Sie sind mir schöne Dickköpfe!" antwortete Bill ruhig. „Ich persönlich habe nicht das geringste Interesse, Sie auf eine andere Route zu schicken. Von mir aus können Sie reisen, wohin

Sie für gut halten. Ich glaube aber, daß es Ihre Pflicht wäre, die ganze Karawane über die Nachricht zu informieren, die ich Ihnen eben gegeben habe."

„Das fehlte noch", antwortete jemand.

„So riefen wir nur eine Panik hervor", mahnte ein anderer Mann.

„Ich glaube aber", meinte der Älteste unter ihnen, „daß dieser Unbekannte nicht unrecht hat. Wir müßten doch alle warnen."

„Wie Ihr wollt", sagte achselzuckend Stuart und wendete sein Pferd.

„Kommen Sie mit uns!"

Bill folgte der Gruppe bis zu den Wagen. Er hatte sich nicht getäuscht. Es handelte sich wirklich um eine Pionierkarawane. Nach der Wagenanzahl zu schließen, waren es fünf Familien oder vielleicht auch mehr, denn oft reisten in einem Wagen zwei Familien.

Fünf Wagen und ungefähr fünfzig Männer und Frauen. Er sah auch zwei Kinder, die „Indianer" spielten und einander zwischen den Pferden verfolgten.

Der Alte, der Bills Meinung teilte, wandte sich an die Anwesenden.

„Leute", sagte er, „dieser Führer hat uns vor einer Gefahr gewarnt, die auf uns lauert. Nach seinen Mitteilungen wartet ein Indianerstamm auf den Hügeln auf unsere Durchfahrt. Deshalb rät er uns, nach Norden oder nach Süden abzuschwenken."

Murmeln beantwortete diese Nachricht. Die Frauen drängten sich zusammen, und die Kinder wurden still.

„Ich bin jedoch überzeugt", meinte Stuart, „daß dieser Mann lügt. Er will uns von diesem Gebiet fernhalten. Und wißt ihr warum? Weil jenseits der Hügel höchstwahrscheinlich gutes Land ist, das er oder seine Freunde für sich behalten wollen. Ich bin dafür, weiterzureisen!"

Jetzt erhoben die Pioniere ein feindseliges Murmeln gegen Buffalo Bill.

„Geh zum Teufel!" schrie eine Frau.

„Wir wollen selbst sehen, was uns auf den Hügeln erwartet."

„Habt ihr gehört? Er will uns hereinlegen!"

Jeder wollte seine Meinung herausschreien. Da übertönte eine Stimme, die eine andere Meinung vertrat, die übrigen. Sie gehörte einem alten Mann mit weißem Bart, der auf dem Kutschbock des nächsten Wagens saß. Bill sah, daß er ein schönes Mädchen neben sich hatte, ein schwarzhaariges Mädchen, das ein Gewehr in Händen hielt.

„Ich glaube, daß ihr einen Fehler begeht", sagte der Alte mit Donnerstimme. „Dieser Mann kann recht haben. Warum wollen wir also nicht auf ihn hören? Schließlich ist diese Gegend endlos weit, und wenn wir auf der

Weiterreise Unannehmlichkeiten vermeiden können, wird das zu unserem Besten sein. Wir haben ohnehin schon eine lange Strecke zurückgelegt."

„Der alte Slaper hat nicht ganz unrecht", kommentierte jemand.

„Verdammt!" fluchte Stuart und biß sich auf die Lippen. „Wir sind seit Monaten unterwegs, und jetzt lassen wir uns vor der Nase Land wegschnappen, das es vielleicht kein zweites Mal mehr gibt? Nein, meine Lieben! Ich ziehe auf die Hügel. Und wenn die Mehrheit für mich stimmt, müssen alle folgen!"

Beinahe jeder stimmte mit ihm überein. Auch der alte Slaper mußte sich beugen, denn vor der Abreise hatten sich alle verpflichtet, sich der Mehrheit zu beugen.

„Nun gut, Gott beschütze uns", sagte er zur Tochter.

„Und Sie können weiterreisen", erklärte Stuart dann Buffalo Bill. „Wir brauchen Ihre Ratschläge nicht."

„Ich wünsche euch, eure Köpfe mögen auch in dem Augenblick so hart sein, da euch die Roten skalpieren."

Slapers Tochter Mae erschauerte.

Die Wagen setzten sich wieder in Bewegung. An der Spitze ritt Stuart, am Ende zwei seiner Männer, die man an ihren schwarzen Halstüchern erkannte.

Statt wegzugehen, ritt Buffalo Bill zwischen dem dritten und dem vierten Wagen, genau neben dem alten Slaper und dessen Tochter.

„He!" rief er ihnen zu. „He!"

„Ah, Sie sind noch hier?" fragte Slaper, während seine Tochter das Gewehr auf die Knie legte. „Ich habe den Eindruck, daß Sie nicht auf übermäßiges Wohlwollen gestoßen sind."

„Nein, schade für Sie. Sie sehen dem Tod entgegen", antwortete Bill. „Ich habe nicht gelogen. Ich bin nicht daran interessiert, Sie einen anderen Weg einschlagen zu lassen. Wenn Sie können, versuchen Sie, die anderen zu überzeugen, daß Sie ins Verderben ziehen werden."

„Das ist unmöglich", antwortete der Alte melancholisch. „Wir haben mit dem Leiter der Karawane und mit den beiden Männern mit schwarzem Halstuch die Abmachung getroffen, daß wir ihnen oder zumindest der Mehrheit der Karawane gehorchen müssen. Niemand darf die Karawane verlassen. In gewisser Hinsicht ist das richtig – zu oft hat die Angst eines einzigen Menschen eine ganze Karawane den Indianern in die Hände gespielt."

„Diesmal wird aber das Gegenteil eintreten", sagte Bill.

Mae, die bisher geschwiegen hatte, betrachtete Bill eingehend, wie er neben ihr einherritt.

„Entschuldigen Sie", sagte sie, „haben wir Sie nicht schon irgendwo gesehen?"

„Vielleicht", antwortete Buffalo Bill. „Ich heiße Cody. Sind Sie vielleicht aus St. Louis?"

„Nein, ich hatte aber Gelegenheit, einige Zeit dort zu wohnen."

„Aber sicher nicht, während ich mich dort aufhielt", erwiderte Bill lächelnd. „Denn sonst hätte ich Sie gewiß nicht übersehen."

Das Mädchen lächelte verlegen und schlug die Augen nieder.

„Mister Slaper, werden Sie vor dem Abend Rast halten?" fragte Bill, der an die Gefahr dachte, der die Karawane entgegenzog.

„Gewiß, wir rasten am Fuß des Gebirges."

„Ein für Hinterhalte ausgezeichneter Ort", meinte Bill. „Von den Felsen herab können die Krieger Donnernden Pfeils eure Leute nacheinander abschlachten. Aber wir sprechen noch darüber. Inzwischen werde ich mich, falls Sie es gestatten, ein wenig umsehen."

Von Maes neugierigen Blicken verfolgt, entfernte sich Buffalo Bill mit seiner schwankenden Fellast.

Weiße verkaufen Weiße

Der Abend war herabgesunken. Im Lager herrschte spannungsgeladene Stille. Die Männer und Frauen der Karawane waren allein geblieben, ohne die aus Stuart und seinen Männern bestehende Eskorte.

Diese hatten sich entfernt, um, wie sie sagten, die umliegende Gegend auszukundschaften, Codys Mitteilung zu überprüfen.

Cody saß am Lagerrand unweit der Wagen und rauchte nachdenklich seine Pfeife.

Wie konnte er diese Leute retten? Wie sie überzeugen, daß seine Worte der Wahrheit entsprachen?

Leider gibt es keinen tauberen Menschen als jenen, der nicht hören will, und sosehr auch Bill sein Hirn anstrengte – er fand keinen Ausweg.

Er dachte noch immer nach, als ein kleiner, dicklicher Mann zu ihm gekrochen kam, ängstlich um sich blickend und sichtlich fürchtend, entdeckt zu werden.

„Mister Cody", sagte er, sich setzend. „Mister Cody, ich bin überzeugt, daß Sie nicht gelogen haben, parbleu! Doch was können wir tun? Sie müssen uns retten, Monsieur! Sie müssen!"

„Daß Sie Franzose sind, erkennt man schon an Ihrer Aussprache, Mister ... Mister ..." sagte Bill.

„Nennen Sie mich nur Gaspard, Monsieur Buffalo Bill."

„Zum Teufel, Sie haben mich erkannt", sagte Cody. „Gaspard, wo haben Sie mich gesehen?"

Der Franzose sah sich geheimnisvoll um.

„Ich habe Sie noch nie gesehen, Mister Cody", antwortete er.

„Sie haben sich selbst verraten, als Sie sich vorstellten. Sie haben gesagt, daß Sie Cody heißen. Wer sich nur ein wenig in dieser Gegend aufgehalten hat, weiß, daß Cody und Buffalo Bill dieselbe Person sind. Doch glaube ich, ehrlich gesagt, nicht, der einzige dieser Karawane zu sein, der das weiß, Mister Cody."

„Laß den Mister beiseite, wenn ich nur Gaspard zu sagen brauche", meinte Buffalo Bill und reichte ihm seinen Tabaksbeutel. „Wenn ich nicht irre, hast du schreckliche Angst. Warum hast du dich also nicht für eine Richtungsänderung ausgesprochen. Ich glaube, daß ..."

„Ssst", antwortete Gaspard. „Ich habe gute Gründe dafür. Ich traue weder dem Führer noch seinen Freunden."

„Stuart?"

„Genau, weder ihm noch seinen Freunden. Auf dieser Reise sind mir seltsame Geschichten eingefallen."

„Welche Geschichten?" fragte Buffalo interessiert.

„Parbleu! Geschichten über Skalpe."

Buffalo grinste: „Der ganze Westen ist eine Geschichte von Skalpen."

„Ja, aber Skalpe, die von den Indianern, nicht von den Weißen abgenommen werden."

Buffalo nahm die Pfeife aus dem Mund: „Erkläre das besser, Gaspard."

Gaspard, der Franzose, machte es sich auf dem Stamm bequem, auf dem er saß. Kalter Schweiß stand ihm auf der Stirn. Ein fürchterliches Geheimnis erfüllte ihn mit Angst.

„Nur Ihnen kann ich es sagen ..."

„Gib mir die Hand, wir sind Freunde."

Im mondhellen Halbschatten drückten die beiden Männer einander die Hand.

„Am Creek River lief ein seltsames Gerücht", begann der Franzose.

„Nur Mut, oder wir sitzen beim Morgengrauen noch hier", munterte ihn Bill interessiert auf. „Hier sind wir allein, niemand kann uns hören."

„Am Creek River lief ein seltsames Gerücht", begann der Franzose von neuem. „Man sprach von geheimnisvoll verschwundenen Karawanen, die keine Spuren zurückließen. Und von anderen, die von Indianern ausgerottet wurden, ohne daß ein einziger Weißer auch nur Zeit gehabt hätte, einen Schuß abzufeuern."

„Das sind keine Neuigkeiten."

„Es gibt aber noch etwas . . ."

„Nur los, spuck es aus!"

„Man sagt, daß gewisse Führer ihre Karawanen den Indianern verkaufen, diese über die Durchreise informieren und die Farmer daran hindern, sich zu verteidigen."

„Das ist ebenfalls nicht neu", erklärte Buffalo Bill. „Es ist schon oft vorgekommen, daß Führer die Karawane, die sie leiten sollten, verkauften. Doch sehe ich nicht ein, was das jetzt zu besagen hat."

„Nun, ich traue Stuart und seinen Männern nicht über den Weg. Ich kenne diese Gegend nicht, bin aber fähig, ein Rauchzeichen zu erkennen."

„Ja? Und?"

Gaspard senkte die Stimme: „Stuart hat heute morgen die Karawane unter dem Vorwand verlassen, die Gegend auskundschaften zu wollen. Kurz darauf sah ich aus der Richtung, in der er davongegangen war, ein Rauchzeichen aufsteigen – schmale, lange Wolken in regelmäßigen Abständen –, Rauchzeichen, wie sie die Raben-Indianer herstellen, die Laubzweige an Stelle von Fellen über die Feuer halten."

Cody wurde aufmerksam.

„Hast du verstanden, was die Zeichen bedeuteten?"

„Nein, diese kannte ich nicht. Kurz darauf erhob sich ein ähnliches Zeichen aus den Hügeln. Das konnten nur die Indianer sein, die das Zeichen aufgenommen hatten und es nun beantworteten. Buffalo Bill, ich würde schwören, daß wir in die Hände eines Händlers weißer Menschen geraten sind. Stuart und seine Männer locken uns in einen Hinterhalt."

Bill überlegte. Die Angst des Franzosen war nicht unbegründet, wenn man Stuarts Benehmen und seine Dickköpfigkeit bedachte. Außerdem war ihm schon von Schwarzem Falken die Anwesenheit der Raben auf den Hügeln, die der Franzose an den Rauchzeichen erkannt hatte, angezeigt worden.

Irgend etwas braute sich zusammen. Gaspard hatte nicht unrecht.

„Verdammt", fluchte Buffalo Bill, „wir geraten zwischen die Corven und die Apachen. Beide Stämme lieben Skalpe. Wir dürfen keine Zeit verlieren. Wir müssen alle davon benachrichtigen, bevor Stuart und seine Leute zurückkommen. Schnell, gehen wir, versammle die Männer!"

„Cody, sie werden nicht auf uns hören."

Bill sprang auf und ging auf das Feuer zu, das mitten im Lager brannte. Die Wagen standen in einem Halbkreis um die Feuerstelle herum.

„Aufgepaßt!" rief er, auf ein Wasserfäßchen steigend. „Hört mir zu, es geht um euer Leben!"

Die Leute versammelten sich neugierig um ihn. Auch der alte Slaper und dessen Tochter, die unzertrennlich mit ihrem Gewehr verbunden schien, waren mit den anderen herbeigekommen.

„Heute habt ihr mir nicht geglaubt", sagte Buffalo. „Ich hoffe, daß ihr es jetzt tun werdet, denn davon wird euer Leben abhängen."

„He, was sind das für Geschichten!" schrie jemand.

„Verschwinde!" rief ein anderer.

„Seid still! Buffalo Bill hat euch etwas zu sagen!" rief der Franzose in die Menge.

Grabesstille folgte dieser Aufforderung. Dann machte sich die Verwunderung Luft.

„Buffalo Bill?"

„Ist er es wirklich?"

„Aber das ist doch ein Hochstapler!"

„Wenn man ihn aber genauer besieht, müßte er es sein..."

„Auch wenn er es ist, was kümmert es uns? Wir können uns allein verteidigen."

„Ruhe, ich will keinen Eindruck auf euch machen", unterbrach sie Cody mit lauter Stimme. „Ich möchte euch nur zum letztenmal warnen. Auf dem Hügel erwartet euch der Stamm Donnernden Pfeils, im Nordosten erwartet euch der Raben-Stamm. Ich habe Grund zu glauben, daß euer Führer Stuart ein Händler weißer Menschen ist und seine beiden Freunde seine Handlanger sind."

„Unmöglich!"

„Du bist ein Angeber!"

„Warte, bis er zurückkommt, er wird mit dir schon gehörig abrechnen!"

„Genug, genug. Ich habe euch gewarnt. Bald wird er zurückkommen, vielleicht gleich mit den Indianern. Wer unter euch mir glaubt, nehme seinen

Wagen und seine Tiere und folge mir. Ich kann nur versprechen, daß ich alles versuchen werde, um euch zu retten. Ich kenne dieses Gebiet wie meine Westentasche. Gaspard, nimm deine Sachen!"

Buffalo Bill ging zu seinem Pferd, saß auf und ergriff das Gewehr.

„Verliert keine Zeit!" rief er vom Sattel aus.

Die Farmer waren in Aufruhr geraten. Einige zögerten, andere lachten diesen „verrückten" Cody aus; und wieder andere gingen entschlossen und aufbruchbereit auf ihre Wagen zu.

„Mister Cody, wir kommen mit Ihnen", sagte der alte Slaper. „Meine Tochter ist überzeugt, daß Sie es ehrlich meinen. Ich hoffe es."

Hinter Slaper kamen wenige Leute. Seine Tochter Mae mit dem Wagen, auf den sie auch die Sachen von den anderen Kolonisten legten, jene des Franzosen Gaspard, Bogards des Häßlichen, der wegen seines wirklich wenig schönen Gesichts, das auf einem Stiernacken saß, so genannt wurde, und eines gewissen Mac Pearson, der ein sehr distinguierter Mann in einer Kleidung war, die sich mehr für St. Louis eignete als für den Westen.

„Sonst niemand mehr?" fragte Bill.

„Stuart wird euch suchen, und dann werdet ihr diese Flucht teuer bezahlen!" meinte einer jener, die zurückblieben.

„Gott helfe euch!" antwortete Mae. Und der Wagen setzte sich hinter Buffalo Bills Pferd in Bewegung.

Donnernder Pfeil stieg mit seinem Schimmel auf den Felskopf.

Unter ihm fuhren die übriggebliebenen vier Wagen der Karawane heran, gefolgt von der Rinderherde, die ein Junge zusammenzuhalten versuchte.

Nachdem Slaper und die übrigen drei Männer aus der Karawane ausgeschieden waren, beliefen sich die restlichen Pioniere auf vierzig. Vierzig Frauen, Kinder und Männer, außerdem Stuart und seine beiden Freunde, die sich verpflichtet hatten, die Karawane in ein für die Landwirtschaft geeignetes Gebiet zu führen.

Als Stuart bemerkt hatte, daß einige Leute Cody gefolgt waren, wollte er ihnen nachreiten und sie zwingen, zurückzukommen – da erfuhr er, daß Cody Buffalo Bill war. Er hielt es deshalb für besser, sie fortgehen zu lassen und die Reise in das Gebiet der Raben-Indianer mit den anderen fortzusetzen.

Die bei ihm verbliebenen Pioniere setzten ihr ganzes Vertrauen auf ihn. Sie glaubten seinen Worten blind und waren überzeugt, bald das verheißene Land zu betreten, wo sie ihre Häuser errichten, die Viehherden vergrößern, überhaupt eine freudenvolle, sichere Zukunft für sich und ihre Kinder aufbauen würden.

Stuart ritt an einen seiner Kameraden heran.

„Joe", sagte er, „über diesen Paß kommen wir morgen früh in das Land des Blauen Raben."

„Haha!" grinste der Freund. „Auch diesmal ist es uns geglückt. Ich habe gesehen, daß fast alle viel Geld bei sich haben. Welche Idioten! Was glaubten sie, in der Prärie zu finden?"

„Immerhin laufen wir einer großen Gefahr", bemerkte Stuart, „und ich glaube, daß wir vom nächsten Mal an mehr vom Blauen Raben verlangen müssen."

„Was zum Beispiel?" fragte Joe, die Gangart verkürzend.

„Einige Pferde..."

„Chef, du bist ein Mordskerl. Du hast recht. Schließlich wäre es nur gerecht. Wir treiben diese Leute den Indianern zu und bekommen dafür nur das, was sie in den Taschen haben! Wir sind wirklich dumm. Die Indianer verdienen mehr dabei und laufen geringerer Gefahren. Wagen, Vorräte, Kleidung, Gewehre... lauter Gottesgaben!"

„Joe, ich bemerke, daß du langsam schlau wirst", meinte Stuart grinsend.

„Chef, du hast einen guten Einfall gehabt."

„Ssst, sprich nicht so laut."

„Was sollen denn diese Dummköpfe verstehen? Diesmal könnte aber dieser... Buffalo Bill..."

„Was denn?" fragte Stuart. „Wir haben diesen Leuten versprochen, sie jenseits des Gebirges zu führen. Ist es unsere Schuld, wenn die Indianer uns retten können?"

„Ja, das stimmt wohl, aber er hat uns gewarnt."

„Er sprach vom Donnernden Pfeil. Statt dessen werden wir vom Blauen Raben angegriffen werden, und so wird sich seine Vorhersage als falsch erweisen. Und wir werden alles unternommen haben, unsere Pioniere zu verteidigen. Ist es vielleicht nicht wahr, daß wir alles versuchen werden?"

„Oh, gewiß, gewiß!" lachte Joe und hob seine Whiskyflasche an die Lippen. „Doch können wir gewiß nicht verhindern, daß sie erschlagen und skalpiert werden! Haha!"

„Hör auf!" schrie Ben, Stuarts zweiter Mann.

„Was hat denn der Junge? Bauchweh?" fragte Joe, über diese Bemerkung verärgert.

„Nein, aber es gefällt mir nur nicht, daß du über die Sache lachst."

„Oh, das ist herrlich! Jetzt bekommst du Gewissensbisse? Gerade jetzt?! Weißt du, daß du ein Feigling bist? He, Stuart, hast du das gehört? Wir haben schon mindestens fünfhundert Pioniere ausgeliefert, und ausgerechnet jetzt wünscht dieser Vogel hier, daß wir ein Gebet für sie sprechen! Los, Ben, trink einen darauf..."

Joe reichte Ben die Flasche, und Ben trank gierig daraus.

„Beruhige dich, Junge, du bist noch ein Knabe. In einigen Monaten wirst du dir keine Gedanken mehr machen. Ich weiß, du bekommst jedesmal Bauchweh, doch was soll das schon sein! Schließlich müssen auch diese Leute einmal sterben. Entweder werden sie von den Indianern getötet, wenn sie es am allerwenigsten erwarten, oder von Abenteurern erschlagen; sie enden unter den Hufen eines Büffels oder durch einen Unfall oder sterben an Altersschwäche. Ja, und? Wir begünstigen nur eine dieser Möglichkeiten. Haha, meinst du nicht auch?"

„Joe, ich hätte nicht gedacht, daß du so zynisch sein kannst", erklärte Stuart mit verzogenem Gesicht. „Deine Worte sind mir aber trotzdem lieber als die Bens."

„Das glaube ich! Ich sage auch die Wahrheit. Und ich sage auch, daß wir niemanden töten, Ben. Wir rühren diese Leute nicht einmal mit dem kleinen Finger an, wir unterlassen nur, sie zu verteidigen."

Die Kolonne fuhr unter den Felsen dahin. Die Sonne ging schnell unter.

„Was gibt's?" fragte Ben nervös.

„Nichts", antwortete Joe achselzuckend. „Ein Steinchen ist herabgerollt. Beruhige dich, Junge! Schließlich..."

Der Satz erstarb ihm im Mund. Ein Pfeil hatte ihm einen Arm durchbohrt.

Zu gleicher Zeit warf sich eine Horde schreiender Indianer auf die Karawane. Ihre Oberkörper waren unbekleidet und ihre Gesichter mit leuchtenden Farben bemalt. Ihre Gewehrkugeln und ihre Pfeile pfiffen durch die Luft.

„Schnell! Alle in die Wagen!" schrie Stuart. „Feuer! Feuer! Laßt sie nicht herankommen! Verdammt, es sind die Krieger Donnernden Pfeils! Feuert! Wir müssen auf jeden Fall durch die Schlucht!"

Die Überwindung der Felsschlucht hätte nur für Stuart und seine Gesellen die Rettung bedeutet, nicht aber für die Pioniere, denn auf der anderen Seite warteten Blauen Rabens Indianer, denen sie von Stuart verkauft worden waren.

„Feuert! Feuert!"

Stuarts Befehle waren überflüssig. Die armen Farmer verteidigten sich, so gut sie konnten. Mit den Gewehren, dann mit Messern, mit den Zähnen – doch wurden sie einer nach dem anderen niedergemetzelt.

Frauen, Kinder, Männer, alle, außer einem Knaben, der gleich zu Beginn der Schießerei schreckerfüllt vom Wagen gesprungen war und sich zwischen den Felsen versteckt hatte.

Alle übrigen wurden skalpiert.

Einer der letzten, die den Indianern in die Hände fielen, war Stuart, der sich verzweifelt verteidigte, weil er genau wußte, welches Schicksal ihn erwartete. Dem wollte er sich nicht beugen.

Wie ein Besessener befahl er den Leuten, weiterzuschießen und zu kämpfen, doch niemand mehr konnte ihn hören.

Die Farmer, denen er ein glückliches Land versprochen hatte, lagen in ihrem Blut. Er schoß noch...

Bis ihm die Munition ausging. Er zückte das Messer, jedoch warfen sich im selben Augenblick fünf Indianer auf ihn, die ihn auf den Boden legten und ihn an Armen und Beinen festhielten. Dann packte ihn einer der Rothäute mit satanischem Grinsen an den Haaren.

„Nein! Nein!" schrie Stuart. „Nein, ich bitte euch! Ich kann euch Gold geben, Mehl, Gewehre... Hilfe! Ah!"

Stuart schloß mit dem letzten dumpfen Schrei die Augen.

Die Indianer beendeten ihre Arbeit. Sie luden alles auf ihre Pferde, was sie als benutzbar erachteten, Fässer, Decken, Kleider, Schießpulver, Kochgeschirr. Die toten Pioniere wurden ihrer noch blutwarmen Kleider beraubt, die gefallenen Stammesbrüder hingegen pietätvoll begraben. Mit allen Pferden und allen erbeuteten Rindern verließen dann die Krieger siegestrunken das Feld.

Die ersten Abendschatten fielen auf die Prärie. Raubvögel kamen herangeflogen.

Die Schakale schlichen herbei.

Über vierzig Menschen hatten ihr Heim verlassen und waren in die Ferne gezogen. Sie hatten Amerika durchquert, um in jenen wilden Gebieten das zu suchen, was ihnen in der Zivilisation – in den Dörfern und Städten – niemand geben wollte.

Sie suchten ein Stück Boden zum Bebauen, einen Winkel, wo sie sich ein Haus errichten, ihre Kinder großziehen und in Frieden leben könnten.

Statt dessen hatten sie den Tod gefunden. Einen so schrecklichen, einen so grausamen Tod, wie ihn der hinter den Felsen versteckte Junge niemals vergessen würde.

Pläne beim Lagerfeuer

„Mister Bill", fragte Mae, als sie ihm eine gefüllte Schüssel reichte, „glauben Sie, daß wir den Boden finden werden, den Sie uns versprochen haben?"
Buffalo Bill aß, was Mae ihm zubereitet hatte.
„Nicht schlecht. Ein wenig rauchig, aber nicht schlecht. Also ja, ich glaube schon. Außer es ist bereits vor euch jemand dort eingetroffen, hat das Land geschnappt und hat sich damit auf die Socken gemacht."
„Bill, spaßen Sie nicht", bat Mae lächelnd. „Wir sind schon so lange unterwegs. Ich beginne, mich müde zu fühlen. Stellen Sie sich also vor, wie erst meinem Vater zumute sein muß. Armer, alter Mann..."
Mae senkte das Haupt: „Sie müssen nämlich wissen, daß er meinetwegen mitgekommen ist. Er sagte, daß er mir vor seinem Tod noch ein Haus und ein Stück Grund und Boden hinterlassen möchte."
„Er hat ihn ein wenig weit weg gewählt", antwortete Buffalo lächelnd. „Sie werden aber sehen, daß er sein Wort hält."
„Wollen Sie mir Mut machen?"

Die kleine Gruppe saß ums Feuer und aß. Sie hatten den Wagen unter Bäumen aufgestellt und die Nachtlager vorbereitet.
Der alte Slaper sprach mit dem Franzosen, mit dem er nicht einer Meinung werden konnte. Nichts konnte er sagen, was nicht auch der Franzose schon wußte, kannte, getan oder versucht hätte. Der Alte ärgerte sich mächtig und verfluchte Frankreich, die Franzosen und alle jene, die ihre Freunde waren.
Der starke und häßliche Bogard hingegen saß schweigend vor Mac Pearson, der sich sehr zurückhaltend und taktvoll benahm.
Die Nacht war schon seit einiger Zeit herabgesunken. Die Pferde schliefen ruhig. Die Flammen warfen auf Bäume und Blätter rötliche Lichter, die ihnen ein unwirkliches Aussehen gaben.
„Was wird aus den anderen geworden sein?" fragte Mae plötzlich Bill.
„Ich weiß es nicht. Ich fürchte aber, recht gehabt zu haben."
„Wir hätten sie zurückhalten müssen..."

„Und wie? Mit Gewehrschüssen? Sie hätten uns niedergemacht", antwortete Mac Pearson an Stelle Bills. „Mister Cody hat recht. In diesen Fällen ist es gescheiter, vier Menschenleben zu retten, als alle umbringen zu lassen. Ich glaube, wir wären jetzt schon alle tot, hätten wir nicht den Mut gehabt, uns von Stuart zu trennen."

Der Franzose warf ein: „Was man tun konnte, ist getan worden. Sprechen wir nicht mehr darüber. Ich bekomme eine Gänsehaut, wenn ich daran denke, daß diese armen Kerle... Vergessen wir es! Wird uns Mister Cody wirklich dorthin führen, wo wir uns endgültig niederlassen können?"

„Ja, ich habe es auch gesagt. In die Nähe von St. Jakob."

„Diesen Namen habe ich noch nie gehört", sagte Bogart und biß in ein Stück Schwarzbrot.

„Es liegt am Ufer eines Flusses. Es ist ein Ort, der nur aus wenigen Häusern besteht, ist aber mit allem versehen. Er liegt im äußersten Winkel dieses Gebietes."

„Und die Indianer?" fragte Slaper.

„In der Umgebung lebte ein Kiowa-Stamm, friedliche Menschen, die niemals Schwierigkeiten verursachten."

„Und wir können uns den Boden nehmen?"

„Soviel ihr wollt", antwortete Buffalo Bill lächelnd. „Und niemand wird euch daran hindern. Nur..."

„Nur?" fragte Mae.

„Nur wird es ratsam sein, nach jeder Ernte dem Häuptling einige Sack Mehl und in jeder Saison ein bis zwei Kälber zu schenken. Wenn die Kiowas noch dort leben."

„Meinen Sie das wirklich?" fragte der Franzose. „Parbleu, diese... diese Kiowas werden uns teuer zu stehen kommen."

„Immerhin weniger als das Leben, nicht wahr?"

Der Franzose erschauerte. Mac Pearson zuckte mit den Schultern.

„Ich habe nicht vor, als Bauer zu leben, so werde ich keinen Zins zahlen müssen."

„Was wollen Sie unternehmen?" fragte Bill.

„Meine Herren, es ist an der Zeit, daß ich mich vorstelle", erklärte Mac Pearson mit einer Verbeugung. „Ich bin ein reinblütiger Engländer, bin nach S. Louis gekommen, nun ziehe ich in den Westen, um dazu beizutragen, diese Gebiete zu zivilisieren. Ich bin Rechtsanwalt, meine Herren."

Alle sahen einander erstaunt an.

„Was hat hier ein Rechtsanwalt zu suchen?" meinte der Franzose. „Und noch dazu ein Engländer!"

„Wo neue Städte entstehen, entwickelt sich das Geschäftsleben, der Handel blüht. Und wo Handel und Gewerbe blühen, wo eine Stadt entsteht, benötigt man immer jemanden, der die Gesetze kennt. Meine Herren, ich stehe Ihnen für Dokumente, Verträge, Testamente zur Verfügung."

„Schon, schon", schnitt ihm Buffalo Bill das Wort ab. „Wenn ich Sie benötige, komme ich gewiß zu Ihnen, jetzt ist es aber schon spät. Wir müssen beim Morgengrauen wieder aufbrechen, wenn wir morgen abend..."

„Morgen abend?"

„Ja, morgen abend können wir zu Hause sein."

„Ausgezeichnet", rief Mac Pearson, „wenn Sie die Wahrheit sagen, werden wir Ihnen das Honorar auszahlen, das Sie von uns verlangen, natürlich in den rechten Grenzen."

Nach diesen Worten erwartete sich der Engländer Dankesworte. Sie kamen aber nicht, und so fragte er: „Haben Sie micht nicht verstanden? Ist Ihre Summe vielleicht höher als jene, die ich anbiete?"

„Sie haben noch nichts angeboten", bemerkte der Franzose mit einem Blick auf Bill, dann auf den Engländer.

„Nur keine Aufregung! Ich habe gesagt, daß ich Pfadfinder bin", sagte Buffalo Bill. „Ich habe aber auch gesagt, daß ich jetzt als Jäger arbeite. Ihr seid mir deshalb nichts schuldig."

Die Pioniere zeigten sich nicht wenig erstaunt.

„Ist das möglich, daß es noch solche Menschen gibt?" rief der alte Slaper aus.

„Wundert euch denn das so sehr?" antwortete Buffalo Bill.

„Was sollte ich denn verlangen? Und warum? Ich habe nichts getan!"

„Nennen Sie das ‚nichts', uns aus den Händen Stuarts zu befreien, uns vor den Indianern zu retten, schließlich an den Ort zu führen, von dem wir schon seit Monaten träumen? Mister Cody, wenn Sie etwas anderes wollen, sagen Sie es sofort, denn ich möchte mich in Ihnen nicht täuschen."

„Ich habe es euch gesagt", lachte Buffalo Bill. „Ich verlange nichts. Im Gegenteil, ich danke euch, daß ihr auf mich gehört und mir gestattet habt, eure Gesellschaft zu genießen. Mister Slaper, Miß Mae, Mister Bogard, Gaspard, Mac Pearson... redet nicht mehr davon. Wenn ich euch einen Gefallen erwiesen habe und es mir gelingt, euch heil ans Ziel zu bringen, wird mir eure Freundschaft genügen. Wer weiß, es könnte sein, daß ich eines Tages an eure Türe klopfe, weil Indianer mich verfolgen oder ich Hunger leide.

Und dann, sagt mir, werde ich nicht sicher sein können, Freunde anzutreffen? Doch nun geht alle schlafen! Die erste Wache halte ich! Dann werde ich Bogard wecken."

„Einverstanden."

Jeder kroch in seinen Pelzsack. Buffalo Bill setzte sich, mit dem Rücken an einen Baum gelehnt, an den Rand des Lagers.

Es war kalt. Eisig kalt. Bill schüttelte sich und rieb sich die Hände.

„Nehmen Sie", sagte Mae, ihm eine Decke reichend. „Legen Sie sie über die Schulter."

„Sie sind sehr freundlich."

„Ich möchte nicht, daß unser Führer erfriert", erwiderte lächelnd Mae.

„Gute Nacht!"

„Gute Nacht!"

Ein Gefangener wird befreit

Bill war gegen seinen Willen nahe daran, einzuschlafen, als er das Geräusch einiger in der Ferne vorbeilaufender Pferde vernahm.

Er sprang auf und lauschte. Es konnten zehn, vielleicht mehr sein, und – seltsam – es handelte sich um beschlagene Pferde!

Auch Mae erwachte.

„Was gibt's, Buffalo Bill?" fragte sie leise, um die anderen nicht zu wecken.

„Ich weiß es nicht, Miß Mae. Wenn Sie Lust zu einem kleinen Spaziergang haben, kommen Sie mit mir. Wir werden unsere Neugierde befriedigen. He, Franzose!"

Gaspard stand seufzend auf. Bill trug ihm auf, die übrigen schlafen zu lassen und achtzugeben.

„Wir kundschaften ein wenig die Gegend aus, Gaspard. Halte die Augen gut offen. Mae, wollen wir gehen?"

Das Mädchen stieg in den Sattel. Bill ritt ihr im flotten Trab unter den Bäumen voraus.

Der Mond schien hell, der Wald wirkte wie verzaubert. Buffalo Bill ritt einige Kilometer voraus, hielt dann schlagartig an.

„Ssst! Zu Boden!"

Das Mädchen gehorchte und warf sich neben Cody hinter einem dichten Strauch nieder.

„Schauen Sie...", sagte Cody.

Auf einem vom Mond und einem kleinen Feuer erhellten flachen Platz waren einige Männer damit beschäftigt, einen anderen an einen Pfahl zu binden.

Es war ein ungefähr vierzigjähriger Mann, der vor Angst bebte, der klagend darum bat, am Leben gelassen zu werden.

„Ich bitte euch, ich gebe euch alles, was ihr wollt..."

„Genug, Moore!" antwortete ihm der Mann, der offenbar der Anführer der Gruppe war. „Wir werden uns ohnehin alles nehmen, was du bei dir hast, nicht wahr, Jungens? Haha! So, sehr gut, bindet ihm die Hände auf den Rücken, und die Füße... nach Apachenart! Und jetzt vorwärts... gebt mir das Messer! Dies wird das schönste Werk meines Lebens sein. Siehst du, Moore, ich habe dir gesagt, daß du mich nicht verraten sollst, und du hast nicht auf mich hören wollen. Du hättest ahnen können, was dich erwartete..."

Bill und das Mädchen sahen entsetzt zu.

„Nein, ich bitte euch, laßt mich! Tötet mich, ohne mich zu skalpieren! Bitte, tut das nicht!"

Bill und das Mädchen erschauerten.

Der Anführer der Bande zog ein Messer und näherte sich Moore. Er setzte ihm die Klingenspitze an die Stirn. Bluttropfen rannen über das Gesicht des Unglückseligen.

Bill zog den Revolver.

„Was wollen wir tun?" flüsterte Mae.

„Hoffentlich können wir den armen Kerl retten. Sie reiten sofort zum Lager zurück! Schnell, ich möchte Sie nicht in Gefahr bringen."

„Ich bleibe bei Ihnen."

„Nein, gehen Sie!"

Bill zielte. Ein Blitz und eine Detonation zerrissen die Stille.

Des Anführers Arm stockte in seiner Bewegung. Die Kugel hatte ihm das Messer aus der Hand gerissen.

„Verdammt!" fluchte er. „Wer war das?"

Alle sahen sich überrascht um.

„Wer war das?" wiederholte der Bandenführer. „Ich bringe ihn eigenhändig um!"

Er bückte sich, um das Messer aufzuheben. Im gleichen Augenblick aber hörte er einen zweiten Pistolenschuß. Er richtete sich jäh auf und sah die Pferde Hals über Kopf aus der Lichtung laufen und davonpreschen.

„Haltet sie an!" schrie er. „Fangt sie um jeden Preis ein!"

Die Männer machten sich an die Verfolgung der ausgebrochenen Tiere. Der Bandenführer selbst lief wie ein Besessener hinter ihnen her. Es war hier sehr gefährlich, ohne Reittiere zurückzubleiben. Bill wußte es genau.

„Bewegen Sie sich nicht, und warten Sie auf mich!" befahl Bill dem Mädchen. „Halten Sie die Pferde bereit. Steigen Sie auf meines. Ich glaube, daß Sie ihres nicht wiedersehen werden. Ich bin gezwungen, es mir von Ihnen auszuleihen."

Bei diesen Worten stieg Bill auf Maes Pferd und ritt auf die Lichtung hinaus. Er durchschnitt die Seile, die den Unglücksvogel banden, und half ihm in den Sattel.

„Fort!" sagte er. „Ich weiß nicht, wer Sie sind, ich sage Ihnen aber, daß Sie wenig Zeit haben zu verschwinden. Ihre Freunde werden bald wieder hier sein, Sie sind davongekommen, in Zukunft halten Sie sich von solchen Leuten fern."

Der Unglücksrabe traute weder seinen Augen noch den Worten, die er hörte.

„Ich ... weiß nicht, wie ich Ihnen danken soll ... Gott segne Sie ... Wer sind Sie?"

Er stotterte vor Erregung. Mit einer Hand wischte er sich das Blut vom Gesicht.

„Das ist nicht schlimm", meinte Bill, „nur ein Kratzer. Ihr Haar ist noch an seinem Platz. Adieu ..."

„Wer sind Sie?" wiederholte der Unglückliche.

„Buffalo Bill. Nehmen Sie, das können Sie gut brauchen."

Bill drückte dem unbekannten Mann einen Revolver in die Hand. Dann klopfte er dem Pferd auf den Rücken. Das Tier warf sich in Galopp und zog in die Richtung davon, die dem Fluchtweg der anderen entgegengesetzt war.

„Gehen wir, Mae."

„Bill, Sie waren wunderbar", schwärmte das Mädchen. „Eine derartige Rettung, unglaublich."

„Wir dürfen keine Zeit verlieren, Mae. Machen Sie mir Platz ..."

Beide ritten auf demselben Pferd im Galopp davon, während die Bande auf die Lichtung zurückkam. Der Gefangene war verschwunden.

„Haben Sie sie gekannt?" fragte Mae auf dem Rückweg.

„Ich habe sie noch nie gesehen. Ich werde sagen, daß ich Sie nicht einmal jetzt gesehen habe. Kämen sie mir noch einmal unter die Augen, würde ich keinen von ihnen wiedererkennen."

„Und Sie haben so viel riskiert dabei . . ."

„Auch Sie . . ."

„Was hat Ihnen dieser Unglückliche gesagt?"

„Nichts."

„Haben Sie ihn nicht gefragt, wer er ist?"

„Nein, das interessiert mich nicht."

„Sie sind ein seltsamer Kauz, Buffalo Bill. Sie riskieren Ihr Leben gegen zehn Männer, ohne sich um den Namen dessen zu kümmern, den Sie retten. Und dann . . ."

„Und dann gibt es noch das Pferd", lachte Bill. „Ich werde es Ihnen durch ein anderes ersetzen. Jetzt kann ich es aber nicht tun, ich habe nur meines."

Mae lachte.

„Denken Sie nicht an das Pferd. Ich bin froh, daß es der Rettung eines Menschenlebens gedient hat."

Sie sahen schon das Lager.

Der Franzose lief ihnen entgegen, ihm folgten die anderen. Sie hatten die Schüsse gehört und waren in Sorge gewesen.

„Es ist nichts los, gar nichts", erklärte Bill. „Es war nur eine Räuberbande da. Ich glaube auch nicht, daß sie hierherkommen wird. Wir können bis zum Morgengrauen schlafen. Wer ist an der Reihe?"

Bogard trat vor.

„Gut, halte die Augen offen. Ich bin schläfrig. Sie nicht, Miß Mae?"

Das Mädchen lächelte, ohne zu antworten.

Das verlassene Dorf

Das Dorf lag in einer von bewaldeten Hügeln umfaßten Senke.

Es bestand aus ungefähr zwanzig Höfen, die, von einem Zaun umgeben, in einem gewissen Abstand voneinander lagen und klug verteilt waren. So sah es zumindest von weitem aus.

Mitten durch das Talbecken floß ein Bach, der sich dann um die Hügel wand und südwärts in felsigem Gelände verschwand.

Um das Dorf lag von wildem Gras bedecktes Flachland.

Die Ansiedlung, von oben betrachtet, glich einer farbigen Postkarte. Sie strahlte Frieden und Heiterkeit aus. Als Buffalo Bills Freunde sie erblickten, ging ihnen das Herz auf.

„Endlich sind wir da", seufzte der alte Slaper. „Schau, schau, meine Tochter, das ist unser neues Land!"

„Wirklich wunderbar, parbleu!" strahlte der Franzose.

Mac Pearson fragte: „Sind Sie sicher, daß sie uns nicht fortjagen werden? Schließlich sind wir die letzten Ankömmlinge."

„Ganz sicher", antwortete Buffalo Bill. „Und bald werden Sie es selbst erkennen."

„Was meinen Sie?" fragte Bogard.

„Das Dorf ist fast verlassen. Hier leben nur vier oder fünf Farmer, nicht mehr."

„Wirklich? Wieso?"

„Vor einiger Zeit ist eine Karawane hiehergekommen. Die Leute gründeten das Dorf, begannen den umliegenden Boden zu bebauen, dann verbreitete sich aber das Gerücht, man habe im Westen Gold gefunden. Fast alle brachen in einer langen Karawane auf."

„Und haben Sie es gefunden?" fragte der Franzose.

„Nein, weil sie nach einigen Meilen von den Indianern niedergemacht wurden. Kein einziger von ihnen blieb am Leben."

„O Gott! Hoffentlich lassen uns die Indianer in Frieden!" sagte Slaper.

„Hoffentlich", antwortete Bill.

Sie stiegen zum Dorf hinunter. Sie waren schon bei den ersten Hütten, als Bill, der vorausritt, die Gruppe aufhielt und zum Schweigen aufforderte.

„Hier gefällt mir etwas nicht", sagte er.

Kein Windhauch wehte, und trotzdem quietschten einige Türen. Eine seltsame Atmosphäre lag über dem verlassenen Dorf. Die verwahrlosten, staubigen Bracken strahlten eine bedrückende Stimmung aus.

„He, he!" rief Bill und ritt allein weiter. „Ist hier jemand?"

Niemand antwortete.

Er drückte das Pferd seitwärts an eine Hütte heran und feuerte, ohne abzusitzen, einen Schuß gegen die Tür.

Die Hütte war leer. Sie mußte schon seit langer Zeit unbewohnt sein.

Er ritt weiter und öffnete eine andere Tür. Dann noch eine. Alle Hütten waren leer, vollkommen leer. Endlich trat aus der größten Baracke, die einst auch die schönste und bestgebaute gewesen sein dürfte, eine struppige, in Lumpen gekleidete alte Frau heraus. Sie war schrecklich anzusehen.

„Guten Tag", wünschte Bill. „Sind Sie allein hier im Dorf?"

Die Frau lachte spitz. Sie schien irr oder zumindest eigenartig zu sein.

„Nein, nein", antwortete sie endlich, „ich und mein Mann, der gute Joe. Dann gibt es noch meine beiden Söhne. Haha!" Die Greisin verschwand im Dunkeln und schloß die Tür.

Bill zuckte mit den Schultern.

„Geduld", sagte er. „Wir müssen mit dieser Gesellschaft zufrieden sein. Mister Slaper und ihr, Gaspard, Mac Pearson, Bogard, wenn ihr wollt, könnt ihr euch in den letzten Hütten niederlassen, die dort unten stehen." Er wies auf einige Holzhäuser, die mitten im hohen Gras standen.

„Ehrlich gesagt, sie gefallen mir nicht sehr", antwortete Gaspard, der sich mißtrauisch umsah. „Sie machen einen unheimlichen Eindruck auf mich."

„Es gibt hier keine Geister, Franzose", meinte Mac Pearson. „Und außerdem wird dir niemand verbieten, eine neue Hütte für dich allein zu bauen. Doch da wir aber erst eingetrudelt sind, werden wir uns vorläufig mit dem zufriedengeben müssen, was schon dasteht, nicht wahr, Mister Slaper?"

Der Alte nickte.

„Aber Sie hatten behauptet", sagte Mac Pearson zu Bill, „daß es mehr Leute gab..."

„Das stimmt, und ich bin selber sehr erstaunt. Ich glaube aber, daß sie sich trotzdem hier recht wohl fühlen werden. Sie brauchen nur Zeit, um sich hier einzugewöhnen. Und dann werden sicher noch andere Pioniere kommen, und bald wird aus diesem Dorf eine Stadt werden."

„Hoffentlich!" seufzte der Franzose und ritt auf das Ende des Dorfes zu.

„Buffalo Bill, kommen Sie mit uns?" fragte der Alte.

Buffalo folgte dem alten Slaper und dem Mädchen. Sie traten in eine verhältnismäßig guterhaltene Hütte ein. Es standen noch eine Bank und ein Tisch darinnen, an der Wand hingen ein altes Gewehr und eine Laterne. In der Küche fand Mae eine Dose Öl und einen Sack Mehl.

„Wir haben Glück", rief sie lustig. „Vater, vielleicht ist das ein gutes Zeichen."

„Ich will ehrlich heraussagen: Diese leeren Schuppen rufen ein ungutes Gefühl in mir hervor. Ich warte beinahe darauf, daß von einem Augenblick zum anderen Gespenster auftauchen, die Einwohner dieses seltsamen Dorfes."

„Beunruhigen Sie sich nicht, Mister Slaper", antwortete Bill beim Öffnen seines Reisesackes. „Die Gespenster werden Sie nicht stören. Wenn uns jemand Unannehmlichkeiten bereiten sollte, so wären es sicher nur Menschen aus Fleisch und Blut. Aber auch Sie wissen, wie man mit Menschen umgehen muß."

„Ja...", erwiderte der Alte. Und er begann, die Säcke zu leeren, die Mae vom Wagen ablud und ins Haus schleppte.

Bill half Vater und Tochter, ihre Sachen unterzubringen. Dann trat er hinaus, um die Lage zu begutachten.

Von dem Augenblick an, da er Slaper, Bogard und Mac Pearson überredet hatte, Stuarts Karawane zu verlassen, fühlte er sich für das Schicksal dieser Menschen verantwortlich und verpflichtet, sie nicht zu verlassen, solange sie sich nicht endgültig niedergelassen hätten und fähig geworden wären, sich selbst zu verteidigen. Bogard war damit beschäftigt, seine Säcke im letzten Haus des Dorfes, neben der Hütte des Franzosen, abzuladen. Wenn sie, nebeneinander wohnend, auch keine Möglichkeit hatten, alle übrigen Hütten im Auge zu behalten, setzten sie sich doch in die Lage, sich im Falle eines Angriffes besser verteidigen zu können.

„Mister Bill, glauben Sie wirklich, daß niemand gegen diesen Hausfriedensbruch Einspruch erheben wird?" fragte Mac Pearson, der auf einem Proviantsack saß.

„Ich habe erfahren, daß alle Einwohner dieses Dorfes gastfreundlich sind", antwortete Bill. „Sie sehen es selbst. Keiner hat auch nur ‚muh' gesagt."

„Ich glaube, daß es gut sein wird, eine Art Wache zu organisieren. Was meinen Sie dazu?"

„Das ist vielleicht überflüssig, vielleicht weise. Tun Sie es nur."

Buffalo Bill kehrte um. Unterwegs sah er eine Feder im Staub liegen. Er bückte sich und hob sie auf. Er prüfte sie aufmerksam. Es war eine von jenen, die die Apachen-Krieger trugen.

Er steckte die Feder in die Tasche, dabei darauf bedacht, von niemandem gesehen zu werden. Er wollte keine Unruhe verursachen. Nach einigen Schritten entdeckte er eine zweite, diesmal vor Slapers Hütte. Jetzt sah er genauer in den dicken Staub, der den Weg bedeckte. Und da fiel sein Blick auf eine kaum wahrnehmbare rostige Klinge.

Er blickte sich um. Niemand beobachtete ihn. Da bückte er sich rasch nach ihr und hob sie auf. Es war ein indianisches Messer. Die Schnitzereien auf dem Griff sprachen eine eindeutige Sprache: Es gehörte einem Krieger des Apachen-Stammes Wolfszahns, des furchtbaren Skalpjägers.

Joe Karson, der Bandit

Es waren einige Monate vergangen, seit Buffalo Bill die fünf Pioniere ins verlassene Dorf geführt hatte, und was ihnen damals eine verlassene Siedlung erschienen war, war jetzt ein richtiges Dorf in voller Entwicklung.

Das war vor allem dem Zufall zu verdanken, der Mac Pearson bei einem Spaziergang in die Umgebung mit dem Führer einer Karawane zusammengebracht hatte.

Mac Pearson, der Geschäften nachjagte, hatte bei dieser Gelegenheit dem Mann mit so viel Begeisterung vom Dorf erzählt, daß die Mitglieder der Karawane ihr ursprüngliches Ziel aufgaben und sich entschlossen, hier zu bleiben. Sie besetzten die freigebliebenen Hütten und errichteten bald noch andere dazu.

Das stille Dorf war also auf einmal voller Leben.

Die Frauen erfüllten die Luft mit ihren Liedern und mit ihrem Gezank; die Männer hatten viel geflucht, aber auch im Schweiße ihres Angesichts viel gearbeitet, und St. Jakob machte schließlich den Eindruck, als hätte es immer bestanden. Es sah sehr solide aus. Seine Einwohner hatten sich so verankert, wie es sonst nur nach jahrelangem Aufenthalt möglich zu sein scheint.

Buffalo Bills Hoffnungen hatten sich erfüllt: Die Indianer waren nie aufgetaucht, was allen Einwohnern die ganze Zeit hindurch die Möglichkeit gab, sich in aller Ruhe ihren Geschäften zu widmen.

Das Land ringsum war fruchtbar. Jeder Farmer hatte sich eine Parzelle abgegrenzt, auf der er seine Viehzucht trieb, und ein großes Präriestück in eine weitausgedehnte Ackerfläche verwandelt.

Es war wirklich das verheißene Land, und alle waren glücklich, vom alten Slaper bis zum distinguierten Mac Pearson, der zum Stadtrichter ernannt worden war.

Und Mac Pearson, das mußte man zugeben, erfüllte seine Pflicht mit äußerstem Fleiß. In kurzer Zeit schlichtete er Streitfälle, erteilte Strafen, erklärte Eigentum als legitim und verlangte dafür Summen, die die Kasse der von einem gewissen O'Connor gegründeten Bank füllten.

St. Jakob brauchte also die tausend übrigen im amerikanischen Westen verstreuten Dörfer, die, aus dem Willen weniger Pioniere erwachsen und ihren Einwohnern selbst anvertraut, dazu bestimmt waren, die Städte von morgen zu sein, nicht zu beneiden.

Buffalo Bill hatte sich bei Slaper niedergelassen und diese Entwicklung miterlebt. Wie es seine Gewohnheit war, verbrachte er den Großteil seiner Zeit auf der Jagd in der Umgebung.

Er kam oft nach einigen Tagen Abwesenheit mit wunderbaren Fellen zurück, die er unter den begierigen Blicken der Nachbarn Mae Slaper anvertraute. Die Farmer versuchten oft, ihm nachzueifern, es gelang ihnen jedoch nie, derart schöne Exemplare zu erbeuten.

An einem Abend kehrte Bill, wie stets mit Fellen beladen, nach St. Jakob zurück. Er war fünf Tage ausgeblieben, und Mae war schon unruhig geworden.

„Wann werden Sie endlich aufhören, uns in Angst zu versetzen?" fragte sie ihn schon an der Balustrade vor der Tür. „Gott, wie sehen Sie denn aus!"

„Das macht nichts, es ist nur ein wenig Schlamm. Diesen lieben Büffeln hat es Spaß gemacht, mich in den Flußschlamm zu jagen. Mae, Sie hätten die Szene sehen sollen! Ich lief wie ein Hase davon, die ganze Herde hinter mir her. Wenn ich mich nicht entschlossen hätte, angezogen, wie ich war, in den Fluß zu springen und mich totzustellen, hätten sie mich wie ein Salzkorn im Mörser zermalmt. Aber sagen Sie mir, beim Vorbeigehen habe ich im Saloon neue Gesichter gesehen. Oder irre ich mich vielleicht?"

„Nein, Bill, Sie irren nicht. Zehn Männer sind angekommen, gar nicht vertrauenswürdig aussehende Leute. Sie lagern außerhalb des Dorfes, verbringen aber den ganzen Tag im Saloon, spielen um viel Geld und fluchen auf dieses allzu friedliche Dorf. Ich füchte, daß etwas geschehen könnte."

„Es wird gut sein, wenn ich mich ein wenig darum kümmere. Was meinen Sie?"

„Buffalo Bill, suchen Sie keine Schwierigkeiten. Bis jetzt haben Sie schon zuviel für uns alle getan."

„Haben Sie mich jemals in Schwierigkeiten gesehen?" fragte Bill, auf Mae zutretend.

„Nein. Um die Wahrheit zu sagen, nein, soweit ich mir vorstellen kann."

„Und trotzdem sorgen Sie sich um mich?" meinte Bill und betrachtete sie ernst.

„Ich... Was wollen Sie, Sie gehören doch beinahe schon zur Familie..." murmelte Mae verstört.

„Mae..."

„Bill..."

Buffalo Bill legte den Arm um die Schultern des Mädchens.

„Mae", rief in diesem Augenblick der Vater, „hast du dich da draußen verirrt?"

„Ich komme gleich, Vater", antwortete Mae auf diesen unerwarteten Ruf, der sie aus der Verlegenheit dieses Augenblicks befreite.

Kurz darauf trat Buffalo Bill in den Saloon von St. Jakob.

Es waren wenige Leute drin, ungefähr zwanzig Personen im ganzen, Joe Karsons Bande inbegriffen. Einige tranken, andere spielten. Der Saloon war ein geräumiger, kahler Saal. An die fünfzehn Tische standen in einer Reihe parallel zum Schanktisch, der sich die ganze Längswand gegenüber der Eingangstür hinzog.

Als Bill eintrat, trennte sich jemand von Joes Bande. Bill war im Dorf allen bekannt, Joe Karson aber kannte ihn nicht.

„Haben wir Besuch bekommen?" fragte Bill den alten Stan, der das Lokal führte.

„Hm", hustete der Alte und wusch seine Gläser weiter.

Joe Karson drehte sich blitzartig um.

„Und wer bist du?" fragte er Cody in bissigem Ton.

„Ein Bürger von St. Jakob", antwortete Bill. „Was dich betrifft, glaube ich nicht, daß es schwer ist, dich zu bestimmen."

Joe Karson traute seinen Ohren nicht. Er sah seine Freunde an, die ihn ihrerseits erstaunt betrachteten. Dann stemmte er die Hände auf den Tisch und sagte: „Ich glaube, daß ich dich nicht recht verstanden habe. Was hast du Lümmel gesagt? Versuche, es zu wiederholen!"

Buffalo Bill trat vollkommen ruhig auf ihn zu, und ohne Warnung versetzte er ihm einen derartigen Fausthieb, daß Joe zu Boden rollte.

„Verdammt!" schrie Joe Karson, sich aufraffend. Er zog sofort die Pistole. Doch auch diesmal war er zu spät daran. Ein Schuß von Bill schlug ihm die Waffe aus der Hand.

Nun sprangen Joes Kumpane auf, Cody aber sprang auf einen Tisch, hielt den ganzen Saal mit seinen beiden Pistolen im Schach und befahl:

„Steckt die Waffen weg! Schnell!" Als er sah, daß einer zögerte, zwang er ihn durch einen Schuß aus kürzester Distanz, seinem Befehl zu gehorchen. „Schnell, auch du, Mamas Liebling!"

Alle mußten sich ihm fügen. Und angesichts seiner Entschlossenheit blieb Joe Karson nichts übrig, als gute Miene zum bösen Spiel zu machen.

„Bei allen Teufeln, Junge, Sie sind wirklich tüchtig. Ich wollte nur scherzen, nicht wahr, Freunde? Immerhin freut es mich, es getan zu haben, weil ich auf diese Weise einen tüchtigen Kerl kennengelernt habe. Wie heißen Sie? Darf ich Ihnen etwas zu trinken anbieten?"

„Nein, danke", antwortete Bill. „Es ist schon spät für mich. Für gewöhnlich schlafe ich um diese Zeit wie ein Engel. Und Sie? Schlafen Sie nicht? Was tun Sie zu so später Stunde? Haben Sie kein Dach über dem Kopf?"

Joe Karson schluckte schwer und versuchte, ruhig zu bleiben. „Wir sind Jäger. Und Goldsucher", antwortete er. „Wir sind auf der Durchreise und hoffen, niemandem lästig zu fallen."

„Das hoffe ich auch", schnitt ihm Buffalo Bill das Wort ab. „Vor allem Ihrer Gesundheit zuliebe . . ."

Nach diesen Worten ging er hinaus und ließ Joe Karsons Bande beschämt und wütend zurück.

Die Nacht war schön. Der Mond leuchtete wie ein großes Goldstück am Himmel.

Gitarrenklänge kamen irgendwoher. Es war Juan, der Mexikaner. Er spielte wunderbar. Manche Leute ließen abends die Fenster offen, um ihn zu hören.

Juan entlockte seinem Instrument herrliche Melodien, die in allen Erinnerungen erweckten, an die verlassene Heimat, an eine verlorene schöne Frau, an die toten Eltern, alte Erinnerungen, die in jedem Herzen schlummern.

Juan war wirklich ein Künstler. Niemand verstand, wieso er hiehergekommen war. Er suchte weder nach Gold, noch wollte er den Acker bestellen, noch wollte er irgend jemandem dienen.

Es genügte ihm, das zum Leben Notwendigste zusammenzuraffen, um nicht zu verhungern. Dann nahm er seine Gitarre und verbrachte ganze Tage und Abende beim Spiel unter freiem Himmel.

Als Buffalo Bill an ihm vorbeikam, konnte er nicht umhin, ihm eine große Goldmünze zuzuwerfen.

„Gracias, Señor!"

„Ich habe dir zu danken, Juan . . ."

Zwei Morde in der Nacht

Joe Karson und seine Männer gelangten schweigend vor O'Connors Haus.

„He, Chef", flüsterte Bob. „Schau!"

Juan schlief, mit seiner Gitarre zwischen den Beinen, auf der Bank.

„Verdammt", knurrte Joe. „Bring ihn in Ordnung!"

Bob trat zum Mexikaner und schlug ihn mit dem Pistolengriff ins Genick. Juan sank zur Seite und schlummerte weiter.

Kein Laut war von seinen Lippen gekommen.

„Jetzt schnell!"

„Und was machen wir mit dem Bankier?"

„Bring ihn um", befahl Joe. „Ein Toter spricht nicht."

„Bist du sicher, daß er allein ist?" fragte ein anderer Mann.

„Wenn sich Fill nicht geirrt hat, wohnt er allein. Der Wächter geht abends heim. Vorwärts, habt ihr gut verstanden?"

„Ja", flüsterten die Männer.

„Sind die Pferde in Ordnung?"

„Sie stehen gesattelt an der Ecke."

„Also los! Du kümmerst dich, wie gesagt, um die Kasse. Du nimmst den Alten auf dich. Sonst nichts anrühren! Ich möchte keine Zeit verlieren – beim Morgengrauen müssen wir außerhalb dieses Gebietes sein."

Zwei der Männer näherten sich dem Fenster. Langsam hoben sie den Flügel und stiegen in das Haus ein. Sie glitten bis zum Bett, wo der Bankier schlief. Sekunden später rührte sich der Mann nicht mehr.

„Schnell!"

Bob ging zur Kasse. Sie war aus Metall, doch sehr dünn. Nach einigen Schlägen sprang das Schloß auf.

„Schaut, ein wahrer Schatz!"

„Ich hatte es dir gesagt, Bob. Schnell!"

Die beiden Männer nahmen die prallen Säckchen und traten den Rückweg an.

Draußen erwartete sie die Bande mit schußbereiten Waffen.

„Sehr gut, Chef. Alles war drinnen, ein wahres Vermögen!"

„Ssst! Du wirst noch genug Zeit haben, mir davon zu erzählen. Jetzt kümmere dich um den Mexikaner!" Er zeigte auf Juan, der nicht erwacht war.

„Aber . . .", warf ein Mann ein. „Er hat uns gar nicht gestört . . ."

„Nur kein Risiko eingehen!" erklärte der Bandenführer. Dann trat er zu dem Mexikaner und versetzte ihm einen Messerstich in den Rücken.

„Jetzt können wir gehen", sagte Karson. „Alle aufsitzen und im Schritt. Wir dürfen das Dorf nicht wecken."

„Morgen früh werden sie alle sehr überrascht sein."

Nachdem die Gruppe die letzten Häuser erreicht hatte, setzten sich die Männer in Galopp, auf die Hügel zu. Nach dem Plan des Bandenführers wollten sie sich zwei Tage lang dort verstecken – eine genügend lange Zeit, um die Nachforschungen der Dorfbewohner irrezuführen. Denn die Farmer würden bestimmt annehmen, die Bande sei nach Osten geflohen, und sie auch ostwärts verfolgen. Dort fänden sie sie natürlich nicht und würden also glauben, Karson habe einen zu großen Vorsprung gewonnen, und dann ins Dorf zurückkehren.

Dann könnte die Bande die Hügel verlassen und gefahrlos nach Osten ziehen.

Sie waren schon mitten in der Prärie, als Bob sagte: „Karson, bist du sicher, daß du dich nicht irrst?"

„Was meinst du, Dummkopf?"

„Ich möchte nicht, daß wir in die Falle gehen. Die Farmer könnten uns ja auch auf den Hügeln suchen!"

„Sie werden uns eben nicht für so dumm halten! Gerade weil die Hügelkette eine Falle sein könnte, werden Sie uns nicht dort suchen!"

„Glaubst du nicht, daß du trotzdem ein gewagtes Spiel spielst?" fragte ein anderer Mann.

Doch Karson hatte ganz bestimmte Vorstellungen, und niemand konnte ihn davon abbringen. Im übrigen waren diese Überlegungen nicht falsch. Die Hügel konnten leicht umzingelt werden, und niemand würde sie als Unterschlupf wählen.

„Einverstanden, Chef, wie du willst."

Sie stiegen die steinigen Hänge hoch. Dort hinauf führte ein Pfad, den auch Pferde passieren konnten, wenn sie auch auf dem ungewohnten Gelände etwas nervös wurden.

Plötzlich blieb die Bande auf ein Zeichen Bobs stehen.

„Was, zum Teufel, ist los?" fluchte der Bandenführer.

Unter ihnen ritt jemand langsam zwischen den Felsen umher, als hielte er Wache oder suche etwas.

„Ein Indianer", fluchte Karson. „Den brauchen wir wirklich nicht!"

„Er dürfte allein sein", meinte Bob.

„Genau nachschauen! He, Joe! Gehe hinter ihm her und sieh dich ein wenig um. Ihr beiden auf der anderen Seite. Schnell! Schießt nur, wenn es sein muß, lieber das Messer!"

Die Männer entfernten sich.

Bald kamen sie zurück. Sie hatten niemanden gesehen. Der Indianer stieg sehr langsam den Hang hoch.

„Zu langsam", meinte Karson. „Hier gefällt mir etwas nicht."

Er ging allein, wie eine Schlange kriechend, dem Indianer entgegen. Als er wenige Schritte vor ihm stand, sah er, daß dieser an der Brust verletzt war. Der Kopf fiel ihm auf die Brust, und nur äußerste Willenskraft oder zufälliges Gleichgewicht hielten ihn auf dem Rücken des Pferdes.

Karson zögerte nicht. Er sprang ihn an und zerrte ihn zu Boden. Der Unglückliche versuchte nur schwach, sich zu wehren, doch zu größerem Widerstand fehlte ihm die Kraft.

„Er wird uns nicht mehr belästigen", sagte Karson wenige Minuten später. „Er war ein abgesprengter Indianer und verletzt. Er wollte sich wahrscheinlich hier oben verstecken. Jetzt hat er die ewige Zuflucht gefunden. Vorwärts, hinauf auf die Kuppe!" Die Männer setzten den Aufstieg fort. Mit einer Geldladung, die für viele Bauern die Ersparnisse eines ganzen Lebens darstellte.

Die roten Hügel

Am Morgen des folgenden Tages entdeckte ein gewisser Peter als erster den Mord an dem Mexikaner und dem Bankier wie auch den Diebstahl. Schreiend wie ein Besessener, schlug er Alarm.

Vorerst wollte ihm niemand Glauben schenken. Seit ihrer Ankunft war das Dorf immer ruhig gewesen, und gerade jetzt, da der Wohlstand allmählich in ein jedes Haus einzog, sollte ein solches Unglück geschehen sein.

Ohne auf Buffalo Bill zu warten, machten sich die Männer in einer wirren Menge und schreiend auf die Verfolgung der Flüchtenden – und kehrten abends niedergeschlagen heim. Sie hatten die ganze Prärie im Osten abgesucht, waren am Flußufer entlanggeritten, hatten den Wald durchkämmt, ohne die geringste Spur zu finden. Die Räuber schienen sich verflüchtigt zu haben.

„Das habe ich mir erwartet", meinte Buffalo Bill. „Sie hatten einen zu großen Vorsprung. Es wird gut sein, einen Sheriff zu ernennen."

„Bei allen Heiligen", rief eine kleine Frau. „Sie wollen damit doch nicht sagen, daß sie zurückkommen könnten?"

„Alles ist möglich, gute Frau", antwortete Buffalo.

„Sie werden sich hüten, wieder hier zu erscheinen", bemerkte Mac Pearson. „Wir dürfen nicht übertreiben. Außerdem bin ich der Meinung, daß die Anwesenheit eines Sheriffs die schlechten Instinkte mancher Leute wecken könnte, statt sie einzuschläfern."

„Was sagen Sie, Mac Pearson?" staunte Slaper. „Sie haben uns alle Ersparnisse gestohlen, haben zwei geschätzte und bei allen beliebte Menschen ermordet, und Sie widersetzen sich einem regelmäßigen Schutzdienst?"

„Ich widersetze mich nicht, meine Lieben. Ich möchte nur sagen, daß mir eure Panik übertrieben scheint."

„Bei zwei Toten im Dorf!"

„Zwei Tote, Menschen, die auch ich schätzte! Was tun wir aber mit einem Sheriff? Jedesmal, wenn ein Unbekannter ins Dorf kommt, wird der Sheriff sich berechtigt fühlen, ihn zu fragen, wer er sei, woher er komme, was er wolle – und das kann gewisse Leute in Zorn versetzen und zu unüberlegten Handlungen verführen."

„Das ist wohl eine seltsame Theorie", erwiderte Buffalo Bill. „Tun Sie aber, was Ihnen paßt. Wenn Sie bereit sind, sich auch von jedem dahergelaufenen Anfänger ausziehen zu lassen, ist es Ihre Angelegenheit."

„Buffalo hat recht", erklärte Slaper. „Ich schlage vor, ihn als Sheriff zu nehmen. Was meint ihr dazu?"

Manche waren dafür, andere dagegen, doch Buffalo selbst beendete mit wenigen Worten die Diskussion.

„Meine Freunde, ich nehme diese Funktion keinesfalls an. Ich werde von hier früher fort müssen, als ihr glaubt. Wenn ihr einen Sheriff haben wollt, wählt ihn aus eurer Mitte. Es gibt viele mutige und ehrliche Leute hier."

Die Wahl des Sheriffs dauerte nicht lange. Auf Mac Pearsons Vorschlag wurde ein gewisser Koestler ernannt, ein Mann von wenigen Worten und energischer Art. Er war auch ein guter Schütze. Seine erste Handlung als Sheriff war die Aufforderung an die Dorfbewohner, auf einige Tage das Dorf nicht zu verlassen.

„Kommen Sie, Buffalo", sagte Mae, ihn beim Arm nehmend, „heute essen Sie bei uns. Es ist ein Wunder, Sie zu Hause zu haben. Jetzt haben Sie schon so viele Felle verkauft, daß... Ah ja, auch Ihr Geld ist gestohlen worden. Wie mir das leid tut! Alle Ihre Felle, Ihre Arbeit von Monaten und Monaten..." Bill lächelte, während sie nebeneinander hergingen.

„Ich gehöre zu den wenigen, die durch den Raub nicht direkt geschädigt wurden", antwortete er und drückte Maes Arm. „Ich wünschte, es wäre auch mit deinem Vater so gewesen. Die Beträge, die ich vom alten Jonny für die Felle erhielt, legte ich regelmäßig in euren Kastenschrank, der im Zimmer steht, das ihr mir zur Verfügung gestellt habt."

„Wirklich?"

„Ja, und wo könnte es sicherer aufgehoben sein, als bei euch?"

Sie kamen an das Haus. Der Alte erwartete sie besorgt.

„Schlechte Zeiten beginnen für das Dorf", erklärte er kopfschüttelnd. „Und wir stehen erst am Anfang."

„Übertreiben wir nicht, Mister Slaper. Außerdem genügt es, daß sich die Farmer bei der nächsten Gelegenheit entschlossen zeigen, sich zu verteidigen, dann wird sie niemand belästigen."

„Sie kennen diese Leute zuwenig, Buffalo Bill", antwortete der Alte beim Gläserfüllen. „Sie sind zum Sterben bereit, wenn sie von einem tüchtigen Mann angeführt werden, sie sind aber auch bereit, sich ausplündern zu lassen, nur um die Haut zu retten, wenn ihr spärlicher Mut sie im Stich läßt. Deshalb wäre es gut gewesen, wenn Sie die Wahl angenommen hätten."

„Ich glaube nicht, daß Koestler weniger..."

„Ich hoffe es, Buffalo", erwiderte der Alte. Dann sagte er: „Mae, worauf wartest du noch? Willst du nicht auftragen? Cody, kosten Sie diesen Braten. Meine Tochter hat ihn zubereitet!"

„Vater", sagte das Mädchen verlegen.

„Jaja, zubereitet hat sie ihn!"

„Deshalb ist er so schlecht, daß ich noch eine Portion nehmen werde."

„Es ist Wildkaninchen. Ich habe es vorgestern auf dem roten Hügel erlegt. Es hat mich, offen gesagt, viel Mühe gekostet. Es hat sich in jedem Loch versteckt, und mein Pferd hatte keine Lust, umherzuklettern."

Bill blieb mit der Gabel in der Luft.

„Es versteckte sich in jedem Loch... das Pferd wollte nicht... die roten Hügel... Verdammt, deswegen haben sie keine Spur von den Räubern gefunden! Ich war wirklich ein Idiot!"

„Bill, was sagen Sie da?" fragte das Mädchen.

„Fühlen Sie sich nicht wohl, Cody?" fragte der Alte besorgt.

„Keineswegs! Sie haben mir die Augen aufgemacht. Versteht ihr? Karsons Bande ist nicht sofort nach Osten geflohen, sie hat sich auf den roten Hügeln versteckt und wartet darauf, daß wir von der Verfolgung absehen. Dann wird sie in aller Ruhe verschwinden."

„Bill, Sie können recht haben. Aber was wollen Sie denn tun?"

Buffalo hatte sich erhoben.

„Entschuldigt mich, ich kann nicht mehr hierbleiben. Ich muß mich vergewissern, ob dies nur eine Vermutung ist, die vielleicht nicht stimmt."

„Seien Sie nicht unvorsichtig, Buffalo!" bat Mae, ihn am Arm nehmend. „Wenden Sie sich lieber an den Sheriff. Wozu haben wir ihn?"

„Um Gottes willen! Sagt ihm ja nicht, wohin ich gehe! Wenn uns Karson am Fuße der Hügel auftauchen sieht, ist es aus. Auf Wiedersehen, Mae!"

Buffalo drückte fest Maes Hand und lief, ohne sich um den bestürzten Blick des Alten zu kümmern, wortlos hinaus. Er sattelte das Pferd und saß auf.

Räuber in Unterhosen

„Jetzt sind wir in Sicherheit", sagte Bob, der an einer gebratenen Keule knabberte. „Und bald werden wir es uns gut gehen lassen."

„Nun, Karson, was würdest du sagen, wenn wir aufteilten?"

„Ihr habt es aber eilig, Teufelskerle!" antwortete Karson grinsend. „Hatten wir nicht abgemacht, daß wir die Beute erst teilen, wenn wir außer Gefahr sind?"

„Ja, und jetzt sind wir eben außer Gefahr, stimmt's?"

„Sie haben recht", unterstützte sie Still, Joe Karsons Bruder. „Schließlich haben wir doch gesehen, daß die Farmer wieder ins Dorf zurückgekehrt sind. So können wir die Beute teilen und auseinandergehen. Geld ist genug da für uns alle. Wir werden einander in drei Monaten in Creek treffen. Was meint ihr dazu, Jungen?"

„Richtig, das ist eine Rede!"

„Mein Bruder hat immer recht", brummte Joe, „und ich bin mit ihm einverstanden. Nur möchte ich, daß wir gemeinsam von hier fortziehen."

„Wir könnten auffallen", sagte Still.

„Es ist aber auch gefährlich, einzeln geschnappt zu werden. Wenn ihr euch aber trennen wollt, habe ich nichts dagegen. He, Bob, gib den Sack her!"

Bob warf den dicken Geldsack in die Mitte der Gruppe. Unter dem Geld befanden sich auch Stücke rohen Goldes und Silbers.

„Beeilen wir uns, bevor es dunkel wird", sagte Still, der die Sonne auf die Gipfel des fernen Gebirges sinken sah.

„Also", begann Joe Karson. „Wie wir beschlossen haben, bekomme ich..."

Eine Stimme ließ die ganze im Halbkreis sitzende Bande verstummen.

„Halt! Der erste, der sich rührt, ist ein toter Mann! Joe Karson, knüpfe den Sack wieder zu und wirf ihn mir her! Und nun – Hände hoch, Kerle, das Spiel ist aus!"

„Du bist wieder hier?" knurrte Karson mit zusammengebissenen Zähnen. Zum Revolver griff er aber nicht, und auch die anderen versuchten es nicht, denn sie hatten im Saloon Bills Entschlußkraft und Zielgenauigkeit bestens kennengelernt.

„Genau – ich, liebe Leute. Nur Mut, Karson, hast du die Ohren mit Dreck verstopft? Hörst du mich nicht? Soll ich dir einen Weg mit der Pistole frei machen?"

Bill beschrieb mit seinen beiden Pistolen kleine Kreise in der Luft.

„So ist es gut... Jetzt wirfst du mir den Sack her... Nein, komm her; nicht du, Joe, dein Bruder Still. So, halte ihn schön brav am Kopf..."

Still nahm den Sack auf und näherte sich Bill, der jetzt einen langen Pfiff ausstieß.

„Verdammt, wen hast du mitgebracht?" fragte Karson. „Das ganze Dorf?"

Die Antwort ließ nicht auf sich warten. Mit raschen Schritten kam Buffalos Pferd zu seinem Herrn gelaufen.

Bill sprang in den Sattel.

„Jetzt gib mir den Sack!"

Still reichte ihm den Sack. Bill legte ihn quer über den Widerrist des Pferdes.

„Jetzt gehst du zu den anderen zurück", befahl er Still.

Still ging zu seinen Kameraden. Er senkte langsam den rechten Arm. Er griff nach der Pistole, die im Gürtel steckte, drehte sich blitzschnell um und feuerte.

Buffalo Bill hatte seine Bewegung rechtzeitig bemerkt, wich dem Schuß aus und traf Still mit dem Geschoß aus seiner Pistole mitten in die Brust.

„Keine Bewegung", rief er, „oder ich jage euch in die Hölle! Joe Karson, das hast du aus deinem Bruder gemacht! Das ist deine Schuld, und du weißt es!"

„Das werde ich dir heimzahlen!" brüllte Joe, dem die zornbrennenden Augen aus den Höhlen traten.

„Ihr werdet mir glauben, daß ich euch alle ins Dorf führen möchte, wenn ich nur könnte. Dort solltet ihr hängen. Aber ich will euch so bald wie möglich loswerden! Vorwärts, werft einer nach dem anderen die Waffen in diese Grube dort! Bob, du beginnst!"

Bill zeigte mit dem Pistolenlauf auf eine Grube im Boden, die zehn Meter von der Gruppe entfernt lag.

Die Banditen warfen nacheinander ihre Waffen dort hinein.

„So bin ich sicher, daß ihr mir in den nächsten Minuten nicht nachschießt!"

„Wir werden dich früher oder später schon erwischen – und dann..."

„Ich rate euch, euch von mir fernzuhalten", erwiderte Buffalo Bill, der die

Bande weiterhin mit seinen Pistolen in Schach hielt. „Und je weiter ihr weg seid, um so größere Aussicht habt ihr, ungeschoren zu bleiben. Jetzt kehrt mir den Rücken! So ... sehr brav. Und nun bindet eure Hosengürtel auf!"

Die Banditen schienen seinen Befehl nicht zu begreifen, deshalb wiederholte Bill seine Worte.

„Das werden wir dir heimzahlen, du Aas!" fluchte Karson.

„Danke, aber vorläufig mußt du dich damit begnügen, die Hosen fallen zu lassen", lachte Bill.

Und es gab wirklich Grund zu lachen, als die Banditen ihre Hosen aufknöpften und sie zu Boden fallen ließen und gestreifte, rote, karierte und schwarze Unterhosen zum Vorschein kamen, ja als einer der Männer gar den nackten Hintern zeigen mußte, da er sich mit Unterhosen nicht belastet hatte.

„Ich gäbe viel dafür, wenn ich euch so den Farmern zeigen könnte", lachte Buffalo Bill wieder. „Ha, ein reizendes Bild!"

„Das werden wir dir heimzahlen, gemeiner Schuft!" wiederholte Karson, rot vor Wut. „Und wenn wir dich am Ende der Welt aufstöbern müssen."

„Jetzt keine Bewegung, bis ich weit weg bin!" befahl Bill noch.

„Ich denke, daß ihr viel Zeit verlieren werdet, eure Hosen wieder anzuziehen und eure Knarren zu holen. Adieu, Galeerensträflinge! Und haltet euch vom Dorf fern, sonst ziehe ich euch bei lebendigem Leib das Fell über die Ohren, darauf habt ihr mein Wort!"

Dann fiel ihm noch etwas ein.

„Die Pferde! Ich bin dumm, beinahe hätte ich euch das Mittel gelassen, mich einzuholen!"

Karson biß sich auf die Lippen, als er Bill die Pferde losbinden und wegjagen sah.

„Und nun lebt wohl, ihr Schurken!"

Mit diesen Worten gab er seinem Pferd die Sporen und galoppierte Hals über Kopf den Hügel hinunter.

Erst als er in der Prärie war, hörte er hinter seinem Rücken in der Ferne eine wütende Schießerei.

Karsons Bande war jedoch zu weit entfernt, um ihm gefährlich werden zu können.

Nun war zwar das Geld wieder da, das Leben des armen Juan und das des Bankiers konnte jedoch keiner mehr zurückbringen. Bill wäre es lieber gewesen, wenn er an Stelle dieses Geldes die beiden Menschenleben hätte retten können.

Von Hütte zu Hütte sprang die Nachricht, daß Bill die Beute zurückerobert habe. Die Farmer, Männer und Frauen, liefen erregt zusammen und feierten ihn überschwenglich. Sie trugen Bill im Triumph durch die Straßen.

Alle, die in O'Connors Bank ihr Geld hinterlegt hatten, wurden bis zum letzten Mann entschädigt, und um ihre wiedergefundene Habe zu feiern, boten Sie dem ganzen Dorf zu trinken an.

Niemand schlief in dieser Nacht. Der Saloon machte goldene Geschäfte. Die Leute umarmten und küßten einander. Die Freude über ihr wiedererlangtes Geld machte sie so froh, daß keiner mehr an die beiden Toten dachte.

Nur Bill war nachdenklich. Er saß, die Ellenbogen auf die Knie und den Kopf in die Hände gestützt, auf den Stufen vor Slapers Haus

„Bill, was haben Sie?" fragte Mae, die ihn so sah.

„Nichts, gar nichts."

„Du lügst, Bill", sagte Mae in dem vertraulichen Ton, der sich oft zwischen den beiden einstellte, wenn sie allein waren. „Was ist los mit dir? Ich habe dich noch nie so gesehen."

„Vielleicht habe ich einen sehr argen Fehler begangen dadurch, daß ich das Geld wieder zurückgeholt habe, Mae."

Das Mädchen runzelte die Brauen.

„Fehler? Warum?"

„Ja, doch einen Fehler."

„Ich verstehe dich nicht."

„Was glaubst du, werden nun Joe Karson und seine Bande tun?"

„Ah... du glaubst nicht, daß... nein, das wäre zu grausam."

„Das glaube ich schon. Ich glaube, daß sie wieder ins Dorf kommen werden, um das Geld nochmals in die Hände zu bekommen und um sich für den Streich zu rächen, den ich ihnen gespielt habe."

„Bill, das darf nicht sein. Sie werden das nicht tun. Ich höre, daß alle feiern. Warum gehst du noch nicht hin? Ich möchte dich lustig sehen, Bill."

Buffalo Bill lächelte.

„Du hast recht. Weg mit diesen Sorgen! Gehen wir schlafen. Gute Nacht, Kind..."

Als Mae sich so nennen hörte, hüpfte ihr das Herz vor Freude.

„Gute Nacht, Bill."

Bill aber ging nicht schlafen. Er wartete, bis Mae in ihrem Zimmer war, dann stahl er sich aus dem Haus.

Ganz allein ging er im Schatten der Bäume ans andere Ende des Dorfes, wo er die ganze Nacht verblieb, um über die Sicherheit der ahnungslosen Bauern zu wachen.

Der unfähige Sheriff

Einige Tage lang herrschte im Dorf tiefer Friede.

Karson ließ sich nicht blicken, und alle waren davon überzeugt, daß die ihm von Bill erteilte Lektion genügt und er das Weite gesucht hatte.

Buffalo Bill hingegen rechnete nach wie vor damit, daß der Bandit wieder auftauchen würde. Er wußte aus Erfahrung, daß die Verbrecher neben ihrer Grausamkeit immer eine gewisse Dosis Mut besitzen, einen Mut, der zwar Haß, Gier und Rachedurst entspringt, aber immerhin Mut ist. Er machte sich also keine Illusionen.

Obwohl Mae und ihr Vater ihm diese Sorge ausreden wollten, gelang es ihm nicht, davon loszukommen. Er fürchtete um das Schicksal der Dorfbewohner. Schließlich vergaß aber im Laufe der Tage auch er das Geschehene und fand seine gewohnte Ruhe wieder.

Er ging auf die Jagd, mied jedoch die Hügel, kümmerte sich um die Ranch des alten Slaper und hielt sich, zu seinem eigenen Erstaunen, gern in Maes Gesellschaft auf.

Und das war ernst. Bill liebte keinerlei Bindungen, denn sie entsprachen seiner Lebensweise nicht. Er wußte, daß er seine Freiheit verlöre und wie die anderen hätte leben müssen, wenn er eines Tages jemanden liebte.

Allein der Gedanke an eine solche Möglichkeit erschreckte ihn.

„Du hast nicht unrecht", sagte die schöne Mae zu ihm, wenn sie auf dieses Thema kamen, „du hast nicht unrecht, wenn du von Bindungen nichts wissen willst. Ich verstehe, daß du bei einem normalen Familienleben krank würdest, du könntest es bestimmt nicht führen. Tatsächlich warst du nicht fähig, bei Louise zu bleiben, der Frau, von der du mir erzählt hast."

„Eben", nickte Bill. Und er bemerkte dabei den traurigen Schatten nicht, der über das Antlitz des Mädchens huschte. Mae hatte ihn liebgewonnen.

Eines Morgens faßte Bill, der früher als gewöhnlich aufgestanden war, einen raschen Entschluß. Er packte seine Sachen, steckte reichlich Munition ein und ging in die Küche, um sich von Mae zu verabschieden.

Mae kochte gerade die Milch für ihren Vater. Sie stand immer als erste auf. Als sie Bill in voller Ausrüstung sah, war sie sprachlos.

Am Vorabend hatte er nichts von einer baldigen Abreise gesagt.

„Guten Tag, Mae", rief Bill fröhlich aus.

„Guten Tag. Gehst du auf die Jagd?"

„Ja, Mae. Ich werde einige Tage ausbleiben, vielleicht einen Monat."

Das Mädchen erbleichte.

„Ich habe beschlossen, flußaufwärts zu reisen und die Täler im Westen auszukundschaften."

„Im Westen?" staunte das Mädchen. „Das ist doch die gefährliche Gegend!"

„Eben deswegen gehe ich dorthin. Seit einiger Zeit lebe ich zu geruhsam und laufe Gefahr, mich an das Familienleben zu gewöhnen. Nein, so kann das nicht weitergehen. Ich muß einmal lange ausbleiben, im Freien schlafen, einige Büffel schießen, andere Indianerstämme kennenlernen."

„Du bist wirklich ein Kind!" meinte Mae, obwohl Bill längst großjährig war. „Statt in der Wärme der Familie zu bleiben . . ."

Dieser nicht ganz ausgesprochene Einwand verwirrte Buffalo Bill derart, daß er so tat, als hätte er ihn nicht verstanden, und rasch das Thema wechselte.

„Ich erinnere mich, daß ich einmal mit Leutnant Cowel diese Strecke zurücklegte. Dabei wurden wir von einem seltsamen, wirklich interessanten Stamm angegriffen."

Während Bill sprach, stellte Mae fest, daß er ganz und gar anders als die anderen Männer war. Das Abenteuer lag ihm im Blut, die Liebe zur Gefahr war in ihm so verwurzelt wie in anderen Menschen die Sehnsucht nach Ruhe.

„Ich bitte dich nicht einmal, mich mitzunehmen", sagte Mae. „Ich bin überzeugt, daß du mich auslachen würdest."

Bill schüttelte das Haupt.

„Tatsächlich . . ."

„Du hast weniger Humor, als ich dachte."

„Los, Mae, sei nicht böse. Ich werde bald zurückkommen und dir einen wunderschönen Pelzmantel bringen."

Sie sprachen noch lange miteinander. Schließlich verließ Bill das Dorf, nicht ohne dem Sheriff nahegelegt zu haben, die Augen gut offenzuhalten.

Es war ein schöner Tag; eine leichte Brise blies von Süden über die Prärie. Bill trabte gemütlich dahin und genoß die neugewonnene Freiheit.

Slapers Gesellschaft war nicht unangenehm, im Gegenteil, doch die Streitigkeiten der Dorfbewohner waren es, die ihm auf die Nerven gingen.

Tja, er wäre noch einige Monate im Dorf geblieben und erst vor Einbruch des Winters nach Nordwesten aufgebrochen, um neue Menschen zu entdecken. Oder er hätte sich wieder dem Heer zur Verfügung gestellt. Wer weiß es?

Er hatte erst einige Meilen zurückgelegt, als ihm der Wind den Klang von Schüssen zutrug. Er hielt an und lauschte. Es war eine andauernde, beharrliche Schießerei. Sie kam vom Dorf.

Ohne einen Augenblick zu zögern, wendete er sein Pferd und legte den Weg, den er geritten war, in schnellstem Galopp zurück.

Als er die ersten Hütten erreichte, meldete er sich durch einige Schüsse in die Luft, die etwa auch die Aufmerksamkeit des unbekannten Angreifers ablenken mochten.

Wie ein Pfeil brach er in das Dorf ein. Auf der Straße lagen einige regungslose Körper. Zwei Männer drückten sich stöhnend die Hände gegen den Magen, eine Frau war am Arm verletzt worden.

„Was ist geschehen?" fragte Bill, als er vom Pferd sprang, um den Verletzten zu helfen. „Wer war es?"

Als etwas Ruhe eingetreten war, erklärte ihm Mac Pearson den Vorfall.

Joe Karsons Bande war überraschend in das Dorf eingebrochen. Die Banditen hatten im Saloon alles auf den Kopf gestellt und dabei geschrien, daß sie Buffalo Bill tot oder lebendig wollten. Sie würden das ganze Dorf in Brand stecken, um ihn zu finden.

„Einige haben versucht, sich zur Wehr zu setzen", erklärte der alte Slaper, „doch die Kerle waren stärker."

„Wie viele waren es?"

„Ungefähr zehn", antwortete der Sheriff.

„Und ihr?" fragte Bill.

„Was sollte ich tun? Ein Blutbad provozieren? Ich habe alle zur Ruhe aufgefordert..."

„Ich sehe das Ergebnis."

„Sie haben nicht das Recht, meine Haltung zu kritisieren!" brüllte der Sheriff. „Schließlich ist es ja Ihre Schuld."

„Ja, es ist Codys Schuld", bestätigte ein anderer.

Und eine kleine Frau keifte: „Seht ihr, Tote und Verletzte seinetwegen! Joe Karson will Buffalo Bill? Und warum gebt ihr ihn nicht her?"

„Wollt ihr vielleicht, daß wir uns seinetwegen niedermachen lassen sollen?" fragte ein anderer Farmer.

„Träume ich oder bin ich wach?" schrie Bill, den Lärm der Menge übertönend. „Ihr gebt die Schuld für das Vorgefallene mir? Nachdem ich..."

„Verflucht der Augenblick, in dem Sie sich hier niedergelassen haben!" schrie ihm ein gewisser Hunter ins Gesicht. „Sie haben uns was Schönes eingebrockt!"

„Wir sind friedliche Menschen und wollen keine Geschichten", sagte wieder jemand. „Sie werden gesucht! Also machen Sie sich die Sache allein aus."

„Sie haben gesagt, daß sie bei Sonnenuntergang wieder hier sein werden", erklärte ein Junge. „Und sie werden jedes Haus nach Ihnen durchsuchen."

„Das heißt, daß Sie uns alle umbringen wollen", meinte der Friseur. „Buffalo Bill, ich habe nichts gegen Sie, das wissen Sie, ich muß aber an meine Frau und meine zwei Kinder denken. Buffalo Bill, Sie müssen verschwinden, und zwar in Richtung auf die Hügel zu, damit diese Kerle sehen, daß Sie nicht mehr im Dorf sind."

Buffalo Bill wollte erwidern, er war jedoch derart überrascht und angeekelt, daß er keine Worte fand.

Mac Pearson ahnte seine Gedanken und sagte: „Ich weiß, was du denkst, Bill, und ich kann dir nicht unrecht tun. Im übrigen hatte dich niemand darum gebeten, unser Geld wiederzubringen. Uns wäre es lieber gewesen, die Kerle hätten es behalten, anstatt es auf diese Art und Weise verteidigen zu müssen."

„Ich verstehe dich, Mac Pearson. Und auch dich, Barbier, und dich, Hunter. Und Sie, Mister Miller. Ich verstehe euch alle, doch kann ich euch nur beweinen. Ich müßte Ekel verspüren, und statt dessen habe ich nur Mitleid, nur Mitleid mit euch."

„Was soll das heißen?" fragte Hunter arrogant.

„Mitleid, weil sich Leute wie ihr stets nur Schwierigkeiten machen werden. Heute werdet ihr Karson dadurch los, daß ihr mich vor seine Pistole werft. Wenn aber morgen Karson oder Leute seinesgleichen wiederkehren, um euch euer Geld, eure Ernte oder euer Vieh zu stehlen – was werdet ihr dann tun? Ihr werdet immer gezwungen sein, euch jedem Gesindel zu fügen, das hier vorbeikommt. Und Mangel an Mut und eure Feigheit werden euer Ende sein."

„Hör auf und verschwinde!" schrie einer aus der Menge.

„Unsere Haut ist uns schließlich mehr wert als deine!"

Sie fuhren zu keifen fort, und Bill verließ angewidert die Gruppe. Er ritt auf Maes Haus zu, entschlossen, das Dorf sofort zu verlassen.

Er wollte gerade eintreten, als ihn Gaspard, der Franzose, einholte.

Bill versteckt sich

„Bill, es tut mir so leid...", sagte Gaspard betrübt. „Doch in Anwesenheit dieses Mobs hatte ich nicht den Mut, mich für dich einzusetzen. Parbleu, die Angst macht den Menschen wirklich widerwärtig. Sie jagen dich fort, ausgerechnet dich, der du soviel für uns alle getan hast. Bill, ich bitte dich, bleibe. Diese Leute werden ihre Meinung schon ändern."

„Nein, ich habe mich entschlossen fortzugehen. Sie haben übrigens recht. Niemand hatte mich gebeten, hierzubleiben, die Farmer zu verteidigen, ihre Ersparnisse wiederzuholen. Ich werde sofort das Dorf verlassen."

Mae lief herbei. Während Bill seine Sachen packte, erklärte ihr der Franzose, was soeben geschehen war.

„Was können wir tun, Gaspard?" klagte Mae verzweifelt. „Er darf nicht allein weggehen. Karsons Bande wartet nur darauf."

„Ich weiß es, Mademoiselle. Und ich weiß auch, daß sie, wenn sie Buffalo Bill nicht erledigt haben, zurückkommen werden, um sich unser Geld zu holen. Aber ich sehe keinen Ausweg, parbleu!"

Mae weinte.

Der alte Slaper nahm sein Gewehr von der Wand. „Ich komme mit Ihnen, Buffalo Bill."

„Auch ich", erläuterte Gaspard.

„Danke, meine Freunde, danke für eure gute Absicht, aber das ist eine Angelegenheit, die ich allein auslöffeln will. Macht euch keine Sorgen. Bis jetzt hatte noch niemand das Vergnügen, mir den Magen zu durchlöchern, und nicht einmal heute wird es jemandem gelingen."

„Bill, es sind zehn..."

„Neun", sagte Bill. „Ich habe einen von der Bande erledigt. Das ist eben die Ursache ihres Rachedurstes. Deswegen verlangen sie ja nach mir."

„Bill, Bill, ich bitte dich..."

Mae nahm ihn am Arm; Bill befreite sich sanft.

„Adieu, Mae. Wir werden einander schon wiedersehen, weißt du. Nur keine Tränen. Auch Ihnen, Mister Slaper, sage ich auf Wiedersehen. Danke für Ihre Gastfreundschaft. Sie waren wirklich äußerst freundlich, sehr freundlich... Ich danke Ihnen. Ich werde Sie nie vergessen."

Bill trat ins Freie und stieg in den Sattel.

„Wirst du zurückkehren, Bill?" schluchzte Mae.

„Willst du mich nicht mitnehmen?" fragte Gaspard.

„Ich werde wiederkommen", antwortete Bill. „Und du, Gaspard, wache über das Fräulein. Wenn Karsons Bande wieder zurückkommen sollte, sperrt euch in euren Häusern ein und stellt euch hinter den Fenstern auf. Verliert nicht die Ruhe, und verteidigt euch. Dieser Kerl ist ein Schuft. Es ist besser, sich umbringen zu lassen, als in seine Hände zu fallen. Erinnert ihr euch jener Nacht...?"

„Welcher Nacht?" fragte Gaspard.

„Du warst nicht dabei. Mae, erinnerst du dich an jene Nacht...?"

„Diese schreckliche Nacht von damals? Als einige Männer einen ihrer Kameraden skalpieren wollten?" sagte Mae schaudernd. „Oh, ich habe sie nicht vergessen."

„Nun, ich habe die Pferde wiedererkannt. Es war Karsons Bande."

„Mein Gott", rief Mae. „Hoffentlich kommt er nicht mehr zurück. Bill, gib acht auf dich!"

Buffalo Bill gab dem Pferd die Sporen.

Als die Leute ihn schnell wie der Wind vorbeireiten sahen, atmeten sie erleichtert auf.

Sie waren davon überzeugt, daß Karson nicht wiederkäme, wenn sie Buffalo fortjagten.

Außerhalb des Dorfes verlangsamte Buffalo die Gangart und wich auf die den Hügeln gegenüberliegende Seite ab. Dem Willen anderer gehorchen, bedeutete, ihre Freiheit zu achten, da sie in der Mehrheit waren, doch sich wie ein Dummkopf in Karsons Arme zu werfen, das wäre absurd gewesen. Er lenkte also das Pferd auf den Waldrand zu, wo er bald im Schatten der Bäume verschwand.

Von diesem Versteck aus konnte Bill die Hügel überblicken und Karsons Bewegungen im Auge behalten. Er wußte noch nicht, auf welche Weise er der Bande entgegentreten sollte, doch spürte er, daß sich bald etwas ereignen werde.

Dreihundert Indianer

„Gebt acht", schrie Bogard, der in vollem Galopp ins Dorf hineingepprescht war. „Die Indianer kommen!"

„Was?" rief der Sheriff ihm zu. „Scherzen Sie?"

„Indianer!" rief Bogard diesmal so laut, daß die Leute zusammenliefen. „Es werden ungefähr dreihundert sein, und sie sind bis an die Zähne bewaffnet. Sie kommen auf uns zu. Wir sind verloren!"

„Ruhe, Ruhe", sagte Mac Pearson, während er Bogard absitzen half. „Erklären Sie sich besser. Wo haben Sie die Indianer gesehen?"

Bogard hob sein Fläschchen an den Mund, fuhr sich mit der Zunge über die Lippen und antwortete: „Mindestens dreihundert Indianer, alle zu Pferd. Sie sind jenseits der Hügel und reiten direkt auf das Dorf zu."

„Das muß doch nicht heißen, daß sie hieherkommen", meinte ein Farmer.

„Und wo sollten sie sonst hingehen? Ich sage Ihnen, daß sie hieherkommen. Sie tragen Kriegsbemalung!"

„Von welchem Stamm sind sie?" fragte der Sheriff, der versuchte, Haltung zu bewahren.

„Ich weiß es nicht. Aber glauben Sie, sie kommen hieher."

„Das ist aus der Luft gegriffen", meinte Mac Pearson. „Immerhin wird es gut sein, wenn wir uns darauf vorbereiten. Sheriff, was, meinen Sie, sollen wir unternehmen?"

Der Sheriff zuckte mit den Schultern.

„Wenn es so viele sind, können wir nichts ausrichten", antwortete der Sheriff zum Entsetzen aller. „Dreihundert bewaffnete Indianer können das ganze Dorf dem Erdboden gleichmachen. Wir können nur hoffen, daß sich Bogard geirrt hat."

„Sie machen uns schönen Mut!" keifte eine Frau. „Ist es denn möglich, daß wir die Hände in den Schoß legen müssen?"

„Man kann schon etwas tun. Verbarrikadieren wir die Eingänge zum Dorf. Mit Wagen, Tischen, Bänken! Alles kann uns dazu dienen. Wir stellen Wachen auf beiden Enden der Straße auf und einige auf die Dächer. Verteilt die Munition gleichmäßig. Auch die Frauen müssen sich bewaffnen."

In kürzester Zeit war das Dorf in reger Bewegung. Einige versperrten die Straße, andere brachten Munitionskästen auf die Dächer, andere wieder verrammelten Türen und Fenster.

Das alles geschah in Windeseile, denn Panik hatte alle Menschen ergriffen. Die große Anzahl sich nähernder Indianer erfüllte sogar die Mutigsten unter den Dorfbewohnern mit Angst.

„Es wird nutzlos sein", flüsterten einige Leute untereinander.

„Sie werden uns wie Tiere abschlachten", ergänzte eine am ganzen Leib zitternde Frau.

Mac Pearson hatte sein Büro geschlossen und das Geld in einer Art

Keller versteckt. Mit einem langläufigen Gewehr bewaffnet, stand er jetzt hinter den Fenstern.

Das Warten marterte die Nerven. Die Wachen starrten auf die Hügel. Die in den Häusern verbarrikadierten Männer riefen immer wieder laut:

„Sieht man noch nichts?"

„Nichts", antworteten die Wachen.

Aber schließlich rief eine langgezogene Stimme:

„Sie kommen!"

Der Augenblick war da. Die Frauen bekreuzigten sich, die Männer legten den Finger an den Abzugshahn ihrer Gewehre.

„Sie kommen von dieser Seite!" rief eine der Wachen.

Die lange Reihe der Indianer kam heran, schwärmte über die Prärie aus und umringte das Dorf. Gegen ihre sonstige Gewohnheit bewegten sie sich langsam und ohne zu schreien vorwärts.

Das beeindruckte die Belagerten noch mehr.

Stan, der Barmann, trat zum Sheriff und murmelte: „Vielleicht wäre es besser gewesen, ihn nicht fortzujagen..."

„Die Räude solltest du kriegen", antwortete Koestler bissig.

„Was glaubst du denn, was er tun könnte? Uns mit Zaubersprüchen retten?"

„Nein, aber er kannte die Indianer sehr gut..."

„Nicht so gut, um uns aus dieser Lage retten zu können, du Hundesohn! Schau diese verfluchten Kerle an! Was haben sie vor? Warum greifen sie nicht an?"

Der Kreis wurde immer enger. Die Frauen bebten vor Angst und Spannung. Etwas unbeschreiblich Seltsames lag in der Luft.

„Verdammt, was wollen sie?" schrie Hunter.

Die Indianer hatten begonnen, karussellartig im Kreis zu reiten, und kamen dabei immer näher.

Als sie in halber Schußweite waren, löste sich eine Gruppe von den übrigen Kriegern und kam auf die ersten Häuser zu.

„Sie wollen verhandeln", meinte Hunter. „Schnell, Sheriff, steig hinunter und höre, was sie zu sagen haben."

Der Sheriff zuckte mit den Schultern.

„Niemand kann mich dazu zwingen. Geh du, wenn du willst!"

„Feigling!" schrie ihm Hunter ins Gesicht und trat aus seinem Versteck. „He, Slaper, kommen Sie mit!"

Slaper und Hunter gingen der Indianergruppe entgegen. Als sie nur noch wenige Schritte von ihr entfernt waren, fiel ihnen eine erhaben wirkende Gestalt auf. Das war zweifellos der Häuptling. Zwei halbnackte Krieger standen ihm zur Seite. Einer von ihnen hob den Arm. Slaper antwortete mit der gleichen Gebärde. Dann sprach der Häuptling:

„Mein Sohn, Blauer Fuchs, ist von den weißen Männern des Dorfes getötet worden."

Slaper und Hunter sahen einander fragend an.

„Das kann nur ein Irrtum sein, großer Häuptling", antwortete Slaper. „Seit wir hier leben, haben wir weder deinen Sohn noch andere Indianer gesehen."

„Mein Sohn ist dort getötet worden", wiederholte der Häuptling, auf die Roten Hügel zeigend. „Wir haben ihn gefunden. Eure Gewehrschüsse haben ihm das Leben genommen, eure Messer haben ihn skalpiert."

Der Alte schüttelte das Haupt.

„Großer Häuptling, deine Worte sagen nicht die Wahrheit. Ich schwöre dir, daß niemand von uns deinen Sohn getötet hat. Wir sind Bauern, wir wollen nur in Frieden leben..."

Der Indianerhäuptling hob den Arm.

„Mein Sohn hat dem Tod ins Gesicht gesehen", sagte er. „Mein Sohn hat die Weißen gesehen, die ihn töteten. Und ihr seht jetzt die Indianer, die dafür euch töten werden. Bevor die Sonne untergeht, wird von eurem Dorf keine Hütte mehr stehen. Ihr werdet alle tot sein, und eure Skalpe werden morgen im Sonnenlicht trocknen. Ich habe gesprochen."

Und er wendete das Pferd.

Slaper und Hunter kehrten um. Als die Dorfbewohner ihren Bericht gehört hatten, breitete sich eine Welle der Panik über das ganze Dorf. Die Farmer mußten ihr Leben verteidigen, sie wollten es mit allen Mitteln versuchen.

„Ich freue mich für Bill", sagte Mae. „Hoffentlich ist er außer Gefahr."

„Ehrlich gesagt, mir wäre es lieber, er stünde jetzt hier mit uns", antwortete der alte Vater. „Ich bin überzeugt, daß er einen Ausweg fände."

Das Bleichgesicht muß büßen

Von seinem Ausguck aus hatte Buffalo Bill alles gesehen und unter den Indianern seinen alten Freund Schecke wiedererkannt, den Häuptling eines Komanchen-Stammes, mit dem Bill gegen die Apachen gekämpft hatte. Als er

Slaper und Hunter ins Dorf zurückkehren sah, stieg er in den Sattel und ritt ruhig auf die Indianerhorde zu.

Einige Pfeile, die ihn warnen sollten, flogen an seinem Kopf vorbei, er setzte jedoch ungerührt den Weg fort und erreichte die indianischen Wachen, die ihn sofort zum Häuptling führten.

„Ich sehe mit Vergnügen meinen weißen Freund wieder", grüßte ihn Schecke, „obwohl meine Brüder sich darauf vorbereiten, ein Lager seiner Brüder zu zerstören."

„Ich sehe es", antwortete Buffalo Bill. „Und es tut mir leid, denn wenn mein indianischer Freund das tut, verliert er meine Freundschaft. Schecke, warum hast du dein Gebiet verlassen?"

„Mein Sohn Blauer Fuchs ist vom weißen Mann umgebracht worden."

„Das tut mir sehr leid. Aber das haben nicht meine Freunde aus dem Dorf getan, ich versichere es dir."

„Wer war es also? Vielleicht der Schatten der Nacht?"

„Vielleicht Indianer aus einem anderen Stamm."

„Mein Sohn ist vom weißen Mann getötet worden. Das sagen die Waffen und die Art des Schnittes auf seiner Stirn."

„Wo ist das geschehen?" fragte Bill erbittert.

„Dort oben", und der Indianer wies auf die Hügel. „Mein Sohn war auf einen Raben-Stamm gestoßen und verletzt worden. Auf den Hügeln suchte er einen sicheren Platz, wo er auf meine Ankunft warten konnte. Der weiße Mann hat ihn getötet. Der weiße Mann muß dafür büßen."

Ein Blitz erhellte Bills Gedächtnis.

„Schecke, jetzt, da du mir das gesagt hast, weiß ich, wer es getan hat. Es waren einige Männer, die auch den Bleichgesichtern des Dorfes schweren Schaden zugefügt haben. Es sind Männer, die ihre Missetaten mit dem Tod bezahlen müssen. Wenn du die Dorfbewohner in Frieden läßt, schwöre ich dir, daß ich dir binnen drei Tagen den Mörder deines Sohnes ausliefern oder dich rufen werde, damit du selber siehst, wie er von uns bestraft wird. Du bist mein Freund, Schecke, und du weißt, daß du mir vertrauen kannst. Welches Risiko gehst du ein? Keines! Deine tapferen Krieger können auf der Ebene lagern, am Flußufer, und jeden Fluchtversuch vereiteln. Wenn ich mein Versprechen nicht halte, hast du immer noch Zeit, zu tun, was du willst. Ich bitte dich, Schecke."

„Du bist mein Freund, und ich möchte deine Bitte erfüllen. Welchen Vorteil kannst du daraus ziehen, Buffalo Bill?"

„Ich möchte meine Leute retten, Schecke, und die Mörder für ihre Untaten bestrafen. Wenn du aber nicht auf mich hörst, wirst du Unschuldige töten und den Mörder deines Sohnes am Leben lassen. Überlege!"

Schecke, dessen Wort dem Stamm heilig war, nickte.

„Mein weißer Freund hat mich überzeugt. Du wirst drei Tage und drei Nächte Zeit dazu haben, mir den Leichnam des Mörders meines Sohnes zu bringen. Geschieht das nicht, wird das Dorf zerstört; Frauen und Männer werden skalpiert, und du, mein Freund, wirst flüchten müssen, um nicht selber dem Zorn meines Stammes zum Opfer zu fallen. Ich habe gesprochen!"

Buffalo atmete erleichtert auf. Er hatte gewonnen.

Die indianischen Krieger öffneten den Kreis; in einer langen Reihe gingen sie auf das Flußufer zu und lagerten dort, während ungefähr zwanzig berittene Wachen auf der Ebene verblieben, um jedem einzelnen Dorfbewohner die Flucht unmöglich zu machen. Sie waren so aufgestellt, daß es selbst unmöglich gewesen wäre, die Hügel zu verlassen. Die gegenüberliegenden Hänge fielen nämlich steil und felsig gegen den Fluß ab und waren unbegehbar.

Während Buffalo Bill auf das Dorf zuritt, dachte er darüber nach, auf welche Art und Weise er Karsons Bande ausrotten konnte. Er erwog gerade eine Möglichkeit, als der Galopp einiger Pferde ihn ablenkte.

Karsons Bande galoppierte in Karriere auf das Dorf zu.

Die Indianer, des Abkommens eingedenk, rührten sich nicht. Buffalo Bill stieß Sitter die Sporen in die Flanken, es war aber schon zu spät. Die Banditen hatten einen großen Vorsprung und hatten deshalb die Möglichkeit, St. Jakob vor ihm zu erreichen. Und dann?

„Und dann?" flüsterte Bill besorgt, während er über die Prärie jagte. „Was haben sie jetzt vor?"

Als er schließlich zwischen den Barrikaden hindurch ins Dorf einbrach, erwartete ihn ein überraschender Empfang. Bevor er sich von seiner Entgeisterung erholen konnte, war er vom Pferd heruntergerissen worden, entwaffnet und an Armen und Beinen gefesselt. Vor ihm standen Mac Pearson, Hunter, einige andere und die ganze Bande Karsons, alle bis an die Zähne bewaffnet.

„Das hast du dir nicht erwartet, he?" schrie Karson, ihn am Kragen packend. „Ich habe schreckliche Lust, dir eine Kugel in den Bauch zu jagen. Und du kannst sicher sein, daß ich es tun werde!"

„Ruhe, Ruhe!" griff Mac Pearson ein. „Halten wir uns an die Abmachungen, Mister Karson. Ihr helft uns gegen die Indianer – wir liefern euch Buffalo

Bill aus. Aber erst dann, wenn der Kampf beendet sein wird. Abmachungen sind Abmachungen."

Bill traute seinen Ohren nicht.

„Was soll das heißen?" fragte er, Mac Pearson anstarrend.

„Es tut uns leid, Bill, doch das Leben geht über alles. Karson und seine Männer haben sich verpflichtet, uns gegen die Indianer zu verteidigen, wenn wir ihnen dafür..."

„Dich geben. Wir haben noch eine Rechnung zu begleichen, nicht wahr, lieber Bill?"

„Ich dachte wohl, daß man feige sein kann, aber nicht bis zu diesem Punkt!"

Bogard senkte das Haupt.

Mac Pearson antwortete frech: „Das ist das Gesetz der Prärie, und Sie müßten es kennen. Dein Tod ist mein Leben. Was sollen wir tun? Uns von den Indianern skalpieren zu lassen, Frauen und Kinder mit inbegriffen, um das Leben eines einzelnen Menschen zu retten, dessen Angelegenheiten uns übrigens gar nicht interessieren? Denke praktisch, Cody. Das Leben aller Einwohner von St. Jakob ist wohl das deine wert!"

In diesem Augenblick liefen Mae Slaper und ihr Vater herbei. Beide hielten Gewehre in der Faust.

„Laßt ihn frei!" schrie Mae und zielte auf Karson. „Laßt ihn frei! Und Sie, Mac Pearson, Sie sind ein feiger Schuft! Wie können Sie nur so etwas tun?"

„Ha!" lachte Karson und gab seinen Männern ein Zeichen, den alten Slaper und seine Tochter augenblicklich zu entwaffnen. „Ich wußte nicht, daß sich der große Buffalo Bill von einer Frau verteidigen läßt. Haha! Doch jetzt ist es genug! Wir werden später an dich denken. Also marsch! In diese Baracke mit ihm! Ihr anderen hinter die Wagen! Die Indianer können von einem Augenblick zum anderen kommen."

„Glaubst du nicht", meinte Ben, „daß es besser wäre, ihn gleich zu erledigen?"

„Nein, warten wir noch ein wenig. Es könnte uns nützen. Außerdem habe ich einen besonderen Scherz für ihn vorbereitet, der ihn an den Mord an meinem Bruder, an den anderen Scherz erinnern wird, den er sich mit uns auf den Hügeln erlaubt hat. Bis dahin kann ich ihm einen kleinen Vorschuß geben..."

Und Karson versetzte Bill einen kräftigen Faustschlag in den Magen, der Bill ohnmächtig machte und ihn zu Boden warf.

Die Pistole im Dunkeln

Der Tag verlief in ängstlichem Warten.

Karson und seine Männer hielten das ganze Dorf unter Kontrolle. Die Pioniere beobachteten entsetzt die Indianer, die regungslos am Flußufer warteten, und fragten sich, warum sie nicht angegriffen wurden. Mae und ihr Vater sowie Gaspard zitterten um Bills Leben, aber sosehr sie sich auch bemühten, sie fanden keinen Weg zu seiner Befreiung.

Die Abendschatten breiteten sich schon auf der Prärie aus, drangen in die Häuser, hoben die Formen der Hügel hervor, und die Indianer rührten sich nicht.

„Verdammt!" fluchte Karson. „Was, zum Teufel, tun sie denn? Warum greifen sie nicht an?"

Das Warten zerriß ihre Nerven. Der Indianerhäuptling hatte gesagt, daß das Dorf vor dem Abend zerstört sein würde. Die Nacht war schon nahe, es war allmählich finster geworden... die Indianer hatten nur noch wenige Stunden bis zum angedrohten Angriff. Und ein Indianerhäuptling lügt nie.

„Diese Geschichte gefällt mir nicht", sagte Bob. „Wir hätten sofort verschwinden sollen, statt in diese Falle zu gehen. Karson, das ist deine Schuld. Um deinen Bruder zu rächen, wirst du uns alle ans Messer liefern!"

„Schweig, Kanaille!" antwortete Karson mit vor Wut aus den Höhlen quellenden Augen. „Ich bin nicht so dumm, mich für diese Bauernlümmel umbringen zu lassen. Wenn ich hiehergekommen bin, dann nur deshalb, weil wir sonst keine andere Möglichkeit gehabt hätten, aus den Hügeln zu verschwinden. Nicht wir verteidigen diese Farmer vor den Indianern. Nein, sie sind es, die uns verteidigen. Verstehst du das, Idiot?"

„Hoffentlich", brummte Bob mißtrauisch.

Koestler und Mac Pearson näherten sich.

„Hier ist unser vielgeliebter Sheriff", rief Karson, „der Mann des Gesetzes!"

„Keine Scherze", erwiderte Koestler. „Die Lage wird schlimmer, als ich dachte. Was meinen Sie zu den Indianern? Warum greifen sie nicht an?"

„Ich glaube, den Grund erkannt zu haben", antwortete Karson.

„Und der wäre?"

„Sie werden angreifen, wenn es ganz finster ist."

„Aber nein, alle wissen doch, daß die Indianer nie nachts angreifen", erklärte Mac Pearson selbstsicher.

Karson zuckte mit den Schultern.

„Wo haben Sie das gelernt? In St. Louis? Das ist leeres Geschwätz! Sie werden sehen, vor Mitternacht werden wir sie im Nacken haben. Vorwärts, alle auf ihre Plätze zurück! Und Augen offenhalten!"

„Was haben Sie mit Bill vor? fragte Bogard. „Ich hoffe, daß sie ihn nicht im Dorf umbringen werden!"

„Seien Sie unbesorgt. Wir werden ihn mitnehmen und die Rechnung mit ihm weit weg von hier begleichen. Karsons Wort darauf!"

Zwei Stunden vergingen, doch nichts geschah. Dunkelheit war hereingefallen. Der Mond leuchtete und verschwand manchmal hinter Wolken, die langsam am Himmel dahinschwammen.

Alle Männer waren auf ihren Posten. Alle fragten sich, wann der Kampf beginnen würde. Bill hatte nichts gesagt, um Zeit zu gewinnen. Er hatte noch zwei Tage vor sich, um ein Mittel für eine Befreiung und St. Jakobs Rettung vor der Rache der Indianer zu finden.

Er saß in der Baracke eingeschlossen und versuchte immer wieder vergeblich, Beine und Arme von den Fesseln zu befreien.

Sie hatten ihn wie ein Paket verschnürt, kein Knoten war locker. Es würde ihm nie allein gelingen, die Stricke abzustreifen.

Als er sich so in der Dunkelheit umsah, erkannte er einen Gegenstand, der in der Ecke stand. Es war ein alter, wahrscheinlich unbrauchbar gewordener Eimer mit verbeultem Rand.

Wenn es ihm gelang, sich bis dorthin zu schleppen, könnte er vielleicht die Stricke durchschneiden.

Er legte sich auf den Boden und begann sich wie eine Schlange zu winden. Er lag schon in der Nähe des Eimers, als die Tür aufgerissen wurde.

Bob erschien auf der Schwelle.

„Wie geht es denn, Prärieheld?" fragte er grinsend.

„Es könnte mir besser gehen, doch tröstet mich der Gedanke, daß auch du binnen kurzem krepieren wirst."

„Ah, glaubst du das? Freu dich nicht zu früh, denn wenn ich sterben werde, wirst du schon lange krepiert sein."

„Das müssen wir erst abwarten. Ich habe erfahren, daß die Indianer auf blonde Männer keine Rücksicht nehmen."

„Und ich keine auf Kanaillen, wie du eine bist!" erwiderte Bob und trat ihn in die Magengegend. „Das wird dich lehren, das Maul zu halten."

Bill spuckte aus. Er nahm sich zusammen. Bob wollte schon ins Freie treten, da blieb er jedoch stehen und fragte:

„Du, du kennst die Gewohnheiten der Rothäute. Warum greifen sie nicht an?"

Bill schwieg.

„Hast du meine Frage verstanden? Oder soll ich sie mit einem zweiten Fußtritt in den Magen wiederholen?"

„Ich weiß nicht, was ich dir sagen soll", antwortete Bill. „Wahrscheinlich wollen sie euch die Nerven kitzeln, euch vor Angst verrückt machen oder aushungern. Dann werden sie angreifen. Ihr könnt aber sicher sein, daß sie sich früher oder später rühren werden. Und das wird für alle sehr schlimm werden. Und wenn du schlau wärest..."

„Was?"

„Wenn du schlau wärest, würdest du dich schnell aus dem Staub machen."

„Willst du mich an der Nase führen? Möchtest du verduften?"

„Keineswegs. Du aber könntest es tun..."

„Auf welche Weise?"

„Ich wüßte es..."

Bob zuckte mit den Schultern. In der Dunkelheit sah er nur Bills unklare Gestalt regungslos auf dem Boden liegen.

„Es gibt keinen Weg, glaube ich. Außer, du kennst einen geheimen Gang. Doch hier gibt es keine geheimen Gänge, zumindest keinen, der so weit führt, daß man im Rücken der Indianer herauskommt. Du willst mich einfach hereinlegen, ich habe dich verstanden. So dumm bin ich aber nicht, weißt du!"

„Wie du glaubst", antwortete Bill gleichgültig. „Schließlich hättest du das Heft in der Hand gehabt, denn ich hätte dir den Weg gezeigt, ohne dich zu bitten, mich vorher zu befreien. Das heißt, wir wären gemeinsam auf und davon gegangen."

Bob kam einige Schritte näher.

„Die Aussicht, skalpiert zu krepieren, reizt mich gar nicht", sagte er. „Wenn du weißt, wie wir hier herauskommen können, könnten wir uns irgendwie einig werden. Sag's!"

„Langsam, mein Freund, langsam! Wer garantiert mir, daß du mich wirklich befreist, wenn du weißt, was du wissen möchtest!"

„Ich gebe dir mein Wort darauf."

Bill lächelte in der Dunkelheit.

„Höre, kennst du den Franzosen?"

„Wen?"

„Gaspard, den Franzosen."

Bob zog die Pistole, trat noch näher auf Bill zu und hielt sie auf ihn gerichtet.

„Steck diese Waffe weg, wenn du willst, daß ich weiterspreche", forderte Buffalo Bill.

„Es ist bloß eine kleine Vorsichtsmaßnahme", antwortete Bob. „In der Dunkelheit sehe ich dich nicht gut, und ich möchte mich nicht plötzlich an deiner Stelle sehen. Also, fahre fort. Du hast soeben gesagt, der Franzose... ja, und?"

„Du müßtest ihn suchen und ihm sagen, wo ich bin."

„Und dann?"

„Er soll sechs oder sieben Pferde hinter Slapers Haus bereitstellen."

„Gut, sechs oder sieben Pferde. Und meines, weil ich mit euch gehe. Solange wir nicht weit weg von hier sind, jenseits der indianischen Linie, trenne ich mich nicht von dir. Ich werde wie ein Schatten sein."

In diesem Augenblick erschien eine Gestalt hinter Bobs Rücken. Es war Karson. Er hielt die Pistole in der Hand.

„Du Schwein", brüllte er. „Du wolltest uns mit dieser Kanaille verraten!"

Bob war vor Schreck wie gelähmt. Und das war sein Verhängnis.

„Da, nimm!"

Und Karson jagte ihm zwei Kugeln in den Rücken.

Bob fiel stöhnend um.

„Das Ende der Verräter", sagte Karson. „Aber dir, Bill, habe ich ein anderes bestimmt. Später, wenn ich ein wenig Zeit haben werde. He, Johnny, schleif diesen Kadaver hinaus. Er wird den anderen als Mahnung dienen."

Johnny trat in die finstere Baracke. Er bückte sich, packte den Toten an den Beinen und zog ihn mühsam hinaus. Mit einem Fußtritt warf er dann die Tür zu und verrammelte sie.

Bill fiel in die Dunkelheit zurück. Der Magen schmerzte ihn von den Fußtritten, die er bekommen hatte, doch größer als der physische Schmerz war der Zorn über das Mißlingen seines Planes. Wenn Karson nicht aufgetaucht wäre! Jetzt war es geschehen.

Jetzt fiel ihm der Eimer ein, und er schleppte sich hin. Als er ihn erreicht hatte, drehte er sich um und fing an, die Seile an ihm zu reiben. Er zerkratzte sich nur Hände und Handgelenke. Der Rand des Eimers war nicht scharf genug, und er hätte endlos lang reiben können, ohne die Stricke abzuwetzen.

Er konnte nichts tun. Es blieb ihm nichts anderes übrig, als noch zwei Tage zu warten und dann Alarm zu schlagen, zum kleinen Fenster der Baracke hinauszuschreien, daß die Indianer am Abend angreifen würden, sollte man ihnen bis dahin Karson und seine Bande nicht ausgeliefert haben.

Bill lehnte sich mit dem Rücken an die Wand, um auszuruhen. Er schloß müde die Augen. Aber er öffnete sie sogleich wieder. Zum Teufel, wie konnte er nur nicht daran denken? Die Rettung lag gerade hier, in der Baracke! Man mußte sie nur ein wenig suchen!

Schecke vernichtet die Bande

Als Karson auf der Türschwelle erschien und Bobs Worte hörte, hatte er von hinten nicht sehen können, daß sein Kumpan eine Pistole in der Hand hielt, jene, womit er auf Bill zielte. Und er hatte ihn im Halbdunkel erschossen, ohne zu bemerken, daß die ungesehene Waffe auf den Boden gefallen und dort liegengeblieben war.

Bill aber erinnerte sich daran. Er kroch in der Dunkelheit auf dem Boden, er sehnte sich nach dieser Waffe als dem einzigen Weg zur Rettung. Kein anderes Mittel stand ihm jetzt dazu zur Verfügung. Wenn er auch dem ganzen Dorf zuschreien würde: „Gebt acht, die Indianer wollen nur Karson, liefert ihn aus, und ihr seid gerettet!", so ließe sich Karsons Bande von den Bauern kaum überwältigen, und sein Alarmruf brächte vielleicht sogar eine Verschlimmerung der Lage nach sich.

Er mußte sich befreien und Karson außerstande setzen, noch mehr Schaden zu stiften.

Bill suchte weiter. Endlich berührte er mit den auf den Rücken gebundenen Händen hinter sich den Revolverlauf.

Er seufzte erleichtert auf. Nun mußte er schlau handeln und dem Glück vertrauen.

Mit geübten Fingern vergewisserte er sich, daß die Waffe ganz geladen war, dann ergriff er sie. Er lehnte sich an die Wand, und seine ganze Kraft aufwendend, stemmte er die Füße gegen den Boden und richtete sich auf.

Er drehte den Kopf zur Tür, der er den Rücken zukehrte. Er konnte die ganze Türöffnung sehen, durch welche das Licht einer Lampe drang. Wenn er den Hals reckte, hätte er auch den Lauf der Waffe sehen können, die er in der Hand hielt, dazu war es aber zu dunkel. Keine bequeme Lage, es wäre aber trotzdem leicht gewesen, auf die Tür zu schießen, auf irgend jemanden, der einträte. Es war schwieriger, diesen Jemand dazu zu bewegen, hereinzukommen.

Und er wollte es dennoch versuchen.

„Karson", rief er laut.

Niemand antwortete.

„Karson!"

Jemand fragte draußen: „Was willst du? Kannst du nicht kuschen? Karson ist nicht hier."

„Das macht nichts", antwortete Buffalo Bill. „Komm du! Ich möchte dir einen Vorschlag machen, der für dich und deine Bande sehr vorteilhaft wäre."

Die Tür ging langsam auf. Als Garry aus dem Laternenlicht in die Dunkelheit des Raumes trat, war er einen Augenblick lang blind.

„Hände hoch, schnell", zischte Bill, „oder ich durchlöchere dir den Magen!"

Garry gehorchte, erschreckt und überrumpelt. Er sah den Gefangenen nicht, und es war deshalb ratsam, auf ihn zu hören.

„Wo, zum Teufel steckst du?" fragte er und versuchte ihn zu sehen, um festzustellen, ob er gar scherzte.

„Rühr dich nicht, ich bin bewaffnet und ziele mit meiner Pistole auf dich. Wenn du noch leben willst, bewege dich nicht."

Nach diesen Worten hüpfte Bill, so gut es ihm die gefesselten Beine erlaubten, aus dem Schatten.

Als Garry seinen Rücken und die Pistole in seinen Händen sah, begriff er, daß der Gefangene, der ihn mit gewendetem Kopf anstarrte, ihn betrogen hatte.

„Verhalte dich ruhig", befahl ihm Bill. „Ich kann auch nach hinten schießen. Komm näher, senk nur eine Hand... So... Mach sofort den Knoten auf!"

Garry fühlte den Pistolenlauf gegen den Magen und gehorchte. Schließlich wäre es nicht ratsam gewesen, eine verzweifelte Gegenwehr zu versuchen. Buffalo Bill hatte nichts zu verlieren, wenn er abdrückte. Dadurch würde er bloß die anderen alarmieren, aber was konnte ihm deswegen widerfahren? Er war ohnehin verloren.

Bill erriet seine Gedanken.

„Vorwärts, nur Mut! Es kostet mich keine Mühe, dir eine Kugel in den Bauch zu jagen, weißt du? Wenn ich wirklich sterben soll, soll es mich wenigstens bei einem Fluchtversuch erwischen."

Garry band den Gefangenen los. Als Buffalo Bill frei war, machte er Garry schnell unschädlich. Dazu bediente er sich desselben Seiles. Er band ihn noch fester, als er es selbst gewesen war, und steckte ihm außerdem einen Knebel in den Mund.

„Du kannst ein wenig ausruhen", sagte er zu ihm, glitt aus der Baracke und schloß die Tür.

Es war tiefe Nacht. Nur da und dort drang etwas Licht aus den Spalten verschlossener Fensterläden auf die Straße.

Alle Männer standen auf Posten, um das Dorf und auf den Dächern, ungeduldig und nervös.

Karsons Bande war nach allen Seiten verteilt, um die Farmer zu überwachen und unter Druck zu halten.

Bill schlich vorsichtig die Hütten entlang, auf Maes Haus zu.

Als er an dem Saloon vorbeikam, fürchtete er einen Augenblick, von Mac Pearson entdeckt zu werden, der gerade die Straße überquerte. Der sah ihn aber nicht.

Er ging geräuschlos weiter.

Endlich erreichte er Slapers Haus. Licht drang ihm durch die Fugen der Fensterläden entgegen.

Langsam trat er an ein Fenster und spähte hinein. Mae saß neben ihrem Vater, der Gewehrpatronen ölte. Der Franzose ging nervös im Zimmer auf und ab.

Bill hielt sein Ohr an die Hauswand.

„Es muß doch einen Ausweg geben", hörte er Mae sagen.

„Er ist verloren, Miß Mae, und wir mit ihm", antwortete der Franzose. „Es tut mir vor allem leid, daß ein so mutiger Mann sterben muß, ohne sich verteidigen zu können. Parbleu, das ist wirklich gemein! Meinen Sie nicht?"

Der alte Slaper sagte: „Ich möchte gern wissen, warum die Indianer so lange mit ihrem Angriff warten."

Bill klopfte leise an die Tür.

„Ssst", mahnte Slaper. „Mae, versteck dich dort hinten. Gaspard, halten Sie Ihr Gewehr bereit. Ich mache auf."

Als der alte Mann Bill vor sich sah, war er derart überrascht, daß er wortlos zurückwich.

Einen Augenblick lang glaubte der Franzose, Bill sei in Karsons Begleitung da, als er ihn jedoch bewaffnet sah, schloß er eilig die Tür.

Mae brach in Schluchzen aus.

„Beruhige dich, mein Kind", tröstete sie Bill, ihr das Haar streichelnd. „Jetzt bin ich frei. Haben sie euch etwas angetan?"

„Nein, sie haben uns nicht angerührt", antwortete Slaper. „Bill, wie haben Sie es geschafft? Sie werden Sie suchen. Gaspard, beobachte die Straße!"

„Ich glaube, daß wir einige Minuten Zeit haben", sagte Buffalo Bill, „bevor sie daraufkommen, daß ich verduftet bin."

„Wie hast du das gemacht?"

„Karson hat einen seiner Leute in der Baracke erschossen. Die Pistole des Toten ist auf dem Boden liegengeblieben. Das ist alles. Ich habe mich ihrer bedient und mich von einem anderen Banditen befreien lassen, der jetzt an meiner Statt, wie ein Paket verschnürt, in der Baracke liegt. Ich glaube, daß zumindest eine halbe Stunde niemand nach mir suchen wird. Immerhin wird es gut sein, daß ich euch sofort die Lage erkläre."

„Buffalo Bill, Sie müssen uns verzeihen", sagte der Franzose beschämt. „Wir waren wirklich außerstande, Ihnen zu helfen. Wir sind hier geblieben und haben uns den Kopf zerbrochen."

„Los, sagen Sie alles", forderte ihn Mae mit einem dankbaren Lächeln auf. „Gaspard und Bogard wollten heute nacht in die Baracke eindringen, um Sie zu befreien."

„Danke", antwortete Bill. „Das hättet ihr aber nicht tun sollen. Euer Leben ist hier für die Dorfbewohner wichtiger."

„Und jetzt?" fragte Mae besorgt.

„Hört mich an. Die Indianer werden erst in zwei Tagen angreifen."

„Wie kannst du das wissen?"

„Der Stammeshäuptling ist mein Freund Schecke. Ich habe ihn gefragt, warum er das Dorf zerstören will. Seine Krieger bilden einen friedlichen Stamm, der sich schon seit langer Zeit ausschließlich der Jagd widmet und die Weißen nicht belästigt."

„Ja und?" fragte der Alte.

„Sein Sohn wurde von Karson oder von jemandem seiner Bande auf den Hügeln getötet, als sie sich dort mit dem in St. Jakob gestohlenen Geld versteckten. Er war verletzt und trotzdem hatten sie kein Mitleid mit ihm. Außerdem haben sie ihn skalpiert."

Bills Zuhörer schauderten.

„Das ist der Grund ihres Rachezuges. Ich habe versucht, ihn vom Angriff abzuhalten, es ist aber nichts zu machen. Er ist überzeugt, daß die Mörder aus St. Jakob sind, und will das Dorf zerstören."

„Nun?" fragte Mae.

„Ich habe mir drei Tage Zeit ausbedungen. Ein Tag ist schon vergangen."

„Um was zu tun?" fragte der Franzose.

„Um Karson lebend oder tot dem Häuptling auszuliefern."

„Das ist unmöglich", meinte der Alte. „Wie sollen wir das anstellen?"

„Das ganze Dorf unterliegt dem Terror. Alle sind überzeugt, daß nur Karson St. Jakob verteidigen kann, und obwohl sie ihn hassen, ertragen sie ihn", erklärte der Franzose.

„Wir müssen die Lage umkehren", sagte Bill. „Wenn die Indianer angreifen, gibt es keine Möglichkeit, ihnen zu entkommen. Es sind über dreihundert, und sie sind gut bewaffnet."

„Also, was sollen wir tun, Bill?" fragte Mae.

„Es gibt nur ein Mittel", antwortete Bill. „Wenn es uns gelingt, sind wir alle gerettet, wenn nicht, werden wir vernichtet."

„Sprich, Buffalo Bill!"

„Wir müssen die Bande aus dem Dorf jagen! Sonst befreien wir uns wohl von ihr, liefern sie aber den Indianern aus, von denen sie dann massakriert würde."

Mae fragte erstaunt: „Du wirst doch dir nicht ihretwegen Gedanken machen, Bill? Nach all dem, was sie getan haben und noch tun wollen?"

„Wenn es aber einen Ausweg gäbe, wenn wir uns alle retten könnten, ohne Karson umbringen lassen zu müssen..."

„Parbleu!" rief der Franzose aus. „Ist Buffalo Bill ein Freund Karsons geworden?"

„Nein, ich möchte nur, daß er gerecht abgeurteilt wird. Das ist alles. Da es kaum möglich sein wird, wählen wir das kleinere Übel. Also..."

Sie hörten ihm aufmerksam zu. Bill erklärte seinen Plan.

Gaspard erreichte die Baracke, die Bills Gefängnis gewesen war, und begann zu rufen: „Karson! Karson!"

Karson stand nicht weit entfernt und schrie zurück: „Was ist denn los, verdammter Dummkopf."

„Karson, laufen Sie! Buffalo Bill hat uns verraten, daß ein unterirdischer Gang vom Dorf aus bis hinter die Linie der Indianer führt. Wir können ins alle retten!"

Karson sprang auf und lief zur Baracke. Gleich nach ihm liefen auch seine Leute herbei, die keinen anderen Wunsch hatten, als sich aus der Falle zu befreien.

„He!" begrüßte Karson den Franzosen. „Du bist es? Was hat dieser Schuft von einem Buffalo Bill gesagt? Will er uns wieder einen Streich spielen?"

Gaspard schüttelte verneinend den Kopf. Eine Lampe, die an der Tür befestigt war, warf einen blassen Lichtschein auf ihn.

„Nein, es ist die Wahrheit. Karson, komm näher! Buffalo Bill sagt, daß er uns alle von hier herausführen wird, wenn du ihm das Leben schenkst."

Karson trat einige Schritte näher, seine Männer kamen ihm nach. Hinter ihnen hörten einige Dorfbewohner aufmerksam zu.

„Also?" fragte Karson. „Heraus mit der Geschichte!"

„Hier!"

Bei diesem Wort Gaspards kam ein Befehl vom Barackendach herab: „Halt! Keine Bewegung!"

Karson wollte sofort die Pistole ziehen. Im selben Augenblick blitzte ein Blitzstrahl durch die Nacht und Karson schrie auf. Eine Kugel hatte ihn an der Hand gestreift. Gleichzeitig spürten seine Freunde die Gewehrläufe Slapers, seiner Tochter, Bogards und noch anderer Männer gegen die Rippen. Mae hatte ein paar mutige Farmer rechtzeitig zusammengetrommelt.

„Verflucht und zugenäht", fluchte Karson. „Sie haben uns herumgekriegt!"

„Du bemerkst es auch", rief Bill vom Dach der Baracke herab. Er hielt in jeder Hand eine Pistole, die er rotierend auf Karson und seine Leute richtete. Nur einer unter ihnen versuchte, die Pistole zu ziehen, aber ein zweiter Schuß warf ihn um.

„Gut, Bogard", rief Mae.

In wenigen Sekunden hatte sich die Lage geändert. Bill und Bogard, Mae und ihrem Vater, Gaspard und einigen anderen Dorfbewohnern war es gelungen, Karsons Bande Herr zu werden.

Die Kolonisten waren jetzt wieder auf Bills Seite. Viele von ihnen erklärten mit lauter Stimme, nun bereit zu sein, mit Karson und seinen Leuten kurzen Prozeß zu machen. Bill aber dämpfte sofort ihre Begeisterung.

„Hört mich an, hört mich an", rief er mehrmals. Und als endlich Stille eintrat, sagte er: „Hört: Karson und seine Bande haben nicht nur zwei unserer Mitbürger, O'Connor und den Mexikaner, ermordet und uns beraubt, sondern auch den Sohn des großen Häuptlings Schecke niedergemacht, der schon vor langer Zeit mit den Weißen Frieden geschlossen hat!"

Die Menge verbarg ihr Entsetzen nicht.

„Also, die Indianer verlangen Gerechtigkeit. Entweder wir liefern ihnen die Mörder aus, oder sie vernichten St. Jakob und sämtliche Einwohner."

„Bringen wir sie um und werfen wir sie den Rothäuten zum Fraß vor!" rief jemand äußerst erregt.

„Wartet, wir sind keine Mörder! Wir sollten die Bande zurückhalten, damit sie nach dem Gesetz verurteilt wird..."

Eine Stimme unterbrach ihn: „Bist du verrückt? Willst du uns Karson und seiner Meute zuliebe umbringen lassen?"

„Laßt mich ausreden", schrie Bill. „Ich habe gesagt, daß wir es tun sollten, das wäre jedoch Selbstmord für das ganze Dorf, für alle Frauen, Kinder und Männer. Deshalb schlage ich vor, Karson und seine Leute aus dem Dorf zu jagen. Wenn es ihnen gelingt, sich zu retten, sei es ihnen gegönnt. Gelingt es ihnen nicht, so wird es Gottes Hand gewesen sein."

Karson fluchte und schimpfte in höchster Wut. Einer seiner Männer machte einen Sprung beiseite und versuchte zu fliehen. Ein paar Gewehrkolben jagten ihn aber an seinen Platz zurück.

„Und die Indianer? Werden sie daraufkommen, um wen es sich handelt?" fragte Mac Pearson.

„Ei, schaut, wer da ist!" höhnte Bill belustigt. „Eigentlich müßtest du mit ihnen verduften!"

„Ich bitte Sie, Buffalo Bill, versuchen Sie mich zu verstehen. Ich mußte doch das Dorf retten... Aber ich stehe selbstverständlich auf Ihrer Seite..."

„Genug, halten Sie die Klappe! Und verschwinden Sie schleunigst, Ihr Gesicht geht mir auf die Nerven. Also, Karson, bist zu bereit, fortzugehen?"

„Früher oder später werde ich dich wiederfinden", antwortete Karson. „Und dann..."

„Ich wünsche es dir, Karson."

„Aber Bill", fragte Bogard, „wäre es nicht besser, sie wie Pakete zu verschnüren und eigenhändig Schecke vor die Füße zu werfen?"

„Vielleicht, das gefällt mir aber nicht", erwiderte Bill. „Ich will ihnen die Möglichkeit geben, mit ein wenig Würde zu sterben."

„Und wenn die Indianer sie nicht sehen?"

„Wenn ihnen die Flucht gelingt?" fragte jemand. „Dann werden wir auf jeden Fall massakriert!"

„Ich habe auch an diese Möglichkeit gedacht", antwortete Bill. „Bogard, schnell, ein Feuer!"

Mit Hilfe einiger Leute, die Holzscheite herbeischleppten, entfachte Bogard vor der Baracke ein Feuer.

Bill sprang herunter, nahm ein Fell, das bei der Tür an der Wand hing, und begann, es so über die Flammen zu ziehen, daß sich der Lichtschein am Himmel unregelmäßig abzeichnete.

„Was signalisierst du, Bill?" fragte Mae.

„Ich sage dem Häuptling, daß die Mörder seines Sohnes aus dem Dorf gehen werden. Und ich fordere ihn auf, sich nicht in Bewegung zu setzen, bevor dieses Feuer erloschen ist."

„Werden sie sich daran halten?"

„Schecke ist ein Ehrenmann", antwortete überzeugt Bill.

Als er die Signale beendet hatte, bereitete er mit Bogard die Pferde für Karsons Bande vor.

„Marsch, aufsitzen!" knurrte er die Männer an.

Karson und seine Leute stiegen zu Pferd.

„Und jetzt hört mich an", erklärte Bill. „Ihr habt nur wenige Minuten Zeit. Dem letzten von euch werde ich eure Pistolen geben. Wenn ihr in einer gewissen Entfernung seid, könnt ihr euch bewaffnen. Ihr werdet den Indianern nicht unbewaffnet entgegentreten müssen."

„Wie großzügig", lächelte Karson ironisch.

„Großzügiger, als du es uns gegenüber gewesen wärest. Und jetzt geht! Fort! Und versucht nicht, umzukehren, denn wir knallen euch alle wie Hunde zusammen!"

Karson galoppierte mit seinen Männern davon.

Als die Nacht sie verschluckt hatte, löschte Bill das Feuer. Allen fiel ein Stein vom Herzen.

Tiefe Finsternis lag auf der Prärie. Durch das Schweigen der Nacht brachte ein leiser Wind den dumpfen Galoppklang sich entfernender Pferde.

„Werden sie durchkommen?" fragte Mae.

Die Antwort kam aus der Ferne. Plötzlich aufkommendes Gewehrfeuer zerriß die Stille.

Auf der Prärie leuchteten düstere Blitze auf.

„Da haben sie es!"

Die Kolonisten spähten hin und horchten gespannt. Die Gewehrschüsse fielen fast salvenartig, dann nur noch vereinzelt, und schließlich herrschte die Stille der Nacht.

„Alles ist aus", sagte ernst Buffalo Bill. „Zu einem regelrechten Prozeß kommen wir nicht mehr."

Langsam kehrten alle in ihre Häuser zurück. Mancher Farmer traute dem Frieden nicht und hielt noch mit der Waffe in der Hand Wache, bereit, sich im Fall eines Angriffs der Indianer zu verteidigen.

Das Morgengrauen stieg aber auf, ohne daß irgend etwas vorgefallen wäre.

Ein heiteres, klares Morgengrauen. Die Prärie grünte bald unter der Sonne, die immer heller leuchtete. Das Flußwasser spiegelte den blauen Himmel wider.

Die Farmer wanderten zum Dorfrand und sahen ängstlich zu den Hügeln hin, zum Fluß, zum Wald.

„Sie sind nicht mehr da", sagte der Alte zu Mae. „Buffalo Bill hatte recht. Ich wünsche, daß er bald zurückkommt..."

„Wem wünschst du das, Vater?" fragte Mae erstaunt.

„Bill. Er ist vor dem Morgengrauen aufgebrochen. Er war zu lange am selben Ort. Das Bauernleben gefällt ihm nicht."

Mae antwortete nicht.

„Wer weiß", sinnierte der Vater weiter, „vielleicht kommt er eines Tages zurück, und vielleicht gerade in dem Augenblick, in dem wir seine Hilfe brauchen. Ach ja, ich hätte es beinahe vergessen. Er hat mir aufgetragen, dir zu sagen, daß er grußlos aufgebrochen ist, um weniger zu leiden, und damit auch du weniger unter der Trennung littest..."

„Ich habe es geahnt, Vater", schluchzte Mae. „Ich wußte, daß er früher oder später fortziehen werde. Ich habe mir nie Illusionen gemacht, daß er hierbleiben würde."

„Warum weinst du, mein Kind?"

„O Vater, ich bin nur ein wenig traurig."

„Ich kann es mir vorstellen", meinte der Alte hustend.

„Hat er sonst nichts gesagt?"

„Nichts mehr. Das hat er mir aber für dich gegeben..."

Der Alte reichte Mae einen Stein. Darauf war ein Büffel eingeritzt.

„Das ist ein indianischer Talisman. Bill hielt große Stücke darauf. Als er es mir gab, hatte ich den Eindruck, daß er sich von etwas sehr Wertvollem trennte."

„Hat er sonst nichts gesagt, Vater?"

„Nein, ich glaube nicht."

Doch nach einem Augenblick: „Ah ja, ich hätte es beinahe vergessen. Mein Gedächtnis ist schon schwach. Er hat mir aufgetragen, dir zu sagen, daß er dich nie vergessen wird und daß er dir einen tüchtigen jungen Mann wünscht, der dich glücklich macht."

„Und ich wünsche ihm", flüsterte Mae traurig, „daß er sich nie ändert. Er soll so bleiben, dann wird er immer viele Freunde haben."

Vor ihr leuchtete die Prärie grün im Sonnenlicht.

Duell bei Sonnenuntergang

Die Goldmine

„Green?" fragte der Cowboy, als er in die Hütte trat.

Der alte Smith blieb sitzen. Er hob das magere, müde Antlitz, das von einem dichten, weißlichen Bart bedeckt war.

„Ich bin es", antwortete er.

Der Cowboy schloß die Tür hinter sich. Er hielt seine Pistole in der Hand und sah den Alten an, der sich weder wunderte noch fürchtete.

„Sind Sie allein im Haus?"

„Wie Sie sehen", antwortete der alte Smith. „Allein wie ein Hund. Sie können diese Waffe wegstecken. Ich habe nicht die Absicht, Sie in Ihrer Handlungsfreiheit zu behindern."

„Wissen Sie, wozu ich hier bin?" fragte der Cowboy ironisch.

„Sie sind Farley Doc."

„Ich stelle fest, daß mein Name sehr bekannt ist."

„Einen so unheilbringenden Namen vergißt man nicht", nickte der Alte. „Sie bringen gegen Entlohnung Leute um."

„Sehr richtig, Großväterchen. Und Sie wissen, daß diesmal Sie an der Reihe sind?"

„Das ist nicht schwer zu erraten, junger Mann."

Der Cowboy, den der Alte Farley Doc genannt hatte, drehte den großen Revolver in der Hand.

„Wollen Sie mir den Rücken zuwenden?" fragte er.

Vielleicht war es das erstemal, daß Farley Doc ein schwaches Schuldgefühl empfand, weil er einen unbewaffneten alten Mann umbringen sollte, der schon an der Schwelle des Todes stand.

„Ich habe noch niemandem den Rücken gezeigt, der Gefahr schon gar nicht."

„Wie es Ihnen besser paßt."

Farley Doc öffnete die Tür und warf einen Blick hinaus.

Das Tal lag verlassen da. Der Wind brachte den Geruch stehenden Wassers.

„Nur Mut", forderte ihn der Alte auf. „Ich habe nichts zu beweinen. Beeilen Sie sich."

Farley Doc zuckte mit den Schultern.

„Ich möchte wissen, warum Sie sterben müssen", sagte er. „Sie sind schließlich ein Unglücksvogel. Was haben Sie dem Chef getan?"

Der alte Smith breitete die Arme aus.

„Nichts. Ich wollte ihm mein Land nicht geben."

Die Augen des Cowboys leuchteten.

„Ihr Land?" fragte er aufmerksam. „Ist Ihr Land dem Chef so viel wert?"

„Ziemlich. Hinter der Hütte öffnet sich der Eingang zur Mine, junger Mann."

Farley Doc näherte sich dem Alten.

Diese Nachricht war ihm neu. Doch hing sie logisch mit dem vom Chef erhaltenen Auftrag zusammen.

„Eine Mine? Meinen Sie, daß Sie eine Mine besitzen und daß der Chef Sie deshalb beiseite schaffen will?"

„Genau das, junger Mann", antwortete der alte Smith resigniert. „Es ist eine so ausgiebige Mine, daß eine ganze Stadt davon reich werden könnte. Ihr Chef ist nicht dumm, wissen Sie?"

Farley Doc dachte nach.

„Also, worauf warten Sie?"

„Hinter der Hütte, haben Sie gesagt?"

„Ja, aber Sie werden diesen Eingang nie finden, Doc. Nur ich und Ihr Chef kennen ihn."

„Es ist nicht schwer, den Eingang zu einer Mine zu finden, Großväterchen. Ich danke für diese Auskunft."

Doc entsicherte die Waffe. Der Alte senkte resigniert den Kopf, flüsterte aber gleichzeitig: „Ihr Chef macht wirklich ein gutes Geschäft. Er wird nur mit den wenigen Dollars Herr dieser Mine, die er Ihnen für den Mord an mir gibt. Was kann ich aber dagegen tun?"

Doc konnte sich nicht entschließen. Die Angelegenheit mit der Mine lag ihm im Magen.

Verdammt, der Chef hatte nichts davon gesagt. Das war nicht fein. Schließlich war er, Doc, sein rechter Arm. Warum hatte er ihm gegenüber nichts erwähnt?

Smith, der Docs Gedanken erriet, sagte: „Der Chef hat Ihnen nichts davon gesagt, nicht wahr, Doc? Ärgern Sie sich nicht, Sie haben kein Recht dazu. Schließlich ist er der Chef. Los, beenden wir diese Geschichte. Seit Monaten warte ich auf diesen Tag. Man will mir auf jeden Fall das Land nehmen. Nun, meine Stunde hat geschlagen. Ich bin allein auf dieser Welt, es macht mir nichts aus. Los, Farley Doc!"

Einen Augenblick lang dachte Farley, daß er dem Chef eines auswischen, sich der Mine bemächtigen könnte. Da der Chef so falsch zu ihm gewesen war, verdiente er seine Treue nicht.

Die Mine! Das war ein schönes Geschäft.

„Hören Sie, Smith..."

„Ja?" fragte der Alte mit vorgetäuschter Gleichgültigkeit.

„Sie sind mir sympathisch. Ich bringe es nicht übers Herz, Sie wie einen Hund umzulegen."

Smith grinste.

„Seien Sie ehrlich, Doc. Ein Mann wie Sie empfindet beim Töten nur den Verlust der vergeudeten Kugel."

„Ich bin aufrichtig, Alter."

„Also, steck die Waffe weg, obwohl du mir vielleicht einen Gefallen erwiesest, wenn du mich erschießen würdest."

Farley Doc legte seine Pistole auf den Tisch. Der Alte stellte ihm ein Glas und eine Flasche vor die Nase.

„Trink, Doc, und sprechen wir offen."

„Was meinst du, Smith?"

Als die beiden Männer beim Tisch saßen, glichen sie alten Freunden.

Trotz der Anstrengung, die ihn die vorgespielte Gleichgültigkeit kostete, war Smith sichtlich froh, nicht gestorben zu sein.

Seinerseits war Doc mit seinem Entschluß zufrieden. Eine Mine wirft man nicht so gleichgültig jemand anderem in die Hände. Und der Chef verdiente diese Mine wirklich nicht. Hundert Dollar für Smiths Ermordung waren, mit dem Wert des Alten verglichen, ein schäbiges Almosen.

„Ich möchte von der Mine reden, Farley Doc", antwortete Smith. „Ich stelle mir vor, daß dir eine Beteiligung an der Ausbeutung mehr wert sein müßte als meine alte Haut..."

„Wäre das nicht gerecht?"

„Sehr", stimmte der Alte zu. „Und ich kann zwei zusätzliche Arme gut gebrauchen. Trinke, Doc. Auf unsere Gesundheit."

Die beiden Männer leerten die Flasche. Dann wollte Doc den Eingang zur Mine sehen.

„Nimm diese Laterne", sagte Smith.

Doc nahm die Laterne und zündete sie an. Sie gingen hinaus. Die Sonne brannte am Himmel. Der Wind wirbelte Staubwolken auf, die einen zwangen, die Augen zusammenzukneifen.

Als sie beim Koppelzaun vorbeikamen, überholte Farley Doc Smith. Der Weg war hier schon eng, man konnte nur hintereinander gehen. Smith blieb zurück.

„Wir sind gleich dort", sagte er. Er mußte beinahe schreien, um das Geheul des Windes und das Rauschen der Bäume zu übertönen.

„Ich denke an das dumme Gesicht, das der Chef machen wird, wenn er erfährt, daß ich ... das heißt wir ... die Minenbesitzer sind ..."

„Ja", grinste Smith. „Er wird grün, nein, weiß wie ein Leintuch werden. Wie du in drei Sekunden ..."

„Was sagst du?" fragte Doc, sich in der Staubwolke umdrehend, die ihm der Wind ins Gesicht schleuderte.

„Wie du jetzt", wiederholte Smith mit der Pistole vor sich. Farley Doc erbleichte.

„Bist du verrückt geworden? Steck diese Waffe ..."

Er konnte den Satz nicht beenden. Smith jagte ihm vier Kugeln in den Magen.

„Du wolltest die Mine haben", sagte er, als er den berüchtigten Farley Doc im Kartoffelacker eingrub, „hier hast du sie! Eine Knollenmine! Sie werden aus deinem schmutzigen Bauch wachsen!"

Er lachte, als er die Grube zuschüttete. Er lachte, als er wieder die Hütte betrat. Der alte Smith konnte zufrieden sein.

In seinem beträchtlichen Alter hatte er einen der gefürchtetsten Banditen der ganzen weiten Gegend unschädlich gemacht, den furchtbaren Farley Doc, der stets bereit gewesen war, um eine Handvoll Dollars auf Befehl zu morden, der für wenige Dollars auch Smith abknallen sollte.

Ironie des Schicksals. Wäre er jünger gewesen, hätte er dieses schöne Abenteuer weidlich ausgenützt, er wäre ins Dorf hinabgegangen, um sich als Held feiern zu lassen.

Er war aber alt, nur ein armer, alter Mann, der, um sich eines Mörders und Räubers zu entledigen, zu einer List greifen mußte.

Eine gut ausgeheckte List, die auf einer Irreführung beruhte. Die Mine existierte nicht.

Es gab keine Mine auf seinem Land, und hätte man sie auch mit der Kerze gesucht!

Und dieser dumme Farley Doc hatte sich auf diese Art und Weise hereinlegen lassen...

Wirklich zum Lachen!

Der Schrecken von Arkansas

Der Reiter hielt an. Er war müde. Die Hütte, vor der er das Pferd pariert hatte, schien ihm fürs Übernachten gut.

Er saß ab und klopfte an die Tür.

„Aufmachen."

„Wer ist da?" fragte eine Stentorstimme.

„Freunde. Ich möchte ein Bett und ein wenig zu essen, sonst nichts. Ich werde dafür zahlen."

„Lassen Sie sich anderswo umbringen", antwortete dieselbe Stimme. „Ich habe weder Speisen noch Betten."

„Öffnen Sie trotzdem, bei allen Flußkröten", fluchte der Reiter. „Hören Sie nicht, wie die Nacht ist? Es bläst ein fürchterlicher Wind. Vorwärts, machen Sie auf, oder ich drücke die Tür ein!"

Die Tür öffnete sich langsam, aber in dem Spalt glänzte unter der Laterne, die von der Decke baumelte, ein waagrecht gehaltener Gewehrlauf.

„Gehen Sie fort! Verschwinden Sie, oder ich... Bei allen Kojoten der Prärie! Buffalo Bill!"

„Ja, ich bin es, William Cody höchstpersönlich!" antwortete der Reiter, sich den Sand aus den Augen reibend. „Lassen Sie mich jetzt herein?"

Der alte Smith riß die Tür auf.

„Gepriesen sei Gott! Cody! Nur herein, mein Junge! Und ich hätte dir beinahe den Bauch mit Blei gefüllt! Woher kommst du? Vorwärts, komm herein!"

Cody setzte sich auf die Bank.

„Smith Green! Was tun Sie hier? Als ich Sie zum letztenmal sah, dienten Sie bei Major Swart. Und jetzt..."

„Und du, mein Sohn, du jagst Büffel für die Pazifik-Eisenbahn. Es ist seither viel Zeit vergangen, nicht wahr?"

„Viel, Smith!"

„Viel, aber nicht für dich. Du bist immer noch derselbe, mein Gott. Noch ein Knabe, ein Jüngling mit einem berühmten Namen! Aber sag mir, ist es wahr, daß du das Heer verlassen hast?"

„Seit einiger Zeit, Smith", antwortete Buffalo Bill und biß in ein Stück Räucherspeck. „Seit einiger Zeit. Und was tust du hier? Ich ahnte nicht, daß Arkansas deinem Charakter zusagt. Ein Jäger wie du . . ."

Der Alte seufzte.

„Bill, die schönen Zeiten sind vorbei. Sie sind für alle vergangen. Meine Frau, meine Söhne . . . alle, verstehst du? Alle sind gegangen. Einer nach dem anderen, unter den Pfeilen der Indianer, durch Kartons Hand von Ross gemeuchelt . . ."

„Ross?" fragte Bill erstaunt. „Ist das zufällig ein gewisser Ross aus Hays City?"

„Jawohl, der. Ein verdammter Teufel, Bill."

„Aber wieso denn Ross?" fragte Bill. „Ich erinnere mich an ihn. Er war ein Ehrgeizling, aber ohne jede Fähigkeiten."

„Höre, Bill, dein Ross ist der Schrecken von Arkansas geworden. Ungefähr zwanzig Männer, lauter Desperados, stehen in seinen Diensten und sind für wenige Dollars zu jeder Schandtat bereit."

„Ist das möglich?"

„Er hat sich wortwörtlich des Dorfes bemächtigt. Dort diktiert er das Gesetz. Man sagt, daß er Karawanen und sogar Militärstreifen ausplündert. Hier im Süden gibt es nicht viel Verkehr, aber für Ross und seine Leute reicht es."

Bill goß ein Glas Whisky hinunter. Wie viele Jahre waren seit den Zeiten von Hays City vergangen?

Nicht viele, aber sie schienen eine Ewigkeit. Er konnte sich nur schwach an Ross und an die übrigen Leute erinnern, die er dort kennengelernt hatte, wie auch an die Abenteuer, die er an Parkers Seite in Fort Larney erlebt hatte. Und die letzten Tage in St. Jakob waren ebenfalls halb vergessene Vergangenheit geworden.

Namen von Personen, Orten, Pferden vermischten sich in seinem Gedächtnis, und sogar Ross' Name vermochte es kaum, genau in seine Erinnerung zurückzukehren.

„Ross", wiederholte er. „Ich erinnere mich, daß wir miteinander verfeindet

waren. Und daß er versuchte, mich zu ermorden oder ermorden zu lassen. Also, was ist jetzt mit ihm los?"

„Ich habe es dir schon gesagt, er hat sich zum Herrn dieses Gebietes aufgemacht, lieber Bill. Gerade heute hat einer seiner Leute versucht, mich umzubringen."

„Ich sehe, daß es ihm nicht gelungen ist."

„Gott sei Dank, sonst könntest du jetzt nicht mit deinem alten Freund plaudern!"

Sie lachten hell auf. Dann ließ sich Bill den Vorfall erzählen.

„Ich glaube, es wird gut sein, daß du von hier fortziehst, alter Smith", meinte er schließlich.

„Nicht einmal nach meinem Tod, Bill", antwortete der Alte. „Hier sind meine Söhne und meine Frau gestorben. Auch ich will hier mein Leben aushauchen."

„Sie werden dich wirklich umbringen, Smith. Docs Tod wird die Absichten dieses sauberen Ross nicht ändern."

„Du hast recht, Bill, ich werde aber mein Leben teuer verkaufen."

„Eine magere Befriedigung."

„Was sollte ich sonst tun?"

„Gibt es die Mine, oder gibt es sie nicht?"

„Ich habe dir ja gesagt, daß es nur eine List war."

„Da mußt du also fortziehen, Smith. Du bist zu alt, um den Kampf mit einer organisierten Bande aufnehmen zu können."

Der alte Smith schüttelte den Kopf.

„Wenn du mir nicht helfen willst . . ."

„Ich?" staunte Bill. „Was, zum Teufel, soll ich tun? Ich kenne niemanden in dieser Gegend."

„Eben deshalb, Bill. Lassen wir Ross beiseite, sonst könntest du das Vertrauen aller gewinnen, womöglich auch das Vertrauen seiner Spießgesellen. Und dann . . ."

„Erkläre mir das genauer."

„Wenn es dir gelänge, dich in ihren Kreis einzuschmeicheln . . ."

„Was wäre dann?"

„Dann könntest du sie früher oder später in einen Hinterhalt locken, und das Dorf wäre endlich befreit."

„Höre, Smith, ich bin weder ein Heiliger noch ein General. Ein bequemes Leben liebe ich nicht, das stimmt, aber Lust, mich wie ein Dummkopf abschlachten zu lassen, verspüre ich nicht. Ich mag diesen Ross nicht, aber trotzdem hasse ich ihn nicht genug, um mich seinetwegen in ein solches Wespennest zu stürzen. Wenn du mich also heute nacht beherbergen willst, werde ich dich beim Morgengrauen von meiner Anwesenheit befreien."

„Also, ich habe nichts gesagt, Buffalo Bill", sagte Smith verärgert. „Du kannst dort hinten schlafen."

Er zeigte ihm ein staubiges Lager, das neben der Feuerstelle lag.

„Ist die Geschichte mit der Mine wahr?" fragte Bill, indem er sich niederlegte.

„Keineswegs. Reinste Erfindung, um mein Leben zu retten. Und Doc ist darauf hereingefallen."

„Und Ross? Wie wirst du ihm entwischen?"

„Das muß ich noch überlegen."

„Und warum hat er etwas gegen dich?"

„Weil er meine Ranch will. Früher oder später wird die Bahnstrecke hier vorbeiziehen, und für den Grund könnte er von der Baugesellschaft ein wahres Vermögen erhalten. Ross will also den Grund, das ist alles."

Buffalo Bill drehte sich zur Wand. Smith sprach weiter, bis er bemerkte, daß Bill schon in tiefen Schlaf gefallen war.

Er löschte achselzuckend die Laterne.

Ein Seil und eine Kugel

Ein häßliches Erwachen erwartete die beiden Männer.

„Bill", flüsterte Smith.

„Was gibt's?"

Er war noch schlaftrunken und wäre wieder eingeschlafen, wenn Smith ihn nicht so kräftig geschüttelt hätte, daß davon ein Stein erwacht wäre.

„Sie haben uns eingekreist!"

„Wer?"

„Die Männer aus dem Dorf", antwortete Smith.

„Ja, und? Was fürchtest du, bei allen Flußkröten! Du hast mir erzählt, daß du nur mit Ross verfeindet bist."

„Diese Männer sind aber seine Spießgesellen."

Bill erhob sich vom Lager. Er trat zum Fenster und blickte hinaus. Alles schien ruhig und reglos. Er bemerkte jedoch bald, daß manche Sträucher sich langsam bewegten, einige Zweige schaukelten, einige weit entfernte Pferde mit den Hufen scharrten.

„Ja, wir sind umzingelt. Ein schöner Mist. Wir können nichts tun."

„Du willst doch nicht, daß wir uns ergeben", staunte Smith.

„Du bist es, der sich ergibt, lieber Smith. Ich habe nichts damit zu tun."

Smith riß die Augen auf. War es denn möglich, daß ausgerechnet ein Buffalo Bill sich auf diese Weise aus der Sache heraushalten wollte?

Nein, das wäre seiner nicht würdig gewesen, gewiß hatte er ihn schlecht verstanden.

„Willst du mich allein in diesen Schwierigkeiten lassen?" fragte er.

„Leider kann ich nichts anderes tun."

„Bill, ich werde dich zwingen, mir zu helfen."

Bei diesen Worten ergriff er das Gewehr und stellte sich hinter einem Fenster auf, bereit, das Feuer zu eröffnen.

Bill Cody riß ihm die Waffe aus der Hand.

„Du hast nichts zu fürchten, Smith. Warum willst du dir selber Schwierigkeiten schaffen? Lasse sie als erste schießen. Frag zuerst, was sie von dir wollen. Du könntest dich auch irren, vielleicht haben sie keine bösen Absichten. Es ist einen Versuch wert."

Smith hielt seine Hände an den Mund und rief: „He, ihr dort unten! Was wollt ihr? Zeigt euch!"

Eine sonore Stimme antwortete: „Smith Green! Komm mit erhobenen Händen aus dem Haus!"

„Bei allen Teufeln", lallte Smith. „Es ist Webb, der Sheriff!"

„Ich wußte nicht, daß es hier auch einen Sheriff gibt."

„Ein braver Mann", erklärte Smith. „Doch glaubt er an Ross wie an einen Gott. Ich sage dir ja, ich sollte lieber das Feuer eröffnen."

„Keineswegs, Smith. Frage ihn, was er will."

„Webb! Was wollen Sie von mir?"

Nach einem kurzen Schweigen antwortete Webb: „Du hast gestern Farley Doc erschossen. Und du hast ihn in deinem Acker begraben. Smith, das hättest du nicht tun sollen. Du wirst verurteilt werden!"

Smith kratzte sich am Kopf. Für die Tötung eines Verbrechers verurteilt zu werden, gefiel ihm wirklich nicht. Und bevor ihn Bill noch daran hindern konnte, begann er zu schießen.

Webbs Männer beantworteten das Feuer. Buffalo Bill warf sich auf den Alten und riß ihm die Waffe aus den Händen.

„Mach doch keinen Blödsinn! Auf diese Art und Weise werden sie dich mit Blei vollstopfen. Ergib dich. Du wirst dann erklären können, wie es dazu gekommen ist."

Smith aber wollte nichts davon wissen. Bill versetzte ihm einen Schlag gegen das Kinn.

Der Alte fiel ohnmächtig zu Boden.

„Kommen Sie", rief Bill, auf die Türschwelle tretend. „Der alte Smith ergibt sich."

Nach wenigen Minuten war der Alte wie ein Paket verschnürt und auf ein Pferd geworfen.

Die Kolonne, etwa zwanzig Mann, setzte sich auf das Dorf zu in Bewegung. Der Sheriff ritt allen voran. Das Pferd mit Smith kam dahinter, danach ritten die übrigen Leute.

Buffalo Bill folgte ungesehen der Kolonne in einiger Entfernung. Der Weg lief auf dem Talgrund dahin, und er überblickte ihn von der halben Höhe aus zwischen den Bäumen hindurch, die die Bergflanke bedeckten.

Kurz vor dem Dorf hielt die Kolonne an. Der Sheriff wandte sich erstaunt um.

„Was gibt's, Leute? Vorwärts, marschieren wir weiter!"

Niemand gehorchte. Webb griff nach dem Futteral.

„Ihr wollt doch nicht scherzen oder?" fragte er. „Der Gefangene muß abgeurteilt werden! Vorwärts, Joe, Malcolm, vorwärts!"

Malcolm trat vor, aber um Befehle zu erteilen.

„Höre, Webb", sagte er. „Es ist für dich nicht ratsam, uns Knüppel in den Weg zu legen. Der alte Smith muß gehenkt werden, sofort. Sei also still, sonst müssen wir dich auf die gleiche Weise behandeln."

Webb konnte sich nicht wehren. Während ihn zwei Männer mit ihren Gewehren in Schach hielten, entwaffnete ihn Malcolm.

„Wir haben nichts gegen dich, Sheriff, doch Smith muß für seine Gemeinheit büßen, und zwar sofort. Er hat Doc umgebracht, und Ross hat gedroht, sich an dem ganzen Dorf zu rächen, wenn der Alte nicht aus dem Weg geräumt wird. Also..."

„Malcolm, überlege, was du tust", ermahnte ihn der Sheriff.

„Genug geschwätzt. He, Jungens, her mit dem Seil!"

Sie knöpften ein Seil an einen weitausholenden Ast eines dicken Baumes. Am unteren Ende machten sie eine Schlinge, dann führten sie das Pferd, auf dem Smith saß, darunter.

In diesem Augenblick erschien auch Ross auf der Lichtung, der alte Gegner Buffalo Bills. Seine Augen leuchteten düster.

Er trat, ohne Webb eines Blickes zu würdigen, zu dem Alten und sagte: „Also, Smith, wie haben wir es?"

„Du Aas!"

„Ich sehe, daß du noch immer derselben Meinung bist", lachte Ross. „Aber das macht nichts. In wenigen Minuten wirst du deine Ranch für immer geräumt haben. Und das wird allen jenen Pionieren zur Lehre dienen, die nicht parieren wollen. Vorwärts, Jungens!"

Einige Männer legten Smith die Schlinge um den Hals. Dann nahm einer von ihnen das Pferd an den Zügeln, bereit, es wegzuzerren.

„Ross, überlege, was du tust", rief der Sheriff. „Das ist ein Verbrechen. Früher oder später wirst du dafür büßen!"

„Dieses Später wird nie eintreffen, weil Smith, der sich nicht verhaften lassen wollte, dich getötet hat."

Webb verstand den Sinn dieser Worte nicht, doch Buffalo Bill, der sich in der Nähe hinter den Bäumen versteckt hielt, begriff sie sehr gut.

„Leb wohl, alter Smith!" lachte Ross und gab seinen Leuten ein Zeichen.

Smiths Pferd wurde weggezerrt, und mit einem Ruck blieb der Alte in der Luft hängen. Doch kaum eine Sekunde lang. Eine Kugel zischte durch die Luft, traf das Seil und riß es entzwei.

Alle waren wie vom Blitz getroffen. Ross griff nach der Pistole.

„Wer war das? Ich werde ihn eigenhändig skalpieren! Vorwärts, wer war es?"

Auch der Sheriff war sprachlos vor Staunen. Der Schuß war bestimmt von einem Mann der Bande abgegeben worden – aber von wem?

Ross sah sich zornentbrannt um. Plötzlich drückte er sich die linke Hand vor den Mund, wie er es immer tat, wenn er eine schwerwiegende Entscheidung zu treffen hatte. Diesmal aber war er erbleicht.

Die Notlüge

Buffalo Bill Cody war auf der Lichtung erschienen. Er ritt seinen Schecken und hielt in den Händen seine berühmten Pistolen mit eingelegtem Griff.

„Ich rate niemandem, auf mich zu schießen", sagte er. „Sonst fällt Ross als erster."

Bei diesen Worten ritt er mitten in die Gruppe hinein und hielt dabei seinen alten Gegner scharf im Auge.

„Erkennst du mich wieder, altes Aas?"

Ross konnte die unangenehme Überraschung nicht verbergen.

„Du, Bill Cody?"

„Persönlich!"

„Was treibst du hier?" Ross lächelte schwach. „Wir könnten einander als Freunde betrachten, nicht wahr? Das Vergangene sollten wir begraben."

„In diesem Augenblick habe ich bloß vor, das Leben Smiths und des Sheriffs zu retten."

„Niemand will dem Sheriff ein Haar krümmen", antwortete Ross schlagfertig. „Ich schwöre es."

„Ich sehe es. Ihr habt ihn nur entwaffnet."

„Gib ihm seine Waffen wieder", befahl Ross Malcolm.

Der Sheriff erhielt seine Waffen wieder, stürzte zu Smith, der noch gefesselt und benommen dastand, löste die Stricke und drückte ihm sein Gewehr in die Hand.

„Bill, diese Angelegenheit geht dich nichts an", behauptete Ross. „Es handelt sich um einen Mann, der einen meiner Freunde ermordet hat. Es ist nur gerecht, daß er dafür büßen soll, meinst du nicht?"

„Ich möchte wissen, warum er ihn getötet hat", versetzte Bill.

„Um ihn zu berauben, natürlich."

„Dieser Grund wäre ganz gut erfunden, Ross, wenn ich nicht gerade in der Hütte gewesen wäre, als Farley Doc auftauchte."

Ein Murmeln beantwortete diese Erklärung. Der Sheriff ging auf Bill zu.

„Wirklich?" fragte er.

„Warum nicht?" antwortete Bill, der in dieser Lage eine Notlüge für erlaubt hielt. „Ich war in der Hütte, um auszuruhen, als dieser Farley, eine gerissene Kanaille, daherkam. Er sieht mich nicht. Er setzt dem Alten das Gewehr an und sagt ihm, daß er Auftrag habe, ihn zu töten. Er wisse nicht, warum, aber er müsse es tun..."

Ross wurde feuerrot. Der Sheriff hielt seine Pistole in der Faust. Einige Farmer, die zwischen den Männern Ross' standen, hörten gespannt zu. Ross hatte sie gegen Smith aufgehetzt, er hatte ihn als einen Mörder hingestellt, wenn nun Buffalo Bill das Gegenteil behauptete, mußte man die dem alten Mann zugefügte Beleidigung wieder gutmachen.

„Und dann?" fragte Sheriff Webb.

„Der Alte sagte ihm, daß er bereit war. Doc befahl ihm, ihm den Rücken zuzuwenden. Er war genau wie sein Chef gewöhnt, meuchlings zu morden ... nicht wahr, Ross? Und so besiegelte Doc sein Schicksal, denn als sich der Alte umdrehte, zog er die Pistole aus dem Gürtel, und bevor Doc ihm zuvorkommen konnte, drehte er sich blitzartig um und jagte ihm einige Kugeln in den Bauch. Das ist die Wahrheit, Sheriff, Smith hat sich nur verteidigt!"

Ross war grün vor Wut.

„Wer wird dir das glauben!" rief er.

„Überflüssige Bemerkung, lieber Ross! Ich erkläre dir, daß der alte Smith ungestört wieder in sein Haus zurückkehren wird. Und sollte dann jemand die Kühnheit haben, ihn zu belästigen, garantiere ich, daß dieser Jemand früher oder später den Unterzeichneten vor sich sehen wird. Und nicht mit leeren Händen."

Nach diesen Worten richtete Bill sein Pferd rückwärts, bis es eine Stellung erreichte, von der aus er die ganze Gruppe überblicken konnte.

„Sheriff, jetzt können Sie ins Dorf zurückkehren", rief er. „Und Sie können allen sagen und bestätigen, daß sich Smith verteidigt hat."

„Das werde ich tun, Buffalo Bill", antwortete der Sheriff. Und zu dem alten Smith sagte er: „Gehen Sie nur. Ich glaube, daß Sie jetzt niemand mehr belästigen wird."

Smith kehrte in seine Hütte zurück. Webb nahm den Weg zum Dorf, in seinem Innersten voller Dankbarkeit für Buffalo Bill, den er nun endlich persönlich kennengelernt hatte. Ross ritt diesmal ohne die Farmer aus dem Dorf, die ihm bis dahin gefolgt waren, mit seinen Männern allein nach seiner Ranch.

Buffalo Bill wartete, bis der Reitertrupp in der Ferne verschwunden war, dann sah er zur Sonne.

Der Morgen war zu Ende gegangen, die Landschaft ringsum schlief in der Hitze eines schwülen Nachmittags.

Es war Zeit, wieder aufzubrechen.

Ross rächt sich

Er war tagelang geritten, als er endlich müde und durstig ans Ufer eines Flusses gelangte, der wirbelnd zwischen steilen Felsenwänden dahinschoß.

Nach seiner Schätzung dürfte es sich um den Blauen Fluß handeln, er erkannte jedoch bald, daß er sich geirrt hatte.

Dennoch bückte er sich, um zu trinken, als ihn eine Stimme aufforderte: „Hände hoch!"

Er wandte sich langsam um und sah zwei Indianer in halber Militärkleidung vor sich stehen.

Einen Augenblick lang glaubte er, in die Hände von Räubern gefallen zu sein, dann begriff er, daß er es mit echten Soldaten zu tun hatte. Es war bekannt, daß General Carr tatsächlich einige Kompanien Pawnees-Späher zur Verstärkung des fünften Kavallerieregiments gebildet hatte.

Diese Späher waren reinrassige Indianer. Sie hatten die Militärkleidung angenommen und waren in die Dienste des weißen Mannes getreten, sie behielten jedoch einige ihrer alten Gewohnheiten bei. So sehr sich die Kommandanten bemüht hatten, auch ihr äußeres Auftreten nach militärischen Grundsätzen zu regeln, so wenig war es ihnen gelungen, diesen Soldaten ein soldatisches Auftreten beizubringen.

Ihre Uniformierung war mehr als willkürlich. Einige von ihnen gingen einfach barfuß, weil sie keine Stiefel vertrugen, andere hatten sich die Hose bis übers Knie abgeschnitten, andere wieder hatten die Hosenbeine gänzlich entfernt, mehrere trugen an ihren nackten Füßen gewaltige Sporen.

Die beiden, die Buffalo Bill gestellt hatten, trugen breite Hüte über langem, schwarzem Haar, das ihnen auf die Schultern fiel.

„Seid gegrüßt", sagte Bill in gleichgültigem, keineswegs verängstigtem Ton. „Führt mich zu eurem Kommandanten."

Die beiden Indianer berieten sich mit einem Blick. Dann näherten sie sich Bill, und bevor Bill noch etwas sagen konnte, versetzte ihm einer von ihnen einen Kolbenschlag auf den Kopf.

Als Buffalo Bill wieder zu sich kam, fand er sich in einem freundlichen, kleinen Zimmer eingeschlossen.

Neben ihm hielt ein Indianer Wache. Es war einer von den beiden Pawnees, doch nicht jener, der ihn niedergeschlagen hatte.

Er betrachtete ihn mit abwesendem Blick.

„Bei allen Flußkröten, wo habt ihr mich hingebracht?" fragte er. „Ist es denn möglich, daß ich seit einiger Zeit nichts als Schwierigkeiten haben muß? He, Rotgesicht, willst du mir antworten?"

Er schrie, protestierte, bat und bettelte, doch der Indianer blieb stumm wie eine Marmorstatue.

Schließlich erkannte Bill, daß er nichts tun konnte, und warf sich wütend auf die Pritsche.

Der Kolbenschlag war ziemlich kräftig gewesen. In seinem Nacken war eine große Beule gewachsen.

Könnte er nur diesen verfluchten Indianer antreffen!

Der verfluchte Indianer, der ihn geschlagen hatte, erschien auf der Türschwelle. Ein weißer Offizier folgte ihm.

„Endlich", rief Bill und erhob sich. „Endlich werde ich den Grund dieser Behandlung erfahren! Leutnant, wollen Sie mir sagen..."

Leutnant Brody schnitt ihm das Wort ab.

„Es ist zwecklos, mit mir zu sprechen. Ich darf nicht antworten. Wenn Sie mir folgen wollen..."

Bill folgte ihm seufzend.

Das Büro General Carrs war in einer fast baufälligen Baracke eingerichtet. Der General empfing ihn, ohne sich zu erheben. Er blickte recht finster drein.

„Sie heißen William Cody?" fragte er mit einem forschenden Blick von oben nach unten, als hätte er einen Gefangenen vor sich.

„Genau, General, und ich protestiere gegen die Behandlung, die mir widerfährt. Dieses Bronzegesicht...", und er wies auf den Indianer, der starr neben ihm still stand.

„Ich habe Ihnen keine anderen Fragen gestellt, Cody!" erklärte der General. „Ich bitte Sie, nur auf die Fragen zu antworten, die ich Ihnen stellen werde. Auch mir tut es leid, Sie unter solchen Umständen kennenzulernen."

Die Lage war ziemlich schlimm. Bill war von einem General noch nie auf diese Weise behandelt worden. Er hatte schon vielen von ihnen gedient, so daß er nun glaubte, ein Recht auf ihre Achtung zu haben.

„Wenn ich mich nicht irre, behandeln Sie mich wie einen Gefangenen", sagte er nervös, „als hätte ich ein Verbrechen begangen!"

„Genau das, Sie werden beschuldigt, einen Menschen getötet zu haben, William Cody!"

Bill riß die Augen auf.

„Ich?" fragte er. „Und wen denn?"

„Einen gewissen Farley Doc."

Jetzt lachte Bill los.

Der General befahl ihm mit einer Geste, sich zurückzuhalten.

„Und dürfte ich erfahren, wer mein Ankläger ist?"

„Eine äußerst achtenswerte Person", antwortete Carr, „Mister Hunter Faw. Er soll hereinkommen!"

Die Wachen machten den Weg frei. Als Bill den Mann eintreten sah, begann sein Blut zu kochen.

„Ross", rief er, „wieder du!"

„Er ist es, General", bestätigte Ross mit dem Finger auf Bill. „Ich habe selbst gesehen, wie er Farley Doc mit mehreren Schüssen in den Rücken ermordete. Farley Doc war in unserer Gegend eine sehr geachtete Person. Und ich als Sheriff habe die Pflicht, den Mörder ins Dorf zurückzubringen. Die ganze Einwohnerschaft wünscht, dem Prozeß beizuwohnen."

„Es muß auf dem Rechtswege prozessiert werden", erklärte der General.

„Gewiß, Sir", antwortete Ross im Tonfall einer respektablen, wohlerzogenen Person.

Bill glaubte zu träumen.

„Verdammter Schwindler! Du nennst dich Hunter Faw und bist hingegen Ross, der Bandit, der halb Arkansas in seinen Krallen hält! Ross, dafür wirst du büßen!"

„General, machen Sie sich keine Sorgen. Meine Männer werden ihn bis zum Dorf begleiten, er wird uns nicht entkommen."

„William Cody", sagte der General. „Es tut mir leid, daß Sie sich mit einem solchen Verbrechen befleckt haben, um so mehr, als ich auf Ihre Hilfe zählte. Ich bin gezwungen, Sie dem Sheriff Hunter Faw zu übergeben."

„General, spaßen Sie?" schrie Bill. „Ich habe niemanden ermordet, im Gegenteil! Dieser verehrte Mister Hunter Faw ist Ross! Glauben Sie es mir, Kommandant!"

„Alle Verbrecher verteidigen sich durch Gegenbeschuldigungen", versetzte Ross ruhig. „Und Sie unterscheiden sich nicht von den anderen. General, wenn Sie gestatten, brechen wir sofort auf."

„Wollen Sie eine Eskorte?"

„Das ist nicht notwendig. Ich habe vier Mann bei mir. Sie werden genügen."

Trotz seines Einspruchs wurde Buffalo Bill wie eine Salamiwurst verschnürt und auf sein Pferd geladen, das Ross' Männer vorsorglich in die Mitte nahmen.

Als die Gruppe reisefertig war, öffneten die Wachen das große Tor von Fort Black. Der General persönlich verabschiedete den kleinen Trupp.

Ross antwortete von seinem imposanten Pferd herab. Dann gab er den Befehl zum Aufbruch.

Die Pferde galoppierten los. Ross' lautes Lachen übertönte das Gedröhn der Hufe.

„Bill Cody, diesmal habe ich dich hereingelegt."

Fünf Schüsse – fünf Treffer

Bill war mit den Händen auf den Rücken an einen Baum gebunden worden. Wenige Schritte vor ihm brannte ein Feuer. Ross' vier Männer bereiteten sich die Mahlzeit.

Ross reinigte seine Waffen. Bill war verloren.

„Bill, jetzt hat deine Stunde wirklich geschlagen. Und da du stirbst, will ich dir etwas gestehen: Seit du mir den Ruf als bester Büffeljäger weggeschnappt hast, hasse ich dich glühend. Ich hasse dich so sehr, daß ich dich lebend skalpieren möchte."

„Recht hast du", schrie einer von seinen Männern.

„Ausgezeichneter Einfall", meinte ein anderer und erhob sich. „Los, Ross, tun wir es sofort!"

Die Drohung hatte die blutrünstigen Instinkte dieser Männer erweckt. Und Ross, der diese Worte wahrscheinlich bloß als Drohung ohne wirklichen Sinn gesprochen hatte, ließ sich von der Stimmung seiner Freunde anstecken.

„Ja", antwortete er aufstehend, „laßt mich sehen."

Bei diesen Worten zog er das Messer aus dem Gürtel.

„Die Indianer erhitzen es. Es schneidet dann besser, und der Gefangene genießt dabei auch das Brennen. Bill, du willst doch ein heißes Messer, nicht wahr?"

Buffalo Bill verfluchte sich. Wer hatte es ihm angeschafft, sich in dieses Wespennest zu setzen? Warum hatte er den alten Smith vom Galgen gerettet, und warum war er auf diese Anfängerart in die Hände von Carrs Soldaten geraten?

Jetzt, da der Tod herannahte, hätte er wer weiß was gegeben, nicht der berühmte Buffalo Bill geworden zu sein, sondern nur ein einfacher Bauer.

Es war zu spät. Er war nun einmal Bill und mußte sterben. Da wollte er zumindest versuchen, es seinen Feinden nicht zu leicht zu machen. Sie dürften seinen Tod nicht allzu stark genießen.

„Wenn du noch näher kommst, spucke ich dir in den Mund!" antwortete er.

Ross wurde grün. Er hob aber das Messer und trat näher, als kümmerte er sich um Bills Drohung nicht.

„Jungen, seht mir zu! Es wird nicht so bald geschehen, daß ihr seht, wie man einen Lebenden skalpiert!"

Nach diesen Worten setzte er die Messerspitze an Bills Stirne an.

Cody stockte das Blut in den Adern. Niemand konnte ihn retten. Sie waren allein mitten im Wald, weit, weit weg von allen Freunden.

Nun spuckte er Ross ins Gesicht. Auf diese Genugtuung im allerletzten Augenblick wollte er nicht verzichten.

Ross fluchte und schlug ihn zornentbrannt mit der Faust in den Magen. Bill konnte einen tiefen Schmerzenslaut nicht unterdrücken.

„So! Und nun, lieber Bill, wird dein schöner Haarwuchs, diese Lockenpracht, sich zusammen mit der Kopfhaut von deinem Schädel trennen..."

Er setzte das Messer wieder an.

Ein Schuß knallte in die Stille – und Ross sank lautlos zusammen.

Seine vier Männer warfen sich platt zu Boden und zogen die Pistolen.

Niemand war zu sehen. Alles ringsum schwieg. Und gerade diese Stille erfüllte sie mit Furcht.

Waren es Indianer? Oder Soldaten? Oder wer?

Duncan ergriff die Initiative.

„Jungens", befahl er, „versucht, die Pferde zu erreichen. Ich kümmere mich um Buffalo..."

Die Männer robbten durch das Gras zu den Pferden.

Duncan kroch mit der Pistole in der Hand auf Buffalo zu. Ein zweiter Schuß pfiff durch die Lichtung, und Duncan blieb stöhnend liegen.

Bill traute seinen Augen nicht. Wer war sein unerwarteter Retter? Und warum zeigte er sich nicht?

Er war offenbar ganz allein, und deshalb hielt er sich noch versteckt.

Die übrigen drei Banditen standen schon bei den Pferden. Einer von ihnen erhob sich schnell, um in den Sattel zu springen, doch ein neuerlicher Schuß streckte ihn nieder. Dann kam Joe Water an die Reihe. Schließlich fiel der vierte mit einem Schulterschuß zu Boden.

Bill sah erstaunt zu. Fünf Schüsse, fünf Treffer.

Die Zielgenauigkeit des Schützen war erstaunlich. Vielleicht hätte er sogar Buffalo Bill übertreffen können.

Wer war es?

Nach dem letzten Schuß herrschte wieder Stille. Bill erwartete, daß sich der geheimnisvolle Retter zeigte. Als er ihn noch immer nicht sah, entschloß er sich zu rufen:

„Du magst sein, wer du willst, jetzt kannst du aus deinem Versteck heraustreten. Ross und seine Männer sind alle tot, es ist keiner mehr da."

Niemand antwortete. Bill trat der kalte Schweiß auf die Stirn.

Wollte der Unbekannte vielleicht auch ihn abknallen?

„Hast du mich verstanden?" schrie er. „Ich bin ganz allein, du kannst dich endlich zeigen!"

Ein Junge trat aus dem Laub hervor.

Er hielt eine Pistole in der Hand und sah sich aufmerksam um.

„Bist du allein?" fragte Bill.

„Ja, Sir."

„Hast denn du . . . alle getötet?"

„Ja, Sir."

„Das ist unwahrscheinlich. Du schießt besser als ich. Du hast dich aber in eine große Gefahr begeben. Warum hast du es getan?"

„Weil Sie mir einmal das Leben gerettet haben, Sir."

„Ich?"

„Erinnern Sie sich nicht an den Jungen, den Sie vor einem Indianerangriff retteten? Meine ganze Karawane wurde damals vernichtet. Sie aber haben mich gerettet. Sie haben mir Waffen, Nahrung und ein Pferd gegeben und dann die Indianer abgelenkt. So konnte ich fliehen . . ."

Während er sprach, band er Bill los.

„Jetzt kann ich mich erinnern, aber was machst du hier?"

„Ich wohne nicht weit von Fort Black, Sir. Ich lebe allein. Als ich Sie am Flußufer sah, erkannte ich Sie sofort wieder, doch gegen die Soldaten konnte ich nichts unternehmen. So folgte ich Ihnen. Ich habe alles mit angehört. Zuerst General Carr, der Ross, wie Sie ihn nannten, alles glaubte, dann habe ich gehört, wie dieser Ross über den General lachte, weil er sich von ihm hatte nasführen lassen. So . . ."

„Junge, du hast mir das Leben gerettet. Wie heißt du?"

„Jimmy, Sir."

„Nenne mich nicht Sir, Jimmy. Nenne mich Bill."

„Buffalo Bill!"

„Bist du überzeugt, daß ich diesen Farley Doc nicht umgebracht habe?"

„Ich weiß es, mein Herr."

„Gut, so wirst du keine Angst haben, es vor General Carr zu wiederholen, nicht wahr?"

„Sie werden doch nicht mehr ins Fort zurück wollen, Sir!"

„Doch, ich werde dorthin zurückreiten. Ich möchte dem General beweisen, daß er sich über mich geirrt hat. Und die Tatsache, daß ich wieder auftauche, freiwillig, wird ihn überzeugen. Jimmy, kommst du mit?"

Bill und der Knabe stiegen in den Sattel und machten sich auf den Weg zu Fort Black.

Massaker im Fort

Der Abend kam rasch heran.

„Wenn wir uns nicht beeilen", sagte Jimmy, „werden wir nachts eintreffen."

Bill zuckte mit den Achseln.

„Vielleicht ist es besser", antwortete er. „Ich will nämlich zum General, ohne von den Wachen gesehen zu werden. Sie könnten glauben, ich sei den Händen des Sheriffs entflohen, und mich über den Haufen schießen."

Seine Vorsicht war berechtigt, der Knabe verlangsamte also die Gangart.

Als sie endlich in Sichtweite des Forts gelangten, war die Nacht schon auf die Prärie herabgesunken.

Die große Holzkonstruktion wirkte mitten in der Ebene wie ein breiter, schwarzer Fleck.

Am Himmel leuchteten die Sterne. In der Ferne heulte ein Kojote den Mond an.

„Was tun wir jetzt?" fragte Jimmy.

„Du wartest hier auf mich. Ich werde allein ins Fort gehen. In ein paar Stunden kannst du, wenn nichts geschehen ist, nachkommen. Ich brauche deine Zeugenaussage. Gib acht, Junge."

Bill ließ sein Pferd bei Jimmy zurück und lief durch das hohe Gras.

Je näher er dem Fort kam, desto stärker fühlte er, daß etwas Eigenartiges in der Luft lag.

Aus Vorsicht zog er das Messer. Die Pistole sollte lieber im Futteral bleiben. Es hätte ihm leid getan, einen Soldaten töten zu müssen. Schließlich mußte er zu dem General gelangen, ohne vorher eine Kugel in den Leib zu bekommen.

Er war schon am äußeren Pfahlzaun angelangt. Nur noch wenige Schritte, und er würde die Umzäunung berühren.

Er streckte einen Arm vor, dann den anderen und kroch auf allen vieren weiter. Da fühlte er, daß die Hand auf etwas Weiches stieß, statt im Gras zu versinken.

Beinahe hätte er einen Schrei ausgestoßen. Unter seiner Hand lag ein Leichnam.

Es war ein Soldat vom fünften Kavallerieregiment. Im Mondlicht sah Bill sein blasses Gesicht und den langen Pfeil, der dem Toten im Magen steckte.

Der Kavallerist war beinahe noch ein Knabe.

Wieso lag er hier, wenige Schritte vom Fort entfernt? Wieso hatte man ihn nicht hereingeholt, gepflegt oder begraben?

Unter dem ersten Impuls wollte er ihn in die Arme nehmen und dem Haupteingang zugehen, dann gab er es aber auf.

Ein falscher Schritt konnte ihm verderblich sein. Dieser Tote war kein Zeichen friedlicher Stimmung.

Er nahm die Pistole aus dem Futteral, näherte sich dem Pfahlzaun wieder und lugte durch eine Spalte.

Der Mond erhellte das Innere des Forts mit gelblichem Licht.

Alles war still und schien verlassen. Gewiß schliefen die Soldaten in ihren Unterkünften.

Und die Wachen? Warum gab es keine Wachtposten?

Erst in diesem Augenblick hatte er bemerkt, daß die Wachen nicht auf ihren Plätzen standen.

Das Fort schien verlassen zu sein.

So kletterte er lautlos über die Umzäunung und gelangte zum Aussichtsturm. Von dort stieg er in das Innere des Forts.

Schatten lagen in den Winkeln, hinter angehäuften Fässern, bei halboffenen Türen, die kaum knarrten.

Bill lief eine Gänsehaut über den Rücken. Was, zum Teufel, konnte geschehen sein?

Langsam erreichte er den Wehrgang, auf welchem für gewöhnlich die Wachtposten standen. Einige Soldaten lagern auf den Bohlen. Sie waren totenblaß, bunte Pfeile steckten ihnen im Leib. Mehrere Tote waren skalpiert.

Bill stürzte auf die Baracke des Kommandanten zu. Er stieß die Tür auf.

Tastend fand er die Laterne. Auch hier erwartete ihn ein grauenerregendes Bild: Ein Sergeant und einige Soldaten lagen in einer Blutlache auf dem Boden.

Sie hatten sich mit den Zähnen verteidigt, das konnte man sehen. Ringsum war alles zertrümmert. Umgestürzte Tische, eingebrochene Wände, zerrissene Uniformen. Und Blut.

Bill strich sich mit der Hand über die Augen. Dann lief er durch das ganze Fort. Kein einziger Soldat lebte noch, sie waren alle gefallen, an die vierzig.

Das bedeutete, daß der General mit dem Gros der Kavallerie nicht im Fort war, als die Indianer angriffen. Und er war bestimmt noch nicht zurückgekommen.

Was sollte er tun?

Er hätte fortgehen können, ohne sich um das Geschehene zu kümmern, das konnte er aber nicht tun. Er fühlte sich verpflichtet, nach dem General zu suchen und ihm Meldung zu erstatten.

So tat er auch. Er ging aus dem Fort und gelangte zu Jimmy. Mit wenigen Worten unterrichtete er ihn über das Ereignis.

„Mein Gott!" flüsterte der Knabe. „Es wird heute geschehen sein, während wir weit weg waren."

„Gewiß. Nach meiner Abreise muß der General mit dem Gros der Kavallerie ausgeritten sein. Die Indianer haben das ausgenützt, um das Fort zu vernichten."

„Wer wird es gewesen sein?"

„Sioux", meinte Bill sicher.

„Woran erkennst du das?"

„Die Pfeile." Und er zeigte dem Jungen den, den er mitgenommen hatte.

„Auch die Comanchen haben ähnliche Pfeile."

„Ja, aber sie sind nicht so lang. Diese sind Sioux-Pfeile."

„Wo werden wir den General finden?"

„Ich habe keine Ahnung. Im Norden nicht, von dort kommen wir ja. Im Süden vielleicht?"

„Vielleicht", antwortete Jimmy. „Vielleicht ist er dem Flußlauf gefolgt. Er unternimmt oft Inspektionsritte in der Richtung auf den Platte."

„Es bleibt uns nichts übrig, als es auf diesem Weg zu versuchen, Jimmy."

Sie galoppierten auf den Fluß zu und folgten dann dem Ufer. Bills Pferd strauchelte und stürzte.

„Verdammt, es hat sich ein Bein gebrochen", erklärte Bill, als er sah, daß das Pferd nicht mehr aufstehen konnte.

Er zog die Pistole und schoß es, um allen Schmerzen ein Ende zu bereiten, in den Kopf.

„Und jetzt?" fragte traurig Jimmy.

„Jetzt werden wir zu zweit auf deinem weiterreiten."

Da sie nur noch ein Pferd hatten, kamen sie langsamer voran, und Bill begann schon die Hoffnung zu verlieren, General Carr einzuholen, als er hinter den Bäumen einen Feuerschein wahrnahm.

„Das Lager!"

Das Lager war im dichtesten Teil des Waldes aufgeschlagen worden. Die Wachen standen darum herum.

Bill jagte das Pferd auf das Lager zu. Ein Wachtposten forderte ihn auf, anzuhalten, und er antwortete mit dem Verlangen, zum General geführt zu werden.

„Der General schläft zu dieser Stunde", antwortete der Kavallerist.

„Weckt ihn! Es geht um Leben oder Tod!"

Oberst Buffalo Bill

„General Carr!"

„Sie sind wieder hier?" schrie der General, aus dem Bett springend. „Wer hat ihn hereingeführt?"

Und er sah wütend den Wachtposten an.

„General", griff Leutnant Brody ein. „Bill Cody hat ihnen eine ernste Nachricht zu überbringen."

„Vor allem möchte ich wissen, wieso er hier steht!"

Bill erzählte in knappen Worten die Ereignisse des Tages, erklärte Carr, wer Ross war, und wie der junge Jimmy ihn und seine vier Spießgesellen erschossen hatte.

Nach vielen Erklärungen schien Carr überzeugt zu sein. Er entschuldigte sich bei Bill und bat ihn um die Nachricht, die er überbringen wollte.

„General", sagte Bill, „das Fort ist von den Indianern angegriffen worden."

Der General erbleichte. Bill erzählte ihm, wie er in das Fort eingedrungen war und die massakrierte Garnison entdeckt hatte.

General Carr verlor keine Zeit. Er ließ Alarm schlagen, und kurz darauf brach die aus fünfzig regulären Kavalleristen und vierzig Pawnees bestehende Schwadron zum Fort Black auf.

Der Kolonne voran ritten General Carr und Buffalo Bill. Unterwegs erkundigte sich Carr über Codys Pläne.

„Wollen Sie nicht im Fort bleiben? Ich brauche dringend einen Führer."

„Ich danke Ihnen, Sir, aber ich bin dieser Arbeit müde. Außerdem glaube ich, daß ..."

„Ich verstehe Sie, Bill Cody. Ich habe von der Generalkommandantur im Zusammenhang mit Ihnen besondere Instruktionen erhalten. Ich bin sogar bevollmächtigt worden, Ihnen das Kommando über mehrere Pawnees zu übertragen. Die Verleumdungen dieses Ross hatten meine Pläne über den Haufen geworfen."

Bill zuckte zusammen.

„Was wollen Sie damit sagen, General?"

„Daß ich, wenn Sie wollen, Sie zum Chef meiner Eingeborenenkompanie ernennen kann. Glauben Sie nicht, daß ich Ihnen damit eine große Ehre erweise, Bill Cody. Die Indianer sind nicht sehr verläßlich, und es ist nicht leicht, sie zu befehligen. Da ich mich aber in einer besonderen Lage befinde ..."

Der General bezog sich auf den Kriegszustand.

„Ihr Angebot ist zweifellos großzügig, General", antwortete Bill geschmeichelt.

Bisher war er für das Heer und seine Generäle nicht mehr als ein guter Führer oder Pfadfinder gewesen, wobei er volle Freiheit genoß. Und nun bot ihm General Carr unerwartet den Oberstenrang an!

„Die Eingeborenentruppe natürlich", präzisierte der General.

„General Carr, ich nehme an", sagte Buffalo Bill. „Aber unter einer Bedingung."

„Welcher?"

„Daß ich zurücktreten darf, wann ich will, und wäre es auch morgen."

„Aber nicht mitten in einem Gefecht!"

„Natürlich nicht, General."

General Carr drückte Bill die Hand. Dann unterrichtete er sowohl die weißen als auch die eingeborenen Soldaten von seiner Nominierung.

Die Pawnees schienen zufrieden zu sein. Buffalo Bill besichtigte die Abteilung im Mondlicht.

„Nun, Oberst Cody", sagte General Carr, „jetzt werden Sie sich in Marsch setzen, um den Stamm zu entdecken, der das Fort angegriffen hat."

„Das wird nicht leicht sein, General."

„Sie müssen es versuchen. Wir werden ins Fort Black zurückkehren und bis zum Eintreffen neuer Befehle dort bleiben. Sie, Oberst, müssen mit den vierzig Pawnees die ganze Zone durchstreifen."

Bill nickte.

„Leutnant Brody wird mit Ihnen losziehen. Sie können ihn brauchen."

„Ich möchte aber vorher klarstellen, wer von uns der Kommandant sein wird", meinte Bill.

„Weder Sie noch er. Brody wird als Beobachter fungieren und Ihnen alle Erläuterungen geben, die Ihnen nützen können. Außerdem wird er die Verbindung zwischen Ihnen und mir aufrechterhalten."

„Gut, General. Kann ich aufbrechen?"

„Sofort. Wenn Sie innerhalb von drei Tagen die Angreifer nicht aufspüren, kehren Sie ins Fort zurück."

Bill Cody brach mit seinen Soldaten auf. Die Tatsache, daß er so plötzlich Oberst geworden war, stieg ihm zu Kopf. Doch schließlich brauchte er sich nicht wundern. Wer kannte denn dieses Gebiet gründlicher, und wer konnte besser als er Indianern befehlen?

Er drehte sich um. Die Pawnees folgten ihm in langsamem Trab. Ihre Schatten wiegten sich im Mondlicht.

„Bill, diese Geschichte gefällt mir nicht", flüsterte Jimmy, als er sich an seinen Freund herangemacht hatte.

„Mir auch nicht, Junge", antwortete Cody. „Ich habe die Mörder der Indianer niemals geliebt, aber auch nicht die Mörder der Weißen. Die Sioux, die das Fort angegriffen haben, müssen dafür büßen."

„Es wird nicht leicht sein, sie zu finden."

„Jimmy, ich bin vom Gegenteil überzeugt."

Sie ritten noch eine Weile schweigend dahin, dann ließ Bill die Kolonne anhalten.

„Leutnant Brody!"

„Oberst?" antwortete Brody mit ein wenig Ironie in der Stimme.

„Nehmen Sie zwanzig Mann und folgen Sie General Carrs Spuren."

„Cody, ich verstehe Sie nicht!"

„Das macht nichts. Tun Sie, was ich Ihnen gesagt habe. Halten Sie sich mindestens fünfhundert Meter von ihnen entfernt und folgen Sie ihm bis zum Fort. Dann bleiben Sie dort in der Nähe, ohne sich zu zeigen, weder dem General noch den anderen."

Brody zögerte. Auch Jimmy begriff diese Befehle nicht.

„Sind Sie davon überzeugt, richtig zu handeln, Cody?" fragte Brody.

„Ich hoffe es, sonst wird alles vergeblich sein. Sie kennen doch die Anhöhe, die das Fort vom Norden her beherrscht?"

"Ja", antwortete Brody.

"Gehen Sie dort in Stellung. Ich werde von Süden her auf das Fort zukommen."

"Wollen Sie gar General Carr angreifen?" fragte Brody ironisch.

"Ich auf jeden Fall nicht. Ich fürchte aber, daß die Sioux, die während seiner Abwesenheit das Fort angriffen, ihm jetzt einen Hinterhalt gelegt haben. Brody, folgen Sie seinen Spuren."

General Carr, der von alldem nichts wußte, war schon in Sichtweite des Forts angelangt. Seine Soldaten ritten die Ebene hinab und auf das große Haupttor zu, ohne daß auch nur einem von ihnen die seltsamen Sträucher aufgefallen wären, die um sie herum wuchsen.

Als die Spitze nur mehr wenige Schritte vom Eingang entfernt war, tauchten überall Indianer auf, die schreiend ein heftiges Feuer eröffneten.

"Schnell hinein!" brüllte der General.

Es waren doch nur fünfzig Mann, so gelang es ihnen, in das Fort hineinzustürmen, ohne Verluste zu erleiden. Sie warfen sich sofort auf die Palisaden und eröffneten das Feuer auf die Angreifer.

Die Sioux ritten noch lange um das Fort herum, dann hörten sie zu schießen auf und bildeten in größerer Entfernung einen weiten Kreis.

"Jetzt sind wir in der Falle", meinte General Carr, der den Augenblick verfluchte, da er einen Teil seiner Kavallerie Bill überlassen hatte, damit er die Angreifer suche, die wenige Schritte vor ihm standen.

Rothäute gegen Rothäute

Der Morgen graute, als die Indianer zum entscheidenden Kampf antraten.

Ihr Führer war Schwarzer Stier, den man überall wegen der Grausamkeit kannte und fürchtete, mit der er über weiße Gefangene wütete.

General Carr beantwortete den Angriff mit den Gewehrsalven seiner Schützen, die, im Fort eingeschlossen, nur wenig gegen fast zweihundert Sioux ausrichten konnten.

Carr erkannte es bald. Deshalb rief er den Späher Ward zu sich, einen Weißen, der in früheren Zeiten das Kommando über die Pawnees geführt hatte.

"Mister Ward", sagte Carr, während das Gewehrfeuer wütete, "wir haben nur wenig Hoffnung auf Rettung."

„Ich weiß es, General."

„Ich erteile Ihnen die Aufgabe, Buffalo Bills Pawnees ausfindig zu machen und sie in den Rücken der Indianer zu führen."

„General, es wird nicht leicht sein, die indianischen Kampfreihen zu durchbrechen."

„Das sehe ich, Ward, trotzdem müssen Sie es versuchen. Werfen Sie sich auf Ihr Pferd und vertrauen Sie Gott."

Ward führte den Befehl aus. Er ritt aus dem Haupttor und galoppierte auf den Wald zu.

Von den Brüstungen herab versuchten die Soldaten, ihn durch ihr Gewehrfeuer zu decken.

Ward brachte die ebene Strecke hinter sich, warf sich Hals über Kopf in die Büsche, ein Trupp Sioux jagte ihm aber nach und zwang ihn zum Kampf.

Das besiegelte sein Schicksal.

Um auf die Verfolger zu schießen, mußte er die Gangart verlangsamen, die Indianer beachteten sein Feuer nicht und stürzten sich auf ihn.

Der General sah ihn kämpfend fallen und bedeckte sich verzweifelt die Augen. Es war ein Wahnsinn gewesen, den braven Ward hinauszuschicken, wie es ein Wahnsinn gewesen war, die Kräfte zu teilen.

Buffalo Bill war zweifellos ein tüchtiger Jäger und verdiente gewiß das Kommando über die Pawnees. Die Regierung selbst forderte die Generäle auf, Pfadfindern und Cowboys, die sich im Kampf gegen die Indianer ausgezeichnet hatten, solche Kommandos zu übertragen. Er, Carr, war dem Rat des Hauptkommandos gefolgt, aber der Zeitpunkt war sicher schlecht gewählt worden.

Er hätte ja ahnen müssen, daß die Sioux in der Umgebung bleiben würden, um sich auf den Rest seiner Soldaten zu werfen, sobald sie beim Fort eintreffen würden.

Sein Fehler war groß, war unverzeihlich gewesen.

Das Feuer ging unaufhörlich weiter. Mit den Kugeln zischten auch viele Pfeile durch die Luft, blieben im oberen Rand der Holzpalisaden, in den Plachen der Wagen stecken, die im Hof standen.

Plötzlich gellte von den Brüstungen her ein Freudenschrei.

„Dort sind sie!" brüllten die Soldaten. „Sie kommen!"

Der General erreichte noch rechtzeitig die Brüstung, um die Attacke Buffalo Bills und seiner Pawnees gegen die Sioux zu sehen.

„Wunderbar", schrie er, „einmalig! Ich habe die Pawnees noch nie so angreifen gesehen!"

Die Pawnees waren an sich gute Streiter, reichten jedoch gewiß nicht an die Weißen heran. Es fehlte ihnen der Kampfgeist. Sie gehorchten kalt den Befehlen, mehr taten sie aber nicht.

Doch Buffalo Bill wußte von ihnen genug, um sich zu entsinnen, daß sie und die Sioux Schwarzen Stieres schon seit langem erbitterte Feinde waren.

Er hatte deshalb vor dem Angriff eine kleine Rede gehalten. Er hatte den Soldaten ins Gedächtnis gerufen, daß die Tötung zweier Sioux einem Pawnee im Jenseits das Recht auf ewige Ruhe verlieh. Und die Pawnees hatten sich auf ihre Feinde mit einem derartigen Schwung geworfen, daß die Reihen der Sioux überrollt wurden.

Das Gefecht gestaltete sich ungemein blutig. Dadurch zur Raserei gebracht, daß sie zwischen zwei Feuer geraten waren, verteidigten sich die Sioux mit Zähnen und Klauen. Sie warfen ihre wenigen Pferde überall hin, änderten blitzschnell die Richtung, kämpften Mann gegen Mann.

Buffalo Bill ging seinen Leuten mit gutem Beispiel voran. Schuß auf Schuß feuerte er auf seine Gegner und arbeitete auch mit dem Messer, wenn er direkt angegangen wurde.

Trotzdem schien der Kampf nicht enden zu wollen. Die Sioux waren in allzu großer Übermacht. General Carr befahl infolgedessen seinen Soldaten einen Ausfall. Jetzt waren sie es, die Buffalo Bill und seinen Pawnees zu Hilfe eilen mußten.

Carr preschte als erster an der Spitze seiner Mannschaft aus dem Fort. Als er Cody erreichte, rief er ihm zu:

„Buffalo Bill, Sie haben bewiesen, daß Sie den Oberstenrang verdienen!"

„In diesem Augenblick sind Ränge und Titel nichts wert, General!" antwortete Bill. „Man hat nur zu kämpfen, nur das ist was wert!"

Im Kampfgetöse verstand der General die Antwort nicht, deshalb schrie er zurück: „Was sagen Sie, Oberst?"

„Daß wir ein böses Ende nehmen werden!"

„Das glaube auch ich", seufzte Carr, für sich allein, während er nach allen Richtungen schoß.

Er sah, mit welcher Zähigkeit die Sioux, die noch immer überlegen waren, kämpften. Sie mußten bald die Oberhand gewinnen – und dann wäre das Ende für alle gekommen.

Das erkannte auch Buffalo Bill. Die Verzweiflung packte ihn, und in dieser Verzweiflung entschloß er sich zu einem Husarenstück.

Er hatte gesehen, daß Schwarzer Stier sich in einer gewissen Entfernung hielt, von dort aus das Gefecht beobachtete und Befehle erteilte.

Er war von vier oder fünf seiner Männer umgeben, die gewiß den Auftrag hatten, ihn zu beschützen und seine Befehle weiterzugeben.

Bei Schwarzem Stier lag die Gefahr, aber auch die Rettung.

„General Carr", rief Bill dem Kommandanten zu, „lassen Sie mich einen Augenblick allein handeln!"

„Was wollen Sie tun?"

„Entweder uns alle retten oder schneller als alle sterben!"

Schnell lud er die Pistole durch, dann drückte er dem Pferd die Sporen in die Flanken. Das Tier machte einen Satz und warf sich in einen ausgesprochenen Renngalopp. Genau auf die Gruppe zu, in deren Mitte der Häuptling stand.

Mehrere Sioux sahen ihn dorthin preschen und schossen ihm nach.

Sie trafen ihn aber nicht.

Als er die richtige Entfernung von Schwarzem Stier erreicht hatte, hob er die Pistole.

Eine Kugel traf ihn am ausgestreckten Arm, doch Bill beherrschte den Schmerz. Er zielte und feuerte.

Schwarzer Stier sank vornüber auf die Mähne seines Pferdes. Wutschreie erhoben sich unter den Sioux, und während Bill sein Tier blitzschnell wendete und zurückgaloppierte, gaben die Indianer den Kampf auf. Sie zogen sich in den Wald zurück. In ihrer Mitte trugen sie ihren toten Häuptling.

Im Blauen Cañon eingeschlossen

An jenem Abend feierte Fort Black. Buffalo Bill war natürlich der Held, dem alle gratulierten, dem alle die Hand drückten. Und alle wollten sich zumindest eines der hundert Abenteuer erzählen lassen, die alle Cowboys des Westens von ihm zu berichten wußten.

„Wissen Sie, daß Sie berühmt wie der Präsident sind?" fragte ihn ein Offizier, der ihn mit Bewunderung betrachtete.

Und Bill antwortete: „Oder ist gar der Präsident so berühmt wie ich?"

Fröhlichkeit lag in allen Herzen, jeder wollte Bill Freundschaft und Dankbarkeit zeigen.

Ohne seinen rechtzeitigen Entschluß, zum Fort zurückzuschwenken, und ohne seinen wahnwitzigen Angriff auf Schwarzen Stier, der die Sioux ihrer Führung beraubte, wären die ganze Kavallerie und auch das Fort vernichtet worden.

„Oberst Bill Cody, würden Sie den Auftrag annehmen ..."

General Carr konnte den Satz nicht beenden. Ein Mann war ganz verstört ins Zimmer hereingestürzt.

Er war schmutzig und verstaubt und sogar zu müde, um vorschriftsmäßig salutieren zu können.

„Kurier Tom Stanley, General", brachte er mühsam hervor. „Ich komme vom Blauen Cañon, vom Ufer des Spring."

Murmeln ging durch den Saal.

„Meine Kompanie ist von den Indianern dezimiert worden. Ich bin der einzige Überlebende..."

Die Offiziere bildeten einen Kreis um den Soldaten.

„Sioux?" fragte General Carr.

„Cheyennen, General."

„Erzählen Sie, was vorgefallen ist."

„Wir hatten den Auftrag, eine Farmerkolonne zu begleiten, die nach dem Westen wollte. Alles ging gut, bis uns die Indianer sichteten. Da befahl Hauptmann Mall, sich von der Kolonne zu trennen und die Cheyennen anzugreifen."

Buffalo Bill schüttelte das Haupt.

„Und dann?" fragte der General.

„Die Cheyennen haben uns vernichtet, Sir."

„Und die Zivilpersonen?"

„Es ist ihnen gelungen, sich im Blauen Cañon zu verstecken, doch weiß ich nicht, wie sie von dort herauskommen werden. Die Cheyennen bewachen den Eingang, und im Süden stürzt der Cañon in einen Abgrund. Eine Falle, General, sie haben Schutz in einer Falle gesucht."

„Wissen Sie, daß Sie hier sind?"

„Ja, Sir. Der Karawanenführer, ein gewisser Salton, hat mich gebeten, Ihre Hilfe zu holen."

„Salton, haben Sie gesagt?" fragte Bill überrascht.

„Ja, Salton, Sir", antwortete der Soldat mit einem Blick auf Cody. „Ein großer, dicker Mann."

„Er ist es . . . Ein alter Freund von mir!"

„Wir haben keine Zeit zu verlieren, Leutnant Brody", sagte General Carr. „Versammeln Sie die Offiziere!"

„Einen Augenblick", unterbrach ihn Bill. „Wollen Sie mit der Kavallerie aus dem Fort?"

„Ich glaube, daß nichts anderes zu tun ist, Mister Cody."

„Mit der Truppe wird man mindestens zwei Tage brauchen, um zum Blauen Cañon zu gelangen, ohne die eventuellen Angriffe der Sioux in Betracht zu ziehen."

„Wir müssen es versuchen, wir können diese armen Kerle nicht in der Gewalt der Indianer lassen."

„Gewiß nicht, General, ich möchte Ihnen jedoch einen Vorschlag machen." Bill hatte sich schon einen Plan zurechtgelegt.

„Welchen, Mister Cody?"

„Niemand kennt diese Gegend so gut wie ich, General. Arkansas, Kansas und Missouri kenne ich wie meine Westentasche. Ich hoffe, in einem Tag und einer Nacht den Blauen Cañon zu erreichen."

Ungläubiges Gemurmel ging durch die Reihe der Offiziere.

„Damit will ich niemanden zurücksetzen, General. Also, wenn Sie bereit sind, mir zwei Pawnees mitzugeben, hoffe ich, mit ihnen und Jimmy die Pioniere zu retten."

„Buffalo Bill", antwortete ruhig General Carr, „ich hatte Gelegenheit, persönlich Ihren Mut zu bewundern, diesmal verstehe ich aber nicht, wie Sie nur mit Ihrem Mut eine Pionierkarawane aus den Händen der Cheyennen retten können."

„Man braucht Soldaten und Gewehre dazu", bekräftigte Leutnant Brody. „Reden helfen nichts."

Bill zuckte mit den Schultern.

„Wir dürfen keine Zeit verlieren, General Carr. Wenn Sie gehen wollen, tun Sie es nur. Die Sioux warten nur darauf. Sie werden Sie vernichten, sobald Sie die Nase aus dem Fort strecken. Wenn Sie mich gehen lassen, bieten Sie der Karawane eine ernste Rettungsmöglichkeit. Man kann nämlich aus dem Blauen Cañon heraus, auch ohne den Ausgang im Norden."

„Wirklich?" fragte der Melder.

„Buffalo Bill, was Sie sagen, dürfte richtig sein. Ich kann in diesem Augenblick das Leben all meiner Soldaten nicht opfern. Suchen Sie sich zwei Pawnees aus, nehmen Sie Waffen, Munition, Proviant und Pferde. Nehmen Sie, was Sie wollen – und Gott stehe Ihnen bei!"

„Ich werde die Karawane an ihren Bestimmungsort außerhalb des Territoriums der Cheyennen führen, General."

„Ich wünsche es Ihnen, und ich hoffe es aufrichtig für diese armen Leute, die jetzt sicher furchtbare Ängste mitmachen."

Es war noch Nacht, als Bill, Jimmy und die beiden Pawnees heimlich aus dem Fort ritten.

Sie führten zwei mit Waffen und Munition beladene Pferde mit, die beiden Pawnees hatten auf Bills Verlangen ihre Uniformen abgelegt und sich als Cheyennen verkleidet.

„Wenn ich daran denke, daß ich diese beiden hinter meinem Rücken habe", flüsterte Jimmy, der Bill wie ein Schatten begleitete, „so tritt mir der kalte Schweiß auf die Stirn."

„Keine Angst, Junge", antwortete Bill. „Du kannst ihnen vertrauen, ich wette, daß sie nichts anderes begehren als den guten Ausgang unseres Abenteuers, um sich den Grad eines Sergeanten zu verdienen."

„Hoffentlich", seufzte der Junge.

Sie verließen das offene Gelände und drangen in den Wald ein. Das Mondlicht spielte zwischen den Zweigen.

Als sie sicher waren, die Linie der Sioux hinter sich gebracht zu haben, galoppierten sie die Pferde an.

Ohne Aufenthalt ließen sie die Prärie, den Wald, den Fluß hinter sich. Sie ritten eine grasige Gebirgsflanke hinan, umgingen die Felsen und betraten das Land der Kiowas. Ohne anzuhalten, brachten sie die Hügelkette hinter sich und schwenkten nach Südosten ab.

Die Sonne stieg hinter dem Gebirge empor. Bald breitete sich der Tag über die Prärie. Der kleine Trupp hielt wenige Minuten Rast, um die Pferde ruhen zu lassen und ein wenig zu essen. Dann ritten sie weiter. Meile um Meile legten sie zurück. Die Pferde zeigten sich unglaublich leistungsfähig.

Die Pawnees zuckten nicht mit der Wimper. Der Mut und der harte Wille Buffalo Bills beeindruckten sie sehr. In seiner Gesellschaft fühlten sie sich bedeutender und mächtiger.

Und vielleicht irrten sie sich nicht.

Nächtliche Kletterei

Als die vier Reiter endlich anhielten, standen sie am Ende ihres Gewaltrittes, einige Meilen von den Cañons entfernt.

Sie erkannten die riesigen Profile, die gezahnten Umrisse, die sich auf dem Himmel abzeichneten, von welchem die Nacht herabsank.

„Hier ist der Blaue Cañon", sagte Bill, sich ins Gras setzend.

„Jungen, wir verdienen, etwas zu essen. He, Schwarze Feder, bereite uns etwas Gutes zu!"

Schwarze Feder – so hieß einer der beiden Pawnees – nahm aus dem Proviantsack ein Stück gebratenes Büffelfleisch und teilte es in vier Teile.

Den besten davon reichte er Buffalo Bill.

„Wie werden wir zu der Karawane kommen?" fragte Jimmy.

„Ich werde allein hingehen."

„Du allein?"

„Nur ich. Ihr nützt mir besser an einer anderen Stelle."

Die Pawnees hörten aufmerksam zu. Es handelte sich doch auch um ihr Schicksal.

„Hört mir gut zu", sagte Bill, als sie ihren Imbiß beendet hatten. „Bald wird es dunkel sein, und das werden wir ausnützen. Die Cheyennen erwarten sich gewiß nicht das Eingreifen nur zweier oder dreier Männer, sie werden eher mit dem Auftauchen einer ganzen Masse Kavallerie rechnen. Das bedeutet, daß es einem oder zwei Männern leicht gelingen wird, durch ihre Linien zu kommen."

„Richtig", bemerkte Jimmy.

„Sobald es finster wird, nehme ich mein Pferd und reite dann südwärts über die Prärie. So kann ich mich der Außenwand des Cañons nähern, dann entlang dieser Wand nach Norden reiten."

„Auf die Indianer zu, die den Eingang bewachen."

„Genau."

„Und dann?"

„Ich habe Dynamit bei mir, Junge!"

Die Augen der Pawnees leuchteten. Dynamit war für sie etwas Zauberhaftes, Fürchterliches.

„Was willst du tun, Bill?" fragte Jimmy.

„Ich werde das Dynamit vor den Eingang des Cañons legen, an die Stelle, wo die Felswand niedrig ist und sehr dünn. Ich bin sicher, daß ich einen Durchgang in den Cañon sprengen kann. Die Wagen können dann durch – und auf und davon."

„Wo ist das, Bill?" fragte Jimmy zweifelnd.

„Siehst du dort den Wald?"

„Ja."

„Das ist die Grenze zwischen den Gebieten der Cheyennen und der Kiowas. Wenn es den Wagen gelingt, sie zu überschreiten, werden die Kiowas sie nicht belästigen, und die Cheyennen sind hinters Licht geführt."

„Und wenn es nicht gelingt?"

„Dann wird ihr Schicksal sich nicht von dem unterscheiden, das ihnen die Cheyennen bereiten wollen. Früher oder später werden sie sich entschließen, die Pioniere anzugreifen, und dann . . ."

„Und was werden wir tun, Bill?" fragte Jimmy.

„Du wirst dich mit den Pawnees am Waldrand auf dem Gebiet der Kiowas aufstellen. Ihr werdet euch gut verstecken und auf die Cheyennen feuern, wenn sie die Karawane verfolgen sollten. Verstanden?"

„Verstanden."

Buffalo Bill nahm aus dem Sack die Dynamitrollen, die er aus Fort Black mitgebracht hatte. Er steckte sie unters Hemd und stieg zu Pferd.

„Jimmy, ich bitte dich, sei vorsichtig. Und ihr, enttäuscht das Vertrauen eures Kommandanten nicht!"

Die Pawnees lächelten, während ihre Augen in der Dunkelheit leuchteten.

„Bill, glaubst du nicht, daß es für dich gut wäre, einen Soldaten mitzunehmen?" fragte Jimmy.

Bill nickte. Der Junge hatte recht, er konnte von Nutzen sein, und wenn er nur die Karawane von seiner Anwesenheit in Kenntnis setzen oder Jimmy eine Änderung in seinem Programm mitteilen sollte.

„Gut", antwortete er, „ich nehme Schwarze Feder mit."

Schwarze Feder und Bill galoppierten davon. Bill ritt, wie er sich vorgenommen hatte, südwärts, weit über die Prärie hinaus, so konnte er im Mondlicht die Pferde der Indianer am Eingang des Cañons erkennen.

Die Karawane dürfte für die Cheyennen eine ausgezeichnete Beute bedeuten, wenn sie diese so hartnäckig verfolgten.

Bill wollte schon sein Pferd auf den Cañon lenken, als er bemerkte, daß eine Wache der Cheyennen ihren Weg kreuzte. Der Indianer hatte sie zwar nicht gesehen, dennoch mußte man ihn beseitigen, weil er sie doch entdecken konnte.

Schwarze Feder ergriff auch ohne Befehl die Initiative dazu. Wortlos glitt er vom Pferd, zog sein langes Messer und warf sich ins Gras.

Bill rührte sich nicht. Von seinem Versteck aus sah er den Indianer einmal nach rechts, einmal nach links abweichen. Gewiß war er hier aufgestellt worden, um das Gelände zu beobachten.

Schwarze Feder erreichte den Indianer von hinten und sprang ihm auf die Schulter.

Der Cheyenne sank lautlos ins Gras.

„Komm", flüsterte dann der Soldat, „der Weg ist frei."

Bill folgte ihm. Als sie den Cañon erreicht hatten, fanden sie gleich eine kleine Kaverne, in die sie ihre Pferde führten.

„Warte hier auf mich", sagte Bill. „Und wenn du siehst, daß mich die Cheyennen schnappen, klettere durch die Felswand hinan und gehe zum Leiter der Karawane. Aber ich hoffe, daß es mir gelingt."

Bill legte die Dynamitrollen zurecht und stieg in die Felswand.

Der Mond beleuchtete die Felsen. Bill sah die Cheyennen am Eingang des Cañons lagern, sah in kurzer Entfernung ihre weißlichen Pferde umhergehen.

Vorsichtig zog er sich von einem Block zum anderen hinauf. Er erreichte den Scheitel. Von dort aus sah er den dunklen Abgrund unter seinen Augen.

In tiefer Dunkelheit, von der Nacht und der Stille gleichsam begraben, erwartete Saltons Karawane ängstlich den Tod.

Bill erreichte die Stelle, an der die Felswand sich senkte. Dort war der Felsen verhältnismäßig dünn, die Hälfte der Dynamitladung, über die er verfügte, würde dazu ausreichen, einen Durchgang zu sprengen.

Einen Durchgang, damit Salton und seine Wagen aus der Falle herauskommen, um dann in Windeseile über die Prärie zu sausen, auf der Suche nach der Rettung.

Er brachte die Dynamitladung an. Dann heulte er wie ein Koyote.

Schwarze Feder tauchte nach einiger Zeit bei ihm auf.

„Höre, Schwarze Feder, nimm diese Schachtel. Es sind Sprengkapseln. Wenn du auf dem Grund der Schlucht eine Laterne dreimal aufleuchten und verlöschen siehst, stecke die Zündschnur an und laufe. Laufe zu Jimmy und deinem Kameraden. Und bereitet euch vor, die Cheyennen zu empfangen. Verstanden?"

Der Indianer nickte.

Buffalo Bill blickte wiederum in den dunklen Abgrund. Der Indianer begriff sein Vorhaben.

„Hier kann man nicht hinab", sagte er.

„Es gibt keinen anderen Weg, Schwarze Feder."

„Du wirst sterben."

„Wenn du mich abstürzen hörst, verliere nicht die Ruhe. Warte noch, und erst mitten in der Nacht setze die Zündschnur in Brand. Ihr müßt allein davonkommen. Viel Glück, Bronzegesicht!"

Bei diesen Worten begann Buffalo Bill in das Innere des Cañons hinabzusteigen.

Das war ein schwieriges, beinahe unmögliches Unterfangen. Es handelte sich darum, eine Wand hinunterzuklettern, die hundert Meter hoch war, fast senkrecht abfiel und aus brüchigem Gestein bestand.

Buffalo wußte es. Doch er hatte sich nun einmal in diese Sache eingelassen. Wenn er abstürzen sollte – was bedeutete das schon? Setzte er nicht jeden Tag das Leben aufs Spiel? Dieses Unternehmen würde eine eigene Seite im Buch seiner Abenteuer bilden, und davon spräche man auch in den entfernten Städten, überall. Die Todesgefahr war schließlich der Preis, den er für seinen Ruhm bezahlen mußte.

Es war finster um ihn.

Mit den Händen tastend, spürte er die Vorsprünge, daran er sich mit all seiner Kraft festhalten konnte, während er mit dem Fuß nach einem weiteren Halt suchte. Und so stieg er langsam, Schritt für Schritt, Griff für Griff, die Wand hinab, während das Gestein immer wieder da oder dort nachgab und ihm voran hinunterrieselte.

Je tiefer er kletterte, desto besser gewöhnte er sich an die Dunkelheit. Er konnte Griffe und Tritte erkennen und auch die lockeren Stellen ausmachen, die, kaum berührt, ihn mit sich in den Abgrund gerissen hätten.

Das wäre ein schrecklicher Tod gewesen.

Der Tritt unter dem rechten Fuß brach ab, Bill spürte den Sprung, den sein Herz vor Schreck machte. Er hielt sich jedoch an einer zähen Wurzel fest, die aus einer Felsritze wuchs. Er stürzte nicht ab.

Langsam, beängstigend langsam ging der Abstieg weiter, während kleine Steinbrocken zu Tal rollten und unter ihm ein unheimliches Pfeifen und Poltern verursachten.

Die Hölle in dem Abgrund

Als er den Grund des Cañons berührte, schwanden ihm die Sinne. Zwei kräftige Arme hielten ihn aufrecht, während zwei andere ihn entwaffneten.

„Wer sind Sie?" fragte jemand.

„Woher kommen Sie?" fragte eine andere Stimme.

„Ich möchte mit Salton sprechen."

„Ich bin es", antwortete jemand in der Dunkelheit. „Und Sie, wer sind Sie?"

„Ich bin Buffalo Bill."

„Ohhh!"

Der alte Salton umarmte ihn und drückte ihn an sich.

„Buffalo Bill! Dieser verfluchte Bill Cody! Nur du konntest in diese Hölle herabsteigen! Und wie dir das gelungen ist! Seit einer halben Stunde hörten wir Steine und Erdbrocken auf unsere Köpfe rieseln, und wir dachten schon, daß die Indianer uns begraben wollen."

„Das werden sie bald tun, wenn wir uns nicht davonmachen."

„Davonmachen?" grinste ein gewisser Tubby. „Und wohin?"

„Hier", meinte Bill und zeigte auf die Felswand.

„Bist du verrückt geworden, Bill?" fragte Salton.

„Warum?"

„Ich gebe zu, daß ein Mann wie du solch eine Felswand herabsteigen kann, du jedoch kannst nicht verlangen, daß fünfzig Leute, darunter auch Frauen und Kinder, dieselbe Wand hinaufklettern! Außerdem bedeutet es ebenfalls den Tod, wenn wir alle unsere Habe hier zurücklassen. Nein, Bill, wir werden bis zur Ankunft des Heeres durchhalten."

„Es ist eben dieses Heer, das mich hergeschickt hat", antwortete Bill.

Die Eingeschlossenen konnten ihre Enttäuschung nicht verbergen.

„Auf welche Weise wollen Sie uns retten, Mister Cody?" fragte gedrückt ein alter Mann, dessen dichter, weißer Bart im Licht einer Laterne glänzte.

Bill lenkte die Aufmerksamkeit der Männer auf die Stelle, an der die Wand am niedrigsten und dünnsten, wenn auch vollkommen senkrecht war, so daß sie nicht zu erklettern gewesen wäre.

„Seht", sagte er, „an dieser Stelle ist sie nicht höher als zehn Meter. Eine gute Dynamitladung wird sie aufsprengen und einen Durchgang frei machen."

„Ist das möglich?"

„Ja, denn die Wand selbst ist von Nischen und Löchern durchzogen. Auf ein verabredetes Zeichen wird sie jemand sprengen. Der Felssturz könnte möglicherweise ebenfalls unbezwingbar sein. Aber in diesem Fall werden wir nichts verlieren. Wenn man aber, wie ich glaube, mit den Wagen darübergehen kann, werdet ihr die Prärie erreichen."

„Und die Indianer?" fragte Tubby.

„Die Indianer lagern vor dem Eingang zum Cañon. Wir werden Zeit genug haben, über die Prärie zu kommen. Wir müssen die Pferde bis zum äußersten antreiben. Und geradewegs auf den Wald jagen."

„Glauben Sie, daß es uns gelingen wird?" fragte Tubby.

„Es muß uns gelingen", antwortete Bill. „Entweder es gelingt uns, oder wir sind alle verloren."

„Danke, Cody."

„Jetzt ist nicht der Augenblick zu Danksagungen", antwortete Bill. „Salton, gib allen Männern der Karawane die entsprechenden Anordnungen. Sobald das Gestein heruntergerollt ist, müssen sie versuchen, durch die Öffnung zu fahren und auf den Wald zuzujagen."

„Und wenn wir den Wald nicht erreichen?"

„Dann bilden wir auf der Prärie einen Kreis und verteidigen uns. Das wird auf jeden Fall besser sein, als in diesem Loch hier zu sterben."

„Bill hat recht", sagte Salton. „Es muß uns gelingen. Mister Wint, bereiten Sie die Wagen."

„Wieviel habt ihr?"

„Zwölf."

„Eine schöne Anzahl. Hoffentlich können wir alle retten. Frauen und Kinder sollen auf den Wagen bleiben. Bewaffnet auch die Frauen. Und einige sollen mit Spaten und Spitzhacken bereitstehen, um den Durchgang zu erweitern."

„Wie ist das Zeichen?" fragte Salton.

Bill nahm eine Laterne, die er mit einer Decke verhüllte.

„Ich werde es bald geben", sagte er. „Die Wagen sollen bei der gegenüberliegenden Wand stehen. Geht alle in Deckung. Es wird einen Steinregen geben. Achtet auf die Frauen und Kinder!"

Wagen, Frauen und Kinder wurden an der gegenüberliegenden Wand aufgestellt.

„Sind alle fertig?" fragte er.

„Alle fertig!" antwortete Salton und lehnte sich selbst an die gegenüberliegende Wand.

Bill deckte die Lampe ab, deckte sie wieder zu, deckte sie wieder ab und gab derart das Zeichen, worauf Schwarze Feder wartete.

Dann lief er zu Salton an die Spitze der Wagenkolonne.

Minuten vergingen, die der Ewigkeit glichen. Alle starrten atemlos zum Rand des Cañons empor.

Am Himmel über ihren Häuptern standen viele Sterne.

„Es ist so, als wären wir auf dem Grund eines Brunnens", flüsterte Salton.

„Hoffentlich kommen wir aus diesem Brunnen heraus", antwortete Bill.

Rundum drückte das Schweigen. Minuten vergingen. Bill begann unruhig zu werden.

Die Zündschnur mußte längst brennen. Das zischende Flämmchen mußte jeden Moment das Dynamit erreichen, um die Explosion zu verursachen.

Nichts. Nur Stille. Eine bedrückende Stille voll Todesangst.

„Wer ist dort oben?" fragte Salton, dem Zweifel aufstiegen.

„Ein eingeborener Soldat", antwortete Bill.

„Hast du Vertrauen zu ihm?"

Bill antwortete nicht, denn es war offenkundig, daß . . .

Er konnte seine Gedanken nicht zu Ende führen. Ein Blitz erhellte die Nacht, und lautes Donnern erschütterte die Erde.

Falkenauge erliegt

Die Felswand stürzte ein. Blöcke flogen durch die Luft. Eine Steinlawine rollte mit ohrenbetäubendem Lärm herab. Nur mit Mühe konnten die Pioniere ihre verängstigten Pferde halten. Dichter, rauchartiger Staub erhob sich und blendete alle. Sie konnten nichts mehr sehen. Sie husteten und glaubten zu ersticken.

„Bill! Bill!" rief Salton.

„Hier bin ich!"

„Ich kann dich nicht sehen! Ich sehe überhaupt nichts! Welch ein Staub!"

„Bleib noch ruhig", befahl Bill. „Warten wir, bis sich der Staub senkt."

Sie warteten einige Minuten, dann konnte das Licht der Laternen die Dunkelheit durchbrechen, und Bill gab den Befehl:

„Der erste Wagen voran!"

Der Alte mit dem weißen Bart führte ihn.

Er trieb die Pferde an und zog los. Doch einige große Blöcke versperrten den Durchgang. Die Räder kamen nicht darüber hinweg.

„Die Mannschaft mit den Spitzhacken vor!" befahl Salton.

Einige Männer liefen herbei und arbeiteten eifrig. In kurzer Zeit gelang es ihnen, einen Gang zu öffnen. Es konnte gerade ein Wagen durchfahren.

„Die übrigen nach!"

Die Wagen zogen hintereinander los. Die Pioniere trieben energisch die Pferde an. Die Frauen unter den Plachen hielten die Gewehre schußbereit.

Eins, zwei, drei, vier ... alle Wagen waren durch.

„Alle hinaus!" rief Bill. „Ich decke euch den Rücken."

Die Karawane verschwand durch den Durchgang. Buffalo Bill kam mit schußbereiten Waffen als letzter heraus.

Durch die Explosion alarmiert, liefen die Indianer in den Cañon. Sie fanden keinen Widerstand und waren bald im Rücken der fliehenden Kolonne.

Buffalo Bill versteckte sich hinter einem großen Felsblock und begann zu schießen. Die Dunkelheit schützte ihn zwar, sie hinderte ihn jedoch, bei jedem Schuß das Ziel zu treffen.

Mancher Cheyenne fiel, anderen gelang es, den Gang zu überschreiten und sich auf die Verfolgung der Karawane zu machen, die nunmehr über die Prärie galoppierte.

Buffalo Bill fuhr zu schießen fort. Er schoß bis zur letzten Patrone, dann machte er sich in der Dunkelheit davon.

Doch zwei Cheyennen warfen sich auf ihn.

Er verteidigte sich mit dem Messer, aber andere Indianer packten ihn an den Armen.

Sie wollten ihn lebend gefangennehmen.

Und sie bekamen ihn lebend.

„Das Bleichgesicht", sagte der Häuptling der Cheyennen, „wird unter Martern sterben. Das Bleichgesicht hat das Gebirge einstürzen und seine Freunde fliehen lassen. Führt ihn ins Lager."

Er wurde auf ein Pferd geladen und ins Lager der Cheyennen gebracht. Dort banden sie ihn an einen Pfahl, vor welchem ein Feuer brannte, das starke Hitze ausstrahlte.

Das Lager bestand aus zumindest zweihundert pyramidenförmigen Zelten. Es lag in einem Gelände zwischen den Cañons, das für den weißen Mann nur schwer zu erreichen gewesen wäre.

Bill selbst hatte von diesem Lager nichts geahnt. Man gelangte auf unbekannten Wegen dorthin.

„Das Bleichgesicht ist Buffalo Bill", erklärte der Medizinmann der Cheyennen und zeigte Falkenauge den Gefangenen.

Falkenauge betrachtete Bill genau. Er erkannte in ihm einen alten Gegner, der ihn schon einigemal geschlagen hatte.

„Der große Krieger hat sich wie ein Junghirsch in einer Falle fangen lassen", erklärte Falkenauge.

„Mir war darum zu tun, meine weißen Brüder zu retten. Das ist mir gelungen, und ich freue mich darüber."

„Das wird dich aber das Leben kosten."

„Ich fürchte den Tod nicht."

„Das Bleichgesicht fürchtete immer den Tod!" erklärte Falkenauge wütend.

„Ich nicht, denn ich bin der größte Krieger im Land der Cheyennen!" Falkenauge knirschte mit den Zähnen.

Buffalo Bill hoffte, den Stolz des Häuptlings der Cheyennen zu verletzen, um ihn zu einer Herausforderung zu verleiten, die vielleicht der einzige Ausweg aus seiner verzweifelten Lage sein konnte.

Es gelang ihm.

„Der größte Krieger ist Falkenauge!" antwortete der Indianerhäuptling. „Das Bleichgesicht ist ängstlich wie ein Truthahn."

„Und der Häuptling der Cheyennen ist ängstlich wie ein Maulwurf."

Falkenauge schlug Bill mit dem Handrücken ins Gesicht.

„Das ist der Mut des großen Häuptlings der Cheyennen", höhnte Buffalo Bill daraufhin, den Blick auf die Indianer gerichtet, die ihn im Feuerschein umgaben.

„Er ist nur fähig, einen gefesselten Mann zu schlagen. Den Mut aber, sich mit Buffalo Bill Mann gegen Mann zu schlagen, hat er nicht!"

Die Indianer im Kreis murmelten untereinander. Falkenauge tobte vor Zorn.

„Das Bleichgesicht ist ein großer Held für seine Freunde", sagte er. „Auch die Sioux und die Apachen kennen seine Taten, doch der Häuptling der Cheyennen hat keine Angst vor ihm! Und er wird es Buffalo Bill beweisen, indem er ihm die Freiheit anbietet, wenn er ihn besiegen kann!"

Die Herausforderung war angenommen.

Rasch wurden die Vorbereitungen getroffen.

Auch für die Indianer war ein derartiges Duell ein Ereignis. Sie ließen sich keine Gelegenheit dazu entgehen, um den anderen und sich selbst zu beweisen, daß sie stärker und tapferer seien als die Bleichgesichter.

„Du nimmst dieses Messer", sagte der Medizinmann, der den Zweikampf leiten sollte, „und wirst dich gegen Falkenauge verteidigen."

Bill hatte sich Schlimmeres erwartet. Er ergriff das Messer und wartete aufmerksam ab. Falkenauge begann sich zu nähern, während die Zuschauer den Kreis erweiterten.

„Heute nacht wird das Bleichgesicht den Tod finden", sagte Falkenauge und stieß zu. Jedoch ins Leere.

„Ich hoffe nicht", antwortete Bill und erwiderte den Stich mit einem Querhieb, der durch die Luft zischte, ohne zu verletzten.

Das Duell wurde immer hartnäckiger. Falkenauge war tapfer und wagemutig, er ging ungeachtet Bills Hieben vor, der ihm schon eine kleine Verletzung am Arm beigebracht hatte.

Falkenauge führte Stich auf Stich, ohne Atempausen zuzulassen. Endlich streifte er Bills Schulter, dann ein Bein, dann den Unterarm, was der Kreis der Zuschauer mit Freudenschreien begrüßte.

Buffalo Bill biß sich auf die Lippen. Sein Gegner war härter, als er vorausgeahnt hatte.

Er mußte siegen, auf jeden Fall siegen – oder sie würden ihn umbringen.

Er wartete, bis Falkenauge zu einem besonders kräftigen Stich ausholte, so daß er sich nach vorne beugen mußte – da schlug er ihn wuchtig mit dem Messergriff gegen die Rippen. Der Indianer fiel, und Bill warf sich auf ihn und setzte ihm das Messer an die Kehle.

Totenstille herrschte ringsum. Die Indianer betrachteten fasziniert und zornentbrannt dieses Bleichgesicht, das ihren großen Häuptling zu Boden gezwungen hatte.

„Laßt ihn!" befahl der Medizinmann.

Bill ließ aber nicht locker. Er sah ihm in die Augen und sagte: „Nach den Duellregeln könnte ich dich töten, Falkenauge, aber ich will es nicht tun, weil ich nicht dein Feind bin."

„Töte mich!" befahl ihm der Indianer. „Du hast mich besiegt! Töte mich!"

Buffalo Bill ließ von ihm ab.

„Hört mich alle an!" rief er. „Falkenauge ist ein tapferer Krieger. Ich habe ihn nur zu Boden gezwungen, weil mich die Angst vor dem Tod dazu getrieben hat. Er hat nicht gesiegt, weil es ihm nicht nötig schien. Ich freue mich, Falkenauge die Hand reichen zu können."

Bei diesen Worten streckte er seinem Gegner die Hand entgegen.

Die umstehenden Indianer wurden böse.

Falkenauge drückte Bills Hand.

„Du bist ein tapferer Krieger", sagte er, „aber Freunde werden wir nie sein. Steig auf dieses Pferd und geh! Nach Sonnenaufgang werde ich wieder dein Feind sein."

Diese Rede war deutlich. Falkenauge ließ ihn frei, weil er es versprochen hatte, er setzte jedoch Bills Freiheit eine Grenze: den Sonnenaufgang.

„Ich werde sofort aufbrechen."

Bill ging zum Pferd. Er wollte es gerade besteigen, als ein Pfeil an ihm vorbeiflog und sein Pferd tötete.

Bill drehte sich blitzartig um und konnte gerade noch sehen, wie Falkenauge seinen Tomahawk schleuderte und einen seiner Krieger in die Brust traf.

„So sterben jene, die Falkenauge nicht gehorchen", erklärte der Häuptling, „und die Ehrenregeln der Cheyennen nicht beachten!"

Buffalo Bill seufzte tief. Zwei Krieger brachten ihm ein Messer und eine Pistole. Sie war geladen. Dann führte ihm ein anderer ein Pferd herbei.

Bill saß auf. Er sah Falkenauge, dessen Gesicht im Feuerschein leuchtete, und hob einen Arm zum Gruß.

Dann gab er dem Tier die Sporen und jagte es den geneigten Hang hinab.

Der Abschied vom Retter

„Buffalo Bill!" schrie Salton, der seinen Augen nicht traute. „He, halt!"

Die Karawane hielt an. Jimmy sprang von einem Wagen und lief seinem Freund entgegen.

„Bill!" rief er mit Tränen in den Augen. „Wir dachten, du seiest tot!"

„Ich bemerke es, Freunde", antwortete Bill. „Das bemerkte ich, als ich keine Wagenspuren entdeckte. Aber ich habe eine dicke Haut, seht ihr?"

Die Pioniere umringten ihn voller Freude.

Salton ließ ihm Speise auftragen, und Jimmy wollte – wie alle anderen – wissen, was geschehen war.

Bill sparte mit den Einzelheiten nicht, und als er seine Erzählung beendet hatte, trug man ihn beinahe im Triumph umher.

„Und ihr?" fragte er schließlich. „Wie ist es euch ergangen?"

„Ausgezeichnet, Bill. Als wir aus dem Cañon heraus waren, gelangten wir ungestört zu dem Wald. Dort haben wir Jimmy und den Indianer gefunden. Den ganzen Tag haben wir gewartet. Dann waren wir davon überzeugt, du seiest tot."

Jimmy war glücklich, Bill wiederzusehen, wie auch Salton und die anderen Pioniere, die ihm ihre Rettung verdankten.

„Und der Indianer?"

Die beiden Pawnees erschienen freudestrahlend vor ihm.

„Sehr tüchtig", sagte Bill. „Ihr habt wirklich tüchtige Arbeit geleistet. In Fort Black werdet ihr bestimmt Anerkennung finden, dessen könnt ihr sicher sein."

Einige Tage lang rastete die Karawane am Ufer des Platte, dann kam der Augenblick, da die Reise fortgesetzt werden mußte.

Der alte Salton, der sich die Aufgabe gestellt hatte, die Kolonne nach Kalifornien zu bringen, forderte Bill auf, mitzuziehen, doch Bill mußte natürlich diese Einladung ausschlagen.

„Jetzt stehe ich bei General Carr in Dienst", rechtfertigte er sich. „Aber vielleicht werde ich euch einmal besuchen."

„Hoffentlich", antwortete ein Pionier. „Und in diesem Fall dürfen Sie sich nicht weigern, unser Gast zu sein."

Der Abschied war äußerst herzlich. Alle drückten dem jungen Mann die Hand. Sein Name mußte nun in aller Gedächtnis bleiben.

„Wir schulden Ihnen unser Leben", sagte für alle schließlich der Alte mit dem weißen Bart. „Und wir werden es Ihnen nie vergessen."

Die Karawane setzte sich in Bewegung. Salton ritt an der Spitze, neben ihm ein Eingeborener. Dahinter kamen Wagen, von kräftigen Pferden gezogen, die sie weit nach dem Westen führen mußten, den jedes Karawanenmitglied für das verheißene Land hielt.

Bill, Jimmy und die zwei Pawnees blieben regungslos auf der Bodenwelle stehen und sahen gedankenvoll dem langsamen Marsch der Karawane über das Territorium der Kiowas nach.

Dann gab Bill ein Zeichen, und die Pferde galoppierten davon.

Eisenbahn in Gefahr

Seit einigen Monaten verlief das Leben in Fort Black sehr ruhig.

Buffalo Bill verbrachte seine Tage abwechselnd auf der Büffeljagd und bei der Abrichtung der Pawnees, denen er alle die Kniffe beibrachte, die er bei der Jagd auf Tiere – und auch auf Menschen – anwandte.

Nun begann er aber, sich zu langweilen. Als ihn der General eines Tages rufen ließ, ging er zu ihm mit der Absicht, jeden neuen Auftrag abzulehnen.

„Buffalo Bill", sagte Carr, der eine Landkarte auf dem Tisch ausgebreitet hatte, „ich bin gezwungen, wieder um Ihre Hilfe zu bitten."

Buffalo Bill hoffte plötzlich, einen Auftrag zu bekommen, der ihn weit weg vom alten, nun von allen vergessenen Fort führte.

„Bitte, General."

„Heute morgen erhielt ich eine seltsame Nachricht."

Bill lauschte aufmerksam.

„Die Eisenbahngesellschaft, die die Strecke nach Süden baut, nach West City, scheint Schwierigkeiten mit den Indianern zu haben. Das überrascht mich, denn bis gestern war die ganze Gegend ruhig. Jedenfalls werde ich gebeten, jemanden hinzuschicken, der fähig wäre, auf irgendeine Weise die Lage zu klären."

„Das heißt?"

„Das heißt, daß man diesen toten Punkt überwinden muß. Entweder lösen Sie selbst dieses Problem, oder Sie verlangen Hilfe in Fort Platte."

„Fort Platte?" fragte Bill überrascht, weil er wußte, wie weit entfernt dieses kleine Fort lag.

General Carr nickte.

„Ich verstehe noch nicht, worin mein Auftrag besteht, General."

„Es scheint mir klar, Bill. Sie sollen die Bahnstrecke schützen, damit der Bau nicht behindert werde. Treten Sie mit den Indianern in Kontakt, wenn Sie glauben, daß Sie auf diese Weise wieder Frieden ins Land bringen können. Kurz und gut, Buffalo Bill, das ist eine der Aufgaben, die nur hohen Graden im Heer vorbehalten sind. Sind Sie Oberst oder nicht?"

Bill lächelte. Und auch General Carr lächelte mit ihm, denn den Rang eines Obersten hatte Bill noch nicht offiziell zuerkannt erhalten. Carr selbst hatte ihn ihm aus eigener Initiative angehängt, ohne den Auftrag dazu bekommen zu haben. Allerdings, im Notfall stand ihm das Recht zur Ernennung eines Obersten der Pawnees zu.

„Sie überqueren den Black Creek River", fuhr der General fort, „und erreichen das Dorf West City. Es ist eine kleine Häusergruppe am Fuß des Gebirges. Dort nehmen Sie Verbindung mit Mister Peddy auf, der für die Eisenbahnlinie verantwortlich ist."

Buffalo Bill verlor keine Zeit. Am selben Tag verließ er Fort Black, nachdem er sich von Jimmy getrennt hatte, der nach Norden zurückkehrte, und von den beiden Indianern, die ihm bei seinem letzten Abenteuer treue Freunde gewesen waren.

Er brach auf Jax auf, dem neuen Pferd, das er aus den besten des Forts ausgesucht hatte. Er trug viel Munition mit sich.

Die Reise war lang, doch Bill beeilte sich nicht. Er legte sie sogar in aller Ruhe zurück. Er hatte nicht den Eindruck, daß die ihm vor Augen geführte Lage große Eile erforderte.

So ritt er gemütlich dahin. Hie und da hielt er an, um zu jagen, zu essen und sich ein Schläfchen zu gönnen. Als er endlich West City erblickte, waren zwei Tage vergangen. Er war noch nie in West City gewesen, und niemand kannte ihn dort.

Das stellte er sofort fest, als er ins Dorf einritt. Niemand grüßte ihn, niemand rief ihm zu, wie das anderswo geschah: „Bist du hier, Buffalo Bill?"

Im Gegenteil. Als er sein Pferd an den Pfosten vor dem Saloon gebunden und das Lokal betreten hatte, hörte er, wie ein Riesenkerl von einem Mann ihn zum Teufel wünschte.

Bill war ein wenig gekränkt. Sein Stolz war verletzt worden. Trotzdem tat er so, als hätte er das unfreundliche Kompliment nicht gehört.

Er trat an den Ausschank und bestellte zu trinken. Ungefähr zwanzig Männer standen da. Durchwegs verdächtige Typen nach der Art von Galeerensträflingen, Auswurf der Gesellschaft, die von der Arbeit an der Bahnstrecke bis hieher an die Grenze gelockt worden waren.

„Sind Sie neu hier?" fragte der Barmann.

„Ich bin jetzt aus dem Norden gekommen."

„Das sieht man. Was tun Sie hier?"

Der Barmann war neugierig, vielleicht zu neugierig, doch Bill ging darauf ein. „Ich suche Arbeit. Man hat mir erzählt, daß hier eine Bahnstrecke gebaut wird."

„Eine Bahnstrecke", flüsterte der Barmann. „Puh, ein schlechtes Geschäft, junger Mann. Ich rate Ihnen, lieber anderswo nach Arbeit zu suchen."

„Warum?"

„Die Indianer wollen nichts davon wissen."

„Die Kiowas?"

„Nein, es sind Apachen."

„In dieser Gegend?"

„Ein Stamm, der von Norden gekommen ist. Sie lagern auf den Hügeln und bauen ab, was die Bahngesellschaft aufgebaut hat. Aber es gibt viel Geld, und die Arbeiter verdienen gut."

„Warum raten Sie mir also von der Arbeit bei der Bahn ab?"

„Nein, zum Kuckuck, das wollte ich nicht gerade sagen. Ich wollte Ihnen nur erklären, daß hier kein ruhiger Platz ist."

Bei diesen Worten goß er ein. Bill leerte das Glas in einem Zug. Dann ging er zur Türe.

Draußen suchte er nach einem Schlafplatz. Eine Frau beherbergte ihn in ihrem Haus.

„Es ist ein stilles Zimmer, junger Mann, und ich bin damit zufrieden", sagte sie, als sie ihm den Raum zeigte. „Wegen des Pferdes brauchen Sie sich nicht zu sorgen, ich kümmere mich darum. Das ist im Zimmerpreis inbegriffen."

Bill warf sich aufs Bett und schlief fest. Als er erwachte, war schon hellichter Tag.

Nun galt es, Mister Peddy zu finden, dem er das Beglaubigungsschreiben General Carrs vorzulegen hatte. Er fragte vorerst einen häßlichen Kerl, der vor dem Saloon saß.

„Was wollen Sie von ihm?" antwortete der Mann, von seinem Sessel hochspringend.

„Ich muß mit ihm sprechen", erwiderte recht kurz angebunden Bill.

Der ungemütliche Kerl sah ihn von Kopf bis Fuß an, dann sagte er: „Sehen Sie diesen Weg?"

„Ja."

„Folgen Sie ihm dreihundert Meter, und Sie stehen vor Mister Peddys Haus."

„Danke, junger Mann."

Bill stieg in den Sattel und zog im Schritt davon. Der Mann gefiel ihm gar nicht. Wie ihm auch der Barmann nicht gefallen hatte. Eine unheimliche Stimmung lag über dem Dorf. Er versuchte, andere Personen um die Bahnstrecke zu befragen. Sie antworteten ihm ausweichend.

Warum?

Bill verschweigt seinen Namen

Mister Peddy wohnte gleich außerhalb des Dorfes in einem lieblichen, wohlgepflegten Häuschen.

Vor dem Eingang lagerten zwei Männer, die Bill für zwei Arbeiter der Bahngesellschaft hielt.

„Ich möchte Mister Peddy sprechen", sagte er näherkommend.

Die beiden betrachteten ihn schweigend von Kopf bis Fuß. Dann ließen sie ihn eintreten.

Mister Peddy mochte fünfzig Jahre alt sein. Er war recht salopp gekleidet, jedoch mit einem Zug ins Elegante. Er rauchte eine dicke Zigarre und studierte gerade einige auf dem Tisch ausgebreitete Papiere.

„Herein!" sagte er, und zeigte Bill einen Lehnstuhl.

„Nehmen Sie Platz. Mit wem habe ich die Ehre?"

Bill wollte seinen richtigen Namen sagen, da hatte er eine plötzliche Eingebung: „Ben Durant", antwortete er.

„Und was ist der Zweck Ihres Besuches, junger Mann?"

„Ich habe gehört, daß Sie Schwierigkeiten mit den Indianern haben."

Mister Peddy fuhr zusammen. Er verbarg jedoch seine Überraschung, indem er Bill zu trinken anbot.

„Ja ... ziemlich viele, Mister Ben. Aber Sie?"

„Ich bin gekommen, um Ihnen meine Dienste anzubieten, Mister Peddy. Ich kenne die Komanchen sehr gut."

„Es handelt sich nicht um Komanchen, Mister Ben, sondern um Apachen. Sind Sie vielleicht ein Freund der Apachen?"

„Nein, nicht der Apachen. Ich glaubte, daß es sich um Komanchen handelt. Immerhin kenne ich diese Gegend sehr gut und könnte Ihnen gute Dienste leisten."

„Leider nicht, Mister Ben. Wir haben ausgezeichnete Landkarten von dieser Gegend. Die Eingeborenen sind mit uns befreundet, und ich sehe wirklich nicht, wie Sie mir helfen könnten. Versuchen Sie, im Saloon oder beim Schmied oder bei einem der Pioniere in der Umgebung Arbeit zu finden. Es wird nicht schwer sein."

Bill erhob sich. Herr Peddy reichte ihm die Hand.

„Es tut mir wirklich leid, Mister Ben."

Bill ging hinaus. Als er sich von diesem Haus entfernte, hatte er den deutlichen Eindruck, daß man ihm nachspionierte. Er tat so, als ritte er zum Saloon hin, dann ging er aber aus dem Dorf.

Er kundschaftete die Umgebung aus, ohne irgend etwas Seltsames zu sehen, außer daß die Bahnstrecke nur etwa drei Meilen lang sein mochte.

In der kleinen Station standen nur einige mit Eisenbahnmaterial beladene Waggons. Das bewies, daß die Arbeiten nur langsam vorwärts gingen. Bloß zwanzig Männer waren an der Arbeit.

Besser gesagt, sie plauderten, wo die Gleise endeten. Als sie Bill sahen, taten sie so, als wären sie damit beschäftigt, den Boden festzustampfen.

Etwas Düsteres lag über dem Dorf. Die Pioniere interessierten sich überhaupt nicht für die Bahnstrecke. Sie kümmerten sich nur um ihre Angelegenheiten. Alle vermieden es, über die in Bau befindliche Bahnstrecke zu sprechen, und Bill fand keinen einzigen Menschen, der ihm die Wahrheit sagen wollte.

So trieb er sich einige Tage lang in der Umgebung umher, bis er eines Morgens von zwei finstern Gesellen angesprochen wurde.

„Sind Sie Ben Durant?"

„Ja."

„Wir haben den Auftrag, Ihnen jede Lust zu nehmen, in der Umgebung zu stehlen", sagte einer von ihnen und zog die Pistole aus dem Gürtel.

„Ich will ja gar nicht stehlen, Jungens!" erklärte Bill erstaunt.

„Was Sie sagen, ist mir gleichgültig", erklärte der zweite Mann. „Wir raten Ihnen, sich aus dem Staub zu machen, und zwar recht bald. Mister Peddy hat keine Vorliebe für Gestalten, die bewaffnet umherstrolchen."

Bei diesen Worten schlug er Bill mit dem Pistolengriff auf den Kopf. Bill stellte sich ohnmächtig und ließ sich zu Boden fallen.

„Das ist doch ein Grünschnabel, zu nichts gut", meinte einer der beiden Kerle.

„Jack, diese Geschichte gefällt mir aber nicht", versetzte der zweite. „Früher oder später wird alles an den Tag kommen, und dann werden wir Schwierigkeiten haben."

„Einstweilen sind es schöne, klingende Dollars. Liegen sie dir vielleicht im Magen? In diesem Fall kannst du sie mir abtreten."

Das Zwiegespräch verlor sich in der Ferne. Buffalo Bill erhob sich. Der Kopf tat ihm weh.

Die Lage wurde immer seltsamer und verwirrter. Was sollte nicht an das Tageslicht kommen?

Er mußte die Wahrheit entdecken, und zwar bald. Aber wie?

Er war allein in einem abweisenden, geradezu feindlichen und dem Sprechen abgeneigten Dorf. Er befand sich unter Leuten, die ihn mit dem Pistolengriff aufforderten, sich aus dem Staub zu machen.

Langsam erreichte er das Häuschen, in dem er wohnte. Er suchte die alte Frau, die ihn beherbergte und lud sie ein, sich zu ihm zu setzen, um aus einer Flasche zu trinken, die er aus seinem Proviantsack geholt hatte.

Die Frau, Mary Owel, war sehr erfreut darüber.

„Es ist schon lange her, daß man freundlich zu mir war", sagte sie mit ihrer meckernden Stimme. „Sie sind ein braver Junge! Noch ein Gläschen? Die alte Mary betrinkt sich nicht, wissen Sie!"

„Sagen Sie mir, Mary, warum kommt die Bahnstrecke nicht weiter?"

Die Alte brach in Lachen aus.

„Ah, darum gießen Sie mir zu trinken ein, junger Mann! Ha, ha, aber ich bin nicht so dumm, wie Sie glauben, wissen Sie. Um die alte Mary zum Sprechen zu bringen, braucht man viel mehr als Whisky!"

„Wollen Sie Dollars?"

Die Augen der Alten glitzerten. Bill zog ein Beutelchen aus dem Gürtel und warf es auf den Tisch.

Die Alte überlegte, wie viele Dollars es wohl enthalten mochte.

„Junger Mann, das ist eine brenzlige Sache. Es wäre besser, Sie mischten sich nicht in diese Angelegenheiten."

„Sprechen Sie, Mary", forderte sie Bill auf.

„Ich weiß gar nichts."

Die Gier nach den klingenden Dollars und die Angst kämpften in ihr gegeneinander.

„Wer ist dieser Mister Peddy?"

Das Antlitz der alten Frau verfinsterte sich.

„Junger Mann, ich weiß nicht mehr als das: Mister Peddy ist von Kartons Bande ermordet oder zumindest gefangengenommen worden."

„Ich habe ihn aber heute gesehen!"

„Das ist Karton, junger Mann!"

Bill strich sich mit der Hand über die Stirn.

Jetzt begann er, einiges zu verstehen.

„Aber warum das alles?"

„Ich weiß nichts mehr, junger Mann. Morgen, bei der Ankunft des Zuges können Sie selbst sehen. Ich mische mich nicht in diese Angelegenheiten. Schon viele Leute haben ins Gras beißen müssen, nur weil sie Karton in den Weg kamen."

Bill wußte für den Augenblick genug.

„Danke, Mary. Erzählen Sie niemanden von unserem Gespräch, verstanden?"

„Ich bin nicht dumm, junger Mann. Und geben Sie gut acht! Kartons Bande überlegt nicht zweimal, wenn sie jemanden aus dem Weg räumen will."

„Wann kommt der Zug?"

„Morgen früh."

„Und wie oft im Monat?"

„Ein- oder zweimal. Er bringt fast ausschließlich Nahrungsvorräte, Waffen, das Geld für die Löhne und einige Sachen für die Dorfbewohner. Solange die neue Strecke nicht fertiggebaut ist, glaube ich nicht, daß sich diese Linie entwickeln wird."

„Danke, Mary."

Bill trat ins Freie. Er begann, ein wenig klarer zu sehen. Karton hatte den wirklichen Bahndirektor ermordet oder gefangengenommen. Er hatte dessen Platz eingenommen und leitete die Station, bekam die Lohngelder für die Arbeiter, die er schon entlassen hatte, er erhielt in regelmäßigen Abständen alles, was er von der Bahndirektion verlangte.

Karton hatte sein Glück gemacht. Und er konnte in aller Ruhe zweimal im Monat die Ankunft des Zuges abwarten. Doch wer hatte denn General Carr davon verständigt, daß in West City irgend etwas nicht in Ordnung war?

Er ging zum Saloon. Er setzte sich beim Schanktisch und spitzte seine Ohren. Unweit von ihm saßen dieselben Kerle, die ihn geschlagen hatten.

Als sie ihn sahen, erhob sich einer von ihnen und fragte ihn: „Hat dir diese Lektion nicht gereicht?" Er hob die Hand zum Gürtel.

„Ich gehe schon, ich gehe schon", antwortete Bill, bemüht, ein verschrecktes Gesicht zu zeigen. „Morgen früh, mit dem Zug. Ich hoffe, daß ihr nichts dagegen habt."

In diesem Augenblick trat Mister Peddy alias Karton ein. Als er Bill sah, wurde er ein wenig mißtrauisch.

„Haben Sie Arbeit gefunden?" fragte er.

„Ich habe den Eindruck, daß West City nicht das richtige für mich ist, Mister Peddy", antwortete Bill und machte ihm am Tisch Platz. „Und morgen reise ich ab, falls gewisse Herren, die ich kennenzulernen das Vergnügen hatte, mich nicht vorher verjagen."

„Aber niemand jagt Sie von hier fort, Mister Ben", erklärte Peddy erstaunt.

„Auf jeden Fall reise ich morgen früh mit dem Zug ab. Ich habe einige Ersparnisse und möchte in die Stadt gehen, um sie zu genießen. Was halten Sie davon?"

„Sie haben recht, junger Mann. Wenn Sie in die Stadt reisen, könnten Sie mir einen Gefallen tun."

„Bitte, sehr gerne."

„Könnten Sie diese hundert Dollar Joe McCrea, dem Besitzer des Hotels Stella, überbringen?"

Bei diesen Worten reichte er ihm hundert Dollar, überzeugt, daß Bill sie niemals dem Empfänger überreichen werde. Wenn er sie für sich behielt, hätte er alle Gründe, niemals seinen Aufenthalt in West City zu erwähnen.

Bill erriet Kartons Gedanken. Er nahm das Geld und versicherte ihm, daß er es überbringen werde. Auf jeden Fall werde er mit dem Zug abreisen.

Ein Geheimpakt

Das ganze Dorf erwartete die Ankunft des Zuges.

Pioniere, Goldsucher, Viehzüchter, keiner wollte dieses immer als großartiges Erlebnis empfundene Geschehen versäumen.

Die Lokomotive erschien, dicken, schwarzen Rauch ausstoßend, in der Kurve. Die Freudenschreie der Wartenden übertönten den Lärm der Maschine.

Kinder liefen hin und her und winkten aufgeregt.

Der Zug bestand aus Lokomotive, Tender, einem Passagierwagen und zwei Güterwaggons.

Er hielt schnaufend vor der Station. Nur der Lokomotivführer und zwei bewaffnete Männer, welche die übliche Eskorte des Konvois bildeten, stiegen aus.

„Ist Mister Peddy hier?" fragte der Maschinist, sich umsehend.

Einer von Kartons Männern antwortete.

„Mister Peddy ist im Gebirge. Er hat mich beauftragt, ihn zu vertreten. Sie können alles abladen."

„Meinetwegen", antwortete der Lokomotivführer und rief den Arbeitern etwas zu, die sich dem Zug genähert hatten. „Jetzt habe ich nur Lust zu trinken. Ich möchte mir einen Rausch ansaufen, wenn ich nicht den Konvoi wieder in die Stadt bringen müßte. Wir sind von einigen Indianern angegriffen worden, wißt ihr?"

Niemand hörte auf ihn. Kartons Männer waren schon damit beschäftigt, die Waren ins Magazin zu transportieren. Zwei Kerle hatten die Kassette mit den Lohngeldern an sich genommen und machten sich auf den Weg ins Stationsbüro.

Für Buffalo Bill war die Zeit zum Handeln gekommen. Er benützte das allgemeine Durcheinander, um sich dem Maschinisten zu nähern, drückte ihm die Pistole in den Rücken und forderte ihn auf, ihm in eine leere Baracke vorauszugehen.

Mit vor Schreck geweiteten Augen gehorchte ihm der Lokomotivführer.

Sobald sie die Baracke betreten hatten, schloß Bill die Tür und forderte den Mann auf, sich auf eine Kiste zu setzen.

„Was soll das heißen?" fragte der Maschinist. „Was wollen Sie von mir?"

„Ich möchte wissen, welchen Auftrag Ihnen Kartons Bande gegeben hat", sagte Bill entschieden.

Doch der arme Mann hatte offenbar nichts damit zu tun. Er fiel aus allen Wolken. Er war bestimmt aufrichtig.

„Karton?" staunte er. „Ich kenne ihn doch nicht! Sie sind auf dem Holzweg, ich bin nicht Karton!"

„Ich sage nicht, daß du es bist, doch könntest du in seinen Diensten stehen!"

„Sehen Sie denn nicht, daß ich bei der Bahngesellschaft angestellt bin? Ich bin der Lokomotivführer dieses Zuges. Sie müssen mich laufen lassen, sonst werde ich entlassen!"

Bill stellte ihm noch weitere Fragen, doch der arme Kerl war wirklich nur der Lokomotivführer, sonst nichts. Er kannte Karton nicht.

„Kannst du mir also erklären, wieso Mister Peddy nicht zum Zug kommt?"

„Komische Frage!" antwortete der Maschinist, ein Mann mit dickem Bauch und breitem, sympathischem Gesicht. „Weil er mit den Indianern auf den Hügeln verhandeln muß oder weil er Erkundigungen einzieht oder sich nicht wohl fühlt."

„Und wenn ich dir hingegen sagte, daß Mister Peddy von Kartons Bande gefangen oder gar ermordet wurde?"

„Sie wollen von diesem Karton nicht herunterklettern! Ich habe Ihnen schon gesagt, daß ich ihn nicht kenne."

„Wenn aber Mister Peddy ermordet wurde?"

„Ich sehe keinen Grund dafür!"

„Ich aber schon", erwiderte Buffalo Bill. „Es wird gut sein, wenn wir uns einander vorstellen!"

„Ich heiße Tuffy und habe nichts zu verstecken", sagte der Lokomotivführer.

„Und ich bin William Cody."

„Buffalo Bill?"

„Persönlich!"

Der arme Mann konnte seine Verwunderung und Begeisterung über diese Bekanntschaft kaum beherrschen. Er hatte von Bill in den Zeitungen gelesen.

„Sind Sie nicht Oberst der Pawnees geworden?" fragte der Maschinist.

„Die Nachrichten laufen schneller als die Pferde", lächelte Bill. „Ja, jetzt habe ich aber einen anderen Auftrag. Ich muß herausbekommen, was in diesem verdammten Dorf vor sich geht."

„Sind Sie überzeugt, daß Mister Peddy wirklich getötet wurde?" fragte Tuffy weinerlich.

„Höre", erklärte Bill, „ich glaube, daß alles klar ist. Karton hat Peddy ermordet, oder er hält ihn irgendwo gefangen und hat seither mit seinen Männern die Bahnstrecke praktisch in der Hand. Sie lassen die Linie in Betrieb, hüten sich aber, den Bau des neuen Stückes voranzutreiben. Sie bestellen Material, das sie wieder verkaufen, und Geld, das sie in ihre Taschen stecken können, weil sie die Arbeiter entlassen haben . . ."

Tuffy fiel aus allen Wolken.
„Und . . . die Waren, die ich heute brachte?"
„Geraten in Kartons Hände, wie schon seit langer Zeit."
„Das Geld?"
„Auch dieses, das habe ich soeben gesagt."
„Das ist unmöglich!"
„Im Dorf wissen bereits alle Leute von dieser Angelegenheit. Alle schweigen aber, weil sie Karton fürchten. Mit seiner Bande ist er hier allmächtig."
Tuffy schien endlich überzeugt.
„Was sollen wir also tun?" fragte er endlich.
„Jetzt nichts. Du mußt dich so stellen, als wüßtest du nichts von all dem. Zur verabredeten Stunde wirst du zurückfahren. Wenn du in der Stadt bist, verständigst du sofort die Behörden. Sie können sogleich Soldaten herschicken."
„Das werde ich sicher besorgen, Mister Bill. Und Sie?"
„Ich muß vorgeben, mit dem Zug abzureisen. Doch nach dem Tal werde ich aus dem Waggon springen. Ich habe mein Pferd unter dem Abhang."
„Ich hoffe, daß Ihnen nichts zustößt, Mister Cody."
„Auch ich."
„Was werden Sie inzwischen unternehmen?"
„Ich möchte feststellen, ob Peddy tot ist oder noch lebt, und in diesem Fall, wo er ist. Außerdem möchte ich mit den Indianern in Verbindung treten. Wann, glaubst du, wirst du mit dem Zug zurückkommen?"
„Nicht vor Beginn der nächsten Woche. Und vielleicht noch später."

„Ich habe sechs Tage Zeit. Gut. Gehe hinaus und verrate dich nicht. Du könntest dein Leben dabei lassen."

Der Lokführer schlich sich aus der Baracke.

Erpressung in der Hütte

Einige Tage lang hielt sich Buffalo Bill im Wald versteckt.

Wie er mit dem Lokomotivführer Tuffy vereinbart hatte, war er unter den Augen von Kartons Männern eingestiegen, in der Kurve und ein Stück nachher hatte Tuffy die Fahrt verlangsamt, und somit Cody den gefährlichen Sprung aus dem Waggon erleichtert. Bill war ins Gras gerollt, bald darauf aufgesprungen und tiefer hinabgelaufen.

Als der dritte Abend hereinbrach, entschloß er sich zu handeln.

Er ritt auf dem Weg zum Dorf und stellte sich hinter der Baracke auf, wo er Karton gesehen hatte. Zwei Männer hielten vor der Tür Wache.

Er kletterte geräuschlos aufs Barackendach, was leicht gelang, weil die Baumstämme, aus welchen der Bau bestand, sehr sorglos zusammengefügt waren.

Auf dem Dach angelangt, schob er vorsichtig einen Ziegel beiseite und erblickte Karton, der beim Schreibtisch saß und mit einem Mann sprach, den Bill noch nie gesehen hatte.

Bill spitzte die Ohren.

„Ich sage dir, daß es blöd wäre, die Sache sofort aufzugeben", erklärte Karton erregt. „Warten wir noch einige Reisen ab. Die letzte brachte kein allzu gutes Ergebnis. Wenig Geld und wenig Vorräte."

„Sie genügen, Mister Karton", erwiderte der andere. „Das Spiel wird gefährlich. Im Fort Platte läuft das hartnäckige Gerücht, daß hier die Arbeiten an der Bahnstrecke nicht so verlaufen, wie sie sollten, weil die Indianer uns daran hindern."

„Und ist es nicht gerade das, was wir wollen? Bezahlen wir vielleicht die Apachen von Grauer Wolke nicht dafür, daß sie uns stören?"

„Ja, Mister Karton, doch mit der Zeit wird das Spiel gefährlich."

„Was heißt das, Muller?"

„Einige Jäger, die ich im Gebirge angetroffen habe, kommen von Fort Black."

„Und?"

„Anscheinend ist General Carr über die Störungen durch die Indianer informiert worden und will Soldaten hieher senden."

„Dieses Gerücht läuft schon seit langer Zeit, Muller! Laß dich nicht von der Angst unterkriegen. Ich glaube, daß auch du eine schöne Summe verdient hast, nicht wahr? Ha, Dollars von der Bahngesellschaft!"

„Es stimmt, Mister Karton, aber ich möchte sie genießen, bevor ich mein Leben dafür lassen muß."

„Bist du entschlossen, uns im Stich zu lassen?" fragte Karton ernst.

„Entschlossen, Mister Karton. Die Indianer werden immer anspruchsvoller, unsere Männer ebenfalls, die Risken wachsen an. Wir können nicht bis in alle Ewigkeit so weitertun, Mister Karton. Früher oder später wird die Bahngesellschaft einen Inspektor oder Soldaten senden und dann . . ."

Kartons Gesicht verfinsterte sich. Er goß Muller zu trinken ein.

„Höre, Muller. Ich möchte nicht ohne dich arbeiten. Du bist der einzige, den Graue Wolke schätzt und dem er seine Freundschaft schenkt."

„Ich weiß nicht, wie lange noch."

„Gut, wenn du noch zwei Züge abwartest, hören wir auf. Jeder bekommt seinen Anteil, und wir werden verduften, bevor sich deine Zweifel bewahrheiten."

Muller zögerte.

„Für die letzten Züge erhältst du das Doppelte. Einverstanden?"

Muller nahm ungern an.

„Doch unter einer Bedingung", sagte er.

„Laß hören!"

„Daß einer von uns zur Station Fort Cheyenne geht, um mit einem von Peddy persönlich geschriebenen Brief etwas zu verlangen."

„Wie?" fragte Karton, der Muller nicht verstanden hatte.

„Wir brauchen einen echten Brief von Peddy, der die Zweifel besänftigen wird, die auch schon im Fort Cheyenne entstanden sind. Was meinen Sie dazu?"

„Richtig, Muller. Du bist weniger dumm, als ich dachte. Wir werden die Station Fort Cheyenne bitten, der Direktion den Inhalt des Briefes Peddys telegraphisch weiterzuleiten. So werden sie uns einige Zeit in Frieden lassen. Wir brauchen einen eigenhändigen Brief."

Mullers Augen leuchteten zufrieden.

„Ich hatte Ihnen ja gesagt, Mister Karton, daß es besser war, Peddy am Leben zu lassen, nicht wahr? Ich hatte wohl recht."

„Welch ein Glück, daß ich auf dich gehört habe! Los, lassen wir die Pferde satteln, und brechen wir sofort auf."

Die beiden Männer traten aus der Baracke. Bill glitt leise zu Boden und setzte sich an ihre Fersen.

Karton und Muller ritten, von zwei Männern ihrer Bande begleitet, aus West City hinaus und auf das Gebirge zu.

Bill folgte ihnen, fest entschlossen, alles zu entdecken, was sich hinter der ganzen Angelegenheit verbarg.

Nun war beinahe alles klar. Es blieb nur noch ein Punkt offen: Peddy lebte. Hatte er sich aber den Banditen freiwillig ergeben und war dafür entschädigt worden, oder wurde er bedroht?

Die Banditen durchquerten den Wald und ritten auf einen Felshang zu. Fast gerade darunter, auf einer mit hohem Gras bestandenen Wiese, stand eine Baracke. Licht brannte hinter den Fenstern.

Karton und seine Männer traten ein. Niemand hielt Wache, so war es Bill sehr leicht, sich zum Fenster zu schleichen und einen Blick ins Innere der Baracke zu werfen.

Er sah einen kleinen, mageren Mann auf einer Bank sitzen.

Seine Füße waren nackt, sein Gesicht trug Spuren von Verletzungen.

Karton setzte sich vor ihn hin. Bill konnte das ganze Gespräch mit anhören.

„Mister Peddy, freuen Sie sich, Sie werden bald frei sein."

Der Alte seufzte. Dann sagte er: „Ich weiß, daß Sie mich umbringen werden, Karton, Sie werden jedoch dafür büßen, seien Sie dessen gewiß."

„Was sagen Sie denn, Mister Peddy? Ich komme mit größtem Wohlwollen hieher, bringe Ihnen gute Nachricht, und Sie empfangen mich auf diese Art? Nein, das dürften Sie nicht tun, Mister Peddy!"

Muller mischte sich ein.

„Mister Peddy, diesmal sagt Karton die Wahrheit. Wir haben beschlossen, West City zu verlassen."

„Warum?" fragte der Alte zweifelnd.

„Wir haben genug eingesteckt, wir werden nur noch zwei Züge abwarten, dann lassen wir Sie frei."

„Und was wollen Sie jetzt von mir?" fragte Peddy müde.

„Nur einen Brief."

„Ich werde nichts mehr für Sie schreiben. Sie könnten mich ruhig ermorden."

„Seien Sie nicht so unfreundlich, Mister Peddy", grinste Karton. „Sie wissen schon, daß wir über unfehlbare Mittel verfügen."

„Ich weiß es", seufzte Peddy.

„Na, sehen Sie! Wäre es also nicht besser für Sie, wenn Sie die paar Zeilen schreiben, die wir brauchen, ohne daß wir zur Gewalt greifen müssen? Ich habe einen heiklen Magen, Mister Peddy, und Gewalttätigkeiten gefallen mir nicht."

Bei diesen Worten schlug er den alten Mann mit der flachen Hand ins Gesicht. Peddy senkte erniedrigt das Haupt.

„Sie nützen mein Alter aus und den Umstand, daß ich hier allein bin..."

„Großväterchen, keine Diskussion! Willst du den Brief schreiben, den ich dir diktieren werde, oder nicht?"

Der alte Mann hatte keine andere Wahl. Karton legte ein Blatt Briefpapier mit dem Kopf der Bahngesellschaft, Tinte und eine Feder auf den Tisch.

„Schreiben Sie an die Station Fort Cheyenne."

Der Alte schrieb die Anschrift.

„Schreiben Sie, daß die Arbeiten jetzt ungestört weitergehen, da wir mit den Indianern einen Vertrag geschlossen haben."

Der Alte sah Karton an und schrieb weiter.

„Schreiben Sie, daß die Indianer dafür hundert Faß Mehl, vier Kisten Speck und zwei Faß Whisky..."

Karton setzte die Liste fort.

„Schreiben Sie auch, daß wir hunderttausend Dollar für die Löhne neu aufgenommener Arbeiter und zur Entschädigung einiger Grundbesitzer benötigen, die ihren Grund für die Bahnstrecke zur Verfügung gestellt haben."

„Das ist eine ungeheure Summe! Die werden Sie niemals ohne Eskorte schicken!"

„Wir werden auch an die Eskorte denken, Mister Peddy, keine Sorge! Haben Sie alles geschrieben?"

Karton las den Brief durch. Er ließ einige Notizen über die Arbeit und recht schöne Grüße an den Präsidenten der Gesellschaft hinzufügen.

„Karton, Sie werden ein böses Ende nehmen", sagte Peddy, während er seine Brille reinigte.

„Darüber werden wir bald sprechen."

Karton und Muller standen auf.

„Auf Wiedersehen, Mister Peddy. Und machen Sie sich keine Sorgen, in wenigen Wochen sind Sie frei."

Bill versteckte sich hinter einer leeren Kiste. Karton und Muller stiegen in den Sattel und zogen fort. Die zwei Männer ihrer Begleitung blieben bei der Baracke zurück.

Die Sprengung

Bill glitt in den Rücken der beiden Männer, die bei der verlassenen Pferdekoppel miteinander sprachen.

Der eine sagte: „Du wirst sehen, daß sie ihn freilassen."

„Das kann man sich nicht vorstellen", antwortete der zweite. „Dieser Fehler würde uns alle an den Galgen bringen. Karton sagte doch deutlich, daß der Alte so lange am Leben bleiben würde, als er uns von Nutzen ist. Dann..."

Er konnte den Satz nicht beenden. Mit einem Stöhnen fiel er zu Boden. Sein Kamerad beugte sich über ihn, um ihn zu stützen. Er glaubte, es sei ihm übel geworden.

Doch ein kalter Pistolenlauf berührte seine Stirn.

„Keine Bewegung, oder ich lege dich um!" sagte Buffalo Bill. „Dein Freund ist dir schon vorausgegangen. Er braucht dich nicht mehr."

„Wer sind Sie? Was wollen Sie?"

„Steh auf, schnell!"

Der Mann erhob sich. Bill zwang ihn, in die Baracke zu gehen.

„Mister Peddy, fürchten Sie sich nicht, ich bin da, um Sie zu befreien."

Der alte Herr traute seinen Ohren nicht.

„Wer sind Sie? Woher kommen Sie? Schickt Sie die Gesellschaft?"

„Mister Peddy, wir dürfen keine Zeit verlieren. Sie könnten zurückkommen. Nehmen Sie die Pistolen dieser Verbrecher!"

Der Alte ergriff die Waffen.

„Jetzt geben Sie mir diese Seile."

Bill fesselte den Banditen wie ein Paket. Dann durchsuchte er die Baracke.

„Ein Unterschlupf für Jäger", sagte er.

„Das Hauptquartier Kartons und seiner Bande. Sie haben mir noch nicht Ihren Namen gesagt."

„Buffalo Bill, Mister Peddy."

Peddys Augen weiteten sich vor Überraschung. Sogar der Bandit war höchst verwundert.

„Wieso sind Sie hier, Buffalo Bill?"

„Ich werde Ihnen alles in Ruhe erklären, Mister Peddy. Jetzt schauen wir lieber zu, daß wir von hier verschwinden."

„Gewiß. Wohin sollen wir aber gehen? Das Dorf wird von Karton und seinen Männern beherrscht."

„Ich kenne jemanden, der Sie beherbergen wird, bis Sie wieder Ihren Posten antreten können. Gehen wir, Mister Peddy."

Bill öffnete die Türe, schloß sie jedoch schnell wieder.

Auf der Wiese ritten im Mondlicht fünf Männer auf die Baracke zu.

Sie kamen näher, es waren gewiß keine Freunde.

„Schnell, stellen Sie sich hinter diesem Fenster auf, Mister Peddy. Ich werde hierbleiben." Bill nahm hinter einem anderen Fenster Stellung.

„He!" rief eine Stimme. „Öffnen! Was macht ihr da drinnen? Hört ihr uns nicht?"

Bill schwieg. Die Männer wurden mißtrauisch. Nur einer näherte sich der Tür, und Bill streckte ihn mit einem Gewehrschuß zu Boden.

„Verdammt", fluchte ein anderer, „der Greis hat sich befreit!"

„Das ist unmöglich, Joe. Irgend jemand muß in die Baracke gekommen sein. Den müssen wir unschädlich machen."

Die vier Männer stellten sich in einiger Entfernung vor der Baracke auf und eröffneten das Feuer.

„Mister Peddy, nicht schießen", sagte Bill. „Wir haben nur wenig Munition. Es ist besser, sie austoben zu lassen."

Die Banditen schossen weiter, dann versuchten sie wieder, sich der Baracke zu nähern. Bill verletzte einen von ihnen am Bein.

„Verdammt! Die alte Krähe meint es ernst. Joe, lauf zum Dorf, hole Verstärkung! Wer immer in der Baracke steckt, ich versichere dir, daß er ein böses Ende nehmen wird. Schau, einer der Unseren ist tot!"

Die Schüsse verstummten. Bill sah nur mit Mühe die dunklen Schatten der drei Männer, die in kurzer Entfernung standen.

„Was sollen wir tun, Bill?" fragte Mister Peddy besorgt.

„Ich glaube, daß wir in der Falle stecken, Mister Peddy. Die Pferde sind zu weit weg, wir können keinen Fluchtversuch unternehmen. Wenn wir auch nur die Türe öffnen, machen diese Kerle aus uns Suppensiebe."

„Da sind wir verloren."

„Ich weiß es noch nicht. Warten wir ab."

Bill öffnete versuchsweise die Tür einen Spalt weit.

Einige Kugeln klatschten ins Holz, eine durchlöcherte ihm den Hut.

Er schloß sie eilig.

„Verdammt", knurrte er, „es gibt keinen Ausweg."

Langsam vergingen die Minuten. Bill kamen sie wie Stunden vor.

Und Stunden vergingen, ohne daß etwas geschah.

„Warum versuchen wir nicht auszubrechen?" fragte der alte Peddy, der die schreckliche Spannung nicht mehr ertragen konnte.

„Wir kommen nicht durch."

„Wenn wir hierbleiben, ändern wir unser Schicksal keineswegs."

„Wir leben vorläufig noch. Man weiß nie, Mister Peddy, was geschehen wird. In meinem Leben habe ich gelernt, daß sich auch in letztem Augenblick eine Gelegenheit . . ."

Bill verstummte.

„Haben Sie gehört?"

„Was?"

„Ein Geräusch."

Peddy lauschte.

„Ich habe nichts gehört. Bin vielleicht ein wenig taub."

„Ich würde schwören. Es ist unter uns. Vielleicht Mäuse . . ."

„Jaja", meinte Mister Peddy. „Mäuse können schon unter der Falltür sein."

„Falltüre?" wiederholte Bill.

„Sie ist hier unter diesem Fell", bestätigte Mister Peddy gleichgültig. „Sie führt in eine Grube, in der die Jäger ihre Felle frisch halten."

Bill bückte sich, hob das alte Fell und entdeckte darunter die Falltüre.

„Ich glaube nicht, daß das interessant wäre, Mister Cody", meinte der Bahndirektor.

Bill zog die Falltür hoch.

Ein Gewehrschuß erscholl außerhalb der Baracke.

„Mister Peddy, gehen Sie zum Fenster und beantworten Sie das Feuer. Halten Sie sich aber in Deckung."

Peddy gehorchte.

Bill erleuchtete die Grube. Es war wirklich ein kleiner Keller, der nach Fellen roch. Ein Spaten lag in einer Ecke.

Enttäuscht wollte er schon die Falltür zuwerfen, als er eine kleine Kiste sah.

„Dynamit!" sagte er. Und sofort hatte er einen Einfall.

„Mister Cody, jetzt kommen die anderen!" schrie Peddy in diesem Augenblick und eröffnete das Feuer.

„Wie viele?"

„Mindestens zehn oder fünfzehn. Wir sind verloren!"

„Noch nicht! Halten Sie sie fern!"

„Es wird nicht leicht sein . . ."

Während die Schüsse einander kreuzten, stieg Bill in die Grube, öffnete die

Dynamitkiste und trug sie hinauf. Er legte eine lange Zündschnur, die in der Kiste war, an und band sie an die Eingangstür, soweit wie möglich von der Grube entfernt und nahe dem gebundenen und geknebelten Banditen.

Dann nahm er den Spaten und steckte den Griff in ein Loch der Falltür. Nun lief er zum Fenster.

Kartons Männer waren fast alle draußen. Sie schossen fortwährend gegen die Hütte.

„He!" schrie Karton, nachdem er das Feuer gestoppt hatte. „Ich rate euch, die Waffen zu strecken. Ergebt euch!"

Bill antwortete mit einem Schuß, der einen von zwei Männern umwarf, die zu nahe gekommen waren.

„So werdet ihr krepieren!" brüllte Karton.

Die Schießerei ging diesmal noch hartnäckiger von neuem los.

„Mister Peddy, ich glaube, daß es den Tod bedeutet, wenn wir uns ergeben. Was glauben Sie?"

„Ich bin Ihrer Meinung, Bill. Leisten wir bis zum Ende Widerstand. Wir werden ehrenvoll sterben."

„Hoffentlich hat unsere Stunde noch nicht geschlagen, Mister Peddy, laufen Sie in die Grube!"

„Wie?"

„Keine Fragen!"

„Aber ... sie werden uns auch hier entdecken."

„Ich glaube nicht. Springen Sie hinein! Schnell! Jeder Augenblick kann uns die Haut kosten."

Peddy warf sich in die tiefe Grube.

Bill entlud seine Pistole auf die Banditen, dann legte er Feuer an die Zündschnur.

Die Banditen schossen in einem fort. Sie waren wütend und zugleich neugierig zu sehen, wer sich auf die Seite ihres Gefangenen gestellt hatte.

Als die Zündflamme schon knapp an der Kiste zischte, sprang Bill in die Grube und schloß die Falltüre.

„Gott schütze uns!" sagte er.

„Wir werden lebend begraben!" meinte Peddy in der Dunkelheit der Grube.

Eine ohrenbetäubende Explosion erschütterte den Boden.

Bill glaubte, die Sinne zu verlieren. Dann hörte er, wie auf die Falltür und rundherum Gebälk und Erdbrocken fielen.

Dichter Staub stand in der Grube. Sie konnten nur mühsam atmen. Bill suchte den Spatengriff über seinem Kopf. Als er ihn gefunden hatte, begann er langsam daran zu ziehen.

Als er den Griff durchgezogen hatte, hatte er eine Verbindung zwischen Steine und Erde hindurch mit dem gewesenen Raum geschaffen, die dazu ausreichte, ein wenig Luft hereinzulassen.

„Mein Gott... sie werden uns finden", stotterte der Alte.

Bill forderte ihn zum Schweigen auf.

„Sprechen Sie nicht, Mister Peddy. Sie müssen uns für tot und begraben halten."

Karton und seine Leute hatten den Schreck und die Verwunderung überwunden und näherten sich nun den rauchenden Resten der Baracke, die halb unter Felsblöcken lagen, welche von der nahen Wand herabgerollt waren.

„Jetzt können wir sicher sein, daß Herr Peddy nicht mehr sprechen wird", sagte Karton.

Der kleine Häuptling Graue Wolke

„Ich möchte wissen, wer bei ihm war", sagte einer der Männer.

„Das ist klar, der Mann, der ihn bewachen sollte! Peddy wird ihn gekauft haben. Er wird den anderen umgelegt haben, dann hat er sich mit Peddy hier verschanzt, in der Hoffnung, sich nachher auf die Socken machen zu können."

Sie betrachteten die Ruine der Baracke. Eine dicke Staubschichte bedeckte jetzt zerbrochene Bohlen, zerfetzte Balken und die Trümmer der wenigen, primitiven Möbel. Unter den Blöcken entdeckten sie auch die Überreste des Mannes, den Bill gefesselt hatte.

Niemand dachte an die Grube. Sie sahen, daß die Baracke durch die Explosion dem Boden gleichgemacht worden war. Am Tode ihrer Insassen konnte niemand zweifeln.

„Ein häßliches Ende... Ich wette, daß wir die Leichen nicht finden könnten, nicht einmal dann, wenn wir sie unter den Steinen und den Holztümmern suchten", meinte Muller.

„Wie mag dies geschehen sein?"

„Vielleicht gab es da irgendwo Dynamit, und eine Kugel wird es getroffen haben."

„Gut, das hat jetzt keine Bedeutung mehr, Jungen. Einige unangenehme Leute weniger! Reiten wir ins Dorf zurück. Ich biete allen zu trinken an!"

Als draußen vollkommene Stille eingekehrt war, bestand kein Zweifel, daß Karton und seine Männer sich entfernt hatten. Bill begann an den Scharnieren der Falltür zu arbeiten.

„Es wird Ihnen nie gelingen, sie zu öffnen", meinte Peddy verzweifelt.

„Hochdrücken kann ich sie nicht, aber herablassen schon!"

„Sind Sie verrückt? Sobald Sie die Scharniere ausbrechen, wird uns alles, was über unseren Köpfen liegt, erdrücken und begraben.

„Warten Sie ab und Sie werden sehen!"

Mit verblüffender Sicherheit brach Bill die Hälfte der Scharniere der Falltür aus, obwohl er in der Dunkelheit arbeiten mußte. Er nahm dann den Spatenstiel und stützte damit die Falltür gegen eine Wand ab.

„Jetzt, Mister Peddy. Kauern Sie sich hinter mir zusammen."

„Wir werden lebend begraben, Cody!"

„Wir haben keine andere Wahl!"

Bei diesen Worten entfernte Bill die Scharniere zur Gänze. Die Falltür senkte sich seitwärts herab. Daraufliegende Erde und Steine fielen in die Grube.

„Die dicksten Blöcke, wenn es welche gibt, werden von den Balken zurückgehalten, Mister Peddy."

„Hoffentlich!"

„Sehen Sie?"

Ein Lichtschimmer fiel in die Grube. Bill ließ die Falltür ganz herab. Einige Steine rollten ihnen vor die Füße.

Über ihnen blockierten einige zerbrochene Balken den Ausgang, kein Felsblock aber verstopfte den Durchgang.

Bill setzte alle seine Kräfte ein.

Peddy fuhr fort zu behaupten, daß sie niemals aus dieser Falle herauskämen. Und er wiederholte es so lange, bis ihm Bill seine Hände als Leiter bot und lächelnd sagte: „Mister Peddy, bitte machen Sie es sich mit Ihren Füßen auf meinen Händen bequem."

Kurz darauf standen beide auf den Überresten der Baracke. Befreit.

„Mister Cody, Sie müßten die Leitung der Bahnarbeiten übernehmen, nicht ich. Sie haben ein Meisterwerk vollbracht."

„Danke, Mister Peddy, aber jetzt müssen wir verschwinden."

„Decken wir das doch zu!"

Sie schütteten die Grube zu, dann stiegen sie ins Dorf hinab.

„Und nun?" fragte Mister Peddy.

„Jetzt müssen wir geduldig die Ankunft des nächsten Zuges abwarten, der Soldaten und den Sheriff mitbringen dürfte."

„Waaas?"

„Ich habe es mit dem Lokführer Tuffy vereinbart, Mister Peddy. Mit dem nächsten Zug bringt er Ordnungskräfte."

Peddy schüttelte den Kopf.

„Ich fürchte, daß sie nur dazu dienen werden, im Dorf ein Gemetzel zu verursachen. Das fürchte ich wirklich."

„Warum?"

„Karton hat sich mit Grauer Wolke geeinigt. Wenn der Indianerhäuptling sieht, daß Soldaten die Bande angreifen, muß er sich mit seinen Kriegern dazwischenwerfen."

Bill biß sich auf die Lippen. Was sollte er tun?"

„Mister Cody, es gibt vielleicht einen unblutigen Ausweg."

„Und zwar?"

„Sie haben gesagt, daß mit dem nächsten Zug Soldaten kommen?"

„Ich hoffe es."

„Da würde es also genügen, wenn Graue Wolke unparteiisch bliebe."

„Das ist ein guter Einfall, Mister Peddy. Wir müssen ihm dafür etwas bieten, etwas, das in seinen Augen mehr wert ist, als ihm Karton noch für einige Züge geben kann."

Die Männer besprachen die Lage und die nötigen Maßnahmen, die zu treffen waren, bis sie beim Dorf anlangten. Sie einigten sich über alles und beschlossen, schon am selben Abend auseinanderzugehen. Peddy sollte in Mary Owels Haus wohnen.

Die alte Frau war von der Aussicht, schöne Dollars zu verdienen, begeistert. Sie beherbergte schließlich eine wichtige Persönlichkeit.

„Darf mich aber nicht den Kopf kosten!" unterstrich sie dennoch.

Bill bekam von ihr ein gutes Pferd, und ohne sich blicken zu lassen, brach er bei Einbruch der Dunkelheit zu den Hügeln auf.

Er war noch nie im Lager Grauer Wolke gewesen und war erstaunt, als er dort nur an die fünfzig Indianer vorfand.

Offenbar handelte es sich um einen kleinen Apachenstamm, der sich auf die Hügel zurückgezogen hatte und von der Plünderung der zahlreichen Karawanen lebte, die durch dieses Gebiet nach dem Westen zogen.

Die Wachen der Apachen bemächtigten sich Buffalo Bills und führten ihn in die Mitte des Lagers. Solange sie über seine Identität nichts Näheres wußten, mußten sie ihn gut behandeln. Er konnte ja auch einer von Kartons Männern sein.

Als Graue Wolke ihn erblickte, war er überrascht.

„Der große, weiße Krieger!" sagte er. „Was hat der große Krieger in dieser Gegend zu suchen? Hier gibt es weder Büffel noch Cheyennen zu skalpieren!"

„Große Graue Wolke", antwortete Bill, in ihm einen jungen Krieger wiedererkennend, den er einige Jahre zuvor am oberen Missouri gesehen hatte.

„Ich komme, um deine Leute vor einem Krieg mit den weißen Männern zu retten."

Graue Wolke lächelte kaum vernehmbar.

„Die Bleichgesichter sind meine Freunde", sagte er.

„Kartons Männer", antwortete Bill, „doch die wirklichen Bauherren der Bahnstrecke und die Soldaten, die bald in West City eintreffen werden, nicht!"

„Soldaten?" fragte Graue Wolke.

„Ja, die Soldaten, die kommen werden, um Karton und seine Verbrecherbande gefangenzunehmen."

„Karton ist mein Freund, edler Krieger!"

„Er ist ein Freund mit gespaltener Zunge", erklärte Buffalo Bill.

„Er hat dich betrogen. Er hat deine Hilfe verlangt und dir dafür gestohlene Waren geboten."

„Die Herkunft der Waren, die mein Freund Karton meinen hungrigen Leuten gibt, interessiert mich nicht."

„Also gut. Ich muß dir aber sagen, daß Karton vorhat, in vierzehn Tagen aus diesem Gebiet zu fliehen. So wird er dich hier allein lassen, und du wirst dich allein den Soldaten gegenübersehen. Wenn du hingegen zu mir übertrittst, wird dir die Bahngesellschaft jeden Monat etwas auszahlen!"

Graue Wolke wollte Bill vorerst nicht glauben, schließlich jedoch gab er nach.

„Der große, weiße Krieger lügt nicht, ich weiß es", sagte er. „Und ich danke ihm für seine Worte. Morgen bei Sonnenaufgang werde ich meine Krieger gegen Kartons Männer aussenden."

Es war also doch nicht schwer gewesen, ihn zu überreden. Graue Wolke war ein größerer Optimist, als Bill gehofft hatte.

Buffalo Bill reitet in die Ferne

„Ich bin nicht gekommen, um dich darum zu bitten", versetzte Buffalo Bill.
„Also warum dann?"
„Damit du dich aus allen Geschehnissen im Dorf heraushältst. Du mußt in deinem Lager bleiben."
„Was werde ich dafür bekommen? Wenn ich Karton angreife, kann ich ihm alles wegnehmen."
„Wenn du versprichst, so zu handeln, wie ich dich bitte, wird dir die Bahngesellschaft jeden Monat einige Kisten Nahrungsmittel schicken."
Dieses Angebot war nicht besonders großzügig, Graue Wolke meinte jedoch, daß ihm wenige sichere Kisten lieber als viele unsichere aus Kartons Hand wären. Außerdem verlangte Buffalo Bill kein Eingreifen der Apachen. Der kleine Stamm liefe nicht Gefahr, Verluste zu erleiden.
„Einverstanden, weißer Bruder", antwortete Graue Wolke. „Wir werden also in unseren Zelten bleiben."

Buffalo Bill verließ das Lager. Unterwegs bemerkte er, daß ein Indianer ihn überholt hatte und schnell auf das Dorf zuritt.
Zweifel stiegen in ihm auf. Er ritt ihm nach, konnte ihn aber nicht einholen. Er sah ihn in Kartons Baracke verschwinden. Er stieg neuerlich auf das Dach, entfernte langsam einen Ziegel und lugte ins Innere.
Der Indianer sprach mit dem Bandenchef.
„Unmöglich", rief Karton wütend.
„Weiße Mann gesagt, daß die Indianer Grauer Wolke müssen bleiben im Gebirge und daß bald kommen viele Soldaten, um zu töten Karton und seine Freunde."
„Wer ist dieser weiße Mann?" fragte Karton.
„Buffalo Bill."
Karton blieb beinahe das Herz stehen. Buffalo Bill in West City? Wieso mischte sich dieser verfluchte Jäger hier ein?
Man mußte sofort Vorkehrungen treffen.
„Kehre ins Lager zurück und halte mich über die Entschlüsse deines Häuptlings auf dem laufenden."
Als der Indianer die Baracke verlassen hatte, verfolgte ihn Buffalo Bill. Beim Wald holte er ihn ein.
Der Indianer verteidigte sich mit dem Tomahawk, doch Buffalo Bill war

derart zornentbrannt, daß er ihn in wenigen Sekunden erledigte. Dann kehrte er nach West City zurück.

In Kartons Baracke brannte noch Licht. Einige Männer diskutierten.

Buffalo Bill fürchtete, daß die Soldaten zu spät eintreffen würden. Karton konnte gewiß rechtzeitig fliehen, da er nun über alles Bescheid wußte.

Er mußte schnell einen Entschluß fassen – doch welchen? Kartons Bande von Grauer Wolke angreifen lassen?

Dies wäre ein unnötiges und gefährliches Blutvergießen, das möglicherweise das ganze Dorf in Mitleidenschaft zöge, die Existenz der friedlichen Pioniere bedrohen würde.

Unter ihm besprachen sich vier Männer mit Karton.

Es waren vier, nur vier bewaffnete Männer. Buffalo Bill entschloß sich.

Langsam steckte er die bewaffnete Hand und den Kopf in die Öffnung, nachdem er diese durch Wegschieben zweier Ziegel verbreitert hatte, und schrie hinein:

„Hände hoch! Alle!"

Kartons Männer sahen sich erstaunt um, nur der Bandenchef hob seine Blicke sofort zur Decke.

„Keine Bewegung, oder ich bringe euch um!" schrie Buffalo Bill. „Karton, deine Stunde hat geschlagen! Joe, vorwärts, wirf deine Waffen zu Boden! Und auch ihr, schnallt eure Gürtel ab und laßt sie fallen!"

Die Banditen mußten gehorchen. Nur einer wollte sich wehren, doch Bill nahm ihm durch einen Schuß Lust und Möglichkeit dazu.

Die Detonation würde bald Leute herbeilocken. Er mußte vollkommen Herr der Lage werden.

„Karton, nimm jetzt die Gürtel deiner Freunde und wirf sie in diese Ecke! Schnell!"

Karton gehorchte widerwillig und fluchend.

„Und du, Joe, sammelst jetzt die Gürtel und wirfst sie aus dem Fenster! Nicht durch die Türe!"

Die Waffengürtel flogen mit den Waffen, die darin staken, zum Fenster hinaus.

Die Banditen waren entwaffnet. Buffalo Bill konnte sich als Sieger betrachten.

Unerwartet ließ er sich in die Baracke fallen.

„Zurück, Jungen, nur keine Späße! Ich bin nicht Mister Peddy. Ich durchlöchere euch wie Siebe!"

„Wer ist das?" fragte einer der Männer Karton.

„Buffalo Bill!"

Wenn die Banditen zuerst erwartet haben mochten, daß ihr Gegner eine falsche Bewegung machen würde, so verloren sie bei der Nennung seines Namens jede Hoffnung. Dieser Name ängstigte und faszinierte sie.

„Schnell, stellt euch an die Wand, mit dem Gesicht zur Mauer!"

Die Banditen gehorchten.

Von draußen her kam Hufegeklapper. Kartons Freunde galoppierten heran. Die Laternen der kleinen Station beleuchteten den kleinen Platz vor der Baracke.

Buffalo Bill stellte sich hinter dem Fenster auf und schoß in die Luft.

Die Reiter hielten erstaunt an.

„Halt!" schrie ihnen Buffalo Bill zu. „Karton und eure Freunde sind meine Gefangenen und entwaffnet. Wenn ihr näherkommt, schieße ich euch nacheinander nieder!"

Einen Augenblick lang zögerten die Banditen zu Pferd, dann schoß einer gegen das Fenster.

Buffalo Bill wartete, bis das Echo des Schusses verhallt war, dann schoß er im Inneren der Baracke gegen die Decke und rief:

„Jetzt habe ich euren Joe erschossen. Wenn ihr weiterschießt, lege ich Smith und die anderen um, schließlich auch euren Chef Karton!"

Die Banditen zögerten. Sie mußten gehorchen.

Buffalo Bill wollte sie überzeugen, daß er auch Karton in der Hand hatte und zwang ihn, sich am Fenster zu zeigen.

„Glaubt ihr mir nicht? Seht euren Karton! Wollt ihr, daß ich ihn sofort umlege?"

„Wer bist du?" fragte schreiend einer der Reiter.

„Buffalo Bill Cody, aber mein Name hat keine Bedeutung. Es möge euch genügen, zu wissen, daß ich eure Freunde umbringen und euch jagen werde, bis ich euch alle wie Tiere erlegt habe, wenn ihr nicht in fünf Minuten das Dorf verlaßt!"

„Hört nicht auf ihn!" schrie einer der berittenen Banditen. „Er ist ein Großmaul. Er wird nicht einmal den Mut haben, Karton umzubringen. Wenn er das tut, hat er keine Geiseln mehr."

Bill biß sich auf die Lippen. Dieser Schurke wußte genau um seine Lage.

„Vorwärts, los! Auf die Baracke!"

Die Schießerei begann von neuem. Buffalo Bill sah sich verloren, als eine

Stimme von draußen in die Baracke drang. Er hätte geschworen, daß es die schrille Stimme des Eisenbahndirektors Mister Peddy war. Was hatte er dort draußen zu suchen? Warum stürzte er sich jetzt in Gefahr?

Buffalo Bill blickte durch das Fenster.

„He!" schrie der kleine alte Peddy. „Ich wende mich an alle. Auch an Sie, Karton, und an Sie, Ferry, an alle! Seht euch um! Die Station ist eingekreist. Werft die Waffen weg!"

Bill traute seinen Ohren nicht. Seinen Augen mußte er jedoch glauben. Mister Peddy hatte keine Zeit verloren. Als er die Schießerei in der Nähe der Station vernahm, war er sich sofort im klaren über das, was dort vorging.

Von der alten Mary angefeuert und unterstützt, die einmal mit einem Sheriff verheiratet gewesen war, war er in den Saloon gelaufen.

Viele Bürger von West City, die über sein Erscheinen erstaunt und durch seine Rede angefeuert worden waren, hatten beschlossen, ihre passive Haltung aufzugeben. Mister Peddy hatte recht. Wenn ein einzelner Mann, Buffalo Bill, es gewagt hatte, sich Kartons Bande entgegenzustellen, warum konnten sie, die doch eine große Menge bildeten, nicht dasselbe tun? Sollten sie nicht die Gelegenheit ergreifen, sich endlich von dem Terror zu befreien, unter dem sie schon so lange Zeit litten? Mister Peddy hatte die richtigen Worte gefunden, und nun hatten fast alle Männer von West City zu den Waffen gegriffen und standen um die Station, hielten ihre Gewehre auf Kartons Männer gerichtet, fest dazu entschlossen, das Dorf ein für allemal von ihnen zu säubern.

Buffalo Bill riß die Tür der Baracke auf. Er ließ die Banditen im Gänsemarsch hinaustreten.

Die übrigen waren schon entwaffnet worden, und man führte sie nun in einen großen Schuppen, der als vorläufiges Gefängnis dienen sollte, bis die Soldaten eintreffen würden.

„He, Buffalo Bill, jeder kommt einmal an die Reihe", grinste der alte Peddy, seine Brille reinigend. „Dieses Mal habe ich Ihnen das Leben gerettet!"

Buffalo Bill ließ auch Karton ins Freie. Er vergewisserte sich, daß der Schuppen, den man als Gefängnis gewählt hatte, weder Falltüren noch andere Ausgänge hatte. Dann reichte er Peddy die Hand.

„Ohne Sie wäre ich dieses Mal nicht davongekommen", sagte er.

„Das glaube ich nicht, Buffalo Bill. Sie hätten gewiß ein Mittel gefunden, auch die anderen zu entwaffnen und ihrer Herr zu werden. Ich habe Ihnen nur die Arbeit erleichtert."

Am folgenden Tag verließ Buffalo Bill West City. Er verließ dieses Dorf vielleicht für immer, das er in Händen skrupelloser Banditen vorgefunden hatte, das Dorf, dem er wieder Frieden und Ordnung geschenkt hatte.

Viele Leute verabschiedeten sich von ihm. Einige fragten, wohin er reisen wollte. Ob ins Fort Black oder nach Hays City oder ins Landesinnere auf Büffeljagd.

Buffalo Bill strich sich mit der Hand über die Stirn. Die Sonne brannte vom Himmel herab.

„Ich weiß es noch nicht", antwortete er. „In S. Louis würden sich einige Leute über ein Wiedersehen mit mir freuen, in Fort Black wartet eine Kompanie Pawnees auf ihren Oberst, in den Prärien fürchten sich die Büffel vor dem Auftauchen jenes Mannes, der als der größte Jäger des Westens bezeichnet wird. Doch ich weiß, ehrlich gesagt, noch nicht, wohin ich reisen werde."

„Ist das denn möglich?" fragte der Bahndirektor.

„So ist es, Mister Peddy. Mein Leben war immer so, und es wird immer so sein, solange ich ein gutes Pferd reiten kann."

Er grüßte mit einem Schwenken seines breitkrempigen Hutes und zog, ohne sich noch einmal umzudrehen, in die weite Prärie hinaus.

DIE BUNTE JUGENDREIHE

Hallo Freunde!

In der
„Bunten Jugendreihe"
findet Ihr sicher
noch viele schöne
Bücher für euch!

Die Titel der „Bunten Jugendreihe"

D. Blackmoore, Häuptling Gelbhand
D. Blackmoore, Die Straße von Santa Fé
J. W. Sheridan, Brennende Prärie

Jack Schaefer	Die große Herde J+M ab 10
Edith Biewend	Mareiken reißt aus M ab 10
Edith Biewend	Wirbel um Tante Malchen M ab 8
F. Fischer Sörensen	Frieder Obendrein und andere Geschichten J+M ab 7
Aleid van Rhijn	Achtung! Springflut! J+M ab 10
Hans Lehr	Brigitt, die Stewardess M ab 12
Ilse Reicke	Das Geheimnis der Klasse M ab 11
D. Blackmoore	In der Schlangenschlucht J ab 12
D. Blackmoore	Häuptling Graue Wolke
D. Blackmoore	Schrecken auf Fort Jefferson J ab 12
J. W. Sheridan	Der große Büffeljäger J ab 12
J. W. Sheridan	Die Falle am Apachenfluß J ab 12
J. W. Sheridan	Die Ranch der einsamen Kiefer J ab 12
J. W. Sheridan	Texas in Flammen J ab 12
Mayne-Reid	Die Jagd des weißen Rosses J ab 12
D. Blackmoore	Gelbe Feder J ab 12
Charles Murray	Der Prärievogel J ab 12

Wo Sie diesen Band gekauft haben, wird man Ihnen auch gerne die anderen Bücher zur unverbindlichen Ansicht vorlegen.

JUGENDBÜCHER FÜR MÄDCHEN UND JUNGEN